【中西学术丛书】

中国文学古今演变刍议

黄仁生/著

中国出版集团
东方出版中心

目　录

第三编　近世文学演变撷英(下)

第四编　汉文学之古今中外演变探微

绪 论①

近几年来，为改变中国古代文学研究与现当代文学研究相互割裂的现状，学术界提倡中国文学研究应打通古今的呼声颇高，但与此相关的学科建设和学理思考才刚刚起步，尚需各界同仁齐心协力，从夯筑基础做起，方有实质性成效可期。本文拟先就中国文学古今演变研究的几个基本问题做一些探讨，以请教于大方之家。

一、中国文学的古今区分

中国文学的古今内涵，处在不同的时代，当然会有不同的区分。就目前而言，宜以新文学运动的发生为界限。此前尽管有上古文学、中世文学、近世文学、近代文学等阶段之分，我们不妨从整体上视之为“古”；此后尽管有现代文学、当代文学阶段之分，我们不妨从整体上视之为“今”。这种划分的依据是，自新文学运动爆发以来，无论是作家的文学观念，还是文学作品的内容和形式，虽与以前仍然存在着千丝万缕的联系，但已经发生了巨大的甚至是本质的变化，这是毋庸置疑的。

新文学运动正式开始于1917年。其标志是本年1月，蔡元培聘请陈独秀为北京大学文科学长，陈主办的《新青年》杂志也一同迁往北京。也就在当年1月，胡适在《新青年》发表《文学改良刍议》一文，正式提出了“八不主义”（“一曰须言之有物，二曰不摹仿古人，三曰须讲求文法，四曰不作无病之呻吟，五曰务去烂调套语，六曰不用典，七曰不讲对仗，八曰不避俗字俗语。”实际上他在1916年6月《寄陈独秀》的信中就已提出了八不主义，次年发表时只是从排序到文字略做了一些调整而

① 本文原题《中国文学古今演变研究绪论》，载《湖南文理学院学报》2009年第5期。中国人民大学书报资料中心《中国古代近代文学研究》2010年第3期全文转载，《中国社会科学文摘》2010年第2期摘要4 000余字。今改题《绪论》，兼作本书之“绪论”，篇末“附记”也系收入本书时所加。

已),才正式揭开了文学革命的序幕;2月,陈独秀发表《文学革命论》相呼应,提出"三大主义"作为文学革命的内容:"曰推倒雕琢的阿谀的贵族文学,建设平易的抒情的国民文学;曰推倒陈腐的铺张的古典文学,建设新鲜的立诚的写实文学;曰推倒迂晦的艰涩的山林文学,建设明了的通俗的社会文学。"同期还刊载了胡适的八首白话诗(写于1916年)。是年10月,胡适还将自己写作的白话诗编成《尝试集》,请钱玄同作序(钱序写成于1918年1月10日,出版则在1920年)。1917年5月,胡适又撰《历史的文学观念论》,从进化论出发,批判了"七子之徒"和"归、方、刘、姚"(后来简称"十八妖魔"),提出"今日之文学,当以白话文学为正宗"。7月2日,钱玄同在《寄胡适之》信中,还明确地把矛头对准了"选学妖孽"和"桐城谬种"。1918年1月,《新青年》发表了胡适、沈尹默、刘半农三人真正意义上的白话新诗9首。这年,胡适还继续发表了《建设的文学革命论》,周作人先后发表了《人的文学》、《平民文学》、《思想革命》等文,鲁迅于5月在《新青年》发表了现代文学史上的第一篇白话小说——《狂人日记》。正是上面列举的这些代表作,从理论与创作两方面吹响了文学革命的号角。

在新文学运动诞生90周年之际,国内曾举行过一系列纪念活动。就我所知,其中以2007年1月25日发生的一件事颇为有趣:14位诗人在哈尔滨签订了一个《天问诗歌公约》①,旨在要"让诗歌发出真正的声音"。公约的内容是:"一、每个诗人都应该维护诗歌的尊严;二、诗人天生理想,我们反对诗歌无节制的娱乐化;三、诗人必定是时代的见证;四、一个坏蛋不可能写出好诗;五、语言的魅力使我们敬畏,我们唾弃对母语丧失敬畏的人;六、没有技巧的书写不是诗歌;七、到了该重新认知传统的时候了,传统是我们的血;八、诗人是自然之子,一个诗人必须认识24种以上的植物,我们反对转基因。"

用签署公约的方式来维护和弘扬新诗,似乎让人觉得匪夷所思,学界和媒体对此有褒有贬,众说纷纭。但这一事件的发生,除了有纪念新诗90周年的意义外②,还可能与2006年网上恶搞的"梨花体"事件有关。所谓"梨花体",是因为中国作协副主席赵丽华提倡诗歌的口语化,人们以其名字的谐音而得称,但一经网友在网上调侃和恶搞,就从口语化变成口水化了。

关于"梨花体"和《天问诗歌公约》,我这里不做评价。但从中国文学古今演变

---

① 此次活动原定16位诗人参加,而实际与会者为芒克、梁小斌、默默、莫非、车前子、树才、老巢、张清华、潇潇、冯晏、宋琳、潘洗尘、桑克、叶匡政,另有张曙光、李亚伟因事未出席。其所谓"天问",既取自屈原诗题,也因诗人潘洗尘创办的公司以"天问"命名,因而他成为这次活动的组织者和操办者。

② 为纪念新诗九十周年,徐敬亚、王小妮、耿占春等于2006年10月开始就在海南大学举办了几次具有一定规模的诗歌朗诵会。

研究的视角来看，却有值得我们关注和思考的地方。1919 年 10 月，胡适撰写的《谈新诗》一文[①]，就以历史进化的眼光探讨了中国诗歌的进化史，认为"自三百篇到现在，诗的进化没有一回不是跟着诗体的进化来的"。具体地说，从三百篇的风谣体，到楚辞体的长篇韵文，这是第一次解放；删除楚辞体的"兮"、"些"一类没有意义的煞尾字，而形成汉以后的五七言古诗，这是第二次解放；从句法整齐的五七言诗，变成比较自然的句法参差的词曲，这是第三次解放；从仍有词调曲谱束缚的词曲，到不拘格律、不拘平仄、不拘长短的白话新诗，这是第四次解放。他说："因为有了这一层诗体的解放，所以丰富的材料，精密的观察，高深的理想，复杂的感情，方才能跑到诗里去。五七言八句的律诗决不能容丰富的材料，二十八字的绝句决不能写精密的观察，长短一定的七言五言决不能委婉达出高深的理想与复杂的感情。最明显的例就是周作人君的《小河》长诗。这首诗是新诗中的第一首杰作，但是那样细密的观察，那样曲折的理想，决不是那旧式的诗体词调所能达得出的。"同时，他也指出："我所知道的新诗人，除了会稽周氏弟兄之外，大都是从旧式诗、词、曲里脱胎出来的。"这些人中也包括胡适本人。但实际上新诗的这种解放，袁宏道早在《雪涛阁集序》中就提出了"信腕信口，皆成律度"[②]，黄遵宪在《杂感》诗中更明确地倡导过"我手写我口"[③]，而胡适在《尝试集自序》则说："有什么话，说什么话；话怎么说，就怎么说。这样方才可有真正白话诗，方才可以表现白话的文学可能性。"[④]新诗的崛起固然受到了汉译外国诗的影响，但是否也有一部分基因是从中国古代诗歌演变而来的呢？上面提到的《天问诗歌条约》第七条说："到了该重新认知传统的时候了，传统是我们的血。"这个作为"我们的血"的传统，是仅指文学革命发生后产生的白话新诗，还是指整个中国诗歌的传统呢？又如第四条："一个坏蛋不可能写出好诗。"这个命题不一定正确，但它正是古代诗歌理论中"诗品决定于人品"之说的翻版，例如杨维祯就说过："评诗之品无异人品也。人有面目、骨骼，有情性、神气，诗之丑好高下亦然。"[⑤]

二、中国文学的通变说

在有文献保存至今的中国三千年文化史上，有关通变的理论思考由来已久，相

---

① 该文最早发表于《星期评论》1919 年 10 月 10 日，本文引自《中国新文学大系・建设理论集》，上海良友图书印刷公司 1935 年版。

② 钱伯城：《袁宏道集笺校》，上海古籍出版社 1981 年版，第 710 页。

③ 钱仲联：《人境庐诗草笺注》卷一，上海古籍出版社 1981 年版。

④ 胡适：《尝试集》卷首，亚东图书馆 1920 年版。

⑤ 《东维子文集》卷七《赵氏诗录序》。

关表述也较为丰富。例如,《周易》系辞中就已有“易穷则变,变则通,通则久”之说;司马迁在《报任少卿书》中自叙其写作《史记》“亦欲以究天人之际,通古今之变,成一家之言”。

当中国文学发展到一定阶段,并产生了一系列堪称经典的作品以后,文学家和文学批评家也开始思考文学的古今通变问题。最早在文学领域系统地阐发这种“通古今之变”理论,并以之描述中国文学演进史的是刘勰。他在《文心雕龙》第二十九篇专论“通变”曰:

> 夫设文之体有常,变文之数无方,何以明其然耶?凡诗赋书记,名理相因,此有常之体也;文辞气力,通变则久,此无方之数也。名理有常,体必资于故实;通变无方,数必酌于新声;故能骋无穷之路,饮不竭之源。然绠短者衔渴,足疲者辍涂,非文理之数尽,乃通变之术疏耳。故论文之方,譬诸草木,根干丽土而同性,臭味晞阳而异品矣。
>
> ……赞曰:文律运周,日新其业。变则其久,通则不乏。趋时必果,乘机无怯。望今制奇,参古定法。

在尊重常体古法的前提下,刘勰显然更强调通变,原因在于“变则其久,通则不乏”。在第四十五篇《时序》中,他还结合时代的变迁,简略地描述了以往文学的演变进程:

> 时运交移,质文代变,古今情理,如可言乎!昔在陶唐,德盛化钧,野老吐“何力”之谈,郊童含“不识”之歌。有虞继作,政阜民暇,薰风[诗](咏)于元后,“烂云”歌于列臣。尽其美者何?乃心乐而声泰也。至大禹敷土,九序咏功,成汤圣敬,“猗欤”作颂。逮姬文之德盛,《周南》勤而不怨;太王之化淳,《邠风》乐而不淫。幽厉昏而《板》《荡》怒,平王微而《黍离》哀。故知歌谣文理,与世推移,风动于上,而波震于下者也。春秋以后,角战英雄,六经泥蟠,百家飚骇。方是时也,……屈平联藻于日月,宋玉交彩于风云。观其艳说,则笼罩雅颂。故知晔烨之奇意,出乎纵横之诡俗也。……自献帝播迁,文学蓬转,建安之末,区宇方辑。魏武(曹操)以相王之尊,雅爱诗章;文帝(曹丕)以副君之重,妙善辞赋;陈思(曹植)以公子之豪,下笔琳琅,并体貌英逸,故俊才云蒸。仲宣(王粲)委质于汉南,孔璋(陈琳)归命于河北,伟长(徐幹)从宦于青土,公幹(刘桢)徇质于海隅,德琏(应玚)综其斐然之思,元瑜(阮瑀)展其翩翩之乐,文蔚(路粹)休伯(繁钦)之俦,于叔(邯郸淳)德祖(杨修)之侣,傲雅觞豆之前,雍容衽席

之上，洒笔以成酣歌，和墨以藉谈笑。观其时文，雅好慷慨，良由世积乱离，风衰俗怨，并志深而笔长，故梗概而多气也。……自中朝贵玄，江左称盛，因谈馀气，流成文体。是以世极迍邅，而辞意夷泰；诗必柱下之旨归，赋乃漆园之义疏。故知文变染乎世情，兴废系乎时序，原始以要终，虽百世可知也。

他是以发展的眼光来审视时代与文学的关系，因此知道文章的变化受到时代学风的感染，不同文体的兴衰和时代有关，推求它的开始，归结到它的结束，即使是百世的文学流变也是可以推知的。

随着时代的推移和文学史的发展，刘勰之后的每一个时代，几乎都要面对古今文学的关系问题，因而关于文学通变的理论仍在进一步发展，并与其他问题结合在一起，形成了不同取向的各种话题。例如，强调继承传统的，往往打出复古的旗号，有的是以复古求革新，从而有"点化前作，以铁炼金"、"以故为新，夺胎换骨"、"师其意，不师其辞"、"师心独运，自我作古"等话题；有的则盲目尊古泥古，走向模拟剽窃，从而有"无一字无来处"、"不用三代以后典故"等话题。又如，强调出入古今各自成家的，往往打出革新独创的旗号，从而有"文随世变，与时高下"、"当变而变，不主故常"、"诗文代变，文体屡迁"、"不事模拟，自出面目，成一家之言"、"会古通今，贯串百家"，"继往开来，以集大成"等话题。

新文学运动酝酿和兴起时，也有一些先驱者并未割断与古典文学传统的联系。例如，胡适的《历史的文学观念论》、《谈新诗》、《文学进化观念与戏曲改良》等文以及《白话文学史》等著，仍然从古代文学传统中去寻找与文学革命精神相通的材料作为依据；而周作人的《新文学的源流》则比胡适更进一步，从漫长的中国古代文学进程中，他寻绎出载道与言志两种彼此消长的潮流，认为明末以公安派、竟陵派为代表的文学革新运动是中国现代新文学运动的源头。

三、为何现在要强调中国文学古今演变的研究

由上面的简略叙述可知，不仅古代文学家和文学批评家在他们所处的时代曾长期关注文学中的"通古今之变"，而且现代新文学运动的先驱者们即使在发动文学革命时也有选择地强调古今文学之间的联系，甚至以此为视角而撰写过研究文学史的专著。另外，据我所知，20 世纪前半叶出版的通史性质的《中国文学史》，基本上都是从古代一直写到现代的，是真正意义上的文学通史。

但 20 世纪 60 年代出版的两部通行的《中国文学史》(分别由游国恩等五教授主编、中国科学院文学研究所主编)，就都只写到清末为止。刘大杰独著的《中国文

学发展史》也是如此。80年代以来出版的多种《中国文学史》,大多还是保持这种格局,或写到近代以前为止,或写到清末为止。仅有极少数著作以《中国古代文学史》为题,内容也写到清末,这倒是名副其实,无可非议。那么,从20世纪60年代到21世纪出版的那些只写到近代或清末的文学史著作,却仍旧使用《中国文学史》这一书名,当然就名实不符了。

在这种书名不副其实的背后,透露出来的是教育体制的尴尬。原来,自20世纪五六十年代起,中国各大学中文系的学科设置中,中国古代文学和中国现代文学逐渐向两个独立的学科发展;到70年代末,由于国家恢复了学位制度,这两个平行的二级学科终于被官方正式认可。因为几乎所有的《中国文学史》和《中国现代文学史》乃至《中国当代文学史》著作首先都是作为教材出版的,本学科的教材自然不应覆盖另一学科教材的内容,但古代文学学科的研究对象长达三千年,所以有些编著者还是不肯放弃《中国文学史》这个不副其实的书名。这种将中国文学斩为两截的格局并非一无是处,它本来可以使古代文学和现当代文学的研究由于走向专门化而更加深入和细致;但是随着时光的推移,相关研究者(尤其是恢复学位制度以后培养出来的专门人才)知识结构的局限也在逐步加深,具体表现为古代文学研究者不关心甚至轻视现当代文学,现当代文学研究者不关心甚至读不懂古代文学,从而导致在古代文学研究与现代文学研究之间的鸿沟不断扩大,因而难于深入揭示中国文学从古代发展到现代的内在联系与脉络,包括古代文学对现代文学的影响和现代文学对古代文学的继承,以及在现代文学兴起和发展进程中来自于中国传统与外国文化的交互作用与影响,等等。当然,此前也有个别学者曾突破这种学科体制的画地为牢,做过局部的探讨。例如,中国社科院文学所的杨义本是研究现代文学的专家,但他不仅先写了《中国现代小说史》(人民文学出版社,1986),而且接着又写了《中国古代小说史论》(中国社会科学出版社,1995),这就把中国古今小说的研究打通了。不过,这只是个别特例,两个学科的鸿沟仍在继续加深,学术界受教育体制的影响,并未将自古至今的中国文学作为一个有机整体来描述其发展过程,以致就古代文学研究来说,往往缺乏从中国文学的总体发展来评价每个时期的文学现象,从而确定哪些是具有生命力并且促进了后世文学发展的成分,哪些是阻碍了当时的文学发展甚至在后世仍有负面影响的成分,因而关于古代文学的研究不仅对现代文学的研究助益甚少,更难以对当代文学的发展产生积极的借鉴作用;就现代文学研究来说,则往往片面夸大了外来文学的影响,既没有深入阐明新文学出现的历史根源,也未能从整个中国文学的发展来探究中国现当代文学的行进何以如此艰难曲折。从20世纪"五四"运动开始,中国文学从内容到形式都发生了重大的变革,产生了与传统文学相对应而言的新文学。但这种变革并不能割断古代文学与现代文学之间所存在的种种内在的关联。我们在强调打通古今的同时，将“演变”问题突出出来，详细剖析和探索文学演变过程中具有关键性的各种现象，这样就能更好地认识与把握中国文学发展的轨迹，切实推进中国古代文学与现当代文学的研究，凸显中国文学前进的方向，为我国当前文学在经济全球化背景下与时俱进提供借鉴与参照系数。

有鉴于此，复旦大学中国古代文学研究中心和浙江师范大学于 2001 年 11 月在上海联合举办了首届“中国文学古今演变研究”国际学术研讨会，在学术界产生强烈震动；2004 年 4 月、2006 年 8 月、2008 年 11 月又先后在上海和浙江举办了同样性质的第二届、第三届、第四届研讨会，第一、二届会议的论文集已分别于 2002 年 5 月、2005 年 12 月由上海古籍出版社出版，第三、四届会议论文集也有望在近期内问世。与此同时，复旦大学中国古代文学研究中心从 2001 年 9 月开始招收中国文学古今演变研究方向的硕士研究生，2003 年 9 月开始招收中国文学古今演变研究方向的博士研究生（皆列为中国古代文学专业的一个方向）。2005 年经国家学位办批准，才将中国文学古今演变研究列为与中国古代文学研究、中国现代文学研究平行的二级学科，相关的招生培养工作和学术研究都已在有序进行之中。

因此，我们现在提倡对中国文学的古今演变进行研究，既不是回到古代的通变研究，也与“五四”前后为新文学寻根溯源不同，其宗旨主要在于突破学科区隔的壁垒，打通古今文学的鸿沟，对中国文学的发展作贯通性的研究。它作为一个学科的研究对象，固然可以覆盖中国古代文学与现当代文学（包括港澳台文学和海外华人用汉文写作的文学），但并不是古代、近代、现代、当代的简单相加，而是着重强调以一种古今联系的视角和方法对中国文学作整体性的观照和探讨。这种视角和方法，不仅从事中国文学古今演变研究的学人必须掌握并运用于课题研究之中，从而为中国文学的古今演变总结理论规律，或描叙其演变进程；而且也可成为从事古代文学任何一个方向或现当代文学各方向的研究者的视角和方法，从而有助于看清各自所研究的对象在中国文学演进史上的源流与意义。

四、关于“中国文学史”的分期

中国文学已有三千多年的历史，即使按照前面提到过的约定俗成的分法，以 1917 年新文学运动的发生为界，此前三千年的文学，从整体上视之为“古”；此后九十余年的文学，从整体上视之为“今”。但在具体的研究中，因时间跨度过大（尤其是古代文学），不便于把握其演进的特征，有必要进一步对中国文学史进行分期。另外，前面我们还提到，“中国文学古今演变”作为一个学科的研究对象，固然可以覆盖中国自古至今的文学，但并不是古代文学与现当代文学的简单相加，而是着重强调以一种古今联系的视角和方法，对中国文学作整体性的观照和贯通性的研究。为使这种观照和研究具有可操作性，也有必要就中国文学发展史进行分期。

（一）中国传统文论中的旧式分期

中国古代文学批评家在评论中国文学的流变时，也有分期，但或说得简略而随意，或多以时代升降而溯源探流。例如，清人叶燮《原诗・内篇下》说："诗始于《三百篇》，而规模具于汉。自是而魏，而六朝、三唐，历宋元明以至昭代，上下三千余年间，诗之质文、体裁、格律、声调、辞句，递嬗升降不同。而要之，诗有源必有流，有本必达末；又有因流而溯源，循末以返本。"书中对诗歌源流演变都进行了概略性的勾勒。明人胡应麟说："自春秋以迄胜国，概一代而置之，无文弗可也。若夫汉之史，晋之书，唐之诗，宋之词，元之曲，则皆代有专至，运会所钟，无论后人踵作，不过绪余。"[①]这是所谓一代有一代文学的较早阐发，至王国维在《宋元戏曲史》中则已表述为："凡一代有一代之文学：楚之骚，汉之赋，六朝之骈语，唐之诗，宋之词，元之曲，皆所谓一代之文学，而后世莫能继焉者也。"像这一类关于诗文代变、文体屡迁的讨论，俯拾皆是，而且其中的确有许多颇有深度的见解，但古人都无意要写中国文学史，这些讨论都不是科学的研究，当然也不是我们所要讲的文学史分期。

（二）近代域外学者的新式分期

这种新式分期的远源可以追溯到欧洲文艺复兴时期，意大利诗人和人文学者彼特拉克（Francesco Petrarca，1304—1374）最早提出了把西方的历史划分为"古典古代"、"中间时代"和"未来"的构想，认为"古典古代"是"纯粹光芒"的时代，"中间时代"是"黑暗时代"，而"未来"则是"更美好的时代"。后来一些学者表述为古代、中世纪和近代的三分法，就是在彼特拉克构想的基础上形成的，意谓古代曾创造出古希腊罗马的灿烂文化，中世纪因受神学统治而成为黑暗、愚昧的时期，近代则是打破中世纪的黑暗愚昧而复兴古代灿烂文化的时期。这种分期法不仅长期为西方学者所沿用，而且到了19世纪后期，也被日本学者借来划分日本史和中国史。不过，考虑到东方的特殊情况，日本学者在中世和近代之间又划出了一个近世期，如果译成英文，近世与近代都可译为Modern Age，但在日本学者的规定中，近世是指近代以前与中世相衔接的一个时期，在日本史上特指相当于封建制后期的江户时代（也有学者说包括安土桃山时代），而近代则指承续于封建社会以后的资本主义

① 胡应麟：《欧阳修论》，《少室山房类稿》卷九。

社会，在日本史上通常特指明治维新至太平洋战争结束的时期。日本学者的这种关于古代、中世、近世、近代的分期法，自明治维新时代开始，就既运用于研究日本史与日本文学史，也运用于研究中国史和中国文学史。

最早对中国文学发展史进行分期的是日本明治年间的汉学家，主要有四分与三分两种思路。主四分法的先有儿岛献吉郎《文学小史》(大约 1914 年发表)，分为上古(秦焚书坑儒以前)、中古(至唐初)、近古(至明亡)、今世(清世祖即位至今)[①]；又有久保天随《支那文学史》(1904 年由早稻田大学发行)，分为上古文学(三代至秦)、中古文学(两汉至六朝)、中世文学(唐宋)、近世文学(金元明清)。主三分法的先有藤田丰八《支那文学史》(撰于 1895—1897，早稻田大学讲义)，拟分为古代文学(三代至秦)、中世文学(汉至宋)、今世文学(元明清)，但中世尚未完成，今世则没写；又有高濑武次郎《支那文学史》，分作上古期(三代至战国)、中世期(秦汉至唐宋)、近世期(宋以下至现今)；还有松平康国《支那文学史谈》(明治末早稻田大学讲义)，分上世、中世、近世，各期起讫时代与高濑武次郎一致，但近世没写。

后来的日本著名汉学家如内藤湖南、吉川幸次郎对这一体系的阐释更为成熟。内藤湖南主“中国史三区分说”，即以东汉中期止为上古，东汉后期至西晋为上古向中古的过渡，东晋至唐末为中古，唐宋之间的五代十国为中古向近世的过渡，宋元明清为近世[②]。所谓上古，通常指奴隶社会及以前，中古或中世是指封建主义阶段，近世指有资本主义萌芽的封建社会后期。这样的分法比朝代分期法清楚。但中国的中世文学，与西方中世纪文学是不一样的，难以找出中世文学的共同特点，很难说中世文学的本质到底是什么。吉川幸次郎后来可能注意到了这一点，他在 1966 年为新潮社《世界文学小辞典》撰写《中国文学》时把文学史的分期改变为第一期(秦以前，即先秦时期)、第二期(秦汉至唐中叶，8 世纪上半叶)、第三期(唐中叶至清)、第四期(20 世纪初辛亥革命及文学革命以降)[③]。

(三) 近百年来中国学者关于文学史的分期

20 世纪上半叶由中国人编撰出版的《中国文学史》，虽有按朝代分期的[④]，但大多是按文学自身的发展分期，其中普遍使用的诸如上古文学、中古文学、中世文学、近古文学、近世文学等历史分期(而将“五四”以后的文学称为新文学，至于“现代文学”这一名称则是中华人民共和国成立以后才有的)，基本上都受过日本或西方学

---

① 儿岛献吉郎后来又依这种分期法撰写了《支那文学史纲》。
② 参见《内藤湖南全集》卷十《支那上古史·绪言》，此外还可参见其《支那论》、《支那近世史》。
③ 参见陈广宏：《关于中世文学开端的一点想法》，《复旦学报》2004 年第 2 期。
④ 例如，葛遵礼的《中国文学史》(1920)，就是按朝代标目的，但全书只有几万字。

者的影响。因为中西甚至各国的历史发展进程不一，所以区分也有异。例如，曾毅于1915年初版的《中国文学史》，就是以儿岛献吉郎《支那文学史纲》为蓝本而改编的，分期当然与儿岛献吉郎相同（仅将原“今世”改为“近世”）。谢无量的《中国大文学史》(1918)分为上古文学史（邃古至秦）、中古文学史（自汉迄隋）、近古文学史（自唐迄明）、近世文学史（清以来）。周玉群的《白话文学史大纲》(1928)则分为上古文学（黄帝以前至秦）、中古文学（两汉至五代）、近古文学（宋至清）、中华民国文学四编①。中华人民共和国成立以后，游国恩等五教授主编和中国科学院文学研究所主编的两部《中国文学史》皆以历史朝代作为分期，因为二者实际上带有钦定性质，结果学术界不再有中国文学史分期的探讨，只是在学科划分上，把1840—1919称为近代文学，1919—1949称为现代文学，稍后再把1949年以后的文学称为当代文学。显而易见，这种分期基本上都是照搬同时代历史学家关于历史的分期。而文学的发展并非完全与历史同步，这种分期自然不能体现文学自身发展的实际情况。进入80年代以后，学术界普遍对上述分别由游国恩等五教授主编和中国科学院文学研究所主编的两部《中国文学史》不满，因而提出了“重写文学史”的口号，并且在这种口号的激励下，分别写出了若干部中国文学史，包括通史、断代史、批评史、文体史等。但直到20世纪末，袁行霈教授主编的《中国文学史》（高等教育出版社，1999）和章培恒教授主编的《中国文学史（新著）》（上海文艺出版社1998年12月出版上卷和中卷，2007年9月由上海文艺出版社和复旦大学出版社出版全三卷）这两部书出版以后，才使盛行了近半个世纪的以历史朝代分期的格局发生转变，并由此而在学术界引起了关于中国文学史分期的讨论。

袁行霈教授主编的《中国文学史》的正文仍采用朝代分期法，只是在《总绪论》中分为上古、中古、近古三期，然后在各编的《绪论》中略为照应，使人感到似乎是在全书写完以后才展开这种重新分期的思考，但至少可以代表袁行霈教授个人意见，他是将整个中国古代文学史分为三古七段：一为上古期，包括先秦与秦汉这二段；二为中古期（魏晋至明中叶，即公元3至16世纪），包括魏晋至唐中叶天宝末、唐中叶至南宋末、元初至明中叶正德末这三段；三为近古期（明中叶至“五四”前，即公元16至20世纪初），包括明嘉靖初至鸦片战争(1840)、鸦片战争至“五四”(1919)这二段。

章培恒教授主编的《中国文学史（新著）》从《导论》到正文的写作都采用了上古、中世、近世的三分法。上古文学指先秦文学，是中国文学的自发阶段。中世文学指秦朝至宋末的文学，其中又划分为三个阶段：即秦至建安以前为发轫期，是从自发走向自觉的过渡阶段；建安至唐天宝末年为拓展期，是文学进入自觉以后一直

① 这部书并非只研究白话文学，而是表明编者是用白话写的，全书仅7万多字。

向上发展的阶段；中唐至宋末为分化期，即在前阶段的基础上分化为两种倾向，一种作为主流继续发展，一种作为载道的工具抑制着文学的发展。近世文学指金末至清末的文学，是自我意识在前两期的基础上进一步强化、个人与环境的冲突在文学（主要在戏曲小说）中日益显示其重要性的时期，其间划分为五个阶段：金末至元末为萌生期，明初（洪武元年，1368）至明中叶以前（成化二十三年，1487）为受挫期，明中叶（弘治元年，1488）至万历三十年（1602）左右为复兴期，万历三十年（1602）至乾隆十年（1745）为徘徊期，乾隆十年（1745）至 19 世纪末（1900）为嬗变期。

粗略地看，袁行霈教授与章培恒教授对古代文学皆分为三期，三期中又有七阶段或九阶段之分，甚至阶段与阶段之间的划分颇多相同或相近，其分歧主要表现如下：第一期二人都称为上古，章氏以先秦为上古，不再分段；而袁氏以先秦至秦汉为上古，但又将先秦与秦汉各作为一段。二人划分这两段的起讫时间完全相同，区别只在于把秦汉这一段放在上古还是放在中古。第二期章氏称中世，袁氏称中古，只不过章氏以秦汉至宋末为上下限，而袁氏则以魏晋至明中叶为上下限——这种上下限的差异固然颇大，但在中世这一大的期限中，二者皆进一步分为三个小时段，且其中有二个小时段的上下限竟基本一致——即魏晋至唐中叶，袁氏称为中古期的第一段，章氏称为中世文学的拓展期；唐中叶至南宋末，袁氏称为中古期第二段，章氏称为中世文学的分化期。可见二者的真正分歧，主要表现在秦汉与元至明中叶的归属——即袁氏将秦汉归于上古期第二段，而章氏却以秦汉为中世文学的发轫期；袁氏将元初至明中叶归于中古期第三段，而章氏却以金末至元末为近世文学的萌生期，明初至中叶为受挫期。第三期章氏称为近世，袁氏称为近古，终点一在 19 世纪末，一在“五四”以前，区别除了承第二期而来的章氏称金末至元末为近世文学的萌生期、明初至中叶为受挫期以外，他还将明中叶至万历三十年（1602）称为复兴期，万历三十年以后至乾隆十年（1745）为徘徊期，乾隆十年后至 19 世纪末（1900）为嬗变期。袁氏则考虑到 20 世纪下半叶的习惯，以 1840 年鸦片战争为界，把明中叶到“五四”以前的文学分为两段。

这种分期分段，其实都只是为了叙述的方便，而对中国文学史的发展所作的一种整体把握，并无优劣高下之分，但已初步打破了长期以来按朝代分编立章的格局，开始从文学自身的规律来审视和描述中国文学的演进历程，这是提出“重写文学史”以来取得的一个重要进展，因而立即受到国内外学术界的关注。与之相联系，关于近代文学、现代文学、当代文学这样的称名，以及相互之间的分期，也引起了学术界的思考。

(四) 近十余年关于现当代文学重新分期的讨论

由于20世纪80年代中期以降一系列有代表性的作品的涌现,使中国文学以一种新的面貌受到国内外读者和学者的重视。在20世纪末的最后数年,已有人开始对现代文学、当代文学这样的提法加以质疑,或提出将现当代文学重新划界的设想,或改用"20世纪文学"这样含糊的术语;而越是接近新旧世纪之交,对20世纪文学和学术的总结与反思也越多,甚至到了21世纪以后,仍在继续荡漾,至今余波未平。于是,从2001年初开始,章培恒教授与陈思和教授在《复旦学报》上开设了"文学史分期问题讨论"的专栏,提出:"为了展示文学的演变,我们必须把它的发展过程划分为若干阶段。这些阶段在文学史应各具首尾贯穿的特色,而在前一阶段与后一阶段之间则应在文学上有其分明的断限。……朝代的更迭并不必然带来文学上的重大变化,而在朝代并未更迭的情况下文学却发生了深远的剧变的事却并不少见,中唐就是一个突出的例子。"其意图主要是想通过文学史的分期观念的讨论,进而达到对文学史发展规律的重新探讨。专栏发表的论文,虽也有讨论古代文学分期的,但热点却集中在对20世纪文学进行重新审视和分期,包括"近代文学"这一称名是否能够成立、近代(或古代)文学与现代文学的重新分界、现代文学与当代文学的重新分界。其基本观点如下:

其一,仍然坚持以"文学革命"的发生作为现代文学的起点,而以20世纪80年代中期为下限。如朱文华先生于1998年11月20日在《文汇报》上发表的《也谈文学史的断限》一文中就已提出:现代文学史的下限,不应定在"文革"结束的1976年或70年代末,而以定在(20世纪)80年代中期为宜,其主要理由是:

> (前一断限)本身还未脱"根据政治变动来分界"之嫌,况且从实际的文学史现象来看,这一段时间里的文学思潮和创作(姑且主要以小说为代表),无论是"伤痕文学"、"大墙文学"还是"反思文学"之类,其整体的创作思想尚缺乏新质,即大都还是对50年代中期("干预生活"式)的回归,只不过"干预"的对象的政治性有某种角色的转换。而大致从80年代中期开始,才有另一股文学思潮(即文学的本体论的观念)出现并为大多数作家所接受。其诱发力量是80年代中期兴起的"文化热"与"方法(论)热",显著的标志则是所谓"寻根小说"、"文化小说"之类的作品大量问世,影响所及,文学理论批评界也有"后现实主义"或"新现实主义"一类的新提法。

至2001年,朱文华先生又在《复旦学报》发表《我的几个基本观点》,进一步重申:“所谓的中国现代文学史以五四文学革命为发端,即使是约定俗成的提法,但以其对客观事实的吻合,也是正确的。至于现代文学史的下限,……以定在 80 年代中期为宜。”并结合为研究生开设的“近百年中国文学研究纲要”课程的讨论,将 19 世纪末以来的中国文学演进的基本轨迹,分析为三大时期八个阶段:

第一时期:近代文学时期(“西学东渐”与古今文学的初步嬗变)

(1)“五四”前二十年(1898? —1917):近代文学的涌现与向“五四”新文学的过渡。

第二时期:现代文学时期(文学的泛政治化)

(2)“五四”文学革命(1917—1926):中国文学的现代化。

(3)革命—左翼文学(1926—1937):主流文学在多元文学格局中的竞争。

(4)文学与战争(1937—1949):主流文学的巩固与发展。

(5)新中国十七年文学(1949—1966):主流文学的单一发展。

(6)“文革”文学(1966—1978):主流文学的异化。

(7)“新时期”文学(1978—1985?):否定之否定,主流文学的恢复与回归。

第三时期:一般意义上的“当代文学”(文学的本体化和多元化)

(8)20 世纪 80 年代中期以来(1985? —):新质变与新曲折。

严家炎先生作为现代文学的权威学者,他在《文学史分期之我见》一文中,对于现当代文学重新分期的各种意见都表示了理解,但他主张还是先改用“20 世纪中国文学”这个相对稳定的概念为好,而对于下限暂不设定,实际上是持一种比较谨慎的态度,暂时不下断语。

其二,主张 19 世纪与 20 世纪之交即 1900 年左右为现代文学的开端。如范伯群先生的《在 19 世纪 20 世纪之交,建立中国现代文学的界碑》,就是持这种观点;章培恒先生的《关于中国现代文学的开端——兼及“近代文学”问题》,把现代文学与新文学的概念区别对待,认为 20 世纪初为现代文学的开端,同时对于“近代文学”这一概念提出质疑,因为在他主编的《中国文学史(新著)》中是不列“近代文学”这一阶段的。此外,柳珊的《民初小说与中国现代文学的开端》、沈永宝的《政论文学一百年——试论政论文学为新文学之起源》,则是从不同文体的新变来论证现代文学是从 20 世纪开始的。这种观点颇近于陈子展在《中国近代文学之变迁》(1929)中的提法,他是把 1898 至 1927 年的二十年称为近代文学,其含义相当于我们说的现代文学。

其三,关于现当代文学的分界,以 1990 年作为现代文学的下限和当代文学的开始。在 20 世纪末的数年间,学术界已就现当代文学的分界展开探讨,其中以 20 世纪 80 年代中期作为现代文学下限和当代文学开始的提法,曾一度颇为流行,上面提到的朱文华先生的观点可作为代表；稍后，谈蓓芳《论中国现代文学与当代文学的分期问题》和《再论中国现代文学的分期》、张业松《中国现代文学的下限问题》、许志英《给"当代文学"一个说法》等文，都倾向于以 1990 年为当代文学的开始；陈思和《试论 90 年代文学的无名特征及其当代性》，以共名和无名两种特征，讨论了 20 世纪 90 年代文学与此前 100 年文学的区别，实际上在一定程度上声援了上述提法，但持论审慎。因为他认为，"现代"一词具有世界性的文学史意义，而"当代"一词只属于当下文学现象的概括，要区分现当代文学的分期其实没有意义。我们现在流行的"中国当代文学史"的提法，只是一种不科学的约定俗成的说法。过去许多前辈学者强调"当代文学不宜写史"，正是从这个意义上出发的。

五、如何进行中国文学古今演变研究

顾名思义，既然要开展中国文学古今演变研究，当然要求研究者对中国古代文学和中国现当代文学的发展进程都有所了解，如果曾对古今文学的某些著名作家作品或某种流派与思潮、乃至某一个阶段做过比较深入的探讨，则更容易进入角色。从国内近三十年的教育背景和学术体制来看，中国古代文学和中国现当代文学这两个专业的研究者都可以在既发挥原有的专业优势又适当拓展知识结构的前提下积极参与①，但能够见到成效的关键，是首先要对中国文学建立起一种古今联系的认识。因而除了少数有志于从古今演变的视角撰写中国文学通史(包括某种文体或某个专题研究的通史)的学者，必须以相当长的时间来扩展跨越古今的知识结构以外，大多数研究者在立足于原来专业的基础上而适当补修本来相互联系的另一专业的知识，然后运用古今演变的视角和方法对中国文学某一阶段甚至某个名家、某部名作、某个流派进行新的阐释，也可以取得有创见的成果。换言之，在目前学术体制难以发生根本改变的情况下，无论你以往从事的专业是古代文学还是现当代文学，只要通过自己的主观努力，逐渐扩展了知识结构，对中国文学建立起一种古今联系的整体观念，都可以根据课题研究的需要来开展古今演变的研究。

鉴于已经终结了的"古"文学历史悠久，"今"文学时间不长却还在不断地发展延续下去，为节省篇幅，下面仅以近百年来中国文学的发展为例，简略谈谈其间的古今联系。

---

① 此外，还有两类研究者虽然人数不多，却是这个学科建设的核心力量：一类是在中国古代文学与现当代文学领域都具有深厚修养的中老年学者，他们实际上是近几年来中国文学古今演变研究的倡导者或积极响应者；一类是受前者引导或培养而以中国文学古今演变研究为主攻方向的青年学子，他们将成为这个学科建设中的生力军，但仍然需要不断拓展各自的知识结构。

从1917年文学革命开始到1937年抗日战争爆发前的二十年间，是中国新文学迅猛发展、成就卓著的时期，以往研究者多归功于外国文学的影响，但如果按照文体评估其成就，当以小说为第一，散文为第二，诗歌（新诗）和戏剧（话剧）则相对逊色。其根本原因恐怕在于明清白话小说和明清小品文直接为现代小说和现代小品文积累了经验，提供过营养；而新诗和话剧是从外国引进的，虽然也可能受到过中国古典诗歌和戏曲的影响，但实际上处于尝试或摸索之中。1937年抗战爆发以后，文学往往被当作救亡的工具，政治的工具，相对于1917—1937年的文学走向则有了较大的转变。毛泽东《在延安文艺座谈会上的讲话》就是对这种转变的理论表述，例如，他明确地提出："在现在世界上，一切文化或文学艺术都属于一定阶级，属于一定的政治路线的。""无产阶级的文学艺术是无产阶级整个革命事业的一部分。""文艺是从属于政治的，但又反转来给予伟大的影响于政治。"简而言之，就是要求文学完全为政治服务。而其后解放区的文学就开始成为了自觉按照《讲话》精神为政治服务的范式，直接影响到建国以后近三十年的文学走向，至"文化大革命"期间被推向极端。这个传统其实在中国古代由来已久，是"文以载道"观念在新时代的发展。"文革"结束后，邓小平曾明确指出："不再继续提文艺从属于政治的口号，因为这个口号容易成为对文艺横加干涉的理论依据，长期的实践证明它对文艺的发展利少害多。"[①]这种文艺观念的解放，迅速推动了其后的文学重新向"五四"新文学的传统回归。其突出表现是随着先锋派诗歌和戏剧、现代派小说等陆续登场，当代文学在80年代逐渐形成高潮。例如，韩少功的《爸爸爸》（1985），刘索拉的《你别无选择》（1985），张贤亮的《男人的一半是女人》（1985），莫言的《透明的红萝卜》（1985）、《红高粱》（1986）、《红高粱家族》（1987），王朔的《顽主》（1987），残雪的《苍老的浮云》（1986）、《黄泥街》（1987）、《天堂里的对话》（1988），苏童的《妻妾成群》（1989）等，都是80年代后期的代表作。这个时代的文学一方面达到了1917—1937年的水平，一方面由于时代的进步已开始超越"五四"新文学的境界。进入90年代以后，这种潮流得以继续推进，例如，随着刘震云的《一地鸡毛》（1991），余华的《活着》（1992）、《许三观卖血记》（1995），贾平凹的《废都》（1993），林白的《一个人的战争》（1994），史铁生的《务虚笔记》（1996），陈染的《私人生活》（1996），莫言的《酒国》（1993）、《食草家族》（1993）、《丰乳肥臀》（1995）、《红树林》（1999）等著相继推出，给文坛带来了新的气象，从人性的张扬和艺术表现的探索上，提升了当代文学的水准。此外，还有高行健的《灵山》、《一个人的圣经》先后写成于80年代后期和90年代，至2000年他以《灵山》获诺贝尔文学奖，说明中国小说不仅已经融入了新的世

① 邓小平：《目前的形势和任务》，《邓小平文选》，人民出版社1983年版，第220页。

界文学的潮流，而且获得了国际权威学术评奖组织的肯定①。如果我们把从文学革命到当前文学的发展作为把握古代文学的参照标准，可以重新阐释中国古代文学的发展趋势，从而发现古代文学中早已有一些与现当代文学相通的成分。因此，古代文学研究者在补修现当代文学时，实际上不仅调整了自己的知识结构，而且同时也拓展了自己的研究视野。我们应把从先秦到当下的中国文学看作一个整体，以先秦文学作为起点，以1917—2009的文学作为终点，看中国文学是怎么一段一段向前发展的。通过把古代文学的各个阶段与现当代的文学进行比较，可以发现中国文学在总体进程上有什么趋势，什么阶段发展到了什么程度，前一阶段提供的哪些新因素实际上成为了推动后一阶段文学发展的动力，后一阶段继承和发展了前一阶段的哪些成分，这无论对于古代文学的研究还是现当代文学的研究，都具有必要性和重要意义。

至于在具体的研究思路和研究方法上，可以根据各自的知识结构和研究课题的需要，采取不同的策略和路线。例如，如果从研究对象或领域上着眼，可以考虑这样一些思路：一是中国文学观念的古今演变；二是中国文学内容的古今演变；三是中国文学形式的古今演变。我给本中心的研究生讲“中国文学古今演变研究”这门基础课时，就是按照这一思路备课的，其间在探讨文学的内容与形式时，并不拘限于某种文体，相反，在不同的文体之间也会相互渗透、相互影响。

在具体的研究方法上，我曾经向本中心听课的研究生介绍过三种最基本的方法：

1. 溯源探流式（水经研究）。这是指从古今文学相互联系的视角出发，把中国文学的发展看作是一条大河，从古代（源头）一直探讨到当代（汇入世界的大海大洋）。其中又可采取多种形式，比如说，既可写一部通史性质的《中国文学古今演变史》，也可以分体裁或特定的研究对象，撰写诸如中国诗歌古今演变史、中国小说古今演变史、中国散文古今演变史、中国文学思想古今演变史等。不过，这些题目都很大，对作者的专业功底和学术积累要求较高，因此不适宜于年轻学者来做。但我们可以进一步缩小研究的范围，例如，研究吴越故事演变史、王昭君故事演变史、中国文学人物肖像描写演进史、中国文学心理描写演进史等，其中关于源头发生比较晚的研究对象，也可以划入这一类，例如，李（隆基）杨（玉环）故事演变史、中国戏剧冲突演进史等。

2. 溯源式（DNA检测）。这是站在后世的立场上，对作家作品所受古代文学传统基因的影响进行检测。这种检测不仅可用于研究现代文学作家作品，例如鲁

① 高行健于1940年出生于江西赣州，1962年毕业于北京外国语学院，出国前已成为知名作家。后来虽然加入了法国国籍，但其作品仍应纳入中国文学古今演变研究的视野。

迅、周作人、郁达夫、林语堂等人都不同程度地受到过古典文学的影响；而且还可以用于研究当代文学作家作品，例如贾平凹的“商州系列小说”和《废都》，郑义的《远村》、《老井》，莫言的《檀香刑》、《四十一炮》、《生死疲劳》、《蛙》，韩少功的《爸爸爸》、《女女女》等；甚至包括当代台湾香港作家和海外华人作家的作品，例如，金庸的武侠小说，琼瑶的言情小说，余光中的诗歌散文等，都曾从古典文学传统中汲取过丰富的营养。

3. 探流式(影响研究)。这往往是以一个时代的文学，或一位伟大作家乃至一部经典作品为例，重点探讨其对后世的影响。例如，晚明小品文对现代小品文的影响，《红楼梦》对巴金《家》、《春》、《秋》的影响等。近年来学术界推出的某专题某名家某名著的研究史或接受史，也可以看作影响研究的一个组成部分。

附记：

本文发表以后，复旦大学中国古代文学研究中心和浙江师范大学又于 2010 年 12 月在上海联合主办了第五届中国文学古今演变研究国际学术研讨会，第三届会议论文集也于 2010 年 8 月由上海古籍出版社出版。但非常痛惜的是，近十多年来一直积极参与倡导和推动中国文学古今演变研究的章培恒教授因病于 2011 年 6 月 7 日逝世，这对于刚刚展开不久的该领域之研究与本学科之建设来说，无疑都是一个重大的打击和损失！因此，近两年来常有中青年学者来信来电询问：第四、五届会议论文集何时能够出版？第六届研讨会将在何时举行？实际表达了对中国文学古今演变研究前景的关切和隐忧。

第一编　中世文学演变举隅

《吴越春秋》的写作与流传、整理情况考述①

吴国和越国，是上古时代兴起于东南并曾先后称霸的两个诸侯国。吴国最早称为“勾吴”，后来建国于现在的江苏省境内(包括浙北一部分)，定都于吴(今苏州)；越国最早称为“於越”，后来建国于现在的浙江省境内，定都于会稽(今绍兴)。据《越绝书》记载，吴越两国是“同气共俗”(《越绝外传记范伯》)、“同俗并土”(《越绝外传记策考》)；本书卷五也说：“吴与越同音共律，上合星宿，下共一理。”这是因为：在族属上，吴越先民同属于古越族，分别为“百越”的著名分支；在地域上，吴越互为近邻，同处长江下游的太湖流域，濒临大海。这就使他们在文化习俗方面，存在着一些共同的特征，例如司马迁说越人“文身断发，披草莱而邑焉”(《史记·越世家》)，而太伯、仲雍奔吴时，也从吴俗而“文身断发，示不可用”(《史记·吴世家》)，子贡也说吴人“断发文身，裸以为饰”(《左传·鲁哀公七年》)，加之吴越两国僻居东南一隅，长期封闭落后，所以曾被中原各国鄙视为“蛮夷”之族。但自春秋中叶以后，吴人率先打开国门，交通中原，终于以金戈宝剑，破楚败越，威慑齐晋，称霸天下；越人也不甘雌伏，一边以财帛与信义结交诸侯，一边以智慧与武力同吴国“争三江五湖之利”，终于在困境中崛起，问鼎中原，从而使春秋后期的历史形势发生了戏剧性的变化。

《吴越春秋》就是以上述历史为题材而写成的一部文言长篇历史小说②，它比较系统地记叙了吴越兴亡的始末，尤其浓墨重彩地描绘了春秋末年，吴越争霸过程中的一些传奇故事和传奇人物，无论在思想和艺术方面都取得了突出的成就③，在中国文化史上曾经产生过深远的影响。但古往今来，人们对该著的真实面貌和文化价值，尚

---

① 本文原载《中国文学研究》1995年增刊(1995年6月)。

② 参见拙文《论〈吴越春秋〉是我国现存最早的文言长篇历史小说》，《湖南师范大学学报》1994年第3期。

③ 参见拙文《论〈吴越春秋〉作为我国现存第一部长篇历史小说的思想成就》，《湖南师范大学学报》1995年第1期。

缺乏足够的认识，本文拟就《吴越春秋》的写作与流传、整理情况予以考察和评述。

《吴越春秋》的作者是东汉赵晔，这在《后汉书·赵晔传》中早有明确记载，特照录如下：

> 赵晔，字长君，会稽山阴人也。少尝为县吏，奉檄迎督邮，晔耻于厮役，遂弃车马去。到犍为资中（今四川资阳），诣杜抚受《韩诗》，究竟其术，积二十年，绝问不还，家为发丧制服。抚卒乃归。州召补从事，不就。举有道，卒于家。晔著《吴越春秋》、《诗细历神渊》。蔡邕至会稽，读《诗细》而叹息，以为长于《论衡》。邕还京师传之，学者咸诵习焉。

另外，东晋虞预在《会稽典录》中也有类似记载，并明确地说："至抚卒，晔经营葬之，然后归家。"[①]检《后汉书·杜抚传》，知杜抚曾受业于薛汉，定《韩诗章句》，后归乡里教授，有弟子千余人，"建初中（公元76—84）为公车令，数月卒官"。由此可以推测赵晔大约生于建武初年，于永平初年（约公元60）赴四川从杜抚受业二十年，至建初中（约公元80）"抚卒乃归"，卒年可能在永元年间，历光武帝、明帝、章帝乃至和帝四朝，与同邑王充（公元27—100?）为同时代人，所以蔡邕（公元133—192）才将他们所著的两部不同性质的书作一比较。

关于赵晔撰《吴越春秋》的具体时间，还可以从该书卷四《穷衄曲》中"严王何罪国几绝"一句找到一点线索，元代徐天祜注曰："'严'字义不通，今详当是'庄王'。谓前王何罪，几至绝国。按：严本出芈姓，其先即楚庄王支孙，以谥为庄姓者也。如汉庄忌、忌子助、后汉庄光，皆避明帝讳，改姓严。此以庄为严，亦避讳追改也。"准此，该书当写成于汉明帝刘庄执政时代，即公元58至75年之间。又因《后汉书·赵晔传》是将《吴越春秋》排在《诗细历神渊》之前，且蔡邕不提前者而激赏后者，那么，前者很可能是永平初年赵晔尚未赴四川时的著述，所以书中有诸多舛误也是可以理解的，而后者则无疑是他从杜抚学《韩诗》以后的精心之作。

基于这个结论，《吴越春秋》与《越绝书》的关系问题也就迎刃而解了。南宋黄震（字东发）在《黄氏日钞》中认为《越绝书》"大抵祖袭《吴越春秋》"。而明人陈埙在《越绝书·跋》中却说："赵晔《吴越春秋》，又因是书而为之。黄东发《日钞》以为《越绝》之出于《春秋》也，殆不然矣。"清人钱培名在《越绝书·题识》中也说："越晔《吴越春秋》之文，往往依傍《越绝》。"这除了可以从《吴越春秋》中找到不少依傍《越绝书》而加以生发的内证外，还可以从今本《越绝书》中找到确证。据《越绝外传记吴

---

① 据《太平御览》卷五五六所引。

地传》说："勾践徙琅琊，到建武二十八年，凡五百六十七年。"表明今本《越绝书》当写定于公元52年，而且自明人杨慎以来，学者们多依据本书卷末一段隐语，断定作者是会稽人袁康和吴平，那么，过了几年之后，同郡赵晔于永平初年撰写《吴越春秋》时，会参考《越绝书》，当是顺理成章的事。

原本《吴越春秋》为东汉赵晔所撰，证据确凿，本无可疑，但因该著在后世流传的过程中，出现了一些复杂情况，竟使今传本《吴越春秋》的著作权也产生了疑问。事端是由东晋杨方和隋代皇甫遵先后整理过该著作而引起的，加之《隋书·经籍志》和《旧唐书·经籍志》、《新唐书·艺文志》都将三书并录，便使问题开始复杂起来。现分别照录如下：

《隋书·经籍志》"杂史类"列为：

《吴越春秋》十二卷　　赵晔撰

《吴越春秋削繁》五卷　杨方撰

《吴越春秋》十卷　　　皇甫遵撰

《旧唐书·经籍志》"杂史类"列为：

《吴越春秋》十二卷　　赵晔撰

《吴越春秋削烦》五卷　杨方撰（按："烦"，同"繁"）

《吴越春秋传》十卷　　皇甫遵撰

《新唐书·艺文志》"杂史类"列为：

赵晔《吴越春秋》十二卷

杨方《吴越春秋削烦》五卷（按："烦"，同"繁"）

皇甫遵《吴越春秋传》十卷

这表明自唐代至北宋嘉祐五年(1060)《新唐书》修成时，三书皆传于世，那么，《吴越春秋》的著作权在当时也自然分明而无异议。但后世的疑问却主要是宋人种下的因，这从王尧臣(1003—1058)等人于景祐元年(1034)奉命编撰至庆历十一年(1041)完成的《崇文总目》(原著已佚，今据清人辑录本)中已见端倪。该书卷十二"杂史类"著录：

《吴越春秋》十卷　　（不署作者）

《吴越春秋传》十卷　（原释：唐皇甫遵注）

这里有三点值得我们注意：

一是《崇文总目》不著录杨方的《吴越春秋削繁》，是因当时朝中四馆未藏此书，还是本已著录而后亡佚？或是表明了王尧臣等人的一种态度，即认为此书对于赵晔原著和皇甫遵的传注来说价值不大。检《晋书·贺循传》及《杨方传》，知杨方也为会稽山阴人，官至高梁太守，曾"著《五经钩沉》，更撰《吴越春秋》"。所谓"更撰"，就是改写，实即删繁为简，把赵晔原著十二卷削改为五卷而已。当然，删削什么，保留什么，自然也会反映出杨方的思想态度，从这种意义上说，该书仍有一定的价值，但它对于赵晔原著来说，也许的确价值不大。

二是从《崇文总目》中可知，皇甫遵之书，名为之“传”，即是书之“注”，并非别撰一书。元马端临《文献通考·经籍考》著录此书时说：“《崇文总目》：唐皇甫遵注。初赵晔为《吴越春秋》十二卷，其后有杨方者，以晔所撰为繁，又刊削之为五卷，遵乃合二家之书，考定而注之。”元大德十年(1306)徐天祜在《吴越春秋序》中也说：“按邯郸李氏《图书十志目》，亦谓杨方尝刊削晔所为书，至皇甫遵遂合二家考正，为之传注。”

三是《崇文总目》所录《吴越春秋》十卷，不署作者，令人费解。清人钱绎按：“《隋志》、《唐志》、《读书志》并十二卷。”当是赵晔原著，但为何从十二卷突然变为十卷了呢？钱绎所说的“《读书志》”，指晁公武所撰《郡斋读书志》，该书“杂史类”著录“《吴越春秋》十二卷”，“后汉赵晔撰。吴起太伯，尽夫差；越起无余，尽勾践。内吴外越，本末咸备”。这表明赵晔原著十二卷本至南宋时仍传于世。我认为《崇文总目》所著录的《吴越春秋》十卷本，与《宋史·艺文志》所著录的“赵晔《吴越春秋》十卷”、元人徐天祜所依据的宋本、清人蒋光煦所参校的影宋本，当属于同一版本系统，而这一点正与今传本《吴越春秋》紧密相联。

今存《吴越春秋》的最早版本，是元大德十年丙午(1306)刊本。其后，明代有弘治十四年辛酉(1501)邝璠的刊本、万历十四年丙戌(1586)冯念祖的刊本及《古今逸史》本、《广汉魏丛书》本等，自清至今，又有多种刻本，尽管这些版本有的标为十卷，有的标为六卷①，有的有徐天祜的音注，有的没有徐天祜的音注，但无一不属于元大德十年丙午刊本系统。因而今传本《吴越春秋》的功与过，基本上都可以归于徐天祜名下。

徐天祜，字受之，会稽山阴人，宋景定三年(1262)进士，曾为大州教授，德祐二年(1276)以文林郎、国库书监召，不赴，退归城南杜门读书，入元不仕。大德末年，绍兴路总管刘克昌为“奖励学校，汇遗文，修坠典”，拟集资重刻《吴越春秋》，因命徐天祜加以考订并作序。徐天祜的考订工作，内容大致包括三方面：一是“刊正疑讹”，二是“为之音注”，即对难字难词的读音和意义加以注释，三是对照《左传》、《史记》、《国语》等书，考订史事的异同，“附见于下而互存之”。平心而论，徐天祜的考订工作是有成就的，尤其是在正讹释疑方面，用力颇勤，卓见迭出，从而使原书基本上清通可读，再加上刊刻较精，所以自元大德十年丙午刊本行世以后，就逐步取代了其他版本，使该书得以流传至今，其功自不可没。

---

① 例如《古今逸史》本、《广汉魏丛书》本、《秘书廿一种》本、《增订汉魏丛书》本、《丛书集成》本都称为六卷，实是将十卷本的一、二、三卷合为一卷，六、七卷合为一卷，八、九卷合为一卷，四、五、十卷仍各为一卷。

然而徐天祜也的确负有不可推卸的责任，这主要是指他在版本的选择和考证上，有严重的失误。徐天祜《吴越春秋序》曰：

> 《吴越春秋》，赵晔所著。隋、唐《经籍志》皆云十二卷，今存者十卷，殆非全书。二志又云："杨方撰《吴越春秋削繁》五卷，皇甫遵撰《吴越春秋传》十卷。"此二书今人罕见，独晔书行于世。晔传在《儒林》中。观其所作，乃不类汉文。按邯郸李氏《图书十志目》，亦谓杨方尝刊削晔所为书，至皇甫遵遂合二家考正，为之传注。又按：《史记》注有徐广所引《吴越春秋》语，而《索隐》以为今无此语者。他如《文选》注引季子见遗金事，《吴地记》载阖闾时夷亭事，及《水经注》尝载越事数条，类皆援据《吴越春秋》。今晔本咸无其文，亦无所谓传注，岂杨方所已刊削而皇甫所未考正者耶？

《四库全书总目提要》称其"考证颇为详悉"，近人余嘉锡(1883—1955)则大不以为然。他说："至于天祜之《序》，其所考证，实不甚精，今特举正之于此。"然后引证材料驳斥徐《序》谓杨方、皇甫遵二书，今人罕见，独晔书行于世，是"误之甚矣"。认为"此书十二卷之本，至宋时尚存，《新唐志》、《读书志》、《通考》并著于录。《宋史·艺文志》别史类有此书，已作十卷。考蒋光煦《斠补隅录》，有所校影宋本亦止十卷，则此二卷，当亡于宋末，皇甫遵之书正是十卷。宋本，疑即用皇甫之本，而去其注。然则当云独皇甫遵书行于世，不当如《序》所云独晔书行于世也。《序》又云：'徐广《史记》注引《吴越春秋》，而《索引》以为无其语。'考《吴世家·索引》云：'徐广引《吴越春秋》云，王僚，夷昧子，今检《吴越春秋》无此语。'《序》盖即指此条。考之本书《吴王寿梦传》云：'吴王立余昧子州于，号为吴王僚也。'余昧即夷昧，徐广所引，殆即因此二语而隐括之。《索引》以为《吴越春秋》无此语，已误，《序》从而疑此书，更误矣。其余若《文选注》诸书所引，亦当在所佚二卷之内。《序》乃云，今晔本咸无其文，若疑其在方、遵书内也者，何其漫无考证哉！"[①]另外，徐《序》既谓"独晔书行于世"，又曰："观其所作，乃不类汉文。"前后自相矛盾，明弘治十四年钱福《重刊吴越春秋序》及清代《四库全书总目提要》也早已一一辨正。

为什么会导致徐《序》在考证上的诸多失误呢？我以为根本的原因是：徐天祜当时既没有去积极搜寻赵晔原著十二卷本、杨方削繁的五卷本和皇甫遵传注的十卷本，也没有用力去弄清宋十卷本与各本的关系，而只是奉命行事，在仅有的一个宋十卷本的基础上，进行考证和注释工作，因而不仅割断了前人整理《吴越春秋》的

---

① 余嘉锡：《四库提要辨证》卷七。

联系，而且铸成了刻古书而古书亡的历史遗憾。事实上，赵晔的原著十二卷本和皇甫遵传注的十卷本，甚至包括杨方削繁的五卷本，在元代和元代以后相当长的一段时期内，尚存于世，其根据是：

(一) 元代马端临(1254—1323)《文献通考·文献考》"杂史类"著录有：

《吴越春秋》十二卷　　后汉赵晔撰

《吴越春秋传》十卷　　唐皇甫遵注

(二) 元至正五年(1345)修成的《宋史·艺文志》"别史类"著录有：

赵晔《吴越春秋》十二卷

皇甫遵注《吴越春秋》十卷

(三) 明代万历间陈第(1541—1617)《世善堂藏书目录》卷上著录有：

《吴越春秋》十二卷

(四) 明代焦竑(1540—1620)《国史经籍志》卷三"杂史类"著录有：

《吴越春秋》十二卷　　赵晔

《吴越春秋削繁》五卷　杨方

《吴越春秋传》十卷　　皇甫遵

(五) 明末清初钱谦益(1582—1664)《绛云楼书目》卷一"杂史类"著录有：

《吴越春秋》十二卷　　赵晔撰

假如徐天祜当时能找到越晔原著十二卷本作底本，再以皇甫遵传注十卷本、杨方削繁五卷本及宋十卷本参校，即使不作任何音注，其功也甚伟。当然，徐氏当时考订和注释本书的直接目的，只是为了给绍兴路学的儒生提供一个读本，并没有意识到他同时还承担着抢救文化遗产的历史使命，因此，他竟连自己所依据的宋十卷本是否有序跋及刊刻年代都不置一词，我们对此也只能表示遗憾而已。

徐天祜虽然认为宋十卷本《吴越春秋》"殆非全书"，但仍确认该书为赵晔所撰。明人钱福于弘治十四年所作《重刊吴越春秋序》在此说的基础上进一步推测，所佚二卷内容可能是"西施之至吴、范蠡之去越"。

最早对今传本《吴越春秋》的著作权提出怀疑的是明人杨慎(1488—1559)，他说："《汉书》：赵晔撰《吴越春秋》；《晋书》：杨方亦撰《吴越春秋》。今世所传，晔耶？方耶？"①清人王芑孙(1755—1817)进一步认为："其文笔不类汉人，或竟出杨方之手。"②今人黄云眉又加以推测说："今本所传或为杨方更撰之本，后人析五卷为十卷。"③

① 据清姚际恒《古今伪书考》所引。

② 王芑孙：《题吴越春秋》，《惕甫未定稿》卷二十六。

③ 黄云眉：《古今伪书补正》。

第二种不同意见已见前引，即近人余嘉锡（1883—1955）认为今传本《吴越春秋》，乃皇甫遵《吴越春秋传》十卷本而去其注[①]。

另外，还有一种否定意见是今人陈中凡先生提出的，他认为"《吴越春秋》一书，也不出于后汉赵晔之手，而为汉晋间人讲述古史并附会民间传说的一种说部"[②]。实际上是无视《吴越春秋》在后世流传、整理的复杂情况，而简单地定为无名氏之作，破而不立，于事无补，曹林娣先生已撰文辨之甚详[③]，本文姑且置之不复论述。

笔者认为《吴越春秋》的著作权始终属于东汉赵晔，晋杨方和隋皇甫遵同元代的徐天祜一样，都只是该著作的整理者，并且他们都是把该书作为一部史书来整理，只不过由于各人对于"杂史"的认识不同而态度有别。杨方曾著《五经钩沉》，是一位善于考证的经学家，他对于《吴越春秋》的整理仅仅是"削繁"而已，即通过考证，把某些不符合古史记载的虚构和描写加以删削，其中可能有两卷被全部删除，另十卷则被削简合为五卷。皇甫遵则另辟蹊径，悉心依照赵晔原著进行传注，着重考订史实的异同，但因原著中有二卷（很可能就是被杨方全部删除者）他无法传注，便干脆不注也不录，所以皇甫遵传注本只有十卷。从这个思路出发，我原则上同意余嘉锡的说法，即认为今传本《吴越春秋》的祖本，当是依据皇甫遵传注《吴越春秋》十卷本而去其注，但结论却与徐天祜一致，即今传本《吴越春秋》的著作权仍属于赵晔，只不过赵晔原著中有二卷已佚而已。至于杨方其人，对赵晔的原著来说是无功而有过的，所以宋人《崇文总目》已不录其书，实与今传本《吴越春秋》没有关涉，杨慎、王芑孙是因不清楚《吴越春秋》的流传整理情况而生疑，黄云眉的推测，则纯属没有根据的想象之词。

自清代以来，还有不少学者对今传本《吴越春秋》进行过一些考证、校勘工作，现择要列举如下：

清代卢文弨（1717—1795）撰《吴越春秋校记》一卷。

清代顾观光（1799—1862）撰《吴越春秋校勘记》一卷。

清代俞樾（1821—1906）撰《读吴越春秋》一卷。

清末民初王仁俊（？—1913）辑《吴越春秋佚文》一卷。

近现代邵瑞彭（1887—1937）撰《吴越春秋札记》一卷。

近现代徐乃昌（1869—1943）撰《吴越春秋札记》一卷，又辑《吴越春秋逸文》一卷。

---

① 余嘉锡：《四库提要辨正》卷七。
② 陈中凡：《论〈吴越春秋〉为汉晋间的说部及其在艺术上的成就》，《文学遗产增刊》第七辑。
③ 参见曹林娣：《关于〈吴越春秋〉的作者及成书年代》，《西北大学学报》1982 年第 4 期。

今人苗麓点校《吴越春秋》十卷(以元大德十年丙午刊本为底本,以明弘治本和万历本参校),于1986年由江苏古籍出版社出版。

尽管以上学者的整理工作各有侧重,有的是以他本校勘文字,有的是考证史事,有的是辑录佚文,有的是正徐天祜音注之误,有的是补徐天祜音注之不足,有的是记读书心得而抒发己见,有的是综述众说而加以评论,但目的一致,都是为有助于阅读和理解今传本《吴越春秋》,着重解决徐天祜当时未能解决的"其间文义犹有滞疑不可训知"的疑难问题。

论《吴越春秋》是我国现存最早的文言长篇历史小说[①]

自《隋书·经籍志》首先把《吴越春秋》著录在“杂史类”以后，中国古代学者几乎都把它看作是一部历史著作，只不过偶尔也有“别史”、“古史”、“霸史”之称而已。元代徐天祜实际上也把它看作是一部“最先出东都，时去古未甚远”，“视他书所纪二国事为详”的史书来整理的。明代钱福虽已指出“其字句间或似小说家”，“附会以成其说者，多不可辩验”，但仍把它看作是一部“有所本”的“后世补亡之书”[②]。清代《四库全书总目提要》也认为该书中有些内容“未免多所附会”，“尤近小说家言，然自是汉、晋间稗官杂记之体”，在整体上却仍把它看作史书，只不过改列在《史部·载记类》罢了。

最早明确指出《吴越春秋》是一部小说的观点，见于明代天启初《古今小说序》，绿天馆主人（据有关考证即冯梦龙）说：

> 史统散而小说兴。始乎周季，盛于唐，而浸淫于宋。韩非、列御寇诸人，小说之祖也。《吴越春秋》等书，虽出炎汉，然秦火之后，著述犹希。

他在这里首次勾勒出中国小说早期发展的线索，实际是以《吴越春秋》作为汉代小说的代表，可惜因未能展开评述而影响甚微。其次见于日本宽延二年（1749）刊本《吴越春秋题首》[③]，但当时并未反馈到中国来，因而也未对清人产生任何影响，例如

---

① 本文原载《湖南师范大学学报》1994 年第 3 期。中国人民大学书报资料中心《中国古代近代文学研究》1994 年第 8 期全文转载。

② 明弘治邝璠刊本《重刊吴越春秋序》。

③ 曹林娣《试论〈吴越春秋〉的体裁》一文说：“日本学者曾原题首先一扫旧说，认为此书‘情态同臭味后世演史者有焉，盖饤饾齐东野人之语，而供之好事者也。以予观之，谓之在昔小说，亦不诬也。’”载《苏州大学学报》1984 年第 1 期。

卢文弨、顾观光、俞樾、王仁俊、徐乃昌等整理、研究过《吴越春秋》的学者，都未曾论及该书的文学价值。直到鲁迅先生撰《中国小说史略》，也仅提到《吴越春秋》“虽本史实，并含异闻”。此后，郭希汾先生的《小说史略》，徐敬修先生的《说部常识》才明确把该书归入汉人小说类，称它为后世演史小说军谈之祖，陆侃如、冯沅君先生的《中国文学史简编》则称它为历史小说。1957 年陈中凡先生也撰文力主该书为“说部”，但至 20 世纪 60 年代人民文学出版社出版的两部权威性的《中国文学史》，一部（游国恩等五教授主编）仍称它为历史散文，一部（中国科学院文学研究所编写）竟对它只字不提。80 年代以来，学术界又先后把目光投向了《吴越春秋》，或考辨它的史事讹误，或评论它作为史传文学的价值，或剖析它作为小说的特征，或探讨它同后世历史演义小说的关系，虽各有新见，但共识尚未形成，研究还须深入。

在史官文化异常发达、唯我独尊的古代中国，小说形态经历了一个从与史籍同生共存到逐渐分离独立的嬗变过程。在这一过程中出现的史传文学，以及在史传文学的孕育下所形成的历史小说，实际上都是历史文学化的产物，但二者的性质不同：史传文学的重心在历史，它所着重追求的仍然是历史真实；而历史小说的重心则在文学，它所着重追求的当然是艺术真实。笔者这里所说的“史传文学”，是指有一定文学色彩并以人物为中心的纪传体史书，《史记》和《汉书》是其典范之作。前者代表了史传文学的最高成就，被称为“中国史传文学之祖”①；后者则是在文史分家的转折时期所产生的杰作，其成就与地位仅次于前者。而《吴越春秋》就正是产生于《史记》之后，大约与《汉书》同时而稍前的时代，它与《汉书》都受到了《史记》的很大影响，但二者却分别走向了不同的道路，《汉书》保留着文学的基因而进一步走向了信史，《吴越春秋》则保留着史学的基因而进一步走向了文学。所以，《史记》和《汉书》在后世一直被奉为“正史”的楷模，而《吴越春秋》则由于古人历史意识的膨胀与小说意识的迟钝，仅被作为“杂史”而流传。

事实上，历史意义上的“杂史”与文学意义上的“小说”之间并无不可逾越的鸿沟，这从最早把《吴越春秋》列入“杂史”的《隋书·经籍志》中即可察知：

> 后汉赵晔又为《吴越春秋》，其属辞比事，皆不与《春秋》、《史记》、《汉书》相似，盖率尔而作，非史策之正也。……自后汉已来，学者多钞撮旧史，自为一书，或起自人皇，或断之近代，亦各其志而体制不经。又有委巷之说，迂怪妄诞，真虚莫测，然其大抵皆帝王之事，通人君子，必博采广览以酌其要，故备而存之，谓之杂史。

① 韩兆琦：《中国传记文学史》，河北教育出版社 1992 年版，第 67 页。

其中所谓"迂怪妄诞，真虚莫测"的"委巷之说"，无疑属于小说家言，可见古人的这种分类法是从泛史论出发，把部分小说也作为历史的大杂烩而一锅煮了。这就是说，古人所说的"杂史"，既有历史意义上的野史，也有文学意义上的小说。所以明人陈言说："正史之流而为杂史也，杂史之流而为类书、为小说、为家传也。"[①]那么，《吴越春秋》的文体性质到底如何？它是应该归属于历史散文，还是应该归属于历史小说呢？这是我们深入探讨该著的价值之前所必须明确回答的问题，因为对于一部以历史题材为内容的著作来说，是以史学的尺度还是以文学的尺度来评价它，所得出的结论可能完全不同。

首先，让我们从《吴越春秋》的叙事体例说起。诚然，《吴越春秋》的写作，明显受到了《国语》和《史记》的影响，这不仅指它的内容多以二书为依据，而且在表层结构形式上，它所采用的仍然是纪传体和编年体相结合的史传体例，也许这就是古今学者要把它归属史书的主要原因。但在实际上，《吴越春秋》的叙事体例在继承《国语》和《史记》特点的同时，已经有了一定的突破和发展。全书虽以吴越兴亡为内容，以吴越世系为线索，从开国一直写到亡国，但并非平铺直叙，均衡用力，面面俱到，而是从吴越争霸的角度来描述二国兴亡的历史，其中又以吴王阖闾、夫差和越王勾践争霸过程中的政治、军事和外交活动作为重点来进行大胆剪裁。正因为作者有统一的叙事角度和明确的叙事重点，才能对作品的叙事方式和叙事结构作出比较明确的总体设计，从而形成该著在篇章布局和结构安排方面的特色：全书共十卷，前五卷为内传，着重记叙吴国的兴亡史；后五卷为外传，着重记叙越国的兴亡史。卷一、卷二和卷六采用双线平行发展的布局，分别写吴越的创世史：吴国从太伯开国到寿梦称霸，再到王僚立国，越国从无余开国到允常称霸，从漫长而复杂的历史中分别勾勒出了吴越创业称霸的历史脉络。虽然概述世系颇多，缺少贯穿始终的人物和事件，但叙事角度一致，叙事重点分明，并且篇幅不长，分别作为吴越争霸的历史背景而存在，仍然具有一定的意义。卷三至卷五和卷七至卷十是全书的主体部分，虽然还是采用双线平行发展的布局，但其内在的深层结构（指叙事结构和情节结构）却是双线交叉结合（局部有三线或多线交叉结合），吴中有越，越中有吴，互相照应而不重复，彼此依存而又各自独立。尤其值得我们注意的是，作者在构思布局时还赋予了伍子胥和勾践这两个主要人物较强的结构功能，即主要以伍子胥的复仇报恩和勾践的复仇兴国这两条线索来贯串吴越兴亡的历史进程，来组接吴越争霸的历史画面，从而使吴越争霸这一重大历史事件作为故事情节来叙述时，实际上也在一定程度上成为了"某种性格、典型的成长和构成的历史"。这样，

---

① 陈言：《颖水遗编·说史中》。

《吴越春秋》的这种双线平行而又内外交叉结合的叙事结构，就比《国语》和《史记》更具有连贯性和完整性，更富于文学色彩，实际已经初步具有了长篇小说的叙事结构功能。尽管它的结构本身还不够严密和完善，但在当时来说，无疑是一种拓展和创新。

当然，判断一部历史题材的著作是历史散文还是历史小说，最主要的标准应在于作者对历史题材的处理，在于作品的虚实比例。赵晔写作《吴越春秋》时，距吴国灭亡已有五百多年，距越国灭亡也有四百余年，他当然不可能根据第一手材料而实录历史，但该书也并非凭空结撰之作，其中既有大部分内容是依傍史传而作，也有不少内容是融会传说或纯属想象而成，后者基本上都属于“虚”的部分。例如，内传中写伍子胥乞食溧阳、佯狂吴市及破楚后回报渔者之子和击绵女、干将夫妇铸剑、钩师杀二子作钩、洪卢剑恶阖闾无道而自至于楚、椒丘訢与神斗于水、夫差的梦境与幻境及臣僚的解释、公孙胜三呼三应等若干情节显然都是虚构的。外传中卷七、卷八、卷九中的大部分内容都无史可考，尤其是浙江祖道君臣离别的场面、勾践入臣卑事夫差乃至尝粪卜疾、归国后令民女采葛织布以献吴王、范蠡筑城而怪山自生、勾践与臣下阴谋破吴并逐步实施文种所献九术、越女试剑、老翁化猿等情节曲折生动，波澜迭起，表现出作者具有高度的艺术想象力。卷十写勾践率军伐吴的鼓动之词及途中轼蛙以激士养气、入吴都前伍子胥于城门“显圣”、文种赐死后与伍子胥并为“涛神”等情节，也纯属无中生有。此外，书中还多次描写吴越谋臣占时卜日以决吉凶，“皆非三代卜筮之法”，而是汉代术数家所习用的“六壬法”，当是作者杜撰无疑。

那么，《吴越春秋》中依傍史传的部分是否可以作为信史来读呢？在赵晔写作该书之前，记载吴越史事较详的著作主要有《左传》、《国语》、《史记》和同时代的《越绝书》，其他如《公羊传》、《谷梁传》、《竹书纪年》、《世本》、《战国策》、《逸周书》、《吕氏春秋》、《说苑》等书仅有零星片断。细审源流，考校异同，我们发现赵晔本来就无意于要写作一部吴越兴亡的信史，因为他当时主要从《国语》和《史记》中摘取材料，同时有选择地利用了《越绝书》的部分内容和其他诸书中的片断记述。古今曾有不少学者作过详细考证，已先后指出该著所记与史实不合之处有近百条之多，另有不少篇幅是在只言片语的史料基础上附会生发，踵事增华，也属虚多实少，加之还有一些前人尚未考出的讹误，该著作的史学价值就大打折扣而为人所轻了。为准确把握赵晔处理历史题材的态度，我们不妨就《吴越春秋》中依傍史传失实致讹的原因做一些分析和归纳，大致可分为如下四种情形：

一是因为疏忽而失实。如卷二叙吴国王族世系曰：“(周)章子熊，熊子遂。”检《史记·吴太伯世家》作“周章卒，子熊遂立”。知熊遂乃一人之名，赵晔却误析为熊和遂，成了二人。又如卷三记“公子盖余、烛傭二人将兵遇围于楚者，闻公子光杀王僚自立，乃以兵降楚，楚封之于舒”；而至卷四于阖闾元年又记曰“阖闾复使子胥、屈盖余、烛傭，习战术骑射御之巧”，前后自相矛盾。像这类讹误，即使从文学角度看也毫无意义，显然为疏忽所致。

二是无意于求实。造成这类讹误的客观原因，是所依傍的史料不真实，但其主观原因却有所不同：(1) 失于考证，以讹传讹，如卷二曰：“十七年，余祭卒，余眛立。四年，卒。”这里把吴王余祭与余眛二王享国之年倒错，实是沿袭《史记·吴太伯世家》之误。但《春秋·襄公二十九年》曰：“阍杀吴子余祭。”《左传·襄公二十九年》也曰：“吴子余祭观舟，阍以刀杀之。”是年即余祭四年(公元前 544)，且《史记·十二诸侯年表》也于余祭四年栏目下有“守门阍杀余祭”的记载，赵晔竟不加考辨予以照抄，于史学已有诬，于文学也无补。(2) 不愿深究，将错就错，如卷三先记伍子胥于王僚五年(公元前 522)投奔吴国，这与《史记·吴世家》所载完全一致，接着追叙伍子胥因遭受楚平王的迫害，先逃奔宋国追随太子建，恰遇宋有华氏之乱，又与太子建奔郑，后因太子建与晋谋袭郑而被郑定公子产诛杀，于是伍子胥才和太子建之子王孙胜一起投奔吴国，这些情节也是依傍《史记·伍子胥列传》而来。但据《史记·郑世家》载：“郑定公八年(公元前 522)，楚太子建来奔，十年，太子建与晋谋袭郑，杀子建，建子胜奔吴。”可见《史记》本身在记载伍子胥奔吴的时间上已有二年之误，即伍子胥不可能在奔宋奔郑之后，仍于王僚五年奔吴。唯有《左传·昭公二十年》记伍子胥于吴王僚五年逃离楚国后，径直投奔吴国，可以成立。赵晔这里的将错就错，已赋予它一定的文学意义：一方面把伍子胥的复仇与太子建的复仇联系起来写，强化了复仇观念；一方面使情节进一步曲折复杂而又合乎伍子胥的性格发展逻辑。与前例纯属以讹传讹已有本质上的不同。(3) 不避虚诡，有本即录，例如卷一叙姜嫄履大人迹而怀孕及后稷出生后的传奇经历，即本于《诗经·生民》和《史记·周本纪》。卷六叙女嬉吞薏苡而怀孕生禹，则是依据《世本》。又如卷五记吴王夫差黄池争长时，在越军已攻入吴都的紧急情势下仍与晋耀兵决斗：

> 吴师皆文犀长盾、扁诸之剑，方阵而行。中校之军皆白裳、白发、素甲、素羽之矰，望之若荼。王亲秉钺，戴旗以阵而立。左军皆赤裳、赤髦、丹甲、朱羽之矰，望之若火。右军皆玄裳、玄舆、黑甲、乌羽之矰，望之若墨。带甲三万六千，鸡鸣而定阵，去晋军一里。天尚未明，王乃亲鸣金鼓，三军哗吟，以振其旅，其声动天徙地。晋大惊，不出，反距坚垒。

结果晋国不得已许吴王为长，《左传·哀公十三年》、《史记·晋世家》及《吴世家》，皆记吴晋黄池争长事，但都未记吴军有此决斗的壮观场面，倒是晋赵鞅有“建鼓整列”以伐吴的打算，并且最终是以晋定公为长。当然上述场面及结局的描述也并非赵晔信口开河，他是依据《国语·吴语》略加调整组织而成。至于《国语》中的这段记载与《左传》不合，明显有着奇诡虚夸色彩，他也毫不在意，因为这一耀兵决斗的阵容和场面的描写，实在壮观精彩，与吴王夫差的性格和当时的情境又完全切合。从艺术真实的角度看，这种处理当然是成功的。

三是借实生虚，踵事增华。这种情况，往往是作者从文学表现的需要出发，有意凭借史传中的点滴记载而附会生发，大肆铺张描写，使其情节实中有虚，虚中有实，真虚莫测。如《史记·伍子胥列传》记伍子胥投奔吴国途中“渡江”和“乞食”二事仅七十余字，《吴越春秋》卷三却据此敷衍出一篇长达六百余字的文章，不仅生动地刻画了一个敢于冒死救难、舍生取义的渔父形象和一个甘愿牺牲自己的名节与生命来馈饭助行的击绵女形象，而且表现出伍子胥在形势险恶、处境窘困之际的机智与谨慎，并为卷四破楚后引军击郑时因遇渔者之子请求而释郑和回师濑水时投百金以报击绵女埋下伏笔，从而揭示了他有恩必报的精神世界。又如子胥鞭尸之说，《春秋》和《左传》均无记载，《吕氏春秋·首时篇》首倡“鞭荆平之坟三百”说，《谷梁传》也曰“挞平王之墓”，《淮南子·泰族训》、《说苑·善说》及《越绝书》都只说鞭墓、隳墓、笞坟，但《史记·吴世家》却说：“子胥、伯嚭鞭平王之尸以报父仇。”《史记·伍子胥列传》进一步描述说：“伍子胥求昭王，既不得，乃掘楚平王墓，出其尸，鞭之三百，然后已。”至《吴越春秋》则又进一步渲染：“伍子胥以不得昭王，乃掘平王之墓，出其尸，鞭之三百，左足践(其)腹，右手抉其目。诮之曰：谁使汝用谗谀之口，杀我父兄，岂不冤哉！”无论鞭坟鞭尸，皆已“真虚莫测”，难以征信，但赵晔用太史公之说而增加惟妙惟肖的细节描写，却非常切合伍子胥痛报宿仇的心理，同时把该著着力表现的复仇精神升华到了顶点。

四是有意对史实曲改重铸，以假乱真。例如卷四谓白喜(即伯嚭)乃楚白州犁(即伯州犁)之孙，与《史记·吴世家》所记相合，但接着又说白州犁为楚之左尹，号曰郄宛(一作郤宛)，因费无忌进谗言而被楚平王诛杀，则是有意曲改史实。按《左传》载，楚太宰伯州犁死于鲁昭公元年(公元前541)，为公子围(楚灵王)所杀，而左尹郤宛则死于鲁昭公二十七年(公元前515)，其时平王已卒，昭王在位，郤宛之祸，实是令尹子常听信费无忌谗言所致，据此知白州犁、郤宛显然为二人无疑，且二人之死均与楚平王无关。赵晔这里有意把白州犁与郤宛合为一人，并把杀害其人的祸首改为楚平王，而谗害其人者也是费无忌。这样，既突出了楚平王的残暴昏庸，又促使白喜因伍子胥同仇共怨而奔吴，而伍子胥也是出于“同病相怜，同忧相救”之心才引荐白喜，与之俱事吴王，从而揭示了伍子胥悲剧的一个重要原因。又据《左传·昭公二十七年》、《史记·楚世家》记载，费无忌本来死于楚昭王元年（公元前515）九月，为令尹子常所杀。《吴越春秋》却改在楚昭王四年（公元前512）九月，因伍子胥等率吴师攻楚取胜而谋欲入郢之时，楚国群臣共怨，子常和楚昭王才被迫杀了费无忌。事迟三年，却终于让费无忌在吴军攻楚的威慑之下受戮，从而使谗贼之死与伍子胥的复仇行动产生了直接联系。

约而言之，上述四种情形实际上可归纳为两类：一类是毫无文学意义的谬误，不管是因为疏忽而失实，还是因为失于考证而以讹传讹，都只能说明作者的史学意识淡漠；一类是具有文学意义的失实致讹，包括不愿深究，将错就错；不避虚诡，有本即录；借实生虚，踵事增华；对史实曲改重铸，以假乱真等处理方式，都是有意放弃历史的真实而追求艺术的真实，这正说明了作者文学意识的觉醒。

当然，《吴越春秋》中也有不少描写与正史的记载基本一致，就正如《三国志通俗演义》中有大量描叙与《三国志》的记载大致吻合一样，但作者的意图并非为了写出一部信史，而是为了创作一部有一定历史时代感的历史小说。

由于中国古代小说脱胎于史传文学，因此历史小说也成了古代小说中的望族。而赵晔所处的时代正是历史小说发展的一个重要阶段。早在先秦时代就出现了《穆天子传》这样“一部杂糅历史和想象的辉煌著作”[①]，野牧甚至称它“是我国长篇历史小说的开山祖”[②]。实际上《穆天子传》原著为 8 514 字，今本仅 6 222 字，就它本身而言，仍只能称为短篇历史小说。又有收入《逸周书》中的《王会》、《太子晋》和《殷祝》等三篇文字也可称为先秦时期的短篇历史小说。另有《燕丹子》近年来颇受学术界重视，霍松林先生称它“是一部艺术上接近成熟的小说”[③]，但它仅两千多字，仍为短篇历史小说，且其写作年代有先秦至东汉末年之争，尚难确定。至于今本《越绝书》虽然篇幅较长，计有内篇六，外篇十三，但全书体例不一，合记叙、论述和注释等不同风格的篇章为一体，其中仅有记叙体部分具有小说意味，且各篇相对独立，并无内在联系，其文学价值自然不会很高。而产生于东汉初期的《吴越春秋》则以其七实三虚的写作原则、双线交叉结合的宏伟结构、曲折生动的故事情节和性格鲜明的人物形象，确立了它在中国小说发展史上的地位：它实际上是我国现存最早的一部文言长篇历史小说[④]，尽管它的篇幅还不到五万字，但与以往或稍后的小说作品相比，就已堪称是长篇巨制了。它所取得的艺术经验和成就，曾对后世的长

---

① 文正义：《穆天子传跋》，岳麓书社 1992 年版《穆天子传》卷首。

② 野牧：《中国小说的起源和发展》，《沈阳师院学报》1998 年第 2 期。

③ 霍松林：《燕丹子成书的时代及在我国小说发展史上的地位》，《文学遗产》1982 年第 4 期。

④ 在《吴越春秋》之前，尚有《楚汉春秋》（陆贾）和《蜀王本纪》（扬雄）或可称为历史小说，其篇幅当也不短，但二著皆已散佚。今仅各存一卷（皆由清人辑录），已无法判断它们的文学成就与地位。

篇历史小说尤其是《三国志通俗演义》的创作产生过深远影响。从《吴越春秋》的七实三虚原则和双线交叉结合的叙事结构，到《三国志通俗演义》的七实三虚之法和复线交叉结合的叙事结构；从《吴越春秋》的文言语体，到《三国志通俗演义》的半文半白语体；正好清楚地揭示了中国长篇历史小说发展的逻辑联系。

《吴越春秋》作为首部长篇历史小说的思想成就①

赵晔所著的《吴越春秋》，是我国现存最早的一部文言长篇历史小说②。它主要从政治、军事和外交等层面来描叙吴越两国兴亡的历史，并以较开阔的视野反映了其他国家尤其是楚国的历史形势；加之赵晔生活在东汉初期，他必然会把当代意识与个人观念熔铸到字里行间，从而使该著所涉及的内容相当广泛，其思想内涵也颇为丰富。

一、申明复仇报恩之义

南宋无名氏《越绝书跋》认为吴入郢、吴败越、越入吴，于"春秋之末，复仇之事莫大于斯三者"，《吴越春秋》在依据这段历史事实的基础上进行了大胆剪裁和虚构，有意以伍子胥和勾践的复仇活动为主线，辅之以一系列相关的大小复仇故事展开历史的纵横面，不仅生动描写了这些复仇故事的起因、过程和结局，而且通过这种描写，表现了有仇必复、有恩必报的侠义精神。

复仇精神与人的原始生命意识紧密相联，因而它的最早、最普遍的表现形式是血族复仇，随着社会的发展和人的理性力量的作用，这种个体深在的血族复仇情结向外辐射，又以侠义复仇和部族（国家）复仇的形式表现出来，从而在古代中国导演出一系列惊心动魄的复仇故事，并相继形成了对于复仇行为的价值评判。《吴越春秋》中所表现的复仇精神也是由不同的层面和不同的形式构成的，包含着深厚的思

---

① 本文原载《湖南师范大学学报》1995年第1期。中国人民大学书报资料中心《中国古代近代文学研究》1995年第5期全文转载，《高等学校文科学报文摘》1995年第3期摘要。

② 参见拙作《论〈吴越春秋〉是我国现存最早的文言长篇历史小说》，《湖南师大学报》1994年第3期。

想内质。伍子胥、白喜、申公巫臣、太子建、白公胜、公子光、夫差、郧公怀、勾践等人复仇行为的初始动机，或是为了本人的利益，或是为了兄弟父祖等血亲的冤死，说到底都是属于血族复仇；专诸刺王僚、要离刺庆忌，则是因受到恩遇和委命而代阖闾杀仇，当属于侠义复仇；江上渔父和濑水浣女为了救助伍子胥而自沉以灭口，也可以视为侠义复仇的一种特殊形式；至于吴国将士讨伐乃至攻破楚国以及吴越之间从君臣到士兵百姓的互相报复，则属于部族（国家）复仇[①]。

不过，赵晔对上述三个层面各种形式的复仇，并非等量齐观，他所着力表现并予以充分肯定的，主要是部族（国家）复仇以及血亲复仇与部族（国家）复仇的统一。例如吴国对楚国的复仇，起因有四：一是自寿梦二年（公元前 584）吴楚两个政权之间就结下了宿仇（卷二），以后世世代代互有征伐；二是吴楚边界的人民常有冲突（卷二），积怨很深；三是阖闾政变之前，曾多次奉命率军伐楚，即位后又欲“兴霸成王，从近制远”，因而南破强楚，正是他的本意与使命；四是伍子胥、白喜等吴国重臣与楚国君臣之间，有杀兄弟父祖之仇。在伍子胥看来，不能复仇是他的最大耻辱，即使先后听到了楚平王已死、费无忌被诛的消息，也不能消解心头之恨，甚至以失去亲自杀死昏君谗臣的机会而“坐泣于室”。伍子胥曾经说过：

> 吾闻父母之仇，不与戴天履地；兄弟之仇，不与同域接壤；朋友之仇，不与邻乡共里。今吾将复楚辜，以雪父兄之耻。（卷三）

复仇精神实际成为了他生命的支柱和行为的动力。但阖闾并不允许伍子胥等利用吴军“自复私仇”（参见卷二、卷四），而要等到他们自觉把“私仇”、“国仇”统一起来，才正式发布伐楚破郢的命令。正因为“吴入郢”是一种部族复仇，从君臣到将士民众，无不同仇敌忾，所以正处在内外交困之中的楚国政权一摧即垮：

> 吴王入郢，止留。伍胥以不得昭王，乃掘平王之墓，出其尸，鞭之三百，左足践（其）腹，右手抉其目。诮之曰：“谁使汝用谗谀之口，杀我父兄，岂不冤哉！”即令阖闾妻昭王夫人，伍子胥、孙武、白喜亦妻子常、司马成之妻，以辱楚之君臣也。（卷四）

这既是伍子胥和白喜雪了私仇时的一种发泄，也是吴国君臣报了国仇时的一种庆祝。

---

① 关于春秋时期各诸侯国称为部族还是称为民族，学术界尚有争论，本文姑且称为“部族”，实指一个国家（诸侯国）范围内的全体人民。

又如吴越两国之间的先后倾覆，本是震动天下的两起特大部族（国家）复仇事件，但该著有意做了如下处理：

1. 越国原本是吴国的属国，双方订有贡赐盟约，阖闾五年（公元前 510），吴国以越不从伐楚，而毁盟伐越，从此结仇。

2. 勾践元年（公元前 496），吴王阖闾乘越王元常之丧而兴师伐越，刚即位的越王勾践率军迎击于槜李（今浙江嘉兴西南），最后勾践仅存五千甲兵，退守于会稽山，不得已遣使卑词求和。夫差不听伍子胥灭越之谏，终于许和罢兵。如果依据这段史事加以虚构，本可以写出一至二卷篇幅的生动故事，但今本《吴越春秋》却略去了这段重要史事，而直接从公元前 492 年 5 月勾践入臣于吴写起。我以为这绝非作者的疏忽所致，只有两种可能：一是赵晔原著本有，今本已被皇甫遵删去；二是作者有意不对槜李之战和夫椒之战作直接描写，而仅在事后通过人物对话给以简略补述，从而尽可能淡化夫差复君父之仇的正义精神。笔者姑且依据第二种可能立论。

3. 勾践及其使臣向吴王请罪时，仅说内不自量，抵罪边境，而讳言伤阖闾致死，但后来越灭吴杀夫差时，却通过文种之书曰："昔越亲戕吴之前王，罪莫大焉，而幸伐之，不从天命而弃其仇，后为大患。"（卷五）这就是说，正由于夫差缺少复仇精神，才导致了吴国的灭亡。

4. 正是复仇精神的原始生命动力使勾践能够面对生死大限，超越尊卑荣辱。

5. 越王的私仇与部族之仇高度统一。勾践说："昔者，吴王分其民之众以残吾国，杀败吾民，鄙吾百姓，国为墟棘，身为鱼鳖。孤之怨吴，深于骨髓。"（卷五）范蠡说："与君复仇者，臣之事也。"（卷七）父老兄弟曰："臣请复战，以除君王之宿仇。"（卷十）国人词曰："雪我王宿耻兮，威振八都。"（卷十）这些描写说明，复仇精神在越国已经内化为全民的意志与行动，因而曾称霸一时的吴国，最终在一个弱小部族的复仇烈火中毁灭了。

至于纯粹为了个人利益的血族复仇和侠义复仇，作者虽然也给予了或详或略的描写，甚至对于勇士不惜牺牲自己生命的侠义精神也给予了赞扬，但在价值评判上却以其复仇性质的不同而有所区别或保留，要离刺杀庆忌后又自杀的事件就清楚地说明了这一点。

与复仇精神相反的是报恩情结，它同样与人的原始生命意识有着深在联系。在古代汉语中，"报"与"复"的语义完全一致[①]，而"恩"与"仇"的语义则截然相反，但由于人的心理机制相同，"恩"与"仇"在一定的条件下也可以绵延转换，如上述侠义

① 如《广雅·释言》曰："报，复也。"

复仇，往往就是因义士受人之恩而代人复仇，这一原则的扩展，便使得恩主或君主也可以通过施恩而达到报家仇、复国仇的目的。那么，这种个体深在的报恩情结向外辐射，除了可培植出人的善性美德以外，也能以复仇形式表现出来，因而古人既以不能复仇为耻辱，也因不能报恩而不安。忘恩忘仇，都为人所不齿；知恩报恩，知仇报仇，方具大丈夫气概。《吴越春秋》对于复仇与报恩的这种有机联系及其复杂内涵也作了多方面的描写和阐述。如专诸本是王僚的士民，却为了报答公子光的礼遇之恩而参与了刺杀王僚的宫廷政变，究其实质，他不过是公子光以恩遇的方式而收买的一名"职业杀手"罢了，那么，他以奉献生命而实施的报恩，还停留在一个较浅的层次上，因而作者只称他是"勇士"而非"义士"。而伍子胥的报恩意识，却是构建其完善人格的重要基因：在他的深层意识中，复仇居其首，报恩居其次，所以在破楚鞭尸、彻底复仇之后，他的感情得以升华，报恩意识便成为了新的精神支点。从惊闻渔父之子的歌声而释郑，到途经濑水长声叹息而投金，伍子胥作为一个义士的深情厚意和善性良知才逐步得以展示；从多次冒死进谏而不隐夫差之过，到最后伏剑自杀而不离吴国之境，伍子胥作为一个忠臣的精神境界和完整人格才逐步得以升华。至于申包胥、范蠡、文种等人的报恩则纯粹是一种效忠行为，他们没有特殊的"私仇"，因而其复仇与报恩，完全是二位一体的行动，即他们在为君国复仇的同时，也就是在向君国报恩。此外，该著还描述了恩仇相报的一些特殊形式，例如伍子胥对夫差和白喜，分别有"定国之恩"与"引荐之恩"，但他们却寡恩负恩，伍子胥认为"仇雠之人不可亲"，力主诛仇灭越，而夫差却企图施小恩而化大仇，从而使勾践得以借报小恩为名，而行复大仇之实。

二、弘宣忠信仁义之道

《吴越春秋》所表现的历史生活中，也跳动着时代的脉搏。自汉武帝"罢黜百家、独尊儒术"之后，成为正统思想的新儒学和西汉末年以来流行的谶纬学，对该著的影响尤为明显，其中最值得我们注意的是伦理评判已成为全书的重要价值尺度。尽管这些评判由于历史题材的原因，也吸收了前人的某些观点，但更多的是作者立足于现实，而对人伦纲常所作的思考。赵晔生活的时代，还处在中国封建社会的上升发展时期，封建伦理思想体系初步形成不久，便由于王莽篡政以及相继发生的绿林、赤眉起义与豪强割据纷争，而受到了巨大的冲击，因而在东汉初期表彰名节、弘宣教化、重整纲常，既是统治者的急务，也是赵晔这位儒士的志愿。那么，《吴越春秋》的现实意义也就不言而喻了。

综观全书，《吴越春秋》对于"三纲五常"的道德内容，或多或少都有所表现，例如姜嫄履大人迹而妊娠，竟然也“恐被淫泆之祸”，孩子生下来后，又“怪而弃于阨狭之巷”，从而使原始社会的妇女也具有了贞操观念；濑水浣女也被写成一位“自守贞明”的淑女，她的自沉，除为灭口守密以外，更因为她自认为馈饭给陌生男人，已经“越亏礼仪”。不过，该著主要还是从君臣关系出发，来探讨忠信仁义之道及其与复仇报恩意识的联系。

从太伯的三让天下，到寿梦四子的竞相逊国，吴国的这种“礼让”祖风和季札“洁身清行，仰高履尚，惟仁是处”，漠视富贵的人格，是作者所深许的理想境界。但就在季札未死之时，王僚却“知进之利，不睹退让”，公子光竟私养死士杀僚自立，吴国的“礼让”祖风便转瞬即逝。于是，作者不得不集中笔墨，开始冷峻地解剖这种刀剑相见、冤仇相报的历史现实。太伯得知古公欲废长立少而让天下，是出于孝道，故“荆蛮义之”；至季札得知寿梦欲废长立少时却说：“礼有旧制，奈何废前王之礼，而行父子之私乎？”意谓若不守礼而行孝，那就是循私了。这里所说的“礼”，实际指嫡长子继承制，这就为公子光的杀僚自立提供了理论依据，因而尽管专诸也认为此举会“捐先王之德”，他还是受命行刺，促成了这场政变。阖闾自立后，又担心逃亡在外的庆忌会联合诸侯来报父仇，因而欲杀庆忌以除后患，要离受命时对阖闾说：

> 臣闻安其妻子之乐，不尽事君之义，非忠也；怀家室之爱，而不除君之患者，非义也。臣诈以负罪出奔，愿王戮臣妻子，断臣右手，庆忌必信臣矣。（卷四）

然而当他以苦肉计刺杀庆忌之后，却又陷入了深深的痛苦之中：

> 杀吾妻子以事其君，非仁也。为新君而杀故君之子，非义也。重其死，不贵无义，今吾贪生弃行，非义也。夫人有三恶以立于世，吾何面目以视天下之士？（卷四）

于是毅然自杀。尽管这种描写深刻揭示了忠与仁义的矛盾性，当事人也清醒地意识到了这一点，但事君尽忠是无条件的，所以庆忌临死前对要离的行刺也表示了极大的理解和宽容，一面赞赏他为“天下勇士”，一面阻止左右杀他，曰：“可令还吴，以旌其忠。”

作者对阖闾合于礼而不仁不义、专诸合于义而不仁不忠、要离合于忠而不仁不义的行为，在给予理解的同时，都相应做了降调处理；但对伍子胥的忠义行为，却以高昂的笔调给予了歌颂。伍子胥生于楚却仕于吴，他对于楚国昏君谗臣的深仇大恨，起源于他的孝悌之情和耻辱之心。他对于吴王阖闾的感恩戴德，不仅由于受到阖闾的赏识重用，从而确证了他的自我价值；更由于他的尽忠尽职，使吴国强大之后，得以破楚入郢，从而使他既为自己报了私仇，也为吴国报了国仇。他后来不断向昏君进谏，同谗佞斗争，完全是为了吴国的前途和命运，所以即使受到冷遇、排挤乃至迫害，他也坚持“不以身死隐君之过，正言以忠君，直行以为国”。伍子胥临死前明确地表白了自己的心迹：“前王听从吾计，破楚见凌之仇，欲报前王之恩而至于此。”“自我死后，后世必以我为忠。”王孙骆也说：“夫子胥，先王之老臣也。不忠不信，不得为前王臣。”甚至连越国君臣，也无不承认伍子胥是一位忠臣。

其实，君臣间的忠信仁义之道，也具有双向确认、双向建构的性质。作为士臣，必得忠诚守信、仁义贤能，才能受到君主的赏识和任用；作为君主，必须施恩行仁、守信重义，并能识忠使能，斥佞远奸，才能使士臣都尽忠效死。吴王夫差本来“德薄而恩浅，道狭而怨广”，却又“贪功名而不知利害”；但他的最大悲剧是“放弃忠直之言，听用谗夫之语，不灭沥血之仇，不绝怀毒之怨”。他曾责备子胥说：

> 寡人有疾三月，曾不闻相国一言，是相国之不慈也。又不进口之所嗜，心不相思，是相国之不仁也。夫为人臣，不仁不慈，焉能知其忠信者乎？越王迷惑，弃守边之事，亲将其臣民，来归寡人，是其义也。躬亲为虏，妻亲为妾，不愠寡人；寡人有疾，亲尝寡人之溲，是其慈也。虚其府库，尽其宝币，不念旧故，是其忠信也。（卷七）

正是从这样的忠信仁义观念出发，勾践才被释放回国，公孙圣、伍子胥等忠臣才相继被害，太宰嚭这样的谗佞之臣才被引为心腹，“爵之上赏”。直到临死前，夫差才真正醒悟：“吾生既惭，死亦愧矣。使死者有知，吾羞前君地下，不忍睹忠臣伍子胥及公孙圣。使其无知，吾负于生。”越王勾践在困厄中与群臣同仇敌忾，同声共气，建构了一种最理想的君臣关系，浙江祖道时，他推国任贤，说：

> 吾闻父死子代，君亡臣亲。今事弃诸大夫，客官于吴，委国归民，以付二三子，吾之由也，亦子之忧也。君臣同道，父子共气，天性自然。岂得以在者尽忠，亡者为不信乎？（卷七）

勾践对诸大夫表示了极大的信任，而诸大夫也无不以救亡图存、与君复仇为己任，各负其责，尤其是范蠡以“主忧臣劳，主辱臣死”的心态，随同勾践夫妇入吴为奴仆，排忧解难于囚室之中，不仅对吴王的利诱无动于衷，而且对勾践的尊奉也一如既往，甚至吴王见了也深有感慨地说：“虽在穷厄之地，不失君臣之礼。”自吴归越，勾践以“尊其仁义者”为治国之门，礼贤下士，从谏如流，施恩惠于臣民，行仁义于天下，因而诸大夫无不竭忠尽智，出谋献策，甚至玩弄起误人害人的阴谋诡计来也是那样的齐心合力。至越军伐吴时，勾践坚持身先士卒，“与三军同饥寒之节，齐苦乐之喜”，激士养气，恩威并施，使全体将士“莫不怀心乐死，人致其命”。但一旦破吴灭敌、报仇雪耻、威震诸侯、霸业有成之后，勾践却担心大臣会以功高盖主，因而忘恩负义，不愿封赏群臣，甚至不仁施暴，残害忠良。范蠡最先看清勾践是一个“可与共患难而不可共处乐，可与履危，不可与安”的人，并毅然决定立即退隐江湖以避祸，但临行前仍然坚守“人臣之义”，先从勾践入越，再正式面君告退，“自是之后，计砚佯狂。大夫曳庸、扶同、皋如之徒日益疏远，不亲于朝”，文种不久竟被赐死。临死前，文种说：“哀哉！大王知臣勇也，不知臣仁也。知臣忠也，不知臣信也。”实际上是得志后的勾践已不仁不信了。

从上述分析可知，《吴越春秋》中运用忠信仁义等道德范畴所进行的伦理评判，除主要对君臣关系进行了思考和阐释以外，还对复仇报恩这一传统母题的价值取向给予了调整和引导：即凡能将忠和义统一起来的复仇报恩行为都加以褒扬，否则便视其性质不同而作相应的降调处理。

三、探讨兴衰成败之理

元代徐天祜在《吴越春秋序》中指出：“其言上稽天时，下测物变，明微推远，燎若蓍蔡。至于盛衰成败之迹，则彼已君臣，反覆上下。其议论，种、蠡诸大夫之谋，迭用则霸；子胥之谏，一不听则亡；皆凿凿然。可以劝戒万世，岂独为是邦二千年故实哉！”明代钱福在《重刊吴越春秋序》中也说：“呜呼！孟轲氏称‘入则无法家拂士、出则无敌国外患者，国恒亡，然后知生于忧患而死于安乐也’。观二国之兴而偾，偾而兴，斯昭昭矣。骄畏之殊，兴亡所系；忠谗之判，祸福攸分。可畏哉！”二序的主旨基本一致，都认为《吴越春秋》昭示了盛衰成败的历史教训，具有劝惩意义。但其具体内涵，还有加以分析和归纳的必要。

实际上，《吴越春秋》中着力描写过的“盛衰成败之迹”，除了吴国的“兴而偾”和越国的“偾而兴”以外，还有楚国的“盛而衰”，并且吴国也正是在楚国由盛转衰的背景下而由弱变强的。

春秋时代（公元前 770—前 476），周室衰微，大国争强。当齐桓公（公元前 685—前 643 在位）、晋文公（公元前 636—前 628 在位）先后称霸中原和秦穆公（公元前 659—前 621 在位）称霸西戎之时，楚国也在南方扩张，先称强于江汉。至楚庄王（公元前 613—前 591 在位）成为中原霸主，楚国的强盛已达到顶点，而这时的吴国，却还是一个封闭落后的“蛮夷”之邦。自此以后，楚经共王、康王、灵王、平王、昭王由盛而衰，《吴越春秋》所描写的吴楚之争，就是在这个时期进行的，从寿梦二年（公元前584，楚共王七年）楚败吴师到阖闾九年（公元前506，楚昭王十年）吴破楚都，历79年间互有不断的征伐，但作者着重剖析的是楚平王时期的腐败朝政，其主要表现是：(1) 平王昏暴无道，信用谗臣费无忌，拒听忠谏，“虐杀忠良”，先后枉杀伍奢、伍尚、郄宛，甚至为贪恋美色而夺媳杀子，致使国人“苦之”，“群臣皆怨”。(2) 误任为人“不仁”、“贪而少恩”的奸臣子常统领军政大权，其臣下将士“莫有死志”。(3)“侵食诸侯”，困辱唐、蔡二君，在国际上四面树敌。而吴国却自寿梦即位后，开始走出封闭，交通上国，引进外国文化、战术和人才为吴所用，并通过包括战争在内的各种手段来削弱楚国的势力，从而使吴国的综合实力日益增强。至阖闾为臣为君时期（正值楚平昭时期），吴国终于由强而霸。尽管作者对阖闾刺杀王僚父子，以及杀生为女殉葬的无道行为进行过批判，但他有“强国霸王”之志，善于“任贤使能，施恩行惠，以仁义闻于诸侯”。尤其是始终信任和重用伍子胥，虚心纳谏，从善如流。我们不妨摘引阖闾即位后与伍子胥的一段对话如下：

> 阖闾谓子胥曰：“寡人欲强国霸王，何由而可？”……子胥良久对曰：“臣闻治国之道，安君理民，是其上者。”阖闾曰：“安君治民，其术奈何？”子胥曰：“凡欲安君治民，兴霸成王，从近制远者，必先立城郭，设守备，治兵库，斯则其术也。”阖闾曰：“善。”（卷四）

这段对话，实际成为阖闾时代的施政纲领，其深远意义并不亚于后世的“隆中对”。此后，伍子胥又引荐白喜、孙武，建议联合唐、蔡，阖闾都言听计从，终于“西破强楚，北威齐、晋，南伐於越”，称霸天下。正由于阖闾尚不失为一代明主，白喜即使受到重用也无从进谗害贤。

至于吴国的“兴而偾”，在一定的程度上可以说是楚国悲剧的重演，例如夫差听信和重用谗佞白喜，拒听忠谏，虐杀忠臣公孙圣、伍子胥，“淫而好色”，这些表现都与楚平王有着惊人的相似，但更为可悲的是，他不仅认不出忠和奸，而且分不清敌和友，辨不明利和害。他本来可以轻而易举地诛仇灭越，却偏要认敌为友，养痈遗患；放虎归山后，他本已意识到越王“必将有报我之心”，伍子胥也力谏应先“定越而后图齐”，他却偏要“弃心腹之疾”，而北上千里之外伐齐，劳民伤财，天怒人怨。白喜“巧言利辞以内其身，善为诡诈以事其君”，“外交敌国”以受其贿，内谗忠良以安其私，就其残国伤君的危害而言，与费无忌和子常相比，是有过之而无不及。所以，吴国的最终结局，比楚国更惨。

越国从勾践三年(公元前494)夫椒之败仅存五千甲兵,到勾践二十四年(公元前473)灭吴称霸,仅二十一年由“偾而兴”,创造了历史的奇迹。作者对此作了详细的描写,为后世提供了不少有益的启示:(1) 勾践政权的核心班子是一个能够同忧苦共患难、“一心齐志”、励精图治的集体,君主任贤使能,苦身劳心,甚至以出入尝胆来砥砺其志;臣僚则各司其职,各负其责,无不尽忠事君,竭力报国。这与楚平昭政权和吴夫差政权形成鲜明对比。(2) 正视天道,重视人谋,强调人的能动作用。在越国臣民看来,“兴衰在天,存亡系于人”;“道出于天,事在于人”。吴胜越败的现实,不过是“天道之数”而已,一旦“时过于期,否终则泰”,因而不必自伤自弃,而应先救亡图存,再发愤图强。此后一系列计谋的运用并收到显著成效,正体现了这种重视人谋和人的能动作用的精神。(3) 施行仁政,争取士心民心。就这方面的内容,越王曾与计砚、文种有两次精彩的讨论:

(越王)进计砚而问曰:“孤之所得士心者何等?”计砚对曰:“夫君人尊其仁义者,治之门也。士民者,君之根也。开门固根,莫如正身。正身之道,谨左右。左右者,君之所以盛衰者也。”(卷九)

(越王问政于文种。)种曰:“爱民而已。”越王曰:“奈何?”种曰:“利之无害,成之无败,生之无杀,与之无夺。”越王曰:“愿闻。”种曰:“无夺民所好,则利也。民不失其时,则成之。省刑去罚,则生之。薄其赋敛,则与之。无多台游,则乐之。静而无苛,则喜之。民失所好,则害之。农失其时,则败之。有罪不赦,则杀之。重赋厚敛,则夺之。多作台游以罢民,则苦之。劳扰民力,则怒之。臣闻善为国者,遇民如父母之爱其子,如兄之爱其弟,闻有饥寒为之哀,见其劳苦为之悲。”(卷八)

正是基于这样的认识和原则,越国才实行了一系列有利于强国富民、复仇兴国的政策:(1) 关心民瘼:“葬死问伤,吊有忧,贺有喜,送往迎来,除民所害”(卷十)。(2)“缓刑薄罚,省其赋敛”(卷八),至“七年不收,国民家有三年之畜”(卷十)。(3) 尊贤礼士,优待臣属:“凡四方之士来者,必朝而礼之”(卷十)。“在孤之侧者,饮酒食肉,未尝不分”(卷十)。(4) 安富救贫:“越国之中,富者吾安之,贫者吾予之,救其不足,损其有余,使贫富不失其利”。(5) 奖励生育:“令壮者无娶老妻,老者无娶壮妻。女子十七未嫁,其父母有罪。丈夫二十不娶,其父母有罪。将免(娩)者以告于孤,令医守之。生男二,贶之以壶酒、一犬。生女二,赐以壶酒、一豚。生子三人,孤与乳母。生子二人,孤与一养。”(卷十)。(6) 加强战备:“内蓄五谷,实其金银,满其府库,励其甲兵”(卷九)。(7) 恩威并施,赏罚兼行。(8) 激士养气,使军士“莫不怀心乐死，人致其命”（卷十）。（9）暗中结交诸侯：“亲于齐，深结于晋，阴固于楚，而厚事于吴”（卷八）。“春秋奉币、玉帛、子女以贡献焉”（卷十）。（10）苦身劳心，勤俭治国：越王归国后，“翼翼小心，出不敢奢，入不敢侈”（卷八）；“身不安重席，口不赏厚味，目不视美色，耳不听雅音”（卷五）。如此种种，构成了所谓“十年生聚、十年教训”的主要内容。

从历史走向文学

——论《吴越春秋》的人物艺术[①]

人物艺术是小说叙事艺术的中心及其作品的重要价值所在。《吴越春秋》作为我国现存最早的文言长篇历史小说[②]，在形象系列的创造、性格刻画和人物描写方面，都做了有益的探索，并且取得了可喜的成就。诚然，《吴越春秋》的人物艺术较多地继承了《史记》写人艺术的成就，甚至有的人物的某些言行，也是直接从《史记》中移植而来，这固然在一定程度上束缚了作者的创造力，但《吴越春秋》在对《史记》中的同一历史题材和同名历史人物进行整合重塑之后，已有了一定的发展和创造，进而初步实现了从史传文学写人艺术到历史小说人物艺术的第一次飞跃。

《吴越春秋》所涉及的人物达一百八十余人，其中大多是以历史人物为原型，但也有一些虚构的人物（如干将、莫耶、钩师、越处女、袁公）或虚实之间的人物（如击绵女、渔父、扈子）。他们之中不仅有数以十计的人物初具性格特征，而且构建了其具有系统联系和性格对照关系的形象群体。纯粹从政治的角度划分，该书主要建构了吴国君臣、楚国君臣和越国君臣等三大形象群，他们各自内部固然由于国家政治的纽带而有着稳定的组织形态或形式联系，但这三大形象群体本身并不完全是封闭自足的，随着各国政治形势和天下争霸局势的变动，他们之间也相互联系相互影响。说到底，这相互联系的三大形象群的构建，完全是由春秋末年吴、楚、越三国争霸的历史题材所决定的，但作者把这一段历史题材进行小说化处理之后表现出来，使之成为一个完整的艺术整体，这在中国长篇历史小说的人物艺术史上，仍然具有不可忽视的意义。后世《三国志通俗演义》中曹魏、孙吴、刘蜀三大形象群的构建，既是由三国鼎立的历史题材所决定的，也与《吴越春秋》有艺术上的继承关系。

---

① 本文原载《社会科学战线》1995年第4期。

② 参见拙作《论〈吴越春秋〉是我国现存最早的文言长篇历史小说》，《湖南师范大学学报》1994年第3期。

如果超越政治集团的界域，而主要从人物性格的伦理内涵划分，则该书中有性格对照映衬关系的形象，大致可分为三大群体：一是仁君、明君与昏君暴君形象群，如吴太伯是仁君的代表，楚平王和吴王夫差是典型的昏君、暴君，吴王阖闾和越王勾践则复杂一些，前者是处事精明的暴君，后者是内怀阴毒的明君。二是忠臣与谗臣形象群，如季札、伍奢、申包胥、伍子胥、孙武、公孙圣、范蠡、文种、计硯等都是忠臣，费无忌、子常、白喜等都是谗臣或奸臣。三是侠义形象群，如专诸、要离、渔父、击绵女等。相对而言，后一形象群纯粹由性格相近的形象组成，属同一形象系列，他们只在局部发生功能作用，因而其影响力也相对要弱一些。而前两个形象群则贯穿全书始终，并且是以其伦理内涵的二元对立（如仁暴、明昏、善恶、忠奸的对立）而相互对照，实际上可进一步细分为四个形象系列，每个形象系列内部又因其性格差异而相互映衬或补充，这种贯穿全书的既相互对照又相互补充的形象系列的构建，无疑有助于加强形象载体的思想性和艺术表现的完整性，同时也有利于突出人物的性格特征和丰富人物的性格内涵。

当然，无论形象群或是形象系列的构建，都必须以刻画人物性格为基础，以塑造典型形象为目标。刚刚从史传文学中脱胎出来的《吴越春秋》，在人物性格的塑造上，有二个明显的特点：第一，它是从人物个体的实在性出发而进行有意味的取舍与虚构，以突出人物的性格特征，这实际上是一种特征化人物艺术①，作者通过个体描述和特征表现的有机结合，既可以刻画单一的性格或定型的性格，也可以塑造复杂的性格或发展的性格，如太伯、季札、王僚、楚平王、伍奢、费无忌、子常、申包胥、孙武、公孙圣、白喜、计硯、渔父、击绵女、专诸等形象的刻画还是粗线条的，他们的性格都是单一的、定型的，有的甚至还很单薄；而伍子胥、勾践、范蠡、文种、阖闾、夫差、要离等形象的塑造则复杂得多，他们的性格特征也鲜明得多，有的人物（如勾践）甚至还写出了性格的发展变化。第二，它着重从政治、伦理、心理层次来对人物进行个性描写与特征表现，从而使某一形象的个性特征，同时成为形象群体的类特征（共性），由此实现个性与共性的统一，这实际上是特征化人物艺术进行典型概括的基本手段，其主要目标是塑造艺术典型，或塑造具有一定典型意义的血肉丰满的形象。以上二点既各有侧重，又相互联系，从人物的个体实际出发，经过性格的特征化表现，走向形象的典型化，正体现了早期长篇历史小说人物艺术的审美追求。

综观《吴越春秋》全书，作者所精心塑造的伍子胥和勾践形象最为丰满，堪称不朽的艺术典型，其中又以伍子胥的形象刻画尤为成功。当然，从伍子胥这一历史人物的个体实际出发，赵晔基本上全面继承了《国语》、《史记》等书中同名人物的描写

---

① 参见刘上生：《中国古代小说艺术史》第三章，湖南师范大学出版社 1993 年版。

成就，但他在整合重塑的过程中经过一定的取舍、敷演、虚构之后，又有了发展和创造。在《国语》、《史记》中，伍子胥是一位孝子和诤臣（任“行人”之职），他始以“弃小义”而“雪大耻”，终以犯颜直谏而杀身尽忠，作为一个“烈丈夫”的形象已经被史家勾勒出来了，但其细节描写还比较简略，其性格内涵也显得单薄。而《吴越春秋》中的伍子胥则是一位集智、勇、忠、义于一身的人臣表率，是一个生当作人杰、死亦为鬼雄的悲剧典型。作者以伍奢关于伍子胥“文治邦国，武定天下，执纲守戾，蒙垢受耻，虽冤不争，能成大事，此前知之士”的评语为纲，首先在楚平王派使者诈传父命的事件中初步展示了其性格表象，他见微知著，明智果断，一眼就能识破使令有诈，立即决定不从君父之命而去楚复仇，并以占卜的方式来劝告伍尚。随后开始的逃亡生涯，进一步表现了他的心理特征和性格内涵：刚烈坚韧，爱憎分明，睚眦必报，一饭之赈必答。他在无人之野张弓布矢时对楚王使者的正告，和逃至大江仰天行哭时的呼号，以及路遇申包胥时的宣言，一再表明父兄之仇在他的心中是超越于政治和其他伦理观念之上的，因而复仇精神从此成为他生命的支柱和行为的动力，并直接影响着他的政治态度和伦理表现。他以贯弓执矢的勇武、随机应变的智慧和百折不挠的意志，先后吓退了楚王使者的追赶，逃脱了楚国大军的搜捕，承受了投宋奔郑的挫折，经历了逃关、阻江、乞食的窘困。入吴后他不惜以“被发佯狂”的举动而得以晋见吴王僚，但当他察觉公子光有内志后，又能审时度势，以退为进，择主而依，并主动把专诸推荐给公子光，促成了谋杀王僚的宫廷政变，这一切都只能从他的复仇心理给以解释。直到阖闾即位后，举伍子胥为行人，才真正开始了他的政治生涯，于是他把谋政与复仇有机地统一起来，决心通过强吴以覆楚。他深谋远虑，竭心尽力，先为吴国制定了“安君治民、兴霸成王、从近制远”的基本纲领，继而实施“立城郭、设守备、实仓廪、治兵库”的具体措施，随后又推荐要离以除患，七荐孙武以强兵。即使是兴兵伐楚，伍子胥也非常审慎：自阖闾三年起，他曾奉命为将，亲率吴军攻楚，先后三试锋芒；但直至阖闾九年，他仍力主联合唐、蔡，才一举破楚入郢，终于得以掘墓鞭尸，痛报宿仇。此后，他的思想感情得以升华，与复仇精神相反相成的报恩意识又成为他的精神支点。他以释郑而报渔父之子，以投金而报浣女之母，正表现了他的“义”可垂千古；他多次犯颜直谏而不隐夫差之过，即使明知力谏无望，也“不忍称疾辟易”，“不敢逃死以负前王”，最后甘愿伏剑自杀而不离吴国之境，正展示了他的“忠”可昭日月。他既是一位谋臣、军师（后任相国之职），也是一位诤臣烈士。子贡曾评价说：“夫子胥为人，精诚中廉，外明而知时，不以身死隐君之过，正言以忠君，直行以为国，其身死而不听。”这正好与伍奢的评论遥相呼应，互为补充。其“智”和“勇”，成就了他“文治邦国、武定天下”的业绩；其“忠”和“义”，完善了他“执纲守戾”、正直高洁的人格。因而即使夫差下令将他身首异处，伍子胥的精神、威灵却能永生不死：那置于高楼的子胥头，竟然“巨若车轮，目若耀电，须发四张，射于十里”，能兴风雨扬砂石而令伐吴的越军改道；那投入江中的子胥身，竟然化为涛神，永远“随流扬波，依潮来往，荡激崩岸”。

勾践的形象描写在《吴越春秋》中所用笔墨最多，赵晔虽然也是从勾践这一历史人物个体实际出发，但他对这一形象的创造，已多于他对《国语》、《史记》中同名人物形象的继承。这主要表现在：他已开始注意从性格与环境的现实关系中去展现人物的命运，不仅真实地刻画了勾践性格的复杂性，而且还初步揭示了其性格的发展和变化。在勾践入臣之前，他即位仅四年多，就已经亲身经历了槜李和夫椒两大震惊天地的战争事件。作者对此虽未进行直接描写，但这一历史背景对于勾践性格的影响是深远的。“浙江祖道”是勾践首次出场，在这生离死别的情境中，他作为一个年轻气盛的血肉之躯，面对危国辱身的耻辱和前途未卜的忧患，自然而然地表现出了诸如仰天叹息、举杯垂涕、一再自责自伤的颓丧情绪。但经过群臣的劝谏和开导之后，他又振作起来，决定卑辞厚礼，委国入臣。随即“登船径去，终不返顾”，开始了忍辱图存、以屈求伸的阴谋家生涯：

> 越王服犊鼻，着樵头。夫人衣无缘之裳，施左关之襦。夫斫剉养马，妻给水、除粪、洒扫。三年不愠怒，面无恨色。（卷七）

他内怀怨毒之心而深藏不露，外执美词之说而示顺示忠，甚至不惜以亲口尝粪这样极龌龊、极卑下的效劳来博取吴王的信任。入臣于吴的现实环境迫使勾践表现出二重人格特征：一方面伪其表而真其里，一方面定以一而变以多，这种动机与行为、目的与手段的矛盾统一，形成了阴谋家性格的丰富表象。随着越王自吴归越、死里逃生之后的情境转换和形势发展，作者进一步从不同侧面和不同层次，展示了他作为一个政治家、阴谋家的性格内涵及其发展。忍辱负重的臣仆生涯砥砺了他的意志，使他更加坚韧深沉；外服内怨的成功尝试刺激了他的野心，使他更加老练阴毒。于是，他在一片废墟上开始了发愤图强、兴国复仇的伟大事业，一方面勤政爱民，礼贤下士，缓刑薄罚，省其赋敛，广收士心民心，经过“十年生聚，十年教训”，由富民走向强国；一方面对吴国采取麻痹政策，既在暗地争取齐、晋、楚等邻国的支持，又公开厚事于吴，表面上尽心相守，示顺示忠而无示计谋，以广侈吴王之心，实际却在实施文种所献的阴谋九术，干着误吴损吴的勾当。尤其是勾践在俭身勤政方面，表现出了坚强的意志和惊人的毅力，不仅“出不敢奢，入不敢侈”，“食不重味，衣不重采”，“目不亲美色，耳不听雅音”，而且坚持“苦身劳心，夜以继日，目卧则攻之以蓼，足寒则渍之以水。冬常抱冰，夏还握火，愁心苦志，悬胆于户，出入尝之，不绝于口”。在创业时期，越王的确是一位精明的君主：他坚持任贤使能，虚心纳谏，所以大臣们无不忠心耿耿，为之竭力效命；他关心人民，吊死问伤，安富济贫，勉励生育，并且亲自劝说引导，使百姓自愿请战，“父勉其子，兄劝其弟”；他治军有方，赏罚兼行，恩威并施，既严明军纪，令行禁止，让士兵“进则思赏、退则避刑”，更重视激士养气，振作军心，同仇敌忾，因而能所向披靡，无敌不克。但当越国消灭吴国、称霸天下之后，勾践生性疑忌、刻毒寡恩的一面也就开始膨胀了。他担心范蠡、文种、计砚、曳庸、扶同、皋如等大臣会以功高盖主，于是逐渐露出大功告成而忘义寡恩的独夫本色：他不但不封赏功臣，反而疏远、怀疑乃至杀戮功臣。正如范蠡所说：“越王为人长颈鸟喙，鹰视狼步，可与共患难而不可共处乐，可与履危，不可与安。”但当范蠡自动告退、归隐江湖之后，勾践又“使良工铸金象范蠡之形，置之坐侧，朝夕论政。”即使是赐死文种的方式，也表现出他的阴毒刻薄：

越王复召相国，谓曰：“子有阴谋兵法，倾敌取国。九术之策，今用三已破强吴，其六尚在子所，愿幸以余术，为孤前王于地下谋吴之前人。”（卷十）

“狡兔死，良犬烹；敌国灭，谋臣亡”，这一结局的描写，深刻地揭示了勾践阴毒诡诈性格发展的必然性和统治者“在殷忧必竭诚以待下，既得志则纵情以傲物”的普遍性。

范蠡、文种、伍子胥是同一类型的人物，他们都是忠君爱国的股肱之臣，也是“上稽天时，下测物变，明微推远，燎若蓍蔡”的智谋之士，但随着情节的发展，作者却写出了他们的同中之异：范蠡在“浙江祖道”时说：“辅危王，存亡国。不耻屈厄之难，安守被辱之地。往而必反，与君复仇者，臣之事也。”随后相从越王夫妇入臣于吴，面对夫差要他“改心自新，弃越归吴”的诱劝，能够忠心耿耿，“不移其志”，宁愿跟随越王入石室为奴仆，也绝不叛国投敌为臣，从而使范蠡的高尚节操在与越王共患难的过程中，经受了严峻的考验，甚至连吴王夫差也深有感触地说：“范蠡，一介之士，虽在穷厄之地，不失君臣之礼。”他作为一个智士谋臣，能够见微知著，深谋远虑，正是由于他的神机妙算与精心策划，越王才得以死里逃生。勾践曾对他说：“孤所以穷而不死者，赖公之策耳。中复犹豫，岂孤之志哉！可与不可，惟公图之。”伍子胥甚至称范蠡是一位“勇以善谋”的“圣臣”。尤其是在越国消灭吴国、称霸天下之后的文台酒会上，他最先看出越王爱惜壤土，不愿封赏功臣，“可与共患难而不可共处乐，可与履危，不可与安”，因而决定功成身退，归隐江湖，尽管正式告辞时越王曾泣下沾衣，提出以“分国共之”来挽留他，甚至以“妻子受戮”来阻吓他，范蠡还是决意辞去，表现了他在“谋成国定”之后“知进退存亡而不失其正”的智士气概。

文种"忠而善虑，民亲其知，士乐为用"，这是"浙江祖道"时皋如的评价。在越王入臣于吴和归国创业期间，文种竭忠尽力，出谋划策，尤其是进献富国强民之策和阴谋九术，为误吴强越立下了汗马功劳，因而在越国灭吴称霸后的文台酒会上，他借祝酒之机最先提出"君不忘臣、赏无所悋"的问题，但却没有注意到越王当时的反应是"默无所言"、"面无喜色"，尤其是范蠡曾先后口头和写信劝他退隐避祸，他还是执迷不悟，不信其言，直到越王赐剑命他自裁时，他才如梦初醒，悔之不及。这一悲剧结局固然是勾践一手造成的，同时也表现了文种在官禄名利面前不知进退而咎由自取，与范蠡形成鲜明对比。但作品最后以荒诞的手法写文种与伍子胥并为涛神，显然寄寓了作者对文种这位忠臣的同情与歌颂。

阖闾虽然生性残忍多欲，先杀僚自立，又谋杀庆忌，甚至活埋百姓为女殉葬，但他有"强国霸王"之志，善于"任贤使能，施恩行惠，以仁义闻于诸侯"，处事精明干练，为人守信重义，尤其是始终信任和重用伍子胥，虚心纳谏，从善如流，例如伍子胥七荐孙武，召入宫中小试兵法时竟斩了二名宠姬，使阖闾"忽然不悦"，但作者并未把他简单化、漫画化，而是较为真实地刻画了他的复杂性格：既愚而不仁，暴而不义，却又以"仁义"为怀，"贪功名而不知利害"；既刚愎自用，骄纵淫逸，却又能在事后思过知悔；他宠信谗佞，拒听忠谏，甚至杀戮忠臣，却坦率真诚，不耍阴谋诡计。可见其性格内涵远比楚平王丰富得多。

在侠义形象系列中，要离的形象塑造最为成功。他生得"细小无力，迎风则僵，负风则伏"，却敢于当众折辱"言辞不逊、有陵人之气"的勇士椒丘訢。当晚，他明知椒丘訢会来报怨而无所畏惧，甚至故意"归不关闭"，"卧不守御"，直到椒丘訢登堂入室、持剑揪头时，他才以勇士的气概历责其"三不肖之愧"，终于使椒丘訢投剑而叹，承认要离乃"天下壮士"。伍子胥评价他说："其细人之谋事，而有万人之力也。"因而将要离推荐给阖闾，拟让他承担刺杀庆忌的使命。阖闾见了要离，"良久默然不言"，认为他根本不是庆忌的对手。于是要离主动请命，并提出以"苦肉计"来赚取庆忌，阖闾才委命于他。要离以牺牲妻子的生命和自己的右手为代价，终于取得了庆忌的信任：

> 后三月，拣练士卒，遂之吴。将渡江于中流，要离力微，坐与(于)上风，因风势以矛钩其冠，顺风而刺庆忌。庆忌顾而挥之三，捽其头于水中，乃加于膝上："嘻嘻哉！天下之勇士也，乃敢加兵刃于我。"左右欲杀之，庆忌止之曰："此是天下勇士，岂可一日而杀天下勇士二人哉！"乃诫左右曰："可令还吴，以旌其忠。"于是庆忌死。要离渡至江陵，愍然不行。从者曰："君何不行？"要离曰："杀吾妻子以事其君，非仁也。为新君而杀故君之子，非义也。重其死，不贵无

> 义，今吾贪生弃行，非义也。夫人有三恶以立于世，吾何面目以视天下之士?”言讫，遂投身于江。未绝，从者出之。要离曰:“吾宁能不死乎?”从者曰:“君且勿死，以俟爵禄。”要离乃自断手足，伏剑而死。（卷四）

他是为忠君而行刺，但却不愿以非仁非义而“贪生弃行”，安享爵禄。他以细弱之身，没有死于“万人莫当”的庆忌之手，却死于勇士大义的宝剑之下。

从以上人物的性格塑造可知，《吴越春秋》在主要采用特征化艺术概括的同时，也开始有了个性化艺术概括的初步尝试，这的确是一个非常了不起的开端。当然，作品中的一些主要人物形象之所以能刻画得如此鲜明、丰满，还和作者注意运用与人物性格塑造相适应的多种描写手法有关。概括地说，主要有如下五点值得我们重视：

第一，通过铺叙重要情节和场面来对人物进行动态描写。赵晔已开始摆脱史传文学中常对人物作静态介绍或评价的写法，而非常重视描写人物的行动，并有意把人物置于矛盾冲突尖锐、集中的情节和场面中来展示人物的性格特征，而人物的活动或人物性格的冲突又推动着情节的发展和场面的转换，于是，情节的负荷就不再是单纯的故事，而成了人物命运的表现，甚至是“某种性格、典型的成长和构成的历史”①。例如，勾践在“浙江祖道”首次出场时，作者未对他的生平、遭遇和思想性格，作任何介绍和评论，但通过这一生离死别的场面描写，勾践作为一个国破身辱的青年君主形象就逐渐显现出来了：他始而情绪颓丧，悲观感伤；继而振作起来，与群臣共谋忍辱图存之策；最后置生死、荣辱、尊卑于度外：

> 遂别于浙江之上，群臣垂泣，莫不咸哀。越王仰天叹曰:“死者，人之所畏。若孤之闻死，其于心胸中会无怵惕。”遂登船径去，终不返顾。（卷七）

他终于坚强地挺立起来，表现出忍辱负重、处危自若、闻死不惊的非凡意志。他的这种意志和行动本身，对于留守大臣和越国人民来说，无疑是一种极大的鞭策和鼓舞。随后在入臣、归国、阴谋、伐吴等一系列重要情节和场面的铺叙中，越王作为一个政治家、阴谋家的性格内涵也逐渐丰富和发展。伍子胥、阖闾、夫差等人也都被置于矛盾冲突的尖端位置，无不通过人物的自身行动来展示其性格和命运。

第二，以典型的细节描写来表现人物的性格特征。由于《吴越春秋》采用的是文言语体，它的叙述语言直接继承了史家叙事语言的特点，在描摹事件和人物时，

---

① 高尔基:《论文学·和青年作家的谈话》，人民文学出版社 1983 年版。

仍然保持着一定的时空距离，因而从整体上说，它还不是充分的完全生活化的细节描写，而是一种具有典型性的限量细节描写①，如写专诸之勇，只用了他“方与人斗”，“其妻一呼即还”和行刺王僚等两个细节，前者较简略，后者则要详细一些：

酒酣，公子光佯为足疾，入窋室裹足，使专诸置鱼肠剑炙鱼中进之。既至王僚前，专诸乃擘炙鱼，因推匕首，立戟交轵倚专诸胸，胸断臆开，匕首如故，以刺王僚，贯甲达背。（卷三）

这个细节，基本上把刺僚的过程真实地再现在读者眼前，专诸作为一个勇士的形象也由此站立起来了。又如关于孙武在后宫小试兵法的细节描写，不仅把孙武严明军纪、善为兵法的将军本色显现出来，而且真实地再现了后宫女性的情态，揭示了阖闾既爱江山又爱美人的性格内涵，实际收到了一笔多用的艺术效果。就孙武本人而言，这是他在伍子胥七荐之后的首次亮相，通过作者的这绝妙一笔，他以自己的独特风貌走进了吴国高层领导集团，并在此后多次出现在吴楚之争的舞台上，他作为杰出的军事家，也为吴国破楚称霸做出了突出的贡献，但因再无这样生动的细节描写，所以他的形象远不如伍子胥那样丰满。而伍子胥和勾践的形象之所以如此栩栩如生、血肉丰满，与作者选择了一系列典型细节进行精心描绘密切相关，试各举一个最典型的细节描写如下：

吴王入郢，止留。伍胥以不得昭王，乃掘平王之墓，出其尸，鞭之三百，左足践（其）腹，右手抉其目。诮之曰：“谁使汝用谗谀之口，杀我父兄，岂不冤哉！”（卷四）

（越王欲一见问疾，）王召而见之。适遇吴王之便，太宰嚭奉溲恶以出，逢户中，越王因拜，请尝大王之溲，以决吉凶。即以手取其便与恶而尝之。因入曰：“下囚臣勾践贺于大王，王之疾至己巳日有瘳，至三月壬申病愈。”吴王曰：“何以知之？”越王曰：“下臣尝事师闻粪者，顺谷味、逆时气者死，顺时气者生。今者，臣窃尝大王之粪，其恶味苦且楚酸。是味也，应春夏之气，臣以是知之。”吴王大悦，曰：“仁人也。”（卷七）

前者是伍子胥忍辱衔恨奔走奋斗了十六年之后的一种切齿的报复，一种彻底的发泄，作者通过这个细节描写，把伍子胥刚烈暴戾的性格和憎恨昏君、有仇必报的感

① 所谓限量细节描写，是指细节描写的数量有限和细节写实的程度有限。

情升华到了顶点。后者是越王和范蠡所精心策划的一次阴谋表演，是越王命运的一个转折点，作者通过这个细节描写，使勾践忍辱负重、外服内怨、以屈求伸的阴谋家人格得以充分展示。

第三，采用不同方式来揭示人物的心理活动。(1) 让人物通过自白或歌吟，来表现其内心。如吴市吏向王僚报告有一异国亡臣"被发佯狂、跣足塗面、行乞于市"时，作者写道：

> 公子光闻之，私喜曰："吾闻楚杀忠臣伍奢，其子子胥，勇而且智，彼必复父之仇，来入于吴。"阴欲养之。(卷三)

这里所写"私喜曰"的内容，实即公子光听到上述消息后的心理活动：他从市吏所说"异国亡臣"的情状，马上联想到其人可能是伍子胥，继而推断伍子胥是为"复父之仇"而来，于是产生"阴欲养之"的念头，目的是想收罗伍子胥这样"勇而且智"的人才，以帮助他杀僚自立。又如越王夫人随同勾践登船入吴时，目睹江上飞鸟的自由往返，触景生情，联想到自己和丈夫入吴为奴后失去自由，"孰知返兮何年?"因而手抚船舷，长歌当哭，用歌唱和哀吟如泣如诉地倾吐了她心中的去国离家之悲恻和受辱为奴之愤惋。这种以歌吟抒发内心感情的方法，实际上也是心理描写的一种形式。(2) 直接描写人物的心理活动。如阖闾三年吴王与伍子胥、白喜商谈出兵伐楚之事时，作者写道：

> 吴王内计二子皆怨楚，深恐以兵往破灭而已。登台向南风而啸，有顷而叹，群臣莫有晓王意者。(卷四)

又如卷九写道：

> 越王勾践十年二月，越王深念远思，侵辱于吴，蒙天祉福，得(返)越国。群臣教诲，各画一策，辞合意同，勾践敬从，其国已富。反越五年，未闻敢死之友。或谓诸大夫爱其身，惜其躯者。乃登渐台，望观其群臣有忧与否。

前例首二句直接写阖闾内心对伍子胥、白喜主张出兵伐楚的隐忧，随后又以"啸"和"叹"的情态来揭示他的内心矛盾。所以群臣不晓王意，唯有"子胥深知王之不定，乃荐孙子于王"。后例都是写"越王深念远思"的心理活动，从他所"念"所"思"的内容来看，时间跨度较大，这表明作者还写出了当时越王意识流动的过程。(3) 通过描写人物的情态来展示其内心世界。试以越王的情态描写为例,卷七"浙江祖道"时,听了文种的祝酒词,"越王仰天太息,举杯垂涕,默无所言",表现其颓丧、悲观心理。入吴后吴王诱劝范蠡"改心自新,弃越归吴","此时越王伏地流涕,自谓遂失范蠡矣"。后句说明了他伏地流涕的原因。卷十文台酒会上,文种在祝酒词中提出封赏功臣的要求时,作者写道:

> 台上群臣大悦而笑,越王面无喜色。范蠡知勾践爱壤土,不惜群臣之死,以其谋成国定,必复不须功而返国也,故面有忧色而不悦也。范蠡从吴欲去,恐勾践未返,失人臣之义,乃从入越。

前二句通过君臣截然相反的情态对比,揭示了勾践在灭吴称霸、大功告成之后不愿封赏功臣的心理活动。后九句直接描写范蠡察知越王内心之后的心理活动,表现他见微知著的敏锐和功成身退的见识远在"大悦而笑"的群臣之上。(4)利用梦境和幻觉来摹写人物心理。卷五写夫差伐齐之前的一次梦境和两次幻觉以及臣僚的解释,实际上正是夫差急欲北上伐齐,却又忧虑吴国前途这一矛盾心理的反映。他昼卧姑胥之台而得梦:梦入章明宫,见两锧蒸而不炊,两黑犬嗥以南嗥以北,两锓殖宫墙,流水汤汤越宫堂,后房鼓震箧箧有锻工,前园横生梧桐。"及寤而起,其心恬然怅焉",这是由于梦境内涵隐晦不明,而心生犹疑与恍惚。太宰嚭为迎合和讨好吴王,故意把梦旨解释为"美哉!王之兴师伐齐也"。虽使"吴王大悦,而其心不已",表明他急欲耀兵中原却仍心存隐忧。随后公孙圣所占梦旨,不仅与夫差本愿截然相反,而且也击中了他内心深处的隐忧,加之公孙圣表述语气太陡,因而"索然作怒",杀了公孙圣。伐齐小胜后,吴王"坐于殿上,独见四人向庭相背而倚","闻人言则四分走矣"。伍子胥释为"将失众矣",也使吴王发怒。过了五天之后,"吴王复坐殿上,望见两人相对,北向人杀南向人"。伍子胥释为"臣杀君也","王不应"。这表明公孙圣的释梦和伍子胥的劝谏,实际已经引起了夫差的忧虑和恐惧。

第四,注意运用对话描写来刻画人物形象。人物对话便于吸收口语成分,它的写实描摹功能要比纯文言的叙述强一些,因而赵晔从塑造人物形象的需要出发,在《吴越春秋》中安排了大量的对话描写,其比例已远远超过《史记》中有关吴越人物的描写。概括地说,它主要以两种方式刻画人物:(1)通过人物对话描摹其他人物的经历和性格。最典型的例子是伍子胥和阖闾谈话时所述郄宛被害的悲剧和要离折辱椒丘訢的故事。前者只有简略的介绍,但也进一步揭示了楚平王的昏庸残暴和费无忌的嫉贤害能。后者则有详细的描摹,讲述者(伍子胥)和听者(阖闾)所关注的都不是单纯的故事,而是要离这个人物在故事中的表现,通过伍子胥之口,不仅使要离这个人物站立起来了,而且勾勒出了椒丘訢这个气势凌人却又明义知愧的壮士形象。伍子胥在这里实际上兼作了叙述人,他相对于全知叙事的叙述人(作者)来说,只是限知叙事。(2) 通过对话描写展示各自的思想性格。例如卷七写浙江祖道,作者几乎是纯用对话描写来推动情节的发展和揭示人物的精神世界。不仅初步揭示了勾践的情绪从颓丧到振作、性格从脆弱到坚强的发展过程,而且表现出诸位大臣对越王的忠心耿耿和这个群体的精诚合作,同时也透露出各自的职务与才干,具有闻其声即知其人的艺术效果。后文写越王归国、阴谋、伐吴时与群臣的活动,也多采用对话描写展开,但他们之中,真正写出了性格特征的只有勾践、范蠡、文种、计砚四人,其他如扶同、苦成、皋如、曳庸、浩进、诸稽郢等人的形象都比较模糊。这就是说,对话描写作为塑造人物形象的手段,并不在于其数量之多,而在于人物语言的个性化程度。该著除上举越国君臣四人外,吴国伍子胥和夫差的语言也颇富于个性,如夫差赐剑命伍子胥自杀时,二人的语言就非常精彩:

> 吴王闻子胥之怨恨也,乃使人赐属镂之剑。子胥受剑,徒跣褰裳,下堂中庭,仰天呼怨,曰:"吾始为汝父忠臣立吴,设谋破楚,南服劲越,威加诸侯,有霸王之功。今汝不用吾言,反赐我剑。吾今日死,吴宫为墟,庭生蔓草,越人掘汝社稷。安忘我乎?昔前王不欲立汝,我以死争之,卒得汝之愿,公子多怨于我。我从有功于吴,今乃忘我定国之恩,反赐我死,岂不谬哉?"吴王闻之,大怒曰:"汝不忠信,为寡人使齐,托汝子于齐鲍氏,有外我之心。"急令自裁。"孤不使汝得有所见。"子胥把剑,仰天叹曰:"自我死后,后世必以我为忠。上配夏殷之世,亦得与龙逄、比干为友。"遂伏剑而死。吴王乃取子胥尸,盛以鸱夷之器,投之于江中,言曰:"胥,汝一死之后,何能有知?"即断其头,置高楼上,谓之曰:"日月炙汝肉,飘风飘汝眼,炎光烧汝骨,鱼鳖食汝肉,汝骨变形灰,有何所见?"(卷五)

伍子胥的怨号表现出他的忠诚刚烈,视死如归,临死前还想以他的怨责和生命使吴王醒悟;而夫差的怒斥和诅咒,则透露出他的昏庸和暴虐已到了不可救药的地步,他先避开伍子胥怨责的内容,而为自己杀害忠臣的行为寻找借口,最后的诅咒是因前文子胥所说"员诚前死,挂吾目于门,以观吴国之丧"而发,深刻地揭示了他的愚顽不化和残戾至极。

第五,善于用对比手法来描写人物。在赵晔的笔下,这种对比是多方面、多层次的:吴楚君臣之间、吴越君臣之间是政治集团之间的人物群像对比;同类人物如伍子胥、范蠡、文种三个忠臣谋士之间,楚平王、吴王夫差之间,是性格特征的对比,同中见异,更显出各自个性的鲜明;相反类型人物如伍子胥和太宰嚭之间、勾践和夫差之间，是性格内涵的对比，通过互相反衬而相得益彰。同一人物的不同表现也可以构成鲜明的对比，如勾践在患难中任贤使能，从善如流，在功成后却寡恩忘义，杀戮功臣，从前后表现的不同，可以清楚地看出其性格的发展与变化。同一事件中不同人物的不同表现，也是一种对比，如文台酒会上文种祝酒时，“台上群臣大悦而笑，越王面无喜色”，而范蠡正是从这种对比中见微知著，决意隐退，这与群臣的反应又是一种对比。甚至在同一人物的塑造过程中也可以采用多方面、多层次的对比，例如要离是作者精心塑造的一个壮士形象，他折辱椒丘訢的事件，本身就是一种对比，伍子胥是以椒丘訢之勇来衬托要离之勇；要离“细小无力，迎风则僵，负风则伏”，与庆忌“筋骨果劲，万人莫当，走追奔兽，手接飞鸟”也形成了体力之间的对比；伍子胥对要离的器重与推荐，与阖闾对要离的轻视与犹疑，也是一种对比，反映出二人在识别勇士上的差距；通过以上多种对比烘托之后，要离终于刺死了庆忌，再次用庆忌之勇衬托了要离之勇；最后又以要离的自杀与他主动以苦肉计请命相照应，使他作为一个勇士的侠义精神得以升华。

中国古代文论中的“通变说”[①]

在中国文学发展的进程中，曾有不少作家和批评家自觉或不自觉地思考过有关“通变”的问题，并且形之于文字的理论表述也颇为丰富。自20世纪以来，学术界对于中国古代文论中的“通变说”也曾予以关注，并已做过一定的研究，但其重点主要集中于刘勰的通变理论，或者在探讨中国文学的继承与革新问题时有所涉及。本文拟从中国文学古今演变的视角出发，就中国古代文论中的“通变说”重新加以考察和阐释。

一、文学“通变说”形成的思想基础

所谓文学“通变说”，是指中国文学发展到一定阶段以后，作家和批评家立足于各自的时代，就文学演变问题所做的思考和表述，其内涵涉及古与今、源与流、常与变、因与革的关系等若干问题，在学理上可归属于文学历史发展观。尽管如众所周知，直到刘勰《文心雕龙》的问世，关于中国文学“通变说”才有系统的表述，但自先秦两汉以来，文化学术领域所做的相关探讨，实已为文学“通变说”的形成提供了一定的理论借鉴。

（一）“通变”思想萌生于《周易》的原著和解释中。今传《周易》，包括《易经》和《易传》两部分。《周易》六十四卦，相传为周文王所作，一般认为成书于殷周之际，至汉代立为经，故称《易经》。孔颖达正义曰：“夫易者，变化之总名，改换之殊称。”[②]可见作者以“易”为书名，其本意就是为了强调变化。《易传》十篇，相传为孔子所

---

① 本文原载《学术与视角——复旦大学第三届中国文论国际学术研讨会论文集》，凤凰出版社2013年版，篇末“附言”也为当时所加。

② 《周易正义》卷首。

作，学术界一般认为写成于春秋战国时期。虽然经与传的作者一直存在争议，但自汉儒将经和传合编在一起以后，它们就作为一个整体流传于世。而在《易传》中，就已有了关于“通变”的诸种表述：既可合而以“通变”或“变通”颠倒言之，如“通变之谓事”、“变通者，趣时者也”；也可分而以“变”、“通”对举言之，如“一阖一辟谓之变，往来不穷谓之通”、“化而裁之谓之变，推而行之谓之通”；还可连带阐发“通”与“变”之联系，如“通其变，遂成天下之文”、“变而通之以尽利”、“易穷则变，变则通，通则久”①。这类产生于先秦时代的“通变”理念，最初都是用以揭示世间事物发展变化的规律，虽然表述有所差异，但内涵丰富，影响深远。

（二）中国文化史上多次进行过的“古今之辨”，在春秋战国时期就已展开，当时讨论的焦点是“法先王”与“法后王”、“法古”与“法今”等论题。如孔子就是主张“祖述尧舜，宪章文武”②的，故而明确表示“述而不作，信而好古”③，“周监于二代，郁郁乎文哉！吾从周”④；孟子也主张“遵先王之法”，明确宣称“欲为君，尽君道；欲为臣，尽臣道；二者皆法尧舜而已矣。不以舜之所以事尧事君，不敬其君者也；不以尧之所以治民治民，贼其民者也”⑤。荀子虽不否定先王，但已明确提出要“法后王而壹制度”⑥；韩非则主张法治，认为“圣人不期修古，不法常可，论古之事，因为之备。……故事因于世，而备适于事。世异则事异，事异则备变”⑦。先秦诸子在讨论古与今的关系时，还对因与革、常与变的关系进行过思考。例如，孔子说：“殷因于夏礼，所损益可知也；周因于殷礼，所损益可知也。其或继周者，虽百世可知也。”⑧可见他虽然自称“好古”，但也兼顾因革，即认为可以根据现实的发展，对传统加以损益。而以韩非子为代表的法家则更关注现实，主张“变古”以“趋时”。这些论争分别阐发了文化的继承性和变异性等问题，实际上也可看作是通变思想在历史文化领域的酝酿和表述。

（三）司马迁在《太史公自序》中已有“天人之际，承敝通变”、“述往事，思来者”、“略协古今之变”、“厥协六经异传”、“整齐百家杂语”等表述⑨，又在《报任少卿书》中自叙其写作《史记》“亦欲以究天人之际，通古今之变，成一家之言”⑩，这是首

---

① 引自〔晋〕韩康伯：《周易注》卷七《系辞上》、卷八《系辞下》。
② 《中庸》第三十章。
③ 《论语·述而第七》。
④ 《论语·八佾第三》。
⑤ 《孟子·离娄上》。
⑥ 《荀子·儒效》。
⑦ 《韩非子·五蠹》。
⑧ 《论语·八佾第三》。
⑨ 《史记》卷一百三十，中华书局 1982 年版，第 3285—3321 页。
⑩ 《文选》卷第四十一，上海古籍出版社 1986 年版，第 1865 页。

次明确把“通变”表述为“通古今之变”，并以此作为他撰写历史著作的重要原则。所谓“成一家之言”，当然是一种创新，但并不否定传统，而是主张在继承传统、贯通古今、整合各种思想资源基础之上的独家创造。从孔子的“述而不作，信而好古”，到司马迁“欲以究天人之际，通古今之变，成一家之言”，明显可以看出士人历史发展观念和著书立言意识的进步。由于《史记》的写作具有一定的文学色彩，司马迁的这种看法实际上成为后世众多文学家的共识。

（四）随着《诗三百》、《楚辞》在汉代相继被经典化[①]，文学领域也开始探讨古与今、源与流、因与革的关系，并已涉及复古与模拟的问题。例如，刘安、司马迁、王逸等人在讨论辞赋时，就已论及从《诗经》到《楚辞》、汉赋之间的源流关系，班固甚至在《两都赋序》中明确地说：“赋者，古诗之流也。”西汉末年扬雄在文学观念上已有明道、征圣、宗经的倾向[②]，但在《太玄经》卷七提倡“因而能革”，“革而能因”，又在《法言》卷三提出“新则袭之，敝则损益之”，所以他既主复古，作赋也常模拟屈原和司马相如，但又不乏革新和创造。而东汉初年的王充则是中国文学批评史上深入探讨古今关系的第一人，他在《论衡》中对当时“述事者好高古而下今，贵所闻而贱所见”、“谓今之文不如古书”这类“尊古卑今”、“褒古毁今”的世俗之性进行了分析和批评，认为“才有浅深，无有古今；文有伪真，无有故新”，因而明确反对复古与模拟，提倡“贵今”与独创。他说：“饰貌以强类者失形，调辞以务似者失情。百夫之子，不同父母，殊类而生，不必相似；各以所禀，自为佳好。文必有与合然后称善，是则代匠斫不伤手，然后称工巧也。文士之务，各有所从，或调辞以巧文，或辩伪以实事。必谋虑有合，文辞相袭，是则五帝不异事，三王不殊业也。美色不同面，皆佳于目；悲音不共声，皆快于耳。酒醴异气，饮之皆醉；百谷殊味，食之皆饱。谓文当与前合，是谓舜眉当复八采，禹目当复重瞳。”[③]像这类对于模拟的既深刻又生动的批评，后代也常有回响，例如明代袁宏道对于七子派的批评，与王充的思路是相通的。

---

① 按：《诗三百》在汉代立为经，始称《诗经》。又汉武帝曾命刘安撰《离骚经章句》（或称《离骚传》），其书虽已佚，但司马迁在《史记》中评论屈原《离骚》时实是引用刘安之说，如“国风好色而不淫，小雅怨诽而不乱，若《离骚》者可谓兼之矣。上称帝喾，下道齐桓，中述汤武，以刺世事。明道德之广崇，治乱之条贯，靡不毕见。其文约，其辞微，其志洁，其行廉，其称文小而其指极大，举类迩而见义远。其志洁，故其称物芳；其行廉，故死而不容自疏。濯淖污泥之中，蝉蜕于浊秽，以浮游尘埃之外，不获世之滋垢，皭然泥而不滓者也。推此志也，虽与日月争光可也”。至西汉末年刘向首次将《楚辞》辑录成书，分为十六卷，其书虽已佚，但东汉王逸《楚辞章句》实是在刘书基础上增加他自己的《九思》一篇和班固的《离骚序》、《离骚赞序》二篇而成，编为十七卷，成为今存最早《楚辞》注本，传于后世，为历代士人所重。从刘安到王逸关于楚辞的评价来看，都明显有“依经立义”的倾向。

② 参见顾易生、蒋凡：《中国文学批评通史·先秦两汉卷》，上海古籍出版社 1996 年版，第 528—532 页。

③ 王充：《论衡》卷二十九。

汉代以降，直至南朝宋齐之际，这类思考仍在继续，如左思《三都赋序》[①]、陆机《文赋》[②]、挚虞《文章流别论》[③]、沈约《宋书・谢灵运传论》[④]等，也皆论及文学的源流演变或作家的师承取向。

古人在上述四个方面所做的探讨，从不同的领域为文学通变理论的形成提供了思想基础。其中尤其是第四点，自汉代至南齐之间，人们关于文学古与今、源与流、因与革之关系的思考，虽尚未使用"通变"这一范畴，但其理论内涵实际直接成为了刘勰论"通变"的重要思想资源。

二、刘勰构建的文学通变理论

刘勰于南齐末年写成的《文心雕龙》是中国文学批评史上第一部自成体系的巨著，其中第二十九篇专论"通变"，在文学领域系统地阐发了发展变化的理论，这在学术界早已成为共识。但如果我们认真通读《文心雕龙》，就会发现作者关于文学"通古今之变"的认识和表述，并不限于《通变》这一篇，而是贯穿于全书的大多数篇章，既与其所建构的文学总体系中的若干分支相互联系，又在"通变说"这个分支领域自成体系。原因在于刘勰是立足于他所处的南齐时代，而对中国文学从古至"今"[⑤]的发展演变进行探讨和总结。换言之，他并不只是从共时性的视角而运用若干范畴来撰写"中国文学概论"，而是更注重从历时性视角审视自古至今的文学，既根据中国文学古今演变的现象归纳出若干范畴而构建文学理论体系，又运用这些理论去分析和描述中国文学古今演变的概貌。因此，刘勰的《文心雕龙》实是一部兼述文学原理与文学演变的专著，他所构建的"通变说"也兼具多方面的意义。

首先，从范畴论层面来说，刘勰借用了《周易》和司马迁使用过的与"通变"相关的术语，汲取了先秦至南齐士人在文化、历史和文学领域所探讨过的诸如古与今、

---

① 左思《三都赋序》不仅引用班固《两都赋序》中"赋者古诗之流也"之说，而且明确宣称："余既思摹《二京》而赋《三都》。"

② 陆机《文赋》提出要"颐情志于典坟"，"游文章之林府，嘉丽藻之彬彬"，"收百世之阙文，采千载之遗韵；谢朝华于已披，启夕秀于未振"。

③ 挚虞《文章流别论》曰："诗之流也，有三言、四言、五言、六言、七言、九言。古诗率以四言为体，而时有一句两句杂在四言间，后世演之，遂以为篇。"又曰："赋者，敷陈之称，古诗之流也。"

④ 按：《宋书》纪传部分完成于南齐永明六年，其《谢灵运传论》曰："自汉至魏，四百余年，辞人才子，文体三变：相如巧为形似之言，班固长于情理之说，子建、仲宣以气质为体，并标能擅美，独映当时。是以一世之士，各相慕习。原其飙流所始，莫不同祖《风》《骚》。"

⑤ 按：本文所论古今关系中的"今"，皆指立论者所处的时代。又本文凡提及刘勰等人所论文学实际上是一种大文学观，除了我们现在所说的纯文学体式，往往还包括经史子等著述在内，因此，从严格意义上说，应称为文章学。

源与流、因与革等问题的见解，在《文心雕龙》中首次系统地阐述了文学通变理论的内涵。就刘勰的论述来分析，“通变”这一术语，合而言之，就是讲文学的古今演变，其演变之道包括通古变今与通体变文两个方面[①]。分而言之，“变”即变化，指向于今，既可向好的方面变化，因而视为创新，也可向坏的方面变化，则成为丑腐；“通”即“会通”（“贯通”），包括会通诸体之正变和贯通古今之源流。但二者是一种辩证统一的关系，既不能孤立地只求“通”，也不能片面地只讲“变”，而应“通”、“变”兼顾，为了“变”而求“通”，在“通”的基础上求“变”。以往有的学者直接把“通”和“变”解释为“继承”与“创新”，固然不合刘勰原意，詹福瑞先生、蔡钟翔先生等已撰文纠正[②]，但刘勰所确立的基本原则是“望今制奇，参古定法”，因而其通变说中实际包含了因（继承）与革（创新）的内涵，是毋庸置疑的。他说：

> 夫设文之体有常，变文之数无方，何以明其然耶？凡诗赋书记，名理相因，此有常之体也；文辞气力，通变则久，此无方之数也。名理有常，体必资于故实；通变无方，数必酌于新声；故能骋无穷之路，饮不竭之源。然绠短者衔渴，足疲者辍涂，非文理之数尽，乃通变之术疏耳。故论文之方，譬诸草木，根干丽土而同性，臭味晞阳而异品矣。……
>
> 赞曰：文律运周，日新其业。变则可久，通则不乏。趋时必果，乘机无怯。望今制奇，参古定法。（《文心雕龙》第二十九《通变》）

这一段话主要是从作品的“有常之体”与“文辞气力”两个方面来讨论通变。所谓“有常之体”，是指每一类文章在体裁样式等方面都有其基本的规格要求，具有恒久稳定的特性，例如《文心雕龙》自《明诗》第六至《书记》第二十五所论诗、赋、书、记等文体都各有常规，因而后人写作时应继承自古以来形成的基本特性，通过“参古定法”、“资于故实”以合于常，如果违背常规，就会不得体，甚至成为“谬体”或“讹体”，这是就“通”的方面而言。所谓“文辞气力”，是指运用文辞以及由此而形成的气势和力度等表现手法，必须要有所变化，才能“日新其业”，流传久远，因此作家应果断地适应时代的需要（“趋时必果”），参考当代的新作（“酌于新声”），看准当今的趋势而以出奇制胜（“望今制奇”），这是就“变”的方面而言。

但刘勰这里所讲的“有常之体”与“文辞气力”，都是指作品的形式方面，那么，

---

① 参见钱仲联等主编：《中国文学家大辞典》（修订本），上海辞书出版社 2000 年版，第 1906 页。

② 参见詹福瑞：《中古文学理论范畴》第四章《文变》，中华书局 2005 年版，第 183—228 页；蔡钟翔：《释“通变”》，载《蔡钟翔自选集：生生不息的中国文论》，中国书店 2010 年版，第 335—342 页。

在作品的内容方面，是否也要讲求通变呢？答案是肯定的。例如，《文心雕龙》的前五篇，学者一般依据《序志》篇所称“文之枢纽”，而视其为全书的总纲，这固然不错，但实际上这五篇也体现了作者的“通变”思想，并且以着重阐明作品内容的通变为主，仅偶尔兼及形式的通变。前三篇《原道》、《征圣》、《宗经》主张写作应“本乎道，师乎圣，体乎经”，就是关于“通”的基本内容（这是刘勰“通变说”中最为保守的内涵，后世古文家主张文以明道和理学家主张文以载道，实与此一脉相承），但也兼及对圣人著作和经书在文辞运用等形式方面的继承。《正纬》和《辨骚》则主要讨论“变”的原则，也是侧重于内容之“变”而兼及形式之“变”。刘勰认为像符谶、图录之类的纬书，相传是用来“配经”、解经的，但都是后人伪造，相对于经书来说也是一种变化，却因为内容荒诞虚妄，“乖道谬典”太甚，这种“变”是不可取的，所以主张要匡正其讹谬。当然，纬书也并非一无是处，它们中有些篇章运用了想象夸张，写得“事丰奇伟，辞富膏腴”，虽“无益经典，而有助文章”，因此“后来辞人”，也曾从纬书中“采摭英华”。至于《离骚》等楚辞作品，则与纬书不同，在内容方面，它既有四点“论其典诰”而“同于风雅”，也有四点“语其夸诞”而“异乎经典”，但刘勰却从整体上给予了肯定的评价：

> 固知《楚辞》者，体宪于三代，而风杂于战国，乃雅颂之博徒，而词赋之英杰也。观其骨鲠所树，肌肤所附，虽取熔经旨，亦自铸伟辞。故《骚经》、《九章》，朗丽以哀志；《九歌》、《九辩》，绮靡以伤情；《远游》、《天问》，瑰诡而慧巧；《招魂》、《大招》，耀艳而深华；《卜居》标放言之致，《渔父》寄独往之才。故能气往轹古，辞来切今，惊采绝艳，难与并能矣。（《文心雕龙》第五《辨骚》）

在他看来，《楚辞》正是合于通变原则的典范之作，其“同于风雅”是求“通”，其“异乎经典”是求“变”，所以才能“自铸伟辞”，而成为“词赋之英杰”。

由此可见，刘勰讲通变是包括作品的内容与形式的，在论述中，为了讲得深入透彻，有时分而言之，有所侧重。但作品的内容与形式本来是一个整体，既相互依存，也相互影响，故有时也根据行文的需要合而言之。如他在《通变》篇还论述了上古至刘宋时期咏歌从“淳而质”到“丽而雅”、“侈而艳”再到“浅而绮”、“讹而新”的演变进程，是结合内容与形式构成的总体特征而言，然后总结道：“故练青濯绛，必归蓝蒨，矫讹翻浅，还宗经诰。斯斟酌乎质文之间，而檃括乎雅俗之际，可与言通变矣。”这一段由论通变而涉及复古与模拟、文与质、雅与俗等问题，颇值得重视。针对刘宋人“多略汉篇，师范宋集”这种“竞今疏古”（即模拟今人、疏远古典）的风气，刘勰开出了“矫讹翻浅，还宗经诰”的药方，他不仅批评刘宋人竞相“师范宋集”，而且对扬雄“影写长卿”也颇有微词，可见他对于模拟是反对的①，但他主张“还宗经诰”，回归风雅，似乎有复古倾向，如纪昀在《文心雕龙·通变》的眉批中称其为“复古而名以通变”②。不过，他这里把文与质、雅与俗这两对范畴提到一个关键的位置来讨论通变，是颇有见地的。

其次，从方法论层面说，刘勰始终是以一种古今联系的视角来对中国文学作整体性的观照和探讨，因而其通变论不仅是讨论文学的一个范畴，而且兼具方法论的意义，即无论是讨论一个文学范畴，还是研究是一种文体或一种文学现象，往往都会从通变的角度考察其因革源流。他曾明确指出：

> 是以将阅文情，先标六观：一观位体，二观置辞，三观通变，四观奇正，五观事义，六观宫商。斯术既形，则优劣见矣。夫缀文者情动而辞发，观文者披文以入情，沿波讨源，虽幽必显。（《文心雕龙》第四十八《知音》）

《知音》篇是专论文章鉴赏与批评的，这里提出的“六观”是必须进行的步骤。“观位体”（指体制安排）和“观置词”（指文辞布置）是进入作品的门径，然后“观通变”和“观奇正”才称得上登堂入室，而“奇正”这一对范畴实是与“通变”相联系的（详后文）。由此可见，刘勰对于“通变”是何等重视。既然鉴赏与批评每一篇作品都要求“观通变”，就当然具有方法论的意义了。而这里提及的“沿波讨源”，与《序志》篇所说“原始以表末”，都是探讨源与流问题，只是前者由流溯源，后者由源探流而已，实际上二者都是与“观通变”相联系的一种具体方法，后世盛行的“溯流探源”法就是由此发展而来的。

上面我们讨论过的《文心雕龙》的前五篇，与其说体现了刘勰的“通变”思想，还不如说他本来就是从“通变”的视角进行研究和写作的。下面我们再来分析刘勰对于各文体的研究和论述，“观通变”作为其重要方法在这里可以说运用得游刃有余。他在《序志》中说：“若乃论文叙笔，则囿别区分；原始以表末，释名以章义，选文以定篇，敷理以举统。”这是对于各类文体的研究方法和写作原则的一个精练的概括。我们不妨结合《文心雕龙》上半部的篇名来看，按理说“正纬第四”和“辨骚第五”也可以看作是对于文体的讨论，但刘勰本人已把它和前三篇放在一起，视之为“文之枢纽”，前面我们已经做了介绍。其后二十篇是按当时人区分文笔的习惯来安排篇

---

① 不过，刘勰对于初学者模拟古代的典范之作，并不反对。如《体性》篇说：“故童子雕琢，必先雅制，沿根讨叶，思转自圆，八体虽殊，会通合数，得其环中，则辐辏相成。故宜摹体以定习，因性以练才，文之司南，用此道也。”又在《定势》篇说：“是以模经为式者，自入典雅之懿；效《骚》命篇者，必归艳逸之华。”

② 引自黄霖：《文心雕龙汇评》，上海古籍出版社 2005 年版，第 102 页。

章结构的，其中从《明诗》到《谐隐》十篇是论述有韵之文，包括诗、赋、颂、赞、祝、盟、铭、箴、诔、碑、哀、吊、对问、七、连珠、谐、隐等文体；从《史传》到《书记》十篇是论述无韵之笔，包括史传、诸子、论、说、诏、策、檄、移、封禅文、章、表、奏、启、议、对、书信等文体①。这就是所谓的“论文叙笔，则囿别区分”，而对于每一种文体，他都是按照“原始以表末，释名以章义，选文以定篇，敷理以举统”的原则进行研究和写作的。这四句话翻译成白话就是：“推求各体的起源和叙述其流变，阐释各体的名称以彰显其意义；通过对各体文章的筛选而确定一些有代表性的篇章，来陈述各体的写作法则以建构其理论体系。”这就不难看出，这二十篇都是以“通变”作为视角和方法而对各种文体进行研究与论述的。试以当时最主要的两种文学体式诗赋为例，曹丕《典论·论文》只说“诗赋欲丽”，陆机《文赋》也不过说“诗缘情而绮靡，赋体物而浏亮”，至挚虞《文章流别论》才开始考察各体文章的起源和演变，并列举著名作家作品而略加评论，虽大多散佚，但后人辑佚所得其关于诗赋的论述，也比前人丰富得多。刘勰《文心雕龙》中对各种文体的考察显然受挚虞的影响最大，但《明诗》第六、《乐府》第七和《诠赋》第八，再加上前已述及的《辨骚》第五，皆以相当篇幅分别论述诗、赋的起源和历代的发展演变，即使对于文体的释名和写作特点的概括，也先依次征引前人的论述，最后才阐明自己的看法，虽很少明言通变，但通变的思路显而易见，因此，溯源探流，贯通古今，成为其文体论最突出的共同特征。换言之，刘勰将通变理论运用于“论文叙笔”的过程中，又在文体研究领域形成了溯源辨体的方法，在后世曾产生深远影响。

再次，从实践层面来说，刘勰将其建构的通变理论又运用于文学研究和《文心雕龙》的写作中，提出了一系列有价值的学术见解，既使其理论通过实践的检验而得以确认，又丰富了《文心雕龙》的内容，使之成为一部自成体系的集大成之作。具体地说，这种实践主要表现在如下两个方面：

一是运用通变理论来研究和建构中国文学原理，包括对各范畴的界定和文之枢纽、文体论、创作论、批评论的探讨，大多是从历时性视角考察古今相关领域的思想成果，然后得出新的结论。关于通变理论在范畴论和总纲论、文体论、批评论（指《知音》篇）中的运用，前文已择要做过论述，这里着重就创作论加以考察。所谓创作论、批评论是现代人所作的区分，一般认为全书中有二十篇可划入创作论（采周振甫说），其中少数篇章运用通变理论进一步探讨了作品的“有常之体”，如《体性》篇论作品体貌与性情的关系，篇末说：“故童子雕琢，必先雅制，沿根讨叶，思转自

① 按：有的学者还进一步说，从《杂文》至《谐隐》中所论的文体则介于“文”、“笔”之间。本文为简单明了，概而言之，对此不作深究。

圆。八体虽殊，会通合数，得其环中，则辐辏相成。故宜摹体以定习，因性以练才，文之司南，用此道也。”这是指导初学者要先从学习“雅制”的传统开始，甚至可以不避摹拟，然后“沿根讨叶”，知其流变，就能够“思转自圆”，“会通合数”。《定势》篇论作品体裁与风格的关系，主张“因情立体，即体成势”。他说：“色糅而犬马殊形，情交而雅俗异势。熔范所拟，各有司匠；虽无严郛，难得逾越。然渊乎文者，并总群势；奇正虽反，必兼解以俱通；刚柔虽殊，必随时而适用。……旧练之才，则执正以驭奇；新学之锐，则逐奇而失正。”这里所用的“正奇”这一对范畴，实与“通变”相联系：凡合于常规即可视为“正”，而表现出“奇”的特征即意味着有“变化”。但他对于“近代辞人”为刻意追求奇巧而“厌黩旧式”、“穿凿取新”给予了批评，主张“执正以驭奇”，反对“逐奇而失正”。而大部分篇章，如《情采》、《熔裁》、《声律》、《章句》、《丽辞》、《比兴》、《夸饰》、《事类》、《练字》、《隐秀》、《指瑕》、《附会》、《总术》等篇，都是从不同角度来进一步深入探讨作品的“文辞气力”等表现手法或写作技巧，如《熔裁》篇提出“变通以趋时”，《练字》篇主张“该旧而知新”，都是换一种口气讲形式方面的通变。另有《风骨》、《物色》二篇，则是结合内容与形式来探讨创作中的相关问题，但都从不同的角度表达了对《通变》篇主旨的呼应：

> 若夫熔铸经典之范，翔集子史之术，洞晓情变，曲昭文体，然后能孚甲新意，雕画奇辞。昭体，故意新而不乱；晓变，故辞奇而不黩。（《文心雕龙》第二十八《风骨》）
>
> 古来辞人，异代接武，莫不参伍以相变，因革以为功，物色尽而情有余者，晓会通也。（《文心雕龙》第四十六《物色》）

《风骨》篇所论风骨的内涵学术界有争议，或说指一种爽朗刚健的风格，或说指作品表现出来的一种昂扬向上的生命力，但都包含了内容与形式是毋庸置疑的，所以上面引用的这一段话，不仅合论内容与形式方面的因承与变革，而且指出了内容与形式方面的通变是相互联系、相互影响的。《物色》篇主要讨论关于情景关系的描写，这种触景生情、缘情写景的方法，早在《诗经》、《楚辞》中就形成了优秀的传统，其后历代作家无不是既因承又变革而收到成效的，所以要做到“物色尽而情有余”，必须善于通变。

二是从通变的视角来研究和描述中国文学古今演变的概貌，包括《辨骚》、《明诗》、《乐府》、《诠赋》等篇对各体文学发展的简略描述和《时序》篇对上古到南齐文学演变的总体描述。关于各体文学的发展概况研究，前文已有所涉及，这里着重讨论《时序》篇，刘勰还结合时代的变迁，简略地描述了以往文学的演变进程：

> 时运交移，质文代变，古今情理，如可言乎！昔在陶唐，德盛化钧，野老吐“何力”之谈，郊童含“不识”之歌。有虞继作，政阜民暇，薰风咏于元后，“烂云”歌于列臣。尽其美者何？乃心乐而声泰也。至大禹敷土，九序咏功，成汤圣敬，“猗欤”作颂。逮姬文之德盛，《周南》勤而不怨；大王之化淳，《邠风》乐而不淫。幽、厉昏而《板》《荡》怒，平王微而《黍离》哀。故知歌谣文理，与世推移，风动于上，而波震于下者也。春秋以后，角战英雄，六经泥蟠，百家飙骇。方是时也，……屈平联藻于日月，宋玉交彩于风云。观其艳说，则笼罩雅颂，故知炜烨之奇意，出乎纵横之诡俗也。……自献帝播迁，文学蓬转，建安之末，区宇方辑。魏武以相王之尊，雅爱诗章；文帝以副君之重，妙善辞赋；陈思以公子之豪，下笔琳琅；并体貌英逸，故俊才云蒸。仲宣委质于汉南，孔璋归命于河北，伟长从宦于青土，公干徇质于海隅，德琏综其斐然之思，元瑜展其翩翩之乐。文蔚、休伯之俦，于叔、德祖之侣，傲雅觞豆之前，雍容衽席之上，洒笔以成酣歌，和墨以藉谈笑。观其时文，雅好慷慨，良由世积乱离，风衰俗怨，并志深而笔长，故梗概而多气也。……自中朝贵玄，江左称盛，因谈馀气，流成文体。是以世极迍邅，而辞意夷泰；诗必柱下之旨归，赋乃漆园之义疏。故知文变染乎世情，兴废系乎时序，原始以要终，虽百世可知也。

他是以发展的眼光来审视时代与文学的关系，因此知道文章的变化受到时代学风的感染，不同文体的兴衰和时代有关，推求它的开始，归结到它的结束，即使是百世的文学流变也是可以推知的。

三、文学通变理论在后世的发展与影响

随着时代的推移和文学史的发展，刘勰之后的每一个时代，几乎都要面对古今文学的关系问题，因而关于文学通变的理论仍在进一步发展，并与其他问题结合在一起，形成了不同取向的各种话题。例如，强调继承传统的，往往打出复古的旗号，有的是以复古求革新，从而有“点化前作，以铁炼金”、“以故为新，夺胎换骨”、“师其意，不师其辞”、“师心独运，自我作古”等话题；有的则盲目尊古泥古，走向模拟剽窃，从而有“无一字无来处”、“不用三代以后典故”等话题。又如，强调出入古今各自成家的，往往打出革新独创的旗号，从而有“文随世变，与时高下”、“当变而变，不主故常”、“诗文代变，文体屡迁”、“不事模拟，自出面目，成一家之言”、“会古通今，贯串百家”，“继往开来，以集大成”等话题。

新文学运动酝酿和兴起时，也有一些先驱者并未割断与古典文学传统的联系。

例如，胡适的《历史的文学观念论》、《谈新诗》、《文学进化观念与戏曲改良》等文以及《白话文学史》等著，仍然从古代文学传统中去寻找与文学革命精神相通的材料作为依据；而周作人的《新文学的源流》则比胡适更进一步，从漫长的中国古代文学进程中，他寻绎出载道与言志两种彼此消长的潮流，认为明末以公安派、竟陵派为代表的文学革新运动是中国现代新文学运动的源头。

（作者附言：本文第三部分尚未写完，姑且以提交会议的形态排出，恳请同行专家提出批评或建议。）

论唐传奇在中国文学史上的演进与贡献[①]

关于"唐之传奇文",鲁迅有一段精彩的评价:"小说亦如诗,至唐代而一变。虽尚不离于搜奇记逸,然叙述宛转,文辞华艳,与六朝之粗陈梗概者较,演进之迹甚明,而尤显者乃在是时则始有意为小说。"(《中国小说史略》第八篇)这个评价之所以精彩,原因在于他是从中国小说演进史的角度来审视的,因此能比当时的同辈学者站得高,看得远,并为后来产生的许多论著所一再引用。当然,鲁迅关于唐传奇的论述也存在局限和不足,近些年来随着学术研究的深入,已有学者(例如李宗为、李剑国、陈文新等)对他的某些看法有所补充或纠正。本文拟从中国文学古今演变的视角出发,在吸收以往学术成果的基础上,进一步讨论唐传奇在中国文学史上的演进与贡献。

一、从虞集的《写韵轩记》说起

"传奇"一词始于唐人裴铏用于其所作文言小说集之名[②],至宋代已有人用以指称文言小说之一体了[③],但尚未对这一术语给出明确的定义。直到元代,才由虞集在《写韵轩记》一文中加以阐释:

> 唐之才人,于经艺道学有见者少,徒知好为文辞,闲暇无所用心,辄想象幽怪遇合、才情恍惚之事,作为诗章答问之意,傅会以为说。盍簪之次,各出行

---

① 本文原载《复旦学报》2011年第1期。中国人民大学书报资料中心《中国古代近代文学研究》2011年第6期全文转载。

② 一说《莺莺传》最初题名"传奇",则应早于裴铏使用这个词语,但也有学者表示存疑,认为那是宋人所改。

③ 如南宋谢采伯《密斋笔记自序》曰:"经史本朝文艺杂说几五万余言,固未足追媲作者,要之无牴牾于圣人,不犹愈于稗官小说、传奇志怪之流乎?"

卷，以相娱玩。非必真有是事，谓之传奇。元稹、白居易犹或为之，而况他乎？（《道园学古录》卷三十八）

他的这段话，本为批评唐人描写书生文箫与仙女吴彩鸾的爱情故事而发，却第一次颇中肯綮地界定了唐传奇的本质意义："非必真有是事，谓之传奇。"并且明确指出这类作品是"好为文辞"的"唐之才人"出于"想象"和"傅会"而作，旨在与朋友聚首时"以相娱玩"。

关于文、吴之恋，最早见于裴铏《传奇》中的《文箫传》，至五代时曾被收入杜光庭《仙传拾遗》。但原文已佚，今存皆为节录，分别见于宋曾慥《类说》卷三十二、祝穆《古今事文类聚》前集卷十一、陈元靓《岁时广记》卷三十三、元赵道一《历世真仙体道通鉴》后集卷五、明末清初陈宏绪《江城名迹》卷三等。略谓唐大和末年，书生文箫客钟陵西山。其俗中秋多召名姝善讴者，夜与丈夫间立握臂，连踏而唱，唯对答敏捷者胜。文生往而观之，见一姝甚丽而歌曰："若能相伴陟仙坛，应得文箫驾彩鸾。自有绣襦并甲帐，琼台不怕雪霜寒。"生大惊异，因伺之夜半，见姝与三四辈告别，独秉烛穿大松而去。路尽，陟山扪石，冒险而登。生潜蹑其后，见烛将尽时，有仙童辈持松炬迎之。生因失声，姝回首曰："非文箫耶？"曰："然。"姝笑曰："吾与子数未合，何太速？"生随至山顶，有几案帷幄，金炉异香，侍卫甚严。姝与生坐定，有二仙娥各持簿书而前，请详断，多江湖没溺之事。生因征其事，姝不对。生请益坚，不得已，乃告之。曰："此天机不合泄于子，吾当为子得罪矣。"仙娥即去。忽天地晦冥，风霆震击，帷幄几案，一时倾覆。姝仓皇着衣秉简，叩齿肃容，俯地待罪。俄而风云顿息，星宿灿然。有仙童自天而降，持天判宣曰："吴彩鸾以私欲而泄天机，谪为民妻一纪。"姝遂与生夜携下山，归钟陵旧处。生因诘其先人，姝曰："我父吴先君字猛，豫章人也。吾为仙主，阴籍六百年矣。睹色界兴心遭责，子亦因吾可出世矣。"生贫不能自赡，姝曰："君具纸笔，我为写孙愐《唐韵》。"运笔如飞，日得一部，鬻之，获钱五缗。金尽，又为之。历经十载，人稍有知之者。姝与文箫潜奔越王山，作诗曰："一班与两班，引入越王山。世数今逃尽，烟萝得再还。"是夜风雨，及明，樵者见二人各跨一虎，陟峰峦而去。

裴铏描写的这个故事当然是出于"想象"和"傅会"而作，为便于讨论相关问题，我们有必要先就《唐韵》其书、吴彩鸾其人以及写韵轩之由来略作介绍。查《新唐书·艺文志》，著录有"孙愐《唐韵》五卷"。按孙愐为开元天宝间人，曾任陈州司法，其所撰《唐韵》，即今传《广韵》，成书于天宝十年，是在隋陆法言《切韵》的基础上修订增广而成。吴彩鸾似是一个虚实之间的人物，在历代记载中，她是一个仙女兼书法家的形象，据说出自其手迹的传世作品有《唐韵》、《玉篇》、《法苑珠林》、《佛本行经》等，其中尤以《唐韵》流传最广，宋代黄庭坚、楼钥等人皆作过题跋[①]，《宣和书谱》卷五也著录其书。而写韵轩在江西南昌城南紫极宫，实是以传说吴仙女写《唐韵》于此而得名，刘辰翁曾先后于宋末和元初两度登之，并撰有《紫极宫写韵轩记》(《须溪集》卷四)，对文、吴事迹饶有兴味，且于文末注曰："非韵本存，世鲜不以为子虚矣。"虞集在《写韵轩记》中说："世传吴仙尝写韵于此轩，以之得名。予昔在图书之府及好事之家，往往有其所写《唐韵》，凡见三四本，皆硬黄书之，纸素芳洁，界画精整，结字遒丽，神气清明，岂凡俗之所可能者哉?"可见他对吴彩鸾写《唐韵》之事也深信不疑，但其后却笔锋一转，明确批评唐人描写文、吴"遇合之事，殊不经也"，甚至认为："以凡念之起，见谪于天，自当恐惧修省，一息不敢缓，而可以因循衽席之燕暇以至十年之久乎？诬吴君也，亦已甚矣!"上引他对于唐传奇的一段论述，其本意虽为将传奇家的描写与他心目中的真人(实指真仙)真事区别开来，但却首次揭示出唐传奇以虚构求真实的根本特征。

唐传奇在运用想象虚构方面不仅直接继承了六朝志怪小说的传统，而且间接受到过辞赋的影响。例如，张鷟的《游仙窟》记叙其与崔十娘、五嫂的艳遇，就显然与托名宋玉的《高唐赋》、《神女赋》和曹植的《洛神赋》等同一机杼。至于两汉史传文学(如《史记》、《汉书》、《吴越春秋》)和六朝轶事(志人)小说，除了在选择特异事件或虚构细节以勾勒人物形象方面为传奇家所汲取以外，更重要的是它以史笔的"传信"原则启发唐人追求描叙的真实——无论描写虚幻的情节(包括狐鬼世界和梦境幻觉等)还是历史与现实的情节，无论写人还是记事，都力图像真实的人世生活一样，即写出人物的情感、精神和性格、命运——实为艺术的真实。因此，唐传奇在艺术上的突出进展，首先就是一批优秀作家已开始有意识地以想象虚构的方式来描写人物的真实面貌，为中国叙事文学的发展做出了积极的探索，确立了正确的方向。例如，沈既济的《任氏传》、《枕中记》，沈亚之的《秦梦记》、《湘中怨》，李朝威的《柳毅传》，陈玄佑的《离魂记》，李公佐的《南柯太守传》等作品都是描写非现实的情节，即使作者声明他是有依据的，或说某事是他亲身经历过的，或称这个故事是听某人说的，而这个说故事的人又往往跟作品中的主人公是亲戚或朋友，旨在强调所写的事情是真实的，并且要写得使人觉得像真实的一样，而实际上都是虚构的，这一点毋庸置疑。

然而，像蒋防《霍小玉传》、白行简《李娃传》、陈鸿《长恨歌传》、元稹《莺莺传》等这样以一定历史真实或现实生活为依据而构成情节的名篇，从描写的实际效果来

---

① 参见黄庭坚《山谷别集》卷十一《跋张持议所藏吴彩鸾唐韵》、楼钥《攻媿集》卷五《题汪季路家藏吴彩鸾唐韵后》等。

看，几乎达到了可以乱真的程度，但实际上仍然是从作者的思想感情出发，在采纳一定的历史依据或现实依据的基础上加以想象和虚构，并运用高度的技巧和合适的形式表现出来，才可能使人感到像真的一样。《霍小玉传》中的李益是"大历十才子"之一，《旧唐书》本传说他"少有痴病而多猜忌，防闲妻妾过为苛酷，而有散灰扃户之谭闻于时，故时谓妒痴为李益疾"。元代马端临等编撰的《文献通考》卷242引述《旧唐书》本传这段话以后说："按世传《霍小玉传》所谓李十郎诗'开帘风动竹，疑是故人来'者，即益也。旧史所载如此，岂小玉将死，诀绝之言果验耶？抑好事者因其有此疾，遂为此说以实之也。"意谓小说《霍小玉传》是虚构的。《李娃传》一名"汧国夫人传"，撰于贞元十一年(795)。该篇的妙处在于情节的曲折生动，从院遇到计逐，都是妓院赚钱的寻常手段，但在荥阳生遭鞭弃为李娃所救后，经过三年护理和伴读使得浪子回头，李娃的形象就逐渐亮丽起来了。这个故事显然是以李娃为第一号主人公，背景放在天宝年间，作者写四五十年前的事，却故意闪烁其词，对常州刺史荥阳公及其子"略其名氏不书"，而所谓"汧国夫人"的封号在历史上从来就不曾有过。因此，即使民间有这样的传说，甚至还有人编为故事在市井讲述，白行简在创作中不可避免地运用了他的虚构和想象。《长恨歌传》显然作于《长恨歌》之后，一方面陈鸿不能不受白居易《长恨歌》所写情节的约束，一方面由于文体不同而必须增加细节。例如，白居易只说"一朝选在君王侧"，陈鸿则描写了"诏高力士潜搜外宫，得弘农杨玄琰女于寿邸"一段情节，这是依据史实而增；但陈鸿写方士作为使者上天见玉妃之事，虽然仍旧遵循白诗中的线索，却已虚构了一系列细节和对话，如玉妃将金钗钿盒各析其半授使者，方士受辞与信，将行而不行，欲言又恐唐突，直到"玉妃固征其意"时，才下跪冒昧地说出了他的请求："请当时一事，不为他人闻者，验于太上皇。不然，恐钿盒金钗，负新垣平之诈也。"这个请求虽然有点儿过分，却又合情合理，所以玉妃回想了许久之后，才说出了只有她和唐明皇知道的私密之事，实际上这全是陈鸿凭其想象而代她说的，从而揭示了杨玉环对李隆基的满腔柔情。又如元稹的杰作《莺莺传》，学术界一般认为写于元贞十八年(802)至永贞元年(805)之间，其前提是承认宋人王性之在《传奇辨正》中最早提出的"所谓《传奇》者，盖微之自叙，特假他姓以自避耳"之说①。这种看法影响很大，不仅宋代赵令畤、刘克庄和明代瞿佑、胡应麟等皆附和声援，而且现代以来如鲁迅、陈寅恪、林语堂、孙望、卞孝萱等学者也赞同此说，都认为张生即为元稹自寓。从这种观点来看，小说中所描叙的情节都是有事实根据的。但其写作宗旨恐怕还是为了通过描写主人公的思想感情来抒发作者自己的感情，而绝非纯粹只为记录这段艳遇。因而《莺

① 详见赵令畤：《侯鲭录》卷五。

莺传》即使是以作者自己或他人亲历过的事件为题材，元稹在艺术构思和行成文字的过程中，必然要进行一定的取舍、想象和虚构，他笔下女主人公的言行和细节，恐怕都是由他创造出来的。例如，当张生应考落第后“遂止于京，因贻书于崔，以广其意”。莺莺随即回了一封文情并茂的书信，既抒发了张生走后她对于往日同居生活的留恋和被弃以后的痛苦，又表达了她对张生的相思和期待，所以虽对张生有所责备，却又适可而止，不失身份，于缠绵悱恻中蕴含着一定的力度。这封书信虽用骈体，但的确写得很优美，也很感动人，甚至可以抽出来，独立成文，即使与唐代士大夫的书信编为一集，亦堪称别具一格的优秀之作。晚明陈继儒曾将其选入《古文品外录》中，也可见出这篇书信具有历久弥新的艺术魅力。但莺莺的原型在当时能否写出这样高水平的书信，实在很令人怀疑，而事实上当然是元稹在创作过程中根据情节的需要而代她写的，其意图显然是为了让莺莺更深入地表达她的思想感情。换言之，作者在这里是变换了一种方式来揭示莺莺的内心活动，旨在使这个人物更真实更生动。那么，这封书信的效果如何呢？张生把它送给几个朋友传阅，杨巨源、元稹看后各写诗一首，可视为受到了感动的证据，其他朋友“闻之者莫不耸异之”。唯独当事人张生之志已绝，不仅没有为此信所打动，而且还说莺莺这样的“尤物”犹如“妖孽”，“不妖其身，必妖于人”，“予之德不足以胜妖孽，是用忍情”。对于结尾的这种描写，主自传说的鲁迅批评为“文过饰非，遂堕恶趣”，主虚构说的一些学者则认为作者的意图是要由此写出悲剧的结局。受自传说的影响，有人还进一步说，元稹写这篇小说，正是为了掩饰这段荒唐往事，为他的负心行为辩护。实际上这是一种很幼稚的看法，元稹自己如果真有这样的经历，他保持沉默不是更安全、更合情合理吗？怎么可能以这种方式去“掩饰”和“辩护”呢？因此，即使《莺莺传》的故事有一定的现实根据，也绝不完全是元稹本人的经历，而是依据某个真实故事再加以虚构而成，其中代莺莺写信、自作《会真诗三十韵》和篇末让张生辩护，不过是为了显示他的“史才、诗笔、议论”而已。

二、沈既济的传奇创作是中国小说走向自觉的标志

在探讨“中国小说走向自觉”的问题之前，我们不妨先参照一下“中国文学走向自觉”的话题。鲁迅曾在《魏晋风度及文章与药及酒之关系》中说：“用近代的文学眼光看来，曹丕的一个时代可说是‘文学的自觉时代’，或如近代所说是为艺术而艺术的一派。”其依据包括两个方面：一是曹丕撰有《典论·论文》，提出了“诗赋欲丽”和“文以气为主”等理论主张，标志着在文学观念上走向了自觉；二是以三曹、七子为代表的一代作家曾共同创造了建安文学的辉煌，标志着在文学创作上走向了

自觉。但从曹丕的关注点来看,这时的文学似乎还只有诗和赋两种体裁走向了自觉。到了两晋南北朝,随着声律的发现、骈文的兴盛以及在理论上展开"文"与"笔"的讨论,才意味着文学性的散文也走向了自觉①。因此,目前学术界比较一致的看法是:中国文学是在魏晋南北朝时期走向自觉的,而实际上仅指诗文(包括辞赋与文学性散文)而言。

在诗文走向了自觉的魏晋南北朝时期,小说主要以志怪和轶事(志人)两大统系发展,虽然在数量上已相当可观,但尚处于"搜奇记逸"、"粗陈梗概"的水平。鲁迅在做出唐传奇"演进之迹甚明,而尤显者乃在是时则始有意为小说"的判断时,实际上从胡应麟"凡变异之谈,盛于六朝,然多是传录舛讹,未必尽幻设语,至唐人乃作意好奇,假小说以寄笔端"②的论述中受到过启示,其所谓"是时"当然指唐代。但唐代凡二百九十年,中国小说究竟是在唐代什么时候走向自觉的呢?胡应麟原没有细分,鲁迅也没有明说,于是后来许多学者也都笼统地说:唐人始有意为小说。李剑国在论述唐代第一期(初兴期,约武德初至大历末)传奇时提出:"六朝志怪小说基本以丛集形式出现,因为每篇作品都较短,难以单独成篇;述异语怪而以单篇出之是唐人的创造,标志着创作力的提高。或者说单篇文字形式本来用于辞赋、散文、传记等,而用于述异语怪的小说,反映出把小说文章化亦即自觉创作意识的产生。"③言下之意是说,初盛唐时期因为出现了有文采的单篇传奇,就意味着这时的传奇创作走向了自觉。这似乎与鲁迅论断建安是"文学自觉的时代"标准不同,因而有必要重新探讨。

关于唐传奇的发展史,以往研究者一般分为三期或四期④。为了叙述的方便,我这里大致采用李剑国、陈文新的断限,但将李分兴盛前后两期或陈分盛中两期合为一段,即以初盛唐(618—779)为第一阶段,是由志怪向传奇的过渡时期,学术界一般以《古镜记》、《补江总白猿传》、《游仙窟》为代表;中唐(780—873)为第二阶段,是唐传奇发展兴盛的黄金时期,相继以沈既济、李公佐、元稹、陈鸿、白行简、李朝

---

① 于景祥曾明确提出:"骈文的逐渐形成和发展主要是非功利的、重文学自身特性的文学自觉思潮驱动的结果,而骈文在六朝达到鼎盛状态,也正是文学独立自觉、进入为艺术而艺术的唯美主义的黄金时代的产物。"(详见于景祥:《中国骈文通史》,吉林人民出版社 2002 年版,第 511 页。)

② 《少室山房笔丛》卷二十。

③ 李剑国:《唐五代志怪传奇录》,南开大学出版社 1998 年版,第 34 页。

④ 如程毅中《唐代小说史话》(文化艺术出版社,1990)分三期,即以大历末至大和初为全盛期(中期),此前为前期,此后为后期;侯忠义《隋唐五代小说史》(浙江古籍出版社,1997)亦分三期,即初期(618—762)、中期(762—860)、晚期(860—907);吴志达《中国文言小说史》(齐鲁书社,1994)和齐裕焜《中国古代小说演变史》皆以初盛唐为第一期,中唐为第二期,晚唐为第三期,不具体划断年限;李剑国《唐五代志怪传奇叙录》(南开大学出版社,1993)分四期,即初兴期(约 618—779)、兴盛前期(约 780—827)、兴盛后期(约 828—879)、低落期(约 880—910);陈文新《文言小说审美发展史》(武汉大学出版社,2007)亦分四期,即初期(618—779)、盛期(780—820)、中期(821—873)、晚期(874—910)。

威、沈亚之、蒋防等著名作家的单篇优秀作品和张荐《灵怪集》、戴孚《广异集》、陈劭《通幽记》、薛用弱《集异记》、牛僧孺《玄怪录》、李复言《续玄怪录》、李玫《纂异记》、袁郊《甘泽谣》、裴铏《传奇》等传奇专集为代表；晚唐(874—910)为第三阶段，是唐传奇走向衰微但仍有变化的时期，以《灵应传》、《东阳夜怪录》等单篇传奇和柳祥《潇湘录》、皇甫枚《三水小牍》等传奇专集为代表。

在第一阶段的一百六十年间，一流文学家的兴趣和热情基本上都倾注在诗歌和散文(主要是辞赋与骈文)领域，这时虽已有不少志怪传奇(包括丛集和单篇)产生，但现存作品仅四十来篇，其最受学术界重视的是《古镜记》、《补江总白猿传》、《游仙窟》三篇。《古镜记》和《补江总白猿传》皆以熟练的古文作为传奇，在“文采与意想”方面各具特色，相对于六朝小说已有明显进展，但二者的写作时代尚有争议[①]，尚不能肯定作于初盛唐。实际上像这样写作时代有争议的传奇类作品，在唐以前就已存在，如《穆天子传》、《燕丹子》、《赵后外传》、《汉武故事》、《汉武内传》、《杂事秘辛》等，一般认为产生于六朝，丁锡根编著的《中国历代小说序跋集》[②]已明确列于传奇类之首，但不能据此论定传奇在六朝已达到何种水平。因而在唐传奇发展的第一阶段中，最值得注意的应是二张——张鷟和张说。张鷟(660? —740?)以进士入仕，文名颇盛，其《游仙窟》因很早就传入日本而得以保存；另有《朝野佥载》六卷，李格非、吴志达主编的《唐五代传奇集》中选入《娄师德》等八篇，但皆不如《游仙窟》有名。《游仙窟》规模较大，通篇用骈体文加八十首诗构成，虽非典型的传奇文[③]，却可以看作是这时的传奇尚在探索阶段的例证。张说(667—731)也由科举入仕，官至宰相，又为一代文豪，今存《梁四公记》、《镜龙图记》、《绿衣使者传》、《传书燕》等四篇传奇，李剑国颇为重视，认为“张说是第一个大量制作传奇的小说家，他的很高的政治地位和文坛地位无疑有助于扩大传奇的影响。张说是古文运动的先驱，他在解骈为散方面作了很大努力。他大力创作传奇，其实是以传奇进行文体

① 按：《古镜记》最早见于《太平广记》卷二百三十，题名“王度”，注明“出《异闻集》”，乃晚唐人陈翰编。而最早提及该文的是中唐顾况《戴氏广异记序》：“国朝燕公《梁公四传》、唐临《冥报记》、王度《古镜记》、孔慎言《神怪志》、赵自勤《定命录》，至于李庾成、张孝举之徒，互相传说。”因作品中以“王度”为第一人称，学者多认为王度是隋末人王通的弟弟，但已有学者考证是中唐人伪托(参见张长弓：《唐宋传奇作者暨其时代》，上海商务印书馆 1951 年版；冯承基：《古镜记著成之时代及其有关问题》，载《台湾大学文史哲学报》1965 第 14 期；段熙仲：《王度〈古镜记〉是中唐小说》，载《光明日报》1984 年 4 月 17 日第 3 版)。又《补江总白猿传》最早见于《太平广记》卷 444，题名《欧阳纥》，注明“出《续江氏传》”。因宋王尧臣《崇文总目》注曰：“唐人恶欧阳询者为之。”陈振孙《直斋书录解题》亦说：“欧阳讫者，询之父也。询貌类猕猴，盖尝与长孙无忌互相嘲谑矣。此传遂因其嘲广之，以实其事，托言江总，必无名子为也。”后人由此认为必为与欧阳询(557—641)或其子欧阳通(? —691)同时代人作，故定为第一期作品。但唐代无任何关于《补江总白猿传》的著录和阅读纪录，章培恒教授表示存疑(参见《中国文学史(新著)》中卷第 112—114 页)。

② 丁锡根：《中国历史小说序跋集》，人民文学出版社 1996 年版。

③ 参见章培恒主编：《中国文学史(新著)》中卷，复旦大学出版社、上海文艺出版总社 2007 年版，第 101—105 页。

改革的尝试，直接启示了后来的韩柳，因此可以说传奇小说的兴起对于古文的复兴起了促进作用”[①]。二张的尝试表明，传奇发展到初、盛唐之际已开始受到著名文人的重视，但遗憾的是，他们并未从理论上加以倡导，其创作的成就也相对有限。换言之，初盛唐实是传奇的发轫期，尚在由志怪向传奇演变的过程中摸索和积累经验，即使可以确认《古镜记》和《补江总白猿传》为第一阶段作品，充其量也只能说传奇在这时已进入了半自觉的状态。因此，我认为中国小说是在进入中唐以后才走向自觉的，其标志就是沈既济的《任氏传》、《枕中记》的产生。

沈既济（750？—800）是吴兴德清人，“博通群籍，史笔尤工”。德宗即位，宰相杨炎荐其“才堪史任”，召拜左拾遗、史馆修撰，官至礼部员外郎，著有史书《建中实录》十卷和传奇《任氏传》、《枕中记》二篇。《任氏传》撰于建中二年（781），写狐妖任氏与郑六恋爱的故事，时空背景设置在天宝九年的长安。事起于郑六骑驴上街，为步行的白衣女子所吸引，于是把驴子让给女子骑，自己徒步陪同，送其回家，竟得以同居一宿，却仅知女子姓任氏，年二十。凌晨分别后，虽有卖饼者告知此女子为狐，但郑生心中仍“存之不忘”，甚至在再见时以发誓来向她求爱，然后租房与之同居，二人感情甚笃。郑六有亲戚韦崟，是一个花花公子，听说郑生“新获一丽人”，他一方面借以用具并给以资助，一方面派家僮进行侦察。当他得知任氏美艳绝伦时，竟“遽命汲水澡颈，巾首膏唇而往”。恰值郑生外出，韦氏入门询问僮仆，告以女主人不在家——这当然是任氏吩咐僮仆说的谎。但他不信，于是在“周视室内”后将隐藏于“扇间”的任氏搜出，见其容貌比传说的还要美，竟欲当场施以强暴——作者描写“崟爱之发狂，乃拥而凌之，不服。崟以力制之，方急，则曰：‘服矣。请少回旋。’既缓，则捍御如初。如是者数四。崟乃悉力急持之。任氏力竭，汗若濡雨，自度不免，乃纵体不复抗拒，而神色惨变”。——这一段写任氏使尽全身气力来抵御强暴，既细致，又真实。由于双方力量的悬殊，任氏不得已，似乎只好听任韦崟摆布了，因而“神色惨变”。但接着写——“崟问：‘何色之不悦？’任氏长叹息曰：‘郑六之可哀也！’崟曰：‘何谓？’”——于是又转入写任氏以言词批评对方——“对曰：‘郑生有六尺之躯，而不能庇一妇人，岂丈夫哉！且公少豪侈，多获佳丽，遇某之比者众矣。而郑生穷贱耳，所称惬者，唯某而已。忍以有余之心而夺人之不足乎？哀其穷馁不能自立，衣公之衣，食公之食，故为公所系耳。若糠粝可给，不当至是！’”因为她和郑生现在的住处和家具，甚至吃的东西，多是韦崟资助的。这段话的意思是说，你正是凭借你曾经资助过郑生，就来强占他的女人，这不是郑生的可悲吗？——因为韦崟毕竟是个有档次的好色之徒，所以这些话就起了作用，使情节随之发生了变

① 李剑国：《唐五代志怪传奇录》，南开大学出版社1998年版，第37页。

化——“崟豪俊有义烈，闻其言，遽置之，敛衽而谢曰：‘不敢。’”韦崟受到感动，平息了邪念，从此与之结为好友。虽然心中仍很爱任氏，也经常来往，甚至有时还开很亲密的玩笑，但不再想占有她。——所谓“每相狎昵，无所不至，唯不及乱而已”。——这里写出了一种男女之间与传统观念不同的新型关系，颇像现代社会并非恋爱的男女之间也可以相互交往成为朋友那样。这一段描写已经比较细腻，不仅比六朝小说有了很大的进步，即使差不多同时产生的像《长恨歌》、《琵琶行》这样的诗歌也是无法比拟的。这篇小说的结局是，后来郑生授官，携任氏赴任，竟为猎犬所害。作者感叹说：“嗟呼，异物之情也有人道焉！遇暴不失节，徇人以至死，虽今妇人，有不如者矣。惜郑生非精人，徒悦其色而不征其情性；向使渊识之士，必能揉变化之理，察神人之际，著文章之美，传要妙之情，不止于赏玩风态而已。惜哉！”这个故事当然完全是虚构的，六朝小说也已写及狐鬼，但沈氏认为“异物之情也有人道”，主张要“征其情性”，而其创作意图非常明确，就是为了“著文章之美，传要妙之情”。前句侧重于作品形式，包括由结构布局、语言表现和描叙技巧所形成的整体美感，后句侧重于作品内容，即要求“征其情性”，通过描写人物丰富而细致的情感活动以表现其性格特征。实际上这正是作者小说观念的表述，他在理论上已经明确标举传奇创作要写出人物最微妙的感情以彰显文章的美感，这意味着唐人的小说观已经从“史官末事”、“小道可观”、明道辅教等功利目的而转变为以审美为核心，故谓之自觉；而所谓“揉变化之理，察神人之际”，是强调作家应成为渊识之士，具有认识世事变化和审察现实与非现实生活的能力，才能够“著文章之美，传要妙之情”。

建中二年十月，宰相杨炎被贬崖州司马，沈既济受到牵连，坐贬处州司户参军，其《枕中记》即是在遭贬之后有感于宦海沉浮、人生如梦而作。小说描写卢生穷困失意时感叹自己“苟生”于世，但仍抱有追求“荣适”的人生理想：“士之生世，当建功树名，出将入相，列鼎而食，选声而听，使族益昌而家益肥。”得吕翁甆枕进入梦境，既享尽秀色美食和荣华富贵，也备尝失宠受辱、流放荒徼、几遭杀身之祸的辛酸滋味，醒来后黄粱饭尚未蒸熟，因而得悟“宠辱之道，穷达之运，得丧之理，死生之情”。这篇作品命意甚著，但同样也是在其“揉变化之理，察神人之际，著文章之美，传要妙之情”理论指导下而创作的一篇优秀之作，在唐传奇中别具一格。它最突出的贡献是较早以虚构的方式来描写现实生活和士人的思想心态，寄寓了作者对于人生（尤其是仕宦人生）意义的哲理思考。李肇《国史补》曾将该文与韩愈《毛颖传》相提并论，称“二篇真良史才也”。《文苑英华》（卷 833）破例将《枕中记》作为文章收入，也可见其为世所重。

由以上分析足可说明，沈既济不仅在小说观念上开始自觉地追求“著文章之美，传要妙之情”，而且以其理论指导创作实践，将传奇中的“传”和“记”这两种体例都提升到一个很高的水平，实际上与几乎同时产生的《离魂记》（陈玄祐）和稍后产生的《柳毅传》（李朝威）、《霍小玉传》（蒋防）、《南柯太守传》（李公佐）、《李娃传》（白行简）、《莺莺传》（元稹）、《秦梦记》（沈亚之）等一起成为新体小说的范式，从而引导中唐传奇创作走向了成熟和繁荣。

三、从“文备众体”到自成文章之一体

宋人赵彦卫《云麓漫抄》卷八曰：“唐之举人，多先藉当世显人以姓名达之主司，然后以所业投献。逾数日又投，谓之温卷。如《幽怪录》、《传奇》等皆是也。盖此等文备众体，可以见史才、诗笔、议论。”由此出发，现当代有不少学者认为唐代盛行的行卷之风曾推动了传奇小说的创作。鲁迅在《中国小说史略》和《且介亭杂文二集》中已倡其说，后来程千帆还撰有《唐代进士行卷与文学》一书[①]，第八节专论行卷风尚与传奇勃兴的关系，又将鲁迅之说加以推广。

这种思路和观点，当然是以盛唐时代科举改革的背景为依据的。开元二十九年(741)，韦陟任礼部侍郎掌贡举后，才首开进士科纳省卷之风。鉴于以往常有落第考生不服气便寻衅闹事，韦陟觉得仅凭考卷优劣决定去取，很难判定一个人的真才实学，于是他下令进士科举子将平日所作的有代表性作品交纳给尚书省所辖的礼部参阅，以便在考前对考生的实际水平有比较全面的了解，然后再结合考试成绩来录取。这种方式称为“纳省卷”。而几乎就在同时，举子也开始向一些达官贵人私自呈送诗文，称为“行卷”。因此，相对于向私人“行卷”而言，纳省卷又称为“公卷”。到了天宝年间，公纳“省卷”和私投“行卷”（“行卷”之后再呈送诗文，称“温卷”），就成为了进士科举子的一种惯例。因为当时进士科允许“公荐”和“通榜”，即有话语权的人可以向主考官推荐优秀人才，所以许多士子就将自己平时所作结集后，在送交礼部的同时，也送呈达官贵人或文坛名流[②]。这种“纳省卷”和“投行卷”的风气，在客观上促进了文学的繁荣。其呈送的文体，先为各体诗歌、辞赋或其他文章等，后来为了让一些有话语权的陌生人也能阅读自己的作品并进而赏识自己的才华，便在行卷中夹入了“传奇”这种可读性强的文体。这种伴随着科举改革而兴起的“行卷”之风，应该可以成为我们探讨为什么传奇创作到了中唐时代才出现兴盛局面的重要原因之一，尽管此后的传奇创作并非皆为“行卷”而作。

---

① 程千帆：《唐代进士行卷与文学》，上海古籍出版社1980年版。
② 参见刘海峰：《中国科举史》，东方出版中心2004年版，第87—102页。

但李剑国却认为"行卷之说尤无道理"[①]，理由之一是"《幽怪录》(即《玄怪录》)的作者牛僧儒确实干过行卷的事，可惜是诗文，不是《玄怪录》。《玄怪录》成于晚年，何能用于行卷？裴铏行过卷没有，中过进士没有，都不见记载，《传奇》一书成于晚年任西川节度副使时，亦无行卷之理。唐人其它传奇小说集也大都作于成名之后"。理由之二是程千帆《唐代进士行卷与文学》征引唐代行卷的材料达六十多条，但其中仅一条与小说有关。该条出自钱易《南部新书》甲卷，谓李复言所纳省卷中有《纂异》一部十卷，结果以"事非经济，动涉虚妄"而罢举，这"恰好证明以小说行卷和纳省卷不成风气"[②]。对于上引赵彦卫的那段话，李剑国一方面认为其前半"是他本人的猜想，实在找不出佐证"，因而不可信[③]，一方面又肯定他最后"恰当地说了'盖此等文备众体，可以见史才、诗笔、议论'的话，只是这三项并不一定备于一文"。诚然如李剑国所论，赵彦卫关于唐传奇"文备众体，可以见史才、诗笔、议论"之说称得上颇有见地，但关于"文备众体"的内涵，学术界以往似乎多认为除了古文以外，主要是指融合了史传("史才"和"议论"皆与史传关联)和诗歌二体的特点。这主要表现在，无论是有一定的现实依据，还是完全虚构的故事(例如，写狐鬼与人的恋爱等)，多题为××传，且行文中常有诗歌穿插其间(有些优秀篇章中的人物所作诗歌甚至能切合各自的心境或性格)，或者以散文与骈语描写出情景交融的意境(这是更高意义上的诗笔)，在作品末尾有时发表一些像"太史公曰"的议论。例如，李朝威的《柳毅传》是写柳毅和龙女的恋爱故事，中间写了洞庭君、钱塘君和柳毅三人先后在酒席上所唱的歌，末尾还借"陇西李朝威叙而叹曰"引出评语。这些都可以说是受到了史传和诗歌二体影响的表征。李剑国则进一步认为，赵彦卫"说的'史才'和'诗笔'可以看作是小说家的历史意识和诗意识在创作中的体现，而'议论'也正常常是小说家伦理意识的本能性反映，虽然并不都是以议论形式反映出来的"。由此出发，他对这三个特征都进行了论析，其中尤其关于"史才"和"诗笔"的综合性阐释颇为深入，已涉及唐人小说人情化、个性化、典型化、诗意化、形式化(即文章化)等艺术特征的形成[④]。

---

① 按：此种观点并非李剑国首次提出，早在20世纪80年代，袁维国《唐传奇行卷说质疑》(《唐代文学论丛》第5期，1984年版)、于天池《唐代小说的发达与行卷无关涉》(《文学遗产》1987年第5期)等论文就已有类似表述，兹为行文简便，仅就李剑国的说法加以讨论。

② 李剑国：《唐五代志怪传奇叙录》，第10—11、82页。

③ 不过，李剑国此说能否成立尚有待研究。例如，他的学生崔际银在《诗与唐人小说》(天津古津出版社2004年版)第六章中还是认为"用以'行卷'的材料主要是诗与文，也包括小说"。并加注进一步论证说："古代关于唐人用小说'行卷'(包括'温卷''纳卷')资料有三条：(略)赵彦卫、钱易和虞集，分别论及唐人以小说'温卷''纳卷''行卷'的情况，涵盖了士子向权贵名士、主考部门、朋友'行卷'(温卷、纳卷，皆可归属为行卷之内)等等方面。因此，没有理由否定'以小说行卷'的存在。"

④ 李剑国：《唐五代志怪传奇叙录》，第82—102页。

他的学生崔际银秉承师说，又在《诗与唐人小说》[①]一书中就唐传奇的"诗笔"特征做了更为深入细致的探讨。

不过，在这些表征的背后，还有更为深刻的内涵值得我们关注，那就是唐传奇这种新兴文体在从六朝小说（包括志怪小说和轶事小说）直接演变而来的过程中，实际上还从以往所有文学文体（即六朝人所说的"文"，包括有韵的诗歌、辞赋和虽不押韵但追求形式美的骈文等）和非文学文体（即六朝人所说的"笔"，包括史传、诸子、议论文等）中吸取过营养。陈文新为说明唐人小说受史家的影响，认为唐传奇中的"传"较多地继承史家纪传体的传统，对人物的生平、出处、归宿等有相当完整的交代，文末通常还有一段论赞式的议论；"记"偏于继承志怪小说的传统，不大注意交代人物生平，而是截取人生的某一片断加以记叙。但无论是"传"，还是"记"，它们都属于"文、笔"中的"笔"，属于史书的一脉。进而指出："唐人传奇，它作为新型文体的特征之一，即将传、记辞章化，将文、笔融成一体，从而创造了一种新的文学样式。"[②]这是一个视野开阔、颇能发人深思的新见解。

我这里想要有所补充的是，当在六朝走向了自觉的诗歌与辞赋、骈文发展到唐代以后，虽然受政治的影响都曾在一定程度上被作为工具使用，但因用于科举考试的仅有新创的律赋和省题诗（用五排方式限为十句，实等于专用诗体），诗歌和辞赋不仅受到的负面影响不大（凡考场上所作诗赋除外），反而乘势得以向前推进，尤其是诗歌的张力和美感被发展到了极致，从而创造了唐诗的辉煌，辞赋也在演变中走向繁荣（尤其是文赋和骚体赋颇有成就）。至于唐代骈文的走势，其情形则相对较为复杂——它虽然承袭陈隋余绪而仍在扩张之中，甚至在数量上远远超过了六朝，但其文体性质和总体趋向却在逐渐发生蜕变，其中一个重要的原因是骈文在初盛唐已经被广泛地运用于诏诰、章表、谏疏等应用文体，这反而模糊了文学与非文学的分野，从而使一部分作品沦为实用的工具而丧失了审美的品格。因此，文坛对于骈文的批评实际上在初盛唐就已开始，至中唐又遭到了古文家更为猛烈的攻击，但骈文家并未金盆洗手，而是采取吸收古文散行的长处等途径，对骈文进行了改革，以致后来既出现了像陆贽这样擅长用骈文写作诏制、奏议等庙堂之作的馆阁高手，也因李商隐、温庭筠等名家大量写作声情词采并茂的"四六"体而带来晚唐唯美主义骈文的复活。质言之，唐代骈文的蜕变实际上是一种扩张，它由主要用于作美文而向各体应用文拓展，从而兼具了"文"与"笔"的全部功能，其间虽然曾经遭受过批评甚至攻击，但相对于古文而言，有唐一代骈文显然占据优势。

---

① 崔际银：《诗与唐人小说》，天津古籍出版社 2004 年版。

② 陈文新：《文言小说审美史》，武汉大学出版社 2007 年版，第 179—180 页。

而就在唐代骈文发生蜕变的过程中，传奇家和古文家都是立足于散体古文来探讨文章发展的方向，因而唐代古文运动与传奇的关系也较早受到学界的关注。如郑振铎《插图本中国文学史》认为古文运动曾推动了传奇的创作，因而把“传奇文的运动”“视为古文运动的一个别支”，“由附庸而蔚成大国”。而陈寅恪早年曾撰《论韩愈与唐代小说》一文，“其要旨以为古文之兴起，乃其时古文家以古文试作小说，而能成功之所致，而古文乃最宜于作小说者也”①。但后来王运熙先生等对此说提出质疑，认为传奇不是古文运动的支流，古文运动也不可能通过试作传奇而兴起，甚至明确地说：“现代有些文学史研究者看到唐代小说多用散体写作，唐中期趋于繁荣，唐代古文运动也在中期展开，认为二者间当有紧密关系。这实是一种误会。因为唐代小说语言的华美与通俗化倾向，与崇尚古雅的古文文风是格格不入的。”②诸如此类的讨论近年来仍在继续，或声援传奇的兴起与古文运动相关，或另立新论，主张二者无关。

笔者认为，唐代古文与传奇之间，既有联系，更有区别。具体地说，由于二者所使用的都是散体文言，技巧相通，有些作家一身而二任，既作传奇，也写古文，二体之间互有影响，因而传奇和古文发展到中唐时期都出现了高潮。但二者之间存在本质的差别：首先，唐代古文家主张复兴先秦两汉的散体古文，实际上具有矫正骈文讲求对偶、声律、辞藻的弊端以改革文体的意义，因而从理论主张到写作实践大多具有针对性，尽管其中有相当数量的古文作品仍然或多或少地保留了一些工整的骈句；而传奇家主要运用散体古文进行写作是为适应叙事抒情的需要，因而他们不仅从未在理论上反对骈文，而且在写作实践中汲取了骈文的长处，例如，《游仙窟》全篇基本上是由骈句和诗歌构成，《莺莺传》中莺莺致张生的书信也是用骈文写成，而像《南柯太守传》、《柳毅传》这样在散体中偶尔插入一些工整骈句的情形则较为常见。其次，古文家从写实出发，有意模糊“文”与“笔”的区分，主要运用散体文言并严格按照各种文体（包括文学文体和实用文体）的要求来写作，以载道辅教或实用为主要目的，虽然推动了各体文章的发展，但很难评估其在文学上究竟有多大进步或贡献，或许可以说，韩、柳倡导的古文运动，其文化意义远远大于文学意义③；

① 按：陈寅恪《韩愈与唐代小说》一文最初以英文发表于哈佛大学学报《亚细亚研究》第1卷第1期（1936年4月），其要旨引自《元白诗笺证稿》第一章，三联书店2001年版，第2—3页。

② 参见王运熙：《试论唐代传奇与古文运动的关系》（载《光明日报》1957年11月10日）、《关于唐代骈文、古文的几个问题》（载《南阳师范学院学报》2004年第1期）。

③ 章培恒教授甚至认为：“韩、柳倡导的古文运动，从其提出的一套理论看，对于中国文学的发展实在没有积极的贡献，相反地倒是大大贬低了以追求美为宗旨的文学之文的价值，将绝大多数纯粹的文学之文驱逐出了文章领域。而这种理论的影响，随着后来程朱理学的兴起，又逐渐扩大、强化，对以后的中国文学的健康发展，是有明显的负面作用的。”详见《中国文学史（新著）》中卷，第61—62页。

而传奇家则从虚构出发，主要运用散体文言于传、记两种体式，旨在“著文章之美，传要妙之情”，因而可以融汇以往各种文体（包括诗歌、辞赋、骈文、史传、诸子、议论文和志怪、轶事小说等）的特长并使之辞章化，从而形成一种新的文学体裁而跻身于文章之林。清代桃源居士曾在《唐人小说序》中指出：“唐三百年，文章鼎盛，独诗律与小说，称绝代之奇。何也？盖诗多赋事，唐人于歌律以兴以情，在有意无意之间；文多征实，唐人于小说摛词布景，有翻空造微之趣，至纤若锦机，怪同鬼斧，即李、杜之跌宕，韩、柳之尔雅，有时不得与孟东野、陆鲁望、沈亚之、段成式辈争奇竞爽，犹耆卿、易安之于词，汉卿、东篱之于曲，所谓厥体当行，别成奇致，良有以也。”他的评价显然是从文学性出发，高度肯定了后起的传奇小说在走向自觉之后，就超越了同时代的辞赋、骈文和古文，而得以与唐诗并称一代之胜，就正如后来词在宋代、曲在元代各为一代文学的代表一样。

四、唐传奇在中国文学史上的贡献与影响

综合以上论述和学术界的研究成果，唐传奇对于中国文学的贡献主要表现在如下三个方面：一是通过几代作家的努力，唐传奇融汇以往各种文体的特长并使之辞章化，在叙事方式、细节描写、人物对话、心理描写等多方面都取得了长足的进展，从而形成一种新的文学体裁而跻身于文章之林，终于使中国小说在进入中唐以后从理论到创作都走向了自觉；二是唐传奇在思想和艺术上取得了辉煌的成就（关于这一点，学术界已做过深入研究和高度评价，本文仅点到为止，不拟展开），它作为新崛起的叙事文学样式与以抒情为主的唐诗一起成为了一代文学的标志；三是一大批优秀传奇作家以其独创性的实践，不仅塑造了一系列具有永久魅力的艺术典型（例如任氏、柳毅、霍小玉、李娃、崔莺莺、红线、红拂等），为古代文言小说树立了各种新的范式（例如，就文章范式而言，以散文体为主，兼采众体之长，尤其是穿插史家笔法、诗歌、骈句等，使之具有文采和章法——即沈既济所谓“著文章之美”，成为中国古代优秀小说的不二法门；就题材范型而言，所谓才子佳人小说、侠义小说、志异类小说等都是在唐代定型的），而且为中国叙事文学的发展确立了正确的方向和原则——即无论是描写非现实性的题材，还是以一定的历史真实和现实生活真实为依据，都需要运用想象和虚构来处理情节和描写人物，旨在塑造出生动的人物形象并借以表达作者的思想感情。

作为最早走向成熟的小说样式，唐传奇的演进在中国文学史上具有极重要的环链作用，它不仅在继承传统叙事成就的基础上，形成了自己独特的审美特征，取得了上述进展和成就，而且初步改变了古典文学的传统格局和走向，尤其是对于后

世叙事文学的发展和繁荣曾产生过积极而深远影响。具体地说,包括对小说、说唱文学和戏曲的影响。

即使在后世相当长的历史时期内,小说的生存环境仍然较为艰难,但小说的创作和影响力在逐渐加强是大势所趋,因而唐传奇的崛起对于小说的发展曾产生过促进作用是显而易见的。首先,它直接推动了后世文言小说的发展,并且在形式上呈现出一方面继续以短篇为主、一方面向中篇拓展的趋势①。但就艺术表现而言,后世在这个领域内真正将唐传奇确立的范式和原则加以发扬光大的,应是元代无名氏的《娇红记》、明代瞿佑的《剪灯新话》和清代蒲松龄的《聊斋志异》。鉴于近些年学术界对这类名著已做过深入研究,笔者这里不拟赘言,仅就时代最近却颇遭批评的宋代传奇略作评述。毋庸置疑,宋代传奇创作直接继承了唐传奇的余绪,而且其作品数量可能比唐人要多得多,收录唐传奇最多的《太平广记》就是宋人编辑的,这也表明宋人对唐传奇的重视。但由于宋人往往"规抚唐人"("规抚"也是一种继承),其总体成就却已不如唐代。晚明钱希言《狯园自序》曰:"稗至唐而郁乎盛矣,响亦绝焉。唐以后非无稗也,人人而能为稗也。唐以前皆文人才子不得志于兰台石室者为之,率多藻思雅致,隽句英谈;唐以后悉出老生鄙儒之手,随事辄记于桑榆中而已;故其为稗均,而其所由稗异也。何也?唐人善用虚,宋人善用实。唐人情深趣胜,为能沿泛波涛;宋人执理局方,惟事穿凿议论。唐人以文为稗,妙在不典不经;宋人以稗为文,病在亦趋亦步。由斯以观,非其才之罪也,文章与时高下大抵然耳。"在他的文学观念中,"稗"和"小说"同义,实是一种宽泛意义上的小说,其所论唐稗宋稗的差异不为无见,自然也包括唐宋传奇在内。鲁迅分析形成唐宋传奇差异的原因时说:"因为唐人大抵描写时事,而宋人多讲古事;唐人小说少教训,而宋则多教训。大概唐时讲话自由些,虽写时事,不至于得祸;而宋时则忌讳渐多,所以文人便设法回避,去讲古事。加之宋时理学极盛一时,因之把小说也多理学化了。"②由于宋传奇中讲古事、因袭旧篇的作品占有相当比例,所以其独创性已有所逊色,但其中仍有不少名篇,如乐史的《绿珠传》、《杨太真外传》,秦醇的《赵飞燕传》、《谭意歌传》,张实的《流红记》,柳师尹的《王幼玉记》,以及北宋无名氏的《大业拾遗记》、《隋炀帝海山记》、《隋炀帝开河记》、《隋炀帝迷楼记》、《王魁传》等,南宋无名氏的《李师师外传》、《红绡密约张生负李氏娘》③、《张浩》④等,都写得各具特色。

---

① 关于中篇传奇,较早出现的有元代无名氏的《娇红记》、明初李昌祺的《贾云华还魂记》等,至中晚明时期成批出现,蔚为大观,成为文言小说发展的新景观。参见陈国军:《明代志怪传奇小说研究》,天津古津出版社 2006 年版。

② 鲁迅:《中国小说的历史变迁》第四讲。

③ 见于《醉翁谈录》。

④ 见于《青琐高议别集》卷四,题下注曰:"花下与李氏结婚。"

其次，它对于白话小说的发展也曾产生过积极的影响。当然，就现存可以确定为宋代的白话小说而言，其水平都不高，如《大宋宣和遗事》、《大唐三藏取经诗话》和一些讲史话本，实在难以与唐传奇相比，它们可能受唐代变文的影响还要多一些。有些学者举例说的一些颇有水准的宋话本（皆为短篇），据章培恒教授考证，它们都不是宋代创作的①。但在虚构与想象、行文方式（虽用白话，但仍以散文为主，中间穿插诗词与骈文）与题材范型、叙事技巧与人物塑造等方面都或多或少地继承了唐传奇的特点，尤其是文采明显加强、艺术水准不断提高的元明清白话小说（无论长篇与短篇）在这几个方面都有所发扬光大。

就说唱文学和戏曲而言，唐传奇对于宋代的大曲、鼓子词和宋金诸宫调、宋金元明清戏曲都曾产生过深远的影响。如宋毛滂、秦观各撰《调笑令》，咏叹崔莺莺的故事，已收入《全宋词》；赵德麟鼓子词《商调蝶恋花》十二章，夹于元稹的《莺莺传》之中，依事而咏；秦观还有《调笑令》咏唱《离魂记》的故事。与此相联系，唐传奇中的若干故事情节成为诸宫调、宋金杂剧、元明戏曲不断改写和再创造的题材来源，如现存金代《董解元西厢记诸宫调》就是在《莺莺传》的基础上改编和再创作而成，已佚的诸宫调《崔韬逢雌虎》出自唐陆勋《集异志》，《郑子遇妖狐》出沈既济《任氏传》，《离魂倩女》出陈玄祐《离魂记》，《柳毅传书》出李朝威《柳毅传》，《谒浆崔护》出孟棨《本事诗》；宋金杂剧虽无全本保存下来，但如将宋末周密《武林旧事》卷十记录的《官本杂剧段数》和元代陶宗仪《辍耕录》卷二十五记录的《院本名目》与唐传奇加以比较，其渊源关系仍然清晰可见；而现存元明清戏曲中至少有几十种是借用唐传奇中的故事情节再创作而成，这成为研究唐传奇与元明清戏曲渊源关系的最好资料②。当然，上述种种都属于一目了然的表层影响，而唐传奇为叙事文学确立的运用虚构来设置情节和刻画人物的原则等方面，对于宋金诸宫调（具体地说，指《董西厢》）和元杂剧走向成熟并取得高水平的成就，曾产生内在的、深层次的影响尤其值得重视，并有待于学界就此开展进一步的研究。

此外，唐传奇作为文章之一体，对诗词散文的发展也曾产生过一定的影响。尽管如上所述，唐传奇与要求载道的古文异趋，但其行文以散体文言为主，追求“著文章之美”，对于古代散文中“美文”的发展当有积极意义，例如，沈亚之的《秦梦记》、《异梦录》、《湘中怨》、《冯燕传》等传奇皆收入《沈下贤集》，且后二篇还被选入《文苑英华》，这至少可以说明编者是视其为散文的③。唐传奇中的许多诗歌实际上也成

---

① 参见章培恒：《关于现存的所谓“宋话本”》，《上海大学学报》1996年第1期。

② 参见吴志达：《中国文言小说史》第二编第十三章，齐鲁书社2005年版。

③ 按：今传《沈下贤集》和《文苑英华》皆为宋人所编，而同是宋人编辑的《太平广记》也收录其《秦梦记》、《异梦录》、《湘中怨》三篇，这或许可以看出，宋人对于传奇与散文并不作严格区分。

为唐诗的一部分,他们大多都被后人收入了《全唐诗》或其他总集与别集中。唐传奇中的许多故事,实际上成为后来诗词中常用的典故,例如,"黄粱梦"就是从《枕中记》而来,"南柯梦"出《南柯太守传》,"人面桃花"出《本事诗》中的《崔护》篇,甚至许尧佐《柳氏传》中的"章台柳"不仅常被后人用作典故,而且成为了词牌名和曲牌名。

晚唐湖湘四家在文学史上的贡献[①]

从地域文化发展的进程和现存文献资料来看，湖南文学不仅最初是由流寓作家（屈原、贾谊）开创的，而且在相当长的历史时期内一直为流寓作家所主导。本土作家在隋之前，仅有梁陈时期作唐（今湖南安乡县）人阴铿在文学史上具有一定影响；自隋代至中唐，虽然有潭州（今湖南长沙）人欧阳询、永州（今湖南零陵）人怀素先后以书法蜚声天下，但传世诗文甚少，另有衡州（今湖南衡阳）人庞蕴以佛禅名世，且传世作品也不少，但旨在阐发禅理，因而他们在文学史的影响皆有限。直到晚唐，随着李群玉、刘蜕、胡曾、齐己的相继崛起，才促使湖南文学的发展格局出现了新的变化——即经过流寓作家的长期引导，本土作家也逐渐成长起来，并在文坛持续发声，形成气候。因此，近期我们应《湖湘文库》编辑出版委员会之约而完成的《唐代湘人诗文集》，实是以晚唐湖湘四家集为主体——第一编《李群玉集》，第二编《刘蜕集》，第三编《胡曾集》，第四编《齐己集》，而全唐五代其他湘人现存诗文合起来尚不到全书的五分之一，故汇录《其他唐人诗文集》作为第五编置于书末。

如果把收入《湖湘文库》的《唐宋人寓湘诗文集》拿来与本书对照阅读，细心的读者将不难看出，自文宗大和元年（827）开始的晚唐至五代中期，湖南文坛首次形成了本土作家与流寓作家同唱共舞、桴鼓相应的局面。相对于盛唐与中唐而言，这个时期外籍名家的寓湘之作并不是很多[②]，然而李群玉却存诗 268 首及文 1 篇、刘蜕存文 60 篇及诗 1 首、胡曾存诗 166 首及文 5 篇，尤其是齐己存诗达 814 首（在《全唐诗》中排名第五[③]），另有文 3 篇和诗学理论《风骚旨格》一卷，这种经过一千多年时光淘洗后而保存至今的成果，不仅打破了以往湘籍作家的纪录，而且意味着这

① 本文原系为《唐代湘人诗文集》（岳麓书社 2013 年 8 月出版）所撰《前言》，同年稍作修改后以现题发表于《武陵学刊》2013 年第 4 期。

② 详见《唐宋人寓湘诗文集》及该书《前言》，岳麓书社 2013 年版 。

③ 按：《全唐诗》收录作品最多的前四人为白居易、杜甫、李白和元稹。

个时期的本土代表作家首次从创作数量上超过了同时代任何一位外籍作家的寓湘作品①,从而改变了盛唐至中唐时期湖南文学主要由外籍作家的寓湘诗文构成而本土作家仅有少量作品点缀的状况。

诚然,作品数量的多寡并不与其价值的高低成正比,但从晚唐湖湘四家现存作品来看,不仅足以证明他们当时是以积极、主动、执著的心态投入文学创作的,而且形成了各自的创作特色,既分别在中国文学史上赢得一席之地,也合起来以接力方式持续推动了湖南文学的发展进程。

澧州(今湖南澧县)人李群玉(字文山)出身寒门,长期“幽沉江介,分托渔樵”。他一生最值得称道的经历就是大中八年(854)向宣宗献诗三百首,宣宗“遍览”后认为其歌诗“异常高雅”,不仅赐以“锦彩器物”,而且任命为弘文馆校书郎。据以往学界考证,李群玉大约生于元和三年(808),卒于咸通三年(862)左右,其于湖南诗坛崭露头角的时间应在文宗即位时(827),也即与晚唐文学同时起步。是年,他“徒步负琴”,进京献诗,已“年逾不惑”。宰相令狐绹《荐处士李群玉状》称他“苦心歌篇,屏迹林壑,佳句流传于众口,芳声籍甚于一时”,可见当时其诗作流传颇广,声名已由湖湘达于京师。李群玉在《进诗表》中自称其所献歌诗“以居住沅湘,宗师屈宋,枫江兰浦,荡思摇情”,一方面宣称其师法屈宋、取向高远,一方面表明他是有感于沅湘风土人情而发为歌诗,走的是“吟咏情性”的创作路径,实际上也彰显了湖南文学的地方特色。虽然李群玉所获弘文馆校书郎的品级不高,且任职不到三年,就因朝中政治斗争受到牵连而请告南归,晚年四处漂泊,最终客死洪州,但其献诗之举,不仅由皇帝和大臣确认了他的诗歌品级(“异常高雅”)和诗坛地位,而且随后借助京师弘文馆这个平台,进一步扩大了他在诗坛的影响。献诗之前,李群玉曾有一次赴京应举不第的经历,杜牧有诗《送李群玉赴举》曰:“玉白花红三百首,五陵谁唱与春风。”他逝世后,诗友段成式作《哭李群玉》诗曰:“酒里诗中三十年,纵横唐突世喧喧。”周朴作《吊李群玉》诗曰:“群玉诗名冠李唐,投诗换得校书郎。”由此可见,在进入晚唐以后的三十余年间,李群玉不仅是湖南文坛的佼佼者,而且因“投诗换得校书郎”,使他由一位湖湘诗人跻身于有全国性影响的名家。不过,李群玉现存诗歌已不足三百,其中属原献诗作和献诗以后所作大概各占一半。

长沙人刘蜕(字复愚,号文泉子)生于长庆元年(821),虽比李群玉年轻十多岁,却于大中四年(850)一举考中进士,历官校书郎、太学助教、左拾遗等职,咸通五年(864)以上疏忤权贵和皇帝而贬为华阴令,后来还做过中书舍人、东川观察判官和

① 其中以抚州(今属江西)诗僧居遁(生活于唐末至五代初)的寓湘之作最多,但也远不能与同时代的湘籍诗僧齐己相比。

商州刺史，其卒年应在乾符年间或稍后[①]。《新唐书・艺文志》著录其有《文泉子集》十卷，刘蜕二十四岁所作《献南海崔尚书书》自称有“杂歌诗共二卷”，后皆散佚。今传《文泉子集》六卷乃明末人辑佚而成，现存作品仅有诗一首，余皆为散体古文，故历来皆以散文家或古文家目之。刘蜕秉持“由文学求用”[②]的观念，自称“饮食不忘于文，晦冥不忘于文，悲戚怨愤，疾病嬉游，群居行役，未尝不以文为怀也”[③]，因而早年作文多为求仕，入仕后作文多为干世，而求仕难免不顺，干世难免受挫，故行文多愤懑怨怼之词。至于其文笔古朴拔俗，部分作品风格奇奥，则为其深受老庄、屈原、扬雄影响所致。刘熙载曾在《艺概》中颇为欣赏地评价说：“刘蜕文，意欲自成一子，如《山书》十八篇、《古渔父》四篇，辞若僻而寄托未尝不远。学楚辞尤有深致，《哀湘竹》、《下清江》、《招帝子》虽仅三章，颇得《九歌》遗意。”《四库全书提要》虽对其“不尽协圣贤之轨，又词多恚愤”而有所批评，但仍肯定地说：“唐之末造，相率为纂组俳俪之文，而(刘)蜕独毅然以复古自任，亦可谓特立者矣。”

邵阳人胡曾大约生于开成四年(839)，咸通年间曾几次赴京应进士试而不第，从他现存的《寒食都门作》、《下第》等诗可见其当时的哀叹与牢骚。稍后于咸通末(指871—873之间)、乾符初(指875—878之间)应聘入剑南西川节度使路岩、高骈幕府任掌书记，其间尤以“草檄谕西山八国事”为上司和后世所称赏[④]。乾符五年(878)正月，高骈改任荆南节度使兼盐铁转运使，胡曾也跟随其至荆南幕府任汉南从事。大概自乾符六年(879)起，胡曾改任延唐令，其后事迹与卒年皆不详。《新唐书・艺文志》仅著录胡曾《安定集》十卷，至《宋史・艺文志》则著录其有《胡曾集》十卷，《咏史诗》三卷又《诗》一卷。因《安定集》(宋本更名《胡曾集》)后来散佚，不知其中是否收有诗歌作品。《咏史诗》三卷乃作者生前自编成集，且撰《咏史诗序》表明其创作意图：“虽则讥讽古人，实欲裨补当代。”在中国诗歌史上，咏史诗虽然源远流长，且不乏名篇佳句，但以七绝一体作大型组诗达一百五十首的规模，并以《咏史

---

① 按：现存有关刘蜕生平的文献资料甚少，且因记载不一而有分歧。例如籍贯问题，古代已有人据《唐摭言》卷九载“刘纂者，商州刘舍人蜕之子也”而称刘蜕为商州人(实因刘蜕曾任商州刺史而称“商州刘舍人蜕”)，或据《北梦琐言》卷三“刘蜕舍人不祭先祖”条而称刘蜕为桐庐人，现代学者又据《北梦琐言》卷六“刘蜕奏令狐相”而推测刘蜕为彭城人；本文定其为长沙人的铁证是刘蜕在《梓州兜率寺文冢铭并序》中自称“长沙刘蜕复愚”。另外，据《唐摭言》卷二“海述解送”条记载：“荆南解比，号天荒。大中四年，刘蜕舍人以是府解及第，时崔魏公作镇，以破天荒钱七十万资蜕。蜕谢书略曰：‘五十年来，自是人废；一千里外，岂曰天荒？’”这件事在《北梦琐言》卷六“破天荒解”条也叙及：“唐荆州衣冠薮泽，每岁解送举人，多不成名，号曰天荒解。刘蜕舍人以荆解及第，号为破天荒。”因当时长沙县属荆南节度使管辖，这两条记载所说刘蜕当年是以荆南府解及第，也可作为刘蜕为长沙人的旁证。不过，《唐摭言》所记“时崔魏公作镇”，不一定可靠，崔铉(封魏国公)的确曾任荆南节度使，但时间是在咸通年间。四库馆臣曾就刘蜕籍贯做过探讨，认为记载不一可能因有“别一刘蜕”所致，而以字复愚的刘蜕为长沙人。

② 刘蜕：《与韦员外书》，《唐代湘人诗文集》第二编，岳麓书社2013年版，第120页。

③ 刘蜕：《梓州兜率寺文冢铭并序》，《唐代湘人诗文集》第二编，岳麓书社2013年版，第110页。

④ 详见何光远《鉴戒录》卷二“判木夹”条，谓“胡曾之檄，天下称为奇绝”。

诗》名集，胡曾应是第一人，因而在当时和后世曾产生强烈反响。一是作者仿效，如晚唐五代即有汪遵作《咏史诗》一卷凡60首，周昙作《咏史诗》三卷凡195首，孙玄晏作《六朝咏史诗》一卷凡75首，且皆为七绝，显然都是步武胡曾而为之；其后历代咏史组诗和咏史诗专集层出不穷，虽不限于七绝一体，但动辄上百，连篇累牍。二是读者追捧，由于胡曾《咏史诗》皆以通俗明畅的语言写成，因而深受下层人民尤其是妇女儿童的喜爱，以致长期成为了初学者学诗习史的启蒙读物，为适应这个读者群的需要，晚唐五代即有邵阳人陈盖、京兆人米崇吉分别为该集各诗撰注作评——后来由书商将陈注、米评合为《新雕注胡曾咏史诗》一书刊行于世；至南宋初期，进士出身的胡元质也曾为之作注释音，他的注本《新板增广附音释文胡曾诗注》后来传入日本，又有和刻本梓行于世。三是小说家热衷于引用，胡曾诸诗所咏历史人物或事件上起三皇五帝，下迄隋朝，宋元讲史话本和明清历史演义小说中凡叙及上古至隋代相关人物故事时往往引胡曾诗为证，这对于叙事来说，既是一种调节，又借此来增加其叙述的可信度，而更重要的是为了引起那些从小就熟悉胡曾诗的广大听众或读者之兴趣与共鸣，有些作者根据叙事的需要还有意更改胡曾原诗，甚至自己杜撰诗篇而托名于胡曾——这种伪作现象的产生，从另一个角度表明了胡曾诗在后世历史小说中的影响。四是批评家褒贬不一，褒之者如唐末米崇吉在《续序》中说："可为是非罔坠，褒贬合仪，酷究佳篇，实深降叹。"贬之者如杨慎、许学夷、王夫之、毛先舒、王士禛、翁方纲等，或讥其"庸浅"，或斥其"堕入恶道"，或骂其为"夯货"，《四库全书提要》虽不完全否定，但也认为"其诗兴寄颇浅，格调亦卑"。相对而言，元代辛文房的评价较为客观公允："（胡曾）天分高爽，意度不凡。……作《咏史诗》，皆题古君臣争战兴废陈迹。经览形胜，关山亭障，江海深阻，一一可赏。人事虽非，风景犹昨，每感辄赋，俱能使人奋飞。至今庸夫孺子，亦知传诵。后有拟效者，不逮矣。至于近体律绝等，哀怨清楚，曲尽幽情，擢居中品，不过也。"[①]以上四个方面的反响表明，胡曾及其《咏史诗》曾作为一种有冷热反差、争议颇大的文学现象长期存在过，文学史乃至文化史都将给他一席地位予以评说。

益阳人齐己（俗姓胡，名得生）大约生于咸通五年（864）[②]，七岁为大沩山僧寺牧牛，以能诗被众僧劝令出家。其后除云游四方外，主要驻足大沩山同庆寺、岳麓山道林寺、庐山东林寺、荆州龙兴寺，虽学佛参禅，却不废吟咏。与其交往唱和者，既有诗僧贯休、昙域、修睦、虚中、尚颜、体休、栖蟾等，也有世俗文人方干、郑谷、曹松、司空图、沈彬、孙鲂、翁承赞、欧阳彬、孙光宪、徐仲雅等。其《爱吟》诗曰："正堪凝思

① 《唐才子传》卷六。
② 按：齐己籍贯为潭州益阳县，其家地址今属湖南宁乡。

掩禅扃，又被诗魔恼竺卿。”意谓有时凝思参禅，也会为“诗魔”所扰。晚年作《遣怀》诗曰：“诗病相兼老病深，世医徒更费千金。余生岂必虚抛掷，未死何妨乐咏吟！”可见他对于诗道的执著，直至老病将死也不妨碍其从作诗吟诗谈诗中寻找快乐。作为出家于同庆寺、曾从沩仰宗传人受法修行的僧侣，齐己难免也会写一些论佛谈禅的作品，但与中唐庞蕴居士、同时代居遁和尚的《诗偈》以及其他僧侣的所谓“禅悦诗”已大异其趣，他认为偈颂“虽体同于诗，厥旨非诗也”[①]，因而即使以诗说禅悟，也往往能遵从诗的特征，以形象思维方式写情景交融之境，寓有禅意而不乏诗趣。他于佛禅之外也深受儒家、道家的影响，反映在诗学观念上甚至明确认同“风骚”的审美标准，因而他的大部分作品，包括写景咏物、登临题咏、酬答赠别、纪事感怀等，实与世俗文人的视角差别不大。例如《庚午岁九日作》：“门底秋苔嫩似蓝，此中消息兴何堪？乱离偷过九月九，头尾算来三十三。云影半晴开梦泽，菊花微暖傍江潭。故人今日在不在？胡雁背风飞向南。”此诗作于唐亡后第四年(910)，他为逃避战乱而离开庐山东林寺，已辗转回到湖南，本拟于乱离中偷空与阔别已久的故人一起过重阳节，但当他来到故人居所前，瞅见紧闭的大门底下已经长满了鲜嫩的秋苔，禁不住忐忑不安起来：故人是躲藏在宅内已多日闭门不出呢，还是外出逃难尚未归来？秋苔透露的消息不只是顿时挫伤了诗人前来会友过节的兴致，更重要的是同时引发了他对故人安危的担忧——而这种担忧的骤然产生又正是诗人近几年逃乱时经常出现的一种本能反应，作者对这一瞬间自我心理的描写称得上深入细腻而惟妙惟肖，实与世俗文人毫无二致。常常以世俗心态观察社会和剖析自我，是身居佛门的齐己能在大部分诗作中吟咏情性的前提；而常常像佛门清净修行一样来苦心孤诣地讲求诗歌技艺，刻意锤炼字词与营造意境，则是其作诗数量颇多而名篇佳句也不少的奥秘之一。如著名的《早梅》诗，第四句原为“昨夜数枝开”，郑谷读后曰：“数枝非早，不若一枝则佳。”齐己心悦诚服，立即叩地膜拜，“自是士林以(郑)谷为齐己一字之师”[②]。从这个故事不难看出，无论郑谷还是齐己都曾受到过贾岛、姚合一派的影响。后来四库馆臣谓齐己“虽颇沿武功(指姚合)一派，而风格独遒，如《剑客》、《听琴》、《祝融峰》诸篇，犹有大历以还遗意”[③]。齐己卒年应在后晋天福二年(937)或稍后，其诗稿由门人西文汇编为《白莲集》十卷，由孙光宪撰序。序中称齐己“趣尚孤洁，词韵清润，平淡而意远，冷峭而格高”，又引郑谷赠齐己诗中“格清无俗字，思苦有苍髭”等句为佐证，既是称许，也揭示了齐己诗的主要特征。最后，

---

① 齐己：《龙牙和尚偈颂序》，《唐代湘人诗文集》，岳麓书社 2013 年版，第 449 页。
② 陶岳：《五代史补》卷三。
③ 《四库全书·白莲集提要》。

孙光宪还将齐己与唐末以来诗僧进行比较，不仅认为像贯休这样“骨气混成，境意倬异”的名家“殆难俦敌”，而且径称“江之南、汉之北，缁儒业情缘者，靡不希其声彩”。至清代四库馆臣在《唐僧宏秀集》提要中更明确地说：“唐释能诗者众，其最著者莫过皎然、齐己、贯休。然皎然稍弱，贯休稍粗，要当以齐己为第一人。”

综上所述，晚唐湖湘四家的生活时代是依次衔接的，其中刘蜕和李群玉年龄差别不大，其间大约有二十年时间（指会昌初至咸通初）同时活跃于文坛，胡曾与刘蜕也大约有十几年同时闻名，可惜由于文献散佚，已无法考知他们之间是否有过交往唱和。齐己生年虽晚但高寿，他与其他湘籍作家（包括后来成为天策府学士的徐仲雅等）倒是有交往。如果用时序的逻辑把收入《唐代湘人诗文集》的资料全部整合起来，我们可以说，进入晚唐以后，本土作家的确曾以接力方式持续参与过湖南文学史的谱写达一百一十年之久（827—937）——其中尤以李群玉、刘蜕、胡曾、齐己四家居功至伟。因为这个纪录以前从未有过，我们不妨把这一百一十年称为湖南文学史上本土作家创作的第一波高潮；又因其后宋元时期都未曾有这样的纪录重现，我们有必要加强晚唐五代湘籍作家的研究。基于这两个方面的理由，我们编纂整理了《唐代湘人诗文集》，由岳麓书社刊行以飨读者。

重评唐宋时期湖南文学发展之大势[①]

湖南文化源远流长，在上古隶属于楚文化系统，中世以降则成为江南文化的组成部分。作为地域文化中最生动活泼的分支，其文学传统一般是由流寓作家和本土作家共同造就的。而湖南文学最初是由流寓作家屈原、贾谊于战国末年至西汉初年开启的，他们最早将湖南的自然人文之美以辞赋形式表现出来，并传播于世，其源头并不算晚；但其后却长期无闻，直到南朝梁陈时期才在南平郡作唐县（今湖南安乡）出现了阴铿这样一位称得上有文学史影响的本土诗人[②]。由此可见，唐以前有作品存世的湖南文学是有源而无流，尚处于一种零星偶发的非自觉状态。

相对于中原文学或北方文学而言，湖南文学的发展显得迟滞本不足怪，但较之同属于内陆的相邻地区如江西、湖北乃至地处于西陲的四川等地的文学也有所逊色，难免让人困惑不解。以往有的论者往往侧重于从两个方面剖析原因：一是认为湖南以地处"汇聚四水、吞吐长江"的洞庭湖之南而得名，无论是外地作家还是本土士子，都主要经由湘、资、沅、澧四水和长江而进出湖南，内陆地区的封闭落后和交通不便，长期制约了本土文人的成长及其与外地文人的交流。二是归咎于湖南长期没有一个政治中心，认为其地域往往分别隶属于设在江西、湖北、四川等地的行政机构管辖，这显然不利于本土人才的培养和文学的发展，并由此而甚为看重唐代宗曾于广德二年（764）置湖南观察使，初治衡州，稍后移治潭州（今长沙），始有"湖南"之名和相对独立的政治中心，虽其所辖仅有衡、潭、邵、永、道五州，且随唐亡而不复存在，但在晚唐却出现了李群玉、刘蜕、胡曾、齐己四位有影响的本土作家，

① 本文原系为《唐宋人寓湘诗文集》（岳麓书社 2013 年 8 月出版）所撰《前言》，同年稍作修改后以现题发表于《书屋》2013 年第 8 期。

② 按：阴铿祖籍武威姑臧（今甘肃武威），自其高祖阴袭于东晋义熙末年随刘裕南迁，就已定居于南平郡（治作唐），至阴铿已历五世，故曾国荃《（光绪）湖南通志》载其祖阴智伯、父阴子春及阴铿本人皆为澧州作唐（今湖南安乡县）人，但现当代出版的各种文学史和工具书，大多称阴铿为甘肃武威人，实际上阴铿及其父子春、祖智伯皆生长于作唐，且先后在南朝任职，都未曾在当时为北朝所占据的武威生活过。

这恰好可作为此论的一个反证。二说乍看各有一定道理，但皆非决定性因素，因而不能深究。前者明显有地理环境决定论的倾向，且无法解释为何同样的地理环境长期未变，而不同时期的文学发展却有起伏长消呢？后者也只是一个缺乏充分理论支撑的臆测，如以往秦设长沙郡、黔中郡的政治中心分别在今长沙、沅陵，以及东汉所设荆州，治汉寿（今常德），皆直隶京师；从东晋至宋、齐、梁、陈所设湘州，其政治中心在今长沙，皆直隶建康；这些直辖郡、州的领地往往还要大于中晚唐所设湖南观察使管辖的范围，却未见其政治中心与文学的发展有何关联；又如自清康熙三年（1664）置湖南布政使司，移偏沅巡抚（雍正二年更名湖南巡抚）驻长沙，直隶京师，真正形成了湖南的政治中心和管辖规模，为何其后在相当长的时期内仍然未见湖南文学有飞跃发展呢？显而易见，上述二说都只是从文学演进迟缓的客观方面找原因，而忽视了从文学发展的主体——作家方面做深入探讨。

尽管目前学术界对于地域文学的研究对象尚有争议，一派主张以作家的籍贯为依据，而将其创作的（包括反映本地和异地风土人情的）所有作品皆纳入其中，这是基于其遗传基因和青少年时代的文化熏陶乃至经历认知而立论；一派主张将写于本地和描写本地风土人情的作品皆纳入其中，而不论其为本土作家还是外地作家，这是基于更真实的人地关系而立论，其中外地作家的主体为流寓作家。蒋寅甚至说："流寓文学绝对是本地的文学，真实地联系着特定的自然风土及其所孕育的人文传统。"①鉴于湖南文学发展迟缓及其特有的自然人文特点，我们综合上述二派的观点，主张对本土作家从宽，即凡出自其笔下者皆纳入研究对象，而对外地作家则从严，即凡作于本地和描写本地风土人情者方纳入研究对象。这既包括他们寓湘期间创作的所谓流寓文学，也包括像《桃源行》、《岳阳楼记》这类虽非作于当地但所写却为湖湘风物传说并且曾在三湘四水广为传播的作品。近期应《湖湘文库》编辑出版委员会之约而完成的《唐宋人寓湘诗文集》就是按后一原则编纂的，而《唐代湘人诗文集》则是按前一原则编纂的。合而观之，就可以清晰了解湖南文学实际上是从唐代才开始连续发展而逐渐形成规模效应的；分而观之，也不难发现，唐宋时期的湖南文学基本上是由寓湘作家主导的，而本土作家则受其熏陶与影响，经过长期的参与和积累，才有所作为。——这种认识也正好可以成为探讨前文所提困惑的重要视角，在唐宋甚至其后不短的历史时期内，流寓作家的水准档次及其在湘创作的数量与质量，不仅直接决定着当时湖南文学的总体走向和成就高低，而且在一定程度上影响到本土作家创作数量与质量的提升。

---

① 参见蒋寅：《一种更真实的人地关系与文学生态——中国古代流寓文学刍论》，《中国文化研究》2012年第3期。

在地域文学研究逐渐升温的背景下，有的学者来不及全面搜集和研读文本，就曾做出过湖南文学在隋唐五代时期尚处于“步履维艰”阶段，至宋元时期方“渐入佳境”的判断[①]，但从上述视角和现存文献来看，我们认为湖南文学应是自唐代“渐入佳境”的，而至宋代却一直在徘徊乃至有所倒退，无论分合来看流寓作家和本土作家的成就，皆不能与唐代相比。

相对而言，如果改称隋至初唐的湖南文学“步履维艰”，倒还合乎实际。虽然由隋入唐的本土作家欧阳询（557—641，潭州临湘人）知名度甚高，但其文名为书名所掩，今仅存3首诗和24篇文；而流寓作家仅有褚遂良、杜易简、骆宾王、杜审言、宋之问、沈佺期、卢藏用等人，且皆为短暂路过，故今存其寓湘诗文甚少，最多也不过10首（宋之问）。盛唐寓湘作家骤然增多，且不乏名家乃至大家，初步奠定了湖南文学发展的基础和格局——从咏歌洞庭湖开始而向描写四水流域的风土人情推进。其开风气之先者乃当时文坛领袖张说（667—730），他以中书令、燕国公之尊于开元三年至五年贬为岳州刺史期间，与亲友和同时流放、贬谪、路经于斯的官员以及原本在湖湘任职的官员经常诗酒唱和——这实为湖南文学史上最早具有一定规模的笔会，其间传世的作品除了张说的61首诗和2篇文以外，还有监察御史赵冬曦诗15首、文1篇，岳州从事尹懋诗4首，潭州刺史梁知微诗1首，潭州都督王熊诗2首，户部尚书王琚诗4首，岳州别驾韦嗣立诗2首，以及妹婿阴行先诗1首，长子张均诗5首，次子张垍诗1首。稍后经张九龄（诗13首）、孟浩然（诗10首）、包融（诗3首）、李颀（诗2首）、王昌龄（诗33首）、常建（诗6首）等人接力，至安史之乱后再兴波澜，其中既有一流大家李白（诗40首，文4篇）和杜甫（诗120首），也有名家张谓（诗12首，文2篇）、张继（诗2首）、皇甫冉（诗5首）、贾至（诗24首）、元结（诗29首，文35篇）等，他们留下许多名篇佳句，把湖南文学提升到一个新的水准。中唐仍继续保持这种趋势，如刘长卿（诗61首，文2篇）、郎士元（诗9首）、李嘉祐（诗6首）、皎然（诗9首）、顾况（诗6首）、戴叔伦（诗37首）、李端（诗10首）、戎昱（诗24首，文1篇）、孟郊（诗7首）、韩愈（诗34，文4篇）、吕温（诗42首，文16篇）、元稹（诗17首）等寓湘期间皆有所作，而尤其值得重视的是刘禹锡（诗98首，文32篇）、柳宗元（诗112首，文242篇）同于永贞元年（805）被贬入湘，分别在朗州、永州深耕细作达十年之久，为湖南文学的发展做出了卓越的贡献。而自盛唐至中唐的本土作家仍然甚少，如前文已提到的阴行先（阴铿玄孙，诗1首）以及史青（诗1首）、郑德璘（诗3首）、段弘古（诗3首）等人，皆无影响，唯有零陵怀素、衡阳庞蕴二人值得一提。怀素为僧人兼书法家，虽仅存诗2首，但李白、王邕、窦翼、任

① 详见陈书良主编：《湖南文学史》（古代卷），湖南教育出版社1998年版。

华、戴少伦、鲁收、朱逵、马云奇等先后各为其作《草书歌》诗以赞，可见其影响之一斑；庞蕴乃禅门居士，有《语录》一卷和《诗偈》二百多首传世，首开以说理为特色的白话诗风气之先。经过流寓作家一百多年的接力式引导，至晚唐终于出现了流寓作家和本土作家桴鼓相应、共襄盛举的局面，尤其是李群玉（诗268首，文1篇）、刘蜕（文60篇，诗1首）、胡曾（诗166首，文5篇）、齐己（诗814首，文3篇，另有诗学理论《风骚旨格》一卷）四位各具特色的本土作家，首次从数量上超过了如许浑（诗11首）、张祜（诗11首）、马戴（诗14首）、温庭筠（诗4首）、杜牧（诗7首）、赵嘏（诗6首）、朱庆余（诗7首）、方干（诗5首）、李商隐（诗10首，文9篇）、周朴（诗6首）、崔橹（诗6首）、贯休（诗7首）、曹松（诗6首）、罗隐（诗9首）、曹唐（诗7首）、裴说（诗13首）、韦庄（诗3首）、司空图（诗2首）、韩偓（诗34首）、张乔（诗7首）、杜荀鹤（诗19首）、郑谷（诗5首）、居遁（诗偈96首）诸家的寓湘之作。五代的湖南长期由马氏政权控制（907年称楚王，927年称楚国，或称南楚、马楚，以潭州为国都），政局相对较为稳定，初期有影响的作家当推居遁和齐己，中期以后因朝中设天策府十八学士，朝野文人赓倡迭和，文事也颇盛①，但存世作品不多，无须深论。

如果撇开五代不计，赵宋享国比李唐还要长三十年，加之印刷术的发展以及距今天更近，无论是全国还是湖南存世的作品远多于唐代都是客观事实，但就总体成就和发展趋势而言，宋代的湖南文学却一直在徘徊，如果进一步考察其在全国的地位与影响，则在某些方面有所倒退。其中最明显的不足，乃是从北宋到南宋都没有出现像晚唐那样由流寓作家和本土作家同唱共舞的局面，北宋本土作家存世作品较少②，南宋值得一提的也仅有王以宁和乐雷发，前者存诗1首、词32首、文13篇，后者存诗154首、文3篇，但二人影响有限，皆不能与晚唐的李群玉、刘蜕、胡曾、齐己相比，这等于又退回到晚唐以前完全由流寓作家主导湖南文坛的情形。即以流寓文学而论，北宋前期的情形正与初唐相似，值得一提的仅有李昉、张咏、柳开、王禹偁、寇准等名家，其寓湘时所作诗文皆寥寥无几，最多的也仅有12首（张咏）。湖南文坛这种沉寂不振的局面一直延续到仁宗庆历年间才开始转变，事起于庆历四年（1044）春滕宗谅贬谪岳州巴陵郡，他在任内重修岳阳楼，同时发出了重振湖南文学的信号。首先，他将古代和当朝名人登临岳阳楼时所作诗歌辞赋搜集起来，刻为石碑，置入楼内南北二壁中，并作《岳阳楼诗集序》叙其原委和意图，认为古今才人巨公登楼之作而“传诵于人口者”，“惟唐相张燕公（说）文字最著”，询之耆旧，则曰：

---

① 参见杨建宏：《马楚国时代长沙诗学述略》，《长沙大学学报》2010年第3期。

② 例如《湖南文学史》中提到的路振（957—1014）仅存诗3首，文7篇；又理学家周敦颐（1017—1073）虽有名作《爱莲说》为世传颂，但今存诗仅33首，文（包括学术文字）130篇。

"楼得名，始命于公矣。"——这表明其修楼刻诗实有继武张说之意。其次，他先后写信给当时名家巨匠索诗求记，欧阳修为之作《得滕岳阳书大夸湖山之美郡署怀物甚野其意有恋著之趣作诗一百四十言为寄且警激之》、《偃虹堤记》，范仲淹为之作《岳阳楼记》，后者又由苏舜卿书写、邵竦刻石，立于楼内，供游人观诵，成为脍炙人口的千古名篇[①]。随后寓湘名家逐渐增多，如梅尧臣（诗22首）、华镇（诗33首）、赵抃（诗26首）、沈辽（诗70首，文30篇）、刘攽（诗22首）、刘挚（诗50首，文11篇）、孔武仲（诗69首）、秦观（诗10首，文1篇，词6首）、韦骧（诗20首）、黄庭坚（诗28首，文1篇）、张舜民（诗33首，文5篇）、阮阅（宣和间作《郴州百咏》）等皆有一定影响，而尤以惠洪寓湘之作（诗399首，文191篇）为两宋之冠。这表明在北宋后期湖南文坛的人气已经恢复，但可惜像王安石（诗8首）、苏轼（诗10首，文1篇）这样居于领袖地位的名家大家寓湘之作较少。靖康之乱后，由于国土面积骤减和文化中心南移，湖南在全国的地位也变得重要起来，因此，南宋寓湘作家相应有所增加，但同时也出现了分化，一类是比较纯粹的文学家，如李纲（诗54首）、陈与义（诗57首）、郑刚中（诗26首）、张孝祥（诗60首，文15篇）、曾协（诗35首）、王庭珪（诗46首，文1篇）、范成大（诗39首）、杨万里（诗66首，文1篇）、项安世（诗84首）、陈傅良（诗50首，文1篇）、王阮（诗27首）、王炎（诗61首）、徐照（诗33首）、曾丰（诗35首）、戴复古（诗55首）、史弥宁（诗35首）、刘克庄（诗64首）、李曾伯（诗82首）、文天祥（诗19首）等，他们的寓湘之作对于振兴湖南文学无疑具有积极意义；一类是理学家，如杨时、胡安国、胡寅、胡宏、张栻、朱熹、林用中、赵蕃、魏了翁等，他们在湖南讲学时，除了撰有学术文字外，也创作了一定数量的诗文，但因其主旨在于说理论道，大多缺少审美价值，因而对于湖南文学的发展反而具有一定的抑制作用，尤其是不利于本土作家的成长——这也是为何南宋时期寓湘作家作品明显增加，却未能引导本土士子成长为文学史上有重大影响作家的原因之一。

---

① 后世称"滕子京建楼、范希文记、苏子美书、邵竦篆"为"岳阳楼四绝"，参见宫梦仁《读书纪数略》卷十二。

唐宋题画诗简论①

我国古代的题画诗，源远流长，篇帙繁富，曾伴随着绘画艺术的发展，形成一条波光粼粼、淙淙成韵的溪流，汇入诗歌的汪洋大海之中。它以蕴藉而深厚的思想内容、独特而优美的艺术风格，间接地反映了不同历史时期的社会现实和绘画概况，不仅给人以历史的借鉴和美的享受，还为古代绘画史、美学史的研究提供了珍贵的依据。

早在宋代，题画诗就引起了诗画研究者的注意，嗣后三朝都相继有人做过探讨。简言之，主要作了两个方面的工作：一是编辑题画诗的总集和别集，如南宋孙绍远编的《声画集》就是第一部题画诗的总集，它为后来的《历代题画诗类》等总集和不少题画诗专集的出现"导夫先路"；二是对题画诗作者、作品的批评，它们散见于宋元明清的诗话、笔记和画论中。然而前者不过是兼收并蓄的资料收集，后者也只是不成系统的片言只语，可见以前对于题画诗的研究是颇为欠缺的，甚至偌大一部《辞海》竟然连"题画诗"的条目都无迹可寻。中华人民共和国成立以来，除在研究某个作家的时候间或涉及题画诗外，也很少有人问津。

究其原因，首先是主观上对题画诗的认识存在着片面性。或者认为它是为画而作，远离生活，缺少现实意义；或者认为它只是对绘画的翻译，没有什么文学价值；更有甚者，是受一种偏见的影响，如纪德就说："我认为一种艺术去侵犯另一种艺术的领域，或者和另一种艺术混淆起来，都是犯罪的行为。我既反对为绘画而写的诗，也反对为诗而绘的画。"②从而全盘否定了题画诗。其次还有客观上的原因，宋以前尚不兴在画面上题诗，至北宋由于苏、米、晁、黄等人的倡导才风气渐开，至元明则大盛，长诗绝句，篆隶行草，任意挥洒，于是绘画便成了诗、书、画的综合艺

---

① 本文原载《常德师专学报》1982年第1期，收入本书时略有修改。

② 转引自徐昌霖等：《电影的蒙太奇与诗的赋、比、兴》，《电影艺术》1981年第1期。

术。这对于题画诗的发展和繁荣，无疑有着积极的意义。但到明末董其昌提出“文人画”作为批评的标准后，情况就发生了变化。文人画家认为有诗的就是好画，无诗的就是坏画。因而凡画必题诗，一画题多诗，附庸风雅，故作多情，互相标榜，彼此吹捧，确实出现了很多粗制滥造的点缀品。其中有些迂腐庸俗，索然寡味，给人们留下了不好的印象。但纵观全貌，毕竟瑕不掩瑜，我们有必要正本清源，对题画诗作出客观的评价。鉴于唐宋是题画诗兴起、发展的重要时期，并以其正反两方面的经验给后代以很大影响，所以笔者拟在本文对题画诗的起源和唐宋题画诗的发展概貌及其成就、特点做一些考察，谈一点很不成熟的看法，以引起读者对题画诗的注意和讨论。

沈德潜曾在《说诗晬语》卷下说：“唐以前未见题画诗，开此体者，老杜也。”由于他是清代颇有名望的学者、诗人，此论便一锤定音，余响至今。如清末陈仪就跟着说：“题画诗起于老杜。”①当代陈友琴先生在谈杜甫题画诗时也引沈说为据②；徐明寿先生在谈杜甫题山水画诗时仍明确地说：“杜甫是题画诗的开创者。”③沈德潜学识渊博，论著宏富，在文学创作和文学批评上确有很大的贡献，但在这一点上，笔者却不敢苟同。

题画诗是因画而作的。它发展的源流除和中国古代诗歌一样取决于社会的原因和文学本身进展的原因以外，还在很大程度上依赖于绘画艺术的发展。中国的绘画，大体可分为人物画、山水画和花鸟画三种。秦汉以前，绘画尚未成为独立的艺术，所流行的系装饰画，与服饰、器用的实用价值结合在一起。人物画虽然最早在其中得以孕育，但也要到六朝时期才得以发展，到唐代才日益繁荣；山水画则孕育于六朝，唐代得以发展，宋元为其鼎盛期；花鸟画居后，产生于有唐，发展于五代，两宋便极盛。题画诗正是循着这个线索又稍缓于其发展进程而不断演进的。据《太平御览·工艺部》所引：“晋王彪之《自序》曰：‘余自求致仕，诏累不听。因扇上有二疏画，作诗一首，以述其美’。”这大概是我国最早的题画诗了，但可惜其诗久已失传。丁福保《全汉三国晋南北朝诗》中收录的萧悫《屏风》一首和庾信《咏画屏风》二十五首，可说是现存最早的题画诗④。兹举庾信第十一首为例，以窥六朝题画诗之端倪。诗云：

捣衣明月下，静夜秋风飘。锦石平砧面，莲房接杵腰。急节迎秋韵，新声

---

① 陈仪：《竹林答问》。
② 陈友琴：《漫谈杜甫的题画诗》，《光明日报》1961年7月2日。
③ 徐明寿：《奇思百出，使笔如画——谈杜甫题山水画诗》，《成都晚报》1963年2月20日。
④ 清人倪璠注《庾子山集》卷四只收《咏画屏风》二十四首，“捣衣明月下”一诗列为第十首。

入手调。寒衣须及早,将寄霍嫖姚。

从诗中,我们可以想象出屏风上画的是一幅“月夜捣衣图”,明月、锦石、莲房、人物……布置有序,诗人从莲房偃仆之声感受到了“静夜秋风飘”,从砧上捣衣听到了“急节迎秋韵”,静景之中写动景,无声之中听有声,通过观画的感受而再造诗的意境,从而传导出女主人公捣衣“将寄霍嫖姚”、希望自己的丈夫在征战中杀敌立功的感情。可见唐以前不仅已见题画诗,而且初具规模,颇有风韵。

即使可以因为六朝题画诗极少和不成熟而略去不计,沈德潜的论点也不能成立。只要翻开《全唐诗》,我们就可知道,杜甫之前已有不少诗人对题画诗的领域有所开拓。如初唐诗人中上官仪有《咏画障》,宋之问有《咏省壁画鹤》,陈子昂有《山水粉图》、《咏主人壁上画鹤寄乔主簿崔著作》等。盛唐诗坛“众星罗秋旻,文质相炳焕”,与杜甫同时或略早的诗人,如张九龄、王昌龄、李颀、王维、李白、王季友、高适、景云、岑参等都有所作,其题咏之画,人物、山水、花鸟无不具备。如:

画君年少时,如今君已老。今时新识人,知君旧时好。(王维《崔兴宗写真咏》)

野人宿在人家少,朝见此山谓山晓。半壁仍栖岭上云,开帘欲放湖中鸟。独坐长松是阿谁,再三招手起来迟。于公大笑向予说,小弟丹青能尔为。(王季友《观于舍人壁画山水》)

画松一似真松树,且待寻思记得无。曾在天台山上见,石桥南畔第三株。(景云《画松》)

这些作品的出现,显然是派生于绘画艺术的发展。从艺术上讲,也已经进入盛唐境界,尤其是李白的《同族弟金城尉叔卿烛照山水壁画》、《当涂赵炎少府粉图山水歌》和高适的《同李九士曹观壁画云作》、《同鲜于洛阳于毕员外宅观画马歌》、《画马篇》等,更不失为题画诗的优秀之作,这对于题画诗的发展和成熟是有着积极意义的。杜甫之于题画诗有着承前启后的重大贡献,这是有目共睹的事实;但他并非题画诗的开创者,就正如他对七律贡献最大而并不是七律的开创者一样,我们不能无视历史事实,而把这样的桂冠强加在杜甫头上。

杜甫虽不是题画诗的开创者,但他确实是唐代第一个自觉地大量创作题画诗并且成就最高的诗人。这除了作为“诗圣”的杜甫能在前人努力的基础上“别裁伪体”、“转益多师”以外,还与他深厚的艺术修养有关。题画诗首先要识画,绘画鉴赏力低的人是难以写出好的题画诗的。杜甫虽只“善作诗而不能画”,却非常爱好书画艺术，并且和当时有名的书画家郑虔、王维、李邕、顾戒奢、贺知章、张旭、韦偃、王宰、曹霸、李潮等有过密切交往，同时对于已故名家薛稷、吴道子、毕宏、姜楚公、冯绍正、韩幹、韩择木、蔡有邻等所存作品见识得多，他的艺术修养自然丰富起来。所以当看到一幅画时，他作为一个目光精敏的绘画鉴赏家，就能深得画髓。如果画境能触动诗兴，他就会通过丰富的联想和想象来构筑诗的意境，加之他高超的语言能力，形诸文字，便产生了“曲尽形容”[①]、“横绝古今”[②]的题画诗。详而言之，他主要是以如下三个方面的特点，确立了题画诗在中国文学史上的地位：

一、杜甫“使笔如画”[③]，不仅能生动逼真地再现画面形象，而且能“穷本探妙”[④]，创造出更加雄奇壮美的诗的意境，“画赖诗传，诗寿于画”[⑤]。杜甫现存的题画诗有十八首，读了这些诗，我们就会知道，杜甫题画绝不仅仅是把视觉艺术翻译成语言艺术，而是一种基于画境的再创造。在这种再创造的过程中，他往往又是以画法为诗法，尤其重视“气韵生动”、“骨法用笔”和“经营位置”，从而使产生出来的作品，既是有声的图画，更是如画的诗章。如《奉先刘少府新画山水障歌》：“堂上不合生枫树，怪底江山起烟雾。”开篇突兀而起，生气迥出；接着从叙画及人，突然跌入神奇的想象和联想中：“得非悬圃裂，无乃潇湘翻？悄然坐我天姥下，耳边已似闻清猿。反思前夜风雨急，乃是蒲城鬼神入。元气淋漓障犹湿，真宰上诉天应泣。”已而又从写画中山水，忽然转入刘侯天机、两儿挥洒；运笔飞腾顿挫，变化莫测，而又结构谨严，浑然一体，深得画家“骨法用笔”的要领。再看诗人对画面形象的描绘：“野亭春还杂花远，渔翁暝踏孤舟立。沧浪水深青溟阔，欹岸侧岛秋毫末。不见湘妃鼓瑟时，至今斑竹临江活。”有宾有主，远近分明，远景雄奇阔大，近景清朗鲜明，虚实开合，巧为安排。诗人最后因看画而触起游兴：“若耶溪，云门寺，吾独胡为在泥滓，青鞋布袜从此始。”杜甫竟然要穿上青鞋布袜，离开现实的“泥滓”，寄情于山水了。从而使诗人的主观情感与画中山水景物契合无间，达到了炉火纯青的地步。又如《戏题王宰山水图歌》：“……巴陵洞庭日本东，赤岸水与银河通，中有云气随飞龙，舟人渔子入浦溆，山木尽亚洪涛风……”透过诗句，我们可以看出王宰的这幅雄伟壮丽的山水图：浩瀚的水势，自西而东，英雄的人物，浪里飞舟，远近布置，咫尺万里。这些都做到了“经营位置”的妙处，达到了“气韵生动”的境界。杜甫题人物画非常重视“传神写照”，题花鸟画更注重传导其姿态神情乃至品德节操，并都能融情

① 邓椿：《画继》卷九。
② 乔億：《剑溪说诗》卷下。
③ 方薰：《山静居画论》卷上。
④ 黄彻：《砻溪诗话》卷六。
⑤ 刘克庄在《后村集》卷一百八十一谈到杜甫的题画鹤画鹰诗时，有“此鹤此鹰，赖诗而传，则诗寿于画矣”等语。

于画，借画抒情。这些画由于杜甫的题咏而更加引人观赏，广泛流传，后来这些画都渐次失传了，而杜甫的题画诗却传诵千古。

二、杜甫在刻画画面形象时，寓有深沉的社会人生感慨，曲折地反映了社会生活和诗人的思想，因而具有一定的现实意义。杜甫是一个伟大的现实主义诗人，他的忧国忧民的思想光辉、嫉恶如仇的铮铮傲骨和光明磊落的伟大人格，在他的诗歌中是无所不在的。沈德潜说，杜甫的题画诗“其法全在不粘画上发论，如题画马画鹰，必说到真马真鹰，复从真马真鹰开出议论，后人可以为式；又如题画山水，有地名可按者，必写出登临凭吊之意；题画人物，有事实可拈者，必发出知人论世之意。本老杜法推广之，才是作手。”[①]他讲的是杜甫以画为真、借画发论的创作方法，而这些“议论”、“登临凭吊之意”、“知人论世之意”，正是其现实意义的所在。值得补充的是，即使有时没有发论，也仍在他所刻画的形象中寄托了一定的思想感情。杜甫爱好鹰与马，是因为它们具有与诗人自己相像的性格、品德和处境。如《画鹰》最后说：“何当击凡鸟，毛血洒平芜。”诗人以搏击责任，通过画鹰而寄希望于真鹰，写出鹰与诗人共有的“嫉恶刚肠、尤思排击”[②]的性格。《杨监又出画鹰十二扇》末尾说：“干戈少暇日，真骨老崖障。为君除狡兔，会是翻鞲上。”也是借真鹰以寄慨，“而世之治乱，身之用舍，俱在其中。”[③]他的题画马诗光照千古，正是以其现实主义精神来引起无数诗人的追慕和师法的。如他在《题壁上韦偃画马歌》中，竟然对画上的骏马发出了“时危安得真致此，与人同生亦同死”的慨叹，骏马的这种不畏牺牲的崇高精神又何尝不是杜甫人生观的披露呢？他在天宝末年写的《天育骠图歌》中，却唱出了“年多物化空形影，呜呼健步无由骋。如今岂无騕褭与骅骝，时无王良伯乐死即休”这样的悲歌，这不正是诗人怀才不遇、有志难酬的痛苦呼号吗？至于《韦讽录事宅观曹将军画马图歌》，则是由画马直接联系到时事，最见诗人现实主义本色。还有他的《丹青引》，更是一首现实主义的杰作，开篇叙述曹霸的家世及其书画能事，而曹霸这样的名家，也“即今漂泊干戈际，屡貌寻常行路人。途穷反遭俗眼白，世上未有如公贫”。这固然是曹霸的悲剧，但又何尝不是杜甫的悲剧呢？所以诗人最后无限伤感地说：“但看古来盛名下，终日坎壈缠其身。”从而揭示出整个封建社会人才埋没的悲剧。杜甫在题山水画时，把自己和自然宇宙融成一境，或者表达了诗人对于祖国山水无比热爱的感情，或者反映了诗人在遭到现实的打击时所萌生的超尘出世、寄情山水的思想，但他毕竟没有退隐，只不过是他愁痛中一种矛盾思

---

① 沈德潜：《说诗晬语》卷下。
② 黄彻：《䂬溪诗话》卷二。
③ 仇兆鳌：《杜诗详注》卷十五。

想的反映罢了，仍从另一个侧面反映了诗人的不平遭遇。

三、杜甫在欣赏评价绘画时，提出了一些精湛的美学见解，其中有的道出艺术“三昧”，因而具有一定的理论价值。其一，“有神”与“逼真”。这是杜甫绘画批评的主要标准，二者的意思都和顾恺之说的“传神写照”、谢赫说的“气韵生动”差不多，只不过“有神”是从绘画本身而言，“逼真”是从欣赏者的感受而言。杜甫题画诗多次使用“神”、“髓”等词，如“写此神俊姿”①、“满堂动色嗟神妙”②。最典型的是《丹青引》中用“弟子韩幹早入室，亦能画马穷殊相。幹惟画肉不画骨，忍使骅骝气凋丧”来衬托曹霸“将军画善盖有神”，实际上这里涉及了中国美学理论中的“形”“神”关系问题。韩幹画马虽能“穷殊相”，却只能“画肉不画骨”，即只能达到“形似”，未达到“神似”，而曹霸则“须臾九重真龙出，一洗万古凡马空”，达到了“神似”。画家画得“有神”，赏者才会感到“逼真”，所以洪迈在《容斋随笔》卷十六说：“至于丹青之妙，好事君子嗟叹之不足者，则又以逼真目之。如老杜‘人间又见真乘黄’③、‘时危安得真致此’④、‘悄然坐我天姥下’⑤、‘斯须九重真龙出’⑥、‘凭轩忽若无丹青’⑦、‘高堂见生鹘’⑧、‘直讶松杉冷，兼疑菱荇香’⑨之句是也。”其二，“意匠惨淡经营中”⑩、“咫尺应须论万里”⑪。这是杜甫绘画批评的重要标准，二者的意思近似于谢赫说的“经营位置”。前者是概指画家在艺术构思上的用心良苦；后者专指山水画的远近比例，山水画表现宇宙之整体，画幅应具咫尺万里之势，此所谓造物者创造一世界，艺术家又创一世界之说，老杜评画之论，后来竟成了山水画构图的标志。其三，“简易高人意”⑫。这是杜甫漂泊潦倒之时所形成的独特的美学观，意谓高尚之士以简易为美。所以当蜀人李固“寒天留远客，碧海挂新图”时，他“虽对连山好”，却“贪看绝岛孤”⑬。这是穷愁之儒的一种廉静孤洁之美，也是后来文人画家所追求的一种荒寒简远、平淡萧疏之美。怪不得明末文人画家董其昌说：“子美论画殊有奇旨，如云‘简易高人意’，尤得画髓。”⑭

---

① 杜甫：《画鹘行》，《杜诗详注》卷六。
② 杜甫：《戏为韦偃双松图歌》，《杜诗详注》卷九。
③ 杜甫：《韦讽录事宅观曹将军画马图歌》，《杜诗详注》卷十三。
④ 杜甫：《题壁上韦偃画马歌》，《杜诗详注》卷九。
⑤ 杜甫：《奉先刘少府新画山水障歌》，《杜诗详注》卷四。
⑥ 杜甫：《丹青引》，《补注杜诗》卷八。
⑦ 杜甫：《题李尊师松树障子歌》，《杜诗详注》卷六。
⑧ 杜甫：《画鹘行》，《杜诗详注》卷六。
⑨ 杜甫：《奉观严郑公厅事岷沱江山画图十韵》，《杜诗详注》卷十四。
⑩ 杜甫：《丹青引》，《补注杜诗》卷八。
⑪ 杜甫：《戏题王宰画山水图歌》，《杜诗详注》卷九。
⑫ 杜甫：《观李固请司马弟山水图三首》，《杜诗详注》卷十四。
⑬ 杜甫：《观李固请司马弟山水图三首》，《杜诗详注》卷十四。
⑭ 董其昌：《画禅室随笔》卷四。

这三个特点标志着题画诗已真正发展成熟。从此以后，它便作为一条小溪注入中国诗歌的洪流，并在很长一段历史时期内都与杜甫影响的大小相长消。

中唐时期，题画诗和现实政治的联系进一步密切。如韩愈为了复兴儒学，曾把题画诗作为反佛道迷信的武器来使用，他在朋友卢汀那里看到一幅宣扬神仙思想的《桃源图》后题诗说："神仙有无何渺茫，桃源之说诚荒唐。……世俗宁知伪与真，至今传者武陵人。"白居易在新乐府运动中借题画"美刺"现实，使题画诗的现实主义精神得以发扬。如他的《八骏图》就是为"诫奇物，惩佚游也"，诗中竟出现了"一人荒乐万人愁"这样闪光的语言，集中而突出地揭示了封建社会中帝王和广大人民利益的根本对立。他在《题海图屏风》中借咏画大发议论，反对朝廷在准备不充分、条件不成熟、用人不得当的情况下，轻率用兵河北。另外，白居易的《画竹歌》和元稹的《画松》分别提出了"意生笔成"和"得其神骨"的美学命题，是我国最早的花鸟画论之一，对于花鸟画的发展有很大的影响。

晚唐五代题画诗的数量逐渐增多，其中也有不少优秀之作。如韦庄《金陵图》："江雨霏霏江草齐，六朝如梦鸟空啼。无情最是台城柳，依旧烟笼十里堤。"[①]实际上是借咏画以怀古叹今，发物是人非之情。又如楚材别妻外游，欲再娶颜家小姐，他的妻子薛瑗（一作薛媛）便对着镜子画了一幅自己的画像，并题诗一首："欲下丹青笔，先拈宝镜寒。已惊颜索寞，渐觉鬓凋残。泪眼描将易，愁肠写出难。恐君浑忘却，时展画图看。"[②]使题画诗和伦理道德、夫妻感情结合在一起。相传薛瑗把诗和画一起寄给丈夫，楚材读后深感惭愧，终于打消了再娶的念头，回家与薛氏白头偕老。但从艺术发展上说，这一阶段的题画诗只是平坦地流淌，没有什么波涛起伏，其主要原因是没有名家来继续开拓，并且诗人的现实精神也减弱了。

题画诗发展到宋代，尤其是经过北宋诗文革新运动的洗礼之后，这条诗歌的支流加大了流量，并在波涛的搏击中演奏出划时代的交响乐。我们只要举宋代最著名的诗人所作的题画诗为例，如梅尧臣五十多首，苏轼一百二十多首，黄庭坚八十多首，范成大五十多首，陆游五十多首，就可从数量上窥见它发展变化之一斑。至于题画诗为什么会在宋代发展变化，主要有三个方面的原因：

一、它伴随着绘画艺术的繁荣而勃兴。由于宋代统治者对绘画艺术的重视和爱好，而建立起"翰林图画院"，促进了画家队伍的大发展。据唐代张彦远《历代名画记》提到的从隋代到晚唐会昌时的画家只有二百多人，而据宋代郭若虚《图画见闻志》和邓椿《画继》两书所提到的从晚唐会昌年间到南宋乾道时的画家就有四百

---

① 按韦庄此诗或题作《台城》，兹引自洪迈《万首唐人绝句》卷六十二《金陵图》之二。

② 薛瑗：《写真寄外》，《御定全唐诗录》卷九十九。

多人，这时人物画已突破宫廷贵族的题材范围，在反映现实上向纵深发展，山水画、花鸟画的发展更达到前所未有的盛况，尤其是梅、兰、竹、菊“四君子”已成为文人士大夫的契友。这就有可能使诗人见识到大量的绘画，加之宋人因感于唐人把好诗作尽了，而欲向新的领域开拓，这些绘画便很自然地成了宋诗的题材之一。

二、它得力于文人画家的倡导而发展。作为诗人、画家和书法家的苏轼在这时提出了“诗中有画、画中有诗”这种独特的美学理论，并被当时和以后的诗人、画家奉为金科玉律，从某种意义上说，等于给题画诗的发展找到了理论根据，加之有诗、书、画皆能为的苏氏兄弟、米氏父子、晁氏兄弟、文同和黄庭坚等人的实践与倡导，他们作画题诗，赠答唱和，蔚成风气，题画诗便应运得以发展。

三、它依附于杜甫的声誉而光大。宋人尊杜是从宋初反对浮靡文风开始的，渐次而被推到“诗祖”的地位。从王禹偁、梅尧臣、王安石、苏轼门人、江西诗派到中兴四大诗人乃至宋末遗民诗人和金人元好问，无不师法杜甫。翻开《宋诗钞》、《宋诗纪事》和诸家诗集，我们就会发现宋人诗中凡是学杜的，几乎都或多或少地写过题画诗，只是由于各自艺术修养的高低不同而有其成就的大小之分罢了，从而也说明了杜甫题画诗的深远影响。

在两宋众多题画诗作者中，当推苏轼、黄庭坚作品最多，并且成就最高，最有代表性。另外，王安石、陆游等人，也以其突出的思想成就而蜚声诗坛。下面拟以苏、黄为主，王、陆为次，兼及他家，来谈谈宋代题画诗的成就和特点。

首先，从思想内容上来说，宋人发扬了唐代题画诗的现实主义精神，把题画与社会现实更加紧密结合起来，使它成为一面历史的折光镜，或隐或现地反映了当时的政治斗争和民族斗争的现实，或强或弱地透视出诗人的思想灵魂。如王安石的《虎图》就是有意讽刺韩琦的；他的《阴山画虎图》从阴山健儿的射虎，联想到古代将士们曾在这里击败过入侵的敌人，并从当时“契丹弋猎汉耕作”的表面和平中看到了“烟云万里埋弓刀”，对宋统治者不修边备的麻痹思想给予了批判，表现出诗人对国家前途的深忧；他还在《纯甫出释惠崇画要余作诗》中批判了“今人不如古”的社会偏见。苏轼的《虢国夫人夜游图》明显地带有讽刺意义；他在《陈季常所蓄朱陈村嫁娶图》之二写道：“我是朱陈旧使君，劝农曾入杏花村。而今风物那堪画，县吏催租夜打门。”通过题画表示他对当时政治的不满，反映了苛政重敛给农村带来的骚扰；他晚年有一首《自题金山画像》：“心似已灰之木，身如不系之舟。问汝平生功业，黄州惠州儋州。”概括地反映了他因党祸所累而多次贬谪、漂泊不定的生活。黄庭坚也和苏轼一样，深受党祸之害，他的名作《题竹石牧牛》说：“野次小峥嵘，幽篁相倚绿。阿童三尺箠，御此老觳觫。石吾甚爱之，勿遣牛砺角。牛砺角尚可，牛斗残我竹。”后四句通过写爱惜竹石之心，叮咛不要牛砺角，尤其不要牛斗，来告诫当政者不要相互倾轧，以致祸国殃民。据岳珂《桯史》卷十一记载："党祸既起，山谷居黔，有以屏图遗之者，绘双蝶翾舞，罥于蛛丝，而队蚁憧憧其间，题六言于上曰：'蝴蝶双飞得意，偶然毕命网罗。群蚁争收坠翼，策勋归去南柯。'崇宁间又迁于宜，图偶为人携入京，鬻于相国寺肆。蔡客得之，以示元长，元长大怒，将指为怨望，重其贬，会以讣奏仅免。"如果不是诗人逝去的话，还会因这首题画诗再遭重贬，其党祸情势可见。靖康之乱把民族矛盾推向了顶点，南渡以后主战与主和两派的斗争十分激烈，不少诗人通过题画来反映这种现实，表现忧心国事、哀于丧乱的思想感情。如陆游《龙眠画马》末尾说："断缣岁久墨色暗，逸气尚若不可羁。尚奇好古自一癖，感事忧国空余悲。呜呼！安得毛骨若此三千匹，衔枚夜渡桑乾碛！"他竟然希望画马便是战马，以能乘之北伐中原，收复失地。而南宋统治者却偏偏听信主和派的话，一味向敌人妥协投降，所以陆游在《题海首座侠客像》中愤慨地写道："赵魏胡尘千丈黄，遗民膏血饱豺狼。功名不遣斯人了，无奈和戎白面郎。"表达了对沦陷区人民的同情与对主和派的谴责，以致后来"寿皇读之，为之太息，台评劾之"①。但陆游并没有因为受到弹劾而动摇其抗金复国的政治理想，直到他古稀之年，还在《观运粮图》中想象出宋军北伐胜利和沦陷区人们热烈欢迎的情景，表达了强烈的爱国主义感情。即使像姜夔那样的清客诗人也在题画时寄托了伤国情怀，如他的《雁图》："万里晴沙夕照西，此心唯有断云知。年年数尽秋风字，想见江南摇落时。"连大雁都知道南宋偏安局面已是"夕照西"了，何况人乎！宋代题咏前贤写真的诗，也有不少优秀之作，如苏轼的《书丹元子所示李太白真》、王安石《杜甫画像》、黄庭坚的《老杜浣花溪图引》和陆游的《题少陵画像》，不仅分别逼真地刻画出李白、杜甫的形象，而且高度地概括了李、杜崇高的思想和伟大的艺术，使题画诗带有史传的性质，同时还表现了题诗者的倾慕："常使诗人拜画图"、"愿起公死从之游"。

其次，从艺术表现上来说，宋人继承了杜甫题画诗的传统手法。但杜甫把再现画面形象、构筑诗的意境和以画为真、借画发论构成一个有机的整体，而宋人却把这个有机整体一分为三，分别加以发展，从而使宋代题画诗形成了如下三种表现手法，并分别在不同程度上取得了艺术上的成功。

第一种是通过细致逼真地描摹，直接地再现画面形象，给人一种诵其诗如赏其画的美感。苏轼兄弟写过好几首题韩幹画马诗，都能生动逼真地再现画马的位置、姿势和神态，尤其是苏辙在《韩幹三马》中，还写出了"三马腹中事"："老马侧立鬃尾垂，御者高拱抹青丝。心知后马有争意，两耳微起如立锥。中马直视翘右足，眼光已动心先驰。仆夫施作奔佚想，右手还控黄金羁。雄姿俊发最后马，回身奋鬣真权

① 罗大经：《鹤林玉露》卷十四。

奇。圉人顿辔屹山立，未听决骤争雄雌……”三匹马的心事都是一个“争”字，却表现出不同神态：老马是一种警惕防后之争，中马是一种欲超前马之争，后马是一种不甘落后之争，同时作者还写出了三个赶马人的不同表情。苏轼读后次韵曰：“烦君巧说腹中事，妙语欲遣黄泉知。君不见韩生自言无所学，厩马万匹皆吾师。”苏轼又作《韩幹马十四匹》，不仅生动描写了画面上十四匹马的诸种姿态，而且传导出一马长鸣之声和“后有八匹饮且行，微流赴吻若有声”。韩幹的这两幅画虽然看不到了，但由于“苏子作诗如见画”(《韩幹马十四匹》)，其三马和十四马的种种姿态神情已生动地展现在我们眼前。还如梅尧臣的《观何君宝画》、苏轼的《李思训画长江绝岛图》、张耒的《孙彦古风雨山水歌》、杨万里的《太平寺水》、范成大的《题画卷》等，都以传神逼真见长，使人吟诵一过，如亲观其画，亲历其境，从而获得美的享受。

第二种是通过赏画时产生的通感、联想和想象来创造诗的意境，使诗情画意交相辉映。如王安石的《题燕侍郎山水图》和苏轼的《书王定国所藏烟江叠嶂图》曾被誉为古今题山水画诗的杰作，仅次于杜甫的《奉先刘少府新画山水障歌》和《戏题王宰画山水图歌》，胡仔曾把王、苏二作与杜甫二作并抄在一起，“时时吟哦之，以快滞懑”①。苏轼的《惠崇春江晚景二首》更是广为传诵、脍炙人口的名篇，其一云：“竹外桃花三两枝，春江水暖鸭先知。蒌蒿满地芦芽短，正是河豚欲上时。”从诗中，我们可以想象这是一幅“鸭戏图”。诗人紧紧抓住画面上有的三两枝桃花、春江鸭、满地的蒌蒿和刚刚萌发的芦芽，与自然景物在季节转换时的特征联系起来，从而想象出画面上没有、也无法表现的“河豚欲上”，构筑成江南早春时生机勃发、生意盎然的意境，诗味隽永，沁人心脾。黄庭坚有一首《题伯时画揩痒虎》：“猛虎肉醉初醒时，揩磨苛痒风助威。枯楠未觉草先低，木末应有行人知。”诗的妙处在于以风助威来写老虎揩痒的神情，从风使山下草低，而想象到山顶行人应知，真是“言有尽而意无穷”。陈与义《和张矩臣水墨梅》之五说：“自读西湖处士诗，年年临水看幽姿。晴窗画出横斜影，绝胜前村夜雪时。”诗人从画上的梅花而联想到林逋诗中的“梅花”，林逋有《梅花》二首，其中“疏影横斜水清浅，暗香浮动月黄昏”及“雪后园林才半树，水边篱落忽横枝”两联，自来被推为名句，而挂在晴窗上的水墨梅，已胜过了林逋诗中所写的雪夜梅花，就更妙了。这一组诗共五首，据《宋史》载，陈与义曾以此受到徽宗的赏识而升了官②。陆游的《驿舍见故屏风画海棠有感》，从观赏屏风画上的折枝海棠，而联想到自己在成都所见过的海棠花开的盛景，表达了作者对成都生活的怀念之情。运用这种表现手法，诗人有很大的创作自由，可以把古今未来、天地仙凡与画面形象有联系的意象

---

① 胡仔：《苕溪渔隐丛话前集》卷三十四。

② 《宋史》卷四百四十五《文苑传》说陈与义“尝赋墨梅，徽宗嘉赏之，以是受知于上云”。

熔成一炉,使之能够广泛地反映生活,自由地抒发感情。因而这一类诗往往能在艺术上获得更大的成功。苏轼甚至把这种手法发展到幻中求真、无中生有的地步。如他的《欧阳少师令赋所蓄石屏》完全是从幻想与想象着笔,石屏上仅有绝似人工淡笔水墨画的图迹,苏轼在想象中却把它当成"峨眉山西雪岭万岁不老之孤松",最后归结到"感士不遇",使幻与真统一,情与景交织。他的《续丽人行》更是无中生有,画面上是周昉所作的"背面欠伸内人",诗人却异想天开地把李白所描绘的"沉香亭北"的美人和杜甫《丽人行》中的丽人联系在一起,而最后却落到与这些内人、丽人万无一涉的汉时梁鸿的妻子身上:"君不见孟光举案与眉齐,何曾背面伤春啼!"从而深刻地揭示了宫廷妇女苦闷无聊的精神痛苦,曲折地批判了封建贵族多妻制度的罪恶。

第三种是以诗论画,借画说理。这与宋诗议论化的倾向是一致的。诗人题画时往往采用直接发论和形象的议论来对绘画乃至于画家进行批评,其中涉及一些重要的美学论题,对中国文学艺术的发展有重要意义。首先,关于"形""神"关系问题。宋人在绘画批评中主张以"形"写"神",从"形"求"神","形""神"兼备,甚至遗"貌"取"神"。梅尧臣《观居宁画草虫》说:"今看两羽虫,形意两具足。"欧阳修《盘车图》云:"古画画意不画形,梅诗咏物无隐情。忘形得意知者寡,不若见诗如见画。"梅、欧所说的"意",实际就是"神"。苏轼兄弟非常重视"神似",认为"画马不独画马皮",还要"画出三马腹中事"[①];画花要求"花传神",要在"一点红"中"解寄无边春"[②]。而对只讲"形似"、取"貌"遗"神"的倾向非常不满,甚至不客气地批评说:"论画以形似,见与儿童邻。赋诗必此诗,定非知诗人。诗画本一律,天工与清新。"[③]这段话因语气有点偏激而使人误认为苏轼反对"形似",熟识如晁补之就写了一首诗来矫正说:"画写外物形,要物形不改。诗传画外意,贵有画中态。"[④]实际上苏轼并不反对以"形似"论画,而是主张"形""神"兼备。如他在《次韵吴传正枯木歌》中说:"龙眠胸中有千驷,不独画肉兼画骨。"意即画马不仅要画出外形,还要画出其精神,"画肉兼画骨"就是讲的"形""神"兼备。后来陈与义说的:"意足不求颜色似,前身相马九方皋"[⑤],又进了一步,认为艺术家有充分发挥想象的权力,甚至可以"遗貌取神"。其次,关于诗画关系问题。中国诗画是一对孪生的姊妹,二者既联系密切,又各具个性。苏轼在题画时多次谈到诗画之间的联系,即同一性。"古来画师非俗

---

① 苏辙:《韩幹三马》,《栾城集》卷十五。
② 苏轼:《书鄢陵王主簿所画折枝二首》,《东坡诗集注》卷二十七。
③ 苏轼:《书鄢陵王主簿所画折枝二首》,《东坡诗集注》卷二十七。
④ 晁补之:《和苏翰林题李甲画雁》,《鸡肋集》卷八。
⑤ 陈与义:《和张矩臣水墨梅》之四,《简斋集》卷十三。

士，妙想实与诗同出”①。“古来画师非俗士，摹写物象略与诗人同。”②这是从画家和诗人构思创作中的形象思维相通来说的；“少陵翰墨无形画，韩幹丹青不语诗。此画此诗今已矣，人间驽骥漫争驰”③，这是从诗画作品中的形象、意境相通来说的；“借君妙意写筼筜，留与诗人发吟讽。”④“龙眠独识殷勤处，画出阳关意外声”⑤，这是从诗画之间可以相互表现来说的。这就使诗画结合的理论完备起来了，“苏子作诗如见画”的实践也证明了这一点。黄庭坚《次韵子瞻、子由题〈憩寂图〉》说：“李侯有句不肯吐，淡墨写出无声诗”；周孚在《题所画梅竹》中写道：“东坡戏作有声画，叹息何人为赏音。”黄、周二人所说“无声诗”、“有声画”，则是诗画艺术同一性的形象概括。邵雍则在《诗画吟》中明确地区分了诗画艺术的不同个性：“画笔善状物，长于运丹青。丹青运巧思，万物无遁形。诗笔善状物，长于运丹诚。丹诚入秀句，万物无遁情。”认为绘画是空间的艺术，善于表现物体或形态；诗歌是时间的艺术，善于表现动作或情事。这样，宋人就把诗画关系问题辩证地解决了。再次，还间或涉及其他问题。如黄庭坚《题子瞻枯木》说苏轼“书入颜扬鸿雁行，……故作老木蟠风霜”，就道出了书画同源的原理。苏轼《书李世南所画秋景二首》说：“不是溪山成独往，何人解作挂猿枝？”就是强调写生对于作画之重要，道及了生活与艺术的关系问题。

综上所述，我国古代的题画诗滥觞于六朝，兴起于有唐，发展于两宋。它植根于现实的土壤，派生于绘画的发展，在唐宋诗歌的百花园中，以其丰富深厚的生活内容、充满诗情画意的艺术风格和益人神智的美学见解而获得了思想艺术上的成功，为唐宋诗歌的繁荣景象而增色添辉。清人王士祯《居易录》卷二谈到唐宋题画诗时说：“杜子美始创为画松画马画鹰画山水诸大篇，搜奇抉奥，笔补造化。嗣是苏、黄二公，极妍尽态，物无遁形。”这个评价基本上是客观的，在题画诗的发展史上，杜甫的确有着使之成熟的奠基之功，苏轼、黄庭坚也有着使之发展的开拓、倡导之劳。但应该指出的是，苏、黄等人题画时已开酬次唱和之风，虽然这些作品中也不乏名篇佳什（如苏轼《次韵子由书李伯时所藏韩幹马》、黄庭坚《次韵子瞻题郭熙画秋山》），但有许多属于“游戏笔墨”，这就为后来一画题多诗的附和吹捧之风种下了祸根。

---

① 苏轼：《次韵吴传正枯木歌》，《东坡诗集注》卷二十五。
② 苏轼：《欧阳少师令赋所蓄石屏》，《东坡诗集注》卷三十。
③ 苏轼：《韩幹马》，《苏诗补注》卷四十八。
④ 苏轼：《自题临文与可画竹》，《苏诗补注》卷四十八。
⑤ 苏轼：《书林次中所得李伯时〈归去来〉、〈阳关〉二图后》，《苏诗补注》卷三十。

第二编　近世文学演变撷英（上）

论元代科举与辞赋[①]

科举与文学的关系，近十多年来已经开始受到学术界的重视，并且取得了可喜的研究成果[②]。其原因不仅在于自隋唐以降封建文人士子的生活道路、思想面貌、感情形态多与科举有关，还在于科举考试的科目内容曾与文学结下过不解之缘，时文所尚，往往会对同时代的文风产生程度不同的影响。

元代的科举制度，滥觞于太宗十年(1238)的“戊戌选试”。但由于种种原因，正式的科举考试方案竟然长期在朝廷议而不决，直到仁宗皇庆二年(1313)十一月才正式颁布施行，其后又自顺帝元统三年(1335)末废止五年，再于至元六年(1340)底下诏复科，最后延续到元代灭亡为止。严格地说，元前期(1234—1313)只在地方一级举行过类似于科举的考试，元后期(1314—1368)在中央一级举行的科举考试也仅有十六科，总共录取进士1139人[③]，在地方一级举行的科举考试有十七科，乡试中选而未成进士者估计不超过三千人。因此有人评论说：“元代是中国科举史上最低落的一代，如果说历代知识分子的命运与价值总与科举制度相联系的话，元代也是知识分子最不值钱的一代。”[④]自20世纪30年代以来，中外已有不少学者分别从制度史、政治史和教育史的角度出发，就元代科举及其相关的问题(例如儒士的社会地位问题等)进行了多方面的考察和研究；但对于元代科举与辞赋这一关系密切、影响深远的论题，尚未引起学术界的重视。本文试图联系元代科举制度行废的背景来考察元代辞赋的发展态势，兼顾选士考试的导向和文学自身规律

---

① 原载《文学评论》1995年第3期。后因在日本发现新的材料而有所增补，曾以《元代科举的行废与辞赋的演变》为题而参加“科举文化与科举学国际学术研讨会”，会后收入《科举文化与科举学》，海风出版社2007年版。此次收入本书时，已补入后来发现的新材料。

② 如程千帆《唐代进士行卷与文学》(上海古籍出版社1980年版)、傅璇琮《唐代科学与文学》(陕西人民出版社1986年版)等著都堪称这方面的力作。

③ 参见刘海峰等：《中国科举史》附录一《历代登科表》，东方出版中心2006版，第464页。

④ 金诤：《科举制度与中国文化》，上海人民出版社1990年版，第160页。

的作用，对元代赋风的转变和元后期赋学的繁荣盛况及其复杂内涵作初步的综合性论述。

一

元前期八十年间，与科举相关的大事主要表现在三个方面：即从戊戌开始在地方一级举行的选士考试，学校教育围绕科举考试而采取的接轨性措施，朝中君臣对于科举方案的多次讨论与修订。而这三个方面的具体内容又无不与辞赋发生联系，试分述如下：

太宗九年丁酉(1237)，中书令耶律楚材同郭德海等人一起力请设科取士，窝阔台于八月二十五日下诏曰：

> ……委令断事官蒙格德依与山西东路征收课程所长官刘中，遍(行)诸路一同监试，仍将论及经义、词赋分为三科，作三日程试，专治一科为一经，或有能兼者，但不失文义者为中选。其中选儒人，与各住处达噜噶齐、管民官一同商量公事勾当者。随后照依先降条理，开辟举场，精选入仕，续听朝命。准此。(《庙学典礼》卷一)

考试在次年戊戌(1238)举行，“儒人被俘为奴者，亦令就试，其主匿弗遣者死。得士凡四千三十人，免为奴者四之一”[①]。这就是著名的“戊戌选试”。尽管学术界对戊戌选试是否具有传统科举考试的性质看法不一，但它在元代文化史上的影响却是非常深远的，元人凡提及戊戌选试者，无不视为本朝科举之始，王恽还评价说：“太宗合罕皇帝圣模宏远，戊戌间以程试之法略为施行，当时翕然向化，所得人才不少。”[②]从耶律楚材的本意来说，戊戌选试无疑是他恢复科举制度的初步尝试，但实际上只在地方一级举行。本文所要强调的是，戊戌选试就把“词赋”作为了程试中的一科，并且应考的士子又以词赋中选者居多，例见下表所列：

---

① 《元史・耶律楚材传》。

② 王恽：《请举行科举事状》，《秋涧先生大全文集》卷八十七。

姓 名	中选科目及资料出处
1. 张 著	"以词赋中选"(王恽《蒙溪张君墓碣铭》)。
2. 荆国器	"中戊戌词科"(王恽《宁晋县荆君墓碣铭》)。
3. 杨 奂	"试东平,两中赋、论第一"(元好问《杨奂神道碑》)。
4. 许 楫	"年十五以儒生中词赋选"(《元史·本传》)。
5. 安 滔	"以词赋高等中其选"(安熙《石峰府君行状》)。
6. 张 延	"两试于乡,初以明经擢前列,又以诗赋冠多士"(苏天爵《节轩张先生墓碣铭》)。
7. 任 某	"大朝开创初设科举,以词赋擢上游"(李庭《寓庵集》卷八)。
8. 张葵轩	"戊戌再以词赋魁山东"(张之翰《葵轩小稿序》)。
9. 赵 友	"戊戌朝廷设科取士,公中赋、议、论三科优选"(魏初《赵公墓志铭》)。

按现今可考的戊戌中选者共有二十四人,除上表所列九人以词赋(或兼试论及经义)中选外,仅有徐之纲、解政祥、于伯仪三人是以经义中选。另有石璧、刘祁、刘德渊、张文谦、赵良弼、雷膺、寇靖、麻革、赵椿龄、砚弥坚、许衡、郭时中等十二人中选科目不明,其中也当以试词赋者居多。自戊戌以后到至元年间,这种在地方一级举行的选士考试并未中止,并且仍设有"词赋"一科。例如据《元史》卷一四八载:董文用"学问早成,弱冠试词赋中选"。考文用生于1223年,弱冠为二十岁,则当于1243年乃马真后执政时中选。又据《元史·月合乃传》、《通制条格》卷二、《庙学典礼》卷三载:宪宗二年(1252)、中统四年(1263)、至元八年(1271)和十三年(1276),还分别举行过分拣儒户的考试,其中以至元十三年的选试最为严格,忽必烈"敕诸路儒户通文学者三千八百九十,并免其徭役"①。当时王恽被派往河南主试儒士,后来他上书说:"窃见十三年随路试中儒人,于内多有材堪从政者。"②是年石鹏应试,"用辞科魁多士"③,权秉忠也以"工文辞"而在真定"中高等"④。

那么,元前期选士考试中"词赋"一科的具体内容是什么呢?据苏天爵《节轩张先生墓碣铭》说:

> 我国家抚有中夏,乃用金宋贡举旧制试士,中选者复其家。先生(张延)两试于乡,初以明经擢前列,又以诗赋冠多士,而声闻日彰彰矣。

① 《元史·世祖纪》。
② 参见王恽:《用中选儒士》,《秋涧先生大全文集》卷九十。
③ 参见王恽:《义斋先生四书家训题辞》,《秋涧先生大全文集》卷四十三。
④ 参见《新元史·权秉忠传》。

按耶律楚材本是金朝旧臣，元初奏请设科取士时沿用金朝贡举旧制当是合乎情理之事。据刘祁《归潜志》卷八曰："金朝取士止以词赋为重，……故学者止工于律赋。"由此可见，元前期选士考试中"词赋"一科的主要内容当是律赋，当时的士人之所以多以"词赋"中选，不过是承袭了"金朝取士止以词赋为重"的余风而已。

元代前期的选士考试虽与传统的科举考试有别，但对于当时的学校教育仍具有导向作用，加之朝廷曾多次讨论设科取士问题并且初步拟定了科举考试的方案，因而在各级学校(包括书院)也采取了一系列与科举考试接轨的措施，其中"词赋"一科仍然颇受重视。这主要表现在两个方面：一是选拔儒师、学官要试"词赋"。早在中统二年(1261)，忽必烈就下令："凡诸生进修者，仍选高业儒生教授"[①]，但不知其"高业"的具体要求。灭宋统一后，朝廷颁布了《学官格例》，明确规定"前进士人员"中的"士行修洁"者，经过公众推举，申报有司批准，"堪充教授"。如"不系前进士人员"而"学问该博"、"年高德劭"者，则需"经各道提学同本道按察司文资正官公坐出题，当面引试所习经、赋各一本，全篇考校文理优长"，凡"中程式者"，"本人别有所业文字"(经义、词赋、诗文十篇为额，内诗不过五篇)，并许缴呈上司，经批准后，方可充任教授或其他教官。"学正、学录已下"，"至考满当升教授者"，也要"引试程文"[②]。二是儒生入学考试和课试程式中也有"词赋"一科。据袁桷《王文肃公墓志铭》说：王构"年弱冠以词赋人乡校"，按王构生于 1245 年，弱冠时当在至元元年，这表明忽必烈时期儒生入学考试中设有"词赋"科目。后来朝廷又一再申明《学校规式》，坚持在各级学校(包括书院)实行儒人课试程式："每月从教官出题，或赋、论、经义、史评之类。""考中儒人花名，试中经、赋，每月开申本路儒学，转申总管府照验，仍将试中经、赋装裱成册，每季申解合干上司，以备岁贡相应。"例如建康路就明确规定："每月，儒生五十岁以下者，各供月课。孟月经、赋，仲月论，季月经疑、史评。""大学生员课试，三十岁以下者，各各坐斋读书，延请讲书训诲，每日每习。课业：一、六，本经本义，破题承冒，赋破一韵；二、七，本经本义，小经义，赋，省题诗；三、八，经、赋同律诗一首；四、九，经、赋同古诗一首；五、十，经、赋同《语》、《孟》口义。……每月初三日引试，每月十六日引试，正、录出题，教授考校，取中合格者，前三名支赏。"[③]对于经义与词赋，儒生可以各有专攻，我们不妨将建康路各学校、书院的情况列表如下：

---

① 《庙学典礼》卷一。
② 《庙学典礼》卷二。
③ 《庙学典礼》卷五。

学校、书院名称	供课儒生总数	其中		学校、书院名称	供课儒生总数	其中	
		治经者	治赋者			治经者	治赋者
建康路学	64	26	38	上元县学	7	1	6
明道书院	14	7	7	江宁县学	11	3	8
南轩书院	8	2	6	合计	104	39	65

上表中治经者和治赋者的比例是3比5，由此足可说明，至元末年到元贞年间，各级学校（包括书院）仍承金宋余风，学制虽是经义与词赋并行，但实际上崇尚词赋的儒生还是居于多数，并且从前面引文中所说“赋破一韵”，知当时儒生所习必是律赋无疑，笔者还可另举一例作为佐证：

> 蒙古及之江西省也，每下学，则令士人坐讲而立听，又出钞泉酒米，命士人群赋，请刘会孟命题，出《周南赋》韵脚云：“言化之自北而南也”，《闻韶赋》韵云：“不图为乐至于斯也”，一时以为切当。（孙奎《春晖园赋苑卮言》）

一赋限以八韵而成，这正是唐宋进士考试律赋的常规。按刘会孟，名辰翁，江西庐陵人，生于1232年，宋理宗时进士，入元不仕，卒于大德元年(1297)。那么，他为江西行省命题限韵作律赋一事，当在至元后期或元贞年间，与建康路儒生多治赋者的时代大抵相同。

从元前期选士考试的导向，到学校教育的重视，律赋作为儒生所尚的时文，无疑会对当时的文风产生影响，但由于正式的科举考试长期停废不行，加之上流社会对于“以词赋取士”的批评在逐渐加重，因而律赋在元前期的实际地位与影响已不如金宋，并且随着时代的变迁而逐渐滑落，这从前期朝中君臣对于科举的多次议论中不难找到它逐渐滑落的逻辑线索。

据仁宗皇庆二年(1313)十月中书省臣奏曰：“科举事，世祖、裕宗（太子真金）累尝命行，成宗、武宗寻亦有旨，今不以闻，恐或有沮其事者。”①关于元前期议科举的过程及其长期议而不行的原因，前辈已从不同的角度做过描述和阐释，其中以姚大力先生《元朝科举制度的行废及其社会背景》②一文中所指出的四个原因颇有说服力，而马积高师从文化学术的角度所指出的“另一个重要原因”，则与本文的内容直

---

① 《元史·选举志》。

② 姚大力：《元朝科举制度的行废及其社会背景》，《元史及北方民族史研究集刊》第6期，1982年12月出版。

接关联："那就是附依蒙古贵族的汉官在是否恢复科举以及如何恢复科举的问题上意见不一，就中主要是理学派与文士派的意见严重分歧，两派反复较量，始终未能形成一致的意见，此事就长期搁置下来。及至仁宗时，理学派的意见取得决定性的胜利，科举才得恢复。"①笔者这里仅拟将有关"以词赋取士"的争议进一步加以评述。

戊戌选试"将论及经义、词赋分为三科"，虽把"词赋"排在最后，实际上并无主次之分，任试一科即可中选。至宪宗初年，刘秉忠向尚居潜邸的忽必烈上书说："开选择才，以经义为上，词赋、论策次之"②，则已明确区分主次。

至元四年九月，翰林学士承旨王鹗等请行选举法，论及"隋、唐取士科目"和"辽、金选举用人"，诏令"中书左三部与翰林学士议立程式"，当有"词赋"科目，后因"有司难之，事遂寝"③。

至元七、八年间，礼部又拟定议案，"止以经义、词赋两科取人"，监察御史王恽先上《论科举事宜状》，对"其经义、词赋两科，乞转经出题"。议案送达尚书省后，"省拟将词赋罢黜，止用经义、明经等科"，王恽以为"事出非常，中外失望"，故又上《论明经保举等科目状》表示反对，并且明确地说："何独词赋无益于学者治道哉?""以某愚见，其词赋宜公然集议，不可遽去。"

至元十年，诏议行科举。十一年十一月省臣"将翰林老臣所议程式"呈报太子真金，"奉令旨，准蒙古进士科及汉人进士科，参酌时宜，以立制度"④。据一直主张保留"词赋"科目的王恽后来所上奏书说："若将十一年已定程试格式举行，甚允当也。"⑤知此次议定的程式中当仍有"词赋"科目，所以十二年春徒单公履再次"请设取士之科"，诏命儒臣"杂议"时，杨恭懿又以"从事实学"为由，反对以诗赋取士，主张"试以五经四书大小义、史论、时务策"⑥。

此后在世祖后期和成宗、武宗时期，仍相继有人建言设科，如张之翰《议科举》曰："为今之计，莫急于科举。科举之目，曰制策，曰明经，曰赋义，曰宏词，在议择而行之。"但直到仁宗皇庆二年(1313)十月中书省臣上奏时才终于有了结果：

> 夫取士之法，经学实修己治人之道，词赋乃摘章绘句之学，自隋、唐以来，取人专尚词赋，故士习浮华。今臣等所拟，将律赋、省题诗、小义皆不用，专立德行明经科，以此取士，庶可得人。(《元史·选举志》)

---

① 马积高：《宋明理学与文学》，湖南师范大学出版社1989版，第96页。
② 《元史·刘秉忠传》。
③ 参见《元史·选举志》、《续通鉴》卷一七八。
④ 《元史·选举志》。
⑤ 王恽：《选士》，《秋涧先生大全文集》卷七十九。
⑥ 姚枢：《领太史院事杨公神道碑》，《牧庵集》卷十八。

从至元七、八年间尚书省主张罢黜词赋，到皇庆二年中书省臣上奏施行，可见反对以词赋取士的势力颇大。那么，这些人究竟由哪几类人组成？他们为什么要反对以词赋取士呢？我认为第一类人是反对汉化的蒙古贵族，他们反对以词赋取士只是一种借口，其本意在于反对科举。第二类人即马积高师已指出的理学家，因为词赋一科为文士所擅长，理学家是从"作文害道"的观念出发而加以反对的，他们最有力的论据是朱熹曾在《学校贡举私议》中提出过"必罢诗赋"的主张："所以必罢诗赋者，空言本非所以教人，不足以得士，而诗赋又空言之尤者，其无益于设教取士，章章明矣。"第三类人是主张经世致用（元人称为"从事实学"）的君臣，他们认为诗赋不过是声律对偶、摘章绘句之学，不仅于经邦济世无补，反而会导致士习浮华。况且科举史上早已有过罢试诗赋的先例，如唐德宗建中三年（782）、文宗大和七年（833）的进士考试都曾罢去诗赋，宋神宗熙宁、元丰年间王安石变法时也曾罢试诗赋。加之金朝、南宋以词赋取士的流弊日甚一日，这也不能不引起元代君臣的深思。例如忽必烈一贯注重"从事实学"，即使尊重理学，也是为了实用，所以他很早就对士子"日赋诗赋空文"深怀不满，并且公开说："士不治经讲孔孟之道而为诗赋，何关修身？何益治国？"于是，臣僚反对以词赋取士时也就无所顾忌了，如董文忠就曾在至元八年援引这几句话来斥责徒单公履奏行科举，是"俗儒守亡国余习"[①]；杨恭懿也曾在至元十二年援引这种观点来反对以诗赋取士[②]。尚书省当年不同意礼部的议案，"拟将词赋罢黜"，很可能也是出于同样的考虑。随着理学地位的不断提高乃至被尊为官学，理学派和实学派在设立考试科目上的意见也趋于一致并占据上风，于是当仁宗诏令行科举之时，律赋在元代的历史也就终结了。

二

皇庆二年（1313）十一月，仁宗下诏开科取士，其所立制度已与宋、金不同。宋金的科举制度虽也屡有变化，但进士考试以分诗赋和经义两科为久，而以试诗赋者为多，金代尤其如此。元制则将经义与词赋并为一途，明确诏告："试艺则以经术为先，词章次之，浮华过实，朕所不取。"规定年及二十五以上方可应试，乡试和会试科目相同。汉人、南人试三场：第一场明经，包括经疑二问，经义一道；第二场古赋、诏诰、章表内科一道，古赋、诏诰用古体，章表四六，参用古体；第三场策一道。蒙古、色目人试二场，不试古赋、诏诰、章表，但若愿试汉人、南人科目，中选者加一等

① 参见《元史·董文忠传》。
② 参见姚枢：《领太史院事杨公神道碑》，《牧庵集》卷十八。

注授[①]。相对于宋、金而言，元代科举考试内容有两个重大变化：一是经义考试开始以程朱等理学家的注解为准绳，二是词赋考试变律赋为古赋。第一大变化尚在情理之中，它表明理学在元代的地位得以提高后终于被尊为官方哲学。而第二大变化则颇令人费解，因为主张罢黜词赋的声音早在朝中回旋已久，仁宗开科诏令虽然采纳了中书省臣"拟将律赋、省题诗、小义皆不用"的意见，但却增设了"古赋"等科目，这是什么原因呢？或者换句话说，为什么仁宗并没有真正罢去词赋，而仅仅是改试律赋为古赋呢？

实际上，这是仁宗站在"从事实学"的立场上来调和各方面意见的结果。理学派反对诗赋推崇经义的主张固然由于得到实学派的认同而占了上风，但文士派最后以退为进，提出改试古赋"以择制诰之才"的主张又正与"实学"精神一致，仁宗也不能不予以考虑。同时让蒙古、色目人在科举中享有特权，不试古赋等科目，这样，他们既能勉强接受科举制度，也不必反对以古赋取士了。

但从根本上说，改试律赋为古赋的主张之所以能够提出并被接受，恐怕还与文学自身的发展规律和元前期的文风有关。关于律赋的发展历史，明代徐师曾曾在《文体明辨序说》中作过概括：

> 至于律赋，其变愈下。始于沈约"四声八病"之拘，中于徐(陵)庾(信)"隔句作对"之陋，终于隋、唐、宋"取士限韵"之制，但以音律谐协、对偶精切为工，而情与辞皆置弗论。呜呼，极矣！数代之习，乃令元人洗之，岂不痛哉！

平心而论，律赋在唐代尚有不少佳作和名家，但随着古文运动的兴起，古赋与律赋的差距也越来越大，尤其是发展到金朝和南宋时期，程式格律日严，律赋几乎已沦为文字游戏。所以刘祁在《归潜志》卷九说："金朝律赋之弊不可言，……惟以格律痛绳之，洗垢求疵苛甚。其一时士子趋学，模题画影，至不成语言。"赵孟頫也在《第一山人文集叙》中说："宋之末年，文体大坏。……作赋者不以破碎纤靡为异，而以缀缉新巧为得。"降至元代前期，律赋与古赋已完全分为两途：一方面选士考试和学校教育仍沿袭金、宋旧制以律赋为程文，一方面文坛上已开始倡导复古以振衰救弊，文学家即使作赋也不作律赋，而是作古赋。其间最值得我们注意的人物是郝经。

郝经既是理学家赵复的弟子，又是文学家元好问的学生，并且甚受忽必烈信任，因而他的学术思想和文学主张，在元代前期影响很大。他从文以明道、文以致用的基本思想出发，针对金、宋以来"事虚文而弃实用"的流弊，主张以复古求革新。

---

① 《元史·选举志》。

他曾在《答冯文伯书》中自述其为学之精神时说:“非先秦之书弗读也,……思有以奋然而复古也,于是作古文,不为流俗所为。”中统七年春,他在宋真仪馆编成《原古录》一书,其意图即《原古录序》所说:“原古所以正今也。”所选文章分为四部七十二类,其中“诗部”起始的二类就是骚和赋,同时他本人也堪称元前期少有的古赋名家,传世的《陵川集》中尚保存了他创作的古赋十五首(但无一首律赋)。尤其有必要特别提出的是,据钱大昕《元史艺文志》和黄虞稷《千顷堂书目》著录,郝经还编有《皇朝古赋》一卷,其选编时间是在他使宋之前,还是被宋拘留期间或回朝之后,已不可详知,但所收作品都是元初古赋无疑,这表明郝经已经公开打出了推崇古赋的旗帜,其目的当然也包含了要矫正律赋的积弊。

另一个值得注意的人物是王恽,他作为一个文学家,对于词赋的心态是颇有代表性的:一方面他为律赋辩护,几次上书主张保留词赋科目,一方面他自己又只作古赋(现存14首)而不作律赋。原因何在呢?他在《玉堂嘉话》卷二中说:“作文字亦当从科举中来,不然,岂唯不中格律而汗漫披猖,无首无尾,是出入不由户也。”又云:“后学虽不业科举,至于唐一代时文、律赋,亦当披阅而不可忽,其中体制规模,多有妙处。”原来王恽只是把时文、律赋看作初学者进入文学殿堂的门户而已。

除了郝经、王恽之外,元前期作家存赋较多的还有耶律铸(15首)、王旭(10首)、戴表元(14首)、任士林(18首)等,他们也都是只作古赋而不作律赋,这对于当时律赋与古赋分途并行趋势的形成,无疑产生过或大或小的影响。加之蒙古统治者并不排斥古赋,例如至元二十二年(1285),台州陈孚以布衣上《大一统赋》,江浙行省为之转闻于朝,得署上蔡书院山长[①];大德年间,宁海李洧孙作《大都赋》以进,馆阁诸公交荐之,得授杭州路学教授[②],都曾先后被传为佳话。那么,当仁宗即位后诏令议科举并决意要罢去律赋和省题诗之时,文士派提出改试古赋,则是势所必然。

由此可见,元代赋风的变化实际上是伴随着元初的文学复古思潮而开始的,并且随之形成的律赋与古赋分途并行的态势,直接影响到元后期设科改试律赋为古赋的变革。而元代赋风的根本转变,则是在延祐开科以后。

尽管开科之初汉人、南人应试第二场时,允许在古赋、诏诰、章表内任科一道,但场屋之士几乎无不学古赋,甚至出现了“寒窗读赋万山中”[③]的盛况。这不仅由于作为传统文学样式的古赋比作为应用文体的诏诰、章表高雅有趣,还由于古赋可骈可散,可为诏诰、章表的写作奠定基础。因而后来顺帝于至正六年(1346)十二月下

① 参见《新元史·陈孚传》。
② 参见黄溍:《霁峰文集序》,《金华黄先生文集》卷十八。
③ 参见刘将孙:《考试》,《养吾斋集》卷六。

诏“稍变程式”，对汉人、南人“增第二场古赋外，于诏诰、章表内又科一道”[①]，使古赋由选试科目变为必试科目。

科举考试的导向，不仅促使各级学校、书院把古赋列入了汉人、南人的必修课程[②]，而且也刺激了文学家创作和研究古赋的兴趣，尤其是一些担任过学官、考官的文学家和由科举出身的文学家，实际成为了元后期赋坛的主要力量。于是，随着律赋的罢黜中息，程文与创作终于并为一途，从场屋之士到文坛赋家，举国唯古赋是崇，从而才迎来了元代赋学的真正繁荣。据马积高先生主编的《历代辞赋总汇》统计，元前期（1234—1313）八十年间有辞赋作者约 35 人，今存辞赋约 180 首，其中存赋 10 首以上的仅有耶律铸、郝经、王旭、王恽、戴表元、任士林等 6 人，最多的也仅 18 首。而元后期（1314—1368）五十多年却有辞赋作者近 200 人，今存辞赋达 720 首以上，其中存赋 10 首以上的有袁桷、刘诜、陈樵、马祖常、王沂、吴师道、许有壬、朱德润、杨维祯、吴莱、傅若金、汪克宽、宋濂、刘基、王逢等 15 人，最多的达 91 首[③]。无论作者人数和存赋篇数，后期都远远超过前期。

延祐开科以古赋取士的引导与刺激，固然促进了古赋的复兴与繁荣，但在同时辞赋的发展还要受文学自身规律的支配和社会生活的影响，从而导致元后期赋学明显地出现了两个层次：

第一层次直接服务于科举，它既包括士子的私拟之作和考卷，也包括学官的教导和考官的评论，尤其是各地书商把每科乡试、会试中选的墨卷和考官的评语汇编刊行，在社会上影响甚大，如延祐元年（1314）首科乡试时，江浙行省是以《太极图赋》为题，江西行省是以《石鼓赋》为题，湖广行省是以《天马赋》为题，中选者的赋作随即就得以广泛流传，其中有些墨卷还保存至今。延祐二年（1315）京师会试结束后，不久也有坊间刊刻的《会试程文》在各地发售[④]。中选者的墨卷实际成了士子模拟的范文，考官的评语也往往会被士子奉为圭臬，所以陈泰的《所安遗集》中不仅收入了他于延祐元年应乡试时所作《天马赋》，而且还附录了考官的评语：“气骨苍古，节悠然，疑熟于楚辞者，然不免悲观意。必山林淹滞之士，天门洞开，天马可以自见矣。”同年欧阳玄应试之赋也相当出色，以致被人越传越玄乎，如孔齐在《静斋至正直记》卷一就说他曾“幼梦天马，墨色，大逾凡马数倍，横天而过，寤而赋之。延祐甲寅首科，公以《天马赋》中第，盖昔时所作也”。这一传闻无疑也会为士子私下拟题作赋之风推波助澜。但就应试之赋而言，真正出色的并不多，据陈存礼于至正元年

① 《续文献通考》卷三十四。
② 参见程端礼：《读书分年日程》卷二。
③ 参见拙文《铁崖赋篇目及其版本源流考》，《文献》1994 年第 1 期。
④ 参见陈栎：《上秦国公书》，《定宇集》卷十。

(1341)所作《丽则遗音跋》说：杨维祯曾“历评八科以来诸赋，无虑千余篇，而的可传后者，《太极》、《天马》、《瀛州》、《金马门》数篇而已”。除了每科考试后上市的《乡试程文》、《会试程文》中收有古赋以外，元后期还出现了一些专为指导士子应试古赋而编的书，计有：

(1) 虞廷硕《古赋准绳》十卷。(今佚，据钱大昕《元史艺文志》)

(2) 无名氏《古赋题》十卷，后集六卷。(今佚，据黄虞稷《千顷堂书目》)

(3) 苏弘道《延祐甲寅科江西乡试石鼓赋》一卷。(今存，见《宋元科举题名录》)

(4) 无名氏《元统乙亥科湖广乡试荆山璞赋》一卷。(今存，见明末汲古阁刻本《丽则遗音》附录)

(5) 无名氏《青云梯》三卷。(今存，见《宛委别藏》第115册)

从书名及其卷数推测，前二种当是古赋作品总集，可能还附有编者的按语或评论，显然是为士子学作古赋而编的入门书。第三种收李丙奎等八人应试之赋，第四种收谢一鲁等五人应试之赋及考官评语。第五种收黄溍等98人赋作共111首，大多为应试之赋。按《青云梯》在元代实不止一种，清嘉庆间黄丕烈就曾见过元末朱子新所抄的另一种《青云梯》三册，皆录元人赋作，每册首题曰“至治之音”四字为第一行，其次行即云某赋、某人，人或一篇，或不止一篇，惟于二册之下半和三册之下半共收杨维祯赋69篇[①]，可见该书所收赋作也不全是考卷。从二书皆名《青云梯》可知，在元后期人们的心目中，古赋实际已成为士子直上青云的一架长梯。

第二个层次自觉或不自觉地服从于文学自身的发展规律，主要通过文学家的辞赋创作与理论发生影响，既包含有指导场屋之士提高学赋作赋之格调、品位的现实针对性，更具有促进元代赋学以复古求革新的普遍意义。受科举的刺激而汇成的“变律为古”潮流，难免会泥沙俱下：就应试之赋而言，正如王沂《科举程文序》所说，“作之者若干人，而如出于一手”[②]，真正有个性特色的优秀之作只是凤毛麟角，所以清人评论说：“元代设科例用古赋，行之既久，亦复剽窃相仍，末年尤甚。如刘基《龙虎台赋》以场屋之作为世传诵者，百中不一二也。”[③]就私拟之赋而言，所受约束虽比应试之赋要少，然大多难脱模拟之习，真正出色的作品也不多，我们不妨援引杨维祯《丽则遗音序》中的几句话为例：“余早年学赋，尝私拟数十百题，不过应场屋一日之敌尔，敢望古诗人之则哉?”尽管清代四库馆臣称其“在科举之文，亦可云卷舒风云、吐纳玉者矣”，但私拟之赋并不能代表杨维祯辞赋创作的最高成就。至

---

① 参见清抄本《铁崖赋稿》卷末黄丕烈跋。
② 《伊滨集》卷十三。
③ 《四库全书·丽则遗音提要》。

于学官的教导[1]、考官的评论及其他直接服务于科举的赋论，也不过为士子提供入门的向导、登梯的规则而已，虽对培养赋学人才和促进赋风转变有积极作用，但终因其视野为科举所囿而缺乏深度和力度。所以真正能够代表元后期赋学成就的还在第二个层次之中，其赋作和赋论除散见于作家别集和作品总集以外，还有几种专集值得我们特别注意：

(1) 祝尧《古赋辩体》十卷。(今存明嘉靖刻本及四库全书稿本)

(2) 吴莱《楚汉正声》二卷。(今佚，据宋濂《渊颖先生碑》)

(3) 杨维祯《丽则遗音》四卷。(今存元刻本和明末汲古阁刻本等)

(4) 杨维祯《铁崖赋稿》二卷。(今存清抄本)

按祝尧于延祐五年(1318)进士及第，今存赋作仅1首，其《古赋辩体》既是一部历代辞赋总集，共收录自先秦至宋代46位作者的117篇作品(但无一篇律赋)；又是一部自成体系的赋论专著，"其意实欲因时代之高下而论其述作之不同，因体制之沿革而要其指归之当一，庶几可以由今之体以复古之体"。因而它实际成为了元末辞赋创作的理论指南，代表了元代赋学理论的最高成就。吴莱于延祐七年(1320)乡试中选，今存赋作13首，是一位在理论与创作上都富有成就的赋学家。据宋濂《渊颖先生碑》曰："古之赋学专尚音律，必使宫商相宣，徵羽迭变，自宋玉而下，唯司马相如、扬雄、柳宗元能调协之。因集四家所著，名《楚汉正声》。"可见吴莱的赋论较之祝尧，其取向、旨趣当有异，其成就、影响似不及，但他的辞赋创作，则非祝尧所可望其项背，如《罗浮凤赋》、《叹疾赋》、《起病鹤赋》、《狙赋》、《定命赋》、《尚志赋》和《索居赋》等作，或发"志不得逞"之沉忧，或抒"世氛溷浊"之孤愤，实堪称抒情咏物精品。杨维祯于泰定四年(1327)进士及第，虽然他的赋论也有独到见解，但他对元代赋学贡献最大的还是他的创作：他是元代唯一有辞赋专集流传至今的著名辞赋大师，其《丽则遗音》收赋32首，集中还附有同年进士黄子肃的评语，《铁崖赋稿》收赋50首，二集皆由应举时私拟程式之作和中进士后出仕或归隐时所作组成，再加上几种文集所录，其现存辞赋共达91首，不仅为元人之冠，也堪称前无古人。尽管这些作品的思想成就和艺术成就由于写作背景不同而不平衡，但就其优秀之作或总体成就而言，实可称为元后期辞赋创作的光辉代表[2]。除了杨维祯、吴莱之外，还有袁桷、朱德润、刘基等都堪称当时有个性特色的辞赋名家，又有马祖

---

① 如程端礼《读书分年日程》卷二有"读楚辞"条曰："读楚辞正以朱子《集注》详其音读、训义，须令成诵，缘靠此作古赋骨子故也。自此他赋，止看，不必读也。"又有"学作文"条曰："欲学古赋，读《离骚》已见前，更看读《楚辞后语》并韩柳所作，句法、韵度则已得之。欲得著题、命意、间架，辞语缜密而有议论，为科举用，则当择《文选》中汉魏诸赋、《七发》及晋问熟看。"

② 参见拙文《铁崖赋考论》，《中国韵文学刊》总第7期(1993年5月)。

常、王沂、汪克宽、虞集、许有壬、陈樵、吴师道、谢应芳、宋濂等一批辞赋作家也颇有成就。在他们的辞赋作品中，既有平和的咏叹，也有愤激的呼号，前者仍体现出当时学风对于赋风的深在影响，后者则是元末政局颠簸、社会动荡、人生坎坷的深刻反映。由此可见，元后期赋学的第二个层次正是在第一个层次基础上的发展与升华，当时的赋风也正是在这平和与愤激的双重变奏中而实现其根本转变。

三

约而言之，元后期赋学对于科举来说，实际上是一种既依附黏连又偏离超越的关系。一方面赋学借科举之力而得以发展和繁荣，并在旨意上向经学、理学和政治靠拢；一方面辞赋毕竟属于文学范畴，从创作到批评都不能不受文学自身规律的支配和社会生活的影响，因而它仍然能够保持其独立的文学品格而畅行于世。尤其是一些优秀的辞赋作家和批评家还能够通过他们的创作和理论来引导潮流，力矫时弊。正是在这双重力量的相互作用下，延祐以后才真正实现了元代赋风的根本转变，并在同时构成了元后期赋学的复杂内涵。限于篇幅，下面仅拟择其要者作概括性的论述。

（一）文儒相兼的赋学队伍

元后期的赋学队伍主要由担任过学官、考官的文士和由科举出身的文士构成，而学官、考官和科举出身的资历又决定了这些文士同时兼有儒士的身份。因为仁宗开科诏令已明确指出："试艺则以经术为先，词章次之。"所设汉人南人科目，"初场在通经而明理，次场在通古而善辞，末场在通今而知务"[①]。具体就汉人南人的第一场"明经"考试内容而言，无论乡试会试都包括："经疑二问，《大学》、《论语》、《孟子》、《中庸》内出题，并用朱氏《章句集注》，复以己意结之，限三百字以上。经义一道，各治一经，《诗》以朱氏为主，《尚书》以蔡氏为主，《周易》以程氏、朱氏为主，以上三经，兼用古注疏，《春秋》许用三传及胡氏传，《礼记》用古注疏，限五百字以上，不拘格律。"[②]所试"四书"、"五经"中，除《礼记》以外，基本上全都纳入了程朱理学的势力范围，士子"非程朱学不试于有司"[③]，例如冯翼翁于延祐七年(1320)应乡试，尽管他在第二场中所作《科斗文字赋》非常出色，欧阳玄读后大为惊赏曰："太华峰尖，忽

---

① 参见吴澄：《跋吴君正程文后》，《吴文正集》卷六十三。
② 《元史·选举志》。
③ 欧阳玄：《赵忠简公祠堂记》，《圭斋文集》卷五。

见秋隼，未足以喻奇俊！”但因头场试《春秋》经义时所述与程颐私淑弟子胡安国之说有异，终被黜落①。就学官、考官而言，他们无疑都应精通“四书”，并各治一经。元后期赋学家所普遍具有的这种文儒相兼的心理结构，难免会或多或少地对他们的辞赋创作与批评发生影响。例如，据江西《广信府志》记载，祝尧还著有《大易演义》、《四书明辨》等书，可见他对经学、理学都颇有研究，所以难怪他在《古赋辩体》中曾多次称引朱熹之说，他现存的赋作仅《手植桧赋》一首，其内容也是歌颂孔子的。

由于程朱理学在元后期已被尊奉为官方哲学，即使有些文士不应科举，也可能会受世风熏染，例如陈樵(1278—1365)终生未应举出仕，却服膺理学，著有《易象数新说》、《洪范传》、《四书本旨》、《孝经新说》、《太极图解》、《圣贤大意》《性理大明》等书，同时又是一位著名的辞赋作家，今存辞赋十五首，其中以《太极赋》一首颇多理学气味。而在当时真正不习举业、不涉仕途并且不沾理学的浪漫文士一流，却较少有人把兴趣和精力放在辞赋上，因此我们说元后期的赋学队伍主要由文儒相兼的知识分子组成，大体上合乎实际。

这一突出特点无疑会在一定程度上加强赋学的载道色彩，尤其是那些应举之作(包括私拟之作和考卷)和自觉弘宣教化之作中有一部分还沾染了理学的酸腐气味。对此我们应有充分的认识，但绝不能由此以偏概全，简单推断元后期赋学只是一种虚假的繁荣，没有什么成就和价值可言。因为元代的文化政策相对宋、明来说是较为宽松的，程朱理学对人们的思想统治还远不如明前期那样严密，即使是理学家也不严守朱学门户，而多“兼综”朱陆、“会同”朱陆者②；所以当时还有不少有思想有个性的士子能够坚持讲学归讲学，作文归作文；也有一些士子不过以经学、理学作敲门砖而已，一旦登第入仕，即弃之如敝屣，依然我行我素，放浪不羁；更有甚者，还会反戈批评，走向异端。他们在对社会人生有了深入的体验和研究之后所发表的真情实感或真知灼见，仍然使元后期赋学闪烁出灿烂的光辉。

(二) 以诗衡赋的思维方式

在元代科举考试程式中，最富于文学色彩的内容当推朱注《诗经》和古赋。仁宗开科诏令既已确立了“以经术为先，词章次之”的指导思想，那么文士派也不能不调整策略，一方面做出向经学、理学靠拢的姿态，一方面继续为文学争取地位。文士派的这种微妙心态首先在赋学领域表现出来，无论辞赋作家和批评家，都特别强调辞赋与《诗经》的密切关系，从而形成了以诗衡赋的思维方式。

---

① 参见王礼：《高州通守冯公哀辞》，《麟原前集》卷十二。
② 参见侯外庐等主编：《宋明理学史》上卷第三编，人民出版社 1984 年版。

1. 在探讨辞赋的渊源时，强调赋是“古诗之流”。早在汉代，班固《两都赋序》就已指出：“赋者古诗之流也。……或以抒下情而通讽谕，或以宣上德而尽忠孝，雍容揄扬，著于后嗣，抑亦雅颂之亚也。”后来左思《三都赋序》、皇甫谧《三都赋序》则进一步认为赋是由“诗六义”中的“赋”发展而来，刘勰《文心雕龙·诠赋》也说：“然赋也者，受命于《诗》人，拓宇于《楚辞》也。”至宋代宋祁则以“《离骚》为词赋祖”，元人正是循着这一思路来认识赋的渊源，他们既肯定“词赋本于《离骚》”，又强调骚为“诗之流”。如祝尧《古赋辩体》卷一说：

骚者，诗之变也。诗无楚风，楚乃有骚，何耶？愚按屈原为骚时，江汉皆楚地，盖自文王之化行乎南国，《汉广》、《江有汜》诸诗已列于二南十五国风之先，其民被先王之泽也深。风雅既变，而楚狂“凤兮”之歌、沧浪孺子“清兮浊兮”之歌，莫不发乎情，止乎礼义，而犹有诗人之六义，故动吾夫子之听。但其歌稍变于诗之本体，又以“兮”为读，楚声萌蘖久矣。

他认为楚骚是在楚地民歌的基础上发展起来的，从而合理地阐释了骚为古诗中风雅之变。杨维祯也认为“诗三百后，一变为骚赋”[①]，并进而主张骚赋也可以像诗一样合乐歌唱：“或问骚可以被弦乎？曰：骚，诗之流。诗可以弦，则骚其不可乎？”[②]因而他常在酒酣时自歌其所作《哀三良》、《八阵图》等赋，有时也命他人歌唱自己的赋作[③]，这种要求无疑有助于增强赋作的韵律和诗意。他的创作也多以诗为赋，尤善作骚体，也喜以四言诗体入赋。

2. 以“诗六义”评赋，主张“为赋者固当以诗为体”。“六义”之说，最早见于《毛诗序》，至宋代朱熹，不仅在《诗集传》中以“六义”评诗，而且在《楚辞集注》中也以“六义”评骚，因而元人承此以“六义”评赋，实是顺理成章之事，其中尤以祝尧所论颇有新见卓识：

诗之义六，惟风、比、兴三义，真是诗之全体；至于赋、雅、颂三义，则已邻于文体。何者？诗所以吟咏情性，如风之本义优柔而不直致，比之本义托物而不正言，兴之本义舒展而不刺促，得于未发之性，见于已发之情，中和之气形于言语，其吟咏之妙，真有永歌嗟叹舞蹈之趣，此其所以为诗而非他文所可混。人

---

① 杨维祯：《渔樵谱序》，《东维子文集》卷一。

② 杨维祯：《沈氏今乐府序》，《东维子文集》卷十一。

③ 参见陈存礼《丽则遗音跋》、杨维祯《丽则遗音》卷四《杖赋》序言。

徒见赋有铺叙之义，则邻于文之叙事者；雅有正大之义，则邻于文之明理者；颂有褒扬之义，则邻于文之赞德者；殊不知古诗之体，六义错综。昔人以风、雅、颂为三经，以赋、比、兴为三纬；经，其诗之正乎！纬，其诗之葩乎！经之以正，纬之以葩，诗之全体始见，而吟咏情性之作，有非复叙事、明理、赞德之文矣！诗之所以异于文者以此。赋之源出于诗，则为赋者固当以诗为体，而不当以文为体。后代以来，人多不知经纬之相因，正葩之相须，吟咏无所因而发，情性无所缘而见，问其所赋，则曰："赋者，铺也。"如以铺而已矣，吾恐其赋特一铺叙之文尔，何名曰赋？（《古赋辩体》卷九）

自汉讫宋，诸儒几乎都习惯于将"六义"二分为风、雅、颂和赋、比、兴，至祝尧则别出心裁，以风、比、兴为"诗体"（在三者中又尤重风与兴二义），以赋、雅、颂"邻于文体"，进而明确指出："赋者源出于诗，则为赋者固当以诗为体，而不当以文为体。"旨在把赋家的写作路径从"文体"拨返"诗体"，实即反对以文为赋，主张以诗为赋。他在诠解"诗六义"的过程中实际已赋予各义以新的内涵，从而建立起其辞赋批评的重要标准，并以此来评价历代辞赋作品的优劣。后来科场考官也直接运用这一标准衡赋，如元统乙亥湖广乡试以《荆山璞赋》为题，同考林知州曾评攸州文逢原的考卷说："此作不失六义之体，而有骚人之风。"①

3. 推崇"诗人之赋"，肯定"骚人之赋"。汉代扬雄最早把赋二分为"诗人之赋"和"词人之赋"，认为"诗人之赋丽以则，词人之赋丽以淫"，肯定赋作形式上"丽"的特点，推崇具有美刺讽颂功能的"诗人之赋"，批评"竞为侈丽闳衍之词，没其讽谕之义"的"词人之赋"。至元代祝尧则把赋三分为"诗人之赋"、"骚人之赋"和"词人之赋"，他对"诗人之赋"极力推崇，对"骚人之赋"也持肯定态度，对"词人之赋"则严词痛击。他在《古赋辩体》卷三说：

愚谓骚人之赋与词人之赋虽异，然犹有古诗之义，辞虽丽而义可则，故晦翁（朱熹）不敢直以词人之赋视之也。至于宋、唐以下，则是词人之赋多，没其古诗之义，辞极丽而过淫伤，已非如骚人之赋矣，而况于诗人之赋乎！何者？诗人所赋，因以吟咏情性也；骚人所赋，有古诗之义者，亦以其发乎情也。

可见祝尧是以辞赋是否具有"古诗之义"作为鉴别和批评标尺的，而所谓"古诗之义"的本旨又在"吟咏情性"上，这一点本来也与《毛诗序》相联系，但祝尧所论已有

① 参见明末汲古阁刻本《丽则遗音》卷四末附录。

所发展和创新，故拟在下文另作一要点来加以评述。

（三）以情为本的审美追求

汉人论赋以丽则兼赅为尚。而魏曹丕《典论·论文》说："诗赋欲丽"，晋陆机《文赋》说："赋体物而浏亮"，则都是以辞为尚。至挚虞《文章流别论》才明确提出："古诗之赋，以情义为主，以事类为佐。"元代祝尧正是循着挚虞"以情义为主"的思路，同时援引《毛诗序》的观点，来构建他的赋论体系：既极力主张以情为本，也要求兼顾辞丽理则。他说：

诗人所赋，因以吟咏情性也；骚人所赋，有古诗之义者，亦以其发乎情也。其情不自知而形于辞，其辞不自知而合于理；情形于辞，故丽而可观；辞合于理，故则而可法。然其丽而可观，虽若出于辞而实出于情；其则而可法，虽若出于理而实出于辞。有情有辞，则读之者有兴起之妙趣；有辞有理，则读之者有咏歌之遗音。如或失之于情，尚辞而不尚意，则无兴起之妙，而于则乎何有？后代赋家之俳体是已。又或失之于辞，尚理而不尚辞，则无咏歌之遗，而于丽乎何有？后代赋家之文体是已。（《古赋辩体》卷三）

又说：

辞者，情之形诸外也；理者，情之有诸中也。有诸中故见其形诸外，形诸外故知其有诸中。辞不从外来，理不由他得，一本于情而已矣！若所赋专尚辞，专尚理，则亦何足见其平时素蕴之怀、他日有为之志哉！（《古赋辩体》卷七）

显而易见，祝尧这里是结合情、辞、理三者的关系来阐发他的尚情之旨，并以此作为其辞赋批评的基本准则。在他看来，诗人之赋，皆以"吟咏情性"为本，"情之所在，索之而愈深，穷之而愈妙，彼其于辞，直寄焉而已矣"，所以最为得体；骚人之赋，也因其为"发乎情"之作而有古诗之义，"所以其辞也丽，其理也则"；而词人之赋，一味研求于字句声律对偶之间，"彼其于情，直外焉而已矣"，所以"没其古诗之义"，"殊不知辞之所以动人者，以情能动人也"，"辞愈工则情愈短，情愈短则味愈浅，味愈浅则体愈下"。由此标准出发，他不仅斥责尚辞的俳赋和律赋是"有辞无情，义亡体失"，而且对尚理的文赋也给予了批评：

至于赋，若以文体为之，则专尚于理，而遂略于辞、昧于情矣。……赋之本

义，当直述其事，何尝专以论理为体邪？以论理为体，则是一片之文，但押几个韵尔，赋于何有？（《古赋辩体》卷八）

祝尧主张以情为辞赋本体，并由此构建其赋论体系，这既是对辞赋艺术本质和审美特征认识的一次重大飞跃，也是元后期赋学能够偏离和超越科举的一方重要基石，在赋史上无疑具有重要意义。

（四）“祖骚而宗汉”的复古取向

延祐设科既已改试律赋为古赋，于是有士子问：“古赋当祖何赋？其体制理趣何由高古?”曾于延祐五年(1318)担任过会试读卷官的袁桷回答说：

屈原为骚，汉儒为赋。赋者，实叙其事，体物多而情思少，登高能赋，皆指物喻意。汉赋如扬、马、枚、邹皆实赋体。至后汉杂骚词而为赋，若左太冲、班孟坚《两都赋》皆直赋体，如《幽通》诸赋又近楚辞矣。晁无咎言变离骚、续楚辞，其说甚详。私谓赋有三变，自后汉之变为初，柳子厚之赋为第二，苏、黄为第三。今欲稍近古，观屈原《橘赋》、贾生《鹏赋》为正体；又如《驯象》、《鹦鹉》诸赋，犹不失古；曹植诸小赋尤雅润，但差萎弱耳。（《清容居士集》卷四十二）

于延祐元年乡试中选的陈栎也说：“《离骚》，赋之祖，降是舍汉何适矣？”[1]于延祐五年进士及第的祝尧则说得更为明白：

古今言赋，自骚以外，咸以两汉为古，已非魏晋以还所及。心乎古赋者，诚当祖骚而宗汉，去其所以淫而取其所以则可也。（《古赋辩体》卷三）

祝尧所论与袁桷、陈栎的观点大体一致，可见“祖骚而宗汉”实际是元后期赋家的普遍追求。但祝尧对于辞赋源流演变的论析却远比袁桷、陈栎详明，他在《古赋辩体》中分别以一种体式为代表而把辞赋史划分为楚辞体(骚赋)、两汉体(古赋)、三国六朝体(俳赋)、唐体(律赋)、宋体(文赋)等五个时期。在“楚辞体”中，他极力推崇屈骚，却不尊荀赋，原因在于荀赋五篇“一律全是隐语”，“其辞既不先本于情之所发，又不尽本于理之所存，若视风骚则有间矣”。在“两汉体”中，他对于巨丽鸿裁的大赋也评价不高，所谓“宗汉”的实际内容是尊法那些可称为“诗人之赋”的抒情咏物

① 陈栎：《两都赋纂释序》，《定宇集》卷一。

短篇。在“三国六朝体”、“唐体”和“宋体”中，他对俳赋、律赋和文赋都分别进行了尖锐的批评，却又同时肯定王粲、韩愈、柳宗元等人的古赋佳作。由此可知，祝尧关于“祖骚而宗汉”的主张是有其特定内容和标准的，旨在提倡继承诗骚传统以振衰起弊，并非仅仅以其时代的久远而唯古是尚，更非以此来引导士子模骚拟汉。

“祖骚而宗汉”的复古取向由于批评家的标举而成为一代赋家的共识之后，直接影响到当时“崇雅黜浮，变律为古”赋风的转变。自延祐以降五十余年，俳赋、律赋皆被荡涤无遗，举国唯古赋是崇：骚体赋因备受青睐而再度兴盛，四言诗体赋、问答体赋等抒情咏物短赋也因被人所重而异彩纷呈。尽管由于受科举的利诱和理学的熏染，这些作品中难免仍有不少尚辞尚理之作混杂其间，但实际上以诗为赋方是元后期赋家上法，尚情的潮流才真正代表着这个时代辞赋创作的主流。加之当时逐渐形成了一个优秀的辞赋作家群，通过他们在创作实践中的引导，不仅“除完颜之粗犷、洗宋末萎弱之气”[①]，而且在一定程度上抑制和扭转了元后期赋坛的模拟之风，从而使“变律为古”的赋学潮流升华为一种以复古求革新的文学运动。

① 毛晋：《丽则遗音·识》。

试论元末古乐府运动[①]

以往学术界常把唐代元、白倡导的新乐府思潮称为“新乐府运动”，并曾作过深入研究和高度评价，但对元末杨维祯倡导的古乐府思潮却很少有人注意。实际上，后者的声势、影响及其成果，并不比前者逊色；尤其后一思潮的倡导者杨维祯几乎是终生致力于斯，并以他为首形成了一个颇具规模的铁雅诗派，则为唐代新乐府运动所不及。因而，我们也不妨把元末古乐府思潮姑且称为“古乐府运动”，并拟在本文中对它的缘起、复古取向和演进过程做初步的探讨。

一

据杨维祯于至正十八年(1358)所作《玉笥集叙》曰：“我朝习古诗如虞、范、马、揭、宋、泰、吴、黄而下，合数十家，诸体兼备，独于古乐府犹缺。泰定、天历来，予与睦州夏溥、金华陈樵、永嘉李孝光、方外张天雨为古乐府，史官黄溍、陈绎曾遂选于禁林，以为有古情性，梓行于南北，以补本朝诗人之缺。”至正二十六年(1366)，他还在《潇湘集序》中追述道：“余在吴下时，与永嘉李孝光论古人意。余曰：‘梅一于酸，盐一于咸，饮食盐梅，而味常得于酸咸之外，此古诗人意也。后之得此意者，惟古乐府而已耳。’孝光以余言为韪，遂相与唱和古乐府辞。好事者传于海内，馆阁诸老以为李、杨乐府出而后始补元诗之缺，泰定文风为之一变。吁，四十年矣!”由至正二十六年上溯四十年为泰定四年(1327)。是年，杨维祯登进士第，授天台县尹；那么，廉夫与李孝光唱和古乐府辞，实始于他赴天台任途经吴下之时。

表面看来，元末古乐府运动的缘起，似乎只是由于泰定以前诗体兼备，惟古乐

① 本文原载《文学评论》2002年第6期。复旦大学文科学术年刊2002年卷《新的收获》全文转载，复旦大学出版社2004年版。

府置而不为，杨、李“始相唱和”，正好起了补缺作用才得以流传，蔚成风气。实际上每一文学思潮或文学运动的产生，都有着深刻的社会历史原因，元末古乐府运动也不例外。近而言之，它是对元中期以来社会意识发生转变和后期社会矛盾日益尖锐的反映；远而言之，则是元前期以来诗歌“宗唐复古”思潮继续发展的产物。

首先，关于元中期社会意识的转变，除了程朱理学受到重视，进而被尊为官方哲学以外，主要表现在政治、文化观念上的复古倾向，其中最值得予以注意的是，在统治者制作礼乐、振兴文治的过程中，出现了一种要求雅乐复古的倾向。

《礼记》曰：“声音之道，与政通矣”，“审乐以知政”。所以历代统治者都重视制作礼乐。“元之乐制，雅乐施于郊庙，宴乐施于朝廷之燕享。”[①]但元初以来朝廷所用雅乐，属金、宋遗乐，实即北宋崇宁年间魏汉津以徽宗指尺为度量标准而制定的大晟乐。南北统一后的大元帝国，彬彬称盛，自然不宜继续使用这种“乐律太高、乐声急矣”的亡宋之乐，于是朝野倡论“崇宁之乐亦可变矣”，要求得“古雅乐之正声”[②]。至文宗时所编《经世大典》叙“乐”曰：“乐也者，声文之著者也。国家乐歌雄伟宏大，足以见兴王之盛焉。郊社、宗庙、孔子之庙、先农之坛用古乐，朝会燕飨用燕乐，于是古今之音备矣。”其“古乐”云云，实指重新制作的古雅乐。

朝廷重新制作雅乐，始于何时，今似难以确指。据《新元史·乐志》载：大德十年(1306)“命江浙行省制造宣圣庙乐器，以宋旧乐工施德仲审校应律，运至京师。秋八月，用于庙祀宣圣”。或许即是新制雅乐之始，然此次祭孔大典仍未使用新乐章，原因在于“时乐师皆江南人，肄业生徒则河北人，性情不相能。国子博士虞集亲教之，然后成曲焉”。但至武宗即位后，不仅新制雅乐已用于祭祀，而且在朝臣中初步形成了雅乐复古的意识，虞集所作《国子监后圃赏梨花乐府序》可引以为据：

> 至大庚戌(1310)之仲春，大成殿登歌乐成。时喜雨适至，我司业先生乐雅乐之复古，顾甘泽之及时，于是乎赋《喜雨》之诗，推本归功于成均之和。乃三月辛巳，国子监后圃梨花盛开，先生率僚吏席林台之上……饮且半，命能琴者作古操一阕，禽鸟翔舞，云风低回，先生于是歌木兰之引，以寓斯文之至乐，而泳圣泽之无穷也。明日，僚友酌酒而赓之；又明日，诸生之长酌酒而赓之。气和辞畅，洋洋乎盛哉！(《道园学古录》卷六)

这次国子监僚吏的诗酒盛会，不仅表现出对“雅乐复古”的欣喜之情，而且使雅乐复

① 《新元史·乐志》。

② 参见《新元史·乐志》、赵孟頫《乐原》、熊朋来《胡氏律论序》、吴莱《张氏大乐玄机赋论后题》等。

古与古乐府诗发生了联系，似乎有某种象征意义。

此后，“雅乐复古”的变革在继续进行。如据《元史·礼乐志》记载：

(至大)三年(1310)冬十月，置曲阜宣圣庙登歌乐。初，宣圣五十四代孙左三部照磨思逮言：“阙里宣圣祖庙，释奠行礼久阙，祭服登歌之乐，未蒙宠赐。如蒙移咨江浙行省，于各处赡学祭余子粒内，制造登歌乐器及祭服，以备祭祀，庶尽事神之礼。”中书允其请，移文江浙制造。至是，乐器成，运赴阙里用之。

仁宗皇庆二年(1313)秋九月，用登歌乐祀太上皇于真定玉华宫。……延祐五年(1318)，命各路府宣圣庙置雅乐，选择习古乐师教肄生徒，以供春秋祭祀。

统治者首先在朝廷使用古雅乐，随后向曲阜孔庙和各路府孔庙推广，与延祐以来恢复的科举考试相辅而行，俨然有以文治兴邦、再造汉唐盛世之势，这对于抱有用世之志的儒士学子来说，无疑是一种激励。于是，一时间引起不少文人、学者对乐律的兴趣，他们或以著作、论文形式探讨乐律的理论，或以辞赋形式描绘音乐的美妙，或为古诗谱曲以利歌唱。

既然朝廷复兴雅乐所用的登歌乐器皆由江浙行省制造，那么，自仁宗于延祐五年命各路府孔庙置雅乐以后，江浙行省自然会率先奉行，例如杨维祯撰《有元文静先生倪公墓志铭》曰：座师倪渊任杭州路学教授时，就曾“新学舍，造祭器，撤上丁俗乐，访得宋太常乐工两人，俾以雅乐教诸生。胄监闻之，因招致两乐工为国子乐师，今诸郡学皆作登歌乐者，实自公倡之”。元末古乐府运动能在吴越兴起，当与江浙地区的这种文化氛围密切相关。

当然，元中期以后文化观念上的复古倾向，还突出地表现在延祐复科直接促进了辞赋和散文的复古①，它与古乐府思潮在精神上有相通之处。尤其祝尧的《古赋辩体》卷十把琴操列为古赋别体，可能对杨维祯推崇琴操有一定的启发意义。

其次，元末社会日益尖锐复杂的社会矛盾，在一定意义上也成为了古乐府运动兴起的现实前提和触媒。大德十一年(1307)三月，爱育黎拔力八达发动的宫廷政变，固然为元朝带来了十六年的振作和兴盛，但也因他而种下了元后期朝中倾轧的祸根。随着至治三年(1323)八月“南坡之变”的爆发，元朝由盛转衰，走向内乱，到元统元年(1333)六月妥欢帖睦尔即位(顺帝)，十年间竟接连六易帝位。夹杂着血腥屠杀的高层权力之争，把大元帝国一步步推向末世。一方面，夺得政权的统治者为缓和各种矛盾，仍然重视礼乐，例行科举(后至元年间曾停开五年)，甚至立奎章

① 参见拙文《论元代科举与辞赋》，《文学评论》1995 年第 3 期。

阁,编《经史大典》,修辽、金、宋三史,粉饰太平;一方面奸佞专权,吏治腐败,贪贿公行,民怨沸腾。于是民族矛盾、阶级矛盾和统治阶级内部矛盾日趋激烈,加之天灾人祸不断发生,终于导致元末农民大起义的全面爆发,战火连天。杨维祯正是在这样的社会背景下崛起于东南而成为文坛盟主的,他所倡导的古乐府,既有"感于哀乐,缘事而发"的传统,能够反映衰乱之世的社会现实,又便于表现人性,进行人生思考,加之体裁多样,形式自由,正可适应这个时代的要求。

再次,关于元代诗歌"宗唐复古"思潮的形成,邓绍基先生已做过详细论述。他认为"在元诗的发展过程中,宗唐复古(即古体宗汉魏两晋,近体宗唐)成为潮流和风气,其间经历了对前朝诗风的反思和批判,经历了南北复古诗风的汇合";"到了延祐年间,这种汇合的复古诗风就成为席卷诗坛的汹涌澎湃的潮流"①。笔者深以为然,但为便于切入本文题旨,有必要进一步补充提出如下三点:

1. 元前期以来"宗唐复古"思潮的实质是针对宋诗的弊病和理学家鄙薄诗艺的偏颇而要求恢复诗歌"吟咏情性"的传统,走的是由宋返唐的路子。然而此种转变实际上在金末宋季即已开始,其代表人物是北方的元好问和南方的严羽。元人基本上是沿着他俩的思路,从"诗本性情"出发而宗唐复古,但为复兴风雅之义,又主张要得"性情之正",实际上是以儒家"发乎情、止乎礼义"的诗教为指归,只不过对"性情之正"的宽严程度往往会因人而异罢了。杨维祯虽然有时也讲"情性之正",但又肯定"情胜礼者",认为文学可以表现违礼越轨却合乎"人的一般本性"之私情②,实际已在一定程度上超越了儒家诗教的警戒线。

2. 从大德年间袁桷、虞集、范梈等相继入京,到延祐复科前后揭傒斯、杨载、黄溍、欧阳玄、马祖常等应诏或登第入仕,南北汇合而成的宗唐复古潮流终于演变成为馆阁文臣主盟诗坛的局面,宋荦《元诗选序》所谓"虞、杨、范、揭诸君鸣其盛",正是这一潮流奔涌而下的结果。他们诗中所表现的雅正和平之音,固然与元中叶承平之世标榜文治的时代精神一致,但实际上已经显露出台阁体的气息③。这一盛期的极点,大致可以断至泰定天历之交(1328),上年袁桷去世,杨维祯登进士第,而"四大家"中的杨载已于六年前(1323)去世,范梈也在二年后病故。此后,尽管虞、揭仍在京师文坛执牛耳,但杨维祯主盟东南文坛的时代也已开始。

3. 元人"宗唐"的内涵并不仅仅限于"近体",因为唐诗众体兼备,"古体"既可直师汉魏两晋,也可从学唐入手,以臻于古。而广义的"古体"实际包括乐府诗在

---

① 邓绍基主编:《元代文学史》第十七章,人民文学出版社 1991 年版。
② 详见拙文《杨维祯的文学观》,《复旦学报》1997 年第 4 期。
③ 参见黄溍《颐斋文集序》和《四库全书·闲居丛稿提要》。

内，并且元初以来已有人写作过乐府诗，只不过未曾加以倡导而已。例如，元好问《遗山诗集》卷八就收有乐府诗50首，写于金末元初；耶律铸《双溪醉隐集》卷二所收乐府诗79首，则都写于元初；此外，有些诗人所作歌行中，也有用乐府旧题者。不过，从现存元人诗文集来看，如果撇开"郊庙歌辞"和"燕射歌辞"不计，自元初元好问、耶律铸以后，至延祐年间，北方诗人所写乐府诗极少，由宋入元的南方诗人中倒有。

自延祐以降，受雅乐复古和辞赋、散文复古思潮的影响，诗坛在"虞、杨、范、揭诸君鸣其盛"的同时，逐渐出现新的变化：一方面江南有黄景昌、吴莱开始从理论上探讨古乐府，一方面江北有马祖常、王士熙、宋褧等开始写作乐府诗。

黄景昌(1261—1336)，字明远，浦江人。曾从谢翱、方凤游，终生不仕，著有《古诗考录》等。吴莱(1297—1340)，字立夫，浦阳人。弱冠时，经方凤(吴为方凤的孙女婿)介绍，结识黄景昌。延祐七年中乡试，明年应进士试不第，遂隐居讲学以终，著有《渊颖集》等。黄氏《古诗考录》一书，大约完成于延祐年间[①]，旨在考论古今体乐府之变，"间则致书岩南公(即方凤)，有古今体乐府之辨"[②]。方凤当时是否回书，观点如何，今已难知；但吴莱读其书后，曾作《与黄明远第三书论乐府杂说》，从而发生"古乐府之争"。其文曰：

> 昨出《古诗考录》，自汉魏以下，迄于陈隋。上下千有余年，正声微茫，雅韵废绝，未有慨然致力于古学者。但所言乐家所采者为乐府，不为乐家所采者为古诗，遂合乐府、古诗为一通，以定作诗之法，不无疑焉。窃意古者乐府之说，乐家未必专取其辞，特以其声为主。声之徐者为本，疾者为解。解者何？乐之将彻，声必疾，犹今所谓阕也。《汉书》云：乐家有制氏，以雅乐世世在大乐官，第能识其钟鼓铿锵而已，不能言其义。此则岂无其辞乎？辞者，特声之寓耳，故虽不究其义，独存其声也。……奈何后世拟古之作，曾不能倚其声以造辞，而徒欲以其辞胜。……盖诗之与乐，固为二事，诗以其辞言者也，乐府以其声言者也。今则欲毁乐府而尽为古诗，以为既不能歌，徒与古诗均耳，殆不可令

① 吴莱《田居子黄隐君哀颂辞》曰："始予弱冠时从黄隐君游。"按吴莱生于元贞三年(1297)，弱冠为二十岁，知其结识黄景昌在延祐三年(1316)。又黄景昌《古诗考录》完成后，曾致书方凤，"有古今体乐府之辨"，而方凤卒于至治元年(1321)，且是年吴莱赴京应进士试。由此可定黄景昌《古诗考录》完成于延祐三年至七年之间。又《渊颖集》卷二有"夜观古乐府词忆故友黄明远，明远曾作《乐府考》，录汉魏晋宋以来乐歌古词"一诗，诗曰："忆昔黄君美如玉，老屋青灯雨间宿。起翻案上奇诡词，前后千年乐家曲。予方弱冠学讴歌，去问诗骚法若何。伟兹欲继三百五……自此相逢二十春……嗟君尚爱古乐府。"按此诗作于后至元二年(1336)黄景昌卒后，由诗题和诗的内容看，黄氏曾于延祐年间著《乐府考》一书。笔者以为所谓《乐府考》，实即《古诗考录》，可能在黄、吴之争后或杨维祯倡导古乐府以后改名为《乐府考》。

② 详见吴莱：《田居子黄隐君哀颂辞》，《渊颖集》卷八。

乐府从此而遂废也。(《渊颖集》卷七)

按黄景昌《古诗考录》"集汉魏以来古诗凡数十百篇"(吴莱《古诗考录后序》),并加以考论。在他看来,乐府与古诗本无差别,不过"乐家所采者为乐府,不为乐家所采者为古诗"而已。这样一来,就等于废除了乐府。所以吴莱表示反对,认为"古者乐府之说,乐家未必专取其辞,特以其声为主",意谓乐府诗本身就包含有音乐性,而"辞者,特声之寓耳"。黄、吴之争的实质是从辞的角度还是从声的角度看待乐府,主辞者势必"合乐府、古诗为一通",从而使拟古之作"欲以其辞胜";主声者则不仅坚持"古乐府之名不可以不存",而且要求拟古之作应"倚其声以造辞"。但吴莱所说的"声",实指汉魏乐府的"雅韵"、"正声"。这正好与元中期以来要求雅乐复古的呼声一致,或者可以说,他的上述观点,在一定程度上受到了当时要求雅乐复古时风的影响。如果说谢翱的乐府诗创作主要出自民族意识,尚远离于元代诗坛主潮的话;那么,黄、吴的"古乐府之争",实际反映了当时诗坛的观念在开始转变:黄说总结过去,代表了元前期以来人们的普遍认识;吴说昭示未来,成为元末古乐府运动的先声。

雍古人马祖常(1279—1338),字伯庸,寓光州。延祐二年(1315)进士及第,累官至礼部尚书,著有《石田先生文集》十五卷。今存元刻本编于后至元五年(1339),卷五收"乐府歌行"97首,多为七言四句体(54首)和五言四句体(21首),其中包括田歌、渔歌、棹歌、竹枝词、柳枝词、宫词等。第一首《元日应制万年欢》末句谓"延祐与天同大",显然作于延祐年间;其他即使有部分作品写于天历元年之后,当也不曾受到铁崖古乐府的影响。值得注意的是,他的《竹枝词》10首和《柳枝词》10首,都是与王士熙唱和时作。按王士熙,字继学,东平人。至治初为翰林待制,历中书参政、南台御史中丞。《元诗选》二集选其诗122首,顾嗣立说他"长于乐府歌行",但所录乐府歌行仅20余首。其中《竹枝词》10首和《上都柳枝词》7首,即为马祖常所和原作。杨维祯所编《西湖竹枝集》收马祖常、王士熙各2首,称王"诗与虞、揭、马、宋同为有元之盛音",谓马"诗名敌虞、王,西夏之诗,振始于《石田集》也。"此外,还有大都人宋褧值得一提。宋褧(1290—1346)与杨维祯本为同时代人,泰定元年(1324)中进士,官至翰林直学士。今存《燕石集》十五卷,卷四收乐府诗50首,其中《战城南》一首自注:"天历元年秋";《竹枝词》三首自注:"至治二年二月";又《竹枝词》二首自注:"至治三年春"。这表明宋褧在铁崖倡导古乐府的同时或稍前,也已开始写作乐府诗,可能受过马祖常、王士熙的影响。尽管马、王尤其宋褧的有些乐府诗是作于天历以后(王、宋在至正初年尚存世),但他们在泰定以前所作的乐府诗,实际已为元末古乐府运动的兴起作了一定的铺垫;并且凭借各自在政治上、文学上的地位，也会产生一定的影响。不过，他们的确没有从理论上予以阐述，更未有意标举古乐府而加以倡导。

尽管南方的黄、吴同北方的马、王、宋之间既未交往酬唱，也无理论呼应，但他们分别在理论与创作方面所作的尝试，实际意味着诗坛已开始酝酿新的变革。杨维祯在读书未仕期间，也曾写作过相当数量的古乐府[①]；泰定四年赴京应试期间，又明确提出了“诗出情性”的主张[②]；授官后途经吴下与李孝光唱和古乐府辞，并得以“传于海内”，从而使“泰定文风为之一变”，正是这一时代新变要求的合乎逻辑的演进。随着杨维祯的理论主张及其创作的不断传播，以杨维祯为中心、以复兴古乐府为旗帜的铁雅诗派也逐渐形成，于是，酝酿已久的诗坛终于在元末衰乱之世演变成为一场有声有色的古乐府运动，为元代文学作了一个光辉的总结，并直接开启了明初文学的生面。

二

也许有人会感到困惑不解：吴莱和杨维祯本是同时代人（吴比杨还小一岁），他对古乐府的关注和推尊早在延祐年间就已开始，他的诗才也足可自成一家；那么，为何吴莱的理论仅仅成为元末古乐府运动的先声，而未能促使他充当领袖从而引导这场运动呢？笔者认为，其主要原因除了吴莱科考失利、社会地位不高和他本是一位理学家、“不欲以文士名”[③]以及逝世过早尚未形成诗派之外，还与他对乐府诗的根本认识和复古取向密切相关。

如上节所述，吴莱论乐府主“声”，肯定和推崇汉魏乐府的雅韵正声，主张维护乐府诗的独立地位，要求拟作者“倚其声以造辞”，这种见解实际上难以付诸实践。但他同时还认为“自汉魏以下”，“正声微茫，雅韵废绝”，进而批评“齐梁之际，一切见之新辞，无复古意。至于唐世，又以古体为今体，《宫中乐》、《河满子》特五言而四句耳，岂果论其声耶？他若《朱鹭》、《雉子斑》等曲，古者以为标题下则皆述别事，今返形容二禽之美以为辞，果论其声，则已不及乎汉世儿童巷陌之相和者矣，何以乐府为哉”[④]？从主“声”出发，吴莱对郭茂倩的《乐府诗集》大为不满，认为该书“但取

---

① 据铁崖门人吴复说：“先生在会稽时，日课诗一首，出入史传，积至千余首。晚年取而读之，自笑曰：‘此岂有诗哉？’亟呼童焚之，不遗一篇。”（《辑录铁崖先生古乐府序》）所谓“在会稽时”，是指泰定四年以前杨维祯在家乡读书求仕期间。联系他后来喜用古乐府体咏史，那么，他年轻时所作这类“出入史传”的千余首诗，当有相当数量的古乐府无疑。

② 参见杨维祯：《两浙作者序》，《东维子文集》卷七。

③ 宋濂：《渊颖先生碑》，《文宪集》卷十六。

④ 吴莱：《与黄明远第三书论乐府杂说》，《渊颖集》卷七。

标题，无时世先后，纷乱庞杂，摹拟蹈袭，层见间出，厌人视听”，因而“姑就茂倩所次，辨其时代，且选其所可学者，使各成家”，重编为《乐府类编》若干卷，并作《乐府类编后序》曰：“古之言乐者必本于诗。诗者，乐之辞而播于声者也。……世道之盛衰，时政之治乱，盖必于诗之正变者得之。”由此认为汉乐府“传及魏晋，风流浸盛，而其所谓乐者，亦止于是”。“魏晋以降，盖惟唐人颇以诗自名家，而乐府至杂用古今体。当其初年，江左齐梁宫闱粉黛之尚存；及其中世，代北蕃夷风沙战伐之或作，是则古之所谓乱世之怨怒、亡国之哀思者，而唐人之辞为尽有之，欲求其如汉魏之古辞者少矣”。提倡今之学者作乐府应以古辞为重，讲求“深沉之思”和“中和之节”。可见吴莱对乐府诗持论既严且苛，凡汉魏以下乐府，无论齐梁隋唐，都基本上持批评否定态度，唯以汉魏乐府为指归。他曾赋《古琴操九引曲歌辞》和《葛天氏牛尾八阕歌辞》二组作品，当可称为古乐府，前者九首补汉魏琴曲之缺，自以为“犹得以少返于古”；后者八首依据《吕氏春秋》所载葛天氏之乐名，用四言体补其乐辞之缺，亦以为“犹可以得返太古之遗声”。可见他的创作实践与其理论主张大体一致，旨在得“雅韵正声”。至于《渊颖集》卷二至卷四所收“歌行”，如果按杨维祯的标准，也不妨视为古乐府；但与吴莱“倚其声以造辞”的主张不符，他本人也不称它们为古乐府。

无独有偶，吴莱的门生胡翰（1307—1381）也对郭氏《乐府诗集》不满，因而依据自己的标准“采其可传者”，更定为《古乐府诗类编》若干卷。吴书和胡书皆不传于世，且胡书编于何年也难以考知，但从胡翰自序中可以看出，他对古乐府的认识与取向，和乃师大同小异。他认为：“声诗者，古之乐章也。雅郑得失，存乎其辞，辨其词而意可见。”“盖诗之为用，犹史也。史言一代之事，直而无隐；诗系一代之辞，婉而微章，辞义不同，由世而异。”这与吴莱所说“诗者，乐之辞而播于声者也。……世道之盛衰，时政之治乱，盖必于诗之正变者得之”，旨意相近，都是从《礼记·乐记》和《毛诗序》以政教论诗的观点引申而来。吴莱尚肯定和推崇汉魏乐府，并注意到乐府诗体制形式的变化；而胡翰则极力推崇《诗经》的“雅颂之音”及其可以“感鬼神、和上下、美教化、移风俗”的政教功能，并以此为标准批评“今郭茂倩之所次有是哉”？“曾不能希列国之风，而况欲反（返）乎雅颂之正”？认为后世乐府流弊甚多，“哇声俚曲，若秦楚之讴、巴渝之舞、凉伊之技，莫不杂出”，实有害于教化风俗。他一方面为后世人民“不见先王之礼乐”而哀其不幸，也为后世乐府诗所表现的风气、人情、政治俗尚“皆非古矣”而深表遗憾；一方面又因声诗能为治乱得失是非邪正之所寓，其用如史，而不能不予以重视。因此他才重编《古乐府诗类编》，旨在要求乐府诗创作有雅颂遗音，返之于古。

吴莱和胡翰对古乐府的认识与取向，代表了理学家的观点，他们往往轻视乃至贬斥东晋以后乐府诗的发展及其艺术创新，而着重强调古乐府的雅韵正声和政教功能，持论苛严，取向狭窄，虽与宋代理学家鄙薄诗艺的倾向有别，并可为古乐府运动营造气氛，壮大声势，但其理论的局限性决定了他们不可能引导元末具有革新意义的古乐府运动。

杨维祯和李孝光作为元末古乐府运动的倡导者，虽然也关注汉魏乐府的风雅比兴之义，但其根本宗旨却是为了恢复诗歌“吟咏情性”的传统，摆脱后世思想观念和诗歌形式上诸多格套的束缚，从而达到振衰起弊、革新诗风的目的。他们认为古乐府本于情性，不受体裁格律的束缚，可称为对乐府诗的一大发现。因而能够从发展的眼光、开放的视野来看待乐府诗的流变与创新，进而“转益多师”，取法多门，甚至一无倚傍，自我作古。例如，杨维祯所作七言四句体、五言四句体小乐府，明显受到了南朝乐府的影响，甚至赞赏“南朝宫体”，认为“自是玉台新句好”[①]；李孝光《五峰集》卷二所收古乐府中，有《夜夜曲》等作明确标举为“效玉台体”，可见他们并不否定六朝乐府。杨与李唱和古乐府之时，曾效韩愈琴操，先作《精卫操》等九题，又补《履霜操》、《残形操》二篇，李读后致书杨曰：

> 夜读九操辞及补退之辞，皆精悍古雅，使退之土下有闻，亦韪之。铁雅辞行，退之不得称千古独步，非佞非佞！（《铁雅先生复古诗集》卷一附录）

李孝光的推崇赞美之辞实际表明：古乐府创作取法唐人，也可以返于“古雅”。因此，他们都对郭茂倩的《乐府诗集》基本上持肯定态度，并大致以此作为复古取向。

后至元六年(1340)，吴莱去世，彭叔仪重刻《乐府诗集》，李孝光为之作《乐府诗集序》，其要点有二：一是认为《乐府诗集》乃《诗经》之续，郭茂倩所为，有周公定乐、孔子正诗之遗意。他说，该书“上采尧舜时歌谣，下迄于唐，而置次起汉郊祀，茂倩欲因以为四诗之续耳。郊祀若颂，铙歌鼓吹若雅，琴曲杂诗若国风”。又曰：“茂倩杂取诗谣，不可以皆被之弦歌，且后人所作，弗中于古，率成于侈心，犹录而不削，其意或有属也。”进而论述周公定乐使先王之乐得以保存、孔子正诗使殷周之诗得以保存，进而指出：“汉至于唐，若茂倩所次，又弗可考，遗其所不可知，而讲其所可知，其殆庶几乎！”二是指出“上且兴礼乐，此足为之兆”，意即重刻《乐府诗集》，正是对朝廷“兴礼乐”的一种响应，实际揭示了雅乐复古与古乐府运动之间的联系。所以李、杨常常在酒酣兴浓时自歌所作古乐府，有时也让艺人、妓女或诗友歌唱他们的作品。但与吴莱论乐府主“声”，要求拟作者“倚其声以造辞”不同，李、杨重视的只是诗歌的音乐性，认为“诗可以弦”，至于是否合乐歌唱并非必要条件，因而也不

---

① 杨维祯：《冶春口号》之五，《铁崖先生古乐府》卷十。

必倚声造辞。

杨维祯所说的古乐府，其内涵实有广狭之分：狭义的古乐府偏重于诗史内涵，往往仅指汉乐府，有时径称为乐府古辞；而广义的古乐府则偏重于诗体内涵，不仅指汉魏南北朝隋唐乐府，而且包括“即事名篇，无复倚傍”的新题乐府在内。他所倡导的古乐府，当然指后者。郭茂倩所辑《乐府诗集》中虽未立“古乐府”之名，却已明确列出“近代曲辞”和“新乐府辞”两类，并解释说：“近代曲者，亦杂曲也，以其出隋、唐之世，故曰近代曲也。”“新乐府者，皆唐世之新歌也。以其辞实乐府，而未常被于声，故曰新乐府也。”实际是以汉魏六朝乐府为古乐府。由宋至元，乐府这一概念的内涵又发生了新的变化，所以杨维祯明确把元曲称为“今乐府”，把词称为“乐府”，而把古今所有乐府诗，皆称为“古乐府”。

如果循着郭茂倩的思路顺推，铁雅派其他诗人“即事名篇、无复倚傍”而作的新题乐府，也可称之为“新乐府”。况且无论杨维祯还是铁雅派其他诸家所作新题乐府，实际上远远多于古题乐府。试以杨维祯的第一部诗集《铁崖先生古乐府》为例，全书十卷，共收铁崖诗作 414 首，用古题者仅百余首①，其他皆可称为新题乐府。那么，杨维祯为何不效法白居易标举“新乐府”的旗帜，而一概倡之为“古乐府”呢？原因在于二者的根本宗旨大异其趣。白居易倡导新乐府的目的，是要求诗歌负担起“补察时政”、“泄导人情”②的使命，直接为现实政治服务。他曾作《新乐府序》明确宣称：“总而言之，为君为臣为民为物为事而作，不为文而作也。”因而他本人和盟友元稹等创作的新乐府，实际上都是一些讽谕现实的政治诗，陈贻焮先生称之为“谏官的诗”。杨维祯虽然也重视诗歌的社会作用，并且写过一些反映现实的诗作，但他倡导古乐府的根本宗旨，是为了表现情性，对人性和人生进行思考，要求诗歌保持独立的文学品位，得其神气和韵味，而不愿意让它成政治（或理学或禅学）的附庸。因此曾在《风月福人序》等文中赞赏白居易晚年与美人诗酒相伴的闲适生活，却绝口不提他倡导的新乐府。元稹曾在《乐府古题序》中自述他和白居易、李绅写作新乐府是受了杜甫《悲陈陶》、《哀江头》、《兵车》、《丽人》等作的影响，所以今人常把杜甫称为新乐府运动的先驱。铁崖古乐府也学杜，但他最欣赏的是杜甫在成都浣花溪所作《漫兴》一类诗，他说：“学杜者，必先得其情性语言而后可，得其情性语言，必自其《漫兴》始。”清人《剑溪说诗》谓“杨铁崖乐府，亦元、白、张、王末流”，显为皮相之谈，实非解人。关于铁崖古乐府创作的取法对象，前人论述较多，试列举颇中肯綮者如下：“廉夫又纵横其间，上法汉魏，而出入于少陵、二李（李白、李贺）之

① 这里所说的“古题”，是以《乐府诗集》所收诗题为依据，包括《竹枝词》、《小临海曲》在内。

② 详见白居易：《与元九书》，《白氏长庆集》卷四十五。

间，故其所作古乐府辞，隐然有旷世金石声。”[①]“杨铁崖时涉温、李，其小乐府亦过晚唐。”[②]“(廉夫)诗歌乐府出于卢仝、李贺之间。”[③]综合各家所述，可见铁崖既“上法汉魏”，又出入于唐代李白、杜甫、卢仝、李贺、温庭筠、李商隐诸家之间。此外，他的琴操、竹枝词、宫词、香奁体还分别受到了韩愈、刘禹锡、王建、韩偓的影响。正因为杨维祯对唐代诸名家乐府都有所取法，所以顾起纶将张雨的话修正为：“廉夫上法汉魏，出入李唐，其古乐府有旷世金石声。”[④]于是，元前期以来诗歌“宗唐复古”的思潮，发展到杨维祯这里便被赋予了新的内涵与活力：即认为既可以上法汉魏乐府以复古，也可以径师唐人以返于古。这实际上在一定程度上深化或更新了元人对唐诗和古诗的认识，至少对仇远所倡“近体吾主于唐、古体吾主于《选》”[⑤]是一种修正和超越。

就诗歌体裁的演变而言，除了四言和骚体诗以外，后世的所有诗体实际上都是从乐府诗派生而来。所以《乐府诗集》中所收作品，虽以长短句为主，但也有不少齐言诗，如五言绝句体、七言绝句体俯拾即是，自然不必举例；而卷三十三“相和歌辞”所收《燕歌行》为七言多句、《从军行》为五言多句，实与后世所说的七古、五古无异。杨维祯倡导的古乐府，除将律诗(包括排律)排斥在外，基本上兼备众体。试结合他的古乐府创作依次列举如下：

1. 以长短句为主，包括寓意旧题与自创新题。旧题如《乌夜啼》之类，可以在《乐府诗集》中见到；新题如《道人歌》、《琼台曲》、《牛商行》之类一无倚傍，实即后世所说歌行体。

2. 以五言绝句体和七言绝句体为辅。五言绝句体又称小乐府，南北朝已兴起，唐人仍乐于使用。七言绝句体在梁代也已产生，至唐代则颇盛。廉夫擅长小乐府，也喜作七言绝句体。《铁崖先生古乐府》卷九所收 80 首诗，皆为小乐府，其中《小临海曲》、《采莲曲》等题见于《乐府诗集》，而《城门曲》、《桂水五千里》等题则为自创；卷十所收 75 首诗，皆为七言绝句体，其中《竹枝歌》等题见于《乐府诗集》，而《冶春口号》、《漫成》、《春侠杂词》、《小游仙》、《春晴》等题，皆属自创。张雨曾指出李孝光、杨维祯所作古乐府“善用吴才老韵书”(即《韵补》，今存)，上举铁崖五、七言绝句也是如此。今以近体诗格律检验，确有不合律者，如《西湖竹枝歌》之六、《春侠杂词》之三，应称古绝句，但合律者颇多，也可称近体绝句。

---

① 张雨：《铁崖先生古乐府叙》，《铁崖先生古乐府》卷首。
② 王士禛：《带经堂诗话》卷二十九。
③ 《四库全书·东维子集提要》。
④ 顾起纶：《国雅品》。
⑤ 所谓“古体吾主于《选》”之《选》，指《文选》。引自方凤：《仇仁父诗序》，《存雅堂遗稿》卷三。

3. 五言古体和七言古体也占一定比例。如《铁崖先生古乐府》卷四和卷八共收 82 首诗，绝大部分为五古，其中《采菱曲》、《梁父吟》等题见于《乐府诗集》，而《古愤》、《览古》等若干题皆属自创。七古相对较少，仅 30 多首，分见于卷二、卷三、卷五、卷六，如《奔月卮歌》、《花游曲》等皆为自创新题。

由此可见，铁崖古乐府的体裁内涵实际包含了除律诗（包括排律）以外的各种诗体，尤其那些“即事名篇、无复倚傍”的新题乐府和他擅长的咏史乐府几乎可以随心所欲，纵情挥洒。相对于律诗而言，这的确也称得上是一种解放。杨维祯倡导的古乐府之所以能取得突出成就并产生深远影响，其复古取向的多元性和乐府诗体裁的多样性，也成为重要原因之一。

由李孝光作序、彭叔仪校刻的《乐府诗集》于后至元六年印行，显然为正在兴起的古乐府运动提供了范本。此后，江西南昌左克明和庐陵周巽还分别编辑《古乐府》和《历代乐府诗辞》二本刊行。左氏《古乐府》编刊于至正六年，今存，全书实际上全是从郭茂倩《乐府诗集》中选录，再加重编而成。郭氏原书一百卷，分十二类；左氏只选录其中八类编为十卷，但去掉四类不录，却表明了他对古乐府的认识与取向。郊庙歌辞和燕射歌辞是历朝用于祭祀、宴会的乐章，缺少艺术意味，故去而不录。近代曲辞和新乐府辞不录，则为其“推本三代而上、下止陈隋”的区界所决定：新乐府辞皆为“唐世新歌”，自然要全部删除；近代曲辞为隋唐杂曲，实际上他只排除唐代，而将隋代薛道衡的《昔昔盐》一首和隋炀帝的《纪辽东》二首并入“杂曲歌辞”之中了。至于左氏为何确定“下止陈隋”、不录唐代的区界，则其自序有明确的表述：“唐人祖述尚多，非敢弃置，盖世传者众，弗赖于斯。是编也，谓之《古乐府》，故独详于古焉。”可见他并不否定唐代乐府，只是该书既谓之《古乐府》，故截然以隋为断而详于古，目的在于“欲世之作者溯流穷原而不失其本旨”。应该说，左克明纯粹从艺术角度出发，而为元末诗坛提供的这部古乐府精选本，还是有实用价值和积极意义的。

周氏《历代乐府诗辞》已佚，据杨士奇所见，该书“起击壤，讫李唐，总诗一千二百余首”[①]。按周巽，字巽亨，号巽泉，元末曾从征道、贺二州平徭乱，以功授永明主簿，今有《性情集》六卷传世，皆为诗。其卷一所载《拟古乐府序》曰：“余读太原郭茂倩所辑《乐府诗》，上自唐虞三代歌谣，下逮汉魏晋宋齐梁陈隋唐君臣所拟诸体乐曲歌辞，凡百卷，渊乎博哉！服膺岁久，粗会其意，因以汉鼓吹、横吹、相和、清商、舞曲、琴曲、杂曲并近代新乐府辞仿其体制，杂以平昔见闻，积成百有五十四篇。”既称《乐府诗集》“渊乎博哉”，“服膺岁久”，又不贬斥新乐府，并把自己

---

① 杨士奇：《历代乐府诗辞跋》，《东里续集》卷十九。

仿新乐府辞而写的作品，也统称为“古乐府”，则其取向实与杨维祯大致相近。他本人的古乐府创作，也成为这种潮流的成果之一。

以上我们着重分析了六位代表人物对古乐府的认识与取向，同时还有意介绍了五部乐府诗集的编辑或刊行。由此亦可窥见当时诗坛复兴古乐府的热闹局面之一斑：前者所述复古取向的多元性，实际成为元末古乐府运动的特征之一；后者作为古乐府范本的传播，无论选编者和作序者的审美倾向如何，都直接促进了古乐府思潮的兴起或发展。

三

在复兴古乐府的旗帜下，杨维祯不仅以其富有独创性的创作，凝聚了一批诗友和门徒围绕在他的周围，从而形成一个颇具规模的铁雅诗派；而且通过他本人及其诗派的影响，推动了古乐府运动的发展，从而使元前期以来诗歌“宗唐复古”的潮流再度掀起洪波巨澜，形成云蒸霞蔚的景观。

所谓铁雅诗派，主要由两类人组成：一类是铁崖唱和友，一类是铁门能诗者。笔者依据现存文献资料，分别以不同标准对两类诗人进行考察，初步确认铁崖唱和友19人，铁门诗人71人，加上杨维祯本人，共得铁雅派成员91人。然后从中选出30人作为我们研究该诗派的主要对象：即宗主杨维祯，铁崖唱和友李孝光、张雨、陈樵、夏溥、顾瑛、郯韶、叶广居、陈基、倪瓒、钱惟善、陆仁、张简、王逢、袁凯、刘炳、于立、释良震、释行方，铁门诗人郭翼、章木、宋禧、张宪、袁华、吕诚、吴复、杨基、金信、贝琼，他们作为铁雅诗派的代表人物，实际也是古乐府运动的中坚力量。根据他们的唱和活动来看，这个流派大致可以划分初创（1328—1339）、崛起（1340—1350）、发展（1351—1366）和衰落（明初）四个时期。对此，拙文《铁雅诗派成员考》①和《论铁雅诗派的形成》②已有详细考论，恕不赘述。

据章琬于至正二十四年（1364）作《辑铁雅先生复古诗集序》说，乃师《铁崖先生古乐府》和《铁雅先生复古诗集》之作，“所以为复古，而非一时流辈之所能班，南北词人推为一代诗宗。此非琬之言也，天下之言也。”这意味着杨维祯是在创立铁雅派的过程中，才逐渐获得了南北词人的承认和推崇，从而成为当时诗坛的领袖。与之相辅相成，他所倡导的古乐府运动也随着铁雅派的崛起而得以扩展与演进。

---

① 黄仁生：《铁雅诗派成员考》，《中国文学研究》1998年第2期。
② 黄仁生：《论铁雅诗派的形成》，《文学遗产》1998年第5期。

当然，杨维祯自天历元年打出复兴古乐府的旗帜之后，为官不过六品[①]，足迹不出吴越，这种经历虽不妨碍他成为一个地域性诗派的宗主，但对于一个时代的诗坛领袖来说，则不能不说是一种局限。杨氏之所以能克服这种局限，仍然被"南北词人推为一代诗宗"，则与江浙地区在元末实际成为了全国的经济中心和文化中心以及他本人的突出成就密切相关。随着虞集(1272—1348)于元统元年(1333)谢病南归和揭傒斯于至正四年(1344)去世，崛起于东南的杨维祯实际上已逐渐取代虞、杨、范、揭的盟主地位，从而成为元末文坛的一面旗帜。尽管这面旗帜仍然以"宗唐复古"为底色，但却因为明确标出"古乐府"三个大字而格外引人注目。那么，杨维祯在元末诗坛的领袖作用，除了领导诗派成员以古乐府写性情外，主要是通过哪些方式发生影响，从而使古乐府运动得以扩展的呢？约而言之，不出如下三途。

一是通过杨维祯本人的交游唱酬直接发生影响。进士身份和时官时隐的经历，使他同各阶层人士发生交往，但其中能以诗歌唱和酬赠产生影响的对象主要包括三类人：即铁崖同年进士，任职或过往于江浙的官员，本地或流寓江浙的文人。

同年进士中可举萨都剌、黄清老、贡师泰为代表。萨都剌天历间即以宫词著称(今存八首)，曾索铁崖唱和。杨维祯所编《西湖竹枝集》收其和作一首，并赞萨氏《宫词》和古乐府《芙蓉曲》"虽王建、张籍无以过矣"。黄清老泰定四年，曾与铁崖等在京师评论闽浙新诗；至正初又为铁崖赋集《丽则遗音》撰评。《元诗选》录其古乐府四首，又有《友人拟古乐府因题十绝句》等。贡师泰(1298—1362)，字泰甫，宣城(江浙行省)人。曾官礼部尚书、江浙参政等职。今存《玩斋集》十卷，为明人所辑，仅收乐府诗20首。杨维祯《西湖竹枝集》收其和作二首，至正十九年又为之作《玩斋集序》曰："公以余为通家兄弟，每令评其所著。……《杨白花》、《吴中曲》有古乐府遗音。"这三位同年在仕途上都比铁崖得志，他们之间的交往唱酬，对于扩大古乐府的影响无疑具有积极意义。

铁崖与任职或过往于江浙的官员有交往唱和者不少，《西湖竹枝集》已收入部分和作，试另举黄溍、张昱、戴良为例。黄溍(1277—1357)，字晋卿，义乌人。延祐首科进士，初授海宁县丞，曾为诸暨州判官、江浙儒学提举，官至侍讲学士。杨维祯与之关系甚密。他与李孝光"始唱相和"的古乐府辞，就是由于黄溍等人的推崇，才得以"梓行于南北"，章琬所编《铁雅先生复古诗集》前四卷还附有黄溍评语，曾为铁崖古乐府的传播起过重要作用。张昱，字光弼，江西庐陵人。曾参谋江浙军府事，迁左右司员外郎，行枢密院判官。后弃官不出。与铁崖交往唱和最为相得，廉夫曾

---

① 杨维祯初仕天台县尹为正七品，后官钱清场盐司令、建德路总管府理官为承务郎阶，秩从六品，至正十八年除江西等处儒学提举为从五品，但因兵乱未赴任。

为之撰《一笑轩记》。今存《可闲老人集》四卷，收乐府诗 21 首，另有《宫词》类作品 150 余首（包括《辇下曲》）。戴良（1317—1383），字叔能，浦江人。曾任丹泉书院山长。后为张士诚属官。杨维祯与之有交，并为之撰《听雪斋记》。著有《九灵山房集》三十卷，卷十五收乐府诗 20 首。

杨维祯与本地或流寓江浙的文人有交往者颇多，甚至男女老少皆有，《西湖竹枝集》已收有部分和作。兹举曹妙清、文质、宋濂、唐升为代表。女士曹妙清，字比玉，自号雪斋，钱唐人。至正初持诗文若干篇，由其师引荐，谒铁崖于钱唐。至正五年又偕乳母访铁崖于太湖之上，为之歌诗鼓琴以写山川流落之悲，引《关雎》、琴操以和《白雪》之章。杨维祯为她删定诗稿，并作《曹氏雪斋弦歌集序》。《西湖竹枝集》收曹氏和作一首，并附铁崖答诗一首。文质，字学古，甬东人。隐居吴之娄江。年长于铁崖一辈，尝与铁崖夜行，有挑梅花灯者，铁崖命其赋诗一首，立就。为铁崖所称，广为传诵。《草堂雅集》卷十二录其诗十首，有六首为古乐府。宋濂（1310—1381），字景濂，浦江人。至正中隐居时，曾与杨同赋《越歌》八首，实即《竹枝词》。后与刘基等并征至应天，为明朝开国文臣之首。铁崖为之作《潜溪后集序》和《翰苑集序》，宋濂为杨维祯撰墓志铭时也说："濂投分于君者颇久，相与论文，颇极玄奥。"并对其文学成就作了高度评价。著有《宋文宪公全集》，存乐府诗 50 余首。唐升，字伯慎，洮阳人。喜吟咏，然不肯贬事王侯。曾"自湖湘流离，越江汉，历闽峤，抵金陵，过钱唐，上会稽，周流几万里"，"求海内知言以质其所能"，终于在松江草玄阁觅到知己，杨维祯为之作《潇湘集序》，称"其乐府、古风谣平易不迫"，并在"赏会之余为之评点"，可惜《潇湘集》已佚。

二是通过铁雅派其他代表作家交游唱酬而间接发生影响。其中最值得注意的是李孝光、顾瑛和杨基等人的交际圈，因为李、顾、杨三人分别为铁雅派前期、中期、后期的健将。当然，由于铁雅派成员之间常有交往雅集，某位代表作家交际圈中的诗人也可能与其他代表作家有交往唱和，有的甚至与杨维祯也有联系。

李孝光交际圈中的人物可举张翥、泰不华、朱右为代表。张翥（1287—1368），字仲举，号蜕庵，晋宁人，寓钱唐，至正间官至翰林承旨。与李孝光、张雨、顾瑛、倪瓒、陈基、郯韶等皆有交往唱酬。平时所作诗文甚多，今存乐府诗 29 首，其《岁云暮矣》三首，即为"送李五峰之温州"而作。泰不华（1304—1352），字兼善，伯牙吾台氏，居台州，曾师从李孝光受学，至治元年右榜进士第一，历官至礼部尚书。后率军讨方国珍，九战而死。诗文皆有名，李孝光、钱惟善常与之唱和酬赠，杨维祯也曾于至正初赋诗相赠。《元诗选》初集录其诗 24 首，有古乐府。朱右（1314—1376），字伯贤，临海人。早年科场失意，"遂刻意为歌诗文词，动以古人为法"。曾从李孝光游，后至元五年孝光还为之作《白云稿序》。但今存《白云稿》仅五卷，除收《广琴操》

(属古乐府)十首外,不见有他诗。

顾瑛的交际圈人数最多,唱和最盛。他们主要以玉山草堂为活动中心,有时也结伴游赏吴越境内的名山胜水。据袁华所编《玉山纪游》记载,自至正八年二月到十一年九月,顾瑛曾先后多次招友人游山玩水,即景赋诗。“所游自昆山以外,如天平山、灵岩山、虎丘、西湖、吴江、锡山、上方山、观音山,或有在数百里外者,总题曰‘玉山’……每会必有诗,每诗必有小序以志岁月。所与游者。自(袁)华以外,为会稽杨维祯、遂昌郑元祐、吴兴郯韶、沈明远、南康于立、天台陈基、淮南张渥、嘉兴瞿智、吴中周砥、释良琦、昆山陆仁,皆一时风雅胜流。”[1]又据《玉山名胜集》记载,自至正八年春到二十年秋,顾瑛在玉山草堂共举行大小七十余次雅集,其中前五年最盛,多达五十余次。他们征歌饮酒、命题赋诗时,虽然使用律体次数不少,但也常作绝句、古体和古题乐府、新题乐府。例如,杨维祯曾在玉山“小蓬莱”题《小游仙》四首(古乐府体),陆仁、袁华、黄溍、秦约、郯韶、陈基、顾达皆与之唱和,各题《小游仙》于小蓬莱。又至正十年七月二十九日顾瑛与袁华、良琦、于立、王祎、赵元宴于芝云堂,酒半,以古乐府分题赋诗,袁华赋得《门有车马客行》,顾瑛赋得《山人劝酒》,于立赋得《短歌行》,诗不成者三人,各罚酒二觥。又如:

> 至正辛卯(十一年)秋九月十四日,玉山宴客于渔庄之上,芙蓉如城,水禽交飞。临流展席,俯见游鲤。日既夕矣,天宇微肃,月色与水光,荡摇棂槛间,遐情逸思,使人浩然有凌云之想。玉山俾侍姬小琼英调鸣筝,飞觞传令,欢饮尽酣。玉山口占二绝,命坐客属赋之。赋成,令渔童樵青乘小榜倚歌于苍茫烟浦中,韵度清畅,音节婉丽,则知三湘五湖萧条寂寞,那得有此乐也。赋得二十章,名曰“渔庄欸歌”。(《玉山名胜集》卷六《欸歌序》)

所谓“欸歌”,即《乐府诗集》“近代曲辞”中所录《欸乃曲》之体。是日诗成者十人,即陆仁、袁昺、周砥、秦约、顾瑛、袁华、于立、超珍、李瓒、岳榆,人各二首。至正十三年到十五年,随着战火向吴中逼近,玉山草堂的诗友往来日渐稀少,仅偶尔有诗酒之会。如至正十四年十二月二十三日夜晚,顾瑛与于立、秦约、袁华、张守中集于可诗斋,相与谈笑樽俎。酒半,诸君咸曰:“今四郊多垒,膺厚禄者,则当致身报效。吾辈无与于世,得从文酒之乐,岂非幸哉?”于是联句赋诗,直至夜漏下三鼓乃罢。十六年春,淮兵入吴前,顾瑛奉母避地于吴兴之商溪,母受惊得病,客死于旅次。事平,即奉函骨归祔葬于先陇,并筑白云海楼以望母。张士诚闻顾瑛才名而欲授爵秩,他

---

① 《四库全书·玉山纪游提要》。

以守母孝力辞弗获，不得已削发为在家僧。往日诗友，汇聚白云海楼，感慨万千，耆儒文质首赋《白云海歌》以赠，顾瑛诗情奔涌，连和四首长诗以叹世变与家难，袁华、陆仁、柴荣智、卢昭、卢熊也各和一首。这十首《白云海歌》，实际都是即事名篇的新题乐府。诸如此类的雅集唱和，对于当时正在发展的古乐府运动，无疑具有促进作用。据《草堂雅集》、《玉山纪游》、《玉山名胜集》及其《外集》四书统计，自至正八年春到二十年夏，曾与顾瑛唱和酬赠的诗人共160余人，其中除25人为铁雅派成员外①，还有派外诗人140余人，例如卢昭、姚文奂、李瓒、熊梦祥、瞿智、马麐、郑元祐、王祎、柯九思、吴克恭、昂吉、秦约、张天英等，皆有古乐府传世。

杨基的交际圈则包括了"吴中四杰"乃至"北郭十友"。据张习《眉庵集后志》曰：(杨基)"避兵围城中，日与才友高季迪、王止仲、张来仪、徐幼文辈相唱和以自适。"试举高启、徐贲、宋克为例。高启(1336—1374)，字季迪，长洲人。张士诚据吴，曾为其属官饶介之幕僚。明初召修《元史》，授翰林院国史编修官，复命教授诸王，不久辞归。后因替苏州知府魏观作上梁文而被害。今存《大全集》十八卷，有乐府诗278首。徐贲，字幼文，其先蜀人，徙常州，再徙平江。张士诚辟为属，已谢去。吴平，谪徙临濠。洪武七年被荐至京，累官至河南左布政使，后以细故下狱瘐死。今存《北郭集》六卷，有乐府诗60首。宋克，字仲温，长洲人。张士诚欲罗致之，不就。与杨维祯有交往唱酬，至正二十年杨维祯作诗赠仲温，并撰序曰：

> 东吴宋仲温工古歌诗，尤工诸家书法。余有所著，必命仲温书之。且扁舟访余东海角，觞咏数日而别，为赋长歌一解。酒余，使歌之，余和以铁龙之啸，不知人间世复有过余乐者不？余既醉，书此歌，复令仲温书遗玉笥、崆峒两生者和之。(赵琦美：《赵氏铁网珊瑚》卷七)

所赠长歌中有"宋才子，莫论秦，莫美新，城中酒薄不醉人"等语，当是赞美其不仕淮吴。此诗并序，今见于《赵氏铁网珊瑚》卷七，诗前并录高启所撰《南宫生传》，诗后并录张宪、倪瓒赠宋克诗，而高启也与张宪、倪瓒有交；那么，高启、徐贲等北郭才子最迟在至正二十年已了解铁崖其人。而作为诗人的高启大约也在此时进入了杨维祯的视野，因为至正二十一年由铁崖删定撰评的《大雅集》卷三已选录了高启诗二首。日本吉川幸次郎曾在《元明诗概说》一书中说："在北郭十友中，大都奉承过杨维祯，只有高启一人，对于这个大他四十岁的所谓诗坛宗匠，似乎敬而远之，至少没

① 他们是顾瑛、杨维祯、于立、袁华、陆仁、陈基、郯韶、郭翼、钱惟善、李孝光、张简、袁凯、夏溥、张雨、吕诚、倪瓒、卢熊、冯浚、殷奎、张守中、余善、马琬、卫仁近、吕恂、释照等25人，其中前16人为铁雅派代表作家。

有留下过接触过的痕迹。”就现存《大全集》而言，固然找不出高启曾接触或奉承过杨维祯的证据，但他的诗歌(尤其是古乐府)创作则明显受到了“铁崖体”的影响。

三是通过作品的传播和时风的激荡而引导诗坛潮流。尽管杨维祯在天历元年就已开始倡导古乐府，并且自认为曾使“泰定文风为之一变”，但实际上他在至正以前的影响还较为有限，例如元统二年(1334)苏天爵编成《元文类》一书，其卷四为“乐府歌行”，收元好问等24人的43首诗，既未收铁崖诗，也不称“古乐府”。后至元二年(1336)孙存吾编成《元风雅》二十四卷，其中已录同辈萨都剌、黄清老、倪瓒等人的诗，而对杨维祯都仍然只字未提。直到至正初《铁崖先生古乐府》和《西湖竹枝集》二书出版前后，他才真正被元末诗坛所承认，进而“推为一代诗宗”。据钱谦益《列朝诗集小传》记载：

> 兰英、惠英，吴郡人。皆聪明秀丽，能赋诗。建一楼以处，曰“兰蕙联芳”。二女日夕吟咏不辍，有诗数百首，颜曰《联芳集》。杨铁崖制《西湖竹枝曲》，和者百余家。见之，笑曰：“西湖有《竹枝曲》，东吴独无《竹枝曲》乎?”乃效其体作《苏台竹枝》十章。杨见其稿，手题二诗于后云：“锦江只见薛涛笺，吴郡今传兰蕙篇。文采风流知有日，连珠合璧照华筵。”“难兄难弟并有名，英英端不让琼琼。好将笔底春风句，谱作瑶筝弦上声。”自是名播远迩，咸以为班姬、蔡女复出也。

按《西湖竹枝集》已收钱唐士女曹妙清、张妙净二人和作，该书于至正八年七月在玉山草堂编成梓行后，吴郡士女兰英、蕙英以近水楼台得以先睹，“乃效其体作《苏台竹枝》十章”，可谓立竿见影。深处闺中的女子尚且受到时风的熏染，当时诗坛的规模效应可以想见。此后铁崖新作及其所选所评所序的诗集在元末明初的广泛流传，同样具有引导诗坛潮流的意义。例如，仅就现存元末明初诗文集中所收古乐府而粗略统计，刘基有280首(《诚意伯文集》)、胡奎666首(《斗南先生诗集》)、沈梦麟20首(《花溪集》)、胡翰15首(《胡仲子集》)、乌斯道13首(《春草斋集》)、释宗泐47首(《全室外集》)、张丁11首(《白石山房逸稿》)、董纪10首(《西郊笑端集》)、曹文晦20首(《元诗选》二集)、林鸿11首(《鸣盛集》)、周巽81首(《性情集》，实作154首)、梁寅26首(《梁石门集》)、刘嵩26首(《槎翁诗集》)、胡布67首(《元音遗响》)、孙蕡64首(《西庵集》)、李德15首(《广州四先生集》)、黄哲11首(《广州四先生集》)、丁鹤年12首(《鹤年诗集》)，他们皆为元末明初人，其中仅有少数人与铁雅派主要人物及其交际圈存在着某种联系，如胡奎在早年曾从学铁崖同年友贡师泰之门，后又与张昱有交，张有《与胡奎言诗》曰：“咏歌终日莫予违，可与言诗竟日稀。

风雅不测真妙制，性情所得是天机。”[①]胡在张死后还作诗以吊云：“二仙坊里张员外，白头相逢只论诗。今日过门君不见，小楼春雨燕归迟。”且《斗南老人集》卷三还有《次杨铁笛漫兴韵》四首，其二曰：“湖上雨干花片轻，铁笛新翻曲谱成。西施郑旦船尾卧，狂杀江南阮步兵。”由此看来，胡奎可能与杨维祯也有交往唱和，至少可以说他是有意识的追和铁崖古乐府（杨维祯号铁笛，曾作《漫兴》七首）。而大多数人则与铁雅派成员没有直接交往联系，他们的古乐府或是仿效铁崖古乐府而作，或是受时代风气的影响而作，从而自觉或不自觉地成为了古乐府运动的响应者和参与者。

把通过这三种途径影响而取得的古乐府创作实绩与铁雅派的活动成果汇为一体加以整合，然后置于历史发展的坐标系上，我们仍然可以清楚地看出当时古乐府运动演进的趋向与轨迹，它主要表现为如下三个方面的特点：

第一，就创作队伍而言，它以铁雅派成员为中坚而向社会各阶层诗人扩展。唐代元、白倡导的新乐府运动，旨在“补察时政”，“泄导人情”，这种主张导致它的响应者只能是一些热衷于以诗歌为现实政治服务的仕宦诗人，甚至元、白本人也没有把这种主张坚持下去。而杨维祯倡导的古乐府运动，旨在抒发情性，不拘格律，因而可以获得比唐代新乐府运动广泛得多的社会各阶层诗人的认同和响应；杨维祯本人则几乎终身致力于此，今存古乐府作品达 1 200 余首。就铁雅诗派而言，它作为一个主要由在野和半在野文人所组成的文学集团，也已具有一定的兼容性，如张雨、于立等是道士，良震、福报、行方等是僧人，顾瑛是富商出身，倪瓒不仅富有，而且是著名画家；当然，走读书做官传统文人道路的，仍占有一定比例，且入派成员皆是清一色的男性汉族诗人。而古乐府运动的响应参与者，则进一步扩大了铁雅派已有的兼容性，并且增加了蒙古、色目人（如萨都剌、贡师泰、泰不华、丁鹤年等）和女性诗人（如曹妙清、张妙净、薛兰英、薛蕙英等）。

第二，就波及地域而言，它以吴越为中心而向南北辐射。由于杨维祯自进士及第南还后，足迹不出江浙，以他为首而形成的铁雅派也主要以吴越为活动中心，因而闻风响应者以江浙人为多，并且创作古乐数量颇多、成就突出的几位大家，也都是江浙人。但随着铁雅派成员及其响应者的流动和铁崖诗作的传播，古乐府运动也逐渐由吴越向南北辐射，从《西湖竹枝集》所收作家和上举三类响应者来看，南方（包括西南）以江西行省为多，湖广、四川也有代表；而北方则河南江北行省和中书省皆不乏其人。

第三，就发展态势而言，它以元末为高潮而向明初延伸。如果说，天历元年杨

① 张昱：《与胡奎言诗》，《可闲老人集》卷四。

维祯和李孝光在吴下唱和古乐府是这一运动的逻辑起点，那么，至正八年《西湖竹枝集》和《铁崖先生古乐府》的刊行，则成为古乐府运动兴起的标志。此后它与铁雅派的发展大致相应，但至明代洪武年间，它在杨维祯去世之后，仍然凭藉由元入明诗人的势力而持续了一段时间才告终结。至于明初出道的诗人，后来也有写古乐府者，则已不属于古乐府运动的范围。

论铁雅诗派的形成[①]

正如杨维祯本人的诗名是随着他倡导古乐府而在元末诗坛崛起一样，以杨维祯为中心的铁雅诗派也是在他倡导古乐府运动的过程中逐渐形成，并伴随他的声名鹊起而得以发展。尽管由于元末战火四起和改朝换代而导致大量文献资料的散佚，从而给我们认识铁雅诗派的全貌造成了困难，但依据现存资料仍然可以勾勒出这个诗派形成和发展的基本轮廓。

与元代以前许多文学流派往往是由后人归纳而命名不同，铁雅诗派曾由当事人所标举，并为同时代人所承认。据杨维祯于至正十八年(1358)所作《玉笥集叙》曰：

> 我朝习古诗如虞、范、马、揭、宋、泰、吴、黄而下，合数十家，诸体兼备，独于古乐府犹缺。泰定、天历来，予与睦州夏溥、金华陈樵、永嘉李孝光、方外张天雨为古乐府，史官黄溍、陈绎曾遂选于禁林，以为有古情性，梓行于南北，以补本朝诗人之缺。一时学者过为推，名余以铁雅宗派。派之有其人曰昆山顾瑛、郭翼、吴兴郯韶、钱塘张映、嘉禾叶广居、桐庐章木、余姚宋禧、天台陈基，继起者曰会稽张宪也。(《杨铁崖文集全录》卷四)

这是现存文献资料中有关铁雅诗派的形成、命名及其主要成员的最完整的记载。在此前后，相关的表述也有一些，例如杨维祯在《铁笛道人自传》和《风月福人序》等文中所提到的一些唱和友、在《可传集序》中所说“吾铁门称能诗者，南北凡百余人”，都属于铁雅诗派的成员；甚至在方外诗人中也有传人，并形成了一个“方外别派”。他说：

---

① 本文原载《文学遗产》1998年第5期。

> 曩余在钱唐湖上与句曲外史、五峰老人辈谈诗，推余诗为铁雅诗。雷隐震上人、复原报上人传余雅为方外别派。继又得祁川行己方上人，齿虽少，气则盛，才则宿也，持所制见余，曰《铁龙》、《玉鸾》二谣，铿然有金石声，余已奇之。今年至祁上，上人出《冷斋全集》求余评，内有和余古乐府题，其辞多警策，余益奇之。嘻，可与震、报同列吾派矣。（《冷斋诗集序》）

云间释训请杨维祯为其诗集《一沤草》作序时，还明确提到“为人脍炙者”，有“铁雅派”①。

由上引材料足可说明，铁雅诗派的存在是确定不移的事实，并且曾发展到相当规模，在当时影响颇大。它的成员主要由两类人组成：一类是铁崖唱和友，一类是铁门能诗者。以往治文学史者，对此多避而不提；或虽然提及，却语焉不详。其中一个重要的原因，就是难以确定诗派的成员和代表作家。笔者依据现存文献资料，已撰《铁雅诗派成员考》一文②，分别以不同标准对两类诗人进行考察，初步确认铁崖唱和友 19 人，铁门诗人 71 人，加上杨维祯本人，共得铁雅派成员 91 人，尽管已考知的人数与当时的实际人数尚有一定距离，但作为一个诗歌流派，能够在动乱年代发展到如此规模，不仅在元代绝无仅有，而且在元代以前也不多见。

当然，一个文学流派的人多势众毕竟只能说明其声势与影响，至于它的成就和地位如何，则主要由其代表作家所决定。那么，铁雅诗派的代表人物有哪些呢？如果按照通行的做法，似乎应依据现存作品选择其成就突出者；但为便于确认这个流派的性质和特点，我们不妨以杨维祯的意见为主要依据。尽管这样做可能会由于文献缺失而导致两种遗憾：即有入选者后世名晦，或后世有名者却未能入选。前种遗憾当然已无法补救，而后种遗憾则无妨，我们仍可把他们作为铁雅派的一般成员或受铁崖影响而参与古乐府创作的人物来考察。上述铁崖唱和友 19 人，实际都是依据杨维祯的意见或传统看法而确认的，姑且皆作为代表人物看待；而对铁门诗人，杨维祯曾明确说过：“求如张宪及吴下袁华辈者，不能十人”③，因而最多只选择 10 人作为代表。那么，总括起来，实际只有 30 人被列为我们研究铁雅诗派的主要对象，他们是：宗主杨维祯，铁崖唱和友李孝光、张雨、陈樵、夏溥、顾瑛、郯韶、叶广居、陈基、倪瓒、钱惟善、陆仁、张简、王逢、袁凯、刘炳、于立、释良震、释行方，铁门诗人郭翼、章木、宋禧、张宪、袁华、吕诚、吴复、杨基、金信、贝琼。他们作为铁雅诗派的代表人物，实际也是古乐府运动的中坚力量；铁雅诗派的形成和发展，也大致与

---

① 杨维祯：《一沤集序》，《东维子文集》卷十。

② 黄仁生：《铁雅诗派成员考》，《中国文学研究》1998 年第 2 期。

③ 杨维祯：《可传集序》，《可传集》卷首。

古乐府运动的兴起和演进相辅相成，相得益彰。

铁雅诗派的兴衰历程，粗分可以至正十年(1350)底为界划为前后两期，细分则可划为初创、崛起、发展、衰落四期。试结合杨维祯及其他代表作家的创作活动略作阐述。

一、初创时期(1328—1339)

据章琬《辑录铁雅先生复古诗集序》云："我朝诗体备矣，惟古乐府则置而不为。天历以来，会稽杨先生与五峰李先生始相唱和，为古乐府辞。"至正二十六年(1366)，杨维祯在《潇湘集序》中自述道：

> 余在吴下时，与永嘉李孝光论古人意。余曰："梅一于酸，盐一于咸，饮食盐梅，而味常得于酸咸之外，此古诗人意也。后之得此意者，惟古乐府而已耳。"孝光以余言为匙，遂相与唱和古乐府辞。好事者传于海内，馆阁诸老以为李、杨乐府出而后始补元诗之缺，泰定文风为之一变。吁，四十年矣！(《东维子文集》卷十一)

由至正二十六年上溯四十年为泰定四年(1327)，是年，杨维祯登进士第，授天台县尹；那么，廉夫与李孝光唱和古乐府辞，当在他赴天台任途经吴下之时。这既是古乐府运动的起点，也是铁雅诗派的滥觞。关于他们俩当时唱和古乐府的情形，杨维祯于至正元年(1341)补写的《琴操序》也有记载：

> 琴操为退之独步，子厚不敢作，遂作铙歌，古之文人相服而不相忌者如此。后之诗人动以琴操自高，如蛮郎詈学华语，华不华，蛮不蛮，令人有可鄙者。余与永嘉李季和在吴下论古今人诗，季和酒酣，歌退之《羑里操》，举酒属余曰："杨廉夫崛强，作汉魏人古乐府，亦能作昌黎伯琴操乎？"余激其挑，亟领曰："请题。"季和遂命《精卫》而下凡九题，余明日赋毕；又明日复补退之《履霜》、《残形》二操。季和读之，拍几三叫曰："杨廉夫，铁龙精也。人欲和之，谁敢，谁敢？"(《铁雅先生复古诗集》卷一)

从铁崖自述中可以确知三点：第一，他们是在讨论过古今人诗之后才唱和古乐府的，实是一种有意识的倡导，与泰定以前有的诗人随意为之不同。第二，杨维祯在作琴操十一首之前，已写作过汉魏人古乐府体，数量当也不少，再加上李孝光的和作，至少有数十首之多，这样才可能产生影响，使泰定文风为之一变。第三，他们于诗酒酬和兴酣之际，有时也歌唱古乐府，当在一定程度上受到雅乐复古思潮的影响，但并不意味着要恢复古乐府的音乐特征。

这里有必要加以补充的是，杨维祯早在中进士之前就已开始大量作诗，并曾写作过相当数量的古乐府[①]；随后于泰定四年在大都与同年黄清老、俞焯、张以宁论闽浙新诗时又明确提出了“诗出情性”的主张[②]。因此，当时年仅32岁的杨维祯才可能有意识地标举以古乐府写情性的旗帜，并以其独具特色的创作而首先获得诗友李孝光的称赏和声援，继而使泰定文风为之一变。

此后十二年间，杨维祯除中间免官后居家待命三年(1331—1333)外，先后在天台县尹和钱清场盐司令任上奔走九年，仅以其余力从事文学创作，但其诗名、赋名已藉藉有声，如据《铁雅先生复古诗集》卷四《宫词序》曰：“天历间，余同年萨天锡善为《宫词》，且索余和什。通和二十章。”这表明他在天历诗坛就已相当活跃。他的古乐府创作不仅“寓意古题，刺美见事”，而且已有“即事名篇，无复依傍”之作，如《铁崖先生古乐府》所收《石桥篇》、《劭农篇》、《彭义士歌》、《警雕》等作写于天台县尹任上，《苦雨谣》、《卢孤女》、《盐车重》、《盐商行》等作写于钱清场盐司令任上。而李孝光则一直在吴中、金陵等地执教授徒，赋诗作文是其分内之事，当时文名可能还在杨维祯之上，并以此受知于江南行台官员。此间李、杨是否会面并再度唱和古乐府，尚难断定，但李孝光仍在从事古乐府创作，则毋庸置疑。如《五峰集》卷二所收古乐府中有《怡云》一诗可以考知作于后至元三年(1337)，也是“即事名篇”之作，并以此赠人。至于陈樵等人与杨维祯唱和古乐府是否始于后至元五年之前已不可考。那么，这一时期与其称为铁雅诗派，还不如称作杨、李诗派，正是由于杨、李首先唱和古乐府辞，随后又各自继续写作，扩大影响，才初步奠定了铁雅诗派崛起的基础。

二、崛起时期(1340—1450)

杨维祯自后至元五年七月丁艰去职，到至正十年十二月补杭州四务提举，其间经历了长达十一年多的隐居和漫游生涯。卖文与授徒作为谋生的主要手段，固然使他这位抱有用世之志的二甲进士备尝了人生的艰难与苦涩，但也由此得以广交诗友，广收门徒，从而带来了铁雅诗派的崛起和古乐府创作的兴盛。此间值得关注

---

① 据吴复《辑录铁崖先生古乐府序》说，杨维祯早年曾作千余首咏史诗，晚年“呼童焚之，不遗一篇”。这千余首咏史诗，当有不少为古乐府体。

② 《东维子文集》卷七《两浙作者序》曰：“曩余在京师时，与同年黄子肃、俞原明、张志道论闽浙新诗。子肃数闽诗人凡若干辈，而深诋余两浙无诗。余愤曰：‘言何诞也！诗出情性，岂闽有情性，浙皆木石肺肝乎？’”

的事情甚多，兹择其要者胪列如下：1. 后至元六年南台监察御史彭叔仪校刻《乐府诗集》于金陵，李孝光作《乐府诗集序》，为文人士子学习古乐府提供了范本；至正元年杨维祯重录旧作《琴操》十一首并自序，显然是寓杭后以此赠人索和，同样具有倡导的意义。2. 至正初杨维祯赋集《丽则遗音》的刊行和他所撰《正统辨》一文的传播，接连使他名声大振，这都有助于他广交诗友，广收门徒。3. 至正初杨维祯偕诗友、率弟子在西湖、太湖、洞庭之间游赏唱和，李孝光、张雨等人推其诗为"铁雅诗"，释复报和良震等以传其雅为"方外别派"；他的《竹枝词》也多作于此时或稍前，并由此而把元末诗坛唱和《竹枝词》的风气推向高潮；至正六年吴复辑《铁崖先生古乐府》十卷，张雨为之作《叙》，以李、杨并称。这些进展，标志着铁雅派已经崛起，并取得了令人瞩目的成就。4. 至正七年李孝光应召赴京，向北方扩大影响；杨维祯于至正六年冬寓居吴门，稍后与顾瑛缔交，并参与玉山草堂文人雅集，铁雅诗派也因此得以扩展。查现存《玉山名胜集》，有关玉山雅集的记载始于至正八年春，杨维祯曾于当年三月一日作《雅集志》曰："至正戊子(八年)二月十有九日之会为诸集之最盛。"而是年正月二十二日，廉夫已与顾瑛、郯韶、徐师颜宴于姑苏路义道家，并为琼花、珠月二名姬赋诗[①]，知杨、顾缔交当在此前。那么，由此可以推断，曾延续十余年、在当时和后世皆有深远影响的玉山文人雅集，当始于杨、李缔交之后，杨维祯实际被推尊为玉山文人集团的精神领袖，他们中有不少人本来就是(或后来成为)铁雅派成员。是年七月，杨维祯在玉山草堂编成《西湖竹枝集》，收录 121 人的 184 首诗作，与吴复所编《铁崖先生古乐府》同时梓行。九年五月顾瑛"裒其所尝与游者往返唱和及杂赋之诗"，编成《玉山草堂雅集》一书付梓，杨维祯为之作《序》曰：

> 其首内交于余也，筑亭曰某亭，以尊余之所学也；设榻曰某榻，以殊余之所止也。余何修而得此哉？盖仲瑛之慕义好贤，将以示始于余。示始于余，而海内之士有贤于余者至矣。故其取友日益众，计文墨所聚日益多，此《草堂雅集》之出于家而布于外也。集自余而次，凡五十余家，诗凡七百余首。(弘治刻本《铁崖文集》卷四)

按《四库全书》本《草堂雅集》十三卷实收 70 人诗作，其中虽已删去铁崖作品，但仍录有陈基、张雨、倪瓒、郭翼、吕诚、郯韶、于立、张简、陆仁、袁华等铁雅派代表人物的作品。十年春至七月，杨维祯先后主评嘉兴聚桂文会和松江应奎文会，与会文士

① 参见《铁崖先生诗集》癸集《琼花珠月二名姬》诗序、《玉山逸稿》卷一《路义道席上同杨铁崖作》及孙小力《杨维祯年谱》。

共1 200余人,实际表明杨维祯的文名在当时已被社会所承认。如此种种,把铁崖诗派的前期活动推向高潮。5. 此间不仅铁崖唱和友如李孝光、张雨、陈樵、顾瑛、郯韶、陈基、倪瓒等颇有成果,而且铁门弟子中也有吴复、吕诚、郭翼、宋禧、袁华等开始崭露头角,杨维祯曾分别为吴、吕、郭三弟子的诗集作序。

三、发展时期(1351—1366)

尽管由于李孝光、张雨于至正十年相继去世和后来战争的冲击,曾在一定程度上使铁雅诗派受到挫折;但从总体上看,它仍然处于发展之中。首先,铁雅诗派的活动区域有所拓展。前八年杨维祯先后任杭州四务提举、建德路总管府理官,活动中心也随之向杭州、睦州转移;至正十八年冬除江西等处儒学提举,因兵乱未上,次年徙淞,后八年又以松江为中心。与此同时,平江仍然作为铁雅派活动的根据地而存在:顾瑛主持的玉山雅集在至正十一年和十二年尚较盛,十三年起受到战争冲击,但在兵乱后的五年间(至正十六年到二十年)还举行了十多次雅集;而张士诚据吴十年间所营造的相对安定的环境,实际也成为了吴越和外地文人避乱的场所,他们中有不少人一直与杨维祯保持着密切的联系。其次,铁雅诗派的队伍有所扩充。如刘炳、王逢、释行方、张宪、赵信、章木、杨基、章琬、金信、殷奎、管讷等若干人,都是在此期间才成为杨维祯的唱和友或门徒的,尤其晚年在淞学任教期间又培养了不少新秀。再次,铁雅诗派的古乐府创作也有所创获。如张宪的《玉笥集》、王逢的《梧溪诗集》、袁华的《可传集》先后于十八年、十九年、二十三年编成,杨维祯曾分别为之作序。刘炳的《春雨轩集》也可能编成于十六年秋至十八年秋之间,因为杨维祯为之作序时所署官名为“建德路总管府推官”,而他于十八年冬所作《玉笥集叙》则已改署官名为“江西等处儒学提举”。天台赖良辑录吴越人诗2 000余首编成《大雅集》一书,杨维祯于至正二十一年为之删定为八卷(收150余人的388首诗),并评点作序,其中有一定数量的古乐府。至正二十四年,章琬编《铁雅先生复古诗集》六卷,连吴复所编《铁崖先生古乐府》十卷并刻。此外,还有金信的《春草轩集》也编成于元末,廉夫曾作《金信诗集序》,称其“昔诵余古乐府三百,辄能游泳吾辞”,“所编如古琴操、《赵璧词》、《荆卿篇》、《博浪锥》、《月支王头饮器歌》,其气充,其情激,其词郁以谐。吁,信之诗有法矣”! 其赞美之词,溢于言表,可惜金信诗集已佚。

四、衰落时期(明初)

随着西吴军队于至正二十七年正月攻占松江和九月攻破平江,尚存于世的铁雅派成员怀着不同的心境相继进入明朝，往日战争未曾摧毁的创作队伍终于在明初政治的作用下发生分化，铁雅诗派的活动与创作也由此而逐渐走向衰落。这种趋势主要从如下三个方面表现出来：其一，铁雅派主要人物相继去世或遭受政治打击。如张宪曾任淮吴枢密院都事，吴平后因惧祸而变姓名寄食杭州报国寺以殁；顾瑛虽一生未仕，但以其子为元故官，也被迫随子一起迁徙临濠（今安徽凤阳），卒于洪武二年；陈基和杨维祯侥幸未罹于祸，先后被召而放还，皆卒于洪武三年；杨基入明十一年，先后两徙（初徙临濠、旋徙河南）三谪（由荥阳知县谪居钟离、由江西行省幕官得罪落职、由山西按察使夺官谪输作）而死；袁华初为苏州府学训导，不久即因其子为吏被罪，坐累逮系，卒于京师；袁凯于洪武三年荐授御史，因对答不称旨而为朱元璋所恶，不得已假装得了风疾而告归，佯狂以终；吕诚也曾于洪武三年谪迁广东，明年赦归，晚年务农，过着“仅尔免饥饿”的生活，洪武二十六年尚存于世[①]。其二，其他幸存而未受政治牵连的代表人物也发生了转变。有的隐身匿迹，如夏溥、叶广居、郯韶、陆仁、于立、良震、福报、行方、章木、金信等入明后事迹失考[②]；倪瓒在吴平后“黄冠野服，混迹编氓”，卒于洪武七年；张简曾于明初荐修《元史》，此后也不知所终。有的则逐渐改弦易辙，如宋禧于明初召修《元史》，后典福建乡试，入明后所作《庸庵集》十卷未见有古乐府；钱惟善隐居松江，洪武十二年犹在世，其《江月松风集》十二卷所收古乐府较少；刘炳在明初从事大都督府，后除东阿知县，阅两考，今存《刘彦昺集》九卷所收古乐府颇多，但都有铁崖评语，表明皆作于元末；王逢于明初和洪武十五年两次以文学录用，皆坚辞不就，卒于洪武二十一年，今存《梧溪集》七卷，所收古乐府多作于元末，明初新作较少；贝琼于洪武三年征修《元史》，六年以儒士举，除国子助教，十一年致仕，曾作《铁崖先生传》称扬乃师，但主张“立言不在崭绝刻峭，而平衍为可观；不在荒唐险怪，而丰腴为可乐”，朱彝尊《静志居诗话》卷三称他“学于杨而不阿所好者也”，实际是为适应明初正在急剧变化的文风而对铁崖宗尚作了修正。其三，自杨维祯逝世以后，铁雅派再无新的成员加入，铁门十家以外的其他弟子能继承和发扬乃师传统的已寥若晨星，如明初略有诗名的申屠衡、朱芾、朱应辰、陈璧、李钢、陆中、徐章、俞桢、陶振、唐贞等，都有诗见于《明诗纪事》，管讷的《蚓窍集》十卷、殷奎的《强斋集》十卷等皆传于世，却少见有古乐府。由以上三点可知，入明以后，随着杨维祯的去世，铁雅诗派就开始走向衰落，至洪武

---

① 按《来鹤亭诗》卷一多岭南诗，卷二有《洪武辛亥南归重渡梅关》诗云：“去年窜逐下南溟，万里归来鬓已星。”辛亥为洪武四年，由此知吕诚于洪武三年谪迁广东，已而赦归。其“仅尔免饥饿”之生活写照，见于同书卷四《田居书怀》。二十六年存世，参见四库馆臣《来鹤亭诗·摘要》。

② 铁雅派代表人物可以确知在元末去世的仅有吴复、李孝光、张雨、郭翼、陈樵等五人，其他生平失考者，姑且看作明初尚存于世。

中后期,宗风遂坠。但铁崖晚年所作古乐府颇多,除《东维子文集》所收少数作品外,明初顾亮还辑有《杨铁崖咏史古乐府》,后来又有人辑佚编成《铁崖先生古乐府补》六卷。

最后,我们还有必要继续就铁雅诗派的性质与特征略作探讨。如上文所述,从杨维祯首次打出复兴古乐府的旗号,直到他逝世为止的四十多年间,他几乎是终生以此为志。但这并不意味着铁雅派成员都只写古乐府而不写近体诗,因为杨维祯倡导古乐府的根本前提是:否定“宋人或本事实,或本道学禅唱”,主张“诗本情性”,不受体裁和格律的束缚①。而具体就每个诗人的写作而言,如果技艺圆熟,以近体写情性并不感到有束缚,或突破近体格律,以“放体”写情性,也未尝不可;况且在宴集酬赠、即席赋诗时,作近体实比作古乐府快捷,这是玉山草堂雅集多以近体唱和的根本原因。所以即使杨维祯本人,也写作了不少近体诗。至于廉夫的唱和友,只要曾写作过一定数量的古乐府,即被视为同道,而不论其此前或往后作过多少近体诗。

杨维祯本人虽曾有过断断续续十七年的从政经历,但他在仕途上一直不得志,时官时隐,充其量只能算一个半在官半在野文人。而其他人在加入铁雅派之时,大多也是在野和半在野的文人士子(至于入派以后出仕,或在淮吴,或在明初,则另当别论),他们的聚合,不是由于政治观点的一致或政治活动的需要,也不凭借任何政治派别或政要大员的势力,而是由于与杨维祯人生趣味相投或文学倾向相近,或是倾慕杨维祯的诗才和学问而从学铁门。因而尽管他们中有些人仍然关心政治,并在诗中反映政治现实,但铁雅派本身并不依附于政治,而以其纯文学品格,卓立于元末诗坛。

由此可以确认,所谓铁雅派,实际上是一个以杨维祯为核心、以复兴古乐府为旗帜、主要由在野和半在野文人所组成并且具有文学独立意义的诗歌流派。这一根本性质也决定了铁雅派的某些特征是与生俱来的,其要旨有三:

一是铁雅派的组合方式带有松散性特征。严格地说,这个诗派中两类人的组合方式是有区别的:铁崖唱和友是以交往为纽带,但由于杨维祯政治地位不高,而且囊中羞涩,不可能由他定期组织诗友雅集,只好借他人宴集来酬赠唱和,这一方面导致廉夫不拘一格交友,一方面又与所交之友随聚随散。顾瑛主持的玉山草堂雅集前后延续了十余年(至正八年到二十年),共举行大小集会 70 余次,倒是为铁雅派队伍的稳定起过凝聚作用,但杨维祯参与唱和的次数并不很多。铁门诗人是以授受传承为纽带,其组合方式显然要严密一些,因而培养出郭翼、宋禧、章木、张

① 详见拙文《杨维祯的文学观》,《复旦学报》1997 年第 4 期。

宪、袁华、吕诚、吴复、杨基、金信、贝琼等一批骨干，且铁崖诗集也主要由其门人吴复、章琬、顾亮等人编辑，但杨维祯和门人之间也无定期聚会唱和之约。或者铁雅派组合的松散性特征，也可反过来说明，这个诗派能在元末活跃几十年，起凝聚作用的主要是杨维祯作为一个诗派领袖的魅力，而非诗派的规约章程。

二是铁雅派的构成与活动具有地域性特征。试先将铁雅派 30 位代表人物的籍贯列表如下：

姓　名	籍　贯	所属元代行政区划	姓　名	籍　贯	所属元代行政区划
杨维祯	诸暨	江浙行省绍兴路	陈　基	临海	江浙行省台州路
张　宪	山阴	江浙行省绍兴路	福　报	临海	江浙行省台州路
宋　禧	余姚	江浙行省绍兴路	刘　炳	鄱阳	江浙行省饶州路
良　震	三山	江浙行省福州路①	顾　瑛	昆山	江浙行省平江路
张　雨	钱唐	江浙行省杭州路	张　简	吴县	江浙行省平江路
钱惟善	钱唐	江浙行省杭州路	袁　华	昆山	江浙行省平江路
吴　复	富阳	江浙行省杭州路	郭　翼	昆山	江浙行省平江路
李孝光	永嘉	江浙行省温州路	吕　诚	昆山	江浙行省平江路
陈　樵	东阳	江浙行省婺州路	行　方	嘉定	江浙行省平江路
金　信	金华	江浙行省婺州路	倪　瓒	无锡	江浙行省常州路
郯　韶	湖州	江浙行省湖州路	袁　凯	华亭	江浙行省松江府
叶广居	嘉禾	江浙行省嘉兴路	王　逢	江阴	江浙行省江阴州
贝　琼	崇德	江浙行省嘉兴路	于　立	南康	江西行省南康路
夏　溥	淳安	江浙行省建德路	陆　仁	河南	河南江北行省
章　木	桐庐	江浙行省建德路	杨　基	嘉州	四川行省嘉定府路

上表中前 27 人皆为江浙行省人，而杨基以其祖父官江左而生长于吴中，陆仁也一直寓居昆山，实际皆可称为吴人。唯有于立确为江西人，但他早年就在会稽山学道，后来因喜爱吴中山水而成为杨维祯、顾瑛的唱和友。至于铁门弟子中的其他 61 位能诗者，江浙人也占绝大多数。尽管铁雅派成员由于各自人生道路的不同，在元末也有转徙流动，他们走出江浙以后也会继续从事创作，但作为一个诗派的集团性活动却基本上未曾越出江浙地区的范围，并且主要以杭州、平江、松江为聚会

① 杨维祯编《西湖竹枝集》记良震为三山人，而绍兴路余姚州东北和太平路繁昌县东北皆有三山，未知孰是，但二者皆属江浙行省，姑且定为前者。

场所,从而使这个诗派的形成和发展,都表现出鲜明的地域性特征。

三是铁雅派的创作风格具有多样性特征。杨维祯标举以古乐府写情性的旗帜,实际也成为了铁雅派的创作宗旨,由此决定该派诗歌创作表现人性、展示人生的基本倾向一致,而其风格内涵则多彩多姿。首先,就一个作家而言,由于其人性具有丰富的内涵,发为诗歌也会表现出不同的风格。例如胡应麟认为"杨廉夫歌行","大率秾丽妖冶"[①],而王士祯则说:"铁崖乐府气淋漓。"[②]即以胡应麟一人论铁崖七言四句体为例,他先评"其婉丽梦得靡加",又评"其瑰崛长吉莫过"。其次,"人各有情性,则人各有诗也",诗品既然决定于不同人品,那么,各人的诗风也会呈现出不同的个性,例如,杨维祯曾评张雨诗"俊逸清赡"[③],郯韶诗"清丽而温重"[④],陆仁诗"清俊奇伟"[⑤],刘炳诗"悲壮雄浑"[⑥],实际都由其情性所决定。再次,复古取向的多元性和乐府诗体裁的多样性也会导致风格的差异。因而铁雅派的创作既不严守某代某家诗法,也不拘于体裁格律,而是像汉魏六朝隋唐乐府诗那样,呈现出万木千花、姹紫嫣红的局面。

① 胡应麟:《诗薮》内编三。
② 王士祯:《戏仿元遗山论诗绝句》三十二首之十六,《精华录》卷五。
③ 杨维祯:《西湖竹枝集》。
④ 杨维祯:《郯韶诗序》,《东维子文集》卷七。
⑤ 杨维祯:《西湖竹枝集》。
⑥ 杨维祯:《刘彦昺集序》,《刘彦昺集》卷首。

论杨维祯的哲学思想[①]

杨维祯是元末明初文坛领袖，他的辞赋创作代表了元赋的最高成就[②]，他倡导的古乐府运动和以他为首而形成的铁雅诗派[③]，曾把元诗推向了高潮。综观他的文学活动和创作成就，固然离不开其文学思想的直接指导[④]，但从深层意义上说，其哲学思想的影响也值得我们重视。面对动荡多变的时代和坎坷不平的人生，杨维祯的思想也难免会呈现出复杂而矛盾的状况，然而就其总体倾向而言，他的哲学思想构成大致可以概括为：以儒为本，由朱入陆；以道为辅，崇尚自然；排斥佛理，合佛于儒。试结合其生平创作阐述如下。

一、以儒为本，由朱入陆

在理学被“定为国是”，“设科取士，非朱子之说者不用”[⑤]的思想文化背景下，杨维祯曾系统地学习过《四书》、《五经》及程、朱诸儒的注解，且早年以专攻《春秋经》登进士第，免官隐居期间又以讲授《四书》、《五经》维持生计，先后著有《四书一贯录》、《五经钤键》、《礼经约》、《春秋胡氏传补正》、《春秋大议》、《左氏君子议》、《春秋透天关》、《春秋定是录》、《春秋合题著说》等书，因而清人视其为理学中人，并先后把他收入《宋元学案》和《宋元学案补遗》二书。

就理学渊源而言，杨维祯早年受朱熹的影响固然不小，后来在有些应酬文章中

---

① 本文原载《复旦学报》1999年第4期。

② 参见拙文《论元代科举与辞赋》(《文学评论》1995年第3期)和《铁崖赋考论》(《中国韵文学刊》总第7期)。

③ 参见拙文《论铁雅诗派的形成》(《文学遗产》1998年第5期)和《铁雅诗派成员考》(《中国文学研究》1998年第2期)。

④ 参见拙文《杨维祯的文学观》，《复旦学报》1997年第4期。

⑤ 参见侯外庐等主编：《宋明理学史》上卷，人民出版社1984年版，第763页。

偶尔也称引朱熹学说，因而难免带有酸腐气味；但他并不株守朱熹一家，甚至在《朱子评韩子辨》和《山中饿夫传》等文中，敢于对朱熹的观点提出批评。联系《东维子文集》卷六《春秋百问序》所说："六经皆有疑，而莫疑于《春秋》，疑而不决，而欲得笔削之微者，盖寡矣。"既然廉夫敢于疑六经，那么，对朱熹的某些观点提出批评，自然也顺理成章。究其所自，当始于他弱冠时尝游学四明，其父"鬻马寄赀，而维祯以赀得明人新书曰《黄氏日抄》及《黄氏纪闻》凡若干卷以归"[①]。此二书皆为宋末元初人黄震著（按：黄震，字东发，浙江慈溪人。为朱熹后学之翘楚，门人私谥曰文洁先生）。《宋元学案》卷八十六《东发学案》载黄百家案语曰："《日抄》之作，折衷诸儒，即于考亭亦不敢苟同，其所自得者深也。今但言文洁之上接考亭，岂知言哉！"杨维祯自四明归来后，曾在铁崖山苦读数年，受《日抄》影响颇深。他后来敢于疑经，不苟同朱熹，与东发治学路径有相通之处，故被《宋元学案》列入"东发续传"。

不过，铁崖治学也不谨守东发一家。他早年游学之地四明，同时也是陆学后劲杨简等人的故乡，可能读到过陆学一派的著述，所以他后来在《芝兰室志》一文中就曾将陆象山与朱熹并提于孔子之后，他的思想也逐渐发生转变，乃至由朱入陆。当然，这种转变并非一种偶然、孤立的文化现象，它是在元代理学出现了一股兼综朱陆、和会朱陆的思想潮流下进行的，而这一思想潮流在促使宋代理学向明代理学发展的过程中，实际起了嬗变和转递的作用[②]。

陆九渊的心学以整个宇宙为思维背景，他说："万物森然于方寸之间，满心而发，充塞宇宙，无非此理。"[③]杨维祯在《五湖宅记》中则说：

> 物莫大于宇宙，而尤莫大于心。善论心者，谓之寸宅，拓寸而大，天地不能容，太虚吾室也，八荒吾庭也，日月吾扃牖也。（《东维子文集》卷二十一）

认为心大于天地，能包容宇宙，正是从陆氏关于"宇宙便是吾心，吾心即是宇宙"[④]的理论发展而来。陆九渊所说的"心"，既是万物根源性的实体，同时也是一种伦理性的实体，他说："仁义者，人之本心也。"[⑤]是以伦理属性作为人心的本质。杨维祯论人心的伦理属性，则尤其强调天然而无伪，他说："夫仁，一恻隐之良心，出于天而素

---

① 杨维祯：《先考山阴公实录》，弘治刻本《铁崖文集》卷二。
② 参见侯外庐等主编：《宋明理学史》上卷第二十七章，人民出版社 1984 年版。
③ 陆九渊：《语录》，《陆九渊集》卷三十四。
④ 陆九渊：《杂说》，《陆九渊集》卷二十二。
⑤ 陆九渊：《与赵监》，《陆九渊集》卷一。

无伪者也。”[①]认为“人情物状，世容有伪，惟天出之物，不可以伪参也”[②]。实是肯定出自天性的真心，反对伪饰，这一思路直接通向明代王学左派所肯定的真心、童心、赤子之心。

陆九渊思想的宗旨是强调内心体验，极力扩张主观自我。他说：“收拾精神，自作主宰，万物皆备于我，有何欠缺。”[③]杨维祯对人如何役使“皆备于我”的万物增加了一个由“借”到“不借”的环节，他说：

> 人一身外无长物，物皆借也。吾试与子言借：“衣冠借以束身，棺椁借以掩胔，土石借以周郭，山岳借以积土，天地借以奠岳。极之于大，则大灵借以辟天地，何莫非借也？近而言之，琴筑借声，绣绮借色，刍豢借味，鼎釜借烹，刀刃借割，壶豆借盛，金玉借玩，席借偃而策借扶也，车借驾而马借驰也，旗帜借表而弧矢借威也，印章借信而露布借令也，权贵借势而封爵借名也。远而言之，丹青借图而金石借刻，载书借誓，册府借史，而圣人百家诸子之文借以寓道也，又何往而非借也？及其亲也，妻借齐，子借嗣，父母借生，而吾六尺之躯亦借也。吁，借乎，借乎！何啻于一巢乎？”或者起谢曰：“浅矣乎，吾之窥借也。吾因子言借，而知天地万有之不有于我也。”杨子曰：“吾于天地万有皆借也，而有不借者在。”“何在也？”曰：“以天地万有之借为借者，万有之客也；以天地万有不借之借为不借者，不客于万有之客者也。子徒知吾有借，而庸讵知吾不借之借而不客于客者耶？”（《借巢记》）

人除一身外本一无所有，都是通过“借”来役使万物，则相对于万物而言，我为客也。但“吾心即是宇宙”，万物无不由“吾心”派生，则我当“自作主宰”，驾御万物之上，此即所谓“吾不借之借而不客于客者”。在陆九渊的理论中，扩充主观自我的最终目标，就是要做一个驾御万物之上而无所不知、无所不能的超人。他说：“我无事时只似一个全无知无能底人，及事至方出来，又却似个无所不知、无所不能之人。”所谓“仰首攀南斗，翻身倚北辰，举头天外望，无我这般人”[④]，正是其超人形象的写照。他有一首《大人词》更形象地描绘了作为“超人”的自我形象，诗曰：

> 从来胆大胸膈宽，虎豹亿万虬龙千，从头收拾一口吞。有时此辈未妥帖，

---

① 杨维祯：《真仁堂记》，《东维子文集》卷二十一。
② 杨维祯：《瑞竹图卷序》，《东维子文集》卷十。
③ 陆九渊：《语录》，《陆九渊集》卷三十五。
④ 同上。

哮吼大嚼无毫全。朝饮渤澥水，暮宿昆仑颠。连山以为琴，长河为之弦，万古不传音，吾当为君宣。（《象山先生全集》卷二十五）

杨维祯受其影响，也作《大人词》曰：

有大人，曰铁牛。绛人甲子不能记，曾识庖牺兽尾而蓬头。见炼石之女补天漏，涿鹿之帝杀蚩尤。上与伊周相幼主，下与孔孟游列侯。衣不异，粮不休，男女欲不绝，黄白术不修。其身备万物，成春秋。故能后天身不老，挥斥八极隘九州。太上君，西化人，自谓出于无始劫，荡乎宇宙如虚舟，其生为浮死为休。安知大人自消息，天子不能子，王公不能俦，下顾二子真蜉蝣。（《铁崖先生古乐府》卷三）

陆诗中的大人能够"朝饮渤澥水，暮宿昆仑颠"，一口吞下亿万虎豹千百虬龙，他连山为琴，以河为弦，所弹奏的自然是胆力超世的巨人心声。杨诗中的铁牛则是一个"身备万物"、超越时空而其生活方式与世人无异的精神巨人，所谓"天子不能子，王公不能俦，下顾二子真蜉蝣"的宣言，正强烈地表现了他高扬自我的傲岸性格。正如章培恒师所说："杨维祯诗中的'大人'形象，其实正是陆九渊诗中的'大人'形象的发展。把陆九渊的哲学思想符合逻辑地向前推演，就必然得出这样的结论：上古的庖牺也好，天地万物也好，春夏秋冬也好，乃至天子王公也好，也都是'吾心'所造（即使'吾心'持有者的我只是一个普通人，情况也仍然一样）。"①

受陆氏主观唯心论的启发，结合自我与人类社会发展的关系来对人的本性这一古老的哲学命题进行思考，杨维祯赞同高子昭所持"未尝有我，亦未尝无我，超然独有见于杨、墨之上，自呼曰我我"之人生态度，并由此而阐发了他的"我我说"："认万物为渠者，有我之见也；忘一己为予者，无我之见也。有我者固非，而无我者亦不是也。故有我为杨氏，无我为墨氏。"那么，"我我"的实质如何呢？他解释说："上我，不我之我，为我我之主；下我，有我之我，为我我之所。"实际主张"利他"与"利己"相结合，"为他"的终极目的和归宿还是"为我"，故曰："有我之我，为我我之所。"此论虽带有一定的折衷调合色彩，却对程朱否定"人欲"的理论是一种反拨。最后他说：

有问我之我我，我曰："我得于我，我之自得于父，父之自得于祖，祖之又自得于祖祖之祖。溯其祖，极于天地之初生，则我之我与天地俱生者久矣，岂今日

---

① 章培恒：《明代的文学与哲学》，《复旦学报》1989年第1期。

之我，或七十年、八九十年为今之我哉？然则越十二万龄，天地死，我复何去？又越十二万龄，天地生，我复何来？能是者，是为我我之徒也。”（《我我说》）

意谓为我之心是与生俱来的，如此代代相传，才构成了永恒不灭的自我。这个永恒不灭的自我，实际与廉夫《大人词》中的铁牛、陆九渊《大人词》的超人，在精神上有相通之处。

当然，杨维祯的思想由朱入陆，仍然只是儒家思想内部的一种转变，并且在他的思想结构中终其一生都是以儒为本。但由朱入陆的这种转变却促进了他的思想解放，从而让诸子百家皆为我用，在中国文学史上成为从宋代陆九渊心学向明代王阳明心学嬗变和传递的环节之一。尤其当他把陆学的这种强调扩张主观自我的倾向与道家的自然理论结合起来以后，他的思想便更富于鸢飞鱼跃的活力，其中超越儒家思想和传统观念的因素也逐渐增多，以致形成一定程度的异端倾向——即如王彝所批评的“以淫辞怪语裂仁义，反名实，浊乱先圣之道”[①]。

二、以道为辅，崇尚自然

上引《大人词》中有“下顾二子真蜉蝣”之句，弟子吴复由此认为此诗“隐然排斥二教于言意之表。”在杨维祯的文章中的确也有类似表述，例如《真逸子志》云：“余犹怪佛老氏之提捶世法，蔑弃人事，而又以隐逸揭揭然表于人。”考其渊源，这种思想态度早在青年时代读《黄氏日抄》后就已形成。黄震认为“佛、道之害极矣”[②]，因而主张禁绝佛、道[③]，其出发点当然是为了维护儒家之道。廉夫受东发影响，对佛道之说也常有批判，例如早年所作《天籁赋》就振振有词地驳斥了庄子的齐物论，但他后来又与和尚、道士保持着密切的联系，因而对于佛、道的认识也有发展变化，尤其对于道家和道教则有取有弃，并不一概排斥。

至正初杨维祯再次免官期间，他的思想正在发生急剧变化，因而在不同场合下对道家和道教所持的不同态度颇值得我们玩味。试先举三段论述如下：

老庄氏善以闳阔之言言大道，而圣人之徒无取焉，形道太高，而绝礼太甚也。（《约礼斋记》）

---

① 详见王彝：《文妖》，《王宗常集》卷三。
② 详见黄震：《钦德载闲道集序》，《黄氏日抄》卷九十。
③ 参见黄震：《戊辰轮对札子》，《黄氏日抄》卷六十九。

孔子师老子，则老子道与孔子道弗殊。且老子固周藏室之史也，又知其学有资于时君，不徒五千言《道德》之述也。后之道家宗老氏，太史公取其言约而易操，事少而功多，故西京贤君资之为南面之术，而成清净宁一之治，其效不诬已。迨效者宗其传，而欲灭绝礼乐，槌提仁义，曰虚无可以为治，吐纳可以长生，则吾未知其说也。我朝抑黜百家，尊上孔氏，而老氏之宗仍俾其徒申教章以裨治化，故今孔、老氏之学并行而不悖。(《与吴宗师书》)

老氏道与吾圣人之道本无二也，引以为异者，私知求之之过也。于是乎有真无之论，要乎老氏之本也。金人抹撚氏仲宽以吾圣人之学注老氏之书，深讳儒者以虚无、以绝灭礼乐、以惨刻术数言老子，而必欲证其道以同吾圣人。(《抹撚氏注道德经序》)

以上三文皆作于至正四年至六年[①]，时间相去不远，而前文却与后二文大异其趣。原因在于前文为门生蒋毅而作，在廉夫看来，蒋生攻举子业自然应以儒学为本，而不宜惑于老庄氏之言，故用"圣人之徒无取焉"一语断之。后二文认为"孔、老氏之学并行而不悖"，其道本来"弗殊"、"无二"，显然是站在儒学的立场上来肯定老氏之学"有资于时君"，有补于治化，实是以孔衡老，援道入儒；至于道家倡言虚无、灭绝礼乐、槌提仁义以及道教所倡吐纳、术数等，则仍不为其所取。

上述《人大词》最早见于至正六年三月吴复编成的《铁崖先生古乐府》，写作时间必在至正六年三月以前，诗中大人既然傲视天子与王侯，那么"下顾二子真蜉蝣"也顺理成章。吴复概言此诗"排斥二教"固然可以在同时的文章中找到佐证，但值得注意的是，从《铁崖先生古乐府》所收《奔月卮歌》、《篯铿词》、《道人歌》、《梦游沧海歌》、《琼台曲》等诗作可以看出，杨维祯在当时已经在一定程度上受到了道家和道教的影响。他自称铁笛道人、铁崖仙客，正是其游心于道的一种象征，如极富神仙色彩的《奔月卮歌》就是为他的唱和友、茅山道士张雨而赋，而《篯铿词》则是以《庄子》和《神仙传》、《列仙传》中长生不老的彭祖为原型，所谓"男女欲不绝，饮食谷不辟。四十九室家，五十二嗣息。岂是山泽癯，咽漱炼精魄"。似乎与《大人词》中"铁牛"的生活方式和生命体验相近，诗人正是从这种生活方式和生命体验中揭示出了"广成至道本自然，有人得之同寿域"的人生奥秘[②]。那么，显而易见，杨维祯在

---

① 按：杨维祯于至正四年十一月赴湖州，授经蒋氏东湖书院，蒋毅等人从之受学，此后二年间常往返于杭州、湖州之间，《约礼斋记》当作于此间。又《与吴宗师书》提及"《三史正统辨》若干言"(撰于至正四年春)，而吴宗师(名全节，字季成，至治二年制授玄教大宗师，总摄江淮荆襄道教，知集贤院道教事)卒于至正六年，则此书必作于至正四年夏到至正六年之间。而《抹撚氏注道德经序》则自署作于至正六年十月十五日。

② 按：黄帝向广成子请问长生至道的本事出自《庄子·在宥篇》，因其文长，恕不征引，所谓"本自然"，则是廉夫根据广成子的回答和庄子的理论精髓归纳而成。

至正初年写作《大人词》之时，实际已经吸取了道家的自然理论。至正八年，他作《玄妙观重建玉皇殿碑》云：

惟老氏之道原乎《大易》。《大易》，吾圣人忧患之作也。老氏者，其无忧患乎？闵文法之烦称也，机谲之互角也，百疾俱作，万怪横生，昼冥宵光，夏霜冬雷，罔不缪盭，故其立教以自然为宗，以无为为有本，返治古于容城氏时，田不侵畔，渔不争隈，抚婴儿于巢上，栖余粮于亩首，虎豹可尾，蛇虺可蹑，而不知为之者，此老氏旨也。（《东维子文集》卷二十三）

该文明确指出老氏"立教以自然为宗，以无为为有本"，表明廉夫对道家的认识有所深入，与《镬铿词》所倡"广成至道本自然"一脉相承，只不过前诗着眼于人生，此文着眼于社会罢了。

当元末农民大起义爆发，杨维祯"急于伸志"之心第三次受挫以后，他从感性体验到理论认识都接受了道家的自然理论，并把它与陆学强调扩张主观自我的思想融为一体，终于导致他的言行在一定程度上超越儒家的价值规范，表现出离经叛道的个性精神。如他在云间所作《自然铭》有序曰：

老聃谈自然，以理有至分，物有至定极甘。庄生推之为"逍遥"：小大任小大，长短任长短，而物无不得其所。其然者，皆莫知其所以为自然也。心无为者，与化为体，上知造物之无物，下知有物物之自造也，非此无以明自然。故老、庄祖自然，使世之沓婪躁妄一安乎自适，而诣乎定极此自然。虽然，知效一官，德征一国者，亦有自然，故尧舜与许由虽异，其得于自然一也。（《东维子文集》卷二十三）

这段话实际上是依据《庄子》和郭象的《庄子注》来阐发他对老庄自然理论的认识。在他看来，老庄所说自然，实即在承认"物各有性、性各有极"的前提下而主张"各以得性为至，自尽为极也"。所谓"小大任小大，长短任长短，而物无不得其所"，就是指的这样一种因任自然的逍遥境界，也即郭象所说："夫小大虽殊，而放于自得之场，则物任其性，事称其能，各当其分，逍遥一也。"①考"理有至分，物有至定"二语，不仅老子没有说过，即《庄子》一书也未见，但郭象《庄子注》卷一却有这样一段话：

---

① 郭象：《庄子注》卷一。

> 夫质小者所资不待大，则质大者所用不得小矣。故理有至分，物有定极，各足称事，其济一也。

廉夫拈出其中八字，改“极”为“至”，既概括了老氏自然之要旨，又巧妙地用事理之“理”取代了老、庄之“道”。因为在老、庄的思想体系中，万物皆由“道”所造，杨维祯则采纳郭象的观点[①]，而阐述为世上本无造物者，万物皆由自生自造，人对于各具个性的万物，只有心中“无为”，与造化融为一体，才能庶物不伤而各适其性。由万物推及人事，他的自然论便具有了异端倾向，其内涵主要表现在三个方面：

一是在人性论上主张顺性自适，各遂其志。不仅不要压迫、戕害普通老百姓的人性，使沓婪躁妄辈也安于自适；而且应让“知效一官、德征一国者”各遂其志；在《逍遥游》中，庄子尚有“贬尧而推许”（用成玄英说）的倾向，而廉夫却认为“尧舜与许由虽异，其得于自然一也”，对君主与隐士的各适其性都予以肯定。这些内容都与明代王学左派的自然人性论相通。

二是在政治观上主张无为而治。除了上述沓婪躁妄辈安乎自适，国君、百官、天子、隐士各遂其志外，廉夫还进一步提出要让人民都“脱出疵疠，跻乎春台，含哺而怡，鼓腹而嬉，国忘乎忠烈，家忘乎孝慈”。这种理想境界与《玄妙观重建玉皇殿碑》所叙大致相通而又有所发展，尤其“国忘乎忠烈，家忘乎孝慈”，似乎可以换一个角度理解为：一个国家过于强调忠烈孝慈，就是“有为”，就会损害人性。

三是在人生观上崇尚自由精神。他认为有识之士可以“由自然而得尧舜于尘垢秕糠之外，其诣极如藐姑射之神人”。所谓藐姑射之神人，是庄子在《逍遥游》中塑造的一位进入了自由王国的人，他不肯以物为事，“其神凝”，却可以“使物不疵疠而年谷熟”，能“磅礴万物以为一世蕲乎乱”，甚至于他身上的尘垢秕糠，都可以陶铸尧舜，实际上是最高自由精神的象征。杨维祯虽然并不否定尧舜，但他以达到藐姑射之神人的境界为最高目标，正是为了追求一种“物物而不物于物”、“独与天地精神往来”的自由境界。

在这篇序文中，杨维祯是以“逍遥叟”自居，其铭文又曰：“理无小大，物无长短。理与物付，物与我忘。推其极也，物不疵疠，我不夭殇。”已明显接受庄子通过齐物以臻于逍遥的思想，从而否定了自己早年所作《天籁赋》。在现实生活中，他曾命其

---

① 郭象《庄子序》曰：“夫心无为，则随感而应，应随其时，言唯谨尔。故与化为体，流万代而冥物。……通天地之统，序万物之性，达死生之变，而明内圣外王之道，上知造化无物，下知有物之自造也。”又其《庄子·齐物论注》曰：“夫造物者，有邪无邪？无也，则胡能造物哉？有也，则不足以物众形。故明众形之自物而后始可与言造物耳。若以步有物之域，虽复罔两，而未有不独化于玄冥者也。故造物者无主，而物各自造，物各自造而无所待焉，此天地之正也。”

居室为“自便”，并以“自便叟”为号，文法士至其室不肯辄自便，他也告曰：“自便。”有人批评他说：“便在人可，便在自不可。”他拂然曰：“吾便便性，非便文吾性吾天耳。”①实际是对尊重自我和因任自然思想的一种实践。便性也即适性，反对文饰“吾性吾天”，旨在因任自然。

三、排斥佛理，合佛于儒

本来自忽必烈即位奉萨斯迦派高僧八思巴为国师（后称帝师）以后，佛教在元代的地位就一直高于包括道教在内的其他宗教，并且从杨维祯结识的方外人士来看，和尚人数也要多于道士；但杨维祯对于佛教的排斥却要甚于对道教的批评，即使后来思想结构发生变化，他也只是游心于道，而最终未曾皈依于佛。

究其原因，除了廉夫早年曾受黄震的影响，从观念上认为“佛氏之害尤甚”以外，主要在于他是站在儒家思想的立场上来认识和批判佛教的基本理论，试举三段文字如下：

> 释氏以灭绝伦理，示人以险绝之机，而生生之道几息。（《玄妙观重建玉皇殿碑》）

> 夫以浮屠之教弃伦理而宗空无，其为书又务为宏阔胜大之言，无有兴观群怨之事、鸟兽草木之情，而何有于诗？（《高僧诗集序》）

> 今之为浮屠氏以绝伦，屏荤酒，若槁项黄馘之流，日诵经钞若干万言，以为得佛之道，而不知去道益远。（《清溪亭记》）

前二文的口吻、措词与对道家的批判相似，认为佛教宣扬空无，灭绝伦理，否定现实人生，徒为宏阔胜大之言，与儒家的价值观相冲突；后文则进一步批判了佛教的禁欲主义修炼方式，所谓“去道益远”，当是指去儒家之道益远。

其次，杨维祯对一些佛门弟子动机不纯、行为恶劣也深为不满，如《鸡足山安定兰若记》曰：“今之庸妄者托浮屠以规免王徭，志与吾民争秋毫利，高至于树党王公，玉食而骑游，珍宝绮绣，子女狗马，过于大姓名。”他甚至认为“释之为教，本以劝愚

---

① 杨维祯：《自便叟志》，《杨铁崖文集全录》卷二。

俗匹夫匹妇逃租徭以入浮屠”[①]，并由此批判佛教的“阔大之言”是用“以诱愚，非以诱贤也”[②]。

当然，元末佛教徒并非都是愚夫愚妇，其中也不乏道行高深的智者。杨维祯曾自称：“余交浮屠南北之秀，凡数十人。”[③]这些人中实际有不少是自幼习儒而后归入佛门的。表面看来，廉夫既然从思想上排斥佛教，却又与僧人来往密切，似乎存在着矛盾；实际上他与佛门之秀的交往主要以如下两个方面作为纽带。

一是僧人的言行“合吾道”，方为廉夫所重。如海上天镜净身在佛门而不忘白发老母，他为之作《望云轩记》云：

> 金仙氏之教超于万有之外，而净之有其亲于天性者，不得以真无诬之，吾又知其性之与吾儒合也。狄孝子之忠于国、仁于民者，孝之推也。净推其孝，移忠于君，移敬于长，移义于宗族，移任恤于姻友，覃乎民社，则望云者又何异于狄孝子哉？（《东维子文集》卷二十）

大中祥符禅寺主僧昙师本为儒家子嗣，“师身禅而心则儒”[④]，论道以性善为宗，喜以敬尊爱亲为上义，他援引柳宗元所说“吾于浮屠氏之言取其与吾儒合者”来称赞昙师，实即廉夫结交浮屠友的原则。

二是僧人所作诗文“不畔吾道”或能“传余雅”者，杨维祯尤乐于称引。例如他曾为江左道上人作《竺隐集序》曰：

> 余喜其吐辞运旨，未尝有本教阔大不经之言，其雅颇近韩，畅近欧，而简白近太史公，求之浮屠文中，骎骎乎争驾牧潜，而于蒲室也殆将过之，此余较其格裁而言。究其论道，则其不合吾道者，盖寡矣。……余自离乱弃官十余年，以觚简著作为事，绝求于势要，而一时方外有文句近古，亦取而录之，而况有文不畔吾道追古作者如《竺隐编》者乎？（《东维子文集》卷十）

杨维祯在元末以诗名世，友人称其诗为“铁雅诗”，东南诗僧也仰慕其名，或与之唱和，或求序扬名。其中有些诗僧深受铁雅诗风影响，自称铁门弟子，从而形成一个

---

① 杨维祯：《郡安寺重建佛殿记》，《东维子文集》卷二十。
② 杨维祯：《送用上人西游序》，《东维子文集》卷十。
③ 杨维祯：《送照上人东归序》，《东维子文集》卷十。
④ 杨维祯：《大中祥符禅寺重兴碑》，《东维子文集》卷二十三。

“方外别派”①。这大概可以看作他与僧人交往的一项具有积极意义的成果。

对上述两个方面有必要加以补充的是，杨维祯所结交的“合吾道”、“不畔吾教”的僧人，则往往有可能产生背叛本教的倾向，例如东禅寺僧文友和其师正一不受戒律束缚，“日与士大夫饮酒赋诗，以风流自命”，杨维祯却深表赞赏，认为能“脱解禅缚”，“乃得称圣”。② 或许铁崖狂放不羁性格的形成，曾从这类敢于背叛教规戒律的狂禅精神中受到影响，至少可以说二者有相通之处。

当元末战乱四起、生灵涂炭之时，杨维祯对佛教的态度有所转变，曾在一定程度上接受了三教合一的思想，但仍然是从儒家的立场出发。至正十五年，桐庐姚杰创蓝田三一精舍，塑孔老释三像，以孔子居中，示以三教之道归于一，廉夫感叹曰：

> 杰也乃于吾道陵夷之际挈而尊之，彼二氏者若在弟子之列，化异端归皇极，使皆知有君臣父子之伦，礼乐刑政之教，民之秀而出者，不没溺于虚无寂灭之归，岂非杰之用心宏而推化者广也？（《蓝田三一精舍记》）

在他看来，所谓三教合一，就是让佛老氏化其异端而归于儒家之道。至正十七年又作《建德路重修兜率寺记》，他有感于当时战乱导致“伏尸至数百十里”，而向佛教求助：

> 我朝所以殖西教配黉庙也，迟其效于必世，百年之久而未得也，何师能以大法王力，圆融一切法性，成就一切福德，消恶氛于江表，除青痨于海澨，使万年皇图有以系中兴治统。（《东维子文集》卷二十）

然而就杨维祯本人而言，即使自兵兴以来，“遭罹死地者凡四五”③，却终生不愿皈依佛门。

---

① 参见杨维祯：《冷斋诗集序》，《东维子文集》卷十。
② 杨维祯：《清溪亭记》，《东维子文集》卷二十。
③ 杨维祯：《心太平铭》，《东维子文集》卷二十三。

论杨维祯的政治态度①

杨维祯(1296—1370)是元末明初文坛领袖,他的辞赋创作代表了元代辞赋的最高成就②,以他为首而形成的铁雅诗派及其所倡导的古乐府运动③,曾把元代诗歌创作推向新的高潮,并对明代文学产生过深远影响。要深入研究杨维祯的文学创作,有必要知人论世,首先把握他的政治态度。纵观杨维祯的一生,正处在元王朝由盛到衰以至灭亡、朱元璋政权乘时崛起以至灭元兴明的时期,曾先后与元朝、淮吴、朱明三个政权发生过或久或暂的联系,他的人生道路,是由时代与个人的双向选择所决定的;他的政治态度,则与其人生道路相辅相成,并主要从他对这三个政权的态度中体现出来。下面拟结合其人生道路,分别予以展开论述。

一、杨维祯的政治理想及其对元朝政权的态度

与由宋入元往往带有民族情绪的南士不同,杨维祯生长于南北统一后的大元承平之世,从小就在心理上认同蒙元政权,并在读书求仕时期树立了"学成文武艺,货与帝王家"之志。他曾迫不及待地表白:"吾将瞻大明,谒崇天,扣龙墀而虎拜,呈披腹之琅玕。倘见收于虎榜,当不逊于汉庭之直言也。"④希望能够"列朝班于王除,立玉笋之万丈,肃朝端之楷模"⑤。因而历代儒士所奉行的"忠君爱民"思想也成为其政治上的出发点,并以居清华之职,"上承明天子之德意,下轸吾赤子之困穷",旌

① 本文原载《中国文学研究》1999年第1期。中国人民大学书报资料中心《中国古代近代文学研究》1999年第7期全文转载。

② 参见拙文《论元代科举与辞赋》(《文学评论》1995年第3期)、《铁崖赋考论》(《中国韵文学刊》总第7期)。

③ 参见拙文《论铁雅诗派的形成》(《文学遗产》1998年第5期)、《铁雅诗派成员考》(《中国文学研究》1988年第2期)。

④ 杨维祯:《白虎观赋》,《铁崖赋稿》卷下。

⑤ 杨维祯:《玉笋班赋》,《铁崖赋稿》卷上。

忠斥奸，扶正诛邪，远复汉、唐之盛，近还中统、至元之治，作为他的政治理想。

然而现实与理想往往相去甚远，杨维祯曾作《铁笛道人自传》，自述登进士第后，“仕赤城令，转钱清海盐，皆不信其素志”。赤城令（即天台县尹）和钱清场盐司令都不是清华之职，固然非其所愿，但他上任后皆忠于职守，试图以勤政爱民来报效朝廷，可是他的两次努力任职，换来的却是两次免官的结果，后来宋濂在《杨维祯墓志铭》中所叙二事颇能发人深思：

> 天台多黠吏，凭陵气势，执官中短长。先以饵钩其欲，然后扼吭，使不得吐一语，世号为八雕。君廉其奸，中以法，民方称快。其党颇蚓结蛇蟠，不可解，君卒用是免官。
>
> 久之，改钱清场盐司令。时盐赋病民，君为食不下咽，屡白其事江浙行中书，弗听；君乃顿首涕泣于庭，复不听；至欲投印去，讫获减引额三千。俄相继丁外内艰，……自是不调铨曹者十年。

显而易见，无论在天台县依法惩治豪强，还是在钱清场为民请命减赋，都是其忠君爱民的具体表现，何罪之有？尤其第二次不明不白被免官，使杨维祯深受委屈，所以他曾作《投秦运使书》申诉云：

> 枉之大，抑之久，则莫如某也。某以父忧去司令之职，而司令之课曾无一二亏欠，而吏持文深者犹枝蔓其罪，不使其文符而去。（《东维子文集》卷二十七）

实际上，杨维祯出仕未久接连受挫的主要原因，更在于他的“狷直”性格不为本署和上司官吏所容。至正四年，巙巙出任江浙平章政事，他上书自白：在天台任上，“不敢少负所学，而性颇狷直，甘与恶人仇，不幸上官不右余直”；在钱清任上，“国之课无短少，鹾之过无漂注，而漕府吏之论不明，以某与陷课、截替人氏同一罪也，又何不幸也”；“丞相下车之初，蒙下漕府，追办宿案，事理既白，而小吏以赂为曲直，不以公道行相旨；而又幸天子诞布宽恩，凡一切逋课，皆在释放，而某之职课未尝逋也，小吏又以鹾课咨计未定，例不解盐官之由”，“又何其大不幸耶”？“今某为业，教授市中儿，以苟免大饥冻之窘，其穷可知已”，希望能得到平章的引手之援①。可惜巙巙尚未来得及“一引手堂下”，就被召还京师，感热疾而卒。

从杨维祯的自白来看，他先后与天台黠吏、漕府吏的矛盾，实际反映了元代吏

① 杨维祯：《上巙巙平章书》，弘治刻本《铁崖文集》卷一。

治的严重弊端：即胥吏舞文弄法、上下其手和儒、吏之间“相兵而不相谋”。元前期八十年间废除科举，“人才多以吏进”(孛术鲁翀语)，即使延祐复行科举之后，“由进士入官者仅百之一，由吏致位显要者常十之九”[①]。而出任各级官府的达鲁花赤皆为蒙古、色目人，他们大多水平不高，在处理政务时不能不依赖于吏，这又导致了吏员权力的扩大，以致弊端丛生。所以元末孔齐在《至正直记》卷三以愤激的口吻说：

夫陷溺其民者，罪莫大于土吏。土吏之罪，不容于诛。凡教猿升木，吹毛求疵，为害百端，败坏风俗，吏之所为也。今天下扰攘，城池残破，舞文弄法，助虐济奸，吏之所为也。吏之害深矣哉！(《富户避籍》)

世祖能大一统天下者，用真儒也。用真儒以得天下，而不用真儒以治天下，八十余年，一旦祸起，皆由小吏用事，自京师至于遐方，大而省、院、台、部，小而路、府、州、县以及百司，莫不皆然。纵使一儒者为政，焉能格其弊乎？故吾谓坏天下国家者，吏人之罪也。(《世祖一统》)

后世史家所谓“元亡于吏”之说本此。由进士出身且狷直傲物的杨维祯自然不会为“以赂为曲直”的胥吏所喜，也难为由吏入官的上司所容，因而导致两次免官。但杨维祯对吏的看法比孔齐要客观公正一些，他把吏分为儒吏和俗吏二类，肯定前者，贬斥后者，尤其对于俗吏弄权枉法的行为深恶痛绝：

吾亦有感于今之吏者，揣摩狙伺，深诋巧文，力制长牧，气压豪氓，称为能吏，苟婾刻薄。恃以为治具，而欲望其国理民安，是亦却行而求前矣。(《送江浙都府吏倪光大如京师序》)

但他并不赞成当时社会上儒、吏之间“相兵而不相谋”的不良风气，主张吏要通经，而儒要识律，儒、吏兼通，方可莅政临民。

大约在廉夫向巙巙上书求援以后不久，三史总裁官欧阳玄读了他的《正统辨》，颇为称赏，欲荐之于朝，而司选曹者又以流言沮之，“谓杨公虽名进士，有史才，其人志过矫激”[②]，不宜大用。所以直到至正十年冬才补得一个“典市之官”：杭州四务提举。上司谓“署之管库以劳其身，忍其性，亦以大其器也。杭四务，天下之都务也，俾

① 《元史·韩镛传》。
② 杨维祯：《上宝相公书》，《东维子文集》卷二十七。

提举其课，而后除以清华，处之未晚也”[①]。此次，他是带着满腹牢骚不平而走马上任的，不过因“使苟食于市，犹胜于挟策小儿”罢了。他感叹自己不遇于时，是“屈于不知己者也”。友人黄溍本可称为知己，且位居要津，有机会向皇上荐举廉夫，但他为避朋党之嫌，而辜负其所托，“绝口无所举”，且曰：“汝宜益自课慎重，不患禁近之不薄汝也。”廉夫深为不满，作《金华先生避党辨》，斥责黄溍为“今之孔光也”。是时年届五十六岁的杨维祯已有“时不我待”之感，他不甘沉抑下僚，而“急于伸志”，于是连续向上司宝相公、樊参政等上书自荐，以求知己，但这一切都不见有效，即使在数年之后所授建德路总管府理官和江西等处儒学提举，也不是他理想中的清华之职。

不过，自至正十一年夏秋爆发红巾起义以后，杨维祯关注、思考更多的已是国家的前途和人民的苦难。至正十四年，学生关宝进士及第，授临安县令，他作《送关宝临安县长序》说：

> 方今盗起淮颍间，挺祸于江浙。民耗于兵兴，罢于奔命者四三年弗复休。民之良胥陷于盗，招之而未归。嘻，岂吾民之乐为盗哉！抚字乖而饥寒之偪也。水旱相仍而田不减赋，妻子相流而农不息徭。其被害之原，悬于州与县，州县不闻之府，府不闻之省台。借或闻而不信，以至吾民财竭力穷。财已竭，力已穷，而赋徭愈急，征求愈繁，民死道路者相藉。幸而生者，其不去盗也几希。（《东维子文集》卷二）

在廉夫看来，导致当时农民起义的根本原因，在于官府征求赋徭既急且繁，实是驱民为盗，所以他告诫关宝应“以民为邦本，而本不可使戕而耗也”，上任后“务在康济生民，上承明天子之德意，下轸吾赤子之困穷，招寇于民，慎勿驱民于盗。吾将见疲者苏，流者复，休养生息，以还中统、至元之治”。其心态口吻，正一如当年任盐司令为民请命减赋不惜投印之时，尤其值此动荡危艰之际，仍以“还中统、至元之治”相期，可见他对元朝还抱有补天之志。所以在此前后，除了勉力尽职之外，他还用笔来旌忠斥奸，写了不少表彰忠义节烈的诗文，而对贪官酷吏及弃城而逃的达识丞相等则撰文予以讥斥。

二、杨维祯对淮吴政权的态度

以张士诚为首的淮吴政权，对元王朝的态度曾有反复变化，因而站在元臣立场

① 杨维祯：《上宝相公书》，《东维子文集》卷二十七。

上的杨维祯对淮吴政权的态度也前后不同。

至正十六年二月，张士诚进据平江，改平江路为隆平府，其大周政权机构也自高邮迁至隆平，随后分兵攻克常州、松江、湖州，势力大张。七月，又攻杭州，江浙左丞达识贴睦迩率先弃城而逃，杨维祯作《圻城老父射败将书》，称张部为“寇”；赴睦州任建德路总管府推官后，还希望元将移剌九九“复吴没地”①。

至正十七年七月，张士诚因与朱元璋争夺势力范围受挫而降元，授太尉，立江淮分省、江浙分枢密院于平江，颇好招贤纳士，一时“客之所聚者几七千人”②。十八年三月，移剌九九败于明兵，建德失守，廉夫避地富春山，“张士诚知其名，欲见之，不往”③。是冬，除江西等处儒学提举，但由于当时江西已逐渐为陈友谅攻占，他审时度势，弃官不赴，于十九年春回到杭州。四月举行江浙乡试，廉夫受聘预考文事，“选中左右两榜凡三十有六人，备榜十有五人”④，其中有铁门弟子三人。七月，新任江浙平章政事张士信（士诚弟）起浙西民四十万筑杭州城，又辟凝香阁以待四方之士，廉夫为之作记与诗，以休兵息民图治进规。大约与此同时，张士诚遣其弟（士信）来求言，因献“五论”及复书，集中阐述了杨维祯对淮吴政权的看法，同时也进一步表现了他的政治见解及其对元王朝的态度。

复书今见于贝琼《铁崖先生传》中，其大意有四：首先肯定张士诚之作为，“有今日不可及者四：兵不嗜杀，一也；闻善言则拜，二也；俭于自奉，三也；厚给吏禄而奸贪必诛，四也。此东南豪杰望阁下之可与有为也。阁下孜孜求治，上下决不使相徇也，直言决不使遗弃也，毁誉决不使乱真也。”所谓“今日不可及者”，当是与元末割据群雄相比较而言。其次指出其不足，“惟贤人失职、四民失业者尚不少矣”；又有“动民力以摇邦本，用吏术以括田租，铨放私人不承制，出纳国廪不上输，受降人不疑，任忠臣而复贰也”等六条弊政最为可畏，认为“六者之中，有其一二，可以丧邦”。实是站在元臣的立场而立论，认为张士诚既已降元，就应遵从元制，如二、三、四条弊政，就显然未尽元太尉之职责；至于“贤人失职、四民失业”及一、五、六条弊政，对淮吴政权来说诚然可畏，但以此衡量元王朝之政，则有过之而无不及，又何尝不可畏呢？再次是斥其用人不当，以致贤愚易位，黑白颠倒，危机四伏：

> 况为阁下之将帅者，有生之心，无死之志矣；为阁下之守令者，有奉上之道，无恤下之政矣；为阁下之亲族姻党者，无禄养之法，有奸位之权矣。某人有

---

① 杨维祯：《送二国士序》，清道光刻本《江阴县志》卷二十六。
② 杨维祯：《送王公入吴序》，《东维子文集》卷八。
③ 贝琼：《铁崖先生传》，弘治刻本《铁崖文集》卷首。
④ 杨维祯：《乡闱纪录序》，《东维子文集》卷五。

假佞，以为忠者，某人有托诈，以为直者，某人有饰贪虐，以为廉良者。阁下信佞为忠，则臣有靳尚者用矣；信诈为直，则臣有赵高者用矣；信贪虐为廉良，则跖蹻者进、隋夷者退矣。又有某绣使而拜虏乞生，某郡太守望敌而先遁，阁下礼之为好人，养之为大老，则死节之人少、卖国之人众矣。是非一谬，黑白俱紊，天下何自而治乎？及观阁下左右，参议赞密者未见其砭切政病，规进阁下于远大之域者，使阁下有可为之时，有可乘之势，而迄无有成之效，其故何也？为阁下计者少而为身谋者多，则误阁下者多矣。

最后是警告与解释：

身犯六畏，衅阙多端，不有内变，必有外祸，不待智者而后知也。阁下狃于小安而无长虑，此东南豪杰又何望乎？仆既老且病，爵禄不干于阁下，惟以东南切望于阁下，幸采而行之，毋蹈群小误人之域，则小伯可以为钱镠，大伯可以为晋重耳、齐小白也。否则，麋鹿复上姑苏台，始忆东维子之言，於乎晚矣！

所谓“小伯”、“大伯”之为，实是以元天子统治下的东南诸侯王相期许，这与廉夫此前所作《上张太尉诗》中谓“珍重晋公经济手，中兴天子复神州”之意相同①。

“五论”今见于《东维子文集》卷二十七，即《驭将论》、《人心论》、《总制论》、《求才论》、《守城论》，实为一个整体，与复书相表里，皆为张士诚“图伯”大业而发，当然仍以“诛讨贼虏、恢复王土、尊奖王室”为前提。他认为“图伯”大业必须“以收人心、固人心为第一义也”：“人心者，天命之所系，国脉之所关。收人心者，要当使之如父兄子弟之亲亲出于天情之固结，而不可一日离而去也。人心一归，天下事无不可为；人心一去，天下之事解体矣。”“善用兵者，必先有以收天下之人心，又有以固天下之要害。天下之要害固，天下之人心固矣。”（《人心论》）那么，由此及彼，统率军队也必须军心齐一，“人心不一，而欲守之固、战之克者，无也”。“总制之所以名者，一众心以制敌者也，非徒一号令、一服色、一旗帜、一金鼓、七投虎龙八阵之法也”。“人心有所不一，虽十万百万之众而心各心，于百万则固不如十人一心之为利也。故战之胜负不在士之多寡，而在于心之一不一也。”（《总制论》）人心收而固，军心齐而一，还必须善于用才驭将，方能克敌制胜，百战不殆。用才必先求才，并且应求得

① 按：钱谦益《国初群雄事略》将杨维祯《上张太尉诗》二首系于至正十七年张士诚降元之时，疑有误，因当时廉夫在睦州任建德路总管府推官，与张士诚无任何联系。又其诗第二首有“老夫未草《平蛮策》”之句，当作于献“五论”及复书前，可能是十八年张士诚慕廉夫名欲召见时，廉夫以此二诗作答而不往。

其道，用得其所："可缓而不必求者，天下之常才；不可缓而必求者，天下之奇才也。""於乎，天下之奇才，王伯之佐乎！闻之谋主也，代未尝乏，求之而不得者，以求者非其道，求得其道，而又用之或非其所也。急奇才者，不咎吾求之非其道、用之非其所，而咎天下之无奇才也，不亦过乎？""惟阁下立宾贤之馆，於奇才也，亦知所求矣，然求之非其道，用之非其所，则孰愈安坐而不知求者哉？吾以为阁下图伯必得谋主，欲得谋主，必求奇才。"（《求才论》）而善御将者，则应审其势之利钝而为之所也："将，国之爪牙也。驭之善，则得其利；不善，亦足以致吾害。盖骁武勇鸷、鹰搏而虎噬者，其素所蓄积也；又况有挟功而骄、恃恩而放者乎？故临时驭之以智术而不胜者，不若平日束之以威令之愈也。"（《驭将论》）至于《守城论》，则是针对当时张士信聚浙民筑杭城"为此自疲自困之计"而进言："城以保民为之也。城不保民则不固，不如恃民之为固也。故曰：众心成城。诚以恃城，不如恃民也。""今阁下之守土，惟知恃城，而不知恃民与恃守将也，兴筑已还，五郡之民财穷矣，力竭矣，小变怨而叛，大变寇乘而至矣。此时虽有泰山之城、江海之池，恐非阁下所能有也，惟阁下省之虑之。"此即复书中所说"动民力以摇邦本"之弊政。

是年十月初，杨维祯携妻子徙松江后，可能曾在吴中与张士诚有过一次会面。据都穆《南濠诗话》记载：

> 张士诚据有吴中，东南名士多往依之。不可致者，惟杨廉夫一人。士诚无以为计，一日闻其来吴，使人要于路，廉夫不得已，乃一至宾贤馆中。时元主方以龙衣御酒赐士诚，士诚闻廉夫至，甚悦，即命饮以御酒。酒未半，廉夫作诗云："江南岁岁烽烟起，海上年年御酒来。如此烽烟如此酒，老夫怀抱几时开？"士诚得诗，知廉夫不可屈，不强留也。

此前杨维祯已在复书中批评张士诚"出纳国廪不上输"，而元主所赐御酒实为征粮之酒，他面对"如此烽烟如此酒"，自然忧患有加而难以开怀。考《元史·顺帝本纪》，"诏遣兵部尚书伯颜帖木儿、户部尚书曹履亨以御酒、龙衣赐张士诚，征海运粮"，在至正十九年九月；而"张士诚海运粮十一万石至京"，在二十年五月。由下诏到使者抵吴，必有一定时日，则廉夫入吴饮御酒事当在献五论及复书之后，时为十九年冬。一年前张士诚召而不往，此次不得已往见而不留，与复书所说"仆既老且病，爵禄不干于阁下"的态度一致。所谓"既老且病"，当然不过是托词而已，他不愿仕于淮吴的根本原因有三：一是认为张士诚"狃于小安"而无远大之志，不是他理想中能够中兴元室的诸侯王。二是对淮吴用人不当深为不满，他在《送王公入吴序》中斥责"淮也吴之客七千，异于妾妇者几人"？而真正被他称许的不劣于战国之士的淮吴之客寥寥无几。三是从传统忠节观出发，不愿失身为娼：一方面他对张士诚中兴元室仍抱有一定希望，因而不仅与张氏属官、幕客常有交往唱和，而且曾撰文荐举他的学生(如张宪、赵信)或友人赴淮吴任职；一方面又对张氏是否忠于元室持保留态度，所以他鄙视“某绣使而拜虏乞生，某郡太守望敌而先遁”，实际对元臣仕吴也视为“失身如市娼者”①。

至正二十三年，张士诚欲求王爵，元廷不予，遂于九月自立为吴王，即在平江治宫阙，立官属。群下同声贺之，但也有陈基等犯颜谏止，不听。此后不再输粮于京，属官俞思齐谏曰：“向为贼，不贡犹可；今为臣，可乎？”士诚怒，抵案仆地而入。思齐知不可事，即弃官称疾而隐。杨维祯作《骨鲠臣传》赞之。自是淮吴政权性质发生蜕变，廉夫对张氏兄弟的态度也相应有变，尤其张士信于二十四年八月鸩杀达识帖睦迩而自为江浙行省左丞相及任用佞臣王敬夫、蔡彦文、叶德新三人谋国以后，淮吴政权日趋腐败，以致终于在至正二十七年九月被明军消灭，杨维祯随即写了一组诗文，斥责伪吴所行亡国之政及伪相、佞臣、贪官酷吏骄奢淫逸的败行。

三、杨维祯对朱明政权的态度

尽管在元末群雄割据征战之时，杨维祯也有友人在朱元璋属下效力，但他本人与朱氏政权发生直接联系则是在至正二十七年正月明军占据松江以后。首任上海知县祝挺、华亭知县冯荣及松江同知李浩等皆与廉夫有交，此后三年间，杨维祯以古稀之年所撰诗文，仍有不少涉及时政，从中大致可以看出他对朱明王朝的态度。

至正二十七年三月初，上海县民钱鹤皋以反对验民田征砖甃城，结张士诚部反，聚众达三万，但至四月即被明兵平服，祝挺和冯荣从中斡旋，使两县无辜“转死而生者殆万齿”。事后，廉夫作《上海知县祝大夫碑》、《大树轩记》等文颂其仁义，实已承认朱明命官的合法性。明年正月，朱元璋即皇帝位，定国号曰大明，建元洪武，随后召松江同知李浩入京，杨维祯作《送淞江同知李侯朝京序》曰：

> 有明受天新命，开基金陵，百辟效职，百将效忠，实君臣千载一时之会，所以创大业臣妾天下，皆国家善于用人也。宝定李侯浩，字师孟，材足以任重，智足以拨乱。淞归附初，奉命来为贰守……历政甫期……淞士庶拜颂为古循吏。今年春，中使衔命下郡，取为机近法从，侯不税冕行……余举爵酌侯曰：“天子任股肱心腹之臣如侯者，不几也，侯慎之。”再酌曰：“侯历民间，往当以生灵之

① 杨维祯：《瓜隐子传》，《杨铁崖文集全录》卷四。

> 忧为己忧，以答天子之大宠命。”三酌曰：“海寓尚有未宾服者，愿侯佐天子平定之，无久劳金革为也。”(《东维子文集》卷二)

在元朝政权将亡未亡之时，杨维祯不仅承认明朝的建立乃“受天新命”，而且祝愿李浩佐天子平定天下，休兵息甲。是年春，新朝遣使行天下经理田土事，成彦明、黄万里分别经理松江、华亭田土毕(是时元已亡)，杨维祯作《送经理官成教授还京序》、《送经理官黄侯还京序》二文，称颂“明天子均田之政”，且附诗曰：“天子龙飞定两都，山川草木尽昭苏。三吴履亩难为籍，四海均田喜有图。”

洪武二年，门生王盖昌出使松江，郡守盛升设宴饯别，杨维祯作《送检校王君盖昌还京序》曰：

> 士生乱世，不以窭而苟售，必迟迟坚忍，俟其人焉而后兴。此非志之远、识之卓、毅然大丈夫不能，若今中书检校王君盖昌者是已。……时秦邮张氏据有六州，检佞朋进，櫂椎碗脱，谣于市者弗可计。或有率君往者，君曰：“咄哉，丑尔！秦邮岂王郎之主哉？吾非恶仕也，顾仕有时，吾方慎俟其人也。”……皇明受天明命，君自贺曰：“天下定矣，仕有吾主矣。”……特授中书检校。嘻！非其慎仕待时，讫于真主之遇，其能戾契致是哉？(《东维子文集》卷二)

他认为士生乱世应慎仕待时，遇真主而后兴，不以窭而苟售。虽为门生王盖昌的处世态度而发，同时也揭示了他本人身处乱世时的深层意识。在杨维祯看来，至正后期群雄争强，元室式微，犹如春秋战国之时，士人也可择主而事，因而当年同是门生的张宪出仕淮吴，他也表示理解和支持，但他本人却不应淮吴之召，实际也是其“慎仕待时”、“不以窭而苟售”的表现。

洪武三年正月，年届七十五岁的杨维祯应召至京师修纂礼乐书，“仅百日而肺疾作，乃还云间”①。后世关于廉夫节操的毁誉，皆由此事而生发。大致说来，明代至清初学者多称其亮节高行，至清代乾隆以后则多斥其剧秦美新，甚至视为贰臣。

关于杨维祯应召赴京修礼乐书一事，宋濂《杨维祯墓志铭》、贝琼《铁崖先生传》所记都非常简略，但在《明史·杨维祯传》中却被增益为：

---

① 宋濂：《元故奉训大夫江西等处儒学提举杨君墓志铭》，《宋学士文集》卷十六。以下简称《杨维祯墓志铭》。

> 洪武二年，太祖召诸儒纂礼乐书，以维祯前朝老文学，遣翰林詹同奉币诣门，维祯谢曰："岂有老妇将就木，而再理嫁者邪？"明年，复遣有司敦促，赋《老客妇谣》一章进御，曰："皇帝竭吾之能，不强吾所不能，则可，否则有蹈海死耳。"帝许之，赐安车诣阙廷，留百有一十日，所纂叙例略定，即乞骸骨。帝成其志，仍给安车还山。史官胄监之士祖帐西门外，宋濂赠之诗曰："不受君王五色诏，白衣宣至白衣还。"盖高之也。

此段记叙的原始依据，是正德间朱存理辑《珊瑚木难》卷八所收《老客妇谣》（署杨维祯）、《饮廉夫拄颊楼时予奉命征贤》（署詹同）、《送杨维祯还吴淞》（署宋濂）等三诗和《老客妇传》（署詹同）一文。后来王世贞《艺苑卮言》、江盈科《皇明十六种小传》皆谓廉夫赋《老客妇谣》以辞官而颂其忠节，至明末清初钱谦益作《列朝诗集小传》，则转述《老客妇传》颇详，影响甚大。有明一代惟祝允明责廉夫作《老客妇词》"自附于故国余老，为贞妪者"，而叹其"不恭"、"太愚"①。实际也是以廉夫曾赋《老客妇谣》进御为前提。最早怀疑《老客妇词》为伪作的是朱彝尊，但他所撰《杨维祯传》仍有廉夫先辞召不赴，后赴而以白衣乞骸骨等内容，与钱谦益所记大致相似，仅删去作《老客妇谣》进御一事。而康熙年间顾嗣立编《元诗选》、乾隆年间楼卜瀍编《铁崖逸编》，都仍然将《老客妇谣》收入其中；清末葛漱白辑《铁崖全集》也以《老客妇谣》"介在疑似，姑入收罗"。至孙小力旁征博引，才以三疑三谬定《老客妇词》和《老客妇传》皆为伪作②。

斥责杨维祯剧秦美新，乃至视为贰臣，始于乾隆年间纂修《四库全书》之时，而其依据则是《铁崖古乐府补》卷四所收《大明铙歌鼓吹曲十三篇》，末有危素跋语，谓廉夫"一日聘至金陵，论定礼乐，乃成《铙歌鼓吹曲》，称颂武功"。而贝琼《铁崖先生传》也记廉夫曾撰《铙歌鼓吹曲》。按今存《铁崖古乐府补》最早版本为明末汲古阁刻本，不知编者何人，依据何在，清修《四库全书》即据汲古阁刻本抄录。馆臣作《铁崖古乐府提要》曰："惟维祯于明初被召，不肯受官，赋《老客妇谣》以自况，其志操颇有可取。而《乐府补》内有所作《大明铙歌鼓吹曲》，乃多非刺故国，颂美新朝，判然若出两手。据危素跋，盖聘至金陵时所作。或者惧明祖之羁留，故以逊词脱祸欤？然核以大义，不止于白璧之微瑕矣。"又《东维子集提要》也谓其"反颜吠主，罪甚扬雄"。乾隆皇帝阅馆臣提要后，竟小题大作，为四百年前诗人兴文字狱曰：

① 祝允明：《杨维祯论》，《怀星堂集》卷十一。

② 参见孙小力《杨维祯年谱》（复旦大学出版社 1997 年版）及《杨维祯生平仕履考辨》一文（《上海大学学报》1989 年第 1 期）。

> 杨维祯于元仕不显，而不肯仕于明，似为全人矣。而其补集中有《大明铙歌鼓吹曲》，非刺故国，颂美新朝，非真全人之所为，与剧秦美新何以异耶？予命为贰臣传。……较谦益为甚。……若曰惧明祖之强留，而故为此逊词以自全，乃明哲保身之计。予谓明祖直未强留耳，若与之官，将亦必受之。何也？以其忘故国而知之。(《题杨维祯铁崖古乐府》)

直至清末，葛漱白才以考证方式定《大明铙歌鼓吹曲》为伪作，旨在为杨维祯翻案①。

明清人关于杨维祯"完节高行"与"剧秦美新"相互对立的两种道德评价，最后皆以考证方式定其论据为伪作，固然可以消解一些矛盾，但在明代正德以前传世的文献资料中仍然可以找到与二说类似或相关的证据。例如，早在正统元年，杨士奇作《跋复古诗集后》曰："我朝天下大定，奉诏修书，复命赋诗称旨，得完节归全，卓哉制行之高也。"而洪武三年刘仔肩所编《雅颂正音》卷一已收詹同《饮杨廉夫拄颊楼时予奉命征贤松江故有此作》一诗（与《珊瑚木难》所辑詹同诗相同），可以确证詹同曾奉命赴松江召廉夫入京。明正德嘉靖间刻本《东维子文集》、弘治刻本《铁崖文集》以及明初写本《铁崖先生诗集》所收至正二十七年正月以后诗文，确有不少颂美新朝之作，上引《送淞江同知李侯朝京序》及称颂"明天子均田之政"等诗文可以作为代表。至于此间他对元王朝的态度，则既少怀念，也无非刺。原因在于自至正二十三年张士诚自称吴王（史称东吴）、明玉珍自称夏王及明年正月朱元璋也自称吴王（史称西吴）以后，杨维祯对元王朝的中兴已不抱任何希望，忧国既无济于事，当西吴政权以迅雷不及掩耳之势荡平群雄、灭元兴明时，则唯以忧民为重，而顺应天命。因而久经战乱之苦的杨维祯本人，在四方平定之时有一种幸免于难的欣喜之感，也在情理之中。至于淮吴政权灭亡之后，他对张氏兄弟及其贪酷奸佞之臣的指责，当然不能视为对元朝的非刺。况且杨维祯对于忠节的认识本与世儒不同，而明人对忠节的评价也没有清人那样苛严。

弘治刻本《铁崖文集》卷三有《莽大夫平反》一文曰：

> 容斋洪氏以扬雄比晏子，深以世儒贬其剧秦美新为非，以为雄不得已之作也。雄颂新莽之德，止能美于暴秦，其深意可知。所言配五冠三，开辟以来未之有者，其以之戏莽耳。使雄善谀佞，撰符命称功德以徼爵位，当与国师归同列，岂固穷如是哉？其论深是。予谓朱子莽大夫之书，亦以雄之大夫，非有意于求之，强之者耳。

---

① 参见葛漱白辑《铁崖全集》跋语。

此文是否作于明初已不可考定，但他赞同洪迈的观点，认为扬雄为王莽撰《封禅文》是出于不得已，而并非有意“徼爵位”。那么，他本人颂美新朝及其赴京修礼乐书，是否也是出于不得已呢？似也难以遽断，但有一点可以肯定，自号铁史且年过古稀的杨维祯在明初的所作所为，决非有意“徼爵位”，《明史》本传所引赠诗“不受君王五色诏，白衣宣至白衣还”，不管是否为宋濂所作，的确可称为对杨维祯晚节的真实写照。《东维子文集》卷三十一所附陆居仁《华阳巾歌》称“铁崖头骨如铁坚，高冠不肯著进贤。……白眼不受天子宣，自称臣是诗中仙”。正是对杨维祯辞召和不受明朝爵禄的肯定，杨士奇称廉夫完节高行当是根据明初人的评价而立论。《珊瑚木难》所收《老客妇谣》一诗和《老客妇传》一文即使是伪作，当是好事者依据明初舆论或传说所为，实际也反映了明人对杨维祯的道德评价。不过，杨维祯最终不受朱明爵禄，与其说是出于对元朝的忠诚，不如说是出于对自己作为一名士人兼诗人之人格的维护。

杨维祯的文学观[①]

杨维祯在经学、史学、音乐、书法、绘画等方面都有颇深的造诣，但一生主要以文学名世，并曾作为一代领袖而引导元末明初的文学潮流。正如宋濂在《杨维祯墓志铭》中所说："元之中世，有文章巨公，起于浙河之间，曰铁崖君，声光殷殷，摩戛霄汉，吴越诸生多归之，殆犹山之宗岱，河之走海，如是者四十余年乃终。"就杨维祯的文学活动而言，他主要致力于诗文辞赋等传统文学样式的革新，尤其在诗歌领域倡导古乐府运动，并以他为首形成了一个铁雅诗派，在当时和后世的影响最为深远；但与此同时，他对于新兴的元曲（包括散曲、戏剧）也予以关注和声援，并且在散曲创作上取得了一定的成就。对此，我们将分立章节作专门论述，本节拟就其基本的文学主张择要加以归纳。

一、以复古为旗帜，力图振衰起弊

贝琼曾在《铁崖先生传》中说："元继宋季之后，政庞文抗，铁崖务铲一代之陋，上追秦汉。"就铁崖以复古求革新的基本倾向而言，诚然如此，在现存铁崖文集中，也不乏类似言论。如《王希赐文集再序》曰：

> 自天历来，文章渐趋委靡，不失于搜猎破碎，则沦于剽盗灭裂，能卓然自信不流于俗者几希矣。吾尝以近代律今之文，仅得与曾巩、苏辙、王安石、李清臣、陈无已之流相追逐，相亡而中衰也，已不得步武于陆游、刘克庄、三洪，矧叶适、陈傅良、戴溪乎？不得步武于叶适、戴溪、陈傅良，矧晁、张、秦、黄乎？不得步武于晁、张、秦、黄，矧二苏、欧阳乎？时则举子之伎兴矣，不惟代无作者，而

---

① 本文原载《复旦学报》1997年第4期，《高等学校文科学报文摘》1997年第6期摘要。

鉴识衡定为之先者，无其人也，亦久矣。吁！吾于此求夫笃于自信不为流俗所移者，东浙之士仅四三人，曰王廉氏，其一也。其为文不谐于人，人则以鉴识衡定者属于吾，吾每为之起畏，谂其追古作者，则西京而上，秦与燕也，楚之骚也，春秋之《国语》也，班固、崔駰而下弗论也。若是者，其时于一己之独，不以一代之气运盛衰为高下者也，岂不伟欤？（《东维子文集》卷六）

该文大约作于至正十五年前后，的确有如贝琼所说“务铲一代之陋，上追秦汉”的倾向。不过，所铲之陋，并不限于宋季和元代，他把宋文分为五个层次，颇为肯定第一层次的欧阳修、苏洵和苏轼，而对第五层次的曾巩、苏辙、王安石、李清臣、陈无已之流则持批评态度，当也在“铲陋”之列；上追之古，并不止于秦汉，还上溯至先秦，正如宋濂所说：“君遂大肆于文辞，非先秦两汉弗之学。”[①]这当然是就散文辞赋统而言之。分而言之，则散文宗先秦秦汉，辞赋“祖骚而宗汉”。

此外，上文还提出了两个问题，都与他的复古思想相联系：一是文学与时代气运盛衰的关系，二是科举时文与古文的关系。为便于把握杨维祯复古思想的矛盾内涵和发展变化，不妨先从这两个问题切入。

最早从理论上论述文艺与时政为高下的是《毛诗序》，所谓“治世之音安以乐，其政和；乱世之音怨以怒，其政乖；亡国之音哀以思，其民困。声音之道，与政通矣”。《毛诗序》也有类似表述，是后刘勰进一步阐发为“时运交移，质文代变”，“文染变乎世情，兴废系乎时序”[②]。于是在正统的文学观念中往往推崇“治世之音”，而批评“乱世之音”和“亡国之音”；但事实上历代的乱世或末世虽然政治腐败却往往思想自由，并且无论“怨以怒”，还是“哀以思”，都是发自真情实感，因而有时也有文学的高潮相伴而来，正如清代赵翼在《题遗山诗》中所说：“国家不幸诗家兴，赋到沧桑句便工。”杨维祯于至正八年在《杨文举文集序》中说：

文章非一人技也，大而缘乎世运之隆污，次而关乎家德之醇疵。当世运之隆，文从而隆；家德之醇，文从而醇。士以文墨为能事，幸而生乎昭运之代，又幸而出乎明德之家，若吾宗文举者，非其人也乎！（《东维子文集》卷六）

随后又作《无声诗意序》曰：

---

① 宋濂：《杨维祯墓志铭》。
② 刘勰：《文心雕龙》第四十五《时序》。

诗之弊，至宋末而极。我朝诗人往往造盛唐之选，不极乎晋魏汉楚不止也。画亦然。吁，此岂人性之有异哉？世运否泰之异耳。(《东维子文集》卷十一)

在杨维祯看来，大元一统盛世，功业不在汉唐之下，其诗文自然不能承宋金末世之积弊，而应径师盛唐，以臻于古。但兵兴以来，进入乱世，杨维祯仍然致力于复古，却不再倡文随世运之说，并且称赏王廉“不为流俗所移”，“其时于一己之独，不以一代气运盛衰为高下者也，岂不伟欤”？表面看来，的确前后矛盾，但思想实质一致，意谓即使身处乱世，气运如宋季一样已衰，也应取法乎上，以复古相期。

从根本上说，杨维祯的复古思想是元初以来逐渐形成的文学复古思潮的继续发展，但同时又与元代科举的导向相联系。延祐设科，对自唐至宋金所试科目进行了改革，取消律赋和省题诗，而改试古赋；又试经问、经义、诏诰、章表、策等，皆可称为广义的文，规定诏诰用古体，章表参用古体、四六，即使经问，也要求“文辞典雅”。元后期人们所说时文，实际包括上述两方面的内容，前者直接促进了元代赋风的转变，后者对于散文的复古也不无影响。杨维祯对于科举时文，则既有肯定，也有批评。至正十年春，嘉禾濮乐闲创聚桂文会，东南之士携文卷赴会者达五百余人，杨维祯应聘主评裁，录取三十人，刻其文而传于世，并作《聚桂文会序》曰：

秦汉之士无时文，以其所陈说于上者皆近乎古，而未有立体制、定格律以为去取，如唐宋以来号为举业者也。韩愈氏病之，以为大惭者大好，则时文不可以传世也谂矣。我朝设科取士，虽沿唐宋，而其制则成周，文则追古于唐宋之上，故科文往往有可传者。然有司大比之所选者，又不若师儒义试之所为取为优也，何者？大比之所选，仅一日之长；而义试之所取，则宽以岁月之所得也。大比开，而作者或有遗珠之憾，则主司之负诸生也；义试开，而作者或无擅场之手，则诸生之负主司也。(《东维子文集》卷六)

毫无疑义，该文所说的大比之文和义试之文皆为时文；后者优于前者，不过为宽以岁月得尽其才而已。杨维祯一方面认为唐宋时文不可以传世，一方面却又肯定元代科文往往有可传者，原因在于元后期时文已在一定程度上与古文、古赋并于一途，可以追古于唐宋之上。所以他在《留养愚文集序》中对“时文古学通能”的留睿颇为欣赏，称其得括州山水之秀，但最后又说：

虽然，学古而后文古也，文之谐于古者必不谐于今。韩子论时之文曰：“予大惭者，人以为大好。”留君有志于今文，为进取计，则不可以不惭者为之矣。

以惭者为之，则于古者不能不悖矣。留君将何以处此？留君曰："睿宁以古不惭者病于今，毋宁以不大惭于今者病于古也。"（《东维子文集》卷六）

所谓"今文"，这里实指"时文"，杨维祯认为古文的精神实质与时文的价值取向本不相同，若"以惭者为之，则于古者不能不悖矣"，因而主张通过"学古"来提升"今文"的品位，使古文和时文从形式到精神实质真正相合。但实际上时文既然被用作博取功名的工具，大多都是"以惭者为之"，上引《王希赐文集再序》中所批评的"不失于搜猎破碎，则沦于剽盗灭裂"的"今之文"，当然包括"时文"在内。并且这种批评实际上早在至正之前就已开始，据陈存礼《丽则遗音跋》曰：铁崖曾"历评八科以来诸赋，无虑千余篇，而的可传者，《太极》、《天马》、《瀛州》、《金马门》数篇而已"。弟子陈存礼受乃师影响，也认为"江浙之赋，求继《太极》者，则自龙虎榜至于浙江，盖一解劣一解，文气日卑，则亦未有振而作之者之过耳。"杨维祯本人的第一部文集《丽则遗音》四卷于至正初年刊行，就是为了引导士子"学赋期与古准"。

就与元代科举相关联的辞赋和散文之复古成效而言，杨维祯对辞赋的评价明显高于散文，他曾在《丽则遗音序》中明确地说："皇朝设科取赋，以古为名，故求今科文于古者，盖无出于赋矣。"他本人的辞赋创作成就也明显高于散文。原因在于辞赋的复古是以革除自唐至宋、金盛行的律赋之积弊为前提，以"追逐屈宋"、"祖骚宗汉"为取向，同时视辞赋为古诗之流，从而用古诗的标准来衡量辞赋，使之尽可能不受科举和程朱理学的束缚，究其实质，当具有以复古求革新的意义。而散文的复古，虽然既标举上追先秦秦汉，也反对宋代理学家鄙薄文辞的倾向，但却因唐有韩、柳呐喊于前，宋有欧、苏呼应于后，加之朝廷注重经世实用，贬斥摘章绘句，尤其延祐复科所设的几种文体本来与程朱理学关系暧昧，因而元文除有局部突破，并对金末宋季萎弱文风有所扭转振起外，在整体上并未超越唐宋古文运动的传统。即使对元文不无好评的杨维祯也坦然承认这一现实，例如他在至正十九年所作《玩斋集序》中就曾明确地说："我朝古文，殊未迈韩、柳、欧、曾、苏、王，而诗则过之。"

所谓"诗则过之"，当也是从元诗复古的角度立论，因为在上文此句之后，杨维祯紧接着还说："郝、元初变，未拔于宋；范、杨再变，未几于唐。至延祐、泰定之际，虞、揭、马、宋诸公者作，然后极其所挚，下顾大历与元祐，上逾六朝而薄风雅。吁，亦盛矣！继马、宋而起者，世惟称陈、李二张。"而杨维祯本人，则应排在"继马、宋而起者"之首。他主张诗歌复古，也不乏下斥末唐季宋之弊而上法风雅比兴之义的言论，例如他在《郭羲仲诗集序》中谓诗歌"大变于律，驯至末唐季宋而其弊极矣"，故力黜"末唐季宋语"，以为"非诗也"；又在《赵氏诗录序》中说："学诗于晚唐、季宋之后，而又上下陶、杜、二李以薄乎骚雅，亦落落乎其难哉！"并对赵璋诗"颇能力拔于晚唐季宋”表示赞赏;但从理论主张到创作实践的核心所在是倡导复兴古乐府,诗友张雨在《铁崖先生古乐府叙》中所说“《三百篇》而下,不失比兴之旨,惟古乐府为近。……(廉夫)上法汉魏,而出入于少陵、二李之间,故其所作古乐府辞,隐然有旷世金石声”,实际揭示了杨维祯倡导古乐府的旨意和取向。由此出发,不仅使铁崖诗歌创作的成就超出其辞赋、散文之上,而且在他的倡导和影响下所形成的古乐府运动把元诗的发展推向了高潮,其成就也超出同时代的辞赋、散文之上。

二、以“情性”为本原,不受格套束缚

所谓“以情性为本原”,实际上是从文学本体论的角度来认识“情性”。杨维祯曾明确指出:

> 诗本情性。有性,此有情;有情,此有诗也。上而言之,雅诗情纯,风诗情杂;下而言之,屈诗情骚,陶诗情靖,李诗情逸,杜诗情厚。诗之状,未有不依情而出也。(《郑韶诗序》)

在杨维祯的文学观念中,“情性”被看作是第一性的、本原的东西。前述其复古思想以及后文将要论述的其他文学观点,大多都建立在这种“以情性为本原”的理论基石之上。当然,从文学思想史的角度来看,杨维祯的这种认识,不过是古代诗学中“情性说”的继续发展而已。早在汉代,《毛诗序》就已表述为“发乎情,民之性也”,诗以“吟咏情性”,“情动于中而形于言”,虽要求“止乎礼义”,但毕竟承认诗歌为“吟咏情性”而发。至陆机《文赋》问世,则已明确概括为“诗缘情而绮靡”。然而令人可悲的是,自韩愈提倡“文以明道”,至宋代理学家主张“文以载道”(周敦颐等)、“这文皆是从道中流出”(朱熹),文学的本原实际已被“道”或“天理”来替换,于是“情性”受到压抑,甚至被视为可以派生“人欲”的载体而予以限制或排斥。杨维祯标举“诗本情性”,固然首先是针对理学家的文学观和宋诗的弊端而发,但同时还带有从一般意义上探讨文学的本原乃至揭示文学发展规律的意图。

综合杨维祯在不同场合所说“情性”,虽有合有分,实统指人性,包括人的本性和情感。例如,其《两浙作者序》曰:“诗出情性,岂闽有情性,浙皆木石肺肝乎?”此是就“情性”合而言之,显然指人的感情。但上引《郑韶诗序》所说“情性”,由合而分,“性”指诗人的天性(也即人的本性),“情”则指根植于这种天性的情感,因为此段论述是为回答“诗可学乎”这一问题而发,杨维祯认为“诗不可以学为也”,理由即“诗本情性,有性,此有情;有情,此有诗也”。而天性和情感,实际上都可包容在人

性的内涵之中。那么,所谓“以情性为本原”,其实质就是要求文学以表现人性的丰富内涵和不断发展为根本。

由此出发,为便于自由地抒发情性,表现人性,杨维祯选择了复古的道路,试图以此来摆脱后世思想观念和文学形式上诸多格套的束缚。他认为“《三百篇》本情性”[①],而尤重风雅,因为无论“雅诗情纯,风诗情杂”,“诗之状未有不依情而出也”[②]。而楚骚为“诗之流”[③],也“本情性”[④],汉赋又为骚之流,故其主张辞赋“追逐屈宋”,“祖骚宗汉”,也贯彻了“以情性为本原”的思想。

那么,杨维祯在诗歌领域几乎终其一生致力于古乐府的复兴,又有何深意呢?请看他的自白:

> 古乐府,雅之流,风之派也,情性近也。汉魏人本兴象,晋人本室度,情性尚未远也。南北人本体裁,本偶对声病,情性遂远矣。盛唐高者追汉魏,晚唐律之敝极;宋人或本事实,或本道学、禅唱,而情性益远矣。(《玉笥集叙》)

这段话除揭举古乐府近情性这一根本论点外,还着重批判了宋诗的弊端和律诗在体裁、格律上的弊端,而造成这种弊端的根本原因又在于二者都程度不同地背离了“诗本情性”的原则。

对于宋诗弊端的反思与批判,前文已引述数例,但都不如这段话鞭辟入里,击中要害。所谓“或本事实”,当指宋诗中一类客观陈述事实或描写景物而见不出作者感情的作品以及由此形成的“以文为诗”的倾向;而“或本道学、禅唱”,则指宋诗中普遍存在的以道学为诗、以诗说“理”(包括理学之“理”和一般道理)、以禅学为诗、以诗参禅的倾向。他于至正七年在《题吕敬夫诗稿》中批评“禅之提唱,武士之叫呼,文墨生之议论”,实际也是针对宋诗而发,其前后认识基本一致[⑤]。

认为律诗的体裁、格律束缚情性,不利于诗歌的发展,因而予以排斥,这也是杨维祯的一贯主张。据释安《铁雅先生拗律序》曰:

> 先生尝谓律诗不古,不作可也。其在钱唐时,为诸生讲律体,始作二十首,多奇对,其起兴如杜少陵,用事如李商隐,江湖陋体为之一变。然于律中又时

① 杨维祯:《玉笥集叙》,《杨铁崖先生文集全录》卷四。
② 杨维祯:《郯韶诗序》,《东维子文集》卷七。
③ 杨维祯:《沈氏今乐府序》,《东维子文集》卷十一。
④ 杨维祯:《玉笥集叙》,《杨铁崖先生文集全录》卷四。
⑤ 按:《玉笥集叙》作于至正十八年冬。

作放体，此乃得于颓然天纵，不知有四声八病之拘。(《东维子文集》卷七附录)

杨维祯认为“律诗不古，不作可也”，即使出于授学或应酬的需要，所作律诗也多是放体、拗体，不为四声八病所拘。其《蕉囱律选序》甚至说：“诗至律，诗家之一厄也。”他欣赏崔颢、杜甫的有些律诗，也因为它们“虽律而有不为律缚者”。

当然，杨维祯主张摆脱体裁、格律的束缚，并不等于彻底否定既有体、格，例如他在《题吕敬夫诗稿》中就承认诗“有法有体”，即使古乐府句式可长短变化，无四声八病之拘，形式比律诗自由，但也仍有一定的体格，铁崖论诗的原则是“先情性而后体格”①，所谓“不受格套束缚”，是相对于抒发情性而言。

以上所论是铁崖“情性说”的主导部分，也是最富于积极意义的部分，其精神实质直接指向晚明公安派的“性灵说”，与袁宏道所倡“独抒性灵，不拘格套”的理论相比，实际只隔一步之遥。这一步之遥的内涵差别主要表现在如下三个方面，并且都与其思想构成及其创作道路有紧密联系。

一是把忠孝节义等伦理感情也纳入“情性”之中。例如，杨维祯于至正十三年为门生殷惟肖作《诗史宗要序》曰：“其忠君孝友之至情，雎鸠鹡鸰之余韵，使其习读者油然而有感哀，得此弗觉病怀洒然，若能言吾之所欲者。”在他本人的诗文集中，也有相当数量表现忠孝节义之情的作品。原因在于他的人性观实际包含有“尊己”和“爱人”两方面的丰富内涵，与他在《铁崖文集》卷五《我我说》中所宣称的“我我”之人生态度相辅相成，互为因果，从“尊己”出发指向个人利益的感情固然应该重视，从“爱人”出发指向群体利益的感情也当予以刺美，二者相互依存，共为一体而成为文学的本原。由此出发，他既反对后世思想观念和文学形式上诸多格套对个人情性的束缚，主张恢复风雅楚骚“吟咏情性”的传统，也重视《诗经》的“比兴”之义和文学的讽劝作用，甚至在论诗评文时标举《春秋》的“褒贬”之法②。这一点与清代洪昇在《长生殿》中既歌颂李、杨“精诚不散”的生死情缘，又表彰“看臣忠子孝，总由情至”的忠孝之情有相通之处。不过，洪昇是处在改朝换代之后，旨在借表彰忠孝之情来阐释国家的兴亡和政治的成败；而杨维祯则处在元末衰乱之世，试图借表彰忠孝节义之情来激励士民志气，为末世之一救。

二是有时对情性区分邪正，颂美情性之正。如其《郭羲仲诗集序》曰：“诗与声文始，而邪正本诸情。”《齐稿序》曰：“诗之厚者，不忘本也，先民情性之正，异乎今之诗人。”又《曹氏雪斋弦歌集序》批评李清照、朱淑真等“未适乎情性之正”；《丞相梅

---

① 参见吴复《辑录铁崖先生古乐府序》，《铁崖先生古乐府》卷首。
② 参见《东维子文集》卷七《梧溪诗集序》、《金信诗集序》等文。

诗序》称赏僧古源等人作诗颂美丞相乃“诗人情性之正也”。而《郯韶诗序》还提到《三百篇》“发于言辞，止于礼义”；《玉笥集叙》也说：“《三百篇》本情性，一出于礼义。”从这些表述可知，杨维祯实际认同儒家诗教，甚至在《诗史宗要序》中明确地说：“诗之教尚矣！虞廷载赓，君臣之道合，五子有作，兄弟之义章，《关雎》首夫妇之匹，《小弁》全父子之恩，诗之教也。遂散于乡人，采于国史，而被诸歌乐，所以养人心、厚天伦、移风易俗之具，实在于是。”那么，上述忠孝节义之情无疑可以划入“情性之正”一类，这的确可以看作杨继祯不及袁宏道之处。不过，杨维祯既未解释何为邪情，也没有对“情性之正”的内涵与范围作出明确界定。而上引所谓“止乎礼义”、“一出于礼义”，都是就《诗经》而言，并不意味着他要求文学表现情性必须合乎礼义，例如，铁崖尝议画眉事曰：“情胜礼者，闺阃之常。敞画妇眉，情胜礼也。虽然，视如罣卧庭画眉，殆未过也。”[①]他晚年曾作艳词《续奁集》二十首，其自序曰：“余赋韩偓续奁，亦作娟丽语，又何损吾铁石心肠？”肯定“情胜礼”之论必发于至正六年以前，而《续奁集·自序》可能作于至正二十四年或稍前，由此可见，他对文学表现逾越礼义的情性也一直予以肯定。如果说这类虽然胜礼越轨却合乎“人的一般本性”之私情也可纳入“情性之正”的范围，那么，杨维祯所说的“正情”与“邪情”，在价值取向上与汤显祖所说的“善情”与“恶情”（或称“矫情”）基本一致。或许我们借用杨维祯《自然铭序》中“尧舜与许由虽异，其得于自然一也”的句式来概括他对情性的价值取向更为恰当：忠孝节义之情与违礼越轨之情虽异，其出于人性一也，因而都可以成为文学表现的内容。

三是“以情性为本原”的理论未能在散文领域贯彻到底。杨维祯曾为黄溍作《墓志铭》中回忆说：“（黄溍）在杭提学时，谒文者填至，必取予笔代应，且又不掩于人，曰：‘吾文有豪纵不为格律囚者，此非吾文，乃杨廉夫文也’。”所谓“豪纵不为格律囚者”，实即抒发情性之作，这类作品在铁崖文集中确有不少，例如《铁笛道人自传》、《风月福人序》、《七客者志》、《自便叟志》等都可称为自抒情性、不拘格套的代表作。但他在《鹿皮子文集序》中却说：“言有高而弗当，义有奥而弗通，若是者后世有传焉？无有也。又况言庞而弗律，义淫而无轨者乎？”提出以言高而当、义奥而通为文章传世之标准，而情性不与焉。其原因不外乎两个方面：一方面由于古代散文包容的文体过宽，有些文体诸如诏诰、奏表、论、策等本来就是用来叙事说理的，不可能以情性为本；一方面由于杨维祯受传统儒学和程朱理学浸染颇深，因而在一些应酬之作中也常常以表达某种义理为主，有的甚至还带有说教的酸腐气味。

---

① 据《铁崖先生古乐府》卷一《眉怃词》吴复跋语。

三、以自然为至境，反对摹拟雕琢

受陆九渊心学和老庄理论的影响，杨维祯不仅在思想上崇尚自然，而且在文学艺术领域也把自然境界作为最高境界来追求。这种艺术至境观与前述“情性说”、“复古论”紧密联系，相互补充，从而形成了铁崖文论的个性特色。它的理论内涵与外延主要表现在如下四个方面：

一是强调个性，反对摹拟。后世复古论者往往因模仿古人、失去个性而颇受批评，杨维祯虽然也是一位复古论者，却能从文学以表达情性为本的要求出发，强调个性独创。他曾在《李仲虞诗序》中说：

> 宗杜者，要随其人之资所得尔。资之拙者，又随其师之所传得之尔。诗得于师，固不若得于资之为优也。诗者，人之情性也；人各有情性，则人有各诗也。得于师者，其得为吾自家之诗哉？（《东维子文集》卷七）

意谓诗歌本来为表达人的情性而作，而现实生活中每个人的情性实际上各不相同，那么，其所作诗歌也应各具个性。他这里所说的“资”，指人的天资，也是情性的一个重要组成部分，因而认为得于师传，“不若得于资之为优也”。他在《张北山和陶集序》中还说：

> 诗得于言，言得于志。人各有志有言以为诗，非迹人以得之者也。东坡和渊明诗，非故假诗于渊明也。其解有合于渊明者，故和其诗，不知诗之为渊明，为东坡也。（《东维子文集》卷七）

志即情志，也属于情性的范畴。“人各有志有言以为诗”，即使和陶诗，也是其情性有合于渊明而发，其中仍应表现出和陶者的个性，达到“和陶而不陶”的境界。他甚至更明确地说：“学杜者，必先得其情性而后可。”[①]那些摹拟古人、剽窃今人之作的症结就在于没有表现作者的情性，因而与人面目雷同，失去个性。基于这种认识，他既批判天历以来“不失于搜猎破碎，则沦于剽盗灭裂”的萎靡文风[②]，又反对由学古走向拟古。他说：

---

① 杨维祯：《漫兴》自序，《铁崖先生古乐府》卷十。

② 杨维祯：《王希赐文集再序》，《东维子文集》卷六。

古风人之诗，类出于闾夫鄙隶，非尽公卿大夫士之作也。而传之后世，有非今公卿大夫士之所可及，则何也？古者人人有士君子之行，其学之成也，尚己，故其出言，如山出云、水出文、草木之出华实也。后之人执笔呻吟，模朱拟白以为诗，尚为有诗也哉？故摹拟愈偪而去古愈远。吾观后之模拟为诗，而为世道感也远矣。（《吴复诗录序》）

在杨维祯看来，《诗经》中出自闾夫鄙隶的风诗之所以能传之后世，就在于“风人”“尚己”（即重视自我），言出于情性，如山之出云，水之出纹，一切本于自然。后代论诗上溯国风，旨在学习古人“尚己”言情的传统，若食古不化，“模朱拟白以为诗”，则“摹拟愈偪而去古愈远”。

二是主张“不待雕琢而大工”。这是就语言表现而言，即如何把作者的情性形诸语言文字。杨维祯反对刻意雕琢，“务工于语言”，主张得“情性之天”，不工而工。他说：

兵兴来，词人又一变，往往务工于语言，而古意寖失。语弥工，意弥陋，诗之去古弥远。（《潇湘集序》）

先辈论诗，谓“必穷者而后工”，盖本韩子语。以穷者有专攻之技、精治之力，其极诸思虑者，不工不止，如老杜所谓癖耽佳句、语必惊人者是也。然《三百篇》岂皆得于穷者哉？当时公卿大夫士，下及闾夫鄙隶，发言成诗，不待雕琢而大工出焉者，何也？情性之天至，世教之积习，风谣音裁之自然也。（《玩斋集序》）

这两段话都认为刻意雕琢、“务工于语言”与“古人意”背道而驰，原因在于这种“极诸思虑”式的苦吟，既有损作者的情性，又难免有雕琢的痕迹，所以他不赞成韩愈等人所倡“穷而后工”之说，甚至不苟同杜甫所说“为人性僻耽佳句，语不惊人死不休”；而主张学习古代风雅诗人，因任情性之自然，“发言成诗，不待雕琢而大工出焉”。当然，反对雕琢，并不等于轻视语言表现（包括词句文采）；相反，“不待雕琢而大工出焉”，正是语言表现中不易达到的至境。杨维祯认为要臻于这种“不工而工”的至境，必须得“情性之天至”，也即要求自然而然地表现作者出自天性的真感情、真思想，而不应以雕琢的语言加以文饰、掩盖乃至矫揉造作。

三是在艺术表现上强调得其神气与韵味。杨维祯论画以“传神”为至境，是将神气和韵味合而言之，称为“气韵生动”。其《图绘宝鉴序》曰：“论画之高下者，有传形，有传神。传神者，气韵生动是也。如画猫者张壁而绝鼠，大士者渡海而灭风，翊圣真武者叩之而响应，写人真者即能夺其精神，若此者，岂非气韵生动、机夺造化者乎？”又《送写神叶清友序》曰：“古今称传神者，晋之顾长康氏。长康写照，非徒得人之形似，并以其情性精爽者得之，此古今之妙称也。”实际已认识到要传其精神，必先得其情性。铁崖由此出发论文，则有分有合。合而言之论辞赋，则以“豁达气韵”为至境①，气指神气，韵即韵味，合指辞赋中表现出来的个性精神。分而言之论诗，则有所侧重。他说：

认诗如认人，人之认声认貌，易也；认性，难也；认神，又难也。习诗如古，而未认其性与神，罔为诗也。（据吴复《辑录铁崖先生古乐府序》）

性指情性，神即神气。杨维祯认为“认诗如认人”，无论古今，皆以得其情性、神气为上：“诗之情性、神气，古今无间也。得古之情性、神气，则古之诗在也。”但要得其神气，必先得其情性，“情性未得而谓得其神气”，则妄矣②。情性已得而又以恰当的艺术手段表现出来，便可得其神气，也即传神，从而体现出鲜明的个性特征。所谓韵味，往往是就诗歌意境而言，有时也称为趣味、意趣、兴趣等，如《题吕敬夫诗稿》曰：“诗有情有声，有象有趣。”又《郭羲仲诗集序》称赏郭诗“兴寄高远而意趣深长”。而论及古诗时，则常以“古人意”或“古诗人意”等来表述，如《潇湘集序》曰：

余在吴下时，与永嘉李孝光论古人意。余曰：“梅一于酸，盐一于咸，饮食盐梅，而味常得于酸咸之外，此古诗人意也。后之得此意者，惟古乐府而已耳。”（《东维子文集》卷十一）

所谓“味常得于酸咸之外”，其比喻出自司空图《与李生论诗书》，是指诗歌的“韵外之致”、“味外之旨”，杨维祯借来喻指“古诗人意”，表明他倡导古乐府，并不在古乐府本身，而在于得古诗之韵味。不过，杨、李所论“古人意”首先从《诗经》风雅中来，因而杨维祯强调的“古诗人意”或“韵味”，也与比兴寄托之旨联系在一起。

四是文品决定于人品的风格论。这种观点虽早已有之，但杨维祯的阐释却是从“情性说”出发，与上述文学主张构成一个自足的体系，并贯彻到相关的艺术领域。例如他认为：“诗者，心声；画者，心画；二者同体也。”进而提出诗品和画品皆决

① 参见陈存礼：《丽则遗音跋》。
② 详见杨维祯：《赵氏诗录序》，《东维子文集》卷七。

定于人品。他说：

> 评诗之品无异人品也。人有面目、骨骼，有情性、神气，诗之丑好高下亦然。(《赵氏诗录序》)
>
> 画之积习，虽有谱格，而神妙之品出于天质者，殆不可以谱格而得也。故画品优劣，关于人品之高下，无论侯王贵戚、轩冕才贤、山林道释、世胄女妇，苟有天质超凡入圣，即可冠当代而名后世矣。(《图绘宝鉴序》)

在杨维祯看来，文学艺术是对人性的自然表现，故不仅认为诗品无异人品，而且指出“画品优劣关于人品之高下”。由于人的天质、面目、骨骼、情性、神气各不相同，故其创作也风格各异，品第有差。基于这种认识，他品评古诗曰：

> 风雅而降为骚，骚而降为十九首，十九首而降为陶、杜，为二李，其情性不野，神气不群，故其骨骼不庳，面目不鄙。嘻，此诗之品，在后无尚也。下是为齐、梁，为晚唐、季宋，其面目日鄙，骨骼日庳，其情性、神气可知已。(《赵氏诗录序》)

他把诗品分为得其面目、骨骼、情性、神气四个等次，而尤其重视得其情性、神气二等，并以此来评价一个时代诗歌风格的高下。

铁崖赋考论[①]

杨维祯(1296—1370),字廉夫,号铁崖,浙江诸暨人。元末明初文坛领袖。宋濂曾为他作《墓志铭》说:"元之中世,有文章钜公,起于浙河之间,曰铁崖君,声光殷殷,摩戛霄汉,吴越诸生多归之。殆犹山之宗岱,河之走海,如是者四十余年"。《四库全书总目提要》也说他"以诗文奇逸凌跨一时"。这里还要指出,杨维祯也是一位辞赋大师,并且他最先是以辞赋名世,他最早梓行的作品就是赋集《丽则遗音》,只是由于后来被推尊为"一代诗宗"[②],其赋名反被诗名所掩。马积高师是当代学者中唯一评论过铁崖赋的知音,尽管他撰写《赋史》时,限于条件,主要依据《历代赋汇》中所收铁崖赋立论,但仍然作出高度评价:杨维祯"不惟应推为元代的辞赋大师,即置之南宋及金代大家中,也是无愧色的"。笔者近年来研究元末明初文学思潮,尽力搜寻有关典籍,欣得铁崖赋91篇,故特撰本文,拟就所见现存铁崖赋作的版本概况、思想内容与艺术表现等方面加以考论。

一

杨维祯《丽则遗音序》说:"余早年学赋,尝私拟数十百题,不过应场屋一日之敌尔。"可见他在泰定四年(1327)中进士之前,即已大量作赋,加上泰定四年以后的作品,总数当以百计,其现存赋仅是一部分。兹就所见,将保存这些作品的典籍及其主要版本情况略述如下:

(一)《丽则遗音》四卷,收赋32首,为铁崖门人陈存礼编。该赋集现存版本较多,且其所收篇目及编排次序一致,主要有:1. 元刻本《新刊丽则遗音古赋程式四

---

① 本文原载《中国韵文学刊》总第7期(1993年5月)。收入本书时,已根据新发现的材料而有所增补。
② 章琬:《辑铁雅先生复古诗集序》,四部丛刊本《铁雅先生复古诗集》卷首。

卷》，藏国家图书馆，卷首有至正二年(1342)正月作者自叙和至正三年(1343)正月三日无名氏题词(末有缺文，实即明刻本所附胡助跋)，集中有同年进士黄子肃评语，卷末有至正元年(1341)正月陈存礼跋。(自叙、卷一、卷二配清嘉庆二十三年黄氏士礼居影元抄本，黄丕烈校并跋，一册，十三行二十三字，细黑口，左右双边。)从作者自叙和此刻本题名"新刊"来推测，似乎在此前还有一个铁崖赋集本行世，惜未见。2. 明末毛氏汲古阁刻本《丽则遗音四卷》，作者自叙仍列卷首，但黄子肃评语移至各卷目录所列篇名之下，卷四末附录《荆山璞赋》五篇，各列考官评语。书末还有胡助跋、毛晋识、陈存礼跋。藏国家图书馆。(一册，八行十九字，白口，左右双边。)据毛晋识曰："既得元乙亥(1335)科湖广乡试《荆山璞赋》一册，末载廉夫拟赋三十有二篇，标其首曰《丽则遗音古赋程式》，其同年进士黄子肃评焉。"是知汲古阁刻本所祖乃另一元刻本，此祖本当是据至正初刻本而翻刻。3. 清四库全书本《丽则遗音四卷·附录一卷》，实据汲古阁本所抄，仅删去黄子肃评语和附录各考官评语及陈存礼跋，其他一律照录。此前还有明万历四十三年乙卯刻本《杨铁崖文集》十一卷和清初印溪草堂抄本《东维子集》十六卷颇可注意，前者卷九至卷十全录《丽则遗音》所收赋32篇，卷十一照录弘治刻本《铁崖文集五卷》中所收赋3篇(详后)，后者卷四至卷十六题名为《东维子赋集》，全录《丽则遗音》中32篇及黄子肃评语，另多收《五云书屋赋》一篇。二书皆藏于国家图书馆。此外，还有一些刻本和抄本，不拟赘述。

(二)《铁崖赋稿》二卷，收赋50首，俱为《丽则遗音》所未载者。其中《八阵图赋》二书题同而文异，《姑苏台赋》也为同题二文，仅《五云书屋赋》一篇另见于上述《东维子集》十六卷本。《四库未收书目提要》曰："此则未刻稿也"，"书为洪武三十一年(1398)海虞朱隧子新氏手录。文瑞楼书目有《铁崖赋》一卷，即此本也"。今存清抄本三种：1. 上海图书馆藏《铁崖赋稿二卷》，清仁和劳氏据何元锡编定本影抄，劳权校，劳格校并跋，二册。2. 南京图书馆藏《杨铁崖赋稿二卷》，清仁和劳氏抄校本，一册。3. 国家图书馆藏《杨铁崖先生文集一卷》，清无名氏抄，该本题名文集，实为赋集，所收篇目及排列次序与《铁崖赋稿》同。书末有朱子新跋曰：

> 洪武三十一年，岁在戊寅，七月二十五日录于潭径寓所……追思铁崖先生在家舅雪斋芝川，园林亭馆之盛，冠盖文物之多，恍然如梦中矣。今年，西禧楼先生文渊，乃文献故家，孝节昭著于当今，矧又读书隐居教子，深所可则，忽辱见此帙，其幼年手书诸赋简编浩瀚，区区录其二三。后之览者，将知所自也。是日午时书识。海虞晚生朱隧子新也。

上海图书馆藏本也录此跋，并另有黄丕烈三跋和劳格三跋，对有关此本的传抄情况考之甚详。略谓清嘉庆二十年(1815)六月六日，黄丕烈从书商曹锦荣手中获文瑞楼墨格本《杨铁崖先生文集》一册，知是录《铁崖赋稿》。因观书末有朱子新跋而联想到“朱子新亦元末人而至明初者，喜手录前人制作，向曾获其手书《青云梯》三册，皆录元人赋稿，惜已流传他所，香严书屋中，尚有其副，兹册亦文瑞楼所录副本也”。于是跟踪追查，“六月廿二日往香严书屋借《青云梯》相勘，此本尽出其中。《青云梯》原签如是名目，分三册，每册首题曰‘至治之音’四字为首一行，其次行即云某赋、某人，人或一篇，或不止一篇，惟于二册之下半题曰‘杨廉夫诸赋’，始以《黄金台》，终以《禹穴》，共廿二篇。三册之下半亦题曰：‘杨廉夫诸赋’，始以《八阵图》，终以《飞车》，共四十七篇。盖第二册中摘取《丽则遗音》十九篇，而割此本首三篇入之，其原实合也”。道光二十三年(1843)五月二十一日劳格又作跋补充说：“此本计赋五十首，俱《遗音》所未载者，盖后人从《青云梯》录出，以补其未备。观后录朱子新跋，自见初藏桐乡金氏，后归吴县黄氏，钱塘何梦华主薄曾传其副，又重编为二卷，改名《铁崖赋稿》。以《紫微垣》为上卷首篇，《会通河》为末；《浑天仪》为下卷首，《进善族》为末，复删去《姑苏台赋》第一首、《玩鞭亭赋》一首。每卷二十四首，止存四十八首，次序移易，非复元本之旧。今研经室外集提要所载《铁崖赋稿》二卷，即何氏重编本也。顷从高叔荃借得何氏元本，始知何氏于诸赋中字句又多窜改，不仅移易次第而已。爰命工依元本影录一本，凡何氏所窜改，悉为标出，使可识别。使不见此本，不几以何氏重编者为定本耶?”

（三）明弘治十四年(1501)冯允中刻本《铁崖文集》卷二收《莲花漏赋》、《记里鼓车赋》、《土圭赋》3 篇。后有明万历四十三年乙卯刻本《杨铁崖文集》十一卷和清抄本《杨铁崖先生文集全录》四卷中也分别照录这三篇赋作。三书皆藏于国家图书馆。

（四）明嘉靖十九年(1540)任辙刻本《史义拾遗》二卷中录辞赋 5 篇，即《忠乌赋》、《孙膑祭庞涓文》、《吊贾太傅文》、《颜太师些》、《哀和陵辞》，后四篇虽不以赋为题，但皆属楚辞体，按元人辞赋观念应予列入。此五篇亦见于明末诸暨陈于京漱云楼刻本《史义拾遗》二卷、崇祯五年可竹居刻本《史义拾遗》二卷中，偶有异文，可据以参校。

（五）明正德嘉靖间刻本《东维子文集》卷三十录《桂轩辞》一篇，乃楚辞体，按元人辞赋观念亦应列入。

此外，清康熙间陈元龙编《历代赋汇》录赋 32 篇（另赋《记里鼓车赋》一篇残句，未计入），署名为杨维祯撰，其中 30 篇录自《丽则遗音》，一篇(《忠乌赋》)录自《史义拾遗》。还有一篇《方竹赋》署名有误，实为明人金寔撰，此赋又见于程敏政《皇明文衡》卷二，题《方竹轩赋》，署名金寔，但文字偶有差异。明清两代尚有其他辞赋选本收录过铁崖赋作，但因入选数量少，且无他本未收者，故不一一胪列。

综合上述各本所录，然后去其重复者，得铁崖赋 91 篇。虽远未及全，但仅就现存历代赋作而言，杨维祯赋数量之多，也已堪称前无古人。这里还有必要指出的是，在现存的几种铁崖诗文集中还收录了数十篇称名为辞、操、歌等韵文体作品，如果按照元代赋学家祝尧的分类法，当为古赋别体，但无论铁崖本人还是当时与后世为铁崖编诗文集者都不视之为赋，因而笔者本文遵从传统分类法，对此类作品一概不论。

二

杨维祯所作辞赋之多，并在当时流传之广，的确与元后期科举考试试赋的文化背景密切相关。但他之所以能成为一代辞赋大师，仍然是由其作品的思想成就和艺术成就所决定的。

《四库全书总目提要》说：《丽则遗音》"为赋三十有二首，皆其应举时私拟程试之作。……维祯才力富健，回飙驰霆激之气以就有司之绳尺，格律不更而神采迥异，遽拟诸诗人之赋，虽未易言，然在科举之文，亦可云卷舒风云、吐纳珠玉者矣"。应该说，这段话从铁崖的才情和气势来肯定其赋作艺术表现的纯熟和艺术风格的劲拔尚不为无见，但说该集 32 篇赋"皆其应举时私拟程试之作"，并不合乎事实。按铁崖于泰定四年(1327)中进士，官天台县尹，终以治黠吏豪民而免官。元统二年(1334)转官钱清场盐司令，"领职五年"，于后至元五年(1339)七月"以父忧去"。陈存礼在至正元年(1341)正月编定《丽则遗音》时，正值铁崖丁忧期间。集中所收赋必作于至正元年之前无疑，但并非皆为"科举之文"。从作品内容来考察，实际上只有一部分为其应举时作，如《孔子履》一篇注明为"乡校命赋"即是。而另有相当数量的作品(卷一、卷四中居多)当作于中进士之后，例如，《些马》作于"杨子至钱清之明年"，即元统三年(1335)；《杖赋》作于后至元四年(1338)他过四十二岁生日之时；又《蓍草》、《忧释》二赋皆作于"丧讼病患交侵并集"之际，即后至元五年七月之后、至正元年正月之前。又黄子肃评《悲舒王》："是老平日得失成败，亦概见于此矣。"《乞巧》中有"先生以拙累官"之句，《琴赋》序曰："天台蔡仲玉，以琴访予山南水北楼。"篇末又言："吾将与子溯洞庭、历九峰、登玉霄、攀阆风，招渔父之往棹兮，探湘灵之遗踪。"则知此三赋也为其仕途失意时作。

同样，《铁崖赋稿》中的情况也是如此，既有应举时私拟程式之作，也有中进士之后的率意之作和有感于社会人生的有为之作。其中可以确考创作年代的也不少，例如：《紫微垣》、《玉笋班》、《弘文馆》、《白虎观》等都是应举时作。《卤簿》序曰:“臣愧不才,获叨侍从,欢欣鼓舞,献赋厥庭。”《记里车》末曰:“愚臣作颂展声名兮,光三雅以献赋。”知二作都作于泰定四年进士及第初授官之时;《闵忠阁》有“我元宅冀之区,全燕作都,构奎章之杰阁”等语,考奎章阁始设于天历二年二月,知此赋必作于1329年之后。又《海盐》作于钱清任上,《伏蛟台》作于至正五年之后,《五云书屋》作于弃官归隐之时,均有内证可考。

杨维祯于泰定四年中进士之时已经年届三十一岁,我们不妨以此为界,把他的辞赋创作分为两期,并姑且称之为应举之作和仕隐之作。如果对上述可以确定写作年代的作品稍加比较,我们就会发现,应举之作虽也有优秀篇章,但就其思想内容而言,仕隐之作所反映的社会生活显然要深广得多,所揭示的思想感情也相对深刻一些。

从现存作品来看,铁崖赋所涉及的题材还是相当广泛的,诸如宫殿亭阁、楼台室宇、天文地理、文物器用、鸟兽草木、治道典礼、音乐书画、抒情言志等等,几乎无所不包。但其中却有三分之二的作品主要是借古代的人、事、物、理来展开描写和发表感慨,并且它们之中真正属于游览或瞻仰古代遗迹之后而生吊古之情的,仅有《姑苏台》、《闵忠阁》等十余篇,其他则是有感于经史记载或古人诗赋的咏叹而作。不言而喻,这类作品大都是应举时作,但由于他是像作咏史诗一样来作览古赋,因而往往能在对旧的题材作了铺张描写之后发表出一些新的见解,特别是仕隐时期的览古之作还多寓叹今之旨。概而言之,其主要思想大致有如下三点:一是坚持儒家思想,重视礼乐政教,批判道家思想和神仙、瑞应、符命、谶纬之说,如《孔子履》、《石经》崇尚孔子之道和六经之道,弘宣礼乐政教;《三神山》、《泰元神策》、《封禅》皆批判求仙、封禅之举为虚妄无稽;《太公璜》、《象载》、《狩麟》等一扫瑞应、符命、谶纬之陋。而《天籁》实际上是一篇颇富于哲理性的作品,有力驳斥了庄子的齐物论。二是批判君主夸侈多欲、荒淫误国,主张俭身勤政,尊贤纳谏,与民同乐。如《姑苏台》二篇从不同的角度批判了吴王的荒淫误国,而《黄金台》则歌颂了燕昭王的招贤以复仇。《泰畤》、《太液池》、《承露盘》、《未央宫》都是讽刺批判汉武帝的多欲夸侈,后二篇还并责“汉公卿未有议露盘之非者”和萧何作为“相国之无术”,则颇有新意。《进善旌》和《千秋金镜录》则是分别从君臣角度谈纳谏与进谏,借咏叹古人而欲开当今之言路。三是悯忠斥奸,扶正诛邪,寄托其忧国忧民想有所作为的政治理想。他崇尚伯夷、叔齐的节操(《首阳山》)和周公辅佐成王的忠诚,但却贬斥霍光专权震主(《周公负成王图》);他还哀叹子车氏三良殉葬之不幸以斥秦穆公之不仁(《哀三良》),追悼忠臣晁错以斥谗佞袁盎(《忠乌》),愤责东晋君臣在国破家亡之时却“呖逆谋以火炽,睨神鼎如羽轻”(《玩鞭亭》),甚至在表彰孝女曹娥时也分墨贬斥曹操“昧纲常之大节”(《曹娥碑》)。乐毅、诸葛亮是铁崖最敬仰的古代英才,他深慨乐毅受信则建功立业、受疑则“托微罪以去国”(《吊望诸君》);推崇“武侯之出处,盖在于天下之安危,而不在于一身之显晦”,“惜乎天不遂其志,而用不尽其才也”(《八阵图》)。对王安石,则既肯定其“志坚而不拔兮,行不挠而愈刚”的志行和“天变不足畏、祖宗不足法、人言不足恤”的胆识(《悲舒王》)。《柱后惠文冠》、《刺史屏》、《神羊》三篇则是主张加强吏治,依法施政,认为御史“可以革邪佞与奸嚚”,刺史也应“惩恶而劝良”,因而希望他们能像神羊一样,“甘摧身以立勇,誓碎首以全刚”,敢于触“佞山”,批“龙鳞”,协助君王辨枉直之行,分正谲之论,使佞人胆落,善类气伸。另有《斩蛇剑》也表达了这种政治理想,他希望自己能手执斩蛇剑,“扶正直,提颠连”;“昭声明,偃威武”;“诛凶佞,旌忠良”。还有《白虎观》、《弘文馆》、《玉笋班》等几篇应举之作,借感叹汉唐文士的遭遇表现了他急欲登第入仕一展宏图的愿望。

除上述览古题材外,铁崖还有十余篇描写元代天文地理和器用的作品也具有一定的社会意义。如《浑天仪》、《简仪》、《莲花漏》、《土圭》就反映了元代天文学发达的情形,尤其在《简仪》中高度评价了郭守敬创制简仪和授时历的伟大成就,认为它“去繁而简要且中”,“所以超万古而无前也”。可见他虽主张文学复古,但其历史观并不厚古薄今。《镐京》也表现了这种历史进化观,他借北都主人之口驳斥西都宾说:“客诚好古之流欤?惜乎信耳而遗目也。子能知古昔之西京,而未知今日之北京也。”继而极力赞颂了元代北京的繁华与壮美。《记里车》、《器车》、《飞车》、《记里鼓车》则反映了元代一统天下后遍设驿站、交通发达以及各类车子制作精美的盛况。如《记里鼓车》曰:“方今车书大同,文明照披。物无微而不登,器无远而不至,车必备太常之陈,而充仪卫之制,客将歆艳而诩称,又何以不用而兴訾议也?”《会通河》还详细描写了元代开通从山东东平至临清三百里运河后造福于人民的情景,并赞扬此举乃“昭代之伟绩”。另有《海盐》不仅生动反映了元代盐业生产的面貌,而且还揭示了“往往清流大臣,来持节而督赋,而豪氓悍夫,或窃利以干刑”,致使盐税沉重,民力凋疲的现实。篇末所说“恤民力于凋疲,削重额以宽征,沛仁恩于无涯”,与宋濂为铁崖所作《墓志铭》“改钱清场盐司令。时盐赋病民,君为食不下咽,屡白其事江浙行中书,弗听。君乃顿首涕泣于庭,复不听,至欲投印去,讫获减引三千”,二者完全一致,表现出铁崖为民请命不惜丢官的仁者之心。

当然,铁崖赋中最富于现实性和作者个性的作品还是那些抒情、讽刺之作和有所寄托的咏物小赋。这类作品基本上都作于仕隐期间,但有一篇《天衢赋》可能是应举之作,却值得注意。作者精骛八极,心游万仞,极尽想象之能事,把传说中的碧宇天衢描写得井然有序而又瑰丽多姿,最后直抒其志说:“吾将凌汗漫、超赫戏,蹑青云以为梯”,“搴桂花于高寒”。但当他登第步入仕途尤其是天台免官之后,其思想感情就深沉得多了。讽刺小赋《乞巧》即作于此时，他仿效柳宗元的《乞巧文》，以众人之"巧"和自己之"拙"作对比，把官场中、社会上巧伪的种种人情世态都用正言若反的讽刺手法勾画了出来，诸如：

利在而趋，害萌而背。首鼠两端，观望进退。动辄得宜，步无狼狈。

周容以为度，诡随以为迁。鸢肩以立，羔膝以前。低头出跨，娇笑承拳。破怒而嬉，枘凿相便。

柔和熟软，滑稽宛转。突梯炙膏，截截善谝。移易是非，售佞若蹇，簧口电舌，听者舞抃。

人之巧宦，钻隙寻蹊。频要银艾，时更色衣。意匠所发，随触其机。

寓怒骂于嬉笑之中，内容深刻而笔调轻松。后虽转官钱清，实非要职，因而在次年所作《些马》中就已表现出深深的苦闷与彷徨，正如马积高师《赋史》所说，此篇"虽为哀马，实为哀己。但它又不像一般的自伤不遇之作那样，不是以超脱尘俗为乐，就是怨恨不已；而是从马的沉渊展开想象，推测它的前途，而归结到江险亦不可久留，这就把自己彷徨瞻顾找不到出路的苦闷和忧郁深刻地表现出来了。这不仅是作者个人的苦闷，实际上也是当代许多抱才抱智的知识分子的苦闷。因而它尽管是一篇抒情小赋，却在一定程度上反映了元代后期社会的危机"。

过了几年之后，境况并未好转，他终于陷入了仕隐难决的矛盾之中。《杖赋》就初步揭示了"先生方倦游而欲息，复贾勇而挽前"的心理历程。其序曰："余今年初度，逾强年之二，已有子贡倦而愿息之心，故吏四明魏帐得铁灵杖以寿余，因感而赋，酒余，且命帐歌之以自强。"他先极写此杖来历非凡，"故假其威可以折冲乎外侮，论其寿可以窃比乎铜仙"，继而愧叹"自非高年而硕德"，但又不愿意做"盗声之处士"，随后忽生奇想，欲以铁灵杖为武器，"排阊阖以自许，誓持危而扶颠，托六尺以不负，心寸铁以同坚"，借杖以自强，有诙诡之趣。《蓍草》和《忧释》皆作于丁忧期间，二者虽都是"丧讼病患交侵并集"之际的不平之鸣，但其表现却有所区别。前篇是借请孟宗镇布策蓍决大疑而抒愤：

盗跖考命，颜阏生兮；阳虎据位，孔卒行兮。或弱冠司衮，而七十食牛兮；或三叶皓首，而七世珥貂兮；或死减以赂，而宫以幽兮；或捐印俱走，而阁以投兮。姣好嫫女，恶孟娵兮；宝器康瓠，掷天璆兮，玄秬焚弃，钧吻以为羞兮。吁嗟乎，斡流回冗，纷推迁兮；祸福去就，我不知其然兮。

世道不公,命途多舛,原因何在?何所去从呢?占蓍揭示其原因说:"汝独修洁众皆贪婪兮",指示他"逍遥自然,与道息兮"。后篇则直接质问天地神明,将郁积已久的满腔忧愤一齐倾泻出来:

> 天之何为使聪明而无信兮,明畏之无神。贤不必福兮,寿不必仁。不义而富兮,好礼而贫。……饱侏儒欲死兮,长九尺者饥。司造亏羡兮,偏既反曰迪。

与关汉卿《窦娥冤》第三折【滚绣球】有异曲同工之妙。他从当代的黑白颠倒,讲到历史上的贤愚易位,从自己的好修见殃,讲到人民的久处穷罹,实际是从感叹个人身世命运出发而上升到了对社会人生的综合思考,从而表现出一种带有普遍意义的现实批判和历史批判精神。

此外,还有讽刺小赋《骂虱》也是有为之作。虽不能确知创作年代,但必为仕隐之作无疑。该赋是借骂"小毒小臭"之虱来骂世上"大毒大臭"之人:"奸法窃防,妨化圮政,剥人及肤,残人至命,阚若豺虎,螯甚枭獍。此非大毒大臭者乎?"表现出作者对当世贪官暴吏的切齿之恨。

三

毛晋曾在《丽则遗音跋》中评价铁崖"真能祖骚而宗汉,奚止除完颜之粗犷、洗宋末萎弱之气而已耶?扬雄云:'诗人之赋丽以则',真无愧矣"。实际上,"祖骚而宗汉"是祝尧在《古赋辩体》中提出的主张,并且也是元末赋家的普遍追求。从赋的发展历史来说,元延祐以后的确也可称为赋的繁荣时代,它的文化背景是"设科取赋",其繁荣的标志即是祝尧的《古赋辩体》和铁崖赋作的先后辉映。因此,我们要评价铁崖赋作的艺术成就及其在赋史上的地位,还有必要先从当时辞赋繁荣的文化背景谈起。据《新元史·选举志》载,皇庆二年(1313)十一月仁宗下诏复行科举取士之制,在汉人南人科目(包括乡试和会试)中设有古赋一科,延祐元年(1314)二月又由中书省奏定为科举程式,此后直至元末不变(至于后有停开科举之事则当别论)。于是凡欲应举者,无不学古赋(蒙古色目人除外,但他们中若有愿试汉人南人科目者也须学古赋),一时蔚然成风。祝尧是第二届(延祐五年)进士,他后来所著《古赋辩体》十卷既是一部辞赋总集,又是一部自成理论体系的赋学专著,因而它实际上成为了元末辞赋创作的理论指南。该著最主要的观点就是"祖骚而宗汉",而"骚者诗之变也",故要求赋必须与诗一样"发乎情"。

杨维祯的赋学观可能受到过祝尧的影响,这从他的《丽则遗音序》中可以寻绎出二者的理论联系：

皇朝设科取赋，以古为名。故求今科文于古者，盖无出于赋矣。然赋之古者，岂易言哉？扬子云曰："诗人之赋丽以则，词人之赋丽以淫。"子云知古赋矣，至其所自为赋，又蹈词人之淫而乖风雅之则，何也？岂非赋之古者，自景差、唐勒、宋玉、枚乘、司马相如以来，违则为已远，矧其下者乎？……因述赋之比义古诗而不易于则者，引于编首。

所谓"丽以则"，也即《古赋辩体》卷三所说"其辞也丽，其理也则，而有风比雅兴颂诸义也"。他也认为："骚，诗之流。"[①]"《诗三百》后，一变为骚赋。"[②]可见铁崖的赋学理论与祝尧《古赋辩体》的基本精神一致，但也有祝尧所不及者，其论点主要保存在至正元年正月陈存礼所作《丽则遗音跋》中，约而言之有三点：一是认为赋"实得于天资而充之以问学"。他明确指出："赋与义学，实为两途。""义未脱陈言训诂，赋则屈、宋、贾、马之文章。后生无屈宋之资、贾马之学，而欲援笔为赋，不为叶韵口义，则为传奇俳语而已耳。"可见他的文体意识非常明确。二是提出"为赋不难于填布事实，而难于豁达气韵也"。这是一个具有实践意义的精辟见解，实际上铁崖赋作独特风格的形成也正得益于这种理论的指导。三是主张骚赋可以合乐歌唱。"或问，骚可以被弦乎？曰：骚，诗之流。诗可以弦，则骚其不可乎？"[③]所以"先生酒甘时尝歌《三良》、《八阵》、《延陵》、《望诸》、《露盘》、《铁箭》等作"[④]，有时也命他人歌唱自己的赋作[⑤]。这种要求无疑有助于增强赋作的韵律美。当然，就铁崖本人来说，他似乎无意去构建自己的赋学理论体系，这就是说，他对于元赋的突出贡献，还主要在于他根据自己的赋学观来从事辞赋创作，先后写出了一批"丽则竣拔"的优秀作品，一扫金宋粗犷萎弱之气，开创了元代赋坛的崭新局面，推动了元末辞赋创作的繁荣。

从铁崖赋作的体裁来说，除不涉律赋之外，凡古赋各体俱备，但以骚赋体和文赋体为主，四言诗赋体则多穿插于前二体之中，当然前二体之间也常常互有穿插。既然称古赋，就不可能再创新体。不过，铁崖还能有所变通，他善于在一篇中以一体为主，再以他体穿插，偶尔也用一段骈体和几个散句，使之能有所变化起伏，而不显得单调呆板。

---

① 杨维祯：《沈氏今乐府序》，《东维子文集》卷十一。
② 杨维祯：《渔樵谱序》，《东维子文集》卷一。
③ 杨维祯：《沈氏今乐府序》，《东维子文集》卷十一。
④ 陈存礼：《丽则遗音跋》，《丽则遗音》书末。
⑤ 参见《丽则遗音》卷四《杖赋》序言。

就艺术构思与表现形式而言，应举之作多带有模拟的痕迹，但也有优秀之作，如前述《天衢》构思奇妙，想象丰富；《紫微垣》作于泰定三年（1326），全篇采用问答体形式，通过翰林主人和大比宾的对话，从天上的紫微垣，说到人间（大都）的紫微垣，再说到钱塘乃“人间第二之紫微垣也”，最后言志，欲应举而直达紫微垣，内容虽平而浅，但其构思却颇为新颖。仕隐期间不是为赋而赋，而是有感而发，所以有不少作品的内容与形式能够浑然一体，某些方面还有所创新。如纯以议论为赋的《天籁》就颇具特色，开篇仅几句就概略描写了庄子发表议论的情形，紧接着用形象而生动的语言来陈述庄子的齐物论，字里行间又杂以嘲讽，最后正面驳斥道：

> 嗟夫物有不齐，维物之情。黝垩不容于一视，泾渭不能以同清，虽造化之匪殊，实物论之抢攘。而何狙公非马之辨，论坚白异同之纵横，肆夸言之丕诞，驰虚无而窃名。殊不知大钧块圠，品物兹亨。风云雨露之发育，山川草木之生成，高下异趣，洪纤异论，皆至理之显著，曾何混乎重轻？

层层深入，辞锋逼人，逻辑严密而又气势恢宏。抒情小赋《些马》能突破常格，对马沉渊时的情形不着一字，而是劈头号叹：“吁嗟骏乎，汝其糜没九渊！”紧接着连用五个问句推想马沉渊后的前途。最后用“又辞曰”转为骚体，大发感叹。全篇仅二百余字，却三变语气，感情层层加深，堪称短篇佳构。铁崖喜欢作问答体赋，既有二人问答的，也有二人争辩不下而引出第三者解答的，这类作品往往在结构上较多变化，例如《铜雀瓦》就颇为黄子肃所赏识，他评曰：“此篇问答凡五曲折而意味愈无穷，熟此而后知赋之纡徐回薄之妙。”《骂虱》则可视为问答之变体，虱本不能说话，但通过梦境将虱人化后再让它辩驳，就既合乎情理，又妙趣横生。这种艺术构思可能受到过苏轼《后赤壁赋》的启发，但铁崖增加了其辩驳的特点。又在铁崖作《骂虱》之前，本已有李商隐《虱赋》和陆龟蒙的《后虱赋》，但二作极短小，各为32字，分别从虱吸穷人的血和虱喜依附富人着笔展开讽刺，铁崖则先骂尽种种虱的种种毒臭，再让虱于梦中人化进行辩驳，骂尽天下的贪官暴吏，不仅在艺术构思上匠心独运，不落窠臼，而且从思想深度到艺术表现都远胜前贤，成为千古绝作，明代顾大韶再作《又后虱赋》以补李、陆之不足，实是摹拟铁崖的构思而终不能及。

然而，铁崖作为一代辞赋大师，最能体现出他的艺术个性的，还在于其作品的境界、气势、语言以及由此而形成的艺术风格。《四库全书总目提要》说《丽则遗音》“亦可卷舒风云、吐纳珠玉者矣”，就主要是以此而立论。所谓“卷舒风云”，是说他的作品境界开阔，气势刚劲挺拔，也即他自己说的具有“豁达气韵”。铁崖本是一个天资超常而又豪放不羁之人，加之重视后天的学习和修炼，器识更加恢宏，才力尤称富健，行之于文，自然会喷发出一种刚劲挺拔之气，所以他在《八阵图》中说："虽武无用于今之时兮，亦以发吾文之气刚。"凭着这种刚劲挺拔之气，他骂时骂得痛快淋漓，悲时悲得肺腑欲裂，忧时忧得愁肠百结，说理时如飞流直下，言志时如弦矢即发，即使写景体物，也能随物赋形，气足神完。例如《天衢》、《天籁》、《琴赋》、《乞巧》、《些马》、《骂虱》、《忠乌》、《神羊》、《杖赋》、《斩蛇剑》、《蓍草》、《忧释》、《海盐》、《悲舒王》等都堪称气韵豁达的优秀之作。所谓"吐纳珠玉"，是指他的语言炉火纯青、"丽"而有神。其应举之作的语言明显地受到了楚骚汉赋的影响，是一种"绚丽"之辞。仕隐之作在此深厚的根基之上又博采众长，尤其是吸收了柳宗元竣洁文风的优点，并完全融化为自己的个性特色，是一种"竣丽"之辞。上列气韵豁达之作所运用的大多是峻丽的语言，但也有少数篇章有绚丽之辞或用典过多。

关于铁崖赋的艺术风格及其在赋史上的地位，同时代人胡助曾在《丽则遗音跋》中作过评价：

> 丽则之名，其殆伤今之赋之不古乎？观其《三良》以下，追逐屈宋，殆如铁崖之崭绝峭刻，人固未易于攀缘也。然而叶律铿锵，立格古雅，而陈意正大，诚有可则者。

既"丽"且"则"，这是铁崖和元末赋家的审美追求，"丽"指形式之美，"则"指内容之美，"丽则"合为一词则指古赋风格之美。既然自唐人至元人皆已习惯于将"丽则"作为一个词来使用，笔者也不妨姑且用之。结合前人的论述，我们可以用"丽则竣拔"四个字来概括铁崖赋的艺术风格，以与元末其他赋家相区别。甚至可以说，正是由于"丽则"的审美追求，才带来了元末古赋的繁荣；但铁崖的卓绝之处还在于他对"丽则"境界的追求中表现出一种竣拔之气，并且正是由于这种竣拔之气，才使他能够超越当代，凌跨宋金，力追屈宋贾马。清代李调元在《雨村赋话·新话》中说："元承金制，赋不限韵，观杨廉夫集中所附试贴，元赋之体可知。大率平衍朴遬，不足观览。律赋至元而中息矣。"他是从推崇律赋的角度来贬斥元赋，因而即使珍珠也变成了鱼眼睛。殊不知元人崇尚古赋的前提，就是要否定唐宋以来的律赋。如果我们不抱任何偏见，并且体谅元人既"祖骚而宗汉"就不可能另创新体这一事实，那么就不能不承认，杨维祯不仅是元代的辞赋大师，而且也是我国赋史上的杰出作家之一。就现存赋作数量而言，他超过以往任何一家，就思想成就和艺术成就而论，殆可与柳宗元并驱。

论杨维祯的散曲理论与实践①

杨维祯是元末明初一位具有多方面文艺才能的“文章巨公”和文坛领袖。他一生主要以诗文名世，但同时又是一位著名的散文作家和辞赋作家，还可称为书画家和音乐家。尤其值得我们注意的是，他在致力于诗文创作的同时，对于当时为正统所不齿的小说、喜剧和散曲，也从理论上给予了热情的关注和扶植，并且亲自参与了散曲和小说的创作。本文拟就他的散曲理论与实践试作评述。

一、杨维祯的“今乐府观”

戏曲和散曲发展到元代都堪称繁荣时代，但元代的曲论却不甚发达，尤其是专论散曲者更为少见。杨维祯的曲论主要见于《东维子文集》卷十一中《周月湖今乐府序》、《沈氏今乐府序》、《沈生乐府序》、《朱明优戏序》、《优戏录序》等文，前三篇侧重于论散曲，虽尚不构成理论体系，但在当时已属空谷足音。

散曲之名“散曲”，始于明代，至现代才被普遍使用。在元代，散曲虽已有“套数”和“小令”之分称，但其总称则多名之为“乐府”。例如周德清的《中原音韵》、钟嗣成的《录鬼簿》和夏庭芝的《青楼集》等几部重要的曲学著作都称散曲为“今乐府”。据任中敏《散曲概论》卷一说：

> 乐府原为一切诗歌之叶乐者。在曲则无论剧曲散曲，皆包含在内。但元明以后论曲者多用以指散曲，表示其曲曾经文学上之陶冶而后始成者，所以能入乐府，充一代雅乐之辞，与寻常街市中之俚歌不同也。

① 本文原载《北京师范大学学报》1992年增刊（1992年12月）。

可见元人称散曲为“乐府”，主要强调的是它既可合乐歌唱而又经过文学陶冶开始取消雅化的特点，实际反映了当时文人的散曲观。但这种称名却与同时代仍可合乐歌唱的诗尤其是词常常相混，例如王恽的《秋涧乐府》主要收词，同时也收了几十首散曲；而杨朝英编的《乐府新编阳春白雪》本为散曲总集，却收有词作十首。直到元末，杨维祯才有意识地把散曲明确称之为“今乐府”。这一范畴的确认，既反映了元曲和古乐府的联系，又划清了它同合乐歌唱的诗词的界限，并在理论上继承和发展了元代文人的曲学观。其具体内涵主要包括如下四个层次：

一是认为散曲和楚骚、汉乐府、唐宋词相类而又相承，都是古诗（指《诗经》）之流变，其作用也有补于世，因而“有足传者”。他说：“夫词曲本古诗之流”。“或问：骚可以被弦乎？曰：骚，《诗》之流。《诗》可以弦，则骚其不可乎？或有曰：骚无古今，而乐府有古今，何也？曰：骚之下为乐府，则亦骚之今矣。然乐府出于汉，可以言古；六朝而下皆今矣，又况今之今乎！吁，乐府曰今，则乐府之去汉也远矣！士之操觚于是者，文墨之游耳。其以声文缀于君臣、夫妇、仙释氏之典故，以警人视听，使痴儿女知有古今美恶成败之劝惩……虽依此声调，而其格力雄浑正大，有足传者。”他的上述观点，还在《渔樵谱序》一文中有类似的阐述。从强调文学的劝惩功能出发，来论证散曲的有补于世，固然不过是儒家诗教的老调重弹而已，但他能突破正统文学观的偏见，明确地把散曲提高到与正统诗歌同流并论的地位，这在当时是难能可贵的。

二是主张元曲应继承古乐府精神，“宜有风雅余韵”，思想内容要本于情性之正，艺术表现须“文采音节兼济”，方称得体。他说：“既以乐府名编，则宜有风雅余韵在焉。苟专逐时变、竞俗趋，不自知其流于街谈市谚之陋，而不见夫锦脏绣腑之为懿也，则亦何取于今之乐府可被于弦竹者哉？”所谓“锦脏绣腑”，即如他在《赵氏诗录序》中所说的“其情性不野”。他对元代曲坛大家关汉卿、庾吉甫、杨淡斋、卢疏斋、冯海粟、滕玉霄、贯酸斋、马昂父给予肯定的评价之后指出：“继起者不可枚举，往往泥文采者失音节，谐音节者亏文采，兼之者实难也……四明周月湖，文安美成公之八叶孙也，以词家剩馥，播于今日之乐章，宜其于文采音节兼济而无遗恨也。”可见杨维祯对于散曲的审美要求持论很高，这就要求作者必须在才与情上两臻其美。因而他不仅反对当时曲坛上流行的小叶俳辈和逐时趋俗者流于街谈市谚之陋的作品，而且对于“拘才”和“恣情”的倾向也给予了批评。他在《沈生乐府序》中说：“我朝乐府，辞益简，调益严，而句益流媚不陋。自疏斋、酸斋以后，小山局于方，黑刘纵于圆。局于方，拘才之过也；纵于圆，姿情之过也。二者胥失之。”因而勉励沈祟应“以小山之拘者自通，黑刘之恣者自撙”，方能达其极至之审美境界。这里有必要指出的是，所谓“恣情太过”，大致与他后来在《渔樵谱序》中批评“今乐府之靡者”

所说“情致过媟，则沦于浑官语也”差不多。杨维祯批评刘廷信的“纵于圆”，只不过希望从思想内容上提高散曲的品位，使之饶有风雅余韵，但并不主张散曲从形式到风格都向词的方向雅化，所以他对张可久的“局于方”也给予了批评。张可久的确可称为当时将散曲“词化”的一位代表作家，他的作品情淡而不足，用典多，语言趋向书面化，格律工整严谨，从句式到用韵都极少变化，几乎不用衬字，曲味淡而词味浓。这种创作倾向的理论依据主要是周德清的《中原音韵》。杨维祯批评张可久的“拘才之过”，实际上是主张曲的创作应直抒才情（但不恣情过媟），而不要受格律的束缚（但应注意谐音节，使之可被于弦竹）。由此可见，杨维祯的上述理论是有感于元末曲坛的现实而发，这对于扭转当时今乐府创作中趋向于词化和流于街谈市谚化的两极，无疑都有着重要的指导意义。

三是在肯定不同的散曲作家有不同的风格之时，提出曲品决定于人品，尤其推崇格力雄浑正大之作。他说：“士大夫以今乐府鸣者，奇巧莫如关汉卿、庚吉甫、杨淡斋、卢疏斋，豪爽则有如冯海粟、滕玉霄，酝藉则有如贯酸斋、马昂父。其体裁各异，而宫商相宣，皆可被于弦竹者也。继起者不可枚举。”“然而媟雅邪正，豪俊鄙野，则随其人品而得之。杨、卢、滕、李、冯、贯、马、白皆一代词伯，而不能不游于是。虽依此声调，而其格力雄浑正大，有足传者。”这种观点与廉夫的诗论完全一致。他在《李仲虞诗序》中说：“诗者，人之情性也。人各有情性，则人各有诗也。”又在《赵氏诗录序》中说：“评诗之品无异人品也。人有面目、骨骼，有情性、神气，诗之丑好高下亦然。风雅而降为《骚》，《骚》降为《十九首》，《十九首》而降为陶、杜，为二李，其情性不野，神气不群，故其骨骼不庳、面目不鄙。”就散曲而言，若能做到“情性不野，神气不群”，谐音节而有文采，自然也可称为格力雄浑正大之作了。

四是提出了“今乐府者，文墨之士之游也”的观点。他这里所说的“游”，当与《论语·述而》中所说“志于道，据于德，依于仁，游于艺”之游和《礼记·学记》中所说“故君子之学也，藏焉，修焉，息焉，游焉”之游同义，意谓士人在学道之余，也可像游息于六艺之中一样而游笔于散曲创作。杨维祯把元曲作者分为文墨之士、曲家（词伯）和小叶俳辈（指倡优妓女等辈）三类，认为参与散曲剧曲创作也是文墨之士的一种修养，在从事文墨活动之余自然可以游笔于散曲的创作，而像“杨、卢、滕、李、冯、贯、马、白皆一代词伯”，当然就“不能不游于是”了。他这里从理论上对文墨之士和曲家优游于今乐府活动所给予的肯定，实际上与他关于元曲为古诗之流变的认识是一致的。因而他本人在致力于古乐府创作的同时，也曾游笔于今乐府。而沈子厚和沈峃就是受他的影响才游笔于今乐府的，词家后裔周月湖的今乐府创作，也曾得到过他的指点。后来都“积以成帙”，他又分别为之作序予以奖掖和推荐。不过，他对于“小叶俳辈”的鄙视，除了出于审美上的严格要求之外，其中还难免带有封建文人士大夫的偏见。

上引《周月湖今乐府序》作于至正七年，《沈氏今乐府序》作于至正十三年。略查元代文献即可知，以"今乐府"这一术语称曲，并非始于杨维祯。在他之前，早已有张可久以"今乐府"为其散曲集之名，贯云石于延祐六年(1319)春为之作序说："余寓武林，小山以乐府示余。临风把玩，击节而不自知，何其神也！择矢弩于断枪朽戟之中，拣奇璧于破物乱石之场，抽青配白，奴苏隶黄，文丽而醇，音和而平，治世之音也。谓之《今乐府》，宜哉！"钟嗣成于至顺元年编定的《录鬼簿》也记载了张可久"有《今乐府》盛行于世"。张可久一生致力于散曲创作，他首先提出"今乐府"这一术语，并以之作为散曲集名，当有深意。但因无理论阐述，在当时并未引起人们注意。即使曾为《今乐府》作序的贯云石，后来在临死前作《阳春白雪序》时，也不使用这一术语。泰定初虞集、罗宗信和周德清本人各作《中原音韵序》，都仍然称元曲为"乐府"，仅偶尔称之为"北乐府"、"大元乐府"和"今之乐府"，而不见称"今乐府"。直到至正初年，才由杨维祯明确阐述"今乐府"的理论内涵，并把它作为一个文学范畴来使用。尽管杨维祯在运用"今乐府"这一范畴时曾明显受到过张可久等人的影响，他在阐述这一范畴的理论内涵时，自然也吸收过前人曲学观(包括贯云石所说"文丽而醇，音和而平")的合理成分；但从根本上说，杨维祯的今乐府观是由他的文学观和美学观所决定的，因而能够超越前人并且具有鲜明的个性特色。至于后来孔齐和陶宗仪等人也称散曲为"今乐府"①，则显然受到过杨维祯的影响。

二、杨维祯的赏曲与度曲活动

隋树森先生编辑的《全元散曲》，经过补充修订，也仅仅收得杨维祯所作套数一篇和小令一首，这与他的理论认识似乎很不相称。笔者近年来师从李修生教授研究元末明初文学，有幸在杨维祯的几种诗文集中新发现杨维祯小令二十八首②，略可补《全元散曲》之遗，但仍然远未及全。从杨维祯的散曲观及其艺术修养和生活方式来看，他在主盟元末文坛的同时，完全有条件兼做一位卓有成就的散曲家。因而在对杨维祯现存作品进行文本研究之前，先就他的度曲与创作活动加以考察，当有助于我们立体地认识和把握他作为一位散曲家的个性特色与历史意义。

杨维祯酷嗜音乐，尤其是由于仕途失意而浪迹东南山水期间，更以诗酒流连、征歌选色而"依隐玩世"。据宋濂为杨维祯所作《墓志铭》说：他常"戴华阳巾，被羽

① 参见孔齐《至正直记》卷一《酸斋乐府》条、陶宗仪《辍耕录》卷八《作今乐府》条。
② 详见拙文《新发现杨维祯散曲二十八首》，《文献》1993年第1期。

衣，泛画舫于龙潭凤洲中，横铁笛吹之。笛声穿云而上，望之者疑其为谪仙人。晚年益旷达，筑玄圃、蓬台于松江之上，无日无宾，亦无日不沉醉。当酒酣耳热，呼侍儿出歌《白雪》之辞，君自倚凤琶和之，座客或翩跹起舞，顾盼生姿，俨然有晋人风流。”①

许多材料表明，杨维祯具有很高的音乐修养，不仅能唱曲，而且擅长各种乐器，尤善吹铁笛，故自称铁笛道人。据《铁崖文集》卷三《铁笛道人自传》曰：“铁笛得洞庭湖中，冶人缑氏子尝掘地，得古莫邪，无所用，熔为铁叶，筒之，长二尺有九寸，窍其九，进于道人。道人吹之，窍皆应律，奇声绝人世。”诗人画家张渥曾为他画《铁笛道人像》一幅，杨维祯自题诗曰：“道人天声閦天窍，娥皇上天补天裂。……道人与笛同死生，直上方壶观日月。”当时有不少诗友作《铁笛歌》，形象而生动地描叙了杨维祯对铁笛酷爱之深和他吹奏铁笛水平之高，如钱德铉《铁笛谣・为铁崖仙赋》中有一节描绘杨维祯吹奏《君山弄》一曲时的情景说：“《君山弄》，最奇绝。一声草木摧。两声山石裂。三声蜿蜒跃波起。四声卷海作飞雪。五声山岳尽动摇。六声百鸟皆噤舌。七声吐气成虹霓，扶桑枝上金鸡啼。八声凝光射牛斗，丹桂枝边玉兔吼。九声十声迸银河，鬼神股栗天嵯峨，河鼓辍琼耜，天孙停玉梭，九重震叠开荡荡，帝阍惊动忘㧑诃，钧天大人侧耳听，口敕仙吏旁搜罗。”

杨维祯起初有三支笛子，即大小铁龙君和象山管同，称为道人三友。后来小铁龙君不慎丢失，又于至正十四年求得顾瑛所购玉箫一支为配，顾瑛还特作《玉鸾谣》一诗和《玉鸾传》一文以纪其事。又于太陵吕氏得一胡琴，以其声如贯珠，而名之曰“西域斛律珠”。还于赤城得一古琴，以其琴有焦尾材，且声如秋声，故名之曰“赤城焦秋”②。他还有一柄琵琶名“金刚瘿”，曾于秋月之夜，为琴师董双清弹奏，其声如“结喉乍语雕龙口，万斛真珠倾玉斗”③。诗友倪瓒曾送给杨维祯一架古筝，他非常喜爱，即兴作《锦筝曲》一诗为谢(《铁崖先生诗集》丙集)。梓工施氏曾为杨维祯“琢胡琴一具，其巧思入神，深机应律，非他工所能万一也”，他赞赏不已，并作《梓工琢乐器行》一诗为赠(《铁崖先生诗》辛集)。

经常与杨维祯一起从事或欣赏音乐活动的主要有三类人：一是情趣相投的诗友和门生。这类人数以百计，其中过从甚密而又有名者，主要有李孝光、张雨、周易痴、钱思復、倪瓒、顾瑛、吕诚、袁华、郭翼、吴复、钱德铉、张宪、杨基等。二是略知风雅的地方官吏和富商豪绅。这类人大多是受时风的影响，慕名而求其诗文以附庸风雅，甚至有人对杨维祯说：“上不信吏文而信子片石。”④因而他在浪迹东南期间，

① 宋濂：《元故奉训大夫江西等处儒学提举杨君墓志铭》，《宋学士文集》卷十六。
② 参见《铁崖文集》卷二《斛律珠传》、卷四《七客者志》。
③ 杨维祯：《赠胡琴师董双清》，《铁崖先生诗集》辛集。
④ 杨维祯：《上海知县祝大夫碑》，《铁崖文集》卷二。

几乎每至一地，都有人争相筵请。《东维子文集》中有相当数量的篇章，就是为这类人而写的应酬之作。杨维祯早年就把家产让给了兄弟，弃官后不能不以授徒和卖文为业，“以苟免大饥冻之窘，其穷可知已”①。但由于上述几类人经常招请和接济，他仍有条件与之征歌选色，诗酒酬唱。三是才艺卓著的歌妓和乐师。杨维祯嗜花爱柳的风流名声在当时是遐迩皆知的，甚至以“饮鞋杯”那样的恶作剧来向社会示威，因而难免“为礼法士所疾”。但他所结交的妓女多是才艺超群之辈，或善歌舞，或擅丝竹，或为表演艺术家，著名的有灵山秀、琼英、琼花、珠月、桂天香、珠帘氏、金粟氏、泰娘、湘云、楚月、常帘秀、素云、楚香、梅兰春、玉无瑕（张氏）、沈青青等。当她们呈伎献歌时，杨维祯常常还以铁笛等乐器为之伴奏。据瞿佑《归田诗话》下卷载：

杨廉夫晚年居松江，有四妾：竹枝、柳枝、桃花、杏花，皆能声乐。乘大舫，恣意所之，豪门巨室，争相迎致。时人有诗云：“竹枝柳枝桃杏花，吹弹歌舞拨琵琶。可怜一解杨夫子，变作江南散乐家。”

这里所说的“妾”，实即家妓，由此可窥见他晚年生活方式之一斑。如果说杨维祯的狎妓赏音和蓄妓作乐尚带有嗜色的性质，那么，他与众多乐师的往来，就纯粹是一种艺术交流了。他在《送琴生李希敏序》一文中曾提到“以琴过余者无虑百数”，可知其与乐师的交往也相当频繁，但由于他本人的技艺水平甚高，这些乐师中真正能受到他赞赏的只有一部分，例如蔡仲玉、杨伯振、李希敏、曹某氏之古琴，张腥腥、董双清之胡琴，李震卿之琵琶，陈彦高之十三弦，周琦、杜彦清之吹笙，杜宽之筚篥等都精湛绝伦，杨维祯欣赏后分别推赞不已，并与之切磋技艺。

杨维祯的赏曲和度曲活动就是在和上述三类人一起娱乐时进行的。他的《游汾湖记》一文为我们详细提供了这方面的珍贵资料，特摘引如下：

至正十年三月十有六日，吴江顾君逊既招客游东林。明日，复命钓雪舫载声妓酒具游汾湖，客凡七人：会稽杨维祯、甫里陆宣、大梁程翼、金陵孙焕、青云王佐、吴郡陆恒、汝南殷奎；妓二人：珠帘氏、金粟氏。朝出自武陵溪，过五子滩……又五里……遂解舟维来秀桥，不问主，径诣亭所，亭曰“翠岩”。主人为陆君继善，出肃客，……饮堂上，出铁笛一支，云江南后唐物也，有刻字云：“七点明列星，一枝横寒玉。”予为作《清江引》一弄，声劲亮甚。笛阕，陆君恒揳予三弦琴，顾君逊亦自起弹十四弦，命珠帘氏与孙君焕交作“十六魔”舞。饮

① 杨维祯：《上巙巙平章书》，《铁崖文集》卷一。

> 彻，妓踏歌引客长堤上，度来秀桥，至南陆庵，班荆坐大堤上。珠帘氏用白莲瓣令行杯酌主客，舟中鼓吹交作，两岸女妇驰逐而观者纚履不绝。（朱存理《珊瑚木难》卷二《游汾湖记》）

当晚，他们又分韵赋诗，诗中无不提及铁笛之声，可见此次活动的主人虽是顾逊，并且他的文艺修养也不低，但实际上执牛耳的人不言而喻是杨维祯。像此次“作《清江引》一弄”一样，他在类似的活动中歌唱或吹奏散曲，继而产生创作冲动，即兴倚声填词，当是司空见惯之事。现存《铁笛清江引》二十四首中将近一半（第十二首至二十二首）都是直接表现其征歌狎妓生活的作品，其中提到的《红锦袍》、《红芍药》、《红绣鞋》和《碧玉箫》等，就是他以铁笛伴奏、由妓女歌唱的散曲调名，甚至很有可能这几支小令的歌词也是他所创作。还有现存的另外几首小令，如《天香引·敬上橘隐仙翁之寿》、《清江引·钟海盐席上作》和《双飞燕调》（即《普天乐》，为玉无瑕张氏作）等，也能进一步说明，在某种场合下当众即兴创作小令，正是这位大手笔的创作个性。

正因为杨维祯具有很高的音乐修养和非凡的艺术识见，所以他的散曲创作能具有“曲”的生命活力和后劲。这不仅指他的一部分倚声填词的作品能够披诸管弦，广泛传唱，而且还表现在他具有创造精神，敢于自制新曲。据清抄本《杨铁崖先生文集全录》卷二《自便叟志》一文曰：“时时弄耦弦琴，……好事者多载旨酒乐，且来与连欢。连欢剧，则撤琴，出铁龙笛，吹所自度《清江引》调，命小娃跕躧倚之。”他这里说的“自度《清江引》调”，是仅指其歌词为依谱自制，还是兼指其歌词和曲调皆为自制，尚难遽断。因为从杨维祯于至正十年三月十七日游汾湖后当晚所作诗中有“为作古江调”（《珊瑚木难》卷二）等语推测，似乎他当日游汾湖途中所作《清江引》一弄，其曲调与元末曲坛流行的《清江引》并不相同。不过从他现存的二十五首《清江引》看，其文学体制基本上还是依照常格而填词，只是有时不受格律束缚，略有增衬而已，因而我们至多只能说他所自度的《清江引》调，可能在音乐上有所不同。他还在《沈氏今乐府序》中说：“记余数年前客太湖上，赋《铁龙引》一章，子厚速和余四章。皆效‘铁龙体’，飘飘然有凌云气，心已异之。今年余以海漕事往吴兴者阅月，子厚时时持酒肴与今乐府至，至必命吴娃度腔引酒为吾寿。”该序作于至正十二年四月十四日。据考，杨维祯作《铁龙引》一章当在至正五年到八年间，此前既从未有人用过这一曲牌，况且他本人又如此自得地称其为“铁龙体”，那么，显而易见，该曲从音乐体制到文学体制，都完全为他所自制。遗憾的是杨维祯的《铁龙引》和沈子厚的四首和作都早已佚去，后世曲谱也未曾记载，我们对其文学体制的原貌已无从知晓了。

好在《铁笛道人自传》中还保留了其自制新曲的另一段材料：

> 江上老渔狎道人，时时唱《清江》、《欸乃》，道人为作《回波引》和之。乃自歌曰："小江秋，大江秋，美人不来生远愁，吹笛海西流。"又歌曰："东飞乌，西飞乌，美人手弄双明珠，九见乌生雏。"城中贵富人闻道人名，多载酒道人所，幸闻笛。道人为一弄毕，便卧遣客。即客不去，卧吹笛自如也。

按词谱中有《回波乐》之词牌，又名《回波词》，但其格式实为六言绝句体，单调二十四字，与杨维祯《回波引》比较，显然判为二体。笔者曾细加考察，发现将上引《回波引》两首合为一首，倒是与《长相思》词牌格律暗合。《长相思》属双调，又名《双红豆》、《山渐青》、《忆多娇》，但未见有称《回波引》者。况且《铁笛道人自传》中，写其自歌第一首后，用了"又歌曰"三字隔开，再转入第二首。又钱德铉《铁笛谣·为铁崖仙赋》有"太湖老渔狎唱《清江》歌，仙人侧卧吹《回波》"之句，也是以《回波引》和《清江引》对举。所以我主张把这两首《回波引》定为散曲，并进而认为《回波引》这一曲体实为杨维祯所独创。

另外还有必要指出的是，杨维祯最初染指散曲和爱吹铁笛，都曾受到过贯云石的影响，贯云石长杨维祯十岁，仁宗立国不久，即辞官归隐钱塘。据天如禅师《筚篥引》诗曰："钱塘月夜凤凰山，曾听酸斋吹铁笛。初吹一曲江风生，余响入树秋鸣咽。再吹一曲江潮惊，愁云忽低霜月黑。坐中听者六七人，半是江湖未归客。欢者狂歌绕树行，悲者垂头泪沾膝。"①可见贯云石善吹铁笛，并且笛声感人至深。杨维祯大约在延祐、至治年间与之交游，《铁崖先生诗集》辛集有《鬼斋诗》"为贯酸斋学士赋"可以为证。又《铁崖先生古乐府》卷三有《庐山瀑布谣》一诗，其自序曰："甲申秋八月十六夜，予梦与酸斋仙客游庐山，各赋诗。酸斋赋《彭郎词》，余赋《瀑布谣》。"日有所思，才会夜有此梦，这也反过来说明他当年与贯云石的交情之深。贯云石去世二十年后，杨维祯尚在梦中与之同游赋诗；那么，生前作为散曲大师的贯云石曾指授过杨维祯吹笛度曲乃至创作散曲，当是合乎情理之事。有了这个前提，方可破译朱存理《珊瑚木难》卷四所载"酸斋降笔作《清江引》一阕，赠铁笛道人"之谜。其曲曰：

> 铁笛一声江月晓，催上长安道。金带紫罗袍，象简乌纱帽。谁不说玉堂春事好？

---

① 引自顾嗣立：《元诗选》初集，中华书局 1987 年版，第 2511 页。

题中所说“铁笛道人”当指杨维祯无疑，但作者究竟是谁呢？我们不妨摘引《铁笛清江引》第八首如下：

铁笛一声阊阖晓，走马长安道。酒淹红锦袍，花压乌纱帽。风流玉堂人未老。

稍加比较，就可发现二曲实为步韵唱和之作，并且可以断定，后曲必定作于泰定四年杨维祯中进士之后，而前曲则是一种催促、期许的语气，似乎是贯云石生前为鼓励杨维祯应举而作，但曲题中已指明它为“酸斋降笔”，实际上不过是有人扶乩时假借酸斋显灵在沙盘上划字所作而已。笔者认为，它很有可能是杨维祯本人摹拟贯云石的口气而作，就正如他在梦中纪录的贯云石所作《彭郎词》实出于他自己之手一样，或者是杨维祯的一位朋友有意摹拟贯云石的口气并步《铁笛清江引》第八首原韵而作。尽管这首扶乩曲内容平平，但通过扶乩这一迷信活动而让贯云石同杨维祯和韵作曲的事件本身就可以说明，杨维祯早年曾与著名曲家贯云石有过一起和韵作曲的经历。

三、杨维祯的散曲作品研究

杨维祯一生究竟创作过多少散曲已不可确知。但既然他在早年就开始了散曲创作的生涯，并且他的曲学观和艺术修养又超越同时代人，那么，即使其现存作品仅有二十九首小令和一篇套曲，我们仍然可以确信他在元末曲坛上实已卓然自成一家，只不过因其诗名所掩和其作品大量散佚而不为后世所重罢了。现在我们只能就其现存作品来窥探他作为一位散曲作家的个性特色。

从题材内容来看，杨维祯现存散曲大致可分为述志、赠人和吊古三类；就形式体制而言，则不外小令、联章体小令和套曲三类。其代表作当推联章体小令《铁笛清江引》二十四首。

这一组小令实为自传体散曲，每首都以“铁笛一声”开头，自始至终回荡着一种“奇声绝人世”的旋律，从而构成一个完整的整体。所以有人认为它们“是老铁一生年谱”①，我们也正是从这种意义上称它们为联章体小令。但其中的每一首又可以独立存在，各述作者人生的某种经历及其感受，都具有自身的完整性。如果稍加考

① 见于明万历四十三年刻本《杨铁崖先生文集》卷八所收《铁笛清江引》题下附注，当出自原抄录者或编校者之手。

察和比较，我们还会发现，其中有的篇章所描写的生活经历与感受大致相近，各篇章之间的排列次序似乎也未做严密的逻辑区分，因而笔者认为这二十四首小令很可能并非作者一气呵成，各篇章的顺次也不过是收藏整理者的大致排列而已。根据作品的内证，我们还可以推考出多数篇章的创作年代大约在至正四年冬到十年冬之间，即杨维祯第二次免官浪游时期。例如第九首曰："铁笛一声秋月朗……扶不起铁仙人书画舫。"按"书画舫"为顾瑛玉山草堂名胜之一，其名由杨维祯始命于至正八年①，此后他因赴松江授徒而与顾瑛分别两年，直到至正十年十二月初一才相逢于顾瑛家，明日即赴杭州四务提举之任，是知该曲当作于至正八年秋。又第二十三首曰："铁笛一声人事晚，人过中年限。"则是在其五十岁（至正六年）以后所作。

杨维祯自号铁笛道人，显然并非仅仅出于音乐上的嗜好，而主要是由于铁笛这一乐器早已和隐者、神仙、道士的形象联系在一起，所以当他在仕途受挫之后深感"不遇于世"之际，铁笛就成为他反思人生、倾吐心声的密友。那么，毫无疑义，在《铁笛清江引》二十四首中反复出现的"铁笛"这一意象，实际上正是作者人格的象征，在那穿云裂石的铁笛声中，无不律动着作者追求任性自适企望超越现实、超越自我的心灵。

循着铁笛奏出的独特旋律，我们从这一组小令中首先可以大致解读出杨维祯从求仕到归隐的生活历程和心路历程。他早年曾在铁崖山中万卷楼上刻苦读书多年，"奇字都识遍"，因而能"贯穿经史百氏"，凭"一双彤管笔"于泰定四年登进士第，"名在黄金榜，金钗十二行"的畅快激发了他"豪气三千丈"的情怀。在春风得意之时，他表现出像李白令高力士脱靴、杨贵妃捧砚而"醉书龙凤笺"的狂放不羁。授天台县尹走马上任后，又以"酒淹红锦袍，花压乌纱帽"的浪漫生活而显示出其风流本色……这一切虽然都有历史依据，但反映在第四、第五、第八、第十一等曲中显然都被诗意化了，它们所表现的实际上是作者后来的一种心理感受和审美评价。任情适性，恃才傲物，不受羁束，这正是作者的个性特色和他从仕到隐的逻辑联系。他是在反思人生的过程中来张扬个性，肯定自我，包括肯定自己的才学和自身的价值。所以即使在弃官归隐之后，他也从不否定自己应举和出仕的历史，甚至对自己的诗才和史识也颇为自得。如第九曲以"三千运酒兵，十万驮诗将"等语极写其诗酒流连之豪；第十曲则以其曾削经断史，著有《春秋胡氏传补正》、《春秋透天关》、《三史正统辨》、《两汉唐宋史钺》等而自许为"斩妖雄杨铁史"。

杨维祯本欲将满腹经纶"货与帝王家"，以实现其自我价值，但"以狷直傲物"，为官十年"皆不信其素志，辄弃官"，浪迹东南，开始新的追求。

---

① 参见《东维子文集》卷十八《书画舫记》、《小桃源记》及《玉山名胜集》卷七。

铁笛一声江月上，濯足银河浪。山公白接篱，太乙青藜杖。先生醉骑金凤凰。（第六首）

铁笛一声天地秋，白雁啼霜后。尘生沧海枯，木落千山瘦。先后醉游麟凤洲。（第七首）

他虔诚地在银河浪中洗净自己的双足，脱下乌纱帽，戴上山简的白色头巾，拄上太乙真人的青藜拐杖，乘醉骑上金凤凰，任意遨游于海上仙山琼阁之中。这俨然已是一个隐士兼神仙的形象，但事实上他虽弃官却并不避世，虽游仙却不餐霞，过着一种隐不绝俗、仙不脱凡的生活。在第十二至第二十二连续十一首曲子中，集中表现了他隐身于市井歌馆、寄情于美人花酒的浪漫风流。人过中年，好景难再，他已无暇去慨叹人生的失意，也不刻意"冀饵不死"，而是珍视眼前现实，征歌选色，及时行乐，"不放春归去"。他把"杨柳腰"、"芙蓉面"的歌女称为欢喜冤家，宣称"情最多"，甘做"花月魔"。雪儿、小凌波、小香锦、小姣姣、小莲心、小黄莺、小红銮……在他的眼中，实际上就是一个个温柔美丽的仙女，或是"龙笛谩谩吹，象板轻轻勾"，或是"金莲款款挨，玉盏深深拜"，或"唱一会红芍药，舞一个河西跳"，朝歌暮筵，人美情浓，实已"由不得铁仙人身做主"：

铁笛一声春夜长，睡起销金帐。温柔玉有香，娇嫩情无恙。天若有情天亦痒。（第十四首）

这实际上是标举情性的旗帜，反对礼法的束缚，与他在《自便叟志》一文中所说"吾便吾性，非便文吾性吾天耳"的精神一致。他自由自在地和歌女们一起消受人生的佳肴美酒，整个身心都沉醉在声色欢乐之中，甚至他在第十五曲中还坦然"自称花御史"。尽管这不过是出于"依隐玩世"心态的一种调侃而已，但却突破了"穷则独善其身"的传统观念，表现出一种强烈的主体意识和生命意识，展示了一种新的人格精神，即追求心灵精神的高度自由和生命官能的充分享乐，让身心都不受束缚，任性自适。

如果说杨维祯寓情于美人花酒，还只是表现他对眼前现实的珍视和对自我精神的肯定；那么，当他依托于天地自然、寄兴于神仙方外之时，往往还会表现出他对眼前现实和自我精神的超越。

铁笛一声吹破秋，海底鱼龙斗。月涌大江流，河泻清天溜。先生醉眠看北斗。（第一首）

铁笛一声云气飘，人在三山表。濯足洞庭波，翻身蓬莱岛。先生眼空天地小。（第二首）

铁笛一声翻海涛，海上麻姑到。龙公送酒船，山鬼烧丹灶。先生不知天地老。（第二十四首）

以上三曲，各自展示了一个阔大而瑰丽的境界，那奇妙的铁笛声显示出无与伦比的穿透力，鱼龙为之斗，云气为之飘，海涛为之翻。诗人仰观日月星斗，俯察江河湖海，出入水域仙境，役使龙公鬼神，以一个“超人”的形象来探究人生和宇宙的奥秘，竟然得出了“眼空天地小”、“不知天地老”的新感受。实际上他是通过审视天地来反思人生，通过观察对象来反观自我，旨在推尊“人”的地位，把“自我”看成是天地的主宰。曲中塑造的这一自我形象，正与他的诗作《大人词》中的“大人”形象息息相通。

杨维祯另外几首小令的倾向大致与《铁笛清江引》相近，或可作为这组自传体散曲的参照。如《清江引·钟海盐席上作》反映了他虽弃官却不避世，仍然心安理得地出入于地方官绅之门的生活情形。《普天乐·玉无瑕》（原名《双飞燕调》）和《天香引·敬上橘隐仙翁之寿》都是在筵饮时即席赠人之作，前者表现的是文士和歌妓的浪漫情调，后者则对隐逸之士的理想境界给予了歌颂。还有《回波引》二曲描写一对恋人悠远深长的相思之情，从男女双方着笔，写得心摧肠断，堪称言情散曲的优秀之作。

杨维祯的套曲【双调·夜行船】《吊古》倒是一篇流传很广、颇为后世所注目的作品，至晚明“犹脍炙人口”，王骥德虽然从格律派的曲论出发对该曲颇有微词，但也不能不承认它“颇具作意”[①]。该套曲又题作《吴宫吊古》、《苏台吊古》，与《铁崖赋稿》中的两篇《姑苏台赋》题材相同而篇旨略异。作者瞻顾吴宫遗迹，立即思接千载，一种沉重的历史感油然而生：正由于吴王称霸后“沉醉在翠红乡，忘却卧薪滋味”的骄奢淫逸及其宠信佞臣、不纳忠谏乃至迫害忠臣的昏庸残暴，才终于导致了“身国俱亡”的下场。《姑苏台赋》从这个历史悲剧中引出的教训是，君主应“与民而同乐”，“尊贤而礼优”，显然是早期之作。而套曲《吊古》则表现出一种“黍离故墟，过客伤悲”之情：

【锦衣香】馆娃宫，荆榛蔽；响屧廊，莓苔翳。可惜剩水残山，断崖高寺，百花深处一僧归。空遗旧迹，走狗斗鸡，想当年僭祭。望郊台凄凉云树，香水鸳鸯去。酒城倾坠，茫茫练渎，无边秋水。

① 王冀德：《曲律》卷四。

【浆水令】采莲泾红芳尽死，越来溪吴歌惨凄。宫中鹿走草萋萋，黍离故墟，过客伤悲。离宫废，谁避暑！琼姬墓冷苍烟蔽。空园滴、空园滴梧桐秋雨，台城上、台城上夜乌啼。

他在触景伤情的悲叹声中表现出一种强烈的批判意识。这种批判意识虽然来自于吊古，但同时也包含有伤今。因为元末群雄争战所造成的破坏，也无疑会使"过客伤悲"。"叵耐范蠡扁舟，一片太湖烟水"的感叹，也透露了作者的弃官归隐是出于无可奈何。尤其是他作为越王故地的子民，竟然把勾践聚干戈灭吴的计谋视为"怀奸计"，最后叹曰：

【尾声】越王百计吞吴地，归去层台高起，只今亦是鹧鸪飞处。

有如螳螂捕蝉，黄雀在后，越国又岂能逃脱覆灭的命运。由此推测，该曲可能作于至正后期。当时称雄于淮吴的张士诚虽已降元，却胸无大志，贪图享乐，任用佞臣。作者饱经战乱之苦，弃官后归隐松江，既对张士诚深为不满而加以批判，更对群雄割据争霸感到厌倦而以冷眼相看，于是作此曲吊古以伤今。

综上所述，杨维祯现存散曲中所展示的是一个狂放不羁、任性自适、略具叛逆色彩的真实自我，无论是述志、赠人，还是吊古伤今，都毫无一丝忠孝节义的说教。无论居官还是归隐，他都不受礼法拘束，追求心灵精神的高度自由。这才是深层意义上的杨维祯。

在艺术表现上，杨维祯善于运用具有典型意义的物象系列来构成饱含意念的意象群，想象丰富而奇特，境界开阔而瑰丽。例如，他那支"奇声绝人世"的铁笛，随同他遨游天地仙境时，总是和"山公白接篱"、"太乙青藜杖"、"洞庭波"、"蓬莱岛"、"明月宫"、"麻姑"、"龙公"、"山鬼"一类意象联系在一起；随同他出入歌馆酒楼时，又总是和"杨柳腰"、"芙蓉面"、"销金帐"、"翡翠巢"、"酴醾醉"、"鸳鸯会"、"金莲"、"玉盏"、"花乱舞"一类意象联系在一起。形之于文字，作者往往是直抒才情，任意挥洒，不受格律束缚。王骥德曾挑剔地指出其《苏台吊古》一套"用韵杂出"，"对偶不整"，"尘语、俗语、生语、重语叠出"[1]，诚然如此，但实际上从中也表现出杨维祯的创作个性。他作为元末诗坛领袖，却不喜欢作律诗，即使偶尔为之，也多是"拗体"、"放体"，"此乃得于颓然天纵，不知有四声八病之拘，其可骇愕，如乖龙震虎，排海突

---

① 详见王骥德：《曲律》卷四。

岳，万物飞走，辟易无地。观者当以神逸悟之，不当以雄强险阨律之也"[1]。他的散曲创作也是如此，一方面主张"文采音节兼济"，可被诸管弦，一方面又反对"局于方"。不过，他的小令大多都做到了"文采音节兼济"，只是略有增衬而已。

曲品决定于人品。杨维祯以文坛领袖的才情而游笔于散曲创作，初步形成了一种豪放奇诡的主导风格，既与元初散曲的"豪放"之潮遥相呼应，又表现出鲜明的时代特色和个性特色。元初散曲的"豪放"往往是从感慨个人身世出发而表现为对社会现实的否定，因而曲作中弥漫着历史虚无主义的情调和"人生如梦"的感伤。杨维祯散曲的"豪放奇诡"则是基于个人身世的人生思考，表现出对社会现实和自我精神的超越，因而曲作中充溢着自强不息的主体意识和生命意识。在元末曲坛趋向于词化和流于街谈市谚化的背景下，杨维祯以他的理论与创作崛起于东南，凌轹当代，力追元初，这无疑有着振衰起弊的意义。另外，杨维祯以联章体小令来描叙自己的人生历程和心理历程，尽管其中有些篇章的艺术处理可能受到过关汉卿【南吕·一枝花】《不伏老》等作的影响，但作为自传体散曲这一表现方式却是他的首创，在散曲史上应该还给他一席地位。

---

① 详见释安：《铁雅先生拗律序》，《东维子文集》卷七。

论李孝光的诗歌创作及其在诗坛地位的变迁①

李孝光,字季和,温州乐清人。居雁荡山五峰下,故自号五峰狂客。一生主要以诗文知名于世,著有文集二十卷。在杨维祯倡导的古乐府运动中,他是最早的知音、声援者和实践者,并且参与了铁雅诗派的创立,曾为这个诗派的发展做出过不可磨灭的贡献。因而,在铁雅派前期诸家中,杨维祯对他推崇备至,以致在他逝世后的近二十年间仍然念念不忘。然而,令人非常遗憾的是,由于李孝光文集原著二十卷早已散佚,今存《五峰集》乃明弘治间钱杲辑佚而编刊(现存四库全书本《五峰集十卷》和永嘉诗人祠堂丛刊本《李五峰集十卷补遗一卷》,实皆据弘治本《五峰集》而编次,详后文),无论作品数量和编排次序,都已远非原著面貌。因而不仅导致这位生前声名藉藉的作家在后世逐渐冷落,而且留下了一些难解之谜。笔者拟依据现存文献资料加以爬梳和考察,试图对李孝光其人其诗作出尽可能接近历史真实的论述。

一、李杨关系及其在文坛地位的变迁

在元末诗坛,李孝光曾与杨维祯齐名并称,是有据可考的事实。尽管今人从现存作品出发,觉得"这个现象已难以理解",但凡历史上产生过影响的现象,总有其存在的合理性,因而结合李杨生平来探讨他们的关系及其在文坛地位的变迁,既是认识李孝光其人其诗的前提,也有助于理解"李杨"并称这一现象。

现存有关李孝光生平仕履的记载,时间较早而已为学术界所熟知的,当推《李五峰行状》和《元史·李孝光传》。前者为李孝光的女婿陈德永于至正二十五年所撰,但明初宋濂等人修《元史》时,似乎未曾见过这篇行状,因而后世有关著述中的

① 本文原载《中国文学研究》2001年第2期。

李孝光传，基本上都是转述《元史》的说法。直到清代道光年间鲍作雨修《乐清县志》将《李五峰行状》(以下简称《行状》)收入其《艺文志》以后，这种情况才有所改变。例如，光绪本《乐清县志》卷八《人物志》中的李孝光传，正文大致采《元史》说而成，却又将《行状》全文以小字附录于后，实是以两说并存。由于两说相互矛盾之处甚多，而古今论者或各引一说为据，或在此基础上结合其他材料另立新说，故有关其生平仕履的表述颇有分歧。具体地说，主要表现在两个方面：一是生卒年，分别有 1285—1350(年六十六)、1285—1348(年六十四)、1296—1348(年五十三)、1297—1348(年五十二)诸说[①]，本文姑且依第一说(即《行状》说)立论。二是应诏入京为官，分别有至正四年、七年和八年抵京为著作郎(从六品)诸说[②]。唯其官至秘书监丞(从五品)诸说一致，但《元史》谓"明年(至正八年)升文林郎秘书监丞"不合常规，据《元史·百官志》，"文林郎"属"文散官"之官阶，为正七品，既然李孝光入京时所授著作郎为从六品，按照"其官常对品"的原则，授正七品的"文林郎"既不能谓"升"，也与实衔为从五品的秘书监丞不对品；而《行状》谓"以奉训大夫秘书监丞致仕"，未提及授"文林郎"事，则颇为合理：作为官阶的奉训大夫和作为实衔的秘书监丞皆为从五品，符合"官常对品"的原则。从表面上看，李孝光以布衣之身应诏入京，时隔不久即骤升至从五品京官，似乎比杨维祯幸运，但秘书监的职责不过"掌历代图籍并阴阳禁书"，相对于他的心理期望来说，既谈不上得志，也难以有所作为，故其曾作《过钓台》诗曰："赤龙已挟故人飞，却爱清江理钓丝。入觐匆匆谋去就，当时犹悔见机迟。"大有如梦方醒之意。

此外，还有王逢《梧溪集》卷四《读僧惇朴庵〈松石稿〉，为其徒智升题》一诗小序颇值得重视，序曰：

> 惇，黄岩人，赵宋宗室裔，先辈胡石堂之门生也。性介洁，不乐茹腥血，因祝发为沙门。北游金陵，与五峰李孝光并受知梁王。一日，公引柯九思见，柯以写竹遂亲幸。王即位，独召用柯。李后送公诗："月行天中央，天高如屋极。中有雪色兔，下土人不识。我曾摩其须，仙吏睨我侧。世人乞毫光，密如雾雨塞。蹴踏河汉摇，汹涌若秋汐。是谁知此奇，南有弥天释。去去不复念，令人泪横臆。"若不能无慨者。

---

① 关于李孝光的生卒年，以往曾有学者据《元史》本传所说"年五十三"定为 1296—1348，或据《元诗选》所说"年五十二"定为 1297—1348；但自李宪昭《元代作家李孝光》(《文学遗产》1982 年第 2 期)一文依据《五峰集》中的有关内证，对前二说予以否定后，学术界一般采纳陈德永《李五峰行状》的说法而定为 1285—1350；唯孙小力《杨维祯年谱》(复旦大学出版社 1997 年版)定为 1285—1348。

② 分别参见《李五峰行状》、《元史·李孝光传》和《杨维祯年谱》。

按序中所引之诗也见于《乾坤清气集》卷二，题为《送僧朴庵用柯敬仲韵》，可信确为季和所作。王序所说“梁王”当为“怀王”之误，乃武宗次子图帖睦尔，泰定元年十月封怀王，翌年(1325)正月出居建康，五年(1328)三月迁江陵，九月即位为文宗，改元天历。但有关李孝光的研究却尚未注意到这条材料的潜在价值，它至少可以说明，泰定二年季和就已来到金陵，并能与上流社会人物接近，而此后二三年间的活动正是他与杨维祯首次唱和古乐府的背景。

据《五峰集》卷一《始入雁山观石梁记》：“泰定元年冬十一月，予与客张子约、陈叔夏复来。”可知“雁山十记”中的数篇甚至全部当写于泰定二年(1325)季和赴金陵之前，这组名文足以使作者在文坛赢得一席之地。加之有受知于怀王的这段经历，更有利于他结交其他政要或名流，从而提高其知名度。杨维祯后来在《鹿皮子文集序》中曾把李孝光与姚燧、虞集、吴澄并称为元文四大家，认为“其言皆高而当，其文皆奥而通也。虞、李之次，复有鹿皮子者焉。”按“鹿皮子”乃陈樵之号，此序实是陈樵命其子持其文集访求廉夫而作。若以年龄而论，陈樵(1278—1365)本长于季和，但杨维祯这里关于“虞、李之次，复有鹿皮子者焉”的评价，显然是在抬举陈樵。由此可见，李孝光在元末文坛的确成名较早且影响较大。

泰定天历之际(1328)，三十三岁的新科进士杨维祯虽然春风得意，但与已经四十四岁而名声在外的李孝光相比，充其量只能算一个初出道的文学青年。他俩这年在“吴下”相聚(按“吴下”可泛指吴地，这次聚会很可能不是在苏州而是在金陵)，“遂相与唱和古乐府辞”，与其说这是两位诗人的偶然巧合，不如说是上帝的有意安排。因为在此之前，杨维祯已写作过相当数量的古乐府诗，但以人微言轻，既乏实际影响，也无理论倡导。此次遇到知音，不仅论诗主旨一致，审美趣味相投，而且相互唱和，相互欣赏，才正式打出了复兴古乐府的旗帜。纪录这一具有文学史意义的聚会的文献，主要有杨维祯的《潇湘集序》[①]和《琴操序》[②]。后者虽写于至正元年九月，实是补记李、杨当年首度相会唱和时的情景，且所录杨氏操琴十一首和李氏《箕山操》一首也当作于十三年前。其根据除了《琴操序》所记“余与永嘉李季和在吴下论古今人诗”云云，与《潇湘集序》所记“余在吴下时，与永嘉李孝光论古人意”云云完全一致外，还因李孝光的《箕山操》早已选入蒋易编于后至元三年的《皇元风雅》卷二十三，而且所收五峰诗皆录于元统二年(1334)。从这两篇序文来看，在关于古今人诗的讨论中，李对杨标举古乐府深表赞同和声援；在“相与唱和古乐府”的过程中，李对杨则大加激励与赞赏；尤其以李、杨乐府并传的方式而“梓行于南北”，显然

---

① 杨维祯：《东维子文集》卷十一。
② 杨维祯：《铁雅先生复古诗集》卷一。

依托了五峰在当时文坛已有的名声。他为这一运动的兴起，从理论到实践都功不可没。

文宗即位后，随着柯九思被召为臣，“长蓄千里志”的李孝光也“思见用”以“致主尧舜”。《元史》本传曾说，在季和应召之前，“南行台监察御史阖辞屡荐居馆阁”。所谓“南行台”，即设在金陵的江南诸道行御史台，也称“南台”。季和中年以后情系金陵[①]，的确与南台有关，例如，曾与孝光有交的赵世延、王理、郭思贞、泰不华、萨都剌、王士熙、观音奴、彭敬叔等都曾在南台任职，但并非皆为监察御史。这里有必要着重探讨一下他与雍古人赵世延(1260—1336)的关系，今本《五峰集》中有《元日陪赵相国家宴》、《舟中上赵相国》、《次相国鲁公钟山韵》、《寿平章凉国公迂轩先生》等诗皆为赵世延而作；又《寄张伯雨》诗有“上言善眠事，下言丞相旨。丞相幸康强，发白颜色美。峨冠藻朱裳，赤舄正几几。甚高先生贤，不用衣青紫。岁晚无乃寒，何时戒行李？时时问故旧，颇及张外史”等语，不仅可知诗友张雨也与世延有交，而且可证季和常出入于丞相之家。按世延自至治二年(1322)出狱后居金陵，其晚年的大部分时间都是在建康度过的，且因其泰定二年至三年任南台御史中丞时与怀王建立了密切的关系，并在后来谋立文宗有功，故于晚年骤升高位，屡获殊荣——天历二年拜中书平章政事，至顺元年封鲁国公(随后退居金陵)，明年改封凉国公(详见《元史·赵世延传》)。上引季和各诗虽作于至顺年间或稍后，但很可能早在泰定二、三年间就已与任南台御史中丞的世延结识。世延在至顺年间或许推荐过季和，然而文宗尚未来得及召用他就夭逝了。他只好寄希望于顺帝，其《癸酉元日》一诗谓“仰见瑞图开至理，元知丞相有深仁，锦囊自有河清颂，去上金銮献圣人”，正是其迫不及待心情的写照。此外，王理(至顺三年任监察御史)、郭思贞(至顺三年任侍御史)、萨都剌(至顺三年任掾史)、观音奴(后至元五年任监察御史)、王士熙(后至元二年任侍御史，至正二年升御史中丞)等，都与孝光有诗文酬赠；泰不华(至顺间任监察御史)甚至曾“以师事之”；彭敬叔(后至元六年任监察御史，明年升都事)刊刻《乐府诗集》，还特请季和作序；他们大多都与孝光交情不薄，很可能也先后推荐过他。

李孝光长期汲汲于“馆阁”的政治理想虽迟迟不能实现，但其在金陵的经历和人际关系却有助于他的诗歌创作和传播。例如，蒋易所编《皇元风雅》卷二十三有跋曰：“武夷彭元亮自北还，达兼善、宋显夫、王在中、吴彦辉、李五峰、张仲举、陈新甫各录其所作若干首以赠，易得而录之。元统二年冬十月记。”正因为李孝光和众

---

① 从现存《五峰集》中可以看出，李孝光自泰定二年(1325)到后至元六年(1340)，大部分时间在金陵以授徒谋生。

诗友一起“各录其所作若干首以赠”彭元亮，才辗转为蒋易“得而录之”以广流传。尤其值得注意的是，该书所录五峰诗17首（而未收杨维祯诗），大多皆为古乐府体，其中仅《箕山操》可断定为与铁崖首次聚会时作，而像《君乘马送彭元亮》等诗则必作于天历二年至元统二年之间，这说明孝光在与维祯缔交以后，仍在继续创作古乐府，今本《五峰集》中所存的古乐府也大多作于金陵。而后至元六年作于金陵的《乐府诗集序》，实际具有从理论上倡导古乐府的意义。

杨维祯虽然在天历初有过与李孝光唱和古乐府、与萨都剌唱和宫词的经历，此后也创作过一定数量的古乐府，然而直到后至元末年，他在文坛的名气还相当有限。至正初由于重开科举和修宋辽金三史的背景，他的赋集《丽则遗音》得以刊行和史论《正统辨》一文得以传播，才使他声名鹊起。与此同时，他广收门徒，并与李孝光、张雨等诗友“在钱唐太湖洞庭间”游赏唱和，从而使铁雅诗派初具规模，他本人的诗名也日益扩大，但仍在季和之下，故张雨在至正六年十月所作《铁崖先生古乐府叙》中仍引东南士林之语曰：“前有虞、揭，后有李、杨。”此后不久，随着李孝光应诏入京，顾瑛加盟铁雅派后大开文人雅集，并于至正八年七月为之刊刻《铁崖先生古乐府》和《西湖竹枝集》，杨维祯在诗坛的名声才逐渐超过李孝光，所以章琬《辑录铁雅先生复古诗集序》（作于至正二十四年）改以杨、李并称，其依据是乃师已被“南北词人推为一代诗宗”。

不过，杨维祯本人在李孝光生前死后皆对他推崇备至。如《两浙作者序》（《杨维祯年谱》系于至正五年）称得两浙七家，而以李孝光为首；稍后作《郯韶诗序》（《杨维祯年谱》系于至正八年正月），又以孝光为东南诗人之首；《郭羲仲诗集序》（作于至正十一年）谓当时合其诗论者，仅虞集、李孝光、陈樵三人；《春雨轩集序》（作于至正十六年到十八年间）因激赏刘彦昺乐府诗“悲壮雄浑，古意犹存”，以致发出“安得起吾季和而见之，宁不为之击节而起舞乎”的感叹；其他如《铁笛道人自传》（作年不详）、《玉笥集序》（作于至正十八年）、《风月福人序》（《杨维祯年谱》系于至正二十四年）、《冷斋诗集序》（作于洪武二年）等文中一再提到李孝光为其“唱和友”或“诗文友”，而尤以《潇湘集序》（作于至正二十六年）对李孝光与他首次聚会唱和的情形追忆甚详。此外值得注意的是，即使铁门诗人，也对李孝光非常崇敬。例如，郭翼“于一时文人少所许予，独标永嘉李君孝光及天台丁公复所为诗”[①]；贝琼甚至说：“有元混合天下，一时鸿生硕士若刘、杨、虞、范出而鸣国家之盛，而五峰、铁崖二公继作，瑰诡奇绝，视有唐为无愧。”[②]实是以先后成名的次序而将李、杨并称为元末诗坛的

① 卢熊：《元故迁善先生郭君墓志铭》，朱珪《名迹录》卷四。
② 贝琼：《乾坤清气序》，《清江文集》卷一。

代表。但随着时代的推移，李五峰的声名在明代逐渐滑落，至清人王士祯《论诗绝句》以“铁崖乐府”和“渊颖歌行”作为元诗的代表，宋荦《元诗选序》谓“铁崖、云林持其乱”，可知五峰已失去了与铁崖并称的资格。

二、从现存文献探测李孝光的诗学追求

《元史》本传谓“孝光以文章负名当世，其文一取法古人，而不趋时尚，非先秦两汉语无以措辞。”这显然是就散文而论，与贝琼《铁崖先生传》谓“元继宋之后，政庞文抗，铁崖务铲一代之陋，上追秦汉”和宋濂《杨维祯墓志铭》谓“君肆大力于古文辞，非先秦两汉弗之学”的倾向完全一致。诗友张雨《寄李季和》曰：“孰与言诗李髯叟，一日不见已为疏。因观故京来白下，载闻新作过黄初。”前二句谓他和孝光关系密切，经常在一起讨论诗歌；后二句评孝光到白下（即金陵）以后所作诗歌风格高古，已越过黄初（魏文帝时年号）而直逼两汉、建安乐府。杨维祯在《西湖竹枝集》中称李孝光“为文幽深无际，其古乐府诗尤长于兴喻，海内学者喜诵之，故至正文体为之一变云”，则是就五峰诗文并而论之。这些评论或许有点言过其实，但却有助于我们大致了解李孝光的诗学追求。

李孝光的诗论今仅存《桧亭集序》和《乐府诗集序》二篇。前者提出“论诗至于宋南，几于无诗”，因而肯定“力追古人”，并说：“余行四方，见诗人之耻为陈言而务力为奇者，有自好之意”；这种认为南宋“几于无诗”的批评，虽然相对于明代李梦阳所说的“宋无诗”还比较温和，但主张“力追古人”的旨意是明确的。后者认为《乐府诗集》乃《诗经》“四诗之续耳，郊祀若颂，铙歌、鼓吹若雅，琴曲、杂诗若国风”，肯定郭茂倩所为有周公定乐、孔子正诗之遗意。再参照杨维祯在《潇湘集序》所述：“余在吴下时，与永嘉李孝光论古人意。余曰：‘梅一于酸，盐一于咸，饮食盐梅而味常得于酸咸之外，此古诗人意也。后之得此意者，惟古乐府而已耳。’孝光以余言为韪，遂相与唱和古乐府辞。”所谓“味常得于酸咸之外”的“古诗人意”，实与钟嵘标举的“滋味”说、司图强调的“味外之旨”、“韵外之致”和严羽倡导的“兴趣”说一脉相承；又卢熊《元故迁善先生郭君墓志铭》曰：“李公（指李孝光）谓先生（指郭翼）之诗佳处与人不同调，会稽杨维祯每以其言为韪。”可见李孝光和杨维祯的诗学追求基本相同，皆强调诗歌的“韵味”、“兴趣”等艺术特征，标举古乐府“吟咏情性”的传统以救宋诗之弊，并大致以《乐府诗集》为复古取向。

然而，现存《五峰诗》仅卷二标明为“古乐府”（48 首），再加上补遗（5 首），共 53 首，这似乎与杨维祯对他的称誉相去甚远。其原因不外两点：一是有相当数量的古乐府已佚；二是今传本诗体分类不合原著面貌，有不少古乐府被划入其他诗体中

去了。对此，有必要结合五峰诗的传播存佚情况略作考察。

撇开诗友间酬唱题赠等传播方式不计，五峰诗主要凭藉其诗文别集和有关总集流传于世。据陈德永《李五峰行状》记载："其《北楼》、《云门》等集，京师人钦诵之，谓笔力持重老成，才思古奥，为世不可及。"而郭翼《林外野言》卷下有《和读李五峰集》曰："著作新闻征士诏，天光久待照青黎。"此诗显然作于孝光应诏入京时，可知季和生前即已有《李五峰集》流传。《元史》本传说他"有文集二十卷"，与《千顷堂书目》所著录的"李孝光《雁峰文集》二十卷"当是同书。这个二十卷本的文集和《李五峰集》之间的关系如何，今已难知，因为它们流传了若干年后逐渐散佚，至明中叶就已无完本可觅。弘治十七年(1504)钱杲任乐清知县时所刻《五峰集》，实是搜集其遗稿编辑而成，"其诗文不分卷帙，但以各体分编"。清乾隆间采入《四库全书》时，才"依次分为十卷"，共录文13篇，诗640多首。近人冒广生据钱杲本收入《永嘉诗人祠堂丛刊》时也"分各体为十卷"，并从他书中辑得文3篇，诗68首，编成《补遗》一卷附于书末。

相对而言，有关总集所选五峰诗虽然数量有限，但其传播却往往要广泛得多，尤其元末至明弘治间钱杲刊刻《五峰集》以前的相关总集更值得重视。今存元末收有五峰诗的总集有四种，即蒋易编《皇元风雅》、杨维祯编《西湖竹枝集》、顾瑛编《玉山名胜集》和赖良编《大雅集》。杨书录季和《竹枝词》一首，并撰小传特别推赞李孝光的古乐府诗。顾书录孝光诗一首及顾瑛等人和李五峰韵数首。赖书选季和诗三首，其中两首有杨维祯所撰评语。而蒋书卷二十三录李孝光诗17首后有一段跋语尤其值得注意：

> 《叶韵》近代用之者鲜，独于五峰屡见之，如前诗"生"与"央"叶(引者按：指《莲叶何田田》)，"舟"、"瑕"、"芽"并与"壶"叶(引者按：指《题画史朱好古卷》)，"东"与"翔"叶(引者按：指《君乘马》)，"鱼"、"驹"并与"游"叶(引者按：指《钓鱼》)，沨沨乎《骚》、《选》之遗音。然欲效之者，必考据《诗》、《骚》及材老《叶音补韵》而用之，斯为善矣。不然，如闽人以"高"叶"歌"韵，浙人以"篮"叶"山"韵，适为抵掌之资尔，可不慎欤！

按材老指吴棫，字才老，宋宣和六年进士，曾著《毛诗叶韵》、《韵补》等韵书以明古音。前书已佚，显然是一部关于《毛诗》的韵书；后书"采辑古经传子史协韵分为四声，各释其音义，汇成一书"，今存。蒋易跋所说《叶韵》即指《毛诗叶韵》，《叶音补韵》则很可能指《韵补》。联系张雨《铁崖先生古乐府叙》："三百篇而下，不失比兴之旨，惟古乐府为近。今代善用吴才老韵书，以古语驾驭之，李季和、杨廉夫遂称作者。"可知李、杨依据吴才老韵书以古音押韵，是其所作古乐府的特征之一，旨在摆脱律诗声韵格律的束缚，以求得诗歌表现情性的自由，实际含有诗体解放的意义。参照《铁崖先生古乐府》的体例，冒刻本所录 714 首诗，除 238 首律诗（含排律）以外，其他 476 首各体诗皆可称为古乐府。

明代录有五峰诗的总集也不少，其中洪武年间偶桓编《乾坤清气集》和永乐年间宋绪编《元诗体要》最值得我们注意。偶书为元诗总集，今存十四卷，共选铁崖诗 32 首，五峰诗 27 首，其中卷七至卷十为古乐府体，杨诗达 14 首，居第一，李诗 8 首，居第三，这在一定程度上体现了杨、李在元末古乐府运动中的地位。如果按照杨、李的诗体观念，则前六卷古诗类（五古、七古）所选杨 12 首、李 13 首，也可称为古乐府。宋书十四卷，"录元一代之诗，凡为体三十有六"，共选五峰诗 55 首，其中除七律 5 首和拗体七律 2 首外，凡骚体、选体、乐府体、五古体、杂古体、歌体、操体、曲体、谣体、阴何体、联句体、五绝、六绝、七绝等 48 首，皆可划入古乐府之列。钱杲最初就是由此书接触到五峰诗，然后才"访厥遗稿于士林"而刊刻《五峰集》行于世。他说："予未登仕时，尝读《元诗体要》，至五峰李季和先生之作，爱其风采豪迈，不染指于脂韦靡丽之场，不掉鞅于鬼斧蛇神之域，震奋如雷霆，动运如日月，变幻如鬼神，春容如长江大河，一泻千里，奔放如洪涛巨浸，揭日掀天，清圆如柘弹铜丸，迅飞霄汉。心与之竞，而不暇焉。雄哉，先生之文也！"[①]这里有必要指出的是，宋绪和钱杲都未曾见到过偶桓的《乾坤清气集》，钱杲访求和刊刻《五峰集》，虽然最初是由宋绪的《元诗体要》引起兴趣，但他并不太了解李孝光的诗学追求和诗体观念，也未曾认真体会宋绪对元诗分别众体而编次的苦心，因而在"以各体分编"时，所体现的已是他本人的诗体观念，与原著面貌大相径庭。至于后来依据钱刻本而按体分卷编排的四库全书本《五峰集》和冒广生刻本《李五峰集》，也应作如是观。

三、李孝光的诗歌创作

就现存作品而言，五峰诗的数量和成就的确都不如铁崖诗，但二者思想旨趣和艺术风格相近，却是显而易见的。对此，明人胡应麟有一段评述颇为有名：

> 李孝光季和，东瓯人。古诗歌行豪迈奇逸，如惊蛇跳骏，不避危险。当时语云："前有虞、范，后有李、杨。"谓廉夫也。至近体多涩拗，短长得失，正与杨同。大概视前人瑰崛过之，雅正则远。（《诗薮》外编卷六）

---

① 钱杲：《五峰集序》。

所谓“古诗歌行”，实即李、杨所倡导的古乐府，而“近体”则指律诗（含排律）。胡氏为王世贞所称“末五子”之一，他从复古派的立场出发，对五峰诗所作的评价是否准确另当别论，但他指出李、杨诗歌同调却颇有见地。当然，由于各自性格和经历的不同，李、杨诗歌旨趣和风格也并非完全相同，而是同中有异。而通过考察五峰诗与铁崖诗的同与异，也将有助于进一步理解“李、杨”并称现象。

首先，我们不妨从李、杨的唱和之作说起。

如前文所述，李、杨“相与唱和古乐府辞”，不仅是其诗歌创作和传播的方式之一，而且成为二人齐名并称的重要前提，其中以泰定天历之交首度在吴下相会时的创作影响最大。下面的两首《箕山操》即为此次聚会的唱和之作：

> 箕之山兮可耕而樵，箕之水兮可饮而游。牵牛何来兮饮吾上流，彼以天下让兮我以之逃。世岂无尧兮应尧之求，吾与尧友兮不与尧忧。（杨维祯）
>
> 箕山之阳兮其木樛樛，箕山之冢兮白云幽幽。彼世之人兮孰能遗我以忧，虽欲从我兮其路无由。朝有人兮来饮其牛。（李孝光）

按《箕山操》为琴操古题之一，最早见于南朝陈释智匠所撰《古今乐录》，相传上古时有贤士许由，尧欲让以天下而不受。尧既卒，乃作《箕山操》，以明其志。实是后人冒许由之名而拟作，但其作伪的时代也颇早（当在汉至陈朝之间），且降至后世已仅存题而佚辞，故上引杨、李二诗并无古辞倚傍，而是依据《庄子·逍遥游》（含郭象注、成玄英疏）和皇甫谧《高士传》中的有关材料而借题发挥，实为新创。

杨诗虽然赞美了隐士的乐趣，但并未像庄子那样“贬尧而推许”（成玄英疏），而是别出心裁地对许由不受天下而“以之逃”的举动作出了新的解释：“吾与尧友兮不与尧忧。”因为世上有天下之志、愿意与尧分忧的人比比皆是，不愁无人“应尧之求”。而其心理深层是认同郭象的看法：“尧许之行虽异，其与逍遥一也。”与他晚年所作《自然铭·序》关于“尧舜与许由虽异，其得于自然一也”的论述精神一致。“吾与尧友”的姿态，倒是切合诗人刚刚进士及第后的心境；但“不与尧忧”的表白，则透露出他入仕时所持的心态即与儒家正统观念相悖离。

李诗则是从隐士的视角展开，箕山的树木樛樛，白云幽幽，构成了一个自足的隐居世界。这个世界既不为“彼世之人”所知，根本就不会有谁“能遗我以忧”；即使尧欲致天下于“我”，也“其路无由”。唯有巢父朝朝牵牛来饮水，且不必担心有洗耳之水污其犊口。这与其说是代许由明志，无宁说纯粹为君子自道，“其路无由”乃是全诗之眼，透过表面的宁静平和，实不难感触到诗人内心深处的失意与愤激。

据吴复跋语，此操为五峰首唱，而铁崖和之，并说：“世称两操乃敌手棋也，而先生(杨)之词为婉云。”[1]但章琬在《铁雅先生复古诗集》卷一却谓此二操为杨唱而李和，至赖良编《大雅集》录季和此诗为卷一首篇，已径题为《箕山操和铁雅先生首唱》，且由杨维祯撰评曰：“善作琴操，然后能作古乐府。和余操者，李季和为最。”由此可以窥见五峰诗在当时所受到的重视和杨维祯对李孝光的推崇之一斑。

可惜在现存五峰诗中，可以肯定作于首次聚会的仅此一首(而杨诗传世者至少有十首以上)，即使后来同铁崖的唱和之作也不多见，如《舟过吴江》三首当为和铁崖《竹枝歌》而作，其一曰：“十五女郎可怜生，牵挽百丈踏泥行。洗脚上船歌《白苎》，春风吹过阖闾城。”按《白苎》为古乐府曲名，“古辞盛称舞者之美，宜及芳时为乐。”[2]李诗写一位本“宜及芳时为乐”的“十五女郎”踏泥拉纤，的确显得“可怜”，但其“洗脚上船歌《白苎》”的举动，又揭示出她对于幸福生活的渴求，塑造了一个既有泥土气息又有艺术修养和高雅情操的船家少女形象。与铁崖《竹枝歌》相比，毫不逊色，故被选入《西湖竹枝集》。又李、杨各存一首《妾薄命》，皆借乐府古题而自抒情性，并曾被选入《元诗体要》卷一，很可能也是以唱和方式而作。另外，《铁崖先生古乐府》卷六还附录了一首季和题赠廉夫诗作《题铁仙人琴书真乐窝》，但未见铁崖的和诗或回赠之作。

由上面的例析可以看出，李、杨唱和时所作的古乐府大致旗鼓相应，品位相当，并且曾有相当数量的作品一起流传于世，从而在东南士林产生影响，以致被称为“前有虞、范，后有李、杨”。但因这类作品随作随赠，大多已在流传过程中散佚，故仅以现存作品解读历史，难免会产生困惑和迷茫。

其次，关于五峰诗的旨趣和风格。

现存五峰诗中还有一首为杨维祯所激赏的古乐府，诗曰：

> 银河跨西海，秋至天为白。一片玉芙蓉，洗出明月魂。太乙真人挟两龙，脱巾大笑眠其中。凤麟洲西与天通，扶桑乃在碧海东。手把白云有两童，掣翾二鸟开金笼。

此作实为一首题画诗，最早见于《大雅集》卷一，题作《题太乙莲舟图》；而《乾坤清气集》等书则皆题作《太乙真人歌题莲舟图》。按太乙真人为道教传说中的天神，北宋名画家李公麟曾作有《太乙真人图》，图绘真人卧一大莲叶中，执书仰读，后又称其图为《太乙莲舟图》，宋人韩驹和金人元好问皆有诗题咏。季和此诗所写太乙真人

---

① 见于《铁崖先生古乐府》卷一。
② 郭茂倩《乐府诗集》卷五十五引《乐府解题》。

虽然也卧于莲叶舟中，但他于月明秋朗之夜，纵游银河，横跨海天，畅达于凤麟洲和扶桑之间，想象奇特而意境浑阔；尤其真人手挟两龙而脱巾大笑的神态，于洒脱中透出豪爽，已完全脱尽书卷气（由此可知，此图当不是李公麟所绘）。而奉命随侍的两名御云童子，竟打开金笼而放出了日、月（用杨维祯说）。似乎大有凌驾天地、御使宇宙的气势，与杨维祯的《大人歌》等在精神上一脉相通。故铁崖撰评曰："此作乃是李骑鲸也，孰谓此老椎钝无爽气邪?"按李骑鲸即李白，在五峰诗中，与此趣味、风格相近的作品还为数不少，如《天台谣送人还山》、《观龙鼻水赠天柱钦上人》、《张葵斋所藏江山风雨图》、《海谷》、《茅山谣送邓上人》、《龙鼻水听琴为刘芳在作》、《宿雁山下作瀑布诗寄徐仲礼》、《龙湫行送轩宗冕归山》、《游雁荡》等，皆写得豪气淋漓，大有李骑鲸之雄风，因而这类诗尤为铁崖所推崇。

从总体倾向上说，五峰诗与铁崖诗一样，皆为吟咏情性之作。但因孝光长期以布衣身份授徒谋生，故诗中颇多穷苦不平之声，诸如"家居来诸生，终岁守户牖。时人不见收，何异兰在滫。去年应嘉招，道路得奔走。强颜为人师，设席事授受"①。失意的辛酸与谋生的苦涩溢于言表，大有"饥者歌其食"的意味；而《衡门有一士》在写衡门之士"闭门恒苦饥"时，却"日晏犹弦歌"，意谓身处穷困而犹思"弦歌"用世，决心守志自励："宁为兰玉摧，不为萧艾滋。"这仍然是传统儒士的心态。至《莲叶何田田》对"贫贱贫贱交，富贵富贵友"，"持身许人易，持心许人难"的世态炎凉大发感慨时，就有点愤愤不平了。为疗救"苦饥"，解困脱贫，他寄希望于用世，并把追求"富贵"和享乐作为人生的根本目标。如《题画史朱好古传》曰："谁能荐天子，遣之书云台。一朝被赏识，富贵真萌芽。"一点也不掩饰渴求升官与求富贵的急切心理，甚至说："致主尧舜今如何"？"努力富贵勉自强"②。"放荡且娱乐，焉知敝貂裘"③。"吾意人生行乐耳，只今杯酒与君同"④。这些发自心理深层的性灵，意味着其部分诗作已在一定程度上挑战传统而远离雅正了。

钱杲曾指出五峰诗的"风采豪迈"，有"不染指于脂韦靡丽之场，不掉鞅于鬼斧蛇神之域"（《五峰集序》）的特点，实是相对于杨维祯而言，李孝光既不学韩偓那样描写色情艳体，也不学李贺那样渲染牛鬼蛇神，那么其思想深致、感情强度和风格瑰奇皆有所逊色，故在悖离雅正这一总体趋向上也不如铁崖诗走得那样远。

不过，李孝光在学白居易这一点上要比杨维祯旗帜鲜明，其《张颜乐诗集后》曰："蚤岁蜚声入紫庭，暮年白社共传灯。香山句法无多子，可使儿童老婢听。"这表

① 李孝光：《送熊括侍父至京师》，《五峰集》卷五。
② 李孝光：《送陈君礼之婺女兼寄徐仲礼》，偶桓编《乾坤清气集》卷六。
③ 李孝光：《观弋阳诸公诗题其后柬刘国瑞》，《五峰集》卷五。
④ 李孝光：《游双峰赠觉上人》，《五峰集》卷十。

明他并不讳言学习白居易的新乐府，并在其古乐府创作中从两个方面体现出来，一是在内容上"刺美"现实，写了一些"唯歌生民病"的作品。例如《桐江》就可称为这方面的代表作，诗曰：

> 朝取鳣与鲔，暮取鲂与鲤。赋民无令困，革尽毛安傅？我欲言之大将军家，将军不见省："奈何减民租？"将军出乘大马，入乘高车。

对于大将军的穷征暴敛，诗人以皮之不存毛将安傅的道理，劝说他征赋不要导致人民困苦不堪，可是大将军执迷不悟，依然我行我素，"出乘大马，入乘高车"，根本不顾人民的死活。元末农民大起义的暴发，正是这些将军官僚们"驱民入盗"的结果。二是语言通俗明白。上举诗作大多如此，又如《书所见》曰："八口人家麦未黄，白头老妇色凄凉。青裙少妇事供给，土灶烟微虀菜香。"几乎全以日常口语成诗，真正"可使儿童老婢听"。

最后，还有必要指出的是，关于胡应麟所说五峰诗"近体多涩拗"的问题，"正与杨同"倒是事实，但是否肯定为其"短"和"失"，则可能有见仁见智之别。如顾嗣立就颇欣赏李孝光的近体诗，并举出十多联，称为"皆极新警之句也"。因为杨、李提倡古乐府的前提，是认为律诗的声韵格律束缚了诗人的创作自由，故即使他们所作律诗也多为拗体或放体。宋绪曾在《元诗体要》卷十四"拗体"一类选入李孝光的《送客》和《送刘好古归武昌》两首七律，并说："拗体，乃唐律之再变，古今作者不多遇。律之难处，必得俊句时出而用之，则奇健矣。观者亦不可不知，存此以备一体。"不仅不视之为"涩"，还以"奇健"肯定之。不过，宋绪将李孝光的《怀天锡》、《舟过吴江》和杨维祯的《春侠口号》等七绝也选入拗体则不妥，原因在于李、杨所作绝句是以古韵律为之，实为古绝句体，皆纳入古乐府之列。本非近体绝句，自然不能衡以近体格律而视之为"拗"。

论顾瑛在元末文坛的作为与贡献[①]

由于李孝光应诏赴京和稍后去世[②]，在元末最后二十年的东南文坛，除了领袖杨维祯以外，最负盛名的人物当推顾瑛和倪瓒，故直至晚明尚有人以顾倪并称。如王世贞《艺苑卮言》卷六说："吾昆山顾瑛、无锡倪元镇，俱以猗、卓之资，更挟才藻，风流豪赏，为东南之冠，而杨维祯实主斯盟。"但在清代却出现了两种不同的评价：一是康熙三十二年顾嗣立《元诗选》初集编成刊刻时，宋荦为之撰《元诗选序》，称有元一代之诗是以"遗山、静修导其先，虞、杨、范、揭诸君鸣其盛，铁崖、云林持其乱"。二是康熙四十三年顾嗣立撰《寒厅诗话》则说："廉夫当元末兵戈扰攘，与吾家玉山主人瑛领袖文坛，振兴风雅于东南。柯敬仲九思、倪元镇瓒、郭羲仲翼、郯九成韶辈，更倡叠和，淞泖之间，流风余韵，至今未坠。"顾瑛和倪瓒都以富有而轻财好客著称，且皆与杨维祯相交几十年，宋荦将云林作为元末诗坛的代表而与铁崖并称，或许是因倪瓒的诗名得其画名相辅，且有明刊本《倪云林诗集》六卷、《清閟阁遗稿》十五卷及清康熙间刊本《清閟阁集》十二卷（共录诗千余首）流传于世之故。但自至正十年倪瓒在原有玄文观的基础上，别筑云林堂、清閟阁、萧闲馆、朱阳馆、净名庵、雪鹤洞、水竹居、逍遥仙亭、海岳翁书画轩等园林建筑后，其家境即已衰落，两年后干脆弃家出走[③]，漂泊江湖二十余年。因此，就与杨维祯相呼应而领袖文坛的实际情形来说，顾瑛的贡献与影响应大于倪瓒，顾嗣立以杨维祯、顾瑛为元末文坛盟主的评价更符合历史实际。

---

① 本文原载《湖南文理学院学报》2005 年第 1 期。中国人民大学书报资料中心《中国古代近代文学研究》2005 年第 5 期全文转载。

② 参见拙文《论李孝光的诗歌创作及其在诗坛地位的变迁》，载《中国文学研究》2001 年第 2 期。

③ 《明史·倪瓒传》："至正初，海内无事，忽散其资给亲故，人咸怪之。未几兵兴，富家悉被祸，而瓒扁舟箬笠，往来震泽、三泖间，独不罹患。"但据朱仲岳考证，倪瓒弃家出走在至正十二年，详见《倪瓒作品编年》（上海人民美术出版社 1991 年版）。

一、顾瑛的人生态度

顾瑛(1310—1369),又名德辉、阿瑛,字仲瑛,晚号金粟道人。昆山人。一生主要以收藏品鉴书画古玩和嗜诗,并主持玉山雅集而名世。著有诗集《玉山璞稿》二十卷,编有《草堂雅集》十三卷、《玉山名胜集》八卷及《外集》一卷等。另外,《学海类编》所收《制曲十六观》一卷署名顾瑛著,经笔者考证,全文系抄自张炎《词源》有关条目再稍加改写而成,无疑为后人伪作。

顾瑛有一首著名的《自题像》诗曰:“儒衣僧帽道人鞋,天下青山骨可埋。若说向时豪侠处,五陵鞍马洛阳街。”实为其隐士形象的自我概括。当然,这种儒、释、道三合一的形象,是四十七岁以后才形成的,而在他心灵深处真正难以忘怀的,似乎还是少年时代“五陵鞍马洛阳街”的“豪侠”岁月。后来殷奎所作《顾君墓志铭》铭文,则进一步勾勒出其一生的发展历程:“少慕为侠,驰骛里闾;中始变节,黜其豪奢;逍遥林泉,旷怀自逸;抗志烟霞,高谢荐辟;咄哉暮年,殒命遐迁。”从中也可看出顾瑛人生态度的变迁,对此,有必要结合其生平经历加以阐述。

顾瑛出身于昆山巨族,相传为南朝梁陈间曾官太学博士、黄门侍郎却以画古贤像而名世的顾野王之后裔,曾祖父宗恺为宋武翼郎,祖父闻传仕元为卫辉怀孟路总管。但至其父伯寿,已隐德不仕,故自号玉山处士。瑛自幼喜读书,善记诵。“年十六干父之蛊,而遂废学焉。性好结客,常乘肥衣轻,驰逐于少年之场,故达官时贵靡不交识,然不坠于家声。”[①]这就是令他终生难忘的“豪侠不羁”的时代。所谓“干父之蛊”,即继承父志治产业,理家事;而“不坠于家声”云云,当含有自谦的成分,实际上经过他十几年的努力奋斗,已使其家成为吴中巨富,用殷奎的话说,即“乡曲誉望,逾其诸父矣”。但他是以何种方式发家却无明确表述,朱承爵《存余堂诗话》引明人杨支硎之说,认为“仲瑛在当时能以侠胜”,似乎是因“家有数百顷田”;而前引王世贞的一段话是以“猗、卓之资”来形容顾瑛和倪瓒的富有,当谓二人正如战国时大富商猗顿和卓氏一样由经营产业及其产品的货卖而致富;清人董潮则更明确地说顾瑛“擅陶朱之术”[②],意即如范蠡(陶朱公)一样以经商致富。按昆山于元初升为州以后,已迅速发展成为一座商业经济繁荣的新兴城市,顾瑛即使拥有数百顷田产,也可能是在致富的同时逐年购置的,其身份当非传统意义上的乡村地主,加之他撰有《三二年来商旅难行,畏途多棘,正以为叹,徐君宪以〈雪景盘牛图〉求题,观

---

① 顾瑛:《金粟道人顾君墓志铭》,朱珪《名迹录》卷四。
② 董潮:《东皋杂钞》卷一。

之风雪载道，不能无戚然也，遂为之赋云》一诗，对经商的艰苦辛劳作了细致而深切的描写，所发感叹似乎是一种过来人的口气，故有学者径称顾瑛为商人。当然，使顾瑛至晚年念念不忘的“豪侠”岁月，并非指经商或治产业本身，而是其“乘肥衣轻，驰逐于少年之场”的任情使性，狂放不羁，“以意气自豪”。

至而立之年，顾瑛又突然改弦易辙，重新拾起弃置已久的旧书，“崇礼文儒，师友其贤者”。他酷嗜诗文、音乐、书画、古玩——不仅喜购三代以来彝鼎、秘玩、法书、名画，而且乐于采集当时高人韵士的诗歌、书画作品，与朋友一起鉴赏文艺，诗酒酬和，成为其后半生的主要事业和最大乐趣。数年后干脆将田土产业交付子婿管理，自己于其旧居之西偏垒山凿池，修筑楼台亭馆，营建了总称为玉山佳处的园林群体，长期在这里与一批又一批文人才士饮酒赋诗为乐。尤其与众不同的是，无论读书习儒和广结朋友，他纯粹是出于兴趣爱好和精神生活的需要，而无任何功利目的——既不打算应举出仕，也没有走终南捷径的念头——“简言之，即以文学至上、艺术至上而生活的态度。因为以艺术为至上，所以在日常言行上主张艺术家的特权，而不为常识俗规所拘束。持有这种态度的人物，从这个时期以后，往往称之为‘文人’。这是在过去的中国不一定存在的人物。”[①]

早在至正八年，杨维祯就对顾瑛作出过“有仕才而素无仕志”[②]的评论，而杨维祯本人早年是既有“仕志”，也自认为“有仕才”的，因而就“以文学至上、艺术至上而生活的态度”而言，顾瑛在主观认识上比杨维祯更为坚决和彻底。不过，由于元末社会动荡，顾瑛的这种意愿也曾不断受到世事的缠扰。对此，他在后来自撰的《墓志铭》中作了详细的描述：

> 不学干禄，欲谢尘事，投老于林泉，而未能果。先是浙东帅府以茂异辟为会稽儒学教谕，趣官者至，则趋而避之。至正九年，江浙省以海宇不宁，又辟贰昆山事，辞不获已，乃以侄良佐代任焉。又五年，水军都尉以布衣起，佐治军务，受知董侯抟霄，时侯以江浙参政除水军都副万户，开府于娄上。又一年，都万户纳麟哈剌公复俾督守西关，继委审赈民饥，公嘉予有方，即举知是州事，朝廷使者衔宣见迫，且欲入粟，泛舟钓于吴淞江。丙申岁兵入草堂，奉母挈累寓吴兴之商溪，母丧于斯，会葬者以万计。是岁函骨归瘗于绰墩故垅，当时交相荐举，乃祝发庐墓，阅《大藏经》以报母恩。复凿土营寿藏于山之阳，环植丛桂，扁曰金粟冢，自题春帖云：“三生已悟身如寄，一死须教子便埋。”

---

① 吉川幸次郎：《元明诗概说》第三章（郑清茂译），台北：幼狮文化事业公司1986年版。
② 杨维祯：《玉山佳处记》，《东维子文集》卷十八。

前两次辟官，时局尚未大坏，顾瑛以一避一代，皆辞而未赴。但自至正十一年以降，义军四起，战火迅速向各地蔓延，尤其张士诚于十三年在泰州首事后，很快占据高邮，扼断了南北大运河这一交通命脉，而南北海运又有海盗侵扰，这对元廷已构成巨大威胁。十四年二月，江浙行省参政董抟霄除水军副都万户，开府于流经昆山州的娄江，命顾瑛佐治军务。这次于国难当头，义不容辞，他终于出山从军（任幕僚），侍董帅巡海，历三月而平定海寇，使千艘粮船得以顺利由娄江出海运抵大都。是年九月，为重新打通南北大运河，右丞相脱脱调集号称百万的大军出征高邮，围剿张士诚，顾瑛曾作《丞相出师口号》等诗，希望"早提髑髅见明主，四海一日同歌讴"，可见他这时对元军平定天下是抱有信心的。但至十一月，当元军已将高邮围困，并分军进攻六合，张士诚部危在旦夕之际，朝中政敌哈麻乘机谗毁脱脱，让顺帝下诏以老师费财之罪，于军前解除了他的兵权，使元军随之解体，政治军事形势也从此急转直下。这年十二月二十三日夜分，顾瑛与秦约、于立、袁华、张守中诸诗友集于玉山可诗斋饮酒联句，酒半，诸君曰："今四邻多垒，膺厚禄者，则当奋身报效。吾辈无与于世，得从文酒之乐，岂非幸哉！"[①]"诸君"似乎对于时局已心灰意冷，所以乘着酒兴故作超脱之语。然而，次年顾瑛又奉水军都万户纳麟哈剌之命先督守西关达三月之久，继而负责审赈饥民，并且深感"寸心忧国惭无补，两鬓飞霜一半加"[②]。为嘉奖顾瑛治事有方，纳麟哈剌举荐他为昆山知州，但因"补官使者招入粟，一纸白麻三万斛"[③]。——所谓"补官使者"，实为卖官使者，一纸知州的任命，竟要交纳价值三万斛白麻的粟粮，这是顾瑛的天性和人格皆不能接受的："肯将身事逐飘蓬，鬻官缘何到野翁？"于是有第三次辞官，他毅然乘舟逃往吴淞江以垂钓避之[④]。至正十六年张士诚占据平江（苏州）后，又有人"交相荐举"，"欲强以官"，顾瑛"欲谢世缘而无策，不免削发作在家僧"，使其得以专心于写诗和主持玉山雅集。当然，他的第四次辞官，并不仅仅为排除尘世的干扰以便纯粹做一个特立独行的文人，而在同时仍然透露出其政治态度——他的立身行事始终未曾逾越元朝士人的底线：不仅他本人此前有将近两年出任元官的经历，而且此后还因其长子顾元臣仕元为水军副万户、湖广行省理问之故，被封为武略将军、飞骑尉、钱塘县男。尽管于至正十八年五月，他在绰墩自凿寿藏，自题墓铭，认为"夫生之有归，犹会之有离。譬彼朝露，日出则晞。予生也于予弗光，予死也于予何伤？"似乎真的"三生已悟"，能达生委命，视死如归。但次年秋天，为庆贺在外征战三年的顾元臣归家省亲，众诗友在可诗斋以

---

① 秦约：《夜集联句诗序》，《玉山名胜集》卷四。
② 顾瑛：《和瞿慧夫即事》之二，《玉山璞稿》卷下。
③ 顾瑛：《长歌寄孟天暐都事》，《玉山璞稿》卷下。
④ 参见顾瑛：《予逃名于吴淞江，时于彦成将归越上，舟中有怀》，载《玉山璞稿》卷下。

“客从远方来，遗我双鲤鱼”分题赋诗，顾瑛得“方”字而赋诗曰：“海上风飒似马狂，归来仍喜佩银章。三年报国存忠直，一旦见亲全义方。祖逖誓江期复晋，董徽仗节乐还乡。圣恩已见金鸡放，醉饮宁辞累十觞。”①他显然以儿子能“报国存忠直”为荣，并以“祖逖誓江期复晋”相勉励，虽然自称头脚已着“僧帽道人鞋”，但骨子里认同的仍是儒家的价值观念。

正因顾元臣曾仕元为高官，明洪武元年三月，顾瑛随其子一同被流放临濠。临行前，袁华等诗友曾分题赋诗为其送行：“游子西行何日归？怅望不见令人悲！”②顾瑛自己则对殷奎说：“吾与子为死别。”果然不幸而言中，翌年三月十四日，年仅六十的玉山主人殒命于临濠。在临死前不久，他曾致书诗友谢应芳，“首叙别怀，次言羁况，惊虞忧患，靡不详悉。所云旧疾新愈，惟手颤未能作字”③。可见顾瑛是在新朝羁押的“惊虞忧患”中死去，这位往日主张文艺至上的文坛盟主最终未能摆脱政治的缠扰。

二、顾瑛主持的玉山雅集

自西晋金谷之会和东晋兰亭之集为世所知以后，以文会友，宴集唱和，一直成为泱泱诗国的高雅趣事，历唐宋而不衰。例如，唐代王维的辋川之唱和皇甫居的云溪之咏，宋代以钱惟演为核心的“西昆酬唱”和司马光等人的“洛阳耆英会”，都曾被传为佳话。当然，这些雅集从主人到宾客，基本上都是贵族士大夫；而真正的文人雅集直至元代才形成规模效应和深远影响——其中最值得关注的就是顾瑛主持的玉山雅集，不仅在元代规模最大、历时最久、创作最多，即使置于中国古代文学史上，也可称前无古人，后无来者。因此，清四库馆臣为《玉山名胜集》撰提要时评曰：“其所居池馆之盛，甲于东南，一时胜流，多从之游宴。……元季知名之士，列其间者十之八九。考宴集唱和之盛，始于金谷、兰亭；园林题咏之多，肇于辋川、云溪；其宾客之佳，文辞之富，则未有过于是集者。虽遭逢衰世有托而逃，而文采风流映照一世，数百年后，犹想见之。录存其书，亦千载艺林之佳话也。”

顾瑛及其诗友所说的“玉山”，本来是昆山别名（又名马鞍山），以其山“出奇石似玉，烟雨晦明，时有佳气，如蓝田焉”，故也称为玉山。但顾氏所居既不在山上，也不在城中，而是在昆山之西（15 里）的朱塘里，滨界溪而治宅第。虽东距州治 40 余

---

① 详见顾瑛：《玉山名胜集》卷四。

② 参见袁华：《分题得南武城送顾仲瑛之濠梁》，《耕学斋诗集》卷六。

③ 谢应芳：《慰顾国衡丧父书》，《龟巢稿》卷十一。

里，西距苏州50余里，却因有界溪可以泛舟，交通十分方便。故作为雅集之所的“玉山名胜”，实是顾氏精心营构的私家园林，黄溍甚至说“顾氏自辟疆以来好治园池”[①]。如顾闻传在世时，就“好道家清净之说，尝以所居为真馆”；至顾伯玉“嗣葺之”，“环以水竹，中蓄琴书、图画、古玩之属，而扁其堂曰尊贤”，并曾在尊贤堂燕集唱和[②]。顾瑛自称“素有米颠之癖”，当受过乃父影响。因此，早在后至元四年四月下旬，他于东城庵中发现一块有东坡题识的石壁时，即以粟易归而立诸中庭[③]。翌年折节读书，经过八九年的努力，不仅在学养诗识上足以附庸风雅，而且所蓄书画古玩和所治园林建筑已初具规模。在此期间，也曾有柯九思、泰不华等名流来顾宅赏石题字，但直到与杨维祯相识缔交之后，顾瑛才真正在诗坛崭露头角，他主持的玉山雅集也随之声闻遐迩，并在不断地调整、拓展和完善中，使之成为了东南地区以诗文会友、融多种艺术为一炉的文艺大沙龙。

实际上，杨维祯自至正六年冬即已至苏州蒋家授学，随后活动频繁，追随者甚众。翌年春作《题吕敬夫诗稿》，称昆山多才子，而以吕诚和袁华为魁，当已于同时听说顾瑛其人。顾、杨之相识，可能也就在这年。但从现存文献来看，他们首次诗酒之交是在至正八年正月二十二日吴城路义道家的燕集上，同时赴席的诗人还有郯韶和徐师颜，另有苏州名妓六人侍宴，其中尤以行酒令的璚花与珠月为绝色，故深为杨、顾所激赏，并各赋诗咏之[④]。二月十二日，顾瑛买百花船，泊山塘桥下，呼琼花、翠屏二姬，招杨维祯、张渥、于立等人游虎丘；只因忽然雪霰交作，而未果此行。但这仍是作诗的好题材，杨先赋诗一首，众各次韵和之。顾瑛诗曰：“来朝更约逍遥游，月底吹笙跨黄鹄”，实已发出了下一次集会的邀请。于是，经过精心准备，顾瑛终于在二月十九日把文坛盟主杨维祯请到家中，举行了一次别开生面的雅集。当时的情景，不仅稍后由画家张渥用白描体绘成《玉山雅集图》一卷，而且有杨维祯所作《雅集志》题于画卷之后：

> 冠鹿皮、衣紫绮、坐案而伸卷者，铁笛道人杨维祯也；执笛而侍者，姬为翡翠屏也；岸香几而雄辩者，野航道人姚文奂也；沉吟而痴坐、搜句于景象之外者，苕溪渔者郯韶也；琴书左右捉玉麈从容而色笑者，即玉山主者也；姬之侍者，为天香秀；展卷而作画者，为吴门李立；旁侍而指画，即张渥也；席皋比、曲肱而枕石者，玉山之仲晋也；冠黄冠、坐蟠根之上者，匡庐山人于立也；美衣巾

① 黄溍：《玉山名胜集序》，《玉山名胜集》卷首。
② 参见陈基：《尊贤堂分韵赋诗序》，《夷白斋外稿》卷下。
③ 顾瑛：《拜石坛记》，《玉山逸稿》卷二。
④ 参见杨维祯：《璚花、珠月二名姬》诗序，《铁崖先生诗集》癸集。

> 束带而立、颐指仆从治酒者，玉山之子元臣也；奉肴核者，丁香秀也；持觞而听令者，小璚英也。一时人品疏通隽朗，侍姝执伎皆妍整，奔走童隶亦皆驯雅，安于矩矱之内。觞政流行，乐部皆畅。碧梧翠竹与清扬争秀，落花芳草与才情俱飞，矢口成句，落毫成文，花月不妖，湖山有发，是宜斯图一出，为一时名流所慕艳也。(《玉山名胜集》卷二)

是集主客能诗者7人，以“爱汝玉山草堂静”分题赋诗，诗成者5人，未成者罚酒一觥；另加画家2人，侍姬4人，与会者共13人。与上月吴城路义道家有11人参加的雅集相比，皆有美人和美酒助兴，似乎不相伯仲。紧接是集之后，顾瑛又陪诸客(杨维祯、姚文奂、张渥、郯韶、于立，仅李立因事未去)先乘船后换舆骑作昆山之游，登上玉峰之顶，赏景赋诗，次韵联句，亦各畅快尽兴。但至三月一日，杨维祯再到顾宅作《雅集志》时，却评价“至正戊子二月十有九日之会为诸集之最盛”，依据何在？我想主要表现在如下几个方面：一是主雅——杨认为顾瑛“其人青年好学，通文史，好音律、钟鼎、古器、法书、名画之辨；性尤轻财喜客，海内文士未尝不造玉山所，其风流文采出乎流辈者尤为倾倒”。二是客从四方来——莅会者有会稽杨、匡庐于、吴兴郯、娄江姚、吴门李、河南张，此外还邀请过钱塘张雨、永嘉李孝光、无锡倪瓒、天台陈基而未到。三是雅集之所景色优美，富于诗意，“足以发人之才趣”。四是众艺并呈——融园林(“碧梧翠竹”，“落花芳草”)、音乐(“道人吹铁笛”，“乐部皆畅”)、美术(“即一时景绘而成图”)、文学(赋诗作文)、书法(题写诗文于卷)于一体，尤其将所作图画与诗文一起陈列于庭，“俾当时预是会者既足以示不忘，而后之览是图与是诗者又能使人心畅神驰，如在当时会中”(昂吉起文语)，的确称得上是一大创举。基于此，杨维祯还结合历史上的文酒之集评价说：“夫主客交并，文酒宴赏，代有之矣。而称美于世者，仅山阴之兰亭、洛阳之西园耳，金谷、龙山而次弗论也。然而兰亭过于清，则隘；西园过于华，则靡；清而不隘也，华而不靡也，若今玉山之集者非欤？”

“清而不隘”，“华而不靡”，不仅是此次文酒宴赏的特色，而且成为顾瑛后来主持和拓展玉山雅集的基本原则。在此之前，顾瑛或许也在自宅举行过类似的觞咏之会，顾氏园池也当各有雅名，但这些亭台楼馆直到杨维祯等名流光顾后才随着他们所作的诗文一起显名于世。顾瑛由此受到激励，随即在原有园池基础上加以整改和扩建，构成了总称为“玉山佳处”的格局。杨维祯于至正八年八月一日作《玉山佳处记》，称顾瑛“既与其仲为东西第，又稍为园池别墅，治屋庐其中”，先列举了14座亭台楼馆，然后说：“合而称之，则曰玉山佳处。余抵昆，仲瑛氏必居余佳之所，且求志牓颜屋。”而在稍前的七月甲子，杨作《小桃源记》时仅提到6处建筑，且不到一月，便将前之轩“问潮”改名“钓月”，总称也由“小桃源”改为“玉山佳处”。原因在于有些亭台楼馆当时尚在建设过程中，如碧梧翠竹堂至明年才建成，杨维祯又作《碧梧翠竹堂记》说：“至正八年秋，昆山顾仲瑛于其居之西偏治别业所，架石为山，窍土为池，层楼复馆，悉就规制。明年，中奥之堂成，颜曰碧梧翠竹。”可见，总称为“玉山佳处”的园林建筑群，主要是至正八年秋大兴土木后一年内奠定格局、形成规模的，后来又有所增建，使其亭馆楼台总数达28处。试以玉山草堂为例，门口有虞集隶书题额，而虞卒于至正八年五月，其题字若为亲笔手书，则应建于是年之前，而稍后又重加修葺；或者当时尚在筹划中，实际上稍后才建成。所以二月十九日的盛会虽以“爱汝玉山草堂静”分题赋诗，但当时所作五诗及稍后杨维祯所作《雅集志》都只提玉山而未及草堂，而郑元祐所作《玉山草堂记》署为“至正九年秋九月一日”。按此句诗出自杜甫《崔氏东山草堂》：“爱汝玉山草堂静，高秋爽气相鲜新。”郑记却说：“昔王摩诘置辋川庄，有蓝田玉山之胜。其竹里馆皆编茅覆瓦相参以为室，于是杜少陵为之赋诗，有曰‘玉山草堂’云者。景既偏胜，诗尤绝伦。后六百余年，吴人顾仲瑛氏家界溪，溪濒昆山；仲瑛工于为诗，而心窃慕二子也，亦于其堂庑之西，茅茨杂瓦，为屋若干楹，用少陵诗语，扁曰‘玉山草堂’。”在众多“覆瓦而室”的楼馆中，建一座“结茅以代瓦”的草堂，既借以标举追慕杜甫、王维的旗帜，也有意强化“清而不隘”、“华而不靡”的品格。

至正八年至十二年为玉山雅集的黄金时期，顾宅内外的燕集和宴游加在一起达60余次。前二年见于记载的聚会虽然不是很多，但玉山雅集的旨趣、范式和园林建筑的格局都是在这时奠定的，并且在大约一年内由于杨维祯经常出入顾宅，不仅为玉山佳处写作了一系列诗歌和文章，而且他的《西湖竹枝集》和《铁崖先生古乐府》二书都是至正八年秋在昆山最后编定和刊行的；此外，顾瑛所编《玉山草堂雅集》一书也于明年五月由杨维祯撰序后刊印，初版录有杨维祯等50余家的700余首诗。由此可见，正是杨、顾联手开创了玉山雅集的良好开局，并推出了如此丰硕的成果，顾瑛和他的玉山草堂才声名鹊起，如至正九年吴克恭所作《序》即称“今之名卿大夫，高人韵士，与夫仙人释氏之流，尽一时之选者，莫不与之游从，雅歌投壶，觞酒赋诗无虚日”。至正十年创最高纪录，玉山燕集和出外宴游达26次，其中十二月一日在芝云堂的雅集，既是与杨维祯分别近两年后的重逢，也是送杨赴任杭州四务提举的饯别，顾瑛感叹曰：“信欢会之甚难，而分飞之独易，安可不痛饮尽兴，以洗此愦愦之怀！”明年虽有红巾军蜂起，过往吴门的诗人已有行路难之叹，但顾瑛仍主持内外雅集16次；且黄溍和李祁曾在这两年先后各作《玉山名胜集序》，可见该书在当时即已确立体例，乃至有不同版本行世。随着战火的逐渐临近，至正十二年的玉山雅集仅举行了7次，且即使宴会上呼酒奏乐，已难以掩抑诗人心中的迷茫与悲凉。如正月下旬顾瑛、于立、袁华在柳塘春饮酒，各口占四绝，于立撰《口占诗序》曰："嗟乎，世故之艰难，人事之不齐，得一适之乐如此者，可不载诸翰墨以识当时之所寓？况南北东西理无定止，焉知后之会者谁欤？"心中既已感到世事难以逆料，便愈觉眼前相聚之一乐应载诸翰墨，因而以诗来纪录战乱背景下文人的处境和心态，便成了此后玉山雅集创作的动机和主旨之一。七月二十六日，江西人熊梦祥自淮楚来，其时"道途梗阻，虽近郡不相往来"，独熊氏以六日达吴，凡相知者莫不惊讶其迂而捷。稍后抵玉山，与顾瑛、于立等"相与议论时务，凡可惊可愕可忧可虑者不少"。熊曰："于斯时也，弛张系乎理，不系乎时；升降在乎人，不在乎位。其所谓得失安危，又何足滞碍于衷耶？"认为真正能决定时势弛张升降的是事理和民心，因而劝大家不要总让"得失安危""滞碍于衷"。这天是中秋之夜，于是"张筵设席，女乐杂沓，纵酒尽欢"，五人"分阄赋诗"，"复画为图，书所赋诗于上"。熊作序感叹曰："呜呼，于是时能以诗酒为乐、傲睨物表者几人？能不以汲汲皇皇于世故者又几人？观是图、读是诗者宁无感乎？"主张处乱不惊，傲睨物表，静观待变，这也是一种心态。九月八日，番阳萧景微"驱驰锋镝"来到玉山，主客八人在碧梧翠竹堂饮酒赏乐，客有置酒而叹者，萧笑曰："子何为是拘拘也。夫天下之理，未有往而不复，器之久不用者朽，人之久不用者怠。国家至隆极治几及百年，当盛明之世，而不靖者四方，或者天将以武德训定祸乱，大启有元无疆之休。诸君有文武才，将乘风云之会，依日月之光，且有日。予老矣，尚拭目以观太平之盛，何暇作愁叹语耶？"对元朝恢复太平抱有信心，主张有为于乱世，这是一种积极进取的心态。顾瑛扬觯而起曰："子诚知言哉！"

这时，红巾军已攻破常州，兵临吴城，形势已非常严峻，曾光顾过玉山草堂的吴克恭以从逆罪被处死，而曾为玉山园池多处题额的泰不华已在一年前战死于黄岩港。于是，自十二年十月以降，玉山雅集基本停歇。顾瑛本人也自十四至十五年出任水军幕僚，参加了平定海寇和守关赈民等工作，仅在偶尔回到玉山后举行过几次聚会，但他平时改以寄赠的方式，仍与诗友保持密切联系，相互次韵酬和，创作的诗歌并不少于往昔。

至正十六年春张士诚攻占平江时，玉山草堂尚未受损。但至四月，因有不义者诬告，数百军士持戈进入草堂捕拿顾瑛而未获，便将所有诗书画卷掳掠一空。顾瑛唏嘘不已，以为"朋辈手泽不可复见"，但在他为拒绝出仕淮吴而削发为僧之后，通守冯秉中将其从军士手中收辑的70余卷书画全部奉还。经检点，仅柳塘春、绛雪亭、绿波亭三卷已失。于是顾瑛邀袁华、马晋各重书一卷，以分补其阙。加之是年又新建来龟轩和白云海楼，使玉山雅集又得以恢复。尽管由于诗友多为战火阻隔和主人家境渐窘，此后玉山诗酒唱和的盛况已大不如前，包括是年在内的五年间见于记载的聚会仅十多次，但它作为元末文人的一个可以自由抒情的文艺沙龙、一个梦寐以寻的精神乐园，能够在如此艰难的背景下坚持到最后一刻，这本身就是一大奇迹。在已历丧乱而仍无法预知未来之际，与朋友“得一顷相见”，已有“旷如隔世”之感，因而“慨时世之变迁，嗟友朋之睽离”，往往成为此时聚会唱和的主调，其中最引人注目的是至正二十年中秋举行的金粟冢燕集，主客12人环坐在顾瑛自造的坟墓上饮酒赋诗，顾瑛说：“予虽不敏，岂以死生动其心哉？以其没而吾故人哭于斯祭享于斯，曷若生而吾故人饮于斯赋咏于斯也。……今而丧乱未平，今日之集，又安知明日为何如也？愿诸君各尽欢。”不过，这次别具一格的聚会还不是最后一次。是年九月，主宾八人还曾在书画舫宴集，并以“对酒当歌，人生几何”阄韵赋诗①。又《龟巢稿》卷三有《闻顾玉山芝云堂火，而所藏之书俱焚，恐其不能为怀，寄诗释之》，《玉山逸稿》卷四也有《玉山中亭馆折毁殆尽，仅留一草堂耳，今于嘉兴合溪营一别业，颇幽绝，因赋五言一首》，据此可知玉山亭馆曾遭火焚，折毁殆尽后，举家迁居嘉兴合溪，其时间必在至正二十年十月以后。

总之，顾瑛在与杨维祯缔交之后，写诗和主持玉山雅集即成为其人生的主要事业和最大乐趣，并为之投入了巨大的财力和极大的热情，即使遭到战乱的冲击，也试图恢复和维持，使之至少延续到至正二十年秋才被迫终止。前后十多年，共在顾宅举行过大小聚会70多次，另外还结伴同游吴越山水10余次，先后参与雅集的诗人（重复者不计）达160余人，他们中的常客实际构成了一个以顾瑛为首的文人集团，而杨维祯则被尊为这个集团的精神领袖。这个集团虽不能与铁雅派划等号②，但其中包括杨、顾在内的铁雅派成员有25人。与此同时，由顾瑛或袁华所编的《玉山名胜集》、《玉山名胜外集》、《玉山纪游》和《草堂雅集》四书，共收录历次唱和、寄赠之作达3300余首，仅有少量的散文和赋、词，绝大多数为诗歌，其中有相当数量为古乐府。由此可见，顾瑛主持的玉山雅集，既具有独立的文学史意义，也有力促进了铁雅派的发展和古乐府运动的演进③。

三、顾瑛的诗歌创作

洪武二年，殷奎撰《顾府君墓志铭》称顾瑛“所为诗有《玉山璞稿》二十卷”，但从谢应芳当时所作《慰顾国衡丧父书》劝其“以遗稿可传世者镂板而传之”一语可知，在顾瑛去世时，《玉山璞稿》二十卷尚为稿本，而顾元臣在明初处境维艰，后来可能

---

① 谢应芳：《书画舫燕集序》，《龟巢稿》卷九。
② 参见拙文《论铁雅诗派的形成》，《文学遗产》1998年第5期。
③ 参见拙文《试论元末古乐府运动》，《文学评论》2002年第6期。

并未刊行。明末毛晋刻本《元人十种诗》所收《玉山草堂集》二卷及《玉山集外诗》一卷、清康熙间顾嗣立刻本《元诗选》初集所收《玉山璞稿》一卷及乾隆间收入《四库全书》的《玉山璞稿》一卷，实皆为辑佚成集。清初黄虞稷《千顷堂书目》卷二十九“别集类”著录其《玉山草堂集》二卷、《玉山璞稿》二十卷，前者即毛晋辑刻本，后者当是据殷奎撰《顾府君墓志铭》著录而未见其书。直至乾隆三十七年(1772)，鲍廷博才偶从故家得明人朱存理手抄本《玉山璞稿》二卷，分别为至正甲午、乙巳二年之作，共录诗 213 首及词 1 首。于是，鲍氏先按明钞本“重加缮录”成一集，又取毛晋汲古阁刻本“考其自来，补所未备，节去已载于《璞稿》者二十二篇，编为四卷，题曰《玉山逸稿》，凡诗文若词二百十篇，附于《璞稿》之后”。但此二集长期藏于鲍氏家塾，直至嘉庆四年(1799)才由顾修收入《读画斋丛书》刊行于世。故当时修《四库全书》的馆臣并未见朱存理手抄本，其所收《玉山璞稿》一卷，仅录诗词文 130 首，与朱抄本书名相同而内容大异。后来阮元于嘉庆年间在江南采访善本古籍，虽将明抄本《玉山璞稿》二卷作为四库未收书而编入《宛委别藏》，但该丛书只是作为稿本收藏，直至清亡都未曾刊行过。由此可见，收录顾瑛作品较多且流传较广的刊本，在清嘉庆以前当推毛晋的《元人十种诗》和顾嗣立的《元诗选》；自嘉庆以降直至现在，则无疑非《读画斋丛书》中的《玉山璞稿》二卷及《玉山逸稿》四卷莫属①。《元人十种诗》共录顾瑛诗词文 160 首，《元诗选》共录顾瑛诗 152 首，鲍廷博曾就二者作过如下评述：“海虞毛子晋刻《玉山草堂集》，亦只就《名胜集》采取玉山自作，编辑成书，而附以《铁网珊瑚》诸书所得为《集外诗》，其实非专集也。康熙间吴门顾侠君编选元诗，于玉山有宗谊焉，故采录视诸家为多，而于《名胜》、《草堂》、汲古诸刻之外，亦无能有所增益也。”那么，鲍氏对顾瑛存世之作是否搜罗殆尽并且校核无误呢？首先应充分肯定，他发现明抄本《玉山璞稿》二卷并据以缮录成集和辑录《玉山逸稿》四卷，使顾瑛作品总数增加到 420 余首，其功甚大。但仍有不足之处：一是校核不精，如《逸稿》卷三中间已录《雪霁偕郯九成陈惟允坐剑池上，惟允写图，九成赋诗，因次其韵》七律一首，同卷末又从马人伯钞《玉山名胜外集》辑录《题陈惟允画剑池雪霁图次郯九成韵》七绝二首，实是将前首七律分割为二首七绝，就不应重录；又如《逸稿》卷四据《姑苏志》所录《和任发海洲夜景同郯九成作》(毛晋刻本题作《海洲夜景》)一诗，实与《璞稿》卷上《和斡克庄崇明三沙诗》一诗正文完全相同，按其体例也不当重录。二是搜罗仍未及全，如仅袁华编《玉山纪游》一书所录顾瑛诗 69 首和词 1 首，其中就有 32 首诗为鲍氏所漏收——在鲍氏二书基础上仅增益此集，总数即达 450 首以上(其中词 4 首)。

---

① 二书后又被编入《丛书集成初编》，于 1937 年由上海商务印书馆出版。

在探讨顾瑛的诗歌创作时，有必要首先了解两个基本事实：一是从明抄本《玉山璞稿》二卷来看，原稿本《玉山璞稿》二十卷大致是按年编排的，总录诗作当在2 000首以上，而其传于世者尚不到四分之一，今难以准确评价顾瑛诗歌创作的成就。二是后世流传较广的《元人十种诗》和《元诗选》二书所录顾瑛诗，皆仅150余首，所以明清人最欣赏乃至敬慕的乃是他轻财好事、任侠清狂的个性，而在论及其诗歌时虽称赏单篇佳句，但总体评价都比较谨慎。如朱承爵《存余堂诗话》谓“仲瑛家饶于财，而豪侠不羁，诗笔乃其余事”；杨循吉《苏谈》则说：“阿瑛好事而能文，其所作虽不逮诸客，而辞语流丽，亦时动人。故在当时得以周旋骚坛上者，则亦非独以财故也。”唯翁方纲《石洲诗话》明确评曰：“顾仲瑛《玉山璞稿》虽皆一时飞觞按拍，豪兴吐属，然自具清奇之气。其一段遐情逸韵，飘飘欲仙，乃有杨铁崖所不能到者。”又说：“仲瑛小诗，极擅风致，《竹枝》固颉颃铁崖，题画亦足配云林。”“足配云林”云云，虽仅就题画诗而言，也大致合乎实际；但“颉颃铁崖”并不限于《竹枝》一体，我们不妨由此视角切入，着重考察杨、顾在诗学追求和创作上的异同。

如上所述，顾瑛是在与杨维祯缔交之后而登上诗坛的，随后在积极追随和呼应铁崖的过程中才谈得上逐渐与之颉颃。杨维祯初识顾瑛不久，即称其为“玉山才子”，“才性高旷”；殷奎《顾府君墓志铭》记其“日与客酌酒赋诗为乐，而君才赡思捷，语笑之顷，篇章辄就，恒屈服其坐人”；谢应芳《和玉山排闷》则谓其“哦诗作游戏，一日凡几首。开尊饮词客，锦段从醉呕。……豪吟鬼神泣，醉笔蛟蛇走”。同时代诗友的这些评价足以证明，顾瑛作为一个诗人，不仅才情高赡，思维敏捷，而且“嗜好异流俗”——明确标举以赋诗为娱乐。他的诗学追求也有明确的复古倾向，如杨维祯在《西湖竹枝集》中称其“尤善小李诗及今乐府”，所谓“小李诗”当指其诗学李贺，而“今乐府”乃指散曲（杨维祯《草堂雅集序》中提到顾瑛著有《玉山乐府》，惜皆已佚），可见阿瑛的两大擅长都与杨维祯投合。而郑元祐《玉山草堂记》则认为顾瑛建“玉山草堂”，意在追慕杜甫和王维；泉澄也题诗赞其“雅集诗成每自题”，“风流不减浣花溪”；卢熊更以继承大雅相期许：“大雅复谁继，斯人良独工。时时志忧国，仿佛杜陵翁。”又昂吉起文题诗还谓“主人才思如元白”，顾瑛在《官籴粮》诗序中也曾自述“敢效白居易体作是谣”。由唐而上，则直承陶渊明以至汉魏，如周砥说：“玉山顾君仲瑛慕靖节为人，居处好修，行义好洁，故其诗清绝冲淡，得之靖节者为多。”[①]而聂镛甚至称其“千古再赓周大雅，五言能继汉遗音”[②]。这种由取法唐代诸家以臻汉魏两晋境界的复古倾向，与杨维祯的复古主张基本一致，只是不如杨氏诗论那样具

① 周砥：《后序》，《玉山名胜集》卷四。
② 聂镛此诗题于可诗斋，详见《玉山名胜集》卷四。

有振衰救弊的现实针对性，所以他虽然受铁崖影响也声援古乐府，但在对待律诗的态度上明显存在分歧。

杨维祯认为律诗束缚情性，乃“诗家之一厄”，因而予以排斥；他自己出于授学或应酬的需要而作的律诗也“不令人传”，因而至正六年吴复编辑的《铁崖先生古乐府》，对于律诗一概不录。但至正八年七月顾瑛刊刻《铁崖先生古乐府》时，不仅在吴编本“凡三百余首”的基础上，既增入了一些新作的古乐府（如卷二《丽人行》、《内人琴阮图》、《内人吹笛词》、《内人剖瓜词》、《周郎玉笙谣》，卷三《花游曲》等），也补录了一些已为世人传颂的律诗，而且撰《后序》曰：“人之传颂者，往往多律体，未见其为乐府之余声，而余窃疑之。先生至吴，获睹其诗之全集，始知铺张盛德者，可以配雅颂；举刺遗俗者，可以配国风；感激往事者，可以配骚、操之辞。今人所工，取法于沈、宋以后律之为体者，皆削之不留；而人之乐传颂者，正其所削、便于世好者耳。吁，作古诗而欲传于今时，抑亦难矣哉！……故予谨录吴复所编本凡三百余首以锓诸梓，与有志古诗者共之，庶几感发古之六义，繇是而之风骚之教不难也。卷末律诗，虽先生所弃，而世之学者所深脍炙者也。故余复取世俗所传本，录五言及七言，又凡若干首云。”可见顾瑛对于铁崖古乐府固然评价很高，但他并不排斥律诗，所以竟然借刻书之机将铁崖原本“不令人传”的律诗补入而传之。他的理由是这些律诗已传颂于世，乃“世之学者所深炙者也”，实际表现了他本人对于律诗（尤其是七律）也有所爱好。

考顾瑛自结识杨维祯之后，的确称得上推崇备至。每次雅集都尊为上座，事之甚恭；稍后不仅为之刊刻诗集，而且还代为出资买妾；凡所藏名画、所建园林、所编诗集之重要者，皆请他题诗或撰序。杨维祯作为文坛领袖的地位也在这种种场合和细节中得以凸显，因而他对顾瑛和玉山文人喜好律诗往往抱一种超然的态度，甚至在唱和酬赠时也偶尔参与作律诗（含排律）以助兴，例如顾瑛所作七律《次韵刘季章治中邀夏仲信郎中游永安湖诗》，不仅其中“啄花莺坐水杨柳，雪藕人歌山鹧鸪”一联“极为铁崖所称许”，而且老铁赓和之作也不能过[①]；又如杨维祯曾和萨都剌而作《宫词》12 首流播甚广，且皆为七言四句体，而顾瑛所作《天宝宫词》12 首却全用七律，后为赖良选其 10 首入《大雅集》卷七，改题为《唐宫词次铁雅先生无题韵》，杨维祯仍赏而评曰：“十诗缠绵缛丽，消得锦半臂也。”但当杨维祯在更多可以自由挥洒的场合下以作古乐府为倡导时，顾瑛则是积极的响应者。例如至正八年二月十二日拟游虎丘未果，杨先作七古（铁崖归入古乐府体）一首“要诸公各和”，顾的和作并不比原唱逊色。又三月十日杨、顾和张雨携妓女璚英游石湖诸山时，杨“为璚英

① 参见《赵氏铁网珊瑚》卷七、朱承爵《存余堂诗话》。

赋《花游曲》，而玉山和之”，一时流播吴中，传为佳话。今照录如下：

三日十日春濛濛，满江花雨湿东风。美人盈盈烟雨里，唱彻湖烟与湖水。水天虹女忽当门，午光穿漏海霞裙。美人凌空蹑飞步，步上山头小真墓。华阳老仙海上来，五湖吐纳掌中杯。宝山枯禅开茗碗，木鲸吼罢催花板。老仙醉笔石栏西，一片飞花落粉题。蓬莱宫中花报使，花信明朝二十四。老仙更试蜀麻笺，写尽春愁子夜篇。（杨维祯首唱）

真娘墓下花溟濛，碧梢小鸟啼春风。兰舟摇摇落花里，唱彻吴歌弄吴水。十三女子杨柳门，青丝盘结郁金裙。折花卖眼一回步，蛱蝶双飞上春墓。老仙醉弄铁笛来，琼花起作回风杯。兴酣鲸吸玛瑙碗，立按银筝促象板。午光小落行春西，碧桃花下题新题。西家忽遣青鸟使，致书殷勤招再四。当筵夺得凤头笺，大写仙人蹋踘篇。（顾瑛和作）

二诗皆写“老仙”与“美人”于烟雨迷蒙中游山玩水的情景和乐趣，称得上想象丰富，意象飞驰，词采妍丽，美不胜收，明显受到了李贺诗风的影响①。郭翼、袁华、陆仁、马麐、秦约、于立读后也随即各和一首，皆为铁崖所取，且由顾瑛将这八首《花游曲》一并录入《铁崖先生古乐府》卷三以行世。清人翁方纲认为：“玉山诸客，一时多为铁崖和《花游之曲》，然独玉山一篇为佳。盖诸公和作与铁崖原唱，纵极妍丽，皆不免伧俗气耳。”②翁氏“伧俗气”之评当因时代的隔膜和个人审美观的差异所致，而“独玉山一篇为佳”云云，至少可以作为玉山古乐府也可“颉颃铁崖”的力证。

当然，从文学史意义上来考察玉山与铁崖相颉颃，自然不能仅仅停留在杨唱顾和的少数个案上，而应扩展深入到顾瑛平时的诗歌创作中及主持玉山雅集时他是如何呼应杨维祯的主张而领袖文坛的。顾瑛平时的诗歌创作仅有明抄本《玉山璞稿》二卷因保持了原生状态而具有可比性和说服力，卷上录至正十四年诗作 95 首，其中律诗 43 首，古乐府（以杨维祯诗体观念为依据，下同）52 首；卷下录至正十五年诗作 118 首（另有词 1 首），其中律诗 62 首，古乐府 56 首；两卷合而计之，古乐府体已占半数。这二年顾瑛出任水军幕僚，或巡海，或守关，或赈民，基本上都是在战争的前线奔走，有不少诗歌是以口占方式吟出，故所得律诗和小乐府体（即绝句）颇多乃情理中事；但其中也有不少古乐府体长篇和小乐府体组诗，足以说明他是在接受了铁崖诗学主张后而有意为之。只不过其作品“寓意古题”者甚少，仅有为送董

---

① 按：李贺有《花游曲》，其诗序曰：“寒食日诸王妓游，贺入座，因采梁简文诗调赋《花游曲》，与妓弹唱。”
② 翁方纲：《石洲诗话》卷五。

搏霄参政出任枢密院判所作《铙歌十章》、为送脱因万户所作《君臣同庆乐》、为寄孟天暐都事所作《长歌(行)》等,虽用乐府旧题,实皆写元末战争中的人和事,在当时或有“建威扬德,风敌劝士”的意义;而绝大多数乃自命新题之作,如《官籴粮》、《安别驾杀贼纪实歌》、《昆山知州坊侯平贼诗》等以鸿篇巨制美刺时事,《张仲举待制以京中海上口号十绝附郯九成见寄,瑛以吴下时事答之》、《秋兴十绝》、《乙未书实和孟天伟都司见寄》十首、《乙未五月口号》五首等以七言四句体组诗纪时事或叙风情,《家翁命题任月山五马图》、《题龙门观泉小像》、《题雪景盘车图》、《题侄良用临赵魏公霜浦渔舟图》等以古乐府体题画,实与杜甫、白居易“即事名篇,无复依傍”的新题乐府一脉相承。

或许从传播学的角度来看,顾瑛在雅集唱和时所作诗歌流布更广,影响更大。据笔者考证,自至正八年至二十年之间,撇开以词唱和或顾瑛诗已佚的 10 次聚会不计,在顾宅内外他参与和主持的 72 次雅集上,与友人联句 10 首(五排 5 首、七排 1 首、七律 2 首、七绝 2 首),自作律诗 54 首(五律 6 首,七律 48 首),自作古乐府 86 首。显而易见,顾瑛在宴集唱和时所作古乐府已高于平时创作的比例,这足可说明他不仅是铁崖诗学主张的积极响应者和实践者,而且长期以宴集唱和为娱乐的方式来凝聚文坛高人韵士以与杨铁崖相呼应,从而为方兴未艾的古乐府运动推波助澜。这里有必要指出的是,上述诗体比例,当与玉山雅集的游戏规则有关,玉山文人虽也采用常见的次韵和联句方式,但最值得注意的是分韵赋诗和分题赋诗这两种较为自由的方式。分韵赋诗往往选古人名诗一至二句以抓阄方式各取一字为韵脚,实是限韵而不限体,如得仄声字者就只能作古体诗(含古绝句),而得平声字者则既可作古体诗也可作近体诗;这种方式在玉山雅集中采用最多,实际上对律诗有所限制而可使古乐府体(古体诗和绝句体)保持一定比例。分题赋诗则更为自由,既不限韵,也不限体,但往往限定一个范围,例如,至正十年(1350)七月二十九日在芝云堂以古乐府分题赋诗(即限从乐府古题中各选一题),诗成者 3 人;同年八月十九日在玉山草堂以玉山亭馆分题赋诗,诗成者 9 人;十一年八月五日在读书舍以吴中山水分题赋诗,诗成者 11 人;十六年五月四日在湖光山色楼以吴东山水分题赋诗,诗成者 5 人;由于各有范围限定,导致这些诗作也多为古乐府体。

综上所述,尽管就现存诗作而言,云林的成就似乎在玉山之上,但联系顾瑛以独立的“文人”身份和以赋诗为娱乐的文学追求崛起于元末,主要通过主持玉山雅集及其诗歌创作与杨维祯相呼应而领袖文坛,他为铁雅派的发展和古乐府运动的演进所做出的贡献乃至在元末文坛所产生的实际影响显然远远大于倪瓒。因此,杨维祯于至正十八年在《玉笥集叙》中谈到铁雅派的形成和他倡导的古乐府时,已明确把顾瑛列入铁雅宗派的第一人,而对倪瓒连姓名都未曾提及。

明代嘉万之际的文学演变与嘉定派的酝酿过程考论[①]

早在明末，就已有人把“嘉定四先生”作为一个流派的代表人物来看待，如侯峒曾在崇祯初年所撰《三易集小序》中说：“文章之变，作者代起，其于秦汉晋魏六朝唐宋入主出奴，纷如聚讼，近更欲抉去町畦，飚煜电发。而深心好古、不尚雕饰之士，谓吾吴古学一派独在祁川，盖以四先生云。”所谓“古学一派”，显然指文学而言。现代以来，先有施蛰存在《读〈檀园集〉》[②]中说：“明代最后一个诗派是由被称为‘嘉定四先生’的唐时升、程嘉燧、娄坚及李流芳所建立的。”后来孙之梅在《钱谦益与明末清初文学》一书中则改称“嘉定学派”，所谓学派，当指学术而言，但从书中行文来看，实是就学术与文学合而言之。其后，有的论者在谈及“四先生”时，也跟着使用了“嘉定学派”的说法[③]。

实际上，对于晚明嘉定地区的这个文人群体，无论称“学派”，还是称“诗派”，都存在一定的局限性。因为“四先生”所讲的主要是科举之学，并无什么新的建树，他们在文学上的影响也不限于诗，而是诗文乃至于书画皆有名，故本文姑且仿公安派、竟陵派之例，简称为“嘉定派”。

后世对于“嘉定四先生”的了解，大多是从清代官方的评述开始的，其中有少数人已进而关注到钱谦益的看法。首先是《明史·文苑传》曰：“唐时升，字叔达，嘉定人。父钦训，与归有光善，故时升早登有光之门。年未三十，谢举子业，专意古学。王世贞官南都，延之邸舍，与辨晰疑义，时升自以出归氏门，不肯复称王氏弟子。及

---

① 本文原载《归有光与嘉定四先生研究》，上海古籍出版社2007版。后又收入《明代文学与科举文化国际学术研讨会论文集》，武汉大学出版社2010年版。

② 载《人间世》第15期(1934年11月5日)。

③ 如裴世俊《四海宗盟五十年——钱谦益传》(东方出版社2001年版)、丁功谊《钱谦益文学思想研究》(上海古籍出版社2006年版)，皆径直使用了“嘉定学派”这一术语。

王锡爵枋国，其子衡邀时升入都，值塞上用兵，逆断其情形虚实，将帅胜负，无一爽者。家贫，好施予，灌园艺蔬，萧然自得。诗援笔成，不加点窜；文得有光之传。与里人娄坚、程嘉燧并称，曰‘练川三老’。卒于崇祯九年，年八十有六。娄坚，字子柔，幼好学，其师友皆出有光门。坚学有师承，经明行修，乡里推为大师。贡于国学，不仕而归。工书法，诗亦清新。四明谢三宾知县事，合时升、坚、嘉燧及李流芳诗刻之，曰《嘉定四先生集》。流芳，字长蘅，万历三十四年举于乡。工诗善书，尤精绘事。天启初，会试北上，抵近郊闻警，赋诗而返，遂绝意进取。程嘉燧，字孟阳，休宁人，侨居嘉定。工诗善画。与通州顾养谦善，友人劝诣之，乃渡江，寓古寺，与酒人欢饮三日夜，赋《咏古》五章，不见养谦而返。崇祯中，至常熟读书耦耕堂，士林咸重之，阅十年，始返休宁，遂卒，年七十有九。”其次是《四库全书》所录娄坚《学古绪言》和李流芳《檀园集》的提要，馆臣在引述《明史·文苑传》关于“练川三老”、“嘉定四先生”之称的基础上，既进一步明确地说，娄坚“早从归有光游，……然嘉燧以依附钱谦益得名，本非端士，核其所作，与三人如蒹葭倚玉，未可同称。至三人之中，时升、流芳虽均得有光之传，而能融会师说以成一家言者，又当以坚为冠。盖明之末造，太仓、历下余焰犹张，公安、竟陵新声屡变，文章衰敝，莫甚斯时。坚以乡曲儒生，独能支拄颓澜，延古文之一派，其文沿溯八家，而不剿袭其面貌，和平安雅，能以真朴胜人，亦可谓永嘉之末，得闻正始之音矣。”又称李流芳“虽才地稍弱，不能与其乡归有光等抗衡，而当天启崇祯之时，竟陵之盛气方新，历下之余波未绝，流芳容与其间，独恪守先正之典型，步步趋趋，词归雅洁，三百年中，斯亦晚秀矣”。再次就是钱谦益的看法，包括《列朝诗集》中诸小传和《钱牧斋全集》中的若干论述，而上引《明史·文苑传》和四库馆臣提要也曾在一定程度上受到过钱谦益诸说的影响。

按谢三宾，字象三，鄞县人。天启五年进士，授嘉定县令，历两考。其于崇祯初合刊《嘉定四先生集》，从筹划到完成，历时三年。所刻内容包括：李流芳《檀园集》十二卷，娄坚《吴歈小草》十卷、《学古绪言》二十五卷，唐时升《三易集》二十卷，程嘉燧《松圆浪淘集》十八卷、《松圆偈庵集》二卷。四先生中，以李流芳（1575—1629）出生最晚，而逝世最早。该工程肇始时，李已病倒在床，谢三宾亲自登门看望，他才强起而自编文集，不久即病逝于崇祯二年正月，《檀园集》在其死后半年才刻竣；其他三人文集，则皆刻成于崇祯三年，并于当年请钱谦益撰《嘉定四君集序》，四集才一并印行于世。事后仅一年，娄坚（1554—1631）逝世，似乎没有留下未刊遗稿。本来唐时升（1551—1636）年岁最长，出名也最早，但其诗文有二次大的损失，一为万历四十四年游京师随箱子一起被偷，二为天启七年家中失火被焚，此次得其季子唐君辨广泛搜集，才编成《三易集》二十卷，显然已不足以反映其全貌；至崇祯九年逝世，尚有未刊《唐先生遗稿》一卷藏于家（今有清钞本藏于上海图书馆）。其后，程嘉燧

(1565—1643)还独自支撑了七年,至崇祯十六年冬临死前,自编有未刊稿《耦耕堂集》五卷(诗三卷、文二卷),后由钱谦益撰序刊行于清顺治十二年。到了清康熙中叶,嘉定人陆廷灿汇集已刊上述各集,又重刻了《嘉定四先生集》,实即在崇祯本的基础上,增刊了《耦耕堂集》五卷,仅《唐先生遗稿》一卷抄本未收入。

从上引《明史·文苑传》到《四库全书》提要的评述来看,除了程嘉燧因受到钱谦益的牵连而颇遭贬斥以外,其整体评价的基调大致相近,而且呈上升之势,似乎他们在"专意学古"上因得归有光之真传,所以在后七子、公安派、竟陵派先后兴风作浪时,颇能砥柱中流。而有清一代批评家的看法,则见仁见智,不尽相同。且无论是官方评价还是私人批评,既与钱谦益的言论有关,也与四先生的言行相联系。但以往有的论者,对于古人的不实之词,或不加甄别而引以为据,或进一步加以放大,演绎出"新的神话"以误导后学。如孙之梅对于以往旧说,不仅深信不疑,而且在不加以考证的前提下,又进一步归纳出他们有两个共同之点:"一,他们都以归有光为师,学有渊源,与当时盛行海内的王阳明'心学'大异其趣。归有光死后,其高第弟子多在嘉定,他们能恪守师说,讲诵于荒江寂寞之滨。二,在七子的文学主张如日中天时,尤其是邻邑的文学巨子王世贞独操海内文柄,'声华意气笼盖海内,一时士大夫及山人、词客、衲子、羽流,莫不奔走门下。片言褒赏,声价骤起',而他们都秉承归有光的文学思想,拨弃俗学,排斥七子不遗余力。《明史·文苑传》说到王世贞官南都时,曾将唐叔达延至邸舍,相与辨析疑义。这是四先生中唯一亲炙其声华的人,但是唐叔达以'其问学之指归,则确乎不可拔',不肯复为王世贞门生。"①

嘉定派主要成员生活的时代,始于嘉靖后期,延续到崇祯末年,他们曾亲身经历了晚明文坛"后七子"、公安派、竟陵派的盛衰起伏,不仅在吸收诸派长处的基础上而形成了自己的理论主张和创作特色,而且直接影响和促进了虞山派的崛起。但由于"四先生"实是两代人的组合,在他们形成稳定的主张、特色并产生影响以前,经历了较为漫长的酝酿过程,直到万历二十九年才初步形成一个流派的格局,后又经过不断地整合与拓展,至崇祯三年刊行《嘉定四先生集》时而达到顶点,此后就只有余波荡漾了。

自明末以来,凡追溯"四先生"的思想渊源时,几乎无不论及归有光与王世贞的关系以及二者(甚至包括归门弟子)对于嘉定士子的影响,但大多将这一漫长的历史进程做了简单化的处理,以致有些表述或不完全合于事实,或纯属臆想。因此,本文拟先结合嘉万之际文学的演变来考察嘉定派的酝酿过程,且鉴于其时间跨度较大而不宜面面俱到,特就一些有文学史意义的论题作重点探讨,并藉此澄清一些

① 孙之梅:《钱谦益与明末清初文学》,齐鲁书社 1996 年版。

历史事实。

一、“四先生”皆未从归有光受学

归有光(1507—1571),字熙甫,号震川,昆山人。嘉靖七年,元配魏氏来归,仅五年而逝。十四年,继娶嘉定安亭王氏为妻。十九年,举应天乡试第二名,明年会试落第后,始卜居安亭(按:安亭在吴淞江边,属嘉定与昆山交界处,来去甚便)。二十一年,携妻儿来居,随后“读书谈道于嘉定之安亭江上,四方来学者常数十百人”。二十三年五月,嘉定民女张氏因抗拒强暴被杀,而凶手却逍遥法外时,第二次会试落第的归有光回到了安亭,闻讯后立即驰书数千言,遍告诸学侣,为张氏伸冤,最终既将凶手绳之以法,也使他本人在嘉定赢得了极好的声誉。但至嘉靖三十年五月,妻子王氏不幸病死,办完丧事后,归有光便搬回了昆山老家;次年又娶费氏为妻,就很少来嘉定安亭了。自嘉靖四十四年中进士后,历长兴知县、顺德府通判、南京太仆寺丞,隆庆五年正月卒于官。

《明史·文苑传》记唐时升“父钦训,与归有光善,故时升早登有光之门”,明显有误。唐时升之父名钦尧(1501—1556),字道虔,长于归六岁,也早于归在嘉定授学,但二人的确颇有交情。今见于《震川先生集》卷七的《答唐虔伯书》,就是在嘉靖二十三年为张贞女伸冤时写给唐钦尧的。三十五年,钦尧以贡生授抚州训导,明年死于赴任途中,归有光为之撰《跋唐道虔答友人问疾书》和《抚州府学训导唐君墓志铭》,皆以“友”相称,叙及其“不喜末俗剽窃之文”,著有“《易说》及诗文数十卷”。但唐时升在归妻王氏逝世这年才出生,至钦尧死时,年仅六岁,所谓“早登有光之门”,根本无从说起。而唐钦训(1520—1583),字道述,乃时升叔父,最初是从钦尧受学,后改学医,并以医为业。即使时升长大后曾随叔父登门拜访过归有光,也谈不上有师承关系。因为从唐时升出生的那一年以后,归有光就搬回昆山老家,从此再也没有在嘉定收徒授学。至于年龄小于唐时升的娄坚、程嘉燧,则更不可能从有光受学,而李流芳则是在归逝世四年后才出生。

钱谦益曾描述道:“叔达之父钦训,为归熙甫之执友,而嘉定之老生宿儒,多出熙甫之门,归熙甫之流风遗论,叔达与程孟阳、娄子柔皆能道之,以有闻于世。”[①]这段话的硬伤是把唐时升父亲的姓名写错了,而《明史》作者和四库馆臣显然是以此为据,再加以臆测和发挥,遂编造出唐时升“早登有光之门”和娄坚“早从归有光游”之类的谬论。

---

① 详见《列朝诗集小传》丁集下《唐处士时升》。

二、“四先生”的前辈“宿儒”述略

上引关于“嘉定之老生宿儒，多出熙甫之门”一类表述，在钱谦益笔下曾多次做过渲染，如《嘉定四君集序》曰：“熙甫既没，其高第弟子多在嘉定，犹能守其师说，讲诵于荒江寂寞之滨。四君生于其乡，熟闻其师友绪论，相与服习而讨论之。”至于归门究竟有哪些弟子曾对“四先生”产生过影响，钱谦益未做具体说明。但从现存文献来考察，与“四先生”有交往的前辈“宿儒”中，既有归门弟子，也有唐(钦尧)门弟子，且后者的实际影响可能大于前者。

归门弟子中颇为著名者，除嘉定人张应文、张应武、张应忠、宣应楫、傅逊、龚有成、李汝节、沈孝、沈果、姚子英等以外，还有昆山人王执礼、周诗、沈大化，吴县人叶裕，龙游人童佩，漳浦人金乔，盘龙人朱世祥等，但只有张应武数见于唐、娄、程三人诗文中，另有宣应楫、傅逊等仅偶尔提及。而唐门也不乏名弟子，除了唐钦训之外，还有徐学谟、丘集、张名由、娄应轸、殷都等，都与四先生有密切交往。兹依次略述如下：

张应武(1533—1607)，字茂仁，号三江，福建兵备副使张情子，诸生。早年居安亭，曾与兄应文、弟应忠师事归有光。年未及壮，即弃去诸生。后迁居嘉定南城，同丘集、唐时升、娄坚、程嘉燧辈讲论古学，互有诗文酬赠。著有《文起斋集》六卷，已佚。唐时升、娄坚、程嘉燧皆以与其子张定安(字仲慧)结交而“获事先生”，各有诗文可考其交往，其中以娄坚于天启元年所作《书赠张二丈诗后》评价最高：“畴昔相从，岂胜慨叹！先生之学，尤长于读史，其论古文辞，以西汉及唐宋作首为宗师。少尝受业于归太仆，故持论特为真正，不规规求肖其口吻形模，而自然超妙者为合作，其所一切抹掇，皆世之高名人也。予与其子仲慧及表兄唐叔达，盖数闻而深信之。”

至于宣应楫(1519—1604)和傅逊，则主要与娄坚交往较多。宣字仲济，嘉定诸生，与娄应轸早年同学，后又结为儿女亲家，故子柔也与之关系密切，并在《宣仲济先生墓志铭》中称“其学多得之昆山归太仆，故于论议皆有根据”。程嘉燧与其子宣懋绩(字成叔)为友，所以在《亡友宣成叔夫妇墓志铭》也提及乃父应楫。傅字元凯，早年师事归有光，晚以岁贡授建昌训导，迁周潘长史。长于经史之学，所著《春秋左传属事本末》二十卷，王锡爵、王世贞曾各为撰序，颇受称许，后收入《四库全书》。因娄应轸与傅逊有交，故娄坚以父执事之，并为之作《祭执丈傅先生文》。又傅逊乃四先生好友金兆登的舅父，唐、程、李三人也了解其学问，但似乎在诗文方面无闻，故影响有限。

徐学谟(1522—1593)，原名学诗，字叔明，一字子言，号太室，嘉定人。十五岁起师事唐钦尧，嘉靖二十二年举于乡，二十九年成进士，授兵部主事，官至礼部尚书，著有《海隅集》、《春明稿》、《归有园稿》及《世庙识余录》等。其人不仅为唐门官职最高、著述最丰的弟子，而且与归有光、王世贞及嘉定士子张应武、丘集、唐时升、娄坚、程嘉燧等皆有交往，实为研究嘉万之际文学演变应该注意的重要人物之一。

丘集(1524—1603)，字子成，嘉定诸生。早年师事唐钦尧，长于三礼之学。后与张应武、唐时升、娄坚、程嘉燧为友，著有《阳春堂稿》、《横槊小稿》等。唐时升有《丘子成先生八十寿序》，娄坚作《丘先生墓志铭》，程嘉燧撰《祭丘子成五丈》。

张名由(1526—1616)，初名凡，字公路，号六泉，嘉定诸生。博涉经史，喜论兵事。唐时升《张公路诗稿序》称其为"先君门下之士"，而杨湜《六泉先生传》则谓公路在归有光门下，但后来主要以诗名世。今传清初刻本《张公路诗集》八卷，内有与归有光、张应武、唐时升、程嘉燧等人酬赠之作。唐时升称其"于五七言古诗最工，沉郁悲壮，忧深思远，率有感发，气雄万夫。至其悲怨无聊，抑扬讥讽，令人欷歔太息，不能自已。今所存者，四百余篇，皆非浅中之士雕绘于句字之间者所能与也"。

娄应轸(1529—1601)，字巽之，号望洋，嘉定诸生。以其为唐时升母亲之中表弟，少时即从唐钦尧学《易》，一生以聚徒授经为业，与唐钦训、张应武、丘集、宣应楫、朱缨、傅逊等皆有交，对娄坚思想的形成有重要影响。程嘉燧曾为之作《娄翁望洋先生寿序》，唐时升为之撰《娄巽之先生墓志铭》。

殷都(1531—1602)，字无美，一字开美，号斗墟子，嘉定人。早年严事唐钦尧，后追随王世贞，称"高第弟子"。万历元年举于乡，十一年成进士，授夷陵知州，官至兵部职方司郎中，以忤石星，劾令罢归。一生以工古文辞知名于世，王世贞列其为"四十子"之一。与徐学谟及"练川三老"皆有唱和，著有《尔雅斋集》。

由以上论述可知，"四先生"中以唐、娄年长，且为中表兄弟，故与上述"宿儒"的交往颇多；程因晚生十多年，故结识诸前辈较迟，交往也较少；而李与"宿儒"辈相差四五十岁不等，自然难以有诗文酬赠，只不过在与其子孙辈交往时，或曾拜见过诸儒，或间接有所了解。且相对而言，前辈"宿儒"中真正在文学上有重要影响的人物，主要是徐学谟和殷都，而归门弟子充其量只能在经学上传承师说，但钱谦益仅刻意渲染后者的影响，而对于徐、殷的文学成就与影响却绝口不提①。

---

① 钱谦益在《列朝诗集》中所撰长达2 000字的《鹅池生宋登春》小传，系大段抄录徐学谟《海隅集》文编卷十五《鹅池生传》和《归有园稿》诗编卷五《悼往诗序》拼凑而成，此可确证他读过徐氏《海隅集》和《归有园稿》，但其所撰《徐宫保学谟》小传，仅126字，纯粹只记叙生平仕履，而对其诗文未作任何评价。至于殷都，则不予立传。这种对于历史上实际产生过重要影响的人物和事件有意淡化乃至抹杀，正是钱谦益歪曲历史时惯用的狡黠手法之一。

三、徐学谟与归有光、王世贞的关系

以往论者颇为重视王世贞与归有光的关系，主要原因是归曾撰《项思尧文集序》批评过“一二妄庸人为之巨子”以倡导复古模拟，诋排宋元名家，而在归逝世后，王世贞既撰《书归熙甫文集后》对号入座：“熙甫集中有一篇盛推宋人，而目我辈为蜉蝣之撼不容口”，又将归作为“吴中往哲”之一予以肯定评价，并赞曰：“江左以还，极于陈梁。千载有公，继韩、欧阳。余岂异趋？久而始伤。”[①]于是，钱谦益据此加以夸大和窜改，一方面刻意渲染一老举子昌言排击妄庸巨子不相下的故事，一方面捏造出“弇州之迟暮自悔”的“晚年论定”说，学术界已就此作过去伪存真的考辨[②]。但对于徐学谟与王世贞、归有光的关系，则由于不知其重要性而无人关注。实际上，他们三人都是在娄水河畔长大的，归年最长，中举也早一科，而登进士第却最晚；王年最少，与徐同年举于乡，却最先成进士；在从诸生跨入孝廉之际，他们当已相识，但后来却因人生道路各异而形成了一种微妙而复杂的关系。

从现存材料来看，徐学谟与归有光的交往似不多，今传本《震川先生集》中仅两见之，一为《己未会试杂记》提到落第后寄书徐学谟，一为《与徐子言》，作于隆庆三年任顺德通判时。而《海隅集》文编卷二十三有《书归仆丞解惑篇后》一文，其主旨虽为化解归有光与沈绍庆的误会，却既追叙了归屡应会试不第的原因：“盖熙父自乡荐后，尝以为举业可无学而能，即弃去不复习，而益习古文词，比应试，檐晷间已不能促办，稍信笔摅写胸中所自得而已，于有司之绳尺阔如也，故试辄不利。”也兼记了徐亲历的一些小事：“予在礼部久，累科拾其落卷，则寄还熙父，欲怂恿之，略寻时套也。”如己未会试毕，徐收到归的来书后，便立即回复予以劝解。从这些细节可知，在归失意时，徐曾予以关心和帮助。不过，在有光生前，徐似乎并未对他反拟古的主张表示声援或呼应。且从万历五年刊刻的《海隅集》

---

① 王世贞：《吴中往哲像赞》，《弇州续稿》卷一百五十。

② 关于钱谦益窜改王世贞原话和捏造事实，钱钟书早就在《谈艺录》（中华书局 1984 年补订本）中做过考证和辩驳，如第 385 页曰：“《弇州山人续稿》卷一百五十《吴中往哲象赞》于归震川曰：‘先生于古文词，虽出自史汉，而大较折衷于昌黎、庐陵。不事雕琢，而自有风味，超然当名家矣。’《赞》曰：‘风行水上，涣为文章；当其风止，与水相忘。剪缀帖括，藻粉铺张。江左以还，极于陈梁。千载惟公，继韩欧阳。余岂异趋，久而始伤。’钱牧斋《初学集》卷七十九《与唐训导汝谔论文书》、卷八十三《题归太仆文集》，《有学集》卷四十九《题宋玉叔文集》，《列朝诗集》丁集卷六又卷十二重叠引《赞》语，皆窃易‘久而始伤’为‘久而自伤’，以坚其弇州‘晚年定论’之说。……一字之差，词气迥异。‘始伤’者，方知震川之不易得，九原不作，赏音恨晚也。‘自伤’者，深悔己之迷涂狂走，闻道已迟，嗟怅何及也。二者毫厘千里。曰‘岂异趣’者，以见己与震川，同以‘史汉’为究竟归宿，特取径直而不迂，未尝假道于韩欧耳。……牧斋排击弇州不遗余力，非特擅易前文，抑且捏造故事。”

来考察，徐最初似乎也受过复古主张的熏染，大约在隆万之际才明确标举反对前后七子的拟古剽窃①。至万历十年左右，则有了实质性的进展：他在《春明稿·齐语》中首次就归、王公案发表意见，既为归打抱不平，并予以公正评价；也指名批评了王世贞、李攀龙等人的弊病，并进一步阐明自己的主张。他说：

> 余读王元美《艺苑卮言》，评骘古今文人殆尽，近时海内少年，略能道二三绮语者，尽入鼓掌间。而于昆山归熙甫独不挂齿，余甚怪之。岂于熙甫文未尽见耶？抑熙甫少有时名，文人故相倾邪？后见元美《答陆汝陈》书云："……足下不察，以为仆见归文不多，辄便诬诋，使仆衔后生轻薄之愧。吴中阛阓诗书，……所见唯有陆浚明差强人意耳。陆之叙事颇亦典则，往往未及而尽，当是才短。归生笔力小，竟胜之，而规格旁离，操纵唯意，单辞甚工，边幅不足，每得其文，读之未竟辄解，随解辄竭，虽复累车，殆难其选。"其指摘吴中诸公，与熙甫之短，亦似中窾。但不知熙甫所长，正在澹然若不经意，而妙思溢发，有得于天理人情之极致者，元美不尽知也。大都近来古文家动称西京，若能流自肺腑，而法准西京，则诚西京矣。今饾饤西京人语，勉强傅致仿佛，殊不论其人之肖与否，而一切为无情之辞，文虽工，终不古，于意于世，轻重何如也？熙甫特偏于用宋，而晚年才退耳。若其集中得意者，尚在毘陵、晋江之上，而时论经学，本朝未见其人，何论后来年少也？元美每谈，独推让李于鳞，此似僧赞僧，意于鳞文，睡梦中呓语耳。细绎之，无非扬己卑人，殊狂肆无状，古今岂有此作者？元美云其胸中无唐以后书，渟蓄古始，无往不造，若恨世人罕识之。夫书至唐以后乃多耳，若古始之书，亦似有限，人虽不尽读，岂有不尽见者乎？古始书有此体法否？熙甫作《项思尧集序》云："今世之所谓文者难言矣，未始为古人之学，而苟得一二妄人为之巨擘，争附和之，以诋非前人。……"其言未免过激，然亦是上下古今胸次，第南宋以后文章，吾亦无取矣。

按陆浚明，即长洲人陆粲（1494—1551），嘉靖五年进士，著有《陆子馀集》；陆汝陈，即太仓人陆明谟，既与有光交善，又与元美为中表兄弟；项思尧，即永嘉人项文焕（1522—1568），嘉靖后期以赀游国学，归赴京应试时与之相识，因其时已读元美《答

---

① 冯时可在《徐先生海隅集序》中先引徐学谟对拟古派"悍然非之曰：'彼夫也，衽麻而效组缋者也。古于声不古于调，即汉魏盛唐奚为？古于词不古于意，即先秦两汉奚为？'"又在评价其创作特点后指出："盖先生不事剽模，匠神隶法，法至则天契，神来则法合，以我古而非以古为古也。所谓孤出独树，不数数然循世者也。"核以其书文编卷五所录《刻宋布衣集序》等文，知其大约于隆庆万历之际已开始明确批评复古模拟之风。

陆汝陈》书[①]，故借作《项思尧集序》而发此“过激”之言。徐接着还说：

熙甫生平极不足于献吉，元美才学，视献吉大倍之，而诗文颇受其蛊毒。熙甫经学最深，议论雅有根据，故亦不足于元美，道不同不相为谋也。元美每推李于鳞，其五七言律诗，海内少年争附和之，至以其诗中所缀数字，若白雪、黄金、明月、雄风、中原、北斗、黄河、碣石之类，传为家法，人人效颦，更不顾情景相对与否，此亦是障。即于鳞集试读其一二首，非不俊爽可诵，比至连篇，障语叠出，如巧线傀儡，学语鹦鹉，伎俩有限，不耐久玩，于唐人口头语、眼前景之指，孰为深浅也？予持是说久矣，前岁至豫章，有宗人亦善诗，口占俚语一绝，后二句云：“近来莫怪黄金贵，因为诗人用得多。”则人已有厌之者，高岑王孟只作淡语，至今不可磨灭，以其出之性情者无穷也。

对王、李予以如此尖锐而痛快的批评，在袁宏道、江盈科令吴之前，实无人可与伦比。最后，他还借用刘禹锡《昏镜辞并引》之说为喻，就元美与熙甫的“为人”、“为文”加以比较：

吾友王元美，少时有轻薄之名，其作《艺苑卮言》，评骘当代文人，谑浪丑诋，纤瑕不肯以少贷，可谓皎镜，然亦以此得罪于人。至观其《四部集》，与人作诗文集序，即黄口小儿稍能弄文墨者，靡不极口谀颂。人见《卮言》之刻核，遂真信元美之许己，以此求其文者，户外屦满，元美亦喜应之，此市昏镜之验也，似亦不得已而酬世耳。昆山归熙甫，与人作文，第摅己臆，略不为装饰半语，故人有求其铭墓者，或得其文，置之不刻，至今文集知之者甚少，毋乃太皎乎？韩退之云：凡为文而使一世之人必不好，吾悲其为文，皎镜之谓也；为文而使一世之人必好，吾悲其为人，昏镜之谓也。求文而不求其人，无非欲与己宜耳。“陋容多自欺”，诚然哉，应酬文字不可作也。

如果仅从交往来说，徐学谟自登第入仕以后，不仅与邻邑上届进士王世贞过从颇密，而且与同年徐中行、吴国伦等时通声气，相互间的诗书酬赠之作连篇累牍。他的《春明稿》写成于礼部尚书任上，于万历十一年夏在北京刊行，其影响力自然不可轻估。当时赋闲在家的王世贞读后，随即致书《徐宗伯》曰：

---

① 按：此书今见于《弇州四部稿》卷一百二十八，元美晚年在《书归熙甫文集后》一文中曾自叙其始末。

会朱令来，漫以相属，遂获卒业两集，洋洋乎钜丽之观也。岂直博学宏才，足以黼藻盛际，于垂世经世，绰有余资，沾溉来进，当不少矣。《齐语》一二则纵有异同，亦复何害？况弟数年来，甚推毂韩、欧诸贤，以为大雅之文，故当于熙甫不薄，第无繇相闻耳。且使弟不见幸老丈，老丈中厌薄弟，则何以上烦绳准也？

虽然心中不服，但仍说得冠冕堂皇，不失大臣之体。其原因在于，王世贞、王锡爵以昙阳子化事于万历九年六月遭台谏论劾，曾请徐学谟从中斡旋，才得以平息。稍后，徐虽辞官归里，王世贞仍与之相期会面，诗书往返，则与当时首辅申时行乃徐之亲家不无关系——王以前因与同年张居正有隙而长期失意，此时由长洲人申时行秉政而尚存东山再起之望。而众所周知的《归太仆像赞》和《书归熙甫文集后》二文，则皆是在受到徐的批评后所作，虽因重读归集而评价较以往要高，但仍指出其“所不足者，起伏与结构也”。对此，徐学谟也表示认可：

熙父文章其用小处，尽识古人面孔，唯结构无法，间失之弱，所以吾丈前时阔略之，故特为拈出，令其一生辛苦，不至没没耳，非敢肆横议以自外于门墙也。乃今吾丈公听并观，不肯自怙其见，匪直能收熙父，而弟亦不蒙鄙夷矣，真菩提之心哉！[①]

从表面来看，王、徐之间因就归有光的评价而引发的争论似乎已经消解，但就其根本的文学主张而言，实际上仍各持己见。例如，王同时还在《书李于鳞集后》一文中明确地说：“徐子言之恶于鳞著之书，吾既不伏，亦不暇辨，为志数语于后。”对批评“不伏”，这才是王世贞晚年的真实态度，可作为“弇州之迟暮自悔”之说纯为杜撰的又一力证；而所谓“不暇辨”则为一种委婉的表述，实是出于现实政治的考虑而息事宁人。但他后来略使手段，就报了一箭之仇：当有人散布谣言“搬斗是非”时，王稍加推波助澜就让徐学谟不得安宁[②]；甚至在临死前草草完稿

① 引自徐学谟《归有园稿》文编卷十九《与王凤洲司寇九首》之二，当撰于万历十三年夏秋间。

② 此谣言谓徐学谟挤走了嘉定县令朱廷益(即上引王世贞致《徐宗伯》书中提到的“朱令”)，本不足驳。因为朱为万历五年进士，初为漳浦县令，十一年补嘉定县令，三年考满称最，就其本人意愿和吏部用人惯例而言，都不应再连任嘉定县令，而后实际任命为南京礼部主事，寻迁吏部考功员外郎。但王世贞却将这个谣言以书信的方式告诉王锡爵，称“欲得荆老护持之”，并录有副本任其传播，颇有故意推波助澜之嫌。徐学谟后来读到手信，“大为诧异”，于是一再向包括王世贞兄弟和朱廷益本人在内的许多相关者写信辩解、澄清；甚至将其与王世贞就此事往复辩论的书信辑为《存介编》一册，寄送诸友人(参见《归有园稿》文编卷二《存介编小序》)。

的《嘉靖以来首辅传》中，他还借为申时行立传而对徐学谟的人格加以诋毁[①]，使其身后名声受损。

四、"四先生"与王世贞、徐学谟的关系

当"四先生"中的唐、娄二人在万历初年崭露头角时，徐学谟尚在南北任职，其时文坛领袖王世贞自万历四年遭劾后一直在太仓闲居，故而他俩很早就从诵弇州之文而得交弇州其人。直到十二年徐学谟归里以后，唐、娄等才成为归有园的常客，但仍与王世贞保持着一定的联系；而晚生十多年的程嘉燧，则至王、徐暮年才得与相见。

唐、娄二人与王世贞相交始于万历初年，其契机有四：一为时升叔父唐钦训与王世贞有交，今传《弇州续稿》卷九有《寿嘉定唐道述六十》一诗，作于万历七年，其始交应在此前。二为娄坚自叙于"弱冠"之年即已追侍于王世贞左右，至万历四年又与其长子王士骐结交，后来互以朋友兄弟相事多年，其间还曾一度受聘入王家教授子弟读书[②]。由于娄坚善楷书，王在《弇州续稿》中曾多次提到他[③]，且尤其欣赏他的书法；其晚年所撰《归太仆赞》一文，就是请娄坚书写的[④]。三是太仓王衡（王锡爵之子）于万历初娶嘉定金大有之女为妻，得妻兄金兆登介绍，与张定安、唐时升、娄坚结交，随后不仅介绍诸友拜见了乃父，而且一起增进了与王世贞的交往（因为

---

① 按：申时行任首辅，始于万历十一年四月，至十九年九月止。王世贞卒于十八年十一月，其临死前草草完稿的《嘉靖以来首辅传》卷八为"申时行传"，且不论其自乱体例，从其中有意插入徐学谟的生平言行，并不难看出作者有诋毁其人格的嫌疑。例如，叙徐之所以能屡黜屡起，并破格升任礼部尚书，完全是因其"守荆州"时，对"归治妻葬"的张居正"礼厚之甚，以是心德之"。又如，叙王世贞与王锡爵因昙阳子化事而遭给事中牛维垣、御史孙承南等弹劾时，谓"事下礼部，而尚书徐学谟方思所以报居正，攘臂谓此妖孽不可长也，具稿欲大有处"；后因皇帝"不怿"，"居正意绌。而学谟方盛气见，居正笑谓：'此二人者，皆君乡人，事甚小，不足道。'学谟薨然而退，遂停寝。"联系王当时写信求徐翰旋的急迫与恳切，再比照此处凭想象来推定徐有落井下石之心，倒显出他本人的不义。再如，谓张居正死后，"徐学谟归女于(申)时行之少子以自固"。诸如此类带有倾向性的记叙，徐学谟生前并不知晓，自然也无从辩驳；但在《嘉靖以来首辅传》刊行以后，人们皆信以为真，后来的《明史》等史书也照抄不疑。

② 《学古绪言》卷二十四《弇州公手札后题》曰："某方弱冠，即获侍公。既壮，辱与公子侄同研席。虽不遭时，不我弃也，尤忝司勋忘形之交，恨无生者不愧之报，执笔岂胜汗颜?"又同书卷十四《祭王稽勋冏伯文》曰："予始识君，岁为丙子。相与周旋，后又一纪。君之将翔，省觐留邸。余时铩翮，放于山水。追官睢鸠，归以哀毁。方惭攻玉，每为倒屣。燕闲所闻，洞见底里。扁舟石湖，欲以兄事。余谓不然，向尝窃鄙。所贵友朋，岂减昆弟？苟为斯名，伦止四矣。君益慨然，曰子吾砥。乃延授经，北山有梓。"按前文所说"司勋"，即后文中"王稽勋"，名士骐，字冏伯，万历十七年进士，历官至吏部稽勋司郎中。坐妖书案，削籍归，屡荐不起。娄坚弱冠乃万历元年，而"丙子"为万历四年，可见他是先认识王世贞，然后才与其长子士骐结交的。又前文所叙"既壮，辱与公子侄同研席"，与后文所叙"乃延授经"，皆指娄坚曾受聘入王世贞家教其子侄读书事。

③ 王世贞《弇州续稿》卷五十《有明三吴楷法序》、卷五十五《集书斋书义序》、卷七十四《张仲慧传》、卷一百六十四《有明三吴楷法二十四册》，皆提及娄孟坚，而孟坚乃娄子柔早年之名，徐有谟《归有园稿》诗编中也曾多次称娄子柔为娄孟坚；又同书卷十九《徐大宗伯同唐、张、娄三子见饯至新洋江始别》诗题中的"娄"和卷一百九十六《答徐大宗伯》一书中提到的"子柔"，也指娄坚。

④ 参见娄坚《学古绪言》卷一《归太仆应试论策集序》。

其时王世贞经常出入王家，与王锡爵过从甚密，曾奉其女昙阳子为师，并将王衡列入“四十子”），如此后张定安与元美往来甚密，并经元美介绍，既得向昙阳子称弟子，又继娶元美友人之女为妻[①]。四是殷都为诸生时就追随王世贞学古文辞，甚至在其“屏居田里”期间“舍于其家”，万历元年中举后文名鹊起，作为后辈好友的唐、娄等人难免会受到潜移默化的影响。

唐时升曾在《祭大司寇王弇州先生文》先评其文曰：“于皇我公，迈古先登。龙骧虎变，雾郁云蒸。无所不有，孰得而称？四部之文，播于八荒，上轶屈宋，下蹴班杨。苏李浑成，颜谢洁芳。或如曹刘，遒壮纵横。及为律诗，并包李唐。供奉仙仙，拾遗堂堂。后无高岑，前失卢王。牢笼宇宙，鼓铸阴阳。广弥六合，高并三光。沿流并穷，象物斯彰。譬如九成，始终金玉。”又追述其交情说：“时升童稚之岁，知诵公文。河汉无极，望洋徒勤。大匠之侧，寻尺纷纭。不鄙谓余，独行是敦。不求人知，高览方闻。出其藏书，俾以讨论。纵横翰墨，倾倒壶尊。江左之士，谓登龙门。”其中所谓“俾以讨论”，是指万历十六年王世贞赴南京任兵部右侍郎后不久，曾邀请唐为幕宾；唐于明年正月临行前，徐学谟有诗《送叔达赴王司马辟》，其二曰：“从来司马号多闻，识字谁能过子云？最是江南佳丽地，凝香深处坐论文。”王锡爵后来为唐时升诗集撰序曰：“唐叔达，高闲之士也。才思赡逸，文学淹雅。往琅琊王元美极赏识之，引以讲析疑义，往往会心，出人意表。谓君胸中有排解慧捷处，世人袭香沾膏者不能穷也。”即指此应邀入幕事，且二人所讲析的“疑义”，应包含有“论文”的内容。而《明史・文苑传》所记王世贞曾延请唐时升至南京官邸“辨晰疑义”，则是以王锡爵之说为本。实际上，当年由春至夏，时升都在南京就“王司马辟”。因为徐学谟于六月四日所作《悼往诗》十首有序曰：“唐叔达自白下传山东邢子愿先生有《吊宋登春山人诗》，兼叙山人之死，甚怪，自云得之新安余叟。”从行文语气看，唐传达这个消息时尚在南京。但至六月下旬王世贞得升南京刑部尚书之报而归太仓后，时升也回到了嘉定。在此期间，徐学谟曾寄书祝贺，并邀以相晤[②]。王得书甚喜，随即回书，约以前往嘉定拜访，并且提及欲会晤唐时升与娄坚[③]。随后，王的嘉定之行，与徐学谟及诸生唐时升、娄坚、张其廉诗酒唱和[④]，相处甚欢。当王乘舟经娄水

① 详见王世贞《弇州续稿》卷七十四《张仲慧传》。又唐时升《三易集》卷十五《翰林院编修王君行状》、娄坚《学古绪言》卷四《猴山子传》，皆叙及与王衡相交始末。

② 详见《归有园稿》文编卷十九《王凤洲司寇》其六。

③ 《弇州续稿》卷一百九十六《答徐大宗伯》曰：“……四日后，当敬造门下，不唯欲会叔達、子柔，所谓紫云者，并拟请见之，试刺史肠何如耳？诸俟面悉，不赘。”

④ 《归有园稿》诗编卷五有《王大司寇枉顾留酌山园集诸文学有赠》、《司寇公以诗来谢颇忆旧事用韵却寄》、《陪王大司寇集伯隅园是日君有酒肉之禁》、《奉和司寇公集伯隅园之作用韵》等诗，《弇州续稿》卷十九有《过大宗伯徐丈留饮山池出明童佐酒》、《饮徐公归有园后旋过乃婿张伯隅园小坐有作》等诗。

赴南京刑部任时，徐率唐、娄、张三生送至新洋江口饯别，徐以《中秋日送王大司寇之任留都》[1]送行，王以《徐大宗伯同唐、张、娄三子见饯至新洋江始别》[2]作答。

是年，唐时升还曾受程嘉燧委托，在南京代请王世贞为程衍寿撰墓志铭。程嘉燧《松圆浪淘集》卷一《怀叔达》诗题下自注曰："时在白下弇州司马署中。"因诗中有"千山已白露，摇荡菊花期"之句，则应为暮秋时节，唐时升又来到了王世贞官邸。又《松圆浪淘集》总目曰："己丑（万历十七年）江行，见王弇州公白下乞铭，遂归歙卜兆。"当是先由唐征得王同意后，再引荐程与之会面。因此，王在随后所作《新安程君墓志铭》[3]中说："余友嘉定唐子时升，工古文辞，不妄许可，顾独与书生新安程嘉燧善，因而知其父布衣君。布衣君贾于嘉定，垂三十年，日闭户读书，未尝饰冠剑、奉筐筥以游大人而成其名，顾独嗜余文章，时时语唐子，身居约，安得一日从弇州先生游，即死不恨。然未几死矣，嘉燧奉其父意，乞事状于唐子，而介唐子谒余于金陵，来请志铭，曰：'必公文，而后父可安地下也。'唐子复为之请甚笃，余读其文，信许之。"从这段话中，不难看出王世贞与唐、程之关系的内涵。他不仅明确称唐时升"工古文辞，不妄许可"，视之为"余友"，而且既因其"独与书生新安程嘉燧善"，更因程衍寿生前"独嗜余文章"，他才答应接见嘉燧，并为其父撰写墓志铭的。程衍寿生前之所以将"安得一日从弇州先生游，即死不恨"的心愿"时时语唐子"，既希望借助唐子来遂其心愿，也表明唐子是服膺弇州先生之主张的。而嘉燧之所以要来"白下乞铭"，除了为满足父亲的遗愿以外，他本人显然也是信奉王倡导的古文辞的。翌年，即万历十八年，王世贞请告归里，程嘉燧在端午节这天，还特地到太仓弇园拜访过他，并被挽留参加夜宴，一起泛舟赋诗，《松圆浪淘集》卷一有《端午王司寇弇园留共泛舟二首》可以为证。唐时升也在这年七月末和九月中，先后两次到太仓拜访过王世贞[4]。

元美逝世后，娄坚与张应武、唐时升、程嘉燧有《合祭王大司寇文》曰："呜呼！公之文章，行于天下，拟汉及秦，鼓吹骚雅，四部煌煌，世多习者。……某等辱在门墙，或故或新，不鄙而弃，于谊则均。"这篇四人合祭文由娄坚执笔，明确称"某等辱在门墙"，并按年龄次序追述各人与逝者的情谊，是归门弟子张应武和"练川三老"曾向王世贞执弟子礼的铁证，他们都曾受过复古派的影响，是毋庸置疑的。《明

---

① 徐诗见于《归有园稿》诗编卷五："古娄江上望旂旌，祖帐金陵复此行。明月兼秋堪卜夜，商歌进酒倍含情。先朝曾为持三尺，才子于今赋两京。霖雨正需黄阁老，可能长住凤凰城。"

② 王诗见于《弇州续稿》卷十九："新洋江口好停舟，淡月笼烟破暝愁。君卧可能忘象阙，予行终拟问菟裘。娇歌易作双青眼，别酒难禁两白头。总是秣陵多胜地，却惭人唤凤凰游。"

③ 见于《弇州续稿》卷一百二十。

④ 参见《三易集》卷十一《前游西湖记》、卷十三《祭大司寇王弇州先生文》及郑利华《王世贞年谱》之"万历十八年"。

史·文苑传》说“时升自以出归氏门，不肯复称王氏弟子”，四库馆臣说“(娄)坚以乡曲儒生，独能支拄颓澜”，显然并非事实，皆不可信。

但对于“练川三老”来说，在其步入文学殿堂的阶段，王世贞的影响毕竟只是一个方面，而徐学谟则从另一个方面给以启示和引导。自解官归里后，与友人和晚辈诗酒流连，成为徐学谟隐居生活的主要内容，除了儿子兆曦、兆稷和女婿张其廉随侍左右以外，娄坚和唐时升参与唱和的频率最高。这不仅在《归有园稿》诗卷中历历可考，而且在《三易集》和《吴歈小草》中，唐、娄最早的诗篇大多是与徐的酬赠之作。据程嘉燧《祭徐宗伯公》追忆：“迨公悬车，望之神仙。伏为诗歌，废而自贤。粤有唐生，视等囊篇。娄生竭来，侁侁随肩。传观于公，公谓勉旃。俾从公游，退避莫前。未尝拜公，忽侍公筵。公问姓名，言笑嘕嘕。……自某见公，四载于兹。生之晚矣，犹获同时。昔在公门，说礼敦诗，游于数公，是友是师。”意谓他早就远远地望见过“悬车”后的徐公，但直到在一次公筵上经唐、娄二人介绍才正式拜见，其时间应在其所说的“四载”之前(即万历十八年)，但《松圆浪淘集》卷二所录《奉陪徐宗伯集张二丈新居同叔达子柔伯隅孺谷即事二首》和《寿徐宗伯公七十》，先后作于十九年春和冬。至于李流芳，虽与徐学谟无文字之交，但后来却与其子徐兆稷(字孺谷)相交甚深，“情好如贯”，“出同舟航，入共笔研”①。因此，无论是年长的唐、娄，还是年少的程、李，乃至其他嘉定后辈士子，对于徐学谟的文学主张和创作，甚至包括他与王世贞的论争，显然都了如指掌。其潜移默化的影响可能表现在多个方面，这里着重结合徐氏晚年的追求介绍两点。

一是在文学主张上继续反对模拟剽窃，提倡“性情境界举归于真”，“其意要于自得”。如在《周胤昌集序》中批评嘉靖后期“郎署诸公咸抵掌而谈诗，其诗务极绮靡，争单词只句之雄，转相剿袭为名高；其音节激越，殊愉快人耳，以是海内少年争驰骛之”；而赞赏周胤昌“独不喜为诸公之诗，而时时拥鼻微吟，力追唐调，其意要于自得，不欲夸斗于人人”。又撰《冯咸父诗序》，肯定“咸父之所自得乎诗者，其意不在于名也”，因为“自名胜而诗靡矣，靡生夸，夸生斗，斗生赝伪，滥觞至今，则有矫意安排而强相凑泊，合词剿袭而不厌雷同”。又如《与郭美命》曰：“宇宙文章，权舆于六经；而其精华，尽发于七大家。乃今人顾鄙薄之，自生一种剿袭口声，可厌之甚。读书除头绝尾，止看《史记》、《文选》，已非上下古今胸次；若并弃之，而倚办近人古文为套，亦足耻也。”还如《复屠青浦(隆)》说：“方今学士大夫诗宗唐、文宗两汉，称斌斌矣，而卒不能造其域、哜其胾，何哉？古之人皆有其事而言之，今之人无其事而亦言之，如婴儿学语，初不当于名实，暂听之可喜，久则厌之矣！矧齿发既壮，而犹

① 李流芳：《祭徐孺谷文》，《檀园集》卷十。

哓哓然学语不置，不亦重自惭乎？览足下与元美书，其评骘文士数语，极中肯綮。”前书颇近于归有光的思路，后书则已指明是针对王世贞而发。诸如此类的观点，在其杂著《麈谐》中还有更为通俗的表达。

二是在诗歌创作上提倡“长庆体”，最早始于隆庆元年所作《闻南阳除报效长庆体赋二首》[①]，在京所作《春明稿》中“长庆体”明显增多，晚年所撰《归有园稿》诗编中则习以为常。“四先生”受其影响，不仅都写过“长庆体”的诗歌，而且娄坚后来还授意其门生马元调重刊了《元氏长庆集》和《白氏长庆集》二书，娄为之作序曰：“唐之文章，至元和而极盛矣。元白二氏创为新体，以相倡和，各极才人之致，皆以编次于穆宗朝，题曰《长庆集》。”[②]又其《吴歈小草》卷十《元日示复闻》明确宣称：“自昔文章经世业，元和嘉祐是吾师。”所谓“元和嘉祐”的“文章”，实包括唐代元、白、韩、柳和宋代欧、苏诸家，与徐学谟所倡“长庆体”与“七大家”是相通的。

娄坚曾在《祭徐大宗伯文》中说：“吾侪侍公，学焉就正。八珍一脔，偶沾残剩。公顾解颐，留连觞咏。曰古文词，灿然纬经。唐宋诸贤，六经胎孕。今之词人，妄生讥评。斥远姬姜，昵近婢媵。讹种相承，口舌难胜。犹望后生，无售昏镜。”对于“吾侪”与徐在文学上的关系描述得极为清晰，其中所谓“唐宋诸贤，六经胎孕”，与归有光的主张一脉相承，而“犹望后生，无售昏镜”，即徐、王论争中用过的比喻，已见前引。嘉定后辈士子本来清楚其来龙去脉，如黄淳耀曾在崇祯末年所作《徐宗题制义序》中说：“嘉隆之间，吾疁大宗伯徐公以文章政事名天下。公之言曰：‘文自六经，至七大家而精髓始尽，剿贼者遗其首尾。’又曰：‘昌黎文不模史汉，而得其精神。’又曰：‘古于辞而不古于意，如夏畦之学汉语。’盖其意以讥当世之镂琢言语，自号秦汉者。公与弇州为同年友，周旋四十年，持论龂龂不为之变。弇州晚年颇好唐宋，而不薄归熙父，则亦自公发其端云。尝叹公以元老巨人为世推重，即无文章，已足不朽；乃其砭陋起衰如此，此徐氏之家学所以闇而益章、久而滋大也。”钱谦益曾作《嘉定四君集序》、《黄陶庵先生全集序》，对于上述娄、黄之说自然熟知，但对徐学谟在嘉万之际文学演变中“砭陋起衰”的环链作用却有意避而不提。

五、公安派在吴中登坛树帜给予“四先生”的启示

关于袁宏道与江盈科在苏州为官时标举“独抒性灵，不拘格套”的旗帜，发起“务矫当代蹈袭之风”的革命，笔者已在《公安派与晚明政治的关系考论——以开宗

① 见《海隅集》诗编卷十五。
② 娄坚：《重刻元氏长庆集序》，《学古绪言》卷一。

立派时期为中心》[①]中作过详细考察。这里有必要补充指出的是，对于此前徐学谟在理论与创作上反对“后七子”模拟剽窃的资源，无论是嘉定四先生还是公安派创始人都没有及时加以利用，这或许称得上是一个历史的遗憾。尤其是四先生本来与公安派主要成员为同时代人[②]，并且对于徐、王之争了如指掌，却由于僻居海隅等原因，居然错失了与公安派主要成员联手矫弊起衰的历史机遇。但公安派倡导文学革命，就后七子的模拟剽窃文风发起的猛烈批判，对于嘉定派成员有间接影响和启发意义，是有迹可寻的。

本来李流芳有位二哥李名芳(1565—1593)，与袁宏道、江盈科为同年进士，且随后选为庶吉士，成了袁宗道的同僚，但入翰林院仅一年，就病逝于京，使历史失去了一个极有可能让嘉定文人与公安兄弟建立直接联系的契机。当江盈科于万历二十年八月抵吴任长洲县令之际，虽然王世贞已死近两年，徐学谟尚存于世(正病卧在床，翌年十二月二日卒)，但吴中文坛仍为拟古剽窃的风气所笼罩，与江常有唱和的张凤翼、张献翼、刘凤等，都是中毒颇深的当地文人。即使自二十三年春袁宏道任吴县令以后，与江“每会必以诗文相励”，通过“商证”而对后七子的复古模拟文风发起了猛烈的批判，但仍有吴人在背后“检点”乃至“诋毁”。袁宏道曾撰《叙姜陆二公同适稿》，对明代吴中诗风的演变作过描述和批评，指出“昌谷少变吴歈，元美兄弟继作，高自标誉，务为大声壮语，吴中绮靡之习，因之一变。而剽窃成风，万口一响，诗道寖弱。至于今市贾佣儿，争为讴吟，递相临摹，见人有一语出格，或句法事实非所曾见者，则极诋之为野路诗。其实一字不观，双眼如漆，眼前几则烂熟故实，雷同翻复，殊可厌秽。故余往在吴，济南一派，极其呵斥，而所赏识，皆吴中前辈诗篇，后生不甚推重者”；接着列举前辈之可取者：“有为王、李所摈斥，而识见议论卓有可观，一时文人望之不见其崖际者，武进唐荆川是也。文词虽不甚奥古，然自辟户牖，亦能言所欲言者，昆山归震川是也。半趋时，半学古，立意造词，时出己见者，黄五岳、皇甫百泉是也。画苑书法，精绝一时，诗文之长因之而掩者，沈石田、唐伯虎、祝希哲、文征仲是也。其它不知名，诗文可观者甚多”；最后总结说：“大抵庆历以前，吴中作诗者，人各为诗；人各为诗，故其病至于靡弱，而不害其为可传。庆历以后，吴中作诗者，共为一诗；共为一诗，此诗家奴仆也，其可传与否，吾不得而知也。间有一二稍自振拔者，每见彼中人士，皆姗笑之。幼学小生，贬驳先辈尤甚。揆厥所由，徐、王二公实为之俑，然二公才亦高，学亦博，使昌谷不中道夭，元美不中

① 拙文原为出席2006年8月在杭州举行的“明代文学国际学术研讨会”而作，已收入廖可斌等主编的《明代文学论集》(浙江大学出版社2007年版)。

② 确切地说，唐时升、娄坚与江盈科、黄辉年龄相当，程嘉燧略少于袁宗道、陶望龄，李流芳略少于中郎、小修。

于鳞之毒，所就当不止此。今之为诗者，才既绵薄，学复孤陋，中时论之毒，复深于彼，诗安得不愈卑哉?”而该文所推举的“姜、陆二公”，“皆吴中不甚知名者”，只因其“未染庆历间习气”，“意兴所至，随事直书，不独与时矩异，而二公亦自异”，故“不害其可传”。由于中郎没有读过徐学谟的诗文集，因而连其姓名都不曾提及，否则，必定会大加推举。当然，自中郎令吴以来，他与江盈科为矫弊起衰而提出的一系列批评，已比徐学谟说得更加透彻和尖锐，衡以“四先生”当时的见识和身份，不仅说不出，身为吴中诸生也不敢说，但从楚人口中说出后，吴中文人曾受到深刻的震动和启示是不言而喻的。

我们不妨选择几位与“四先生”有联系的人物加以考察。如江盈科为长洲令时，曾多次拜访前首辅申时行，相互间有文字酬赠，申曾应江之请，为作《重修长洲县志序》和《赠长洲江侯考绩貤封序》等文，对于江、袁的文学主张自然有所了解，所以他在万历二十四年所撰《资政大夫太子少保礼部尚书徐公墓志铭》中说:“公于书无所不窥，其为文词，不尚剽剥模拟，而直摅所自得，缅缅洋洋，若走坂建瓴，意尽而后止，故卓然成一家言。”虽切合徐学谟的为文实际，但其评价尺度与语气，似已与江、袁一致。“四先生”自然都读过这篇墓志铭，尤其是唐、娄与申时行父子有直接交往，当可由此感受到吴中文风正在发生变化。又如，在公安派崛起后，不仅王世贞的门徒和亲戚改弦易辙，纷纷追随袁、江二公，而且他的三个儿子也不守乃父门径，其长子士骐(字冏伯)与季子士骏(字逸季)，既与四先生熟识，也与江盈科有交，尤其是士骏于万历二十五年纵欲而死后，江还辑其举业文字刻为《王逸季遗稿》，从王门的盛衰炎凉，也可感知到文风的变迁。还如王衡和殷都，王世贞列入“四十子”，并分别以“跸跋艺苑场，歘尔电同掣。俊声亦麋至，雅非衷所屑”和“跌宕词翰林，烨烨吐色丝。异时平津拜，不言公车迟”称颂之。唐时升、娄坚与二人相交既久且深，程嘉燧后来也与二人结交唱和。万历二十年诏王锡爵还朝，王衡邀唐时升一起入京，唐还萌生过“用世”之念，甚至以“李文饶”自期，但王锡爵任首辅仅一年多，就于二十二年五月致仕归里。也就在这年，殷都也解官回乡。这就是说，自二十三年至二十八年公安派开宗立派的六年间，殷都、王衡实际成为“四先生”尤其是“练川三老”最重要的唱和友。考王锡爵乃袁宗道座主，在京时袁有赠诗，家居后还于二十三年致书问候，其时也正为袁宏道任吴令之初，而江盈科也在此前后赠诗致意，后来王衡还有诗《题白苏斋为袁太史作》，可见王氏父子与公安派还是有一定联系的。后来，唐时升评其诗“超然埃壒之表”，娄坚说“辰玉少喜为诗，初若不拘拘而卒与之合，要归于刻露骏发，非苟然也”，高出称“辰玉诗清新洁净，踔越激楚，而韵和情芳，卒归诸雅”，似乎都不视其为复古一流人了。至于殷都，除了任夷陵知州时的门生雷思霈后来成为了公安派成员以外，他本人似与公安派没有任何直接联系。

但唐时升在《殷公墓志铭》中评曰："所为诗务为划削，常言自成机格，譬之沃釜而炊，不因人热；其文则纵横恣肆，极意所之，光芒陆离，不可狎视；至于书疏之类，尤其所长，详敷事理，曲畅人情，以尔雅之词，发难明之旨，千里面谈，不能过也。"其《尔雅斋集》只有抄本传世，录诗文各八卷，缪荃孙曾评其文"文温和尔雅，不蹈弇州之习，尤为难得"[①]。笔者尚未寓目原书，姑且录以备考。殷都、王衡的文风转变，当也会对"四先生"尤其是"练川三老"这时的文学趋向发生影响。

最后还有必要一提的是，由王锡爵署名的《明太仆寺寺丞归公墓志铭》，实是由唐时升代笔起草，其原稿今见于《三易集》卷十七，这一点早已为人所知；又该文评论"先生于书无所不通，然其大指，必取衷六经，而好太史公书。所为抒写怀抱之文，温润典丽，如清庙之瑟，一唱三叹，无意于感人，而欢愉惨恻之思，溢于言语之外，嗟叹之，淫佚之，自不能已已"，也中肯綮，颇为论者所赞赏。但从无人考证其写作时间。今查《震川先生集》附录的该墓志铭，末尾落款为"明特进荣禄大夫、右柱国、少傅兼太子太傅、户部尚书、建极殿大学士王锡爵撰"。据焦竑撰《光禄大夫少保兼太子太保吏部尚书建极殿大学士赠太保谥文肃荆石王先生行状》，万历二十二年因言官屡攻不止，王遂八疏请辞，始允特加吏部尚书兼建极殿大学士，驰驿归。由"建极殿大学士"这一官名，可以断定此铭必作于王解官归里以后，但他从未任过户部尚书，故其署名仍值得怀疑，很可能是在公安派崛起之后才写成。随着公安派影响的扩大，东南一带的语境最先发生变化，嘉定文人起初虽与袁宏道、江盈科等没有直接交往，但同属苏州府，或曾通过间接关系了解到其革新主张，或是在感受到吴中文风已发生变化时，都会很自然地想起徐学谟、归有光当年对于拟古剽窃的批评，与袁、江二公的主张有相似之处，但因徐学谟已成为一个有争议的人物，于是干脆直接标举归有光为旗帜，那么，此时撰成《明太仆寺寺丞归公墓志铭》，实兼有回应已经发生了变化的文风的意义。至于娄坚所撰《归太仆应试论策集序》，也是一篇有助于了解其思想渊源的重要文献，其撰写时间应在万历三十年以后，笔者拟在另文中讨论。

---

① 缪荃孙：《尔雅斋文集》提要，《嘉业堂藏书志》卷四。

公安派的酝酿准备进程考述①

公安派主要成员大多活跃于万历时期，只有袁小修等中坚人物延续到天启末年。万历初期张居正推行的改革曾取得过突出的成就已成为人们的共识，但他同时是以政治上的专制和思想上的禁锢来保证其政令得以实行的，那时从太后到年幼的皇帝都对他唯命是从，朝中各权力机构无不在他的控制之中，天下禁止讲学，楚人何心隐就是在万历七年被杀的。张居正于万历十年六月去世后，神宗和朝臣在对他的权威和名誉进行清算的同时，也对其推行的改革措施予以否定，这无疑是一大历史失误，但内阁的权威从此大打折扣，皇帝的权威也并未真正树立起来，朝野皆进入了一个言论相对自由、思想空前活跃的时代。公安派主要成员正是在这个大的震荡之后相继进入仕途，或尚未入仕即试图涉足文坛，并经过一段时间的酝酿准备才创立了公安派。因而万历十二年左右成为这个时代的政治和思想文化发生剧变的转折点：一是从十一年三月追夺张居正官阶、罢其子锦衣指挥使张简修为民，到十二年四月籍张居正家产、八月公布张居正罪行并勒令其家属戍边为止，意味着万历初年以来的政治和政策已从根本上转变方向，但之所以形成万历中后期政治格局的复杂形态，则是从十四年正月皇三子的出生开始的；二是自十二年七月耿定理去世以后，李贽与耿定向的冲突随即明朗化，至十三四年终于爆发了一场历时数年、影响深远的论战，这意味着晚明思想文化领域的“裂变”也已开始。

几年前，笔者曾撰《论江盈科与公安派》一文，作为《江盈科集》（岳麓书社 1997 年版）的“前言”发表，其中将公安派的形成分为四个阶段：即万历十八年至二十二年为酝酿准备时期，万历二十三年至二十八年为开宗立派时期，万历二十九年至三十八年为调整发展时期，万历三十九年至天启末年为矫弊救衰时期。限于篇幅和

---

① 本文原载复旦大学中国古代文学研究中心主办《中国文学研究》第七辑，香港国际学术文化资讯出版公司 2005 年 5 月出版。

题旨，当时未能充分展开作深入论述。本文根据历史文献和新发现的材料，拟将第一阶段——酝酿准备时期——调整为万历十四年至二十二年，并结合其主要成员在当时政治、文化背景下的活动重新进行考察。

万历十四年至二十二年，政坛上发生的重大事件有“国本之争”和三大战役等，并且逐渐形成党争之势，导致内阁辅臣急剧变动而无核心权威人物；文坛上弥漫已久的拟古潮流也正在发生变异，至十八年王世贞逝世后便进入了一个没有领袖人物的历史空隙；思想文化界则随着李贽与耿定向论争的爆发，逐渐使李贽成为引人注目的人物。公安袁氏兄弟等就是在这种背景下开始做酝酿准备工作的，主要表现为广交朋友和更新思想观念，兹择其要者重新考述如下。

一、“国本之争”与袁宗道入仕翰林院

万历十四年正月皇第三子常洵生，进其母郑氏为贵妃，首辅申时行等揣摩皇上有废长立幼之意，随即于二月请册立年仅五岁的皇长子常洛为太子；神宗以“元子婴弱”为辞，户科给事中姜应麟、吏部员外郎沈璟、刑部主事孙如法等相继上言力争，分别被贬或外调；御史孙维城、杨绍程再请定储位，俱夺俸。这就是著名的“争国本”之始，其对立面为郑贵妃和其父郑承宪等，加之神宗明显倾向于郑贵妃，才使这一事件波诡云谲，随后万历一朝的许多纷争和大案皆由此而引起。袁宗道就是在这年三月以会试第一名、殿试二甲第一名进士及第，选庶吉士，入翰林院授编修，开始与同年王图、萧云举、吴应宾等交好，后来又与十七年进士焦竑、陶望龄、黄辉、董其昌和二十年进士顾天竣、李腾芳等来往密切。这些人物后来或一起论学求道，或对公安派的发展产生过影响，并且也都成了袁宏道的朋友，其中陶望龄、黄辉成为公安派中坚人物。

十五年和十六年虽有臣僚请册立东宫，且罪郑承宪骄横之状，但皆不报，或令候旨行。至十八年十月吏部尚书朱纁、礼部尚书于慎行率群臣合疏建储，竟下旨夺俸，且传谕：册立东宫拟于二十年春举行，前提是廷臣无复奏扰，否则待逾十五岁。但至十九年秋，工部主事张有德请备东宫仪仗，当时首辅申时行方告假，次辅许国仓促具疏，首列时行名以上奏。时行闻之大愕，别具揭谓已不知，于是导致许国因触帝怒、申时行因触众怒而同于九月致仕。随后王家屏为首辅，也因力请践大信而不报，最后只好引疾求罢，于二十年三月致仕。此时内阁资格最老的王锡爵已归省，乃召还朝，于二十一年正月抵京为首辅，密请决大计。帝遣内侍以手诏示锡爵，欲先将三位皇子并封为王，以待嫡子；若数年后皇后无出，再行册立。锡爵惧失帝指，立奉诏拟谕旨，导致举朝大哗，群臣接连上疏力谏，或与锡爵面争，李腾芳甚至

说动王锡爵上疏自劾。帝迫于公议,只好追寝前命,但册典仍令稍待二三年后议行。又是年的大计京官,实际成为晚明党争的起点。以往的内外大计,几乎都是秉命于内阁而决定官员的升迁去留,但此次由吏部尚书孙鑨、考功郎中赵南星等主持的京察,锐意于澄清吏治,所黜者大半为政府的私人;而内阁又随即嗾使言官论劾,导致孙鑨、赵南星和稽勋司员外郎虞淳熙(虞后来与公安派有交)等被罢官或削籍;稍后吏部右侍郎赵用贤又因负气节不为王锡爵所容而罢,行人高攀龙申救也谪。二十二年,鉴于皇长子年已十三尚未读书,经王锡爵等连章恳请和当面劝谏,神宗总算同意让常洛于二月出阁受书,命郭正域、萧云举、焦竑等为讲官[①]。但廷臣仍不能容忍王锡爵此前的妥协,他只好引疾乞休,于这年五月致仕。同时,命赵志皋为首辅,召沈一贯、陈于陛入阁,而吏部尚书陈有年、文选司郎中顾宪成却以推王家屏为阁臣忤帝意而谪归,于是所谓东林党(以宪成归后聚众讲学于东林书院而得名)和浙党之争也由此而起[②]。

二、"三大战役"与袁宏道、江盈科壬辰及第

万历十七年,西南播州宣尉司使杨应龙反,贵州巡抚叶梦熊随即疏请发兵剿之,但因朝廷和地方在剿与抚的问题上举棋不定,导致逮而复纵,前后反复折腾,死伤和损失惨重,延续了十余年方剿灭。二十年二月,宁夏致仕副总兵哱拜等杀巡抚党馨和副使石继芳,据城反;总督军务兵部尚书魏学曾闻变,即遣将谕降,但哱拜等已诱套部著力兔等并战,势大猖獗;后以浙江道御史梅国桢力荐[③],命李如松统辽东、宣、大、山西兵赴宁夏讨之,至九月始平。同年五月倭犯朝鲜,先陷王京,继袭平壤,朝鲜王求救;七月,命游击史儒率明师援朝,败绩于平壤;十二月,命李如松为东征提督,再出师援朝;明年正月,大捷于平壤,再转战开城,势如破竹;但因经略宋应昌、总督顾养谦、兵部尚书石星等力主封贡,贻误了战机。

袁宏道和江盈科正是在这样的背景下于万历二十年三月同榜进士及第,且皆名列三甲,江为第六十四,袁为第九十二。在京待官期间,袁、江分别与诸同年"诗

---

① 按:李剑雄《焦竑年谱》(《澹园集》附编四,中华书局1999年版)于万历二十二年记皇长子出阁受书,讲官为郭正域、袁宗道、萧云举、全天叙、焦竑等人,但袁中道《石浦先生传》记宗道"自丁酉充东宫讲官",丁酉为二十五年。

② 本文有关晚明史实的材料,主要依据《明史纪事本末》、《明通鉴》、《国榷》、《明实录》及张廷玉等撰《明史》,除特殊情况外,不一一出注。

③ 按:万历二十年春,御史梅国桢疏荐李成梁、如松父子统兵征哱拜,诸言者谓李氏跋扈,不宜拒虎进狼,议论鼎沸。国桢再上疏,力保李氏父子忠勇可任,且自请同赴宁夏。于是方有是命,由梅氏监其军。参见袁中道《梅大中丞传》。

篇唱和”,“杯酒流连”;但作为新科进士,当时最关心的还是各自的前途。据《万历野获编》卷二十二引罗一峰之言曰:“人中进士,上者期翰林,次期给事。次期御史,又次期主事,得之则忻。其视州县守令,若鹓鸾之视腐鼠,一或得之,魂耗魄丧,对妻子失色,甚至昏夜乞哀以求免。”袁宏道显然受了乃兄宗道的影响,也想选庶吉士入翰林院,或出任京官。但至六月丁未公布选取王象节等十八人为庶吉士时,其中并无宏道;加之神宗当时正为争国本事厌恶文官多言生事,往往即使出缺也不补授,这意味着以宏道的名次选为京官的可能性已不大,于是干脆与伯修先后上书请假省亲,于秋初离京归里,拟继续砥砺“美剑”,待时而出。而江盈科则随即被任命为长洲知县,于八月离京赴任。尽管二人当时的选择不同,但此后二年间各自于不知不觉中都在为后来共同创立公安派做准备。

金榜题名,入仕为官,对出身贫寒的江盈科来说,本是梦寐以求的理想,但接到任命后,历史和现实的原因使他的心情格外沉重。其历史原因起于“张士诚据吴,太祖屡攻之不下,其民为之守。故张氏灭,独加三吴赋税”[①]。即以洪武年间而言,全国共有垦田八百四十九万六千余顷,总征夏税秋粮为二千九百四十三万余石,而苏州府(领七县)仅有垦田九万六千五百零六顷(占 1.1%),所征税粮却达二百八十万九千余石(9.5%)[②]。故自明初以来,“三吴赋税之重,甲于天下,一县可敌江北一大郡,破家亡身者往往有之”[③]。至于现实的原因已如前述,随着三大战役的相继爆发,导致军费激增,统治者便不断增加赋税,强行搜刮江南钱粮,人民处于水深火热之中。而长洲与吴县这两个属于苏州府治的邻县,素有“东南最岩邑”之称,极为难治,其中最为棘手的就是征税,仅长洲一县,国税近五十万,当“滇南一藩省”。所以他当时即有《出宰长洲作》曰:“朝向金门剖寸符,暮驱羸马向东吴。朔方将士还流血,南国征徭久剥肤。叩阙贾生原有疏,宽民尹铎岂无谟?好凭一掬先忧泪,洒向胥台草木苏。”

尽管江盈科上任后日夜“黾勉从事”,废寝忘餐,但不久即“以岁课不登见夺饩”,于是用世之心日冷,归隐之志渐生,但因“家无负郭,未免藉五斗供堂上人饘粥”[④],只好“强自排遣,托于吏隐”[⑤]。他于万历二十一年在官署中建小漆园,并作《小漆园记》一文和《小漆园即事》一诗,这表明其吏隐心态已经形成。从此以后,他一方面不再计较政治得失,“要之尽吾心行吾事”而已;一方面开始更多地寄情于名

① 《明史·宋濂传》。
② 参见丘浚:《大学衍义补》卷二十四《制国用·经制之义》。
③ 谢肇淛:《五杂俎》卷三。
④ 江盈科:《答顾靖甫》,《雪涛阁集》卷十二。
⑤ 江盈科:《与谢在杭》,《雪涛阁集》卷十二。

山事业，认为“极吾才情，成一家言，亦足千古”[①]。仕长洲令近三年，他与当地和过往的一些著名文人如王百谷、张凤翼、张献翼、屠隆、谢肇淛、刘凤、钱希言等诗酒唱和，初步形成了一种吴楚文风交融互补的氛围，实际已为即将兴起的文学革新运动做好了准备。

或许是一个历史的偶然巧合，袁宏道在家中休养了两年之后赴京谒选时，竟于二十二年十二月授吴县令，随后才有“袁江二公”同官苏州、时相唱和、进而共商文学革新主张的机遇。

三、三袁兄弟与李贽的交往

本来此时的李贽已致仕为居士，三袁与其相交主要限于学术层面，但从地方到中央曾先后视其为思想异端，实际成为了政治人物，并且的确曾对公安派的兴起产生过影响，故有必要详加考述。这里首先有必要指出的是，袁氏兄弟在向李贽问学之前，即已习佛参禅有年，其学术转折点当在万历十七年。这年三月，李贽的友人焦竑状元及第，与袁宗道同官翰林。此前宗道信奉道教，颇有志于养生之学。嗣后因从焦竑等问学，方得闻顿悟之旨；同时，还结识了李贽的弟子僧有，也以见性之说启之；于是转而研精性命之学，不复谈长生事。是年宏道下第后，尚在京中停留了一段时间方归公安，受宗道影响，也开始对佛禅产生兴趣。稍后，宗道以册封楚藩归里，便与宏道、中道一起习佛参禅，朝夕商榷。关于他们当时参究的内容和过程，据中道说，曾先“遍阅大慧、中峰诸录，得参求之诀”——大慧即宋僧宗杲（1089—1163），中峰乃元僧明本（1263—1323），皆以倡看话禅而著称，分别有《大慧普觉禅师语录》、《天目中峰和尚广录》传世；继而“索之华、梵诸典，转觉茫然”；“后乃于文字、语言、意识不行处极力参究，时有所解。终不欲自安歧路，恃爝火微明以为究竟，如是者累年。忘食废寝，如痴如醉”。至十八年的一天，宗道和宏道皆因参张九成与宗杲论格物而忽然大豁。于是，这年兄弟三人以参禅所得各著一书：宗道著《海蠡篇》，宏道著《金屑编》，中道著《老子解笺》。后来，这三种小书都曾呈交给李贽批评过，成为各自最初与李直接进行思想交流的基点。本来，宗道较两弟先听说李贽其人，并且在十七年离京还楚时，焦竑曾作《书袁太史卷》嘱曰：“亭州有卓吾先生在焉，试一往讯之，其有以开予也夫。”但实际上它首先成为了宏道、中道“挈疑过龙湖”的媒介，而宗道则是在两弟访李几年之后才与之结伴同往。

三袁兄弟中，最先面谒李贽的是宏道。十九年，他单独前往麻城龙湖，留三月

① 江盈科：《答谢九紫》，《雪涛阁集》卷十二。

余，成为其思想发生巨变的历史性会晤。据袁中道《吏部验封司郎中中郎先生行状》曰："时闻龙湖李子冥会教外之旨，走西陵质之。李子大相契合，赠以诗，中有云：'诵君《金屑》句，执鞭亦忻慕。早得从君言，不当有《老苦》。'盖龙湖以老年无朋，作书曰《老苦》故也。仍为之序以传。留三月余，殷殷不舍，送之武昌而别。"（该文见于《珂雪斋前集》卷十八，以下简称《中郎先生行状》）又其《师友见闻语》也记此事："中郎访李卓吾龙湖，予附一函，中有云：'犹龙老子，近在目前。乃自远函丈，深为可憾。秋初有丈夫紫髯如戟，鼓棹飞涛，而访先生湖上者，此即袁生也。'"由此可知，宏道独赴麻城当在是年春夏，中道本有意同往，但为准备参加乡试而不能成行，故附寄此书[①]，约以秋初（即八月在武昌试毕后）往访。宏道后来自叙"外大母仙逝时，甥方问道龙湖，未得一诀"[②]，也指此次独访，并可佐证其时确在春夏间，因其外祖母于"辛卯二月四日适感微疾"，大约在三、四月间逝世[③]。

宏道此行献上的见面礼即是《金屑编》，并且伯修的《海蠡篇》和小修的《老子解笺》也可能一并携去代呈，故不妨将李贽对三书的评价合在一起来阐述。宗道所作《海蠡篇》，旨在"以禅诠儒，使知两家合一之旨"，李贽曾于万历二十一年为之作过一篇跋，今见于中道《游居柿录》卷一："予读袁石浦《海蠡篇》已奇矣，兹复会石浦于龙湖之上，所见又别，更当奇也……"从此跋的语气来看，李贽似是先读其书而后会其人，虽仅用一个"奇"字作评，却显然表明了他的赞赏和期许。此书单行本已佚，但全书的内容可能皆已收入《白苏斋类集》卷十七至十九《说书类》。中道所著《老子解笺》是援佛禅以解读、笺注《老子》，当时并未完成。其《师友见闻语》说："万历庚寅，……予解《老子》。后予以所解寄李卓吾，卓吾曰：'以识解笺古语自不难，要真参实悟耳。'遂弃之，今无稿矣。"所谓"寄李卓吾"，与上引"中郎访李卓吾龙湖，予附一函"当在同时。翌年小修在武昌突发大病时曾撰遗书说："吾所著《老子》未成，悠悠世上，想未有人能续成。"[④]大概因李贽对他的这本未成之作显然不是很欣赏，所以病愈后弃而未续。宏道《金屑编》的内容主要是提唱诸家公案，其《自叙》曰："因拈出古宿微言，作《金屑》七十二则。其间意兴到处，亦有纯写古词者，皆是百千诸佛故传之髓，不忍舍也。"所谓"古宿微言"，即历代公案，但每则之中皆有宏道所作的"颂古"或"评唱"——这才是该书的价值所在，实际表现了作者对诸家公案中蕴含的古圣意旨的体悟和发明，对于初学参禅者当有一定的启发意义。所以中道

① 按：此信今存，载《珂雪斋集》，上海古籍出版社 1989 年版，第 971 页。

② 《锦帆集》卷四《龚惟长先生》。

③ 参见焦竑《澹园集》卷二十六《河南左布政使龚公元配封夫人赵氏墓碑》、袁宗道《外大母赵太夫人行状》及《祭外大母赵夫人文》。

④ 引自《病中纪事》，该文已辑入笔者整理的《袁小修全集笺校》卷四十一，即将由上海古籍出版社出版。

称其“洞见前辈机用,白雪田中,能分鹭鸟;红罗扇外,瞥见仙人。一一提唱,聊示鞭影”。李贽读此书后,不仅在上引赠诗中以“执鞭亦忻慕”的评语表达了他的欣喜和倾慕,而且“仍为之序以传”。序曰:“昔赵州少年出家,壮年悟道,八十岁犹有疑,一百二十岁乃禅蜕而去,其难也如此。今君二十学道,二十一证果,其视法华之龙女、华严之善才有何殊也?然君无师之智,不用金口指诀,则虽善才不敢比肩,而况赵州老子乎?因喜而书之。”[①]其赞美之词溢于言表。可见他俩初次会晤即“相得甚欢”,首先是因为在质疑或商证佛禅之旨时“大相契合”。

但参禅和问学皆无止境,宏道作为资质一流、悟性超群的天才少年在麻城停留的三个多月中,不仅得到了这位“老年无朋”的大师的耳提面命,而且就在这时或稍后拜读了李贽的《焚书》[②],因而在学术思想上产生了质的飞跃——例如,当年回公安后所作《述怀》曰:“少小读诗书,得意常孤往。手提无孔鎚,击破珊瑚网。香象绝众流,俊鹘起秋莽。”即已有冲破思想束缚的“孤往”之志;翌年又撰《狂歌》曰:“六籍信刍狗,三皇争纸上。犹龙以后人,渐渐陈伎俩。嘘气若云烟,红纸殊万状。醯鸡未发覆,瓮里天浩荡。宿昔假孔势,自云铁步障。一闻至人言,垂头色沮丧。”对于儒家经典和道教的伎俩都提出了质疑。所以中道描述说:“先生既见龙湖,始知一向掇拾陈言,株守俗见,死于古人语下,一段精光,不得披露。至是浩浩焉如鸿毛之遇顺风,巨鱼之纵大壑。能为心师,不师于心;能转古人,不为古转。发为语言,一一从胸襟流出,盖天盖地,如象截激流,雷开蛰户,浸浸乎其未有涯也。”[③]这意味着宏道在获得新思想的启迪之后已经超越或扬弃“故我”,其中当然也包括习佛参禅的思路乃至已经取得的成果。例如,《金屑编》在“遍参知识,博观教乘”之后,终于从“古宿因缘”中得以“洞见前辈机用”,发明古圣蕴奥,固然值得肯定,但那毕竟是在“古宿微言”中讨生活,是很难“不师于心”、“不为古转”的;况且创始于雪窦重显(981—1053)的“颂古”和完成于圆悟克勤(1063—1135)的“评唱”,即使颇受文人居士青睐,实属于公案诠释学(乃至考据学)的路数,曾先后遭到过宗杲和明本不同程度的批判(不过,宗杲并不反对“颂古”)。宏道当时自省到的“一向掇拾陈言,株守俗见,死于古人语下”,显然既非针对也不包括《金屑编》(否则就不必刊行了),但从学术思路来说也同样应在“扬弃”之列。近年有的学者指出袁宏道所参为看话禅,这不难找到例证,但他最初习佛参禅时,实际做过多方面的探索,即以《金屑编》而言,

① 引自《师友见闻语》,该集已辑入笔者整理的《袁小修全集笺校》卷三十九,即将由上海古籍出版社出版。

② 《敝箧集》卷二有《得李宏甫先生书》曰:“似此瑶华色,何殊空谷音。悲哉击筑泪,已矣唾壶心。迹岂《焚书》白,病因《老苦》侵。有文焉用隐,无水若为沉。”笔者以为该诗应作于万历十九年访李之后。钱伯城先生谓“此诗殆为万历十八年夏秋间,宏道得李贽返麻城寄所著《焚书》后所作”,当因其轻信《李温陵外纪》卷二所录《柞林纪谭》开头一段小引而致误。

③ 袁中道:《中郎先生行状》,《阿雪斋前集》卷十八。

就显然不纯粹是参话头的成果;此次确立"能为心师,不师于心;能转古人,不为古转"的学术思路后,他才比较重视看话禅,追求"一切由我"的终极目标。

三个多月以后,黄州官府以李贽"左道惑世"而下令逐之。当时,李贽送宏道已至武昌(或是事先听到风声而提前避祸),不得已寄居于洪山寺。恰值中道至武昌应试,因得以与李贽面晤,并与宏道一起面谒湖广布政使刘东星,请求保护李贽。嗣后刘东星或迎养别院,或偃息宦邸,朝夕对坐商证,甚得共学之乐①。但此次会晤因情势非常,中道似未能深入问学。

中道第二次面谒李贽是在二十年夏秋,当时李贽尚寄居于武昌楚府,中道起初住在客栈,后因得病,也移养于楚府。他此行虽主要"以大道不明"而请教佛禅之学,但至少曾二次探讨过文学。第一次是"五月二十九日,李子邀予闲话。晡时过其寓,李子方晏坐看唐人诗,见予来,收诗,说古今诗文之变,遂作诗赠予。予亦作诗赠之,李子大激赏曰:'此何必减王摩诘也?'"②袁诗今见于《珂雪斋前集》卷一,题为《武昌坐李龙潭邸中赠答》。但就在当晚中道得病,其最剧时几至于死。第二次是七月初启程归公安前,"遂往别李子,李子亦抱疾未出,见予来,强出焉。遂复纵谭千古,而出近日所作诗文相示。"③

接下一次访李则为三袁兄弟与王辂、龚散木同行,其时卓吾已回麻城。他们一行五人于二十一年三月二十日自公安发舟,一路游玩访友,赋诗作文,至五月初始抵龙湖。这次学术访问活动,不仅创作了若干诗文流传于世,而且还有一册论学纪录——《柞林纪谭》保存至今。当然,关于这个小册子的真实性,自明末以来就有人怀疑,如萧士玮《春浮园别录》"李卓吾"条曰:"近日伪书流传,如《龙湖闲话》、《柞林纪谭》诸刻,真可恨也。"实际上,它曾有几种版本行世。今人所常见者为《李温陵外纪》卷二所录,卷端有禅月楼题词,谓是其弟晓慧从武林携归;又其正文前还有一段小引:"柞林叟不知何许人,遍游天下,至于郢中,常提一篮,醉游市上,语多颠狂。庚寅春,止于村落野庙。伯修时以予告寓家,入村共访之。扣之,大奇人。再访之,遂不知所在。予髣髴次其语,以传于后。"钱伯城先生认为:"万历十八年春,李贽游止公安柞林,寄迹野庙,宗道偕宏道、中道共访之。"④就是以此为据,实际上这段小

① 刘东星《书〈道古录〉首》:"闻有李卓吾先生者,弃官与家,隐于龙湖。龙湖在麻城东,去会城稍远,予欲与之会而不得。又闻有讥之者,予亦且信且疑之……会公安袁生今吴令者,与之偕游黄鹄矶,而栖托于二十里外之洪山寺。予就而往见焉,然后知其果有道者,虽弃发,盖有为也。……嗣后或迎养别院,或偃息宦邸,朝夕谈吐,始恨相识之晚云。"袁宏道《哭刘尚书晋川》、李贽《焚书》卷二《与周友山书》、《与刘晋川书》、《续焚书》卷一《与焦弱侯》、沈铁《李卓吾传》、袁中道《李温陵传》等也有记载。

② 引自《病中纪事》,见《袁小修全集笺校》卷三十九。

③ 引自《病中纪事》,见《袁小修全集笺校》卷三十九。

④ 钱伯城:《袁宏道集笺校》,上海古籍出版社 1981 年版,第 25 页。

引正是他人伪造。左东岭引中道《游居柿录》卷十："有人持伯修、中郎与予共龙湖论学书一册，名为《柞林纪谭》，乃予兄弟三人壬辰岁往晤龙湖，予潦草记之，已散佚不复存，不知是何人收得，率尔流布。"认为此"壬辰"乃小修误记，实则为"癸巳"之年，并肯定其书可信[①]，甚是，但他回避了小引中存在的诸多疑点，例如时间（庚寅春）、地点（公安）以及"柞林叟"的称呼等。而许多学者鉴于萧士玮早倡伪书之说和小引中存在着疑问，干脆置之不提。但万历末年袁中道在徽州自刻的《柞林纪谭》[②]，不仅没有禅月楼题词，而且正文前无小引，甚至文字上也略有差异，当是他依据万历四十三年所见单行本并予以审定后付梓的，自然可以确信无疑。

此次龙湖会晤，历时十余天[③]。虽然传世的《柞林纪谭》较为简略，但从中可以看出，此次讨论的问题涉及儒释道、文学、历史、古今名人，甚至包括他们自己，形式多样，气氛活跃，机锋迭出，性格各异。中道概括说："李子语人，谓伯也稳实，仲也英特，皆天下名士也！然至于入微一路，则谆谆望之先生（中郎），盖谓其识力胆力皆迥绝于世，真英灵男子，可以担荷此一事耳。"[④]此外，还补充三点：一是李贽颇推崇侠气，甚至认为王心斋"也是一个侠客，所以相传一派，为波石、为山农、为心隐，各有杀身不悔之气。"而当王辂评"小修慷慨为人，却有些侠气"时，李说："是。只不是专为侠的。凡我辈人，这一点情，古今高人，个个有之，若无此一点，便是禽兽。……小修这些侠气，乃古今豪杰所同有的。"这对小修的人格发展显然有激励作用。二是李贽此次虽为伯修《海蠡篇》作跋予以肯定，但在讨论时还说："伯修《海蠡编》说'天命之谓性'处尽好，如何却又这等缠缚。"又谓伯修曰："公如何只在枝叶上求明白，纵枝叶上十分明白，也只是枝叶。"点拨中不无批评。又李问伯修生平像何人，伯修踌躇未定，已而曰："余最爱苏东坡，然也不似。庶几白乐天乎？"从他自己的踌躇不定和众人听后毫无反应来看，伯修当时尚未以"白苏"名斋。三是在龙湖期间，他们还结识了丘坦[⑤]，后来成为公安派骨干人物。

临别时，年已六十七岁的卓吾心情很沉重，甚至谈到了他的死。宏道作《别龙湖师》八首，虽说"重来未有期"，但仍以"死去君何恨，《藏书》得大名，纷纷薄俗子，相激转相成"予以安慰。李也作《答袁石公》八首回赠，今见于《续焚书》卷五，其中有"无会不成别，若来还有期。我有解脱法，洒泪读君诗"一首，即使有法解脱也饱

---

① 左东岭：《李贽与晚明文学思潮》，天津人民出版社 1997 年版，第 333 页。

② 该书已辑入《袁小修全集笺校》卷四十一。

③ 袁宗道当时所作《龙湖》署"五月五日记"，而《柞林纪谭》中曾提及"十五夜月色明"，则此次留住麻城必在十一日以上；宏道《别龙湖师》所谓"十日轻为别"，当是举其整数而言之。

④ 袁中道：《中郎先生行状》，《珂雪斋前集》卷十八。

⑤ 袁中道《师友见闻语》："予初至龙湖，午寝别院。丘长孺偕名士十余人皆伟丈夫至，久坐龙湖佛殿上。予与长孺尚未识面，一揖后就坐。卓吾问予曰：'谁是长孺？'予指其中一人曰：'此必是也。'皆大笑。"

含着期待。幸有小修当时即作《别李龙潭》一诗预约："今年君不死，十月我再来。"才稍稍冲淡了别离的悲哀。

后来小修不仅践约，而且提前在九月就来到了麻城，第四次拜访了李贽。但他这次当是住在丘坦家中，有关向卓吾问学的情形不详，只存《重九同丘长孺过李卓吾精舍》一诗曰："每逢佳节思乡国，今日登临兴惘然。浪迹乾坤余鬓发，西风日夜换山川。三时作客花前泪，万事灰心醉里禅。独喜穷交多意气，天涯兄弟倍相怜。"另外，《焚书》卷四《寒灯小话》还有一段记载：

> 九月十三夜，大人患气急，独坐更深，向某辈言曰："丘坦之此去不来矣。"言未竟，泪如雨下。某谓大人莫太感伤，因为鄙俚之言以劝大人。……十五夜，复闻人道有一老先生特地往丘家拜访荆州袁生，且亲下请书以邀之。袁生拜既不答，召又不应；丘生又系一老先生通家子，亦竟不与袁生商之。傍人相视，莫不惊骇，以为此皆人世所未有者……

此处所记"荆州袁生"，当是指中道，而决非有的学者所说为宏道[①]。李贽老年无朋，对于中道提前来麻城相聚，自然非常高兴，但因这次中道住在丘坦家中，并未像以往那样日夜相伴而深感寂寞，他责备"丘坦之此去不来矣"，实是盼望他同袁生一起来聚谈。所以过了二天后得知袁生对一老先生的拜访和邀请不理不睬时，他大发感慨，为二人辩护，称袁、丘皆为天上人，是以不省世间礼数，且赋诗三章，以袪责备者之惑。但中道此次访李的时间当也不长，随后即与丘坦东游吴越，再返武昌度岁。

李贽移居麻城后虽然落发当了和尚，但实际上并未真正出世，他的学术始终关注现实。因而近三年间三袁数度造访（宗道一次，宏道二次，中道四次），即使所论也包括佛禅之学，然而对他们入世求功名的事业都予以肯定。

四、从拟古到反拟古的转变

三袁兄弟最初都受过复古风习的浸染，如他们早年参加舅父龚仲庆的"阳春社"，虽不废赋诗作文，大概也不过"非两汉即六代"。其中伯修"喜读先秦两汉之书。是时，济南、琅琊之集盛行，先生一阅，悉能熟诵。甫一操觚，即肖其语。"[②]中郎

---

① 如鄢烈山、朱健国叙袁宏道于万历十八年夏秋之际至麻城访李贽，然后引《寒灯小话》关于丘坦和"荆州袁生"的记载，显然是以"袁生"为袁宏道，实皆误。详见鄢烈山、朱健国撰《李贽传》第四章，时事出版社2000年版。

② 袁中道：《石浦先生传》，《珂雪斋前集》卷十七。

为生员时，也与小修、李学元等结社城南，“乃刻意艺文，计如俗所云不朽者，上自汉、魏，下及三唐，随体模拟，无不立肖。”[①]中郎进士及第后请告归里，与伯修、小修、外祖父龚大器、舅仲纯、仲敏、仲庆居住在石浦河畔，朝夕聚首，以谈禅赋诗为乐，极一时之盛，成为这个大家族科第显赫、人气旺盛的大团圆时期；其间三代六人（仅仲纯未参与）曾在二圣禅寺结南平社，推龚大器为社长，宗道有《结社二圣寺》称其为“诗坛兼法社”，即既分韵唱和，也论佛参禅；又作组诗《南平社六人，各一首》，实为各人生平之写照。由此可见，这个大家族的人文氛围的确令人羡慕，它作为孕育和培养三袁成为文学家的摇篮作用在这时已发挥到极致，但南平社尚无任何文学革新意义，甚至谈不上有何文学宗旨，因而龚大器、仲敏、仲庆父子三人后来都不能称为公安派成员。那么，公安派成员中究竟是谁的观念先发生转变，从拟古走向反拟古呢？

在现存关于三袁探讨文学并可确考岁月的文献中，首推小修的《病中纪事》，他于二十年夏秋曾听李贽“说古今诗文之变”，可惜不知其具体内容，但从其于二十一年秋所作《长孺斋中有述》可知，他欣赏“丘生为诗好气骨：建安以上今再见，开元而下不曾读”，又自叙“我于此道久用力，妙处只合唐人迹。不能超乘复汉魏，此技安敢与君敌”，所持的显然还是复古派的标准。这年秋，从麻城至武昌，小修曾与潘之恒、吴士良、王伊辅、丘坦结社于五咏楼[②]，也不过“种种悲惋，托诸乐府歌之”，因为小修当时所作《武昌逢潘景升》中所赞赏的，仍只是“片言成白社，五字宛黄初”而已。随即与丘坦买舟东下，“过浔阳，登采石，憩金陵，醉桃叶渡，走西湖，醉卧湖上”[③]，沿途访友赋诗，其间经苏州时，还拜访过江盈科，盈科曾作《袁小修过吴门》二首相赠，小修后来有诗称其“奇谭密语同臭味，临歧握手何意气”[④]。返里后，宏道作《三弟回志喜》，中有“山川几尽越，文字耻为吴”之句，此“吴”当用于“吴侬软语”之意，而非指代王世贞遗留下来的复古余风。

钱谦益认为“伯修在词垣，当王李词章盛行之日，独与同馆黄昭素，厌薄俗学，力排假借盗窃之失。于唐好香山，于宋好眉山，名其斋曰白苏，所以自别于时流也。其才或不逮二仲，而公安一派实自伯修发之”[⑤]。又谓“万历中年，汰除王李结习，以清新自持者，馆阁中平倩、周望为眉目云”[⑥]。后来，朱彝尊《静志居诗话》和陈田《明诗纪事》，也认为是袁宗道、陶望龄、黄辉首倡于馆阁。

---

① 袁中道：《解脱集序》，《珂雪斋前集》卷九。

② 潘之恒《涉江诗选》卷二有《今夕行，同吴皋倩、王任仲、丘长孺、袁小修饮五咏楼赋》，又于《武昌曲》题下注曰：“余时邀四子结社五咏楼，寻各散去，种种悲惋，托诸乐府歌之。”

③ 袁中道：《书王伊辅事》，《珂雪斋前集》卷二十一。

④ 袁中道：《长歌送中郎之吴门兼呈江长洲》，《珂雪斋前集》卷二。

⑤ 钱谦益：《袁庶子宗道》，《列朝诗集小传》丁集中。

⑥ 钱谦益：《陶祭酒望龄》，《列朝诗集小传》丁集下。

陶望龄《歇庵集》卷十六《登第后寄君奭弟书》其三曰:“凡自胸膈中陶写出者,是奇是平为好;从外剽贼沿袭者,非奇非平是为劣。”其五又曰:“吾向时为流俗所诖误,意亦薄唐宋以下文,今略看之,多所赏惬,以此为小进益。”前者论时文,后者谈古文,当作于万历十七年至十九年夏之间,似乎是已悟后的口吻。黄辉文集散佚不全,今已无法考知。宗道虽入仕最早,但复古派骨干张佳胤于万历十六年(1588)六月逝世后,他还作《祭兵部尚书张公文》,赞颂其“文薄先秦,诗超大历,与济南诸公鞭弭中原,旗鼓相当”的功绩。后世论者认定公安一派为伯修“导其源”的依据,一是“首以白苏名斋”,二是曾作《论文》上下篇,但从无人对其时间进行考证。关于“以白苏名斋”的时间,如前文所述,必在他于二十一年五月访问李贽以后,而真正产生影响,应在宏道任吴令时,即江盈科作《白苏斋册子引》的前后。至于《论文》上下篇,当也是受到李贽的影响之后而作(《白苏斋类集》卷二十二曾引用过《童心说》可以为证)。孟祥荣根据袁宗道《李卓吾》一书信谓“近日闲中,随笔记所见所说,将百余段,不能番写请教,聊抄数章,博一笑。二弟当在八九月间谒选;三弟在家,闭关作时义”,定《论文》上下篇作于万历二十五年①,甚是。而很可能是宏道在吴中登坛树帜后才作此文相呼应。因为宗道还于二十五年作《大人书》说:“二哥有书来,正同陶石篑游齐云山,自云过真州度夏。新刻(指《敝箧集》、《锦帆集》)大有意,但举世皆为格套所拘,而一人极力摆脱,能免末俗之讥乎?”以伯修的“稳实”,是不可能首倡反复古模拟之论以引来“末俗之讥”的,但当宏道公开向复古模拟的世风宣战后,他为乃弟消解“末俗之讥”的压力而撰此文予以声援又合情合理。至于他的诗文创作则远不及中郎,据中道《书方平弟藏慎轩居士卷末》说:“伯修诗稳而清,慎轩(黄辉号)诗奇而藻,两人皆为中郎所转,稍稍失其故步。”倒是可以见出,袁宗道和黄辉的诗都曾受过中郎的影响。那么,他在馆阁中与黄辉“厌薄俗学,力排假借盗窃之失”,大概与陶望龄的上述认识差不多。

袁宏道于万历十九年访晤李贽后,即使自省到“一向掇拾陈言,株守俗见,死于古人语下”,但其转变首先是在学术方面,直至二十二年才作《答李子髯》二诗论及文学,他认为此起彼伏的“矫矫西京风,洋洋大雅音”虽然在词林风靡百年,但值得肯定的人物屈指可数,那就是“草昧推何、李,闻知与见知。机轴虽不异,尔雅良足师”。明确肯定了何景明、李梦阳倡导复古以起衰救弊的筚路蓝缕之功;只是对“后来富文藻,诎理竞修辞。挥斥薄大匠,裹足戒旁歧。模拟成俭狭,莽荡取世讥。直欲凌苏柳,斯言无乃欺”的诗风深致嫉恶;至谓“当代无文字,闾巷有真诗”,实为后来情真论、性灵说之滥觞,而其来源则是李梦阳《诗集自序》所引用过的“今真诗乃在民间”。

---

① 参见《袁宗道集笺校》卷二十,湖北人民出版社2003年版,第334页。

公安派与晚明政治的关系考论

——以开宗立派时期为中心[1]

众所周知，公安派在有清一代是颇遭苛责和冷落的，直到20世纪30年代才受到重视。首先是周作人明确把新文学的“源”追溯到以公安派为代表的“明末的新文学运动”[2]，甚至认为“小品文是文学发达的极致，它的兴盛必须在王纲解纽的时代”[3]；随后以林语堂为首的“论语派”大力推崇袁中郎，倡导“性灵文学”和“闲适小品”，公安派的“性灵说”和小品文迅速成为热点，不仅为学术界、出版界所关注，而且直接推动了当时的小品文创作；与此同时，以鲁迅、阿英、陈子展为代表的左翼作家也对公安派予以关注，并就袁中郎及小品文的评价而掀起过一场论争，如鲁迅对于骂袁中郎的人，和将袁中郎画成“一个小品文的老师，方巾气的死敌”的人，皆表示不满，认为“倘要论袁中郎，当看他趋向之大体”，强调“中郎正是一个关心世道，佩服‘方巾气’人物的人，赞《金瓶梅》，作小品文，并不是他的全部”[4]。现代文坛精英在发现和接受公安派的过程中，围绕相关问题而引发的一系列论争，在一定程度上已经发展为流派主张之争，因而难免有所偏激或不足，但无论对于现代新文学的发展，还是对于公安派的研究，都曾产生过深远的影响[5]。上世纪80年代以来，公安派再次成为学术界的热点之一，大家关注最多的论题除了“性灵说”和小品文以外，还有诸如李贽与三袁的关系、儒佛道对三袁的影响等，其中虽有人重提30年代那段公案，也不过从《袁宏道集》中找出一些“关心世道”、颇有“方巾气”的例子来印证鲁迅的话。简言之，有关公安派与晚明政治的关系，虽曾在30年代和新时期皆

---

① 本文原载《明代文学论集》(明代文学与文化国际学术研讨会论文集)，浙江大学出版社2007年版。

② 详见周作人：《中国新文学的源流》，北平人文书店1932年9月版。

③ 周作人：《近代散文抄序》，沈启无编《近代散文抄》上册卷首，北平人文书店1932年9月版。

④ 鲁迅：《“招贴即扯”》，《鲁迅全集》第六卷，人民文学出版社1981年版。

⑤ 参见拙文《公安派在现代文坛的多重回响》，《复旦学报》2006年第6期。

有所涉及，但迄今尚未真正展开作深入的研究。

公安派主要成员大多活跃于万历时期，只有袁中道等中坚人物延续到天启末年。万历初期张居正推行的改革曾取得过突出的成就已成为人们的共识，但他同时是以政治上的专制和思想上的禁锢来保证其政令得以实行的，那时从太后到年幼的皇帝都对他唯命是从，朝中各权力机构无不在他的控制之中，天下禁止讲学，楚人何心隐就是在万历七年被杀的。张居正去世后，神宗和朝臣在对他的权威和名誉进行清算的同时，也对其推行的改革措施予以否定，这无疑是一大历史失误，但内阁的权威从此大打折扣，皇帝的权威也并未真正树立起来，朝野皆进入了一个言论相对自由、思想空前活跃的时代，即周作人所说“王纲解纽的时代”。公安派主要成员正是在这个大的震荡之后相继进入仕途，并经过一段时间的酝酿准备才创立公安派。因而万历十二年左右成为这个时代的政治和思想文化发生剧变的转折点：一是从十一年三月追夺张居正官阶、罢其子锦衣指挥使张简修为民，到十二年四月籍张居正家产、八月公布张居正罪行并勒令其家属戍边为止，意味着万历初年以来的政治和政策已从根本上转变方向，但之所以形成万历中后期政治格局的复杂形态，则是从十四年正月皇三子的出生开始的；二是自十二年七月耿定理去世以后，李贽与耿定向的冲突随即明朗化，至十三四年终于爆发了一场历时数年、影响深远的论战，这意味着晚明思想文化领域的“裂变”也已开始。

有鉴于此，本论题所涉及的晚明主要指万历十四年至天启六年，即与公安派主要成员密切相关的四十年，其中万历十四年至二十二年为公安派酝酿准备时期①，万历二十三年至二十八年为开宗立派时期，万历二十九年至三十八年为调整发展时期，万历三十九年至天启六年为矫弊救衰时期②。限于篇幅，本文拟以第二阶段——开宗立派时期为中心，就公安派主要成员在当时政治、文化背景下的活动重新进行考察。

万历二十三年至二十八年是神宗朝最富于戏剧性的历史时段：一方面朝野党比，天下扰攘，内外交战，危机四伏；一方面文坛鼎革，风起云涌，诗文戏曲，皆谱新章。

自万历二十二年五月王锡爵致仕，赵志皋即出任首辅（直至二十九年病卒），且同在内阁的张位、陈于陛、沈一贯皆为其同年（隆庆二年进士）。表面上看，似是相

① 参见拙文《公安派的酝酿准备进程考述》，《中国文学研究》第七辑，香港国际学术文化信息出版公司2005年版。

② 关于公安派的分期，笔者曾在《论江盈科与公安派》（岳麓书社1997年版《江盈科集》卷首）一文中有过初步表述，但当时限于篇幅和题旨，未能充分展开作深入论述。近年来根据新发现的材料，兼顾论题的完整性和行文的方便，对其分期已略作调整。

对稳定可以有所作为的政府，但赵志皋当时年过古稀，且为人“柔而懦，为朝士所轻”，二十六年十月以病重在告，即不再过问朝政。陈于陛也因病于二十四年去世，因而此间起初几年的朝政实多由张位、沈一贯操纵。而吏部郎中顾宪成以推王家屏为阁臣忤帝意而谪归后，便邀约高攀龙等人在无锡城外的东林书院聚众讲学，且与淮阳巡抚李三才关系密切，加之这年接任吏部尚书的孙丕扬与顾宪成、赵南星交情很深，因而东林党人在“讲习之余，往往讽议朝政，裁量人物，朝士慕其风者，多遥相应和”①。二十三年大计外吏，孙丕扬为杜绝私人干选，“乃创为‘掣签法’，大选急选，悉听其人自掣。请寄无所容，一时选人盛称无私。”②但因贬黜了与右都御史沈思孝、大学士张位为同党的浙江参政丁此吕，沈即嗾使御史赵文炳论劾吏部郎中蒋时馨考察受贿，从而引发了一场“言官攻言官，大臣攻大臣”的内斗，其结果是蒋时馨（蒋后来与公安派有交）、丁此吕当年皆斥逐，孙丕扬、沈思孝明年皆罢③。张位当时也上疏乞罢，虽为神宗留任，但至二十六年六月因与边将杨镐等党和卖国而夺职闲住，稍后又以妖书《忧危竑议》事起被除名为民④。从此权归沈一贯多年，政事日坏，朝野皆怨。妖书案与历时多年的争国本案密切关联，后来还导致李贽、达观的先后被逮，而这六年间最大的政治危机是内外战争和矿使税使。

本来在万历二十一年平壤大捷时即可乘胜速战速决的援朝抗倭战争，却因转而议和封贡，历经数年周折，最终一无所成，朝鲜重起战火，只好于二十五年二月再议东征，不过将石星下狱论死而已；随后由张位力荐杨镐以佥都御史经理辽左，命邢玠以兵部尚书总督蓟辽，征调水陆大军赴朝抗倭，但政府（张位、沈一贯）所主的仍是八字密画——“阳战阴和，阳剿阴抚”，以致知情的将领皆贪生怕死，或拥兵自保，或闻风而逃，导致屡战屡败，伤亡惨重，其间丁应泰疏劾张位、沈一贯交结边臣，扶同欺蔽，镐附势煽祸，饰罪张功，乃罢杨镐和张位，并遣给事中徐观澜查勘东征军务。后因平秀吉病死，各倭俱有归意才于二十六年冬逐渐撤退，而诸将却飞驰奏

---

① 《明史·顾宪成传》。

② 《明史·孙丕扬传》。

③ 参见《明史纪事本末》卷六十六《东林党议》。

④ 《明史纪事本末》卷六十七《争国本》曰：“（万历）二十六年五月，吏科给事戴士衡、全椒知县樊玉衡削籍谪戍。先是，庚寅山西按察使吕坤辑《闺范图志》，郑国泰重刻之，增刊后妃，首汉明德皇后，终郑贵妃。科臣戴士衡指其书上言，谓吕坤逢迎掖廷，菀枯之形已分，语侵贵妃。樊玉衡前疏皇长子册立中，亦有‘皇上不慈，皇长子不孝，皇贵妃不智’等语。贵妃闻之，泣诉于上。会有援引历代嫡庶废立之事，著为一书，内刺张养蒙、刘道亨、魏允贞、郑承恩、邓光祚、洪其道、程绍、白所知、薛亨、吕坤等，名曰《忧危竑议》者，戚党疑其书出士衡手，张位教之。郑承恩遂上疏力辩，并奏士衡假造伪书，中伤善类，目为二衡，以激圣怒，欲并杀张位。上怒甚，二臣谪戍。六月，御史赵之翰以《忧危竑议》为戴士衡伪造，主于张位，预谋者徐作、刘楚先、刘应秋、杨廷兰、万建昆也。中旨礼部右侍郎刘楚先、都察院右都御史徐作罢，国子祭酒刘应秋降调，吏科左给事杨廷兰、礼部主事万建昆俱谪典史，张位先以密荐杨镐东征失利，罢去，命值赦不宥。”可见此案乃万历三十一年妖书案的预演，实际成为朝中互相倾轧的借口。

捷，冒功邀赏。勘科徐观澜上疏论沈一贯、邢玠等党和卖国，疏未上，即命其回籍调理。清人谷应泰曰："向非关白贯恶病亡，诸倭扬帆解散，则七年之间，丧师十余万，縻金数千镒，善后之策，茫无津涯，律之国宪，其何以辞！"[①]西南之役也好不了多少，万历二十年本已玩过一次放虎归山的游戏，二十三年正月贵州总督邢玠抵蜀后又拟招安。经多方策划，定于五月八日，由重庆太守王士琦奉邢玠令单骑往松坎，杨应龙面缚路旁，泣请死罪，拟缚献黄元等十二人抵其受斩，并输四万金助采木。当时兵部尚书石星正专事封贡，因力主招安，并怂恿神宗可其奏，再次纵虎归山，邢玠居然以功得以加官还朝。但随后杨应龙即纠结诸苗，焚掠土司兵卫，杀戮长官民众。起初两年多在四川横行肆逆，至二十六年竟攻入贵州、湖广，各地方守兵皆不堪一击。幸好是年冬抗倭之役结束，明年命李化龙以兵部侍郎总督川、湖、贵三省兵事，调集东征诸将南下，调募浙、闽、滇、粤将士合剿，直至二十八年六月，历时十二年的杨应龙叛乱才得以平定。

自三大战役爆发以来，国库早已掏空，每年所征税银，也入不敷出。至万历二十四年三月，乾清、坤宁二宫又发生火灾，已无钱修复。为缓解财政危机，府军前卫副千户仲春于六月请开矿助大工，神宗立即命户部和锦衣卫各派一人同仲春开采。当时即有给事中程绍工、杨应文上书，举嘉靖二十五年至三十六年开矿得不偿失事予以劝谏，但随即又有多人疏请开矿，甚至大学士张位也以为利出于天地之自然，可益国，无病民，采之便。于是，从这年七月遣中官开矿于畿内后，便陆续在河南、山东、山西、浙江、陕西等地展开，甚至还派中官到各地另征税课，后来矿使税使遍布全国，直接搜刮民财，骚扰地方，不断激起民变，导致怨声载道。与此同时，上疏谏罢矿使税使又成为各级官员的一道功课，其势头和毅力比争国本有过之而无不及，即使神宗对这类奏疏大多以留中不报处理，但仍有不少官员为此而被贬谪、罢官、削籍乃至下狱。

然而，"国家不幸诗家幸"，在本来软弱混乱的政府为内外种种危机所困之时，意识形态领域几近失控，从士大夫至山人的思想言行都相对自由，于是酝酿准备了数年的公安派终于在此时登上坛坫，临川派创始人的杰作《牡丹亭》(1598)、《邯郸记》(1600)和《南柯记》(1601)也在这时或稍后问世，袁宏道、汤显祖分别成为诗文和戏曲领域的领袖而开创了晚明文学革新的历史。

万历二十二年秋冬宏道赴京谒选(伯修、小修也先后抵京)，十二月授吴县知县。明年二月离京赴任。在京期间，宏道结识了不少诗友，其中包括万历十一年进士汤显祖、陈所学，十四年进士(宗道同年)萧云举、王图、王一鸣，十七年进士陶望

① 《明史纪事本末》卷六十二《援朝鲜》。

龄、黄辉、董其昌等，但当时不过以"禅悦之会"或诗酒相交，尚无宗派意识。本来宏道与汤显祖（时任遂昌知县，以上计来京）定于二月六日一同出关南下，但后来因故未能践约[①]，至于二人在京中相聚时是否探讨过诗文革新问题，今已难知。中郎离京时曾作《出燕别大哥三哥》长诗一首，其中有二小段颇值得重视，一曰："一母生三人，顶踵皆相类。发愿穷无生，百劫相砥砺。言前识锋机，死里寻关捩。居身如竖铜，蓄口唯谈义。兄性温而真，弟性坦而毅。余性兼宽猛，弦韦时相济。"说的是兄弟三人的性格差异和"发愿穷无生（佛学）"的共同目标，但未涉及振兴文学之事。二曰："白马望吴门，惨淡无边际。畏路如畏虎，猜官如猜谜。长兄见老成，劝余勉为吏，钱谷慎出入，上下忌同异。小修发狂谭，兄言胡乃赘。胸臆自可行，荣枯安足计。纵使挂弹章，亦只数行字。八十日彭泽，独非男儿事？"从伯修的劝勉、小修的"狂谭"和中郎视令吴为"畏路"，可见他是不得已而为之。

袁宏道于三月抵吴上任后，置身于一个迥别于公安的繁华城市，他一方面因受到强烈的刺激，而形成了"五快活"的真乐观[②]，一方面又因"县官之束缚人"[③]，不能"率性所行"，而深感烦苦。但烦苦之余亦有快乐，例如，是年秋为"勘灾而出，放舟五湖，信宿缥渺峰顶，遍观七十二峰之胜，差觉得意。游龙洞，观无碍居士旧迹，不胜痒痒。……返舟灵岩，睹馆娃故址。……过响屧廊，观西施履迹；游剪香径，思吴宫花草。低回顾视，至欲别不能别"[④]。又如，与一些当地或过往的朋友相聚唱和（按宏道仕吴二年间，与当地官员和文人相交者有孙成泰、朱一龙、范允临、王禹声、管志道、刘凤、王稚登、钱希言、张凤翼、张献翼、曹子念、徐廷祼、徐泰时、袁福征、顾懋宏、王在公、袁叔度等，过往面晤者有顾天埈、屠隆、陈所学、陶望龄、陶奭龄、潘士藻、李维极、王制、吴化、董其昌等，他们大多也与江盈科有交，且有不少为复古派成员或追随者），无疑也是一大快事——他曾明确地说："可以娱心意悦耳目者，唯有一唱一咏一歌一管而已矣。"[⑤]而其中最令他毕生难忘的是同年进士长洲县令江盈科与之同志同调，相处甚惬。是年大计，盈科以征赋不能完额而失去升迁的机会，但又侥幸未被革职而得以连任，继续"托于吏隐"，积极投身于"名山事业"。据袁中道《江进之传》载："是时予中兄中郎为吴县令，……公与中郎游，若兄弟。行则并舆，食则比豆。迎谒行役，以清言消之，都忘其惫，若江文通、袁淑明云。……公好

---

① 汤显祖《玉茗堂诗》卷十四有《乙未计竣，二月六日同吴令袁中郎出关，怀王衷白、石浦、董思白》，但《玉茗堂尺牍》卷二《与袁六休》却曰："出关，数日作恶。念与君家兄弟五六人相视而笑，恍若云天。一路待君不至，知君已治吴。"既说"一路待君不至"，可见只是先期有约而实未同行。

② 袁宏道：《龚惟长先生》，《袁宏道集笺校》，上海古籍出版社1981年版，第205页。

③ 袁宏道：《龚惟长先生》，《袁宏道集笺校》，上海古籍出版社1981年版，第222页。

④ 袁宏道：《伯修》，《袁宏道集笺校》，上海古籍出版社1981年版，第232页。

⑤ 袁宏道：《徐渔浦》，《袁宏道集笺校》，上海古籍出版社1981年版，第304页。

作诗,政事之暇,与中郎大有唱和。”钱希言《锦帆集序》也有类似描述:“是时,桃源江侯进之亦其乡人,又同年友也,适令长洲,能以文学饰吏治。一时两邑之政并称神明,议者方之鲁中牟、单父云。使君暇则与江侯联骑循行,引父老子弟问诸所疾苦,务尽下情;或相与咏歌田野间,觉翠微渐覆口角,仰视泬漻,因风而送曼声,悠然乐也。已复相携登姑苏台废址,抚夷光之屐迹,想像于丘墟,慷慨兴怀焉。”而宏道本人则在《雪涛阁集序》中明确指出:“余与进之游吴以来,每会必以诗文相励,务矫当代蹈袭之风。”后来又作《哭江进之》诗序说:

> 犹记令吴之日,与兄商证此道,初犹不甚信。弟谓兄曰:“果若今人所著,万口一声,兄何以区别其高下也?且古人之诗,历千百年,读之如初出口;而今人一诗甫就,已若红朽之粟,何也?”进之跃然起曰:“是已!”后为余叙《敝箧》,遂述此意,盖实语也。

按进之所作《敝箧集叙》,主要阐发中郎的性灵之旨;那么,由此可知,袁、江仕吴期间的“大相唱和”,不仅在诗文领域共同发起了“务矫当代蹈袭之风”的革命,而且宏道的“性灵说”最初是在同盈科的讨论中提出,并通过二人“商证”才逐渐完善,而其源则出于李贽《焚书》卷二所载《童心说》而又有所发展。考宏道仕吴时身边带有《焚书》一部,而《雪涛阁集》、《谈丛》、《雪涛诗评》中皆提及李贽,那么,江盈科很可能也从宏道那里借读过《焚书》,从而成为中郎同调并一起“商证此道”。是年四月,中道(时为诸生)应大同巡抚梅国桢之邀,往游塞上,然后于九月自大同来吴,留住数月,或许也与中郎、进之一起讨论过诗文革新,于是公安派在吴中文化的沃土上开始形成。

万历二十四年初,中道南游,至三月始归公安。随后宏道为中道刻诗集,并作《叙小修诗》序文,正式发表他曾同江盈科“商证”过的“独抒性灵,不拘格套”的文学主张,公安一派革故鼎新之旗帜,实由此文而树立。大约与此同时或稍后,江盈科也作《白苏斋册子引》一文,提出“元神活泼说”,与宏道所主“性灵说”相呼应。钟惺后来说袁宏道“所以极喜进之者,缘其时历诋往哲,遍排时流,四顾无朋,寻伴不得,忽得一江进之,如空谷闻声,不必真有人迹,闻跫然之音而喜。”也可印证,在人文荟萃的吴中,当时这位二十八九岁的青年“历诋往哲,遍排时流”时是多么的艰难,唯有年长于他十五岁的江盈科自愿充当配角,挺身而出,桴鼓相应。

本来,作为县令,宏道机神朗彻,勤政廉洁,革除衙门宿蠹,“清额外之征凡巨万”,深受吴民爱戴,以致赢得了原首辅长洲人申时行“二百年来无此令矣”的赞叹[1]。但

---

① 袁中道:《吏部验封司郎中中郎先生行状》,《珂雪斋前集》卷十八。

因这时吴中有天池山之讼[①]，他与当路意见相左而郁郁不乐，加之不能忍受官场的约束，于是自三月起先借口祖母病危而连上《乞归稿》二篇请告，但皆未批准。后来本人也染病，至八月十三日又患疟疾，于是连上《乞改稿》五篇求去吴。年底清理文稿，先刻旧作《敝箧集》，又将仕吴以来诗文编为《锦帆集》付梓，江盈科为之作《敝箧集叙》和《锦帆集序》[②]。前者阐发中郎性灵说的内涵而有所补充，与《叙小修诗》、《白苏斋册子引》一起，可称为公安派性灵说的三篇代表作。又此时（二十四年冬）丘长孺有《北游稿》分寄袁氏兄弟，宗道为之作《北游稿小序》，宏道则作《丘长孺》一长书，皆赞其为真诗、有个性，但中郎对于因袭模拟世风的批判要强烈得多。明年正月，宏道决意不待批覆即弃官而去。临行时，江盈科作《袁中郎移病南归》七首赠别，情辞悲苦，宏道有《答江进之别诗》曰："密意臭兰旃，奇谈飞金屑。案牍与文史，一一相商决。"所谓"一一相商决"，当然也包括切磋诗文革新的主张与创作等。袁宏道仕吴二年，对于他的仕宦人生来说，似乎有点意气用事，半途而废；但对于一个试图开一代宗风的文坛领袖来说，能够在弥漫着拟古云雾的重灾区——吴中地区开宗立派，的确是一个了不起的开端。如前文所述，自隆庆四年李攀龙逝世以后，复古派活动的中心已转移到东南（吴中地区为大本营），尽管王世贞兄弟晚年文风有所转变，部分追随者也试图或已经改弦更张，但复古模拟的余风犹存，蹈袭剽窃的积习尚重，以至"市贾佣儿，争为讴吟，递相临摹，见人有一语出格，或句法事实非所曾见者，则极诋之为野路诗"[③]，并非登高一呼即可扭转时风。所以袁、江当时都写了一些矫枉之作，"意在破人之执缚，故时有游戏语，亦其才高胆大，无心于世之毁誉，聊以抒其意所欲言耳"[④]。宏道借为《诸大家时文》作序而批判"古文词"，以及借为小修刻诗集而提出诗文革新的总纲，都是其"务矫当代蹈袭之风"的一种策略，世人对诸大家的八股文自然认同，而小修当时只是个秀才，说他的诗是好是坏，大概很少有人计较，但对宏道、盈科这二位父母官的作品，有吴人在背后"检点"乃至"诋毁"，却属情理中事。尤其是由江盈科作序的《敝箧集》、《锦帆集》刊行以后，这种背后的"检点"和"诋毁"就演变成了公开的论战。但袁宗道于万历二十五年任东宫讲官后的身份和这年所作的《论文》上下篇，对于中郎和进之来说，却是一种颇为有力的声援。

万历二十五年至二十六年，江盈科仍然镇守苏州，实际上是作为公安派创始人

---

① 关于天池山之讼，详见李健章《〈袁宏道集笺校〉志疑》，湖北人民出版社1994年版，第189－191页。

② 万历刻本《锦帆集》卷首所收《锦帆集序》，末署"万历丁酉嘉平月朔，桃源友弟江盈科进之撰"。万历丁酉为二十五年，嘉平月即十二月，但《锦帆集》卷四有《江进之》一书曰："序文甚佳。锦帆若无西施当不名，若无中郎当不重；若无文通之笔，则中郎又安得与西施千载为配，并垂不朽哉！"沈维藩《袁宏道年谱》"疑盈科所言丁酉当为丙申之误，序应作于去年（二十四年）十二月"。此说甚是，从之。

③ 袁宏道：《叙姜陆二公同适稿》，载《袁宏道集笺校》，上海古籍出版社1981年版，第695页。

④ 袁中道：《中郎先生全集序》，《珂雪斋前集》卷十一。

的代表，继续在吴中地区倡导文学革新。袁宏道解官后并未移病南归①，而是在东南一带游览名山胜水，达一年有余，几乎每至一地，无不赋诗作文，广交朋友，并以诗书相寄的方式和江盈科保持着密切的联系。如正月弃官后即与曹征庸等游无锡，自二月十日由无锡出发，赴越、歙漫游近三个月，行程达 2 000 余里，"山则飞来、南屏、五云、南北高峰、会稽、禹穴、青口、天目、黄山、白岳；水则西湖、湘湖、鉴湖、钱塘江、新安江，而五泄为最胜，在诸暨县百里外，百幅鲛绡，自天而挂；洞则玉京、烟霞、水乐、呼猿之属，玉京奇甚；泉则龙井、虎跑、真珠之属；其他不记名者尚多。友则陶周望、公望、虞长孺、僧孺、王静虚，皆禅友也，然皆禅而诗；汪仲嘉、梅季豹、潘景升、方子公，皆诗友也，然皆诗而隽。就中唯周望与弟相终始，相依三月。僧则云栖、戒山、湛然、立玉。"②五月，中郎自杭州返无锡，途经苏州时，江盈科与之会晤，索取其新作《解脱集》诗二卷付梓，并为之作《解脱集序》。六月，中郎侨寓仪真后，又寄来游记、尺牍二卷，盈科再作《解脱集序二》，与前二卷一起刊行。至此，中郎早期刊行的三种文集，盈科共为之作序四篇，其中仅此集另有虞淳熙撰《解脱集题词》。此半年中有四事值得关注：一是宏道曾致书《伯修》说："近来诗学大进，诗集大饶，诗肠大宽，诗眼大阔。世人以诗为诗，未免为诗苦，弟以《打草竿》、《劈破玉》为诗，故足乐也。"实是以创新之诗破世人格套，"其中非惊人语，则嗔人语，嗔人者为人所嗔也"③。伯修当时虽然在《大人书》中担心宏道的"不拘格套"难免会遭"末俗之讥"，但他同时还以向朋友推荐的方式予以声援，如《答王衷白太史》曰："二舍弟新刻甚可观，今奉寄一部，知兄读此，又添数日喜欢也。"所以我推测，其《论文》上下篇很可能就作于此时。二是宏道此次与陶望龄同游期间亦商证过诗文革新，并在陶宅发现徐渭诗集，遂推徐渭为有明第一诗人。按望龄，字周望，号石篑，会稽人。万历十七年以会试第一、廷试第三及第，授编修。"同馆者诗文推陶望龄，书画推董玄宰（其昌），而平倩（黄辉）之诗与书与之齐名"④，今传《歇庵集》所录凡标明为"馆课"的诗文，皆当时所作，明显带有拟古痕迹。中道甚至说："国朝古文辞，至陶公石篑始入细入雅。"⑤十九年七月告病回籍，二十二年病痊赴部，仍补原官（编修）。次年十月

---

① 万历二十五年正月，袁宏道至无锡后，改官之命下："姑令予告养病，俟病痊补教职。"但此时祖母病已愈，其父来书曰："世岂有二十八而悬车者？"因不许其归里。参见袁中道《中郎先生行状》。

② 袁宏道：《吴敦之》，《解脱集》卷四。

③ 同上。

④ 钱谦益《列朝诗集小传丁集下·黄少詹辉》："尔时馆课文字，皆沿袭格套，熟烂如举子程文，人目为翰林体。及王、李之学盛行，则词林又改步而从之，天下皆诮翰林无文。平倩入馆，乃刻意为古文，杰然自异馆阁课试之文，颇取裁于韩欧，后进稍知向往，古学之复，渐有端倪矣。己丑，同馆者诗文推陶周望，书画推董玄宰，而平倩之诗与书与之齐名。"由此可见，万历十七年陶、黄入馆后是以"刻意为古文"而知名。

⑤ 引自袁中道《师友闻见语》第 45 条，该集已收入笔者整理的《袁小修全集笺校》卷三十九，即将由上海古籍出版社出版。

复以疾赐告，路经苏州时曾与宏道见过一面，但无诗文酬赠。明年九月又携乃弟奭龄等来吴再晤宏道，曾同游东西洞庭，流连十余日，相与谈佛参禅，诗酒酬唱，颇为投缘。至二十五年春夏陪同宏道游越、歙近三月，虽有“石篑间一为诗，弟无日不诗，石篑无日不禅，弟间一禅”之差别，但望龄受宏道影响而创作了不少诗文，且风格为之大变，从而成为公安派创立初期的积极追随者和参与者。钱谦益称“万历中年，汰除王、李结习，以清新自持者，馆阁中平倩、周望为眉目云。”[①]就望龄诗文而言，在此次同游期间即已发生转变；而伯修与平倩之诗，则是在二十六年以后才“皆为中郎意见所转，稍稍失其故步”[②]。以往学界认为公安一派由伯修发之，甚至把陶望龄和黄辉也列入“发先声于馆阁”的行列之中，显然是受了钱谦益、朱彝尊乃至陈田想当然之论的影响[③]。三是宏道与张献翼发生了论战。按献翼(1534—1604)，字幼于，长洲人。早年追随李攀龙、王世贞，颇染拟古风习，曾被王世贞列入“四十子”之一。江、袁仕吴期间，献翼亦往通声气，诗酒唱和，但仍以是否“似唐”的复古眼光衡诗。中郎曾作《张幼于》曰：“家贫因任侠，誉起为颠狂。盛事追求点，高标属李王。”此诗为献翼不满宏道之起因，但当时尚隐忍未发。万历二十五年春宏道弃官后，献翼因见新刊《锦帆集》卷三《王以明》、《伯修》二札分别说：“吴中诗画如林，山人如蚊，冠盖如云，而无一人解语。”“吴侬可与语者，徐参议园亭，徐少卿歌儿耳。”认为中郎从骨子里看不起包括他在内的吴人，于是致书指责其人其诗，中郎为作《张幼于》长书，虽然就“誉起为颠狂”、“吴侬不解语”的含义作了解释，但对于献翼所持的诗文观却作了异常强烈的反击。从此，袁、张交恶，不再往来。四是宏道先在歙县为陈所学《会心集》作序，提出了关于“趣”与“闻见知识”相对立的理论；至仪真后，又作《江进之》长书阐述“赋体日变，赋心日工，古不可废，后不可劣”的观点。而江盈科随即为《解脱集》作二序相呼应，不仅肯定其诗歌和游记皆为“自真情实境流出”的“奇之奇者”，而且赞美“往复交驳之牍，机锋迅疾，议论朗彻，排击当世能言之士，即号为辨博者，一当其锋，无不披靡，斯已奇矣”，实际表明了他对袁张之争的态度。

是年六月起，宏道寄家于仪真张忆梅宅，中道乡试落第后也至仪真往依之，随后漫游于仪征、南京、扬州之间。凡在此三地所作诗，后结集为《广陵集》。此间与之相交或从游者有潘之恒、丘坦、袁蕴璞、无念、潘稚恭、梅蕃祚、顾大猷、袁文炜、黄炜、王野等，其中尤其值得关注的是潘之恒将其自癸巳(1593)“渡江历浔阳、武昌”以来所作《涉江诗》二十卷请宏道删定，袁从中精选出四卷，并于明年正月十五作

---

① 钱谦益：《陶祭酒周望》，《列朝诗集小传》丁集下。

② 袁中道：《书方平弟藏慎轩居士卷末》，《珂雪斋前集》卷二十一。

③ 钱、朱之说，已见前引。陈田《明诗纪事》庚十六《陶望龄》：“公安楚咻，始于伯修。黄平倩、陶周望与伯修同馆，声气翕合。中郎稍晚出，推波助澜，二人益降心求之。”

《涉江诗序》。稍后，宏道赴京，潘之恒似乎意犹未尽，于是先将袁所选《涉江诗》四卷编为甲集，继而携带被删剩的作品来到苏州，请江盈科、梅守箕、汪道会又选出二卷，编为乙集，江于五月为之作《涉江诗序》；接下来还请顾懋宏、程可中再从删稿中选出一卷，编为丙集。最后合为《涉江诗选》七卷，又先后请王百谷、虞淳熙、屠隆、梅守箕、冯时可、张献翼分撰序跋刊行于世。按之恒(1556—1622)，字景升，歙县人。早年曾从汪道昆结白榆社，又师事王世贞，颇受复古派影响。万历二十一年秋在武昌结识袁中道，又去麻城访问过李贽。因中道介绍其徒方文僎赴吴协理袁宏道的私人事务，潘也开始与宏道"通书订盟"。二十五年春，宏道游歙时曾至潘家会晤，相与论诗唱和，潘之恒从此倒戈入公安派中；是年秋赴南京从宏道游，直至明年二月送中郎至扬州而别。宏道《涉江诗序》先对模拟剽窃、浮泛雷同的诗风大加挞伐，然后说："诗道之坏，至今日而极矣。潘景升与汪司马同里同社，又曾游元美先生门，而所为诗顾独清新超脱，不入近代蹊径，可谓奇极。往予与东南士谈诗，高者骇，下者笑，惟景升一闻以为决不可易。计交游中与余论合者，寥寥数人而已矣。听者且难，况能为诗者哉？"钱谦益谓其"既倾心公安，其诗故服习汪、王，终不能有所解驳，中郎徒以论合，憧而收之耳。"[①]似乎有点过于苛求这位落魄书生。潘的一生几乎与公安派的兴衰相始终，并且交际甚广，与公安派主要成员关系密切，尤其是万历刻本《涉江诗选》七卷(藏日本内阁文库)卷首所列三批"选阅《涉江诗》社友姓氏"达百人[②]，对于考证公安派早期成员及其影响有着重要的参考价值。

---

① 钱谦益：《潘太学之恒》，《列朝诗集小传》丁集下。

② 第一批"选阅《涉江诗》社友姓氏"：公安袁宏道中郎甫、宣城梅守箕季豹甫、同邑汪道会仲嘉甫同选，温陵李贽宏父甫、鄞屠隆长卿甫、京山李维桢本宁甫、钱唐虞淳熙长孺甫、云梦邹观光孚如甫、会稽陶望龄周望甫、昆山顾懋宏靖父甫、永嘉何白无咎甫、麻城丘坦之长孺甫、江陵傅恪仲执甫、公安袁中道小修甫、京山王制幼度甫同阅，同邑谢室于楚甫、吴时薪嗣仙甫、方以巽仲权甫、汪宗孝景纯甫、伯纬象安甫、叔京南长康甫、门人葛大同更生甫、方文僎子公甫、同郡何遵叔度甫、丁惟曜贞白甫、丁惟宣以舒甫、兄宾用卿甫、之恺元仲甫、弟之翰宗卿甫、之悌季友甫、之恪稚恭甫、令猷廷陈甫、侄玄玉于昆甫、之龙昙象甫、允升子木甫同校，释朧鹤宽悦、无念深有、湛怀钦义、雪浪洪恩、蕴璞如愚参次。第二批"选阅《涉江诗》社友姓氏"：桃源江盈科进之甫、同郡程可中仲权甫、宣城梅守箕季豹甫、同邑汪道会仲嘉甫同选，京山李维桢本宁甫、李维极本建甫、南漳鲁点子与甫、长洲刘凤子威甫、张凤翼伯起甫、张献翼幼于甫、吴刘弘道志父甫、王稚登百谷甫、江都陆弼无从甫、华亭冯时可元成甫、长洲钱允治功父甫、常熟钱希言象先甫、无锡邹迪光彦吉甫、华亭吕克孝公原甫、上海姜云龙神超甫、归安吴梦旸允兆甫、茅维孝若甫、太仓王在晋明初甫、王士骕房仲甫同阅，方外孤松慧秀、介如文石、戒山傅如、一雨通泽、吴翰元翰甫、虞淳贞僧孺甫参次，常熟瞿汝稷元化甫、汉川张隆祚永卿甫、同郡程子蕃茂先甫、同邑方于鲁建元甫、龚有浃叔通甫、程公霖沛如甫、汪善庆德征甫、兄乾年元考甫、弟万嗣昌胤甫、侄昌明士会甫校梓。第三批"选阅《涉江诗》社友姓氏"：昆山顾懋宏靖父甫、京山李维桢本宁甫、同郡程可中仲权甫、乌程朱长春太复甫、同邑洪文衡平叔甫、中牟张氏表林宗甫同选，长洲徐桂茂吴甫、长兴臧懋循晋叔甫、京山李维柱本石甫、李维标本立甫、武陵龙膺君御甫、泰兴张京元无始甫、黄冈王追醇劲之甫、王一中元执甫、嘉兴乐元声之初甫、侯官谢肇淛在杭甫、曹学佺能始甫、孝丰吴稼竳翁晋甫、宣城梅守箕季豹甫同阅，莆田方承郁伯文甫、桐城阮自华坚之甫、江夏葛大同士弱甫、江陵张希贤献夫甫、傅恪仲执甫、同邑鲍应鳌山父甫、罗彝序伯伦甫、罗彝鼎于烝甫、毕懋康孟侯甫、吴一宁太宁甫、弟之悌季友甫、之恪稚恭甫参校。——这三批所谓社友(少数重复)当然绝大部分没有参加选阅的工作，但都是与他有交往的诗友无疑，其中主要由三类人组成：一是复古派成员及其追随者，二是公安派成员或趣味相近者，三是因独具个性或尚乏特色而无派别者。

宏道于万历二十六年二月由扬州出发，进京候补，与宗道相聚；四月，任顺天府教授。七月，伯修升左春坊左中允（正六品），中道也从仪征护送宏道家眷抵京，即入国学肄业。是冬又有黄辉自蜀入京，与三袁兄弟聚首甚密，宗道和黄辉的诗也自此后因受到中郎的影响而发生转变。中郎入京后重申在吴文学主张，以矫京城尚存的蹈袭余风，同时还作《叙姜陆二公同适稿》、《叙梅子马王程稿》①，对吴中未染模拟剽窃之风的姜节、陆治和宣城不为格套所缚的梅蕃祚予以声援。由此可见，此二年公安派的影响在不断扩大，袁宏道的东南之游，实际上具有传播公安派主张，拓展公安派领地的意义。当其在京补官之后，公安派的重心也开始向北京转移。江盈科虽主要活动于作为公安派根据地的苏州一带，但其大名也随着袁宏道及其著作的走向，由吴中向东南各地再至北京并传。万历二十六年大计后，江盈科在吴中、真州一带待选，不久便发生了先报迁吏部主事、旋改大理寺正的事件②，他当时作《闻报改官》二首寄给袁宏道，宏道作《与江进之廷尉》一书，为北京"诗坛酒社添一素心友"而大快，劝其"闻报便当北发"，因为在朝宰官中有不少人"中时诗之毒"已久，"当与兄并力唤醒"。于是，又在仕与隐的矛盾中徘徊了很久的江盈科，终于在中郎的劝慰和激励下调整好心态，于二十七年正月从仪征出发，先向西行送家眷回桃源，然后北上。

万历二十七年至二十八年，公安派成员或趣味相近者云集北京，聚会结社，论学赋诗，继续推进文学革新运动，尤其在京官中产生了强烈影响。其间有四事最值得关注：一是除了不定期的邀集友人在不同的场所聚会以外，还于二十七年夏结葡萄社于崇国寺，论学赋诗，文事颇盛。宏道于年初作《瓶史》，三月，升国子监助教。盈科也于此后不久抵京，在大理寺正（正六品）任上仍以吏隐心态处之。实际上在这年三月上巳日，宏道就与宗道、黄辉、顾天埈同游过城西的崇国寺，当时小修和王衫也在此会文。而结社活动则始于是年夏季，可能延续到明年伯修逝世前③，一时社友，除三袁兄弟外，著名者尚有黄辉、潘士藻、江盈科、丘坦、谢肇淛、刘日升、

---

① 按：《叙姜陆二公同适稿》、《叙梅子马王程稿》二文见于《瓶花斋集》卷六，钱伯城笺为万历二十七年作，今从沈维藩《袁宏道年谱》，万历二十六年作。

② 参见拙文《江盈科生平著述考》，《中国文学研究》1997 年第 2 期。

③ 袁宏道《破研斋集》卷一《游崇国寺，得明字》小序曰："往与家伯修、潘去华、江进之、黄平倩、刘明自、吴本如、段徽之诸公，结社于崇国寺葡萄万丈，相去七年，存亡出处，遂如隔世。丁未春暮，与龙君超、陶孝若、丘长孺、李元善、刘元质重经此地，泣下不能自止，聊述数语，以志今昔。"丁未乃万历三十五年，七年前，则为二十八年。又沈德符《万历野获编》卷二十七《紫柏祸本》："己亥、庚子间，楚中袁玉蟠太史同弟中郎，与皖上吴本如、蜀中黄慎轩，最后则浙中陶石篑以起家继至，相与聚谈禅学，旬月必有会，高明士夫翕然从之。时沈四明柄政，闻而憎之。"当也是指葡萄社历己亥、庚子两年，但陶望龄自二十三年十月告归后又丁父忧，直至二十九年服满才回京，又袁中道《石浦先生传》曾将陶望龄列入葡萄社友，如果不是误记，则陶于二十九年回京后还与黄辉等在葡萄社聚谈过。

吴用先、顾天埈、李腾芳、苏惟霖、王辂、方文僎、秦京、钟起风、王袗、段徽之等。据小修《潘去华尚宝传》载："当入社日，轮一人具伊蒲之食。至则聚谭，或游水边，或览贝叶，或数人相聚问近日所见，或静坐禅榻上，或作诗，至日暮始归。不逾年，伯修逝，公（潘士藻）亦逝，其余存者，亦多分散。"虽然该社并不等同于公安派，且聚谈的内容可能多为佛禅之学，但它的确以公安派成员为主，并有不少诗作保存至今。二是宏道的学术思路在这时又有所转变。在吴为令的二年中，宏道曾多次向人说起"吴侬无解语"，实指无人可与之论佛参禅。他上任不久致《李宏甫》书说："吴中无一人语及此，幸床头有《焚书》一部，愁可以破颜，病可以健脾，昏可以醒眼，甚得力。有便莫惜佳示。"也是此意，只好与《焚书》对谈。次年李贽寄来《豫约》诸书，宏道的感觉是"读之痛快"[①]。二十五年春夏越、歙之游，凡三过杭州，皆寄居在净慈寺莲池僧房，曾为之作《云栖》、《记药师殿》二文，从他所说莲池有"五可喜"，知二人非常投合。按莲池即袾宏（1535—1615），字佛慧，号莲池，为晚明四大高僧之一。早年习举子业，屡冠诸生。三十二岁出家为僧，受具戒后云游诸方。后于杭州五云山结庵而居，题名"云栖"。融合禅净二宗，定十约，僧徒奉为科律，尊为"莲宗八祖"。宏道见了袾宏之后作《与方子论净土》一文，知三袁早年习佛时皆已略知净土，但他真正对净土宗发生兴趣，并试图以净修救治狂禅之弊，则显然与结识莲池大师有关。当然，此后他又思考了两年多，才于二十七年十二月完成《西方合论》十卷，该书实是"箴诸狂禅而作"。中道《袁中郎行状》说："先生之学复稍稍变，觉龙湖等所见，尚欠稳实。以为悟、修犹两毂也。向者所见，偏重悟理，而尽废修持，遗弃伦物，偭背绳墨，纵放习气，亦是膏肓之病。……遂一矫而主修。自律甚严，自检甚密，以澹守之，以静凝之。"这种转变甚至一度导致他断作诗，不食肉。三是江盈科入京后除参与聚会结社、诗酒唱和以外，还写了一组政论文和数十篇寓言小品或议论小品，对现实政治和社会问题进行了思考；另外还上《法祖》、《宦寺》、《中兴》三疏，批评朝政，谏罢矿使税使。二十八年三月，宏道升礼部仪制司主事（正六品）。四月，宗道升右庶子（正五品）。江盈科《雪涛阁集》十四卷也于是时编成付梓，袁宏道为之作《雪涛阁集序》，再次申明反模拟剿袭主张，并对江盈科给予高度评价："进之才高识远，信腕信口，皆成律度，其言今人之所不能言与其所不敢言者。"以致推为"一代才人"和"大家"。江集袁序的问世，实际已带有袁、江二公对北京"中时诗之毒"者"并力唤醒"的意义，如果再加上公安派其他成员的创作成果，那么，我们可以说，公安派在吴中地区创立以后，经东南向北方的拓展，至此已经获得了初步的成功。四是自万历二十五年春袁宏道在陶望龄宅发现徐渭诗集并推称为有明第一诗人

① 袁宏道：《陶石篑》，《袁宏道集笺校》，上海古籍出版社 1981 年版，第 263 页。

后，宏道于二十七年春又作《袁文长传》；此时，陶望龄虽仍居家丁父忧，但至二十八年春，他与商维浚编校《徐文长三集》刊行于世，陶作《刻徐文长三集序》和《徐文长传》。随着袁、陶等人的推许和公安派的兴起，本来名不出越的徐文长及其著作终于得已大行于天下。但随后不久，在京的公安派成员骤减。七月，袁宏道差往河南周藩瑞金王府，掌行丧礼；八月宏道和中道离京南下回公安；十月，袁宗道、潘士藻先后病逝。而江盈科也于是年冬奉命赴滇、黔恤刑。

由以上论述可知，这时内外交战、朝野党比、中官四出扰民的诸多不幸，为公安派的形成提供了自由的空间，而朝廷的人事任免，又无意中恰好促成了袁、江二公先在东南开宗立派，继而入京与宗道、中道、黄辉、陶望龄等会师，因而万历二十三年至二十八年，实是公安派登坛树帜、革故鼎新、最富于生机的时期。这个时期刊行的《敝箧集》、《锦帆集》、《解脱集》和《雪涛阁集》等，实际是作为公安派兴起后的标志性成果而传播。袁宏道作为公安派主将的地位是毋庸置疑的；而作为配角的江盈科，在辅助袁宏道开宗立派过程中所起的积极作用，是公安派成员中其他任何人都不可替代、不可比拟的。此外，袁宗道、袁中道、丘坦、陶望龄、黄辉等也是早期的骨干，对这个流派的创立曾发挥过积极作用。至于潘之恒，则是由复古派倒戈入公安派的代表作家，其意义不可低估；他的《涉江诗选》七卷，实可视为这时的公安派已经取代了复古派的见证。

论公安派后期诗风的转变与影响

——以晚明兴起的《雁字》诗热为中心[①]

关于公安派的研究，自现代以来曾在学术界产生巨大影响，其研究方法和成败得失也往往具有风向标的意义。2008 年 9 月同心出版社出版的《公安派的文化精神》是近几年颇值得关注的著作之一，作者尹恭弘先生在《引论》中明确指出："随着时间的推移，研究公安派的论文和专著不断增加，但研究形势依然不能乐观，一些值得警惕的研究倾向，在这里我们不能不严肃地指证出来。"随后，他对龚鹏程《死生情切：袁中郎的佛教与文学》、《公安派文论与李贽的童心说》两篇论文[②]和周群《袁宏道评传》[③]、易闻晓《公安派的文化阐释》(齐鲁书社 2003 年版)两部专著中的某些问题进行了尖锐的批评，旨在说明"摘句式研究方法可能带来的种种弊病并不是个别的、偶然的现象，而是具有相当的广泛性"，因而主张"摒弃这种摘句式研究方法"，提倡"采用完整地、原原本本地、不加分割地研究原始文献的方法"。

笔者对尹先生提倡的研究方法深表赞同，并从整体上认为其《公安派的文化精神》是一部扎实的专著，当有助于扭转相关研究领域的不良倾向，但他论述公安派主要成员的文学思想时仅仅依据各自的理论表述，而未联系作者在创作实际中所体现出来的思想倾向加以印证——这实际上也是目前古代文学思想研究领域无法走向深入的重要症结所在，因而其论题中仍然存在着有待进一步探讨的空间。例如，基于袁宏道、袁中道的某些表述和现存的文献资料，以往学术界认为公安派文学思想与创作前后不同的研究者当中，主要有万历二十六年和二十九年作为后期

---

① 本文原载复旦大学中国古代文学研究中心主办《中国文学研究》第二十辑，复旦大学出版社 2012 年 12 月出版。

② 二文皆见于《晚明思潮》，该书最初由台北里仁书局于 1994 年出版，后又有佛光人文社会学院编译出版中心 2001 年版、商务印书馆 2005 年版。

③ 按周著含副编《袁宗道评传》、《袁中道评传》与末篇《公安派及其影响》，南京大学出版社 1999 年出版，实际论及公安派主要成员。

的起点这样两种看法，尹先生就其论据逐一辩驳后得出结论："综合地说，袁宏道文学思想没有变化"，"他一生始终认为最能表现作家性灵的还是信口信腕的表现方式和创作境界"。在尹先生看来，导致公安派文学思想发生变化乃至走向衰落的人物是袁中道，理由是"袁中道太注重不分主次、轻重、缓急的平衡和调和，以致常常滑向浅薄的折衷主义和庸俗的调和主义。这样的思维方式，使他逐渐模糊了前后七子和公安派两条文学路线的本质区别，使他逐渐丧失了一个作家充满个性和主体性的主观性灵的巨大创造力量和不断创新精神的坚定信心，以至于他坚持袁宏道独抒性灵文学观的底气不足，反对前后七子模拟主义的胆量不足，公安派的革新大旗在其手里逐渐终结也就是再自然不过的事了"。但他所引以为据的《蔡不瑕诗序》等八篇文章，无一不是袁宏道逝世以后所作。袁中道独掌公安派帅旗时期的文学思想已经转变，这早已成为众所周知的共识，而在袁宗道逝世以后的近十年间，袁宏道和袁中道的文学思想与创作倾向是否发生了变化以及二人的主导倾向是否一致，才是问题的关键所在。笔者在搜集整理公安派文献的过程中，发现袁宏道、袁中道所作的《雁字》组诗，不仅流播甚广，而且曾引起一批追随者的极大兴趣，以致在晚明形成过写作《雁字》诗的热潮。这种文学现象及其现存作品虽长期为人所忽视，但却具有一定的文学史意义，故本文拟以考察因袁氏兄弟倡导而兴起于晚明的《雁字》诗热为中心，旨在藉此重新探讨公安派后期诗风的转变与影响，以期有助于矫正近来相关研究领域的片面认识。

一

万历三十四年春，袁宏道(1568—1610)与袁中道(1570—1626)在家乡公安各作《雁字》诗十首，并完整保存至今[①]。袁中道《雁字》自序称："僧有作《雁字诗》者，众诧以为难。予乃与中郎坐橘乐亭中角此题，自晨至午，各得七言律十首，都无一字同者。虽远近离合之间，不能悉穷其变，而比物属词，差胜于蹇涩不能出口者耳，因悉存之。"这段话不仅交代了二人唱和《雁字》组诗的缘起，而且透露出小修对于《雁字》诗的看法。

小修与中郎以诗唱和本是常事，但此次有如此雅兴则因众人对僧无际[②]所作《雁字诗》"诧以为难"而引发，于是以半天时间各作十首，颇有迎难而上、逞才斗胜

① 按：二袁所作《雁字》诗各十首，今分别见于上海古籍出版社通行本《袁宏道集笺校》卷三十四、《珂雪斋集》卷四。

② 参考《游居杮录》卷一、卷十有关记载，此僧人名无际，曾作《雁字》诗二首，今未见。

之意。原因在于《雁字》诗属于咏物诗，其写作存在着一定的潜规则，即表面要求句句写物，其实不外是托物言志或借物抒情，相对于直接抒怀来说，写作这类诗歌一方面必须具备所咏事物的丰富知识，例如以咏雁诗而言，就应了解雁的习性、特点，尤其对于古人赋予雁意象的人文内涵应烂熟于心，一方面在言志抒情时往往运用双关、比兴、借喻、象征等表现方式，并且不能不使用与物（雁）相关的各种典故，这样一来，诗歌的表现方式显然已趋于含蓄，作一首尚且不易，连作十首就难度更大，自然不可能"信口信腕"、一挥而就了。对于这组唱和之作，小修是以一种自谦的方式来评价的，实际上从中可以看出他对于这类诗的真实看法：即要求在"比物"时应于"远近离合之间""悉穷其变"，在"属词"时语句要避免蹇涩难读，意象的运用和各诗的立意要避免雷同①。

袁中郎此时之所以乐意与小修一起作这种需要学问功底、用典颇多、表达含蓄的咏物组诗，显然是有思想认识做基础的，这在他此前的文字表述中并不难找到依据。自万历二十八年冬袁宗道逝世以后，袁宏道请告归隐家乡，一边读书写作，一边进行反思，论诗由原来推崇白、苏逐渐转为推崇陶、杜，如万历三十二年，他有《偶成》诗曰："渐老始知穷本草，多闲方喜读渊明。"又有《夜坐读少陵诗偶成》曰："每读少陵诗，辄欲洗肝肺。体格备六经，古雅凌三代。"是年所作《叙呙氏家绳集》除了推崇陶诗的淡，还对孟郊、贾岛的"刻露"以及"香山（白居易）之率"、"玉局（苏轼）之放"有所反思；又在《叙曾太史集》中明确提及自己以往所作诗文"信腕直寄"，"多刻露之病"。万历三十三年，他在《哭江进之》诗序中虽为江诗"信口信腕"而导致的弊病进行辩护，但也承认"余所病，正与进之同证（症）"。从袁宏道这些逐渐发生了变化的表述和袁中道"因悉存之"的态度不难看出，两人以唱和方式所作的《雁字》组诗，正是其诗风发生了转变以后的产物，作为咏物组诗，虽然由于体式的要求而由"信口信腕"转变为含蓄蕴藉，但仍然抒发了各自的性灵。

为有助于认识公安袁氏兄弟唱和《雁字》组诗的文学史意义，我们不妨先简略梳理一下以往同类创作的情形。雁早在《诗经》中就成为了文学描写的对象②，至魏晋南北朝已有不少以雁为题的诗赋作品③，历唐而宋，同类作品更是层出不穷，但以"雁字"为题之作，则始见于北宋，如惠洪有《和人雁字》七律一首，文彦博有《雁字

① 按：袁中道所说的"都无一字同者"，并非指无一个字词相同（核其十诗，显然不合），而是指意象的运用和各诗的立意没有雷同。

② 按：雁在《诗经》中往往是作为起兴而写及，如《匏有苦叶》曰："雝雝鸣雁，旭日始旦。"又有《鸿雁》篇，三章首二句分别为"鸿雁于飞，肃肃其羽"、"鸿雁于飞，集于中泽"、"鸿雁于飞，哀鸣嗸嗸"，也是用作起兴。

③ 如赋篇有魏曹植《离缴雁赋》，晋羊祜《雁赋》、孙楚《雁赋》、晋成公绥《鸿雁赋》，南朝陈后主《夜亭度雁赋》等；诗篇有晋曹毗《双鸿诗》，南朝颜延之《归鸿诗》、沈约《咏湖中雁》、萧纲《夜望单飞雁》、刘孝绰《赋得始归雁》、萧子范《夜听雁》，北朝王褒《咏雁》、庾信《赋得集池雁》等。

赋》一首，温琬有《雁字》七绝一首。其后自南宋至明前期，《雁字》诗虽代有所作，但仍不多见，且所存多为单篇，诗体则有五绝、七绝、七律等，如南宋陈元晋有《雁字》七绝一首，许棐有《雁字》七律一首，元代滕安上有《雁字》七律一首，陈高有《雁字》五绝一首，谢宗可有《雁字》七律一首，明代夏原吉有《雁字》七律一首，于谦有《雁字》七绝一首，朱诚泳有《雁字》七绝一首。至万历前期，则单篇稍多，如屠隆、于若瀛、朱之蕃各有《雁字》七律一首，尤其是此时已出现唱和组诗，如鄞县董樾（1538—1595）、董枌兄弟曾各作《雁字诗》十五首，今见于全祖望编纂的《续耆旧》中，董樾存三首，董枌存二首[①]。这是目前可考最早由兄弟唱和《雁字》组诗的个案，其先导之功自应肯定，但由于二人没有诗名，在当时和后世皆少为人知。直到万历三十四年，由袁氏兄弟以唱和方式作《雁字》组诗，才真正赋予《雁字》诗以新的生机，从而在晚明文坛产生深远影响。

以往的咏雁诗，涉及雁的各种形态，其中包括孤雁、双鸿和群雁等，而尤以咏孤雁者多名篇佳句，如杜甫《孤雁》五律一首曾备受赞赏，北宋鲍当甚至以《孤雁》五绝一首被称为“鲍孤雁”。原因在于孤雁的意象往往是作者在困境中的写照，以个体比况个体，物我之间容易契合，故传神和感人的可能性要大一些。而以往的《雁字》诗，所描摹的是群雁飞行中的形态，即使从雁字引申的文字、书法等人文内涵与诗人的精神颇易契合，但由于是以群体比况个体，其诗中所表现的作者性灵就难免有隐显强弱之分了，例如陈元晋《雁字》七绝曰：“超然圣处过张颠，整整斜斜落照边。好写人间不平事，叫开阊阖为笺天。”就称得上是一首“有我”之作，读之令人振奋。

袁氏兄弟以唱和方式所作的《雁字》组诗，主要有两个方面值得我们关注和讨论。首先，在构思与写作中明显吸取了以往咏雁诗和《雁字》诗所积累的成果与经验，这显然与公安派前期的主张和实践有了不同。具体地说，二人皆是从雁的习性、特点尤其是它们结伴飞行时所排列的各种阵势、形状而引申出来的写字、作画、撰文等方面展开想象和描摹，因而在比物属词时采用了一系列字学、书法、绘画、著述等方面的意象、术语、典故，例如，中郎诗中提及的“长戈”、“春蚓”，小修诗中提及“倒薤”、“悬针”、“垂露”、“偃波”、“八法”等，都是书法术语；中郎诗中的“苍颉”、“无功”，小修诗中的“羊欣”、“颉史”、“宜官”、“梁鹄”、“史游”等，都是古代的文字学家或书法家，又“王矫劲”、“旭颠狂”，分别指王羲之、张旭的书法；而像这一类构思、比物、用典的方式，都曾有古人探索于前，二人并未排斥，而是有所受容，甚至在遣词

① 按：董樾，字韦吾，万历五年进士，官至四川按察副使，万历二十三年七月九日夜为杨应龙所派刺客杀害。董枌，字少梅，官至詹事府录事。《续耆旧》卷一有董樾《雁字诗同少梅弟分韵各得十五首》（录三首），卷二有董枌《雁字诗韦吾大兄命韵》（录十五首之二）。

造句上也不避化用古人的名句，如中郎第一首第二句“整整斜斜自作群”，似是从宋人陈元晋《雁字》第二句“整整斜斜落照边”改写而成，小修第四首末联“盈盈六尺潇湘水，都作羊欣白练裙”，似是从唐人李群玉《赠美人》“裙拖六尺潇湘水”和陆龟蒙《怀杨台文杨鼎文二秀才》“书破羊欣白练裙”改写而成。

其次，二人从各自的才情、个性和写作意图出发而在前人成果的基础上有所发展和创造，这是其作品本身具有存在价值并受到追随者重视的根本所在。具体地说，一是从整体上将雁群比况为包括自己、对方在内的特定群体，这个群体中的成员虽然各具个性，但其共同的特点是习文弄墨，散发着书香，具有深厚的文化内涵，因而成为其兄弟之间或家族之内乃至唱和友（实为文人群体或文学流派的象征）之间生活与精神的写照，其构想的巧妙、描摹的细致、运笔的气势和铺展的规模都超越了以往的《雁字》诗。例如，中郎第一首的“几回联络几回分，整整斜斜自作群”，小修第四首的“苦向西风忆断群，联翩兄弟总能文”，都是以雁群比况兄弟乃至具有兄弟情谊的唱和友，所谓“忆断群”云云，显然是对于已经逝世的袁宗道（1560—1600）乃至江盈科（1553—1605）的怀念；而中郎第九首的“莺簧借与填新曲，凤史烦为记往年”，是以雁声、雁字来比拟文人作曲和写史的雅事，因而成为后人激赏的名句，第十首的“兄弟妻孥总解书”，则是用以比况袁氏家族这样一个重视读书的群体。二是各诗句句无不描写雁的性情，但仍然抒发了作者各自的性灵，且唱和中又相互呼应。如小修第五首末联谓“锋锷不须凌厉甚，前途尤恐大张罗”，显然是基于当时朝政风云变幻而抒发的对于人生前途的忧患意识，并告诫自己和中郎应收敛锋芒以避免罹祸；又其第七首“霞布云舒纵复横，只为过去要留声。……前途若向长沙去，代我修书问屈平”，则是其当时心境的写照，他在举业和文学上孜孜以求，正如雁过要留声，并以屈原自期；而中郎第十首：“儒生习气总难除，万卷千番楮墨馀。入地也应为带草，化虫依旧作蟫鱼。江南塞北难移性，兄弟妻孥总解书。一扫云间狂迹去，研光千尺展空虚。”则一方面表达了自己对于袁氏一门习儒、“兄弟妻孥总解书”的自豪感及其至死不移的意志，一方面也勉励自己与小修应扫除因伯修逝世、前途受挫等打击而带来的一切心理阴影，重新振奋起来，像鸿雁那样翱翔“千尺展空虚”。所以，当首辅沈一贯于当年七月致仕后，中郎随即于八月出山进京补官，小修也一同北上赴试。三是在塑造雁的意象方面也想象丰富，描写细腻，颇多创新。例如，小修第五首谓“数点忽留如想像，一行才起便吟哦”，把雁群写成了一帮正在作诗吟诗的唱和友，可谓形神兼备。又如同是写雁群排字，中郎第二首说：“万转岂能无别意，千行何事只书人？”小修第八首说：“何用十年工八法？只将一字傲千秋。”皆能推陈出新。再如小修第十首：“忽画一横诠《易》象，乍飘三点露禅机。”把雁群分别描绘成诠《易》者、参禅者[①]，这种创新真可谓独出心裁。如此种种，大大丰富了雁的意象。

二

袁氏兄弟以唱和方式所作的《雁字》组诗，最初是在与他俩有交往的诗友中流传并参与唱和的，其中有的就是公安派成员或声援者；稍后随着二人文集的刊行，读到其作品的同时代人也有萌生兴趣者参与写作，在袁宏道逝世前，就已初步形成了吴楚争胜、南北助兴的局面。

据袁中道《游居柿录》卷一记载：“（万历三十六年十月）得李本宁先生书云：‘近读《渔阳集》，不知《雁字诗》，便中幸写寄我。’《雁字诗》，乃予丙午春间作。因僧无际作得二首，予与中郎于橘乐亭前相角，共得诗十首。后龙朱陵见之，叹以为佳，亦和得十首；龙君超亦得十首，雷、曾二太史各得二首。余诗刻之《筼筜集》中。”龙朱陵和龙君超乃兄弟，湖广常德人，龙朱陵名膺（1560—1622，字君御，号朱陵），其所作《雁字诗》实有十二首，今见于《重刊纶隐诗集》卷十一。龙君超名襄（1557—1611，字君超），其所作《雁字诗》实达三十首，今附见于光绪十三年刊本《龙太常全集》中《先集搜遗》卷一。雷、曾二太史，即雷思霈（1565—1611，字何思，湖广夷陵州人）、曾可前（1572—1612，字退如，湖广石首人）。

结合有关记载和现存文献来看，最早呼应袁氏兄弟而作《雁字》诗者应推雷思霈、曾可前、龙膺。雷、曾二人诗集笔者未见，不知所和《雁字》诗是否传世。龙膺则是在收到袁氏兄弟唱和之作后随即回应[②]，其诗前小引曰：“经金佛峡，车中读袁中郎、小修《雁字诗》各十首，锦心绮思，霞举云流。予兴勃勃，因和如数，下车走笔书之。末增二首，用赠中郎兄弟。猥云拙速，实藉起予。时丙午除夕前一日也。”丙午乃万历三十四年，即在二袁唱和之后的当年，就有了成系列的回应，且其过程也颇带传奇色彩。龙膺兄弟早在万历十九年就与三袁兄弟订交，其后除了聚首时有所唱和外，平时也有诗书往还，称得上关系密切。因此，他在赴陕西按察副使任的途中读了二袁唱和之作后，就萌生勃勃兴致，随即于车中以打腹稿的方式作得十首，下车后才找到纸笔写下来。所谓“锦心绮思，霞举云流”，是他对二袁组诗的评价，

---

① 由于《易经》卦象都是由长横与短横构成，雁群在天上排成一行飞行时，就似乎是在诠释《易》象了。又袁宏道《金屑篇》第三则曰：“举《大涅槃》：‘吾教义如∴三点。’”这是参禅者常举的关于《涅槃经》的一则话头，当雁群飘散成三点时，就似乎是参悟出了这则话头中的禅机。

② 今传《龙太常全集》所附《龙氏外集》录有袁宏道《雁字十首呈龙君御》，最初应是依据袁氏当年抄寄之作而刻，其题中加上“呈龙君御”四字，显然有索和之意。

与其“末增二首”中的第一首所说“君家兄弟并工文，五采金笺五采云”相呼应，其赞美之情溢于言表。在龙膺看来，中郎、小修唱和《雁字》诗，实际成为了兄弟具有文采风流的象征。因此，他把自己的和作也抄寄给了其兄龙襄。龙襄当时居住在北京，与曾可前有交。曾氏不仅自己作了二首，而且也劝龙襄参与唱和，并许诺为之撰序合梓。但过了两年多，龙襄才于万历三十七年秋在常德完成这一心愿[1]。龙膺读后，深表赞赏，甚至后来在《哭五兄文》中说：“记己酉秋，兄不三日和弟《雁字诗》三十首，思入霞表，语语惊人。”

龙襄在生时，其《雁字诗》三十首曾单刻行世，卷首有友人戚伯坚所作《序》，对龙氏兄弟、袁氏兄弟的《雁字》诗皆有评价：“近见袁中郎、小修二先生《雁字》诗十首，君御先生十二首，俱钩奇抉奥，星缛川洪，予叱以为异事。”“君超此作，盖亦不自知其所至而工焉者矣。”“夫鸿雁有兄弟之谊，兄弟咏之，君御法当附两家昆玉，亦宜合梓。语云：‘事有旷百世而相感者，千里犹比肩也。’况四先生同时，又居三百里内，俱以才雄一代，且交莫逆也，真异数哉！”

龙膺呼应袁氏兄弟而作的《雁字诗》十二首，当时还寄给了比他年长的李维桢(1547—1626，字本宁，湖广京山人)，使李氏也成为同时代关注《雁字》组诗的重要人物之一。今传《大泌山房集》有四条相关材料，对于了解当时创作与传播《雁字》诗的情形以及他对这些诗的看法颇有助益，先抄录其书卷一百二十九的两条如下：

> 龙君御寄余《雁字诗》，藻赡新奇，余以为无可复措手处。已费国聘寄余十二章，沉雄典丽，使人骇瞩。龙本和袁家兄弟，后见中郎《潇碧堂集》中，高华清远，信为妍倡。诗七言律最难合作，咏物最易伤体，前辈大方集中，仅仅可数也。三君自成一家言，而才情学力，韵致格调，无不尽美，多多益善，殆难甲乙，第以年齿雁行耳。诗道于今极盛，而后进好事，或渐兆衰相，三君振之，功自非小。语曰：“《诗》亡，而诗在楚。”斯一征也。小修诗，丘长孺许寄，未至。(《雁字诗跋》)
>
> 余在晋阳，得龙君御和二袁《雁字诗》与《洪孺传》，亟赏咏之。复得费国聘、袁中郎所作，合为一集，然尚未见小修诗。已而龙君超、杨文弱各以诗来，则余予告归，不及授梓矣。曹丘生、季布俱楚人，游扬其名，意如是耳，岂敢以楚尽天下士？自是四方和者弥众，不可胜收。比见李元祉民部三十四章，用事

---

[1] 龙襄《雁字诗》小序曰：“闻前此徐茂吴(即徐桂)、屠纬真(即屠隆)俱有此诗，袁中郎咏至十首，小修继之。舍弟君御往西镇，车中和如其数，增《洪孺》一传，寄至京师。曾退如趋不肖为之，许作序合梓，时扰扰未遑也。村居多暇，始弄墨，不觉至三十首。愚兄弟何敢比翼二难，顾造有浅深，难同旅进；迹多往复，忝与颜行。至于篇绪偶繁，才情未畅，虽多亦奚以为？己酉秋社日记。”

精切而浑成，构语密致而驯雅，立格整严而流畅，如山阴道上千岩竞秀，万壑争流，令人应接不暇；如凌云台材木，大小轻重，一一相得。于以并驱中原，莫能尚矣。民部著述甚富，此特一斑。余窃意有天地来即有雁，有文字来即有诗。前人所为《雁字》诗若赋，不多传，传不必尽佳。今诸君子讨论润色，拟议变化，真千载罕遘事。两间物理，取之无尽；人心灵明，用之无穷。出愈奇，多愈善，行愈远，久愈新，国家文运昌炽未艾，斯焉可征，谁谓诗小技乎哉？夫《雁字》不足尽诗，诗不足尽民部，乃欲以楚尽天下士，非余所知也。(《李民部雁字诗题辞》)

从上引二文来看，李维桢是收到龙膺的书信和《雁字诗》后，才知道袁氏兄弟作有《雁字》组诗，时间应在万历三十五年春。由于袁宏道的《雁字》十首最先收入《潇碧堂集》中，该集刊行于万历三十四年春夏之际，所以李维桢不久就找到了。而袁小修的《雁字》十首，最初编入《赏笃集》中，该集大约刊行于万历三十四年冬或翌年春，但流传不广，李氏久觅不得，后有小修好友丘坦(字长孺)答应找到后寄来。因久等不来，李氏才于万历三十六年秋直接写信给小修索要。费国聘名尚伊，号似鹤，湖广沔阳州人。万历五年进士，选庶吉士，历官兵科给事中、陕西按察司佥事等职。其所作《雁字诗》十二首，今见于《费太史市隐园集选》卷九，诗前有《引》曰："《雁字诗》起于吴下诸人，吾楚袁中郎、龙君赞伯仲近皆有作，不佞拟和如数，诗成，而君赞辈亟赏之，不佞则窃有形秽之惭耳。"龙君赞伯仲指龙襄、龙膺、龙京(字君赞)兄弟，但龙京所作诗文皆已佚。费尚伊当时实是与其弟费启绪(字雪艖)一起和龙膺组诗而各作《雁字诗》十二首，但费启绪《雁字诗》今仅存三首，见于《楚风补》卷四十三。李维桢先后得到龙膺、费尚伊、袁宏道三人的《雁字》诗后，曾合编为一集，上引《雁字诗跋》即为该集而题，本拟刊行于世，但因故未果。所谓"已而龙君超、杨文弱各以诗来"，所寄当也是《雁字诗》，龙襄所作《雁字诗》达三十首已见前述，杨文弱名嗣昌(1588—1641)，湖广武陵人，万历三十八年进士，与龙膺兄弟及袁小修皆有交，其所作《雁字诗》已佚，无须赘言。但由此可知，在收到李元祉的《雁字诗》之前，李维桢已知袁氏兄弟、龙氏兄弟、费尚伊、杨嗣昌等六位楚人有作，如果再加上他并不一定知晓的雷思霈、曾可前、费启绪、龙京，则写作过《雁字诗》的楚人已有十人，且后八人都是直接或间接受袁氏影响而参与。

由于公安派本来是在吴中从批评吴人王世贞及其拟古派信徒开始而登坛树帜的，此时随着楚人唱和《雁字诗》蔚然成风，自然有人重提吴楚争胜的话题以引起诗坛的注意。李元祉就是在这样的背景中将其所作《雁字诗》三十四首寄给李维桢的，其时间大约在万历三十七年冬或翌年[①]。按李元祉名当泰，泗州人。万历二十三年进士，授海盐县令，曾于万历三十五年受督学黄吉士之命而撰有《字学订讹》二卷。又据薛冈《李乾修雁字诗跋》曰："《雁字诗》，又莫盛于楚，最著者三四家。顷得泗人李乾修民部和吴中顾太史、俞布衣《雁字诗》至三十有四首，出天入泉，张弛变化，不可端倪，可谓极才人之致矣。民部谓众楚人咻之，两吴人当之，势不敌。夫兵以律不患寡，太史、布衣，犹以两将分道并进，夹敌楚师；民部一人耳，如大帅淮阴侯，才智盖世，所将又不胜多多，横行海内，八千子弟方且辟易，况落落三四楚人？汉业起泗上，吾知其无楚矣。"[②]李乾修即李当泰，可见他的《雁字诗》三十四首实基于其文字学功底，有感于众楚人唱和《雁字诗》风头正劲，从声援吴人出发而参与《雁字诗》的写作，至少在数量上已超越前人。李维桢作为楚人，在为李当泰《雁字诗》题辞时，虽未像薛冈那样为吴楚争胜而推波助澜，但也用"岂敢以楚尽天下士"表达了他对李当泰的肯定和声援。

与此同时或稍后，李维桢还为福建人庄静甫、浙江人黄九鼎所作的《雁字诗》题辞撰跋以示声援，虽未指明二人所作《雁字诗》的数量，但有三点值得关注：一是两文皆叙及当时海内写作《雁字诗》的盛况，如《庄静甫雁字诗题辞》曰："顷日海内文章之士，才情勃发，好为《雁字》诗赋。自余所见数十人，音以赏奏，味以殊珍，文以明言，言以畅神，刘越石四美具焉。"[③]又《书黄大夫雁字诗后》曰："今海内才人咏《雁字诗》者，皆五七言近体。余所见可数十家，才情各极所至，而括苍黄禹钧尤擅场。"[④]二是庄静甫在《雁字诗》自序中虽对当时"吴楚诸名家意似争胜"略表异议，李维桢也接过话题说："《雁字》诗赋何用争胜，又何足争胜哉？静甫长者，游戏翰墨，是为诗禅，非与少年角技竞名。"但这正可与李当泰、薛冈的"吴楚争胜"说相印证[⑤]，庄静甫当时年过七十，也"老来聊发少年狂"，不仅参与《雁字诗》写作，而且请名家题辞，不正是有雁过留声之意吗？三是在李维桢所见的数十家《雁字诗》作者中，已

---

① 按：李维桢自万历三十四年冬任山西参政，翌年六月升山西按察使，万历三十七年八月迁陕西洮岷道右布政使，但因仲弟急难而以病为由辞官，其在晋阳为官近三年。又收录上引二文的《大泌山房集》，刊行于万历三十九年，而龙襄《雁字诗》三十首写成于万历三十七年秋，因而可以推出李维桢收到李元祉的《雁字诗》三十四首，当是在其辞官后的万历三十七年冬或翌年，其时他侨寓广陵、金陵间。

② 见于《天爵堂文集》卷十四。

③ 见于《大泌山房集》卷一百二十七。

④ 见于《大泌山房集》卷一百三十二。按黄九鼎，字禹钧，遂昌人。万历元年举乡试，曾任陕州知州。

⑤ 关于当时吴人曾作《雁字诗》事，诸说不一。如龙襄《雁字诗》序曰："闻前此徐茂吴（徐桂）、屠纬真（屠隆）俱有此诗。"但屠隆乃鄞县人，唯徐桂可称为吴人（长洲人）。而薛冈《李乾修雁字诗跋》中所提及的"吴中顾太史、俞布衣"，则不详所指。考万历初中期曾官太史的吴中顾氏有顾绍芳（万历五年进士，选庶吉士，授检讨）、顾天埈（万历二十年探花及第，授编修），同时期吴中较有文名的俞姓布衣有俞允文（1513—1579），三人皆有诗名，且各有诗集传世，却皆未收《雁字诗》。鉴于李当泰曾明确地说："众楚人咻之，两吴人当之，势不敌。"庄静甫《雁字诗序》也提及当时"吴楚诸名家意似争胜"，当时吴中也曾有人写作《雁字诗》是无庸置疑的，但所谓"吴楚争胜"之说，与其说是出自作诗者的本意，勿宁说是论诗者为引人关注而制造的"话题"。

不限于吴楚两地，至少已有凤阳人[1]、浙江人、福建人参与。

不过，李维桢所见《雁字诗》的作者，除了湖广人，其他皆属于东南一带。实际上，当时北方也已有人参与唱和。例如，万历三十七年冬，山东人公鼐就作有《雁字诗》十首，今见于《浮来先生诗集》七言律诗卷二。诗前有小序曰：

> 己酉冬客都门，友人李季重携客所为《雁字诗》者以示余。余览之，喜其多致语、峭语，然犹憾其实则伤境，虚则伤旨，不能不令人忆郑鹧鸪、袁白燕耳。余因漫谓季重曰："大凡咏物之体，贵意在事先，情生象表，使为者在若灭若没之间，而读者作有意无意之想。一比一兴，且虚且实。至于取材广而刻意真，已属第二义矣。"李季重笑而不答。因为十章，反与余言多相左者，仍出以示季重，不知能再博季重一笑不？

按李季重名若讷(1572—1640，临邑人。万历三十二年进士，官至浙江布政司右参议)，与公鼐(1568—1619，字敬与，蒙阴人。万历二十五年举乡试，官至工部主事)、王象春(1578—1632，字季木，新城人，万历三十八年进士，官至吏部郎中)号称山东三才子。此三人后来皆与袁小修有交，但当时(万历三十七年冬)他们是否已与正在北京准备应试的袁小修相识尚有待考证，因而李若讷所携《雁字》组诗的作者或即袁小修，或是受袁氏兄弟影响而参与唱和者(所作皆为十首)。又《袁宏道集笺校》卷五十五《答友人》曰："华山道中，忽接佳什，如吉光片羽，令人惊叹。《雁字》诗，始于家弟，不意遂得诸君子属和，他日《辋川集》中，获附裴诗，是乃不肖之至愿也，远命何敢当?"是书为万历三十七年秋冬在陕西作，也是中郎本人所撰有关《雁字》诗传播的唯一纪录，所谓"忽接佳什"，当然指友人寄来的《雁字》诗，他以"吉光片羽，令人惊叹"作评，既是对友人唱和之作的赞赏，也为自己与小修之作竟获得"诸君子属和"而深表"惊叹"。由李若讷在北京携客所为《雁字诗》命公鼐属和这个案例和袁宏道在陕西收到友人寄来《雁字》诗后而作的回书足以肯定，二袁唱和的《雁字》组诗此时已在北方流传并产生影响。

三

袁宏道于万历三十八年九月逝世后，袁中道实际成为了一只孤雁，因而在其独

---

① 按：明代泗州隶属凤阳府(今属安徽)，与苏州府皆直属南京管辖，而传统意义上的吴人一般是不包括凤阳人的，故径称凤阳人以别之。

掌公安派帅旗的十六年中，基本上已不再提起以往所作的《雁字》组诗。但随着二袁文集的流传，他们的《雁字》组诗仍在发生影响。就空间而言，虽呈继续向南北扩散之势，却仍以东南一带作家的表现尤为积极；就时间而言，则从明末一直延续到有清一代。但因作家作品甚多，本节仅拟选择明末清初有代表性的几个案例加以论析，并藉此考察《雁字诗》的走向和公安二袁的影响。

（一）嘉定唐时升等人的呼应

唐时升（1551—1636）本与公安派主要作家为同时代人，其年龄比袁宏道、袁中道还要长十多岁，虽与二人无直接联系，但曾一度与公安派作家雷思霈、曾可前有交往，因而其后对公安派也颇为关注。他曾于万历四十年作《咏雁字》二十四首，今见于《三易集》卷五。诗序自称是读苏州人林云凤（字若抚）《雁字诗》十首后而作，实际上与其前已知"楚中诸才士近为《雁字》诗"有关，因而无论林云凤还是唐时升继作《雁字》诗，都是二袁《雁字》组诗传播以后的产物。又《三易集》卷九有《释义雁字诗序》一文，是为嘉定诗人孙继统（字续之）而作，也可作为这种反响的一种参照。万历四十八年，孙继统派使者送来所作《雁字诗》二百首，唐时升见后大吃一惊，以为"时海内多为《雁字诗》者，至于满百，则一时作者所无有也"。至明年（天启元年），孙继统又为这二百首诗做释义，"既旁引博证，而又自言其意旨之所在"，可见他是以自作自注《雁字诗》为事业了，且于当年刻以单行，在数量和运作方式上皆破了历史纪录。唐时升受其请而作序，自然只能从正面说好话，但孙氏之所以希望名望地位并不高的这位老秀才给予声援，实际也表明了他对于唐时升《咏雁字》组诗的肯定，颇有臭味相投而引以为知音之意。

那么，唐时升本人的《咏雁字》组诗在当时的反响如何呢？我们或许可以从诗友娄坚（1554—1631）、程嘉燧（1565—1643）为之所作文字中看出一些端倪。娄氏、程氏与唐氏齐名，三人皆为嘉定派领袖，且诗、书、画兼擅。唐氏作《咏雁字》以后，娄氏、程氏虽未作诗酬和，但仍分别以不同方式表示了声援。娄坚以草书抄写其《咏雁字》以赠人，并作《题草书叔达雁字诗后》表达了他对《雁字诗》这种体式的看法，且对唐氏之作给予了肯定与赞赏——认为其"高处尤在千四百言之多，意到笔无不随，五十六字之中，篇终法无不合，怪奇超忽，响亮昂藏，不同体物之拘牵，直似寓言之纵恣，必非他人之所能及也"。程嘉燧则于万历四十一年为之作《唐叔达咏物诗序》，认为其包括《咏雁字》在内的咏物诗，乃是"偶然游戏之作"，"几于徘谐滑稽"，其突出特点是"率而工"，具体地说，就是"诗皆放笔而成"，却能"体物多变，用事无迹"，可谓深中肯綮。

（二）虞山派领袖钱谦益的关注和参与

与嘉定四先生关系密切的钱谦益(1582—1664)后来也对《雁字诗》产生兴趣，既发表过看法，也参与过写作。由于钱氏早在万历三十八年春就曾与袁中道在北京订交，后来又诗书来往，颇为相契，称得上对公安派的理论与创作都颇为了解，因而他对当时文坛唱和《雁字诗》的现象所做的评述更值得本文重视。其观点主要见于《初学集》卷八十五《题项君禹雁字诗》、《又题项孔彰雁字诗》，二文皆作于崇祯十六年，正值大厦将倾之际。项君禹名嘉谟，项孔彰名圣谟，二人乃同胞兄弟，浙江秀水人。兄弟俩的《雁字诗》皆是在与释智舷[①]的酬唱中所作。从钱文所说"秋舷老衲与槜李诸君更相酬和，卷轴粗于牛腰"等语来看，当时智舷与浙江秀水诸君以唱和方式所作《雁字诗》也不少，项氏兄弟各携其唱和之作请钱氏分别题词，颇有以公安袁氏兄弟自期之意。而钱氏题词一方面评赞了二项所作《雁字诗》的特点——君禹之作"意象开拓"，"当孤行于世"，孔彰以画家情怀"发之于诗，气韵生动"，堪称"诗中之诗，画中之画"；一方面还对晚明文坛唱和《雁字诗》的盛况及楚吴两地的代表作家做了评述，认为"《雁字》诗唱于楚人龙君御、袁中郎、小修，海内属和者，溢囊盈帙。其在吾吴，则嘉定唐叔达为最工"。楚吴两地的这种唱和热，乃是先后发生，由楚而吴，因而二袁及龙膺与唐时升，既是两个地域也是两个时期的代表作家。

实际上，除了上述林云风、唐时升、孙继统以外，明末清初参与《雁字诗》写作的吴人还有不少，如吴县吴时德(字明之，号不官)作有十二首，江宁顾梦游(1599—1660，字与治)作有十首(今见于《顾与治诗》卷七)，二人同为秦淮诗社社友，且皆与钱谦益友善。吴氏曾于清初以其所作《雁字诗》七律十二首赠钱氏索和，钱氏也欣然挥毫酬答，其诗今见于《有学集》卷八，题为《橘社吴不官以雁字诗见示，凡十二章，戏为属和，亦如其数》。于是，钱谦益从《雁字诗》的关注者、评论者，也加入到写作《雁字诗》的吴人行列了。

（三）南明义士的狱中绝唱

甲申之变后，随着清兵南下，鄞县华夏(1590—1648)、李文缵、杨文瓒[②]等南明义士因参与抗清活动，于顺治四年(1647)冬被逮系狱。翌年春，忽有"雁行群列，嘹嘐不已"，从监狱上空飞过，李文缵、杨文瓒"两人仰睇久之"，"各增感惋"，于是以分

---

① 按：钱氏二文中提及的"秋潭老人"与"秋舷老衲"皆指释智舷，字苇如，号秋潭，俗姓周氏，浙江嘉兴人。

② 关于华夏、李文缵、杨文瓒三人生平事迹，分别参见张孔式撰《过宜先生华公传》(《过宜言》卷末)、全祖望撰《李驾部墓志铭》(《鲒埼亭集》卷十四)、李聿求撰《杨文瓒传》(《鲁之春秋》卷十七)。

韵方式唱和《雁字诗》，一月之中，各得七律三十首。诗人随时都面临赴刑场就义，却为何能如此镇定执著地写作《雁字诗》呢？据杨文缵自序，他俩是有感于骆宾王《在狱咏蝉》言其"洁狷"之志，认为雁"虽孤羁罔失性"，因"将语雁，使橐毫焚书，冥飞而已"，也即借《雁字诗》来言志抒愤。

同系一狱的华夏读后，曾为之分别撰序，今见于清钞本《过宜言》。其《李昭武雁字诗小序》谓李文缵"偶触雁字，唱和咨嗟，有写其刺割愕悼险患不能已之衷，得三十韵焉，恍乎盲乃左、腐乃史、膑乃孙也，其讨贼檄乎，露布沉乎，吊乎唁乎，以呼觉天下之人臣人子，以鼓舞天下之为忠为义为贞为烈乎？……用晦（李文缵）不欲庄语触时忌，感雁字成咏，折劈点画，佶倔离奇，忽正法艳葩，忽悲楚酸涩，高雅迂曲，顿挫畅快，其所谓人者一者，以阴寓微风，凡用晦所为不极苦哉！"又《杨玄石雁字诗序》曰："兹读天放（杨文瓒）处封城与邛友用晦（李文缵）赓和成《雁字》三十律，孤不饮啄，飞辄哀群，瞻仰昊天，心存甲子，有何大谴，而使人惨怛尔尔！……而读天放《雁字诗》，无不知其曾下于理，于是三十律，即三十雝雝雁也。……今赖天放横见侧出，壁痕钗脚，纵横散敛，以尽雁字之情状，曼声乎静市諠哗，簇豆乎续斯谱，而铜琵琶铁绰板唱大江东去，迁客羁人无不可各以意以遇已，何必不汨罗赋？何必不首阳歌？而亦岂谓广陵散于此果绝！"原来二人不仅以《雁字诗》抒愤言志，还要为避免"触时忌"而不能不以"阴寓微风"的方式来表达，其实质则有如"讨贼檄"、"汨罗赋"、"首阳歌"。如李文缵《雁字》组诗中之"魂依故国伤凝碧，想落中吴受所南"、"数行露布飞音捷，网投前秦定乞降"等，皆为沉博哀楚之佳句。稍后，唯李文缵得释出狱，而华夏、杨文瓒等皆于当年五月被害。李、杨二人的唱和之作以及华夏为之所作二序，实皆成为狱中绝唱，在《雁字》诗史上具有"广陵散"式的特殊意义。

（四）别出手眼的水中观照

与以往几乎都是从仰观雁群在天空飞行时的种种姿态写作《雁字诗》不同，有人从天衣怀禅师"譬如雁过长空，影沉寒水，雁无遗踪之意，水无留影之心"的著名禅语中受到启发，改为从俯视水中映照的雁字影像而写作《水中雁字诗》，认为从这个视角出发，于"空有相传、光影互摄之际"绘影传神，更能得"言有尽而意无穷"之三昧。现存最早的这类作品，当推桐城人方以智（1611—1671）于顺治九年（1652）所作《和水中雁字诗》七律十五首（《浮山后集》卷三），其次则为彭孙遹（1631—1700）《水中雁字十二绝》（《松桂堂全集》卷十四）。但这种别出手眼的水中观照，实际上始创于明末。方诗原题《和先外祖吴观我太史公水中雁字诗》，且在自注中称其老父也曾作《水中雁字诗》。按吴观我名应宾（1565—1635），字尚之，与袁宗道为同年进士，并曾同在翰林院供职，袁宏道、袁中道也与吴氏有交；而方以智之父名孔炤(1590—1655)，字潜夫，号仁植，与袁中道为同年进士，且于万历末天启初尚有交往；因而不难看出，对于晚明由袁氏兄弟倡导而形成的《雁字》诗热而言，吴应宾、方孔炤的《水中雁字诗》之作显然是一种有创意的呼应与拓展。此外，晋江黄虞龙也曾撰《水中雁字》数十首，其创作时间应在明天启崇祯年间[①]。后来屈复(1668—1745)于乾隆初撰《水中雁字》二十首，诗末谓“明自袁中郎倡为《雁字》诗，一时和者甚众；至《水中雁字》，百年来始有之名，不甚著”[②]，前句甚是，后句则不切。但从方以智之作来看，即使颇合于严羽所说“如空中之音，水中之月，镜中之象，言有尽而意无穷”的境界，却也因意旨深远而较难把握。作者乃崇祯十三年进士，官至翰林院检讨，南明永历时曾任左中允等职，顺治七年出家为僧后，仍继续发愤著述，并秘密组织反清复明活动，其《水中雁字诗》十五首就是在这种情势下写出，虽为追和外祖父吴应宾而作，实际抒发了他当时作为遗民和思想家的思想感情[③]。

（五）楚地诗坛的隔代回响

作为引发晚明《雁字》诗热的源头楚地，清初也曾产生过一轮新的回响。顺治末年，些庵和尚先作《雁字》七律八首，寄与诸友索和，一时酬唱者甚众，但有作品流传至今者仅宁夏陶汝鼐、陶之典和衡阳王夫之等三人。些庵即郭都贤(1599—1672)，字天门，益阳人。明天启二年进士，历官至都御史，巡抚江西。入清后不仕，落发为僧。流寓沔阳，筑补山堂，前后十有九载，后以诗累，客死江陵承天寺。陶汝鼐(1601—1683)，字仲调，号密庵。明崇祯六年举乡试，官新会教谕。南明永历时曾任兵部郎中、翰林院检讨等职。旋薙发沩山，号忍豆陀。少时“即私效袁公安近体诗”，长而诗声鹊起，与些庵齐名。晚年读些翁《雁字》八首，“颇觉撩人”，“遂率笔和之”，得七律十首，今见于《荣木堂合集》诗集卷八。陶之典乃密庵长子，字五徽，号澹庵。顺治间，曾任安亲王教习。其所作《雁字八章》，题下注明为“些庵先生命和”，当与乃父同时酬答，但今存仅二首(皆七律)，见于《沅湘耆旧集》卷四十七。王夫之(1619—1691)，字而农，明崇祯十五年举于乡，南明永历时授行人。入清不仕，隐居著述以终。曾于康熙九年先后作《雁字诗》三十八首，分别题为《前雁字诗十九首》、《后雁字诗十九首》，且各撰有小引。今人已收入《船山全书》第十五册，并将其与性质颇近的《题芦雁绝句》十八首合编为一卷。作者小引主要叙述其缘起与作

---

① 钱谦益《列朝诗集小传》丁集上《黄监丞居中传》记其子“虞龙，字俞言，少负逸才，作《落花》、《水中雁字》诗各数十首，长老叹异，未及艾而卒”。因《列朝诗集》于顺治六年编成付刻，黄虞龙《水中雁字》既为少年之作，则可推知其创作时间应在明天启崇祯年间。

② 见于《弱水集》卷十八。

③ 参见方盛良：《融通：从思想到文学——以方以智〈和水中雁字诗〉为中心》，《文学评论丛刊》第六卷第1期。

意，颇值得关注者有三：一谓“雁字之作，始倡于楚人”，当然是指公安袁氏兄弟等楚人唱和《雁字》组诗，以致蔚然成风；二谓“近则玉沙湖补山老人续唱，作者连轸”，明确把清初郭都贤与诸友的酬和活动视为晚明楚人唱和《雁字》组诗的“续唱”；三谓自己当年因病未和，过了近十年才完成这一心愿，可见由些庵主持的这一轮“续唱”，至少持续了十年之久。此外，还叙及己作与诸公之作有异，所谓“时从异轨，情有殊畛，短歌微吟不能长”，是说时隔十年，形势与心态已发生变化，仅作八首七律已难以表达其复杂的情志，因而先作十九首尚不足，再作十九首方尽兴。后来，李继圣举其“为谁修楚史，自解注禽经”、“分飞南北史，历乱桧曹风”、“避暑疑秦火，怀沙吊楚臣”等佳句，认为“寄慨深远，实为绝唱”[①]。诚然，王氏《雁字诗》三十八首称得上内容丰富，从不同角度抒发了其复杂的思想感情，但因用典颇多，措词深晦，非知人论世，已难以解读。近年随着船山研究的逐渐深入，已有学者就此做过探讨，其中尤以李生龙《王船山组诗〈题芦雁绝句〉〈雁字诗〉之创作主旨与复杂内蕴》[②]一文用力甚勤，颇能抉其深意奥旨。

（六）冯如京与《古今雁字诗选》

自袁宏道逝世以后的明末清初，除了上述有代表性的作家作品以外，曾参与《雁字》组诗写作的诗人尚有不少，例如，鄞县陆宝撰有《雁字》七律八首（见于《霜镜集》卷十二），大兴沈光裕曾作《雁字诗》九十首（已佚，据陶汝鼐《沈仲连雁字诗跋》），泰顺周家伟曾撰《水中雁字诗》三十首（已佚，据《温州经籍志》卷三十），赵我法曾作《雁字诗》三十首（已佚，据张岱《雁字诗小序》），乌程董说（1620—1686）撰有《雁字诗》七律四首（见于《董说集》诗集卷二），江宁刘然曾作《水中雁字》三十首（今未见，据四库馆臣《西涧初集》提要）等。正是在这种背景下，冯如京编刊了《古今雁字诗选》一书，可以看作是为晚明兴起的《雁字》诗热而做的一个总结。

冯如京（1603—1670），字修隐，号秋水，代州人。明崇祯十三年以奉诏赴廷对授滦州知州，迁永平府同知。入清后，历官至广东左布政使。顺治末年，他在广东官邸不仅撰有《雁字诗》七律十二首（见于《秋水集》卷六），而且编刊了《古今雁字诗选》。事起于其下属乳源知县支揆英（嘉善人）先以乃父支如增[③]所作《雁字》组诗相呈，冯评为“读之古藻苍凉，摇人心目，盖不以雁字为《雁字》，而文生于情，独抒己性，直出中郎头地”，于是“亦擘纸抽毫，率成十二韵”；稍后，支揆英又以乃父所辑历

---

① 见于《寻古斋诗文集》诗集卷二。
② 载《湖湘论坛》2011年第3期。
③ 支如增，字美中，号小白，又号砚田，嘉善人，著有《砚田集》、《砚田小品》等。

代《雁字诗》见投，冯称“披阅未竟，大快同心，讽而咏之，盖沨沨乎大雅之遗音也哉”，于是从中选录优秀之作编为一集，并撰《古今雁字诗选序》曰：“据（支如璔）所论定，大概创自宋元，因而滥觞，乃始于吴楚，若二袁发清啸于潇湘，诸支鼓余波于烟雨。由是作者如林，家有引商之什；趋之若兢，人传刻羽之篇。琅玕之管，几于夜夜生花；金谷之声，疑若时时掷地。然亦奇矣，不几盛哉！第呕心锦绣，匪乏鸿章；而刻画无盐，亦多赝鼎。余乃不揆孤陋，漫托丹铅，摘其全瑜，以供同好。”[①]由此可知，《古今雁字诗选》一书实是由南北诗人合编而成，所谓“若二袁发清啸于潇湘，诸支鼓余波于烟雨”，则明确肯定了晚明以来《雁字》组诗的盛行，正是公安二袁的影响所致，并指出诸多作品中既不乏独抒性灵的“鸿章”，也颇多模仿剽窃的“赝鼎”。

以上从现存文献资料出发，简略勾勒了作为咏物诗后起的强支——《雁字》诗自北宋滥觞至明末清初形成热潮的历史，重点论述了公安二袁在《雁字》诗发展环链中既有继承也有拓展创新的内涵与意义，以及随着二袁《雁字》诗的传播而在晚明至清初诗坛所产生的深远影响。至于入清以后出生的清初诗人以及清中后期诗人中仍有不少人兴趣盎然地写作《雁字》组诗，动辄数十首[②]，累积起来，可谓连篇累牍，不胜枚举，其中部分作品仍然受到了公安二袁的影响，但限于篇幅，有关这方面的内容，拟另文专论。

最后，有必要回到引言部分所提出的问题做一小结。本文虽以考察晚明兴起的《雁字》诗热为中心，但写作的缘起却是有感于尹恭弘先生《公安派的文化精神》中的某些观点而展开讨论，主要意图是藉此论证：在袁宗道逝世以后，以袁宏道、袁中道为代表的公安派从文学观念到创作实践都在逐渐发生变化，且长时期内仍在文坛发生影响。简单地说，如果公安派前期的文学思想（由观念表述和创作实践两个方面体现）是以“独抒性灵，不拘格套”[③]为主调的话，那么，后期的文学思想则是以“本之以性灵，裁之以法律”[④]为主调。显而易见，要求文学抒写性灵，反对模拟剽窃，是公安派赖以成立的核心主张及其革新意义之所在，这一根本思想始终未变。其间有所变化的是在如何表现性灵的方式上，从“不拘格套”逐渐转向了“裁之以法律”，而“信口信腕”只是“不拘格套”的表现方式之一，它在反对七子派模拟剽窃过程中曾产生过积极作用，但也由此而招致了不少批评。因而当文坛上拟古剽窃之风已经有所扭转之后，袁中郎于隐居多暇期间，与袁小修一起通过读书和反思

① 冯如京：《秋水集》卷十一。

② 如近年发现的唐琏(1756—1836)所书真草《雁字诗》六十首（原诗六十首皆为无名氏作，唐氏所书实存四十四首）册页，就是在这种背景下的产生的。

③ 袁宏道：《叙小修诗》，《锦帆集》卷二。

④ 袁中道：《秦京文集序》，见于《新安集》。

而进行了一些调整，乃是一种明智而合理的举动，兄弟俩以唱和方式所作的《雁字》组诗正典型地体现了其已经从“信口信腕”向含蓄蕴藉的表现方式和创作境界的转变，二人皆遵守咏物诗的潜规则，但仍然抒发了各自的性灵，所以能在明末清初产生深远的影响。尹先生在《公安派的文化精神》中所提倡的“采用完整地、原原本本地、不加分割地研究原始文献的方法”，实际上并未真正贯彻到底，因而其所谓“综合地说，袁宏道文学思想没有变化”，“他一生始终认为最能表现作家性灵的还是信口信腕的表现方式和创作境界”，以及“袁中道太注重不分主次、轻重、缓急的平衡和调和，以致常常滑向浅薄的折衷主义和庸俗的调和主义”等结论，是站不住脚的，尤其诸如“常常滑向浅薄的折衷主义和庸俗的调和主义”、“逐渐模糊了前后七子和公安派两条文学路线的本质区别”之类判词，似有以社会革命或阶级斗争的思维来评价文学流派之争的嫌疑。

江盈科论[1]

在晚明文学革新运动中，江盈科(1553—1605)作为公安派的副将与袁宏道互相唱和[2]，反对模拟复古，提倡抒写性灵，从理论到创作都有所建树，在当时影响颇大，有"袁、江二公之称"[3]。但随着竟陵派的崛起乃至有清一代，江盈科却一直颇受责难和冷落；即使自 20 世纪 30 年代公安派受到重视以来，人们往往都以三袁作为公安派的领袖，而对曾为公安派的创立和发展立下过汗马功劳的江盈科知之甚少。本文试图通过考察江盈科的文学思想与诗文创作，重现这位副将的风采。

一、江盈科的文学思想

江盈科并不是一个理论家，他的文学思想除早年受过文莲山先生"因心为文"、"尽浣剽剥之陋"等进步观点[4]的影响外，主要是在辅助袁宏道创立公安派的过程中和创作实践中形成，晚年又有所充实和延展。

(一) 阐发"性灵说"之旨，另立"元神活泼说"

作为公安派理论核心的"性灵说"，袁宏道在万历二十四年《叙小修诗》一文中正式发表之前，实已同江盈科讨论"商证"过[5]，随后江盈科在《敝箧集叙》中阐发袁宏道的"性灵说"之旨时，自然融入了他的认识和解释，我们不妨把最精彩的部分摘引如下：

---

① 本文原载《文学评论》1998 年第 2 期。中国人民大学书报资料中心《中国古代近代文学研究》1998 年第 7 期全文转载。

② 参见拙文《论江盈科参与创立公安派的过程及其地位》，载《复旦学报》1998 年第 5 期。

③ 参见钟惺：《与王稚恭兄弟》，《隐秀轩集》卷二十八。

④ 江盈科：《莲山文思去思碑记》，《雪涛阁集》卷七。

⑤ 参见袁宏道：《哭江进之》诗序，《袁宏道集笺校》，上海古籍出版社 1981 年版，第 1091 页。

诗何必唐，又何必初与盛？要以出自性灵者为真诗尔。夫性灵窍于心，寓于境。境所偶触，心能摄之；心所欲吐，腕能远之。心能摄境，即蝼蚁蜂虿皆足寄兴，不必《雎鸠》、《驺虞》矣；腕能运心，即谐词谑语皆是观感，不必法言庄什矣。以心摄境，以腕运心，则性灵无不毕达，是之谓真诗，而何必唐，何必初与盛之为沾沾？

流自性灵者，不期新而新；出自模拟者，力求脱旧而转得旧。由斯以观，诗期于自性灵出尔，又何必唐，何必初与盛之为沾沾哉？

显而易见，《叙小修诗》提出"独抒性灵，不拘格套"的总纲，是具有划时代意义的，但对于实践这种理论的创作过程与特色，则《敝箧集叙》补充阐述得更为细致，试将二文的思路比较如下：

《叙小修诗》：情（性灵）→境→字→本色独造→真诗

《敝箧集叙》：（蕴含性灵的）心→境→腕（写作能力、技巧）→性灵毕达的作品→真诗→新颖

从心有性灵变性灵之作，《叙小修诗》着重强调"情与境会"、"情随境变"，于是就"字逐情生"了，似乎凡是有情人就必能写出真诗，《敝箧集叙》则补充了"以心摄（统辖）境，以腕运心"的过程，实即强调诗人"情与境会"时从意象生成到意象迹化（指将头脑中已生成的意象形诸文字）过程中的主体条件（包括才能、技巧）和能动作用，只有"境所偶触，心能摄之；心所欲吐，腕能运之"，才能将心中的性灵转化为真诗。这种补充阐释，使中郎"性灵说"的内涵进一步充实。

实际上在《敝箧集叙》问世之前，大约与袁宏道写作《叙小修诗》同时或稍后，江盈科就已在《白苏斋册子引》中提出"元神活泼"说，与袁宏道的"性灵说"相呼应。该文的写作缘起是，袁宗道因仰慕白居易、苏轼的为人而以"白苏"名斋，袁宏道仕吴时"语及其事，吴中诸公相与被之声歌，侈之图绘，烂然成册"，江盈科为之作此序。这件事情本身就蕴含着较为丰富的文化内涵：公安派成员大多都私淑白居易和苏轼，原因在于白、苏追求适意的人生态度和自然洒脱的文风，与他们的价值取向一致，故有人把白、苏称为"性灵的前驱"[①]。江盈科此序不过借袁宗道以"白苏"名斋作为引子，来阐发他的"元神活泼"理论及其对白、苏的认识而已。其文曰：

吾尝睹夫人之身所为流注天下，触景成象，惟是一段元神。元神活泼，则抒为文章，激为气节，泄为名理，竖为勋猷，无之非是。要以无意出之，无心造

① 参见吴兆路：《中国性灵文学研究》第三章，台北：文津出版社1995年版。

之，譬诸水焉，升为云，降为雨，流为川，止为渊，总一活泼之妙，随触各足，而水无心。彼白、苏两君子，所谓元神活泼者也。千载而下，读其议论，想见其为人，大都其衷洒然，其趣怡然。彼直以世为宇，以身为寄，而以出处隐见、悲愉欢戚为阴阳寒暑呼吸之运。故见华非华，见色非色，见诟非诟，见丑非丑，大化与俱，造化与游，无处非适，无往非得。

夫人之元神无不活泼，有弗然者，或牿之也。牿有二端：尘俗之虑，入焉而牿；义理之见，入焉而牿。二者清浊不同，其能为牿，则若臧谷之于亡羊，均也。

所谓“元神”，本指灵魂或精神，这里却与明代心学家所说的心性本体相联系；江盈科的“元神活泼”说，也明显受到了王学左派有关理论的影响。

在王阳明的理论中，“心性”、“良知”被认为是生动活泼的本体①，王艮和王畿由此出发，认为对“心”应听其自然，不必人为地加以束缚、安排，进而将“乐”作为心之本体。如王艮说：“天性之体，本自活泼。鸢飞鱼跃，便是此体。”②又作《学乐歌》曰：“人心本自乐。”王畿也说：“乐是心之本体，本是活泼，本是脱洒，本无挂碍系缚。”③沿着王艮、王畿的思路走下去，便出现了罗汝芳的“赤子之心说”和李贽的“童心说”。

江盈科所说“元神”，正是在王阳明、王艮、王畿所说“心性本体”和罗汝芳所说“赤子之心”、李贽所说“童心”之上凝聚而成，实际上与袁宏道所说的“性灵”相通，故或抒为文章，或激为气节，无之而不可。本来，每个人的元神无不活泼，但有些人由于受“尘俗之虑”和“义理之见”的桎梏，而压抑甚至泯灭了元神，于是便戕害了个性，丧失了“真我”。所谓“尘俗之虑”，指对功名爵禄、富贵利达的贪求；而“义理之见”，则与李贽所说的“闻见道理”相近，主要指程朱理学和封建礼教。前者“浊”，后者“清”，二者都桎梏元神，束缚个性的自由发展。于是他主张人们应：

静观无始，洞见故吾，湛然虚明，一无所着。何物尘俗，何物义理，都归无有。犹之眼睛，一片直是空洞，沙砾金屑，两无所留。故芥粒须弥，无微无巨，当其在前，无不立见。（《白苏斋册子引》）

---

① 王阳阳《传习录》有如下两段问答：问：“‘逝者如斯’，是说自家心性活泼泼地否？”先生曰：“然。须要时时用致良知的功夫，方才活泼泼地，方才与他川水一般，若须臾间断，便与天地不相似。”问：“先儒谓‘鸢飞鱼跃’，与‘必有事焉’同一活泼泼地？”先生曰：“亦是。天地间活泼泼地，无非此理，便是吾良知的流行不息。”

② 王艮：《心斋王先生语录》卷上。

③ 《明儒学案》卷十二《龙溪语录》。

所谓“湛然虚明”，实际上就是主张人们应保持“元神活泼”的本然状态，不要受“尘俗之虑”、“义理之见”的污染和桎梏，而白、苏正是这样的“所谓元神活泼者”，所以“千载而下，读其议论，想见其为人，大都其衷洒然，其趣怡然”。

（二）反对尊古卑今，主张代各有文

在反对前后七子的拟古主义文风这一点上，江盈科与袁宏道的观点基本一致，但也有一些他自己的认识。

首先，在驳斥前后七子诗必汉魏盛唐的观点时，他拈出中晚唐诗、宋诗乃至明诗予以肯定。他说：

> 本朝论诗，若李崆峒、李于鳞，世谓其有复古之力。然二公者，固有复古之力，亦有泥古之病。彼谓文非秦汉不读，诗非汉魏六朝盛唐不看，故事凡出汉以下者皆不宜引用。噫，何其所见之隘而过于泥古也耶？夫诗人所引之物，皆在目前，各因其时，不相假借。……至于引用故事，则凡已往之事，与我意思互相发明者，皆可引用，不分今古，不论久近。……故吾以为善作诗者，自汉魏盛唐之外，必遍究中晚，然后可以穷诗之变。（《雪涛诗评·用今》）

而其间对白居易情有独钟：

> 白香山诗，不求工，只是好做，然香山自有香山之工，前不照古人样，后不照来者议，意到笔随，景到意随，世间一切，都着并包囊括，入我诗内。诗之境界，到白公不知开扩多少，较诸秦皇汉武，开边启境，异事同功，名曰“广大教化主”，所自来矣。（《雪涛诗评·评唐》）

其次，在驳斥前后七子文必秦汉的论点时，他拈出唐以后文予以肯定。他说：

> 论者率推秦汉，以其去古未远，有未雕未琢之意。降而唐，见谓不逮汉矣；降而宋，又见谓不逮唐矣。此自世运升降使然，莫可谁何？要之代各有文，文各有至，可互存不可偏废。……苟世有有大力者，尽取古今文，自唐宋而外，若三国，若晋，若隋，若南北朝、五代与元，并而刻之，岂不天地之大观、千秋之胜事哉？彼识不能周览，力不能遍举，而直曰“秦汉”“秦汉”云尔，此何异守瓶花一枝，而忘千红万紫之无尽藏也？是漆园生之所笑为醯鸡者也！（《重刻唐文粹引》）

有人取明代王、唐以下若干人,拔其文之精者若干首,编为《明文选盛》一书,他欣然为之作序,认为其文"膏沃光烨,根深叶茂,是谓由实生华,乃真华也。盖一代之文献备是矣,可以传矣"。

再次是对于前后七子的创作也能公正评价,并不一概否定。他说:

至于李崆峒文笔古拙,所以七言古风,几于逼真子美。何太复诗文,庶几双美,而挺拔绝特,已逊古人,遂开吴明卿、梁公实等一派,流于平衍。七子之中,王元美终当以文冠世。求真诗于七子中,则谢茂秦者,所谓人弃我取者也。李于鳞之文,初读之,令人作苦,久而思索得出,令人欠伸思睡;若其诗,大都以盛气雄词,凌驾傲睨,数十年来,但留"中原紫气"、"我辈起色"等语,为后生作恶道;若此公者,几乎并文与诗两失者也。宗子相只是过于玄虚,不着实,而其文笔大有东坡气味,诗句逸迈,御风而行,则本朝铮铮杰出者也。(《雪涛诗评·诗文才别》)

何景明,号大复,诗与李崆峒齐名。然余读其《乐陵令行》一篇,亦何尝规规模古,盖不过就当日时事,铺叙结构,自具古体。(《雪涛诗评·配合》)

在前后七子中,江盈科对李梦阳、何景明、谢榛、宗臣等都有一定的肯定;而后七子领袖李攀龙,则是他和袁宏道等最深恶痛绝的,所以抨击最力。但对苏州太仓人王世贞却不无好评,他不仅称"王元美终当以文冠世",而且在《刘子威杂俎序》中说:"至我明二百余年号称博洽者,惟蜀杨用修、吴王元美最著。"原因在于王世贞"毕竟非历下(李攀龙)一流人,晚年全效坡公"(袁宗道语),即王世贞晚年的认识和文风已有所转变,但江盈科对元美的肯定也是有分寸的,主要限于其学问博洽、著述宏富、以文冠世等。

(三)痛诋模拟剽窃,强调个性独创

这一点与前二点实际上是三位一体、相辅相成的。袁、江二公标举"性灵说"和"元神活泼说",固然首先是针对前后七子"尊古卑今"的主张而发,但其理论旨归是要求以文学的个性表现和独创精神,来扭转当时模拟剽窃的文风。

如前文所述,正因为江盈科明确地把"元神活泼"与"尘俗之虑"、"义理之见"对立起来,由此论文,就形成了较为丰富的理论内涵,并且同袁宏道的"性灵说"主旨一致,都具有强烈的革新精神和战斗意义。

一是"贵真"。他说:

善论诗者，问其诗之真不真，不问其诗之唐不唐、盛不盛。（《雪涛诗评·求真》）

在江盈科看来，无论做诗还是论诗，都应“先求真”，而不求其与汉魏盛唐诗相似，所谓“自有一段当描当画见前境界，最要阐发玲珑，令人读之，耳目俱新”，实即强调诗如画像一样，贵在写真而传神。江盈科所说的“性情”，与袁宏道所标举的“性灵”内涵相同，如他在《答顾冲吾》书信中说：“尊翁潜德弗耀，乃其文采政复嫣然，犹之陶靖节先生高蹈独往，而其诗词洒落，泄自性灵，居然千古。”此即《敝箧集叙》中所叙：“夫唐人千岁而新，今人脱手而旧，岂非流自性灵与出自模拟者所从来异乎？”这就是说，“泄自性灵”的诗，才是“真诗”，因而才可“千岁而新”。他极力推崇袁宏道的作品，正因其“自真情实境流出”[①]。

与此相联系，他还特别强调人应不失“真性”，不丧“真我”。他说：

人生自有真我，徇其非真我者，而真我乃丧。试观赤子在襁抱中，被之布不愠，被之锦不喜，枕之以块，睡亦如是；枕之以玉，睡亦如是。中无所起，外无所艳，此之谓真我。（《丧我》）

可见其所谓“真我”，实即赤子之心或童心，“真我”之所以丧失，则为功名爵禄等各种“尘俗之虑”和“义理之见”所污染所吞没。存“真我”者，方有“元神活泼”可言；丧“真我”者，则“元神”已灭，“真性”已失。此时所作诗文，自然不是真诗真文了。

二是重“趣”。他说：

夫为诗者，若系真诗，虽不尽佳，亦必有趣。若出于假，非必不佳，即佳亦自无趣。（《雪涛诗评·贵真》）

盖诗有调有趣，调在诗之中，有目者所共见。若夫趣，则既在诗之中，又在诗之外，非深于诗者不能辨。……苟不味其趣，取先生之诗与靖节字模句比，以求其所谓似，而不可得，此何异相马者不察天机，而拘拘焉求诸牝牡骊黄之内者哉？（《陆符卿诗集引》）

“趣”与“真”、“天机”相联系，但与“调”则有形神之别。前后七子重格调，其“字模句比”者，至多只能得与古诗之调似而已，即使模仿到家，达到形似，也无诗趣可言。

---

① 江盈科：《解脱集二序》，《雪涛阁集》卷八。

唯神情浑然融合之作，方得诗趣。因而“趣”实际成为区别真诗与假诗的标准之一，例如江盈科评屠隆诗曰：“大抵不事椎凿，天趣自流，方之古人，直是神情默合，与字袭句剿者不啻径庭。”①又评冯太史《三游稿》曰：“或踏花藉草，枕石漱流，兴到洒然，长篇短咏，极山水之趣。”②他还在《桃花洞天草引》中自叙其与友人游桃花源之作，“时以天趣所会，发为文辞，诚不自知工与不工”。可见，他所说的“趣”，也与作者的“兴”（或曰“情兴”、“意兴”）和作品的“自然”风格相联系。他在《与徐少甫》书中说：“拙制自写意兴，比之蝉引天机可也。”又在《李小白诗引》一文中认为“十二国风率多出田夫红女之口，圣人取其泄于人心自然之籁而并存之”，而山人李小白“饮少辄醉，醉辄歌，歌辄随意兴所到，铨次成诗”，“要以抒发性情，一洗剿袭之陋，则所谓自鸣其籁者欤，足以传矣”。

三是崇“实”。这是相对于趋华而言，并不意味着轻视虚构。他在《明文选盛后序》中说：“先民有言：‘居其实，不居其华。’非恶华也，华生于实。离实而索华，非真华也。”“近世挽世之文，无论其凡，即号称工者，不过剽左、马之皮毛，窃佛、老之土苴，以为能奇与古，而乏深造自得之趣。”可见他说的“实”，也与“真”、“趣”相联系，实即要求文从真情实境流出，才有“深造自得之趣”。所以他说：“余观李陵《答苏武》一书，怨愤激烈，千载而下，读之当为扼腕。嵇中散《绝交书》，写出懒慢箕倨之态，至今如亲见其人。盖其情真而境实，揭肺肝示人，人之见之，无不感动。”③而那些模拟剽窃之文，即使文辞华丽，也不过“离实而索华，非真华也”。

四是尚“奇”倡“变”。江盈科认为“古工诗之家，其大较三：有正，有奇，又有奇之奇”。他视杜甫为“正而兼奇者”，李白为“专以奇胜者”，而李贺“则事不必古人有，语不必世人解，呕心造句，突兀怪特，如海天蜃市，琼楼玉宇，人物飞走之状，若有若无，若灭若没，莫可端倪，此夫不名为正，不名为奇，直奇之奇者乎！”④而袁宏道之才，正“从造化灵幻变出，是谓世间一种最奇之奇”。他这种“尚奇”的观念，与其“倡变”的主张是相互联系的，并与时论的价值取向大异。他认为不奇不可言文，“有自然之奇，然后尽文之态，而极虚明之变”。“正”固然为“文之脉”，但“理从脉而生息变化”，仍可生“奇”。至于世人所谓“纯正”者，只不过是“老生腐儒训诂讲解之语”，作为豪杰之士，则当“以其穷心之变而自见其奇”⑤。所谓“极虚明之变”和“穷心之变”，就是穷极“元神活泼”之变，有奇方能极其变，穷变更能见其奇。

---

① 江盈科：《与屠赤水》，《雪涛阁集》卷十二。
② 江盈科：《三游稿跋》，《雪涛阁集》卷八。
③ 江盈科：《解脱集二序》，《雪涛阁集》卷八。
④ 江盈科：《解脱集引》，《雪涛阁集》卷八。
⑤ 江盈科：《璧纬编序》，《雪涛阁集》卷八。

他所说的“奇”，不仅与“正”相对，而且也与“常”相对。世人的见识各有差别，用“理”来区分常奇也未尝不可，但必须知道“理有万变”，人们以为“正”以为“常”的，固然合乎“理中之理”；而作者和豪杰之士所崇尚的“奇”与“变”，则也合乎“理外之理”①。

五是主张信腕信口，不拘格套。袁宏道说：“进之才高识远，信腕信口，皆成律度，其言今人之所不能言与其所不敢言者。虽其长逸格，有以使然，然亦因时救弊，法当如是。”②江盈科评袁宏道《解脱集》曰：“皆以所欲言信笔直尽，种种入妙。”又有诗曰：“信手题诗不忍删”③，“诗从偶得不须敲”④。当然，这种“信腕信口”，毕竟有一个度，即“状情写物在辞达”。他的“不拘格套”，还包括不论体、法，所谓“诗求得趣何论体”⑤，正是这种主张的精炼表述，但这都只是从相对意义上针对泥古拟古者而言。另一方面，他仍然强调“诗文才别”，认为“诗有诗体，文有文体，两不相入”，主张“为诗者专用诗料，为文者专用文料”，“乃称当行”⑥。

二、江盈科的诗文创作

与公安派主要在诗文领域反拟古求革新的总体趋向一致，江盈科的文学创作也主要表现在诗歌和散文两个方面。最早对江盈科的诗文创作进行总体评价的是袁宏道，他先在《雪涛阁集序》中说：

> 进之才高识远，信腕信口，皆成律度，其言今人之所不能言与其所不敢言者。或曰：“进之文超逸爽朗，言切而旨远，其为一代才人无疑。诗穷新极变，物无遁情，然中或有一二语近平近俚近俳，何也？”余曰：“此进之矫枉之作，以为不如是，不足矫浮泛之弊，而阔时人之目故也。”

江盈科逝世后，袁宏道作《哭江进之》诗十首并序，又曰：“进之才俊逸爽朗，务为新切，嘉、隆以来所称大家者，未见其比。但其中尚有矫枉之过，为薄俗所检点者。”并以“江阔无澄浪，林深有坠枝”两句诗来形象地概括他的创作。袁中道在《江进之传》中也认为他的“诗多信心为之，或伤率意，至其佳处，清新绝伦，文尤圆妙”。又

① 江盈科：《耳谭引》，《雪涛阁集》卷八。
② 袁宏道：《雪涛阁集序》，《瓶花斋集》卷六。
③ 江盈科：《春日睡起思归》，《雪涛阁集》卷三。
④ 江盈科：《闲坐》，《雪涛阁集》卷四。
⑤ 江盈科：《舟中忆家》，《雪涛阁集》卷四。
⑥ 江盈科：《雪涛诗评·当行》。

说："进之诗可爱可惊之语甚多，中有近于俚语者，无损也。稍微汰之，精光出矣。"尽管由于中郎兄弟曾与江盈科情同手足，因而上述言论难免有溢美之嫌，但二人对江盈科诗文所作的实质性评价，还是客观公正的，并且颇富于历史的辩证精神。

事实上，江盈科诗文创作的这些特征和弊病，皆为其主张与时势使然；如果从知人论世的角度进一步向深层探索，则在一定程度上取决于其吏隐心态。

所谓吏隐心态，实际上是古代士人为调和仕与隐的矛盾而采取的一种最为实惠的处世态度和生活方式，不仅在晚明为许多士人所认同，而且在以往各代也不乏楷模。江盈科就曾在《陆符卿诗集引》中说：

> 余生平喜言诗，然而浮沉升斗，自分不敢望靖节。不得已而思其次，则白香山乎？香山者，古之所谓吏隐，急流勇退之下，抑亦可以为次矣。

江盈科于万历二十年进士及第，出任长洲令仅一年，就因征赋不能完额而受到"夺饩"的处分，于是思想心态发生突变，本欲辞官回桃源隐居，"缘家无负郭，堂有风烛，姑窃五斗为代耕计"①，此后一直以吏隐心态处世②。而其文学活动的黄金岁月则是自万历二十三年袁宏道来吴后才真正开始，因而他为实践公安派主张而创作的诗文，同时也是其吏隐心态的产物。

相对而言，江盈科的散文成就要高于其诗歌成就，而其中又以论说文和小品文的成就尤为突出。下面拟结合江盈科的文学主张与吏隐心态，分别就他的诗歌和散文的特征及其成因略作评述或阐释。

江盈科所作诸体诗尽管有不少已佚，但保存至今的尚达千余首，无论就当时影响和现存数量而言，我们称江盈科为公安派的大家之一当不为过。由上引中郎兄弟对江盈科诗歌创作的评论可知，"穷新"和"务为新切"是他的艺术追求，"极变"和"信腕信口"是其艺术手段，"其言今人之所不能言与其所不敢言者"和"可爱可惊之语"的"精光"，是指其思想内容之新，"物无遁情"和"清新绝伦"是指其艺术效果之新，至于"近平近俚近俳"的弊病，则为其"矫枉之过"。

就"独抒性灵"而言，江盈科诗歌的"务为新切"主要表现在如下三个方面，其"可爱可惊之语"也甚多。

一是直接表现其吏隐心态，揭示官场对人性的束缚和"真我"对自由的追求。这是江盈科诗歌的主旋律，既有悲苦之调，也多旷达之声，无不从胸臆流出。在长

---

① 江盈科：《詹丞右川归政序》，《雪涛阁集》卷十。

② 参见拙文《江盈科生平著述考》，《中国文学研究》1997年第2期。

洲“剧邑”任上，他虽然也可“暂时抛吏牍，小隐向官衙”[①]，“就此堪栖隐，但容曼倩知”（按曼倩，即东方朔）[②]，“我亦宰官聊玩世”[③]；但官场的“嚣繁冗琐”仍令他难以忍受：“嗟予丘壑骨，麋鹿与俱得，误出婴世网，奔走无休歇”[④]。所以他感叹官场有如罗网、樊笼：“自怜奔走缚微官”[⑤]，“官套笼人类缚鸡”[⑥]，“樊笼何太苦？翻恨羽毛奇”[⑦]（《鹦鹉》）。既然为官，就难免“笑面人前假，攒眉背后真”[⑧]，于是有时自问：“何事低回贪五斗，折腰到底不能辞？”[⑨]其《真州饮酒自咏》还说：“笼处少畅快，野处少余穗，乃知生之徒，各各受形累。形外有真性，如珠在泥滓，真性一以见，此身恍如寄。”实是以笼中雀自喻，揭示了仕与隐的矛盾。直到离任，他虽“喜出樊笼闲似鹤”，却仍“怕闻束带苦如蛇”[⑩]。赴京任大理寺正后，他作《自述》诗曰：“即今处闲曹，五日一视牍；客至不束带，饭香始栉沐；快活似仙人，何计官冷燠？”此时他才在吏隐中真正找到了悠游逸乐的天地，甚至认为“闲曹吏隐觉非凡”[⑪]，这是从与长洲“剧邑”吏隐的对比中得来，正因为“冷”官多“闲”，他便可以从中获得更多的自由，而一旦资历混够，能升官时照升不辞。他甚至还以此勉励友人：“大隐不妨朝市里，还期曼倩在承明。”[⑫]

二是从吏道的视角关注国事民情，或直接批判现实政治，或借咏史吊古以讽今。举凡万历中后期的一系列政治问题：诸如平宁夏之乱、援朝鲜抗倭、平播州之乱三大战役以及东南“岛夷”的滋扰、矿使税使的危害、朝中立储之争、皇帝不上朝、重赋导致民怨丛生、滥刑导致冤案迭起、水旱之灾导致物价上涨、民不聊生等等，都在江盈科的诗歌中有所反映和讽谕，所以袁宏道说他：“痛民心似病，感事泪成诗。”[⑬]例如《蜀中兵起感赋》先说“杨蛮纵横乱天纪”，“四五万人同日死”；又举“往年征倭度辽水，间关不啻十千里；七年费金八百万，健儿累累半为鬼”；再叙“年来群小惑圣聪，矿使税差填道路，宫中黄金高如斗，道旁死人如死狗。民苦君乐不忍闻，……前后谏者数百人，束置高阁生灰尘”。于是感叹：“安得先皇显灵异，拨转圣虑如推轮？”

---

① 江盈科：《春日署中即事》，《雪涛阁集》卷一。
② 江盈科：《小漆园即事》，《雪涛阁集》卷一。
③ 江盈科：《虎丘僧明觉》，《雪涛阁集》卷四。
④ 江盈科：《晚出姑苏门》，《雪涛阁集》卷一。
⑤ 江盈科：《屠长卿舟中小集》之二，《雪涛阁集》卷五。
⑥ 江盈科：《同张幼于诸君游荷花荡》之七，《雪涛阁集》卷五。
⑦ 江盈科：《鹦鹉》，《雪涛阁集》卷一。
⑧ 江盈科：《书怀》之一，《雪涛阁集》卷一。
⑨ 江盈科：《舟中自嘲》，《雪涛阁集》卷三。
⑩ 江盈科：《舟中偶题》，《雪涛阁集》卷四。
⑪ 江盈科：《即事》之一，《雪涛阁集》卷四。
⑫ 江盈科：《龙君超》，《雪涛阁集》卷四。
⑬ 袁宏道：《赠江进之》之一，《锦帆集》卷一。

甚至把“太庙老槐”被雷击，也视为“皇祖忿怒”而示儆，进而质问：“我皇胡不下诏罪己，而但怡怡如雀巢苇苕?”情绪激昂，一泻而下，锋芒直指当朝皇帝，可谓胆大包天，痛快淋漓。上引《出宰长洲作》一类初出仕时的忧国忧民之作，虽然批判性没有这样强烈，但二者在精神指向上是相通的。他的咏史吊古之作，也往往能“言今人之所不能言与其所不敢言者”。

三是从隐趣的视角关注个性自我，或直接抒写人情、欲望，或借写景咏物怡养性情。随着当时城市商品经济的发展和市民队伍的壮大，人们的生活方式和价值观念也相应发生了变化，江盈科在苏州、真洲、北京创作的诗歌对此有许多生动的反映，其重视个性、人情、欲望的倾向，正与这个时代的社会思潮一致。他有一首《真州》诗曰：“弹丸扬子国，绕郭大江横。商众过农户，盐高出女城。岸栖千斛艑，市杂五方氓。逐末儿童惯，凄凉夜读声。”写出真州一带商业的兴盛景象，不仅从商的人数超过农户，而且连儿童也热衷于学习经商。他的言情之作达数十首之多，大多写得缠缠悱恻，如《春闺怨》写思妇对良人的相思：“无情最恨是东风，只解吹花满地红，何如吹妾花前意，暂入良人春梦中。”怨恨中饱含深情，以致忽发奇想，欲借东风之力，暂入良人梦中相会。《秋闺》之二更别具情趣：“深闺子夜起彷徨，不为虫声落枕傍。侍女那知心内事，烧起银烛觅寒螀。”夜半三更女主人因相思难耐不能成眠，彷徨而起，侍女不察，竟向寒螀问罪。万历二十七年所作《七夕篇》，则感叹自己与妻子南北相隔，竟不如牛郎织女：“若将人世比双星，会少离多更愁绝。”他曾题《卓文君》曰：“才子佳人凑作双，都缘一曲凤求凰。相如不嫁谁堪嫁？始信文君眼力强。”与李贽对卓文君的评价一致。至于写景咏物之作，则往往寄寓了作者的闲适之情和人格精神，如《官邸菊》中的菊花，其幽清而孤傲的品格本是隐士人格的象征，当她在京师官邸生长开放与作者为伴时，就成为了作者所认同的吏隐人格的象征。

就“不拘格套”而言，江盈科的诗歌主要是从反对模拟剿袭出发而“务为新切”，具体表现为：在观察生活时体物深细，在艺术构思中极尽变化，在语言表现上信手信口，在趣味风格上庄谐杂作，清新流丽。袁宏道曾评江盈科诗为“白肌元骨”，的确为不刊之论。所谓“近平近俚”，正是学元白平易浅近诗风的结果。而所谓“近俳”，则与江盈科本人诙谐的性格有关，他之所以私淑东方朔，实际包含着既认同其“朝隐”心态，也欣赏其滑稽幽默的双重意义。加之他赞同袁宏道所说：“心能摄境，即蝼蚁蜂虿皆足寄兴，不必《雎鸠》、《驺虞》矣；腕能运心，即谐词谑语皆是观感，不必法言庄什矣。”[①]既然以“信手信口”为诗，其“近平近俚近俳”，也就在所难免。袁宏道虽曾在《雪涛阁集序》中为之辩护，但后来在《哭江进之》诗序中却明确承认：

① 江盈科：《敝箧集引》，《雪涛阁集》卷八。

“然余所病，正与进之同证。”这种因“不拘格套”而形成的“近平近俚近俳”之倾向虽不妨碍“独抒性灵”，但却与中国传统诗歌的审美趣味相去甚远，因而在当时就为“薄俗所检点”。后来王夫之批评“江进之之粗犷”[①]，朱彝尊说他“特变而不成方者”[②]，都是基于各自的诗歌审美标准而立论。而钟惺批评“其诗定是恶道，不堪再读，从此传响逐臭，方当误人不已”[③]，则除了钟与江的审美趣味大相径庭之外，显然还带有宗派意气。

江盈科现存的散文作品大致可以分为传统散文和小品文二类。鉴于《雪涛阁集》卷十四所收“小说”五十二篇曾以《雪涛小说》为题单独刊行过，以及为了行文的方便，我们把它和《谈言》、《雪涛谈丛》、《谐史》等四种杂著另立一类论述，姑且称为“雪涛小品”。而《雪涛阁集》卷六至卷十三所收古论、记文、序文、志传、赠文、祭文、尺牍等四百二十余篇，再加笔者所辑佚文十二篇[④]，则都归入传统散文一类论述，尽管其中有些记文、序文、尺牍也可视为小品。

“进之文超逸爽朗，言切而旨远。”这是袁宏道在《雪涛阁集序》中引自同时代人的公论，确切道出了雪涛散文的基本特征，实际上也与其文学主张和吏隐心态相辅相成。

江盈科任长洲令不到一年，就因不能忍受官场繁务缛节的束缚而生厌倦之心，发为文章，则往往表现为对官场现实的不平和对闲适生活的向往。在《与卓月波光禄》中，他以向友人诉说为令之苦的方式来现身说法，揭露做官丑态，痛快淋漓，辛辣尖刻，其牢骚不平之中实际蕴含着对闲适自由生活的向往。像这类书信连篇累牍，举不胜举。而《桃花洞天草引》径写作者本来“澹然无慕于世，而偶与世构，在嚣繁之中，则时时忆洞天之景”，“然则洞天之景，四序流易，吾人乘而行乐，与景俱适，何非逍遥婆娑时欤?”尽管这种适意快乐与“遗世独立、羽化登仙”的境界尚有差别，“然要于各适其适，则不佞与诸君甘之矣”。于是，他在官署中建小漆园，以效庄子“在嚣繁冗琐中”“极夫逍遥之趣”，并作《小漆园记》。该文正写于作者吏隐心态形成之时，明显受到了庄子思想和文风的影响，既然“内无所营，外无所冀”，毁誉得失，全不挂怀，那么为文时自可独抒性灵，而无须刻意载道了。高旷淡远的情志和清新流畅的文笔结合在一起，就形成了雪涛文“超逸爽朗”的风格。后来袁宏道写诗《赠江进之》曰：“端居持简体，吏隐见仙才。……一见《逍遥》作，知君笑口开。”所谓“《逍遥》作”，即《小漆园记》，可见这类文章的精神指向，与稍后形成的公安派理论一致，或者反过来说，袁、江二公的文学主张，也是在他们创作实践基础上的一种理论总结。

---

① 王夫之：《明诗评选》卷八。

② 朱彝尊：《静志居诗话》卷十六。

③ 钟惺：《与王稚恭兄弟》，《隐秀轩集》卷二十八，上海古籍出版社 1992 年版，第 463 页。

④ 参见笔者辑校的《江盈科集》，岳麓书社 1997 年版。

如前文所述，江盈科倡导的“元神活泼说”，除了要求抒写真性情之外，更强调表现真精神，也即他在《璧纬编序》所说要有“一段精光闪耀炳朗”。这种真精神往往有赖于“触景起兴，感事摅辞”，甚或“摭景眼前，运精象外”，即要凭借具体事件或具体景物并以恰切而明洁的语言来表现，方能“言切而旨远”。例如，《两君子亭记》就是一篇托物言志的佳作。他说：“余性淡于声色，而于草木泉石颇钟情焉。草木之中犹爱竹与莲，盖亦因其比德于君子尔。”竹之“中虚外劲，岁寒不渝”和莲之“在淤不染、处芳不媚”的君子品格，正是作者人格精神的化身。因此他用优美的语言，热烈歌颂了竹之无往而不宜、无景不可喜的风姿和莲之自多佳致、可亲而不可狎的气质。最后明确表示：“余游倦矣，数年之间，当遂以一瓢一卷，从两君子朝夕，没吾齿尔。”实际在竹与莲的形象中赋予了遗世独立、挺拔有骨的隐士精神。

然而雪涛散文在当时影响最大的还是一些为他人著述而作的序文，其中最著名的是为袁宏道早年三部诗文集所作的四篇序文。据袁中道《江进之传》说：“中郎所作《锦帆》、《解脱》诸集，皆公为叙，文如披锦，为一时名人所叹。”如陶望龄就曾盛称其《敝箧集叙》和《锦帆集序》。袁宏道本人也评价甚高，其《与江进之》书云：“近日作文如吾兄者绝少，《敝箧》之叙，谨严真实；《锦帆》之叙，流丽标致。大都以审单家书之笔，发以真切不浮之意，比今之抵掌秦、汉者，自然不同，所以可贵。”

此外，江盈科的一组论说文也写得文笔恣肆，理直气壮，堪称优秀之作。它们包括《雪涛阁集》卷六所收“古论”十五篇和光绪《桃源县志》所收《王者所天在民论》、《治世莫若爱民论》、《法祖疏》、《宦寺疏》、《中兴疏》等[①]，无论评论时政与历史，皆富于批判精神，与宋儒、世儒的迂腐之论针锋相对，提出了一些阔人耳目、破人执障乃至有补于时的新见解。例如，就政论而言，《用人》篇提出要善用小人，批判拘儒所持“必尽去小人而后天下乃治”的论调乃“是乱天下之道也”。《理财》批驳宋儒“鄙富国强兵之说”，斥其“是腐儒也，是无用之道学也”，认为“善行王道、善学孔氏者无他，精于富强之说而已矣”。“富强虽分两事，然论其次序，则富国为先，强兵次之；论关系，则富国为先，强兵次之”。《变法》提出“法期于便民，不期于先王”，肯定张居正的“一条鞭法”，反对泥古，主张变法。《将臣》、《边材》、《精兵》、《谈兵》和《宁夏朝鲜》等五篇，实际都是有感于万历中叶的三大战役而发，他认为九边武备“日弛一日”，在于滥赏的恶性循环，要扭转这种局面，“莫先于慎择边臣”。而人才实有清品、能品、杰品之别，选择边臣则“贵杰不贵清也”，因而主张“非其人焉，必不任也；任其人焉，必不疑也”。就史论而言，则更为大胆，更为洒脱。如《秦始皇》篇从历史发展的趋势，驳斥世儒因人诋法的陋见，认为秦始皇“毅然破常格、扫往迹，独断独

---

① 此处所举诸佚文，皆已收入笔者辑校的《江盈科集》，岳麓书社 1997 年版。

行”,创立阡陌、郡县、长城、隶书四大法,“遗后世以无穷之用”,“与圣人同功者也”。《老子》篇批驳了诬老子的三家之说,提出“老氏之于孔子,谓之两圣人可也;即谓之一圣人,亦可也”。《项羽》篇肯定项羽为千古英雄第一,然后笔锋一转说:“英雄之无敌者,此羽也;英雄之无用者,亦此羽也。”原因在于他既不能用人,也不能为人所用;既不能在人之上,也不能在人之下;既不可以为帝王,也不可以为将帅;孑然于天地间而无可容,终归无用,不免败亡。这种对于英雄的思考,的确令人耳目一新。《鲁两生》一文指出,秦始皇所坑都是腐儒,“夫坑之诚过,然若辈之是古非今,启衅兆乱,则亦有以取之”。而对汉初鲁地两儒生所持“礼乐必积德百年而后兴”的论调批评说:“此非迂阔之论,而儒之最腐者乎?”“苟无忌惮之始皇,闻此迂阔不情之语,其不相引而入于坑者几何?”议论新奇,而又妙趣横生。这些论说文集中表现了江盈科的政治思想和历史观,并与前述第二类诗歌一起,反映了公安派对于历史与现实的关注,而这正是三袁兄弟所不及的。

关于雪涛小品,20世纪以来已引起出版界和学术界的关注,但对于其文体性质则分别有笔记小品、笔记小说、寓言、笑话之称。

与上述传统散文相比,雪涛小品固然也具有“超逸爽朗、言切而旨远”的特征,但同时还表现出传奇性、讽谕性、幽默性色彩,所谓“穷新极变”、“不拘格套”,在这里也得到了充分的表现。

江盈科“生平最喜听奇谈”,性好谑,也善谑,并且认为“谑亦有一段自然出于天性者”,“要之矢口而出,令人解颐,亦是一段别才,非可袭取”[①]。王行父撰《耳谈》一书,“事新而艳,词爽而快,怒读之则喜,愁读之则畅”,但“拘挛者见谓过奇,或诋为诞”,他为之作序辩护,认为“理有万端,理中之理,径而易寻;理外之理,棼而难析。行父兹撰不过上下百年交游所述,其于宇宙不啻万一,余犹恐其寡而常,何乃谓其奇而诞耶?”[②]实际上是肯定其传奇性。谭玉夫著《笑林》一书,“真而雅者十三,赝而俚者十七,间或悖教拂经,不可以训,然其旨归皆足为哄堂胡卢之助”,他也为之作序予以肯定,实际上是强调谐谑除令人解颐以外,还具有讽谕作用。

江盈科诙谐幽默的天性不仅直接影响到他的创作,而且时刻协调着他的吏隐心态。他和袁宏道一样都不堪忍受官场的俗套冗务,但他没有像袁宏道那样时而辞官,时而补官,而是坚持亦官亦隐,以吏为隐。原因在于其诙谐幽默的性格,使他既能揶揄世态人情,也可自我解嘲,从而协调其仕与隐的矛盾以求得心理的平衡。他的四种杂著也都是在大理寺正任上写成,如其《杂韵》诗之二曰:“破闷编《谐史》,

---

① 江盈科:《善谑》,《雪涛阁集》卷十四。
② 江盈科:《耳谭引》,《雪涛阁集》卷八。

嘲时托醉歌，不须言局冷，个里赚闲多。”今存《谐史》一百五十则，皆为幽默小品。所以袁宏道后来在《哭江进之》诗中曰：“闲时出《谐史》，一笑谑诸天。”潘之恒称“斯亦人人喜为诵述者”，并进而指出：

> 进之之谈说，猥拾鄙俗咳唾余沥，安于卑论浅见，村竖皆为解颐，而士君子或微哂焉。然进之所尚，未易窥也。彼其扶摇九万，托始于苹末；震动六种，隐伏于毫端。进之其出世资，而姑为玩世之言，如方朔诙谐乎金马门，坡仙放浪于西湖泉石间，众人固且易而骇之矣。子舆氏有言：“言近而旨远者，善言也。”

这段文字出自其《四小书》一文，但主要为《谐史》而发。

《雪涛谈丛》和《谈言》各收笔记小品或幽默小品十一则，亦多佳致。但在其四种小品中成就最高的还是《雪涛小说》，今人从《世界文库》第九集中所见的十四篇作品，实际最早由江盈科从《雪涛阁集》卷十四选出（其中有的作了删节），与《谈言》十一则及他人著述八种一起编入《雪涛谐史》（今存明崇祯刻本）一书中。今见于《雪涛阁集》卷十四的五十二篇小说，短的仅百余字，长的也不过千余字，大致可分为寓言小品和议论小品两类。陈蒲清先生曾在《中国古代寓言史》中提出：“寓言必须具备两个基本要素；第一是有故事情节；第二是有比喻寄托，言在此而意此彼。”根据这一标准，《雪涛小说》中大半可称为寓言，并且无论其思想艺术，都取得了突出的成就，这是袁宏道兄弟不可比拟的。例如《蛛蚕》通过蛛与蚕的对话，将两种人的世界观进行对比，一个是为人谋，牺牲自己以造福于天下（蚕）；一个是为己谋，设网伺杀他人以求自饱（蛛）。最后作者感叹道：“噫，世之为蚕不为蛛者寡矣夫！”形象生动，寄意遥深，即置于世界寓言之林，亦无愧色也。此外，如《蜂丈人》、《甘利》、《妄心》、《丧我》、《深文》、《天怒》、《嫁祸》、《知足》、《知无涯》、《人种》、《心高》、《阴阳》等，也皆为优秀之作。《雪涛小说》中的另一部分是议论小品，它们中有的作品如《任事》、《催科》等，也援引了寓言故事，但全文仍以议论为主，国内近几十年出版的一些《寓言选》和《寓言鉴费辞典》往往去头削尾，只节录其文中引用的寓言故事，对于原作精神往往有肢解破损。有的篇章则纯为议论，没有故事情节，没有比喻寄托，但仍不失为优秀之作，如《善变》、《人可教》即为佼佼者。

综上所述，江盈科的文学思想与诗文创作主要是在公安派的形成和发展过程中产生的，理论与创作互为因果，相辅相成，扩充了公安派文学革新运动的战果。文坛上“袁江二公”并称，江盈科为公安派的创立与发展立下过汗马功劳，中国文学史及批评史应该为他大书一笔。

论江盈科参与创立公安派的过程及其地位[①]

关于公安派在晚明文学革新运动中的功绩和意义，学术界已做了较为深入的探讨，但论者往往都以三袁作为公安派的领袖，而对曾为公安派的创立立下过汗马功劳的江盈科却少有论及，甚或因袭古人成见，视其为公安末流而被以恶名。究其原因，主要有二：一是江盈科的诗文集《雪涛阁集》自万历二十八年刊行以后，从未有人翻刻过，人们因难以读到《雪涛阁集》而不知其真实面目。二是竟陵派钟惺《与王稚恭兄弟》一文对江盈科的贬责流播甚广，而后人又多以耳代目，于是信以为真，人云亦云。其文曰：

> 江令贤者，其诗定是恶道，不堪再读，从此传响逐臭，方当误人不已。才不及中郎，而求与之同调，徒自取狼狈而已。国朝诗无真初、盛者，而有真中、晚，真中、晚实胜假初、盛，然不可多得。若今日要学江令一派诗，便是假中、晚，假宋、元，假陈公甫、庄孔阳耳。学袁、江二公，与学济南诸君子何异？恐学袁、江二公，其弊反有甚于学济南诸君子也。眼见今日牛鬼蛇神，打油定铰，遍满世界，何待异日？慧力人于此尤当紧着眼。大凡诗文，因袭有因袭之流弊，矫枉有矫枉之流弊。前之共趋，即今之偏废；今之独响，即后之同声。此中机捩，密移暗度，贤者不免，明者不知。袁仪部所以极喜进之者，缘其时历诋往哲，遍排时流，四顾无朋，寻伴不得，忽得一江进之，如空谷闻声，不必真有人迹，闻跫然之音而喜。今日空谷中已渐为轮蹄之所，不止跫然之音，且不止真有人迹矣。此一时，彼一时，不可作矮子观场。（《隐秀轩集》卷二十八）

① 本文原载《复旦学报》1998年第5期。中国人民大学书报资料中心《中国古代近代文学研究》1998年12期全文转载。

很明显，这实际上是一篇讨伐公安派的檄文，旨在为竟陵开宗立派而张目。但我们从反对派的批评中，却可以获得一个可靠的信息，即当时文坛以“袁、江二公”并称。笔者本文的写作也由此受到启迪，试图通过考察江盈科参与创立公安派的过程及其文学思想与创作，能够有助于加深我们对公安派的认识。

江盈科(1553—1605)，字进之，号渌萝。嘉靖三十二年二月出生于桃源县沅江边上距桃花源不远的一个农民家庭，与公安三袁同属湖广人，都是在楚风的熏陶下长大的。但他一生数奇，早年数困场屋，直到万历二十年四十岁时，才与比他小十五岁的袁宏道(1568—1610)同榜进士及第；而比他小七岁的袁宗道(1560—1600)却早在六年前就以会试第一，殿试二甲第一，授庶吉士，入翰林院授编修，位居清华之职；唯有比他小十七岁的袁中道(1570—1626)后来坎坷过之，直至万历四十四年，中道四十六岁时才中进士。

众所周知，袁宏道是公安派的主将，而江盈科始终只是一个配角而已；但在一个文学革新派的形成过程中，其主要配角的作用与意义也不可低估。现将公安派的形成与发展过程分为四个时期来加以考察。

一、酝酿准备时期(万历十四年至二十二年)

其时张居正变法失败不久，明朝政治已陷入内忧外患的深重危机之中：东南时刻面临着日本海盗的侵扰，西南有播州宣尉司使杨应龙于十八年叛乱；北方有宁夏致仕副总兵哱拜于二十年三月叛乱，总兵官李如松统兵剿之，至九月始平；同年五月倭犯朝鲜，陷王京，朝鲜王求救，七月明师援朝，败绩于平壤，十月再出师援朝。由于军费激增，统治者不断增加赋税，强行搜刮江南钱粮，人民处于水深火热之中。尤其“三吴赋税之重，甲于天下，一县可敌江北一大郡，破家亡身者往往有之”[①]。江盈科与袁宏道虽于壬辰幸得一第，但实际上仕非其时。随后江盈科授长洲令，又选非其地。因为长洲与吴县这两个属于苏州府治的邻县，素有“东南最岩邑”之称，极为难治，而其中最为棘手的还是征税，仅长洲一县，国税近五十万，当“滇南一藩省”。尽管江盈科上任后日夜“黾勉从事”，废寝忘餐，但不久即“以岁课不登见夺饩”，于是用世之心日冷，归隐之志渐生，但因“家无负郭，未免藉五斗供堂上人饘粥”[②]，只好“强自排遣，托于吏隐”[③]。他于万历二十一年在官署中建小漆园，并作《小漆园记》一文和《小

① 谢肇淛：《五杂俎》卷三。
② 江盈科：《答顾靖甫》,《雪涛阁集》卷十二。
③ 江盈科：《与谢在杭》,《雪涛阁集》卷十二。

漆园即事》一诗，这表明其吏隐心态已经形成。从此以后，他一方面不再计较政治得失，"要之尽吾心行吾事"而已；一方面开始更多地寄情于名山事业，认为"极吾才情，成一家言，亦足千古"①，实际已为即将兴起的文学革新运动做好了心理准备。而袁宏道似乎早有先见之明，及第后尚未授官，就与兄宗道上书告假回公安，在家砥砺"美剑"，待时而出。

当时文坛虽然仍为拟古云雾所笼罩，黄茅白苇，弥望皆是；但后七子领袖李攀龙早在隆庆四年就已陨落，王世贞也于万历十八年逝世；于是复古派阵营内部开始发生分化，或出而修正末流弊端，或试图改弦易辙，而徐渭、李贽、汤显祖等人则已开始明确批判复古派的模拟之风。袁宏道兄弟此前虽曾结文社于城南，"于举业外为声歌古文词"，但尚未形成文学革新主张，自万历十八年至二十一年间三度访晤李贽并得读其《焚书》以后②，宏道"始知一向掇拾陈言，株守俗见，死于古人语下，一段精光不得披露，至是浩浩焉如鸿毛之遇顺风，巨鱼之纵大壑。能为心师，不师于心；能转古人，不为古转。发为语言，一一从胸襟流出，盖天盖地，如象截激流，雷开蛰户，浸浸乎其未有涯也"③。于是他在二十二年作《答李子髯》诗首次明确对当时"模拟成俭狭，莽荡取世讥"的诗风深致嫉恶，至谓"当代无文字，闾巷有真诗"，实为后来情真论、性灵说之滥觞。又袁宗道《白苏斋类集》有《论文》上下篇，对王、李复古模拟谬论进行了有力抨击，当也是在访晤李贽受到启示之后所作，论者多揭举此文以宗道为宏道之先驱，不过是因宗道年长官尊而想当然推测得来，实际上宗道在文学识见和创作上皆远不及中郎，据中道《书方平弟藏慎轩居士卷末》说："伯修诗稳而清，慎轩（黄辉号）诗奇而藻，两人皆为中郎所转，稍稍失其故步。"倒是可以见出，宗道实际受过中郎的影响。

与三袁相比，江盈科不曾访晤李贽，实为憾事，但他早年为诸生时，庠师文莲山先生的文学观却曾使他受益匪浅，以致多年之后还烂熟于心。莲山先生"评骘文艺，以清虚解脱为宗，尽浣剽剥之陋"。尝曰："摛文必根诸心，不根诸心，文虽工，雕虫耳。"因而主张"因心为文"④。这种"因心为文"、"尽浣剽剥之陋"的观点，实与他后来主张抒写性灵，反对模拟剽窃的思想相通。入仕前，曾与同里友人结社于桃花源，"名已隆隆起"。仕长洲令不久，他又与当地和过往的一些著名文人如王百谷、张凤翼、张献翼、屠隆、谢肇淛、潘之恒等诗酒唱和，初步形成了一种吴楚文风交融

① 江盈科：《答谢九紫孝廉》，《雪涛阁集》卷十二。

② 按钱伯城《袁宏道集笺校》第75页笺："宏道兄弟曾三次访晤李贽，一在万历十八年，一在万历二十年，一即此年（二十一年），所受李贽思想影响甚深。"而沈维藩《袁宏道年谱》则认为宏道兄弟于十九年春访于麻城龙湖为一度，同年夏会于武昌为二度，二十一年五月访于麻城龙湖为三度。

③ 袁中道：《中郎先生行状》，《珂雪斋前集》卷十八。

④ 江盈科：《莲山文师去思碑记》，《雪涛阁集》卷七。

互补的氛围。

二、开宗立派时期(万历二十三年至二十八年)

其时内忧外患的危机加剧,历时七年的援朝抗倭战争至万历二十六年底方结束,历时十一年的西南播州杨应龙叛乱至二十八年六月才平定。神宗为解决财政危机,自二十四年七月起,陆续派宦官到各地充矿使税使,直接搜刮民财,骚扰地方,不断激起民变,导致朝野皆怨。然而,"国家不幸诗家幸",酝酿准备了数年的公安派终于在此时登上坛坫,袁、江二公大旗一挥,复古派末流纷纷倒戈,王、李云雾为之一扫。

在此稍前,宏道兄弟已于二十一年结识丘坦;二十二年秋,中道赴武昌应试结识潘之恒,宏道赴京谒选,十二月授吴县令,在京结识陶望龄、黄辉。此四人后来皆成为公安派成员,但此时不过以诗酒相交,尚无宗派意识。二十三年二月宏道赴任途中,与汤显祖同行,当互有激励和启迪。三月抵吴上任后与同年进士长洲县令江盈科相处甚惬。是年大计,盈科以征赋不能完额而失去升迁的机会,但又侥幸未被革职而得以连任,继续"托于吏隐",积极参与公安派的创立。据袁中道《江进之传》记载:"是时予中兄中郎,为吴县令。……公与中郎游,若兄弟。行则并舆,食则比豆。迎谒行役,以清言消之,都忘其惫,若江文通、袁淑明云。……公好作诗,政事之暇,与中郎大有唱和。"宏道后来在《哭江进之》诗序中也说:

> 犹记令吴之日,与兄商证此道,初犹不甚信。弟谓兄曰:"果若今人所著,万口一声,兄何以区别其高下也?且古人之诗,历千百年,读之如初出口;而今人一诗甫就,已若红朽之粟,何也?"进之跃然起曰:"是已!"后为余叙《敝箧》,遂述此意,盖实语也。

按进之所作《敝箧集叙》,主要阐发袁宏道的性灵之旨;那么,由此可知,袁宏道的性灵说最初是在同江盈科的讨论中提出,并通过二人"商证"才逐渐完善,而其源则出于李贽《焚书》卷二所载《童心说》又有所发展。考宏道仕吴时身边带有《焚书》一部,而《雪涛阁集》和《雪涛诗评》中皆提及李贽,那么,江盈科很可能也从宏道那里借读过《焚书》,从而才能成为中郎同调并一起"商证此道"。是年四月,中道(时为诸生)应大同巡抚梅国桢之邀,往游塞上,于九月自大同来吴。稍后,陶望龄也以告归顺道来吴。江盈科始与二人结交,公安派在吴中文化的沃土上开始形成。二十四年初,中道南游,至三月始归公安。随后宏道为中道刻诗集,并作《叙小修诗》序文，正式发表他曾同江盈科“商证”过的“性灵说”，公安一派革故鼎新之旗帜，实由此文而树立。大约与此同时或稍后，江盈科也作《白苏斋册子引》一文，提出“元神活泼说”，与宏道所主“性灵说”相呼应[①]。是年三月至明年正月，宏道因不能忍受吴令的剧务和官场的约束，连上七牍求去。年底清理文稿，先刻旧作《敝箧集》，又将仕吴以来诗文编为《锦帆集》付梓，江盈科为之作《敝箧集叙》和《锦帆集序》[②]。前者阐发中郎性灵说的内涵，又有所补充，与《叙小修诗》、《白苏斋册子引》一起，可称为公安派性灵说的三篇代表作。又此时丘长孺有《北游稿》分寄袁氏兄弟，宗道为之作《北游稿小序》，宏道则作《丘长孺》一长书，皆赞其为真诗，有个性。宏道临行时，江盈科作《袁中郎移病南归》七首赠别，情辞悲苦，宏道有《答江进之别诗》曰：“密意臭兰旃，奇谈飞金屑。案牍与文史，一一相商决”。所谓“一一相商决”，当然也包括创立公安派的主张、活动等。袁宏道仕吴二年，对于他的仕宦人生来说，并无多大意义；但对于一个试图开一代宗风的文坛领袖来说，能够在弥漫着拟古云雾的重灾区——吴中地区开宗立派，并且旗开得胜，的确是一个了不起的开端。

二十五年至二十六年，江盈科仍然镇守苏州，实际上是作为公安派创始人的代表，继续在吴中地区领导文学革新潮流。而袁宏道辞官后并未“移病南归”，而是在东南一带游览名山胜水，达一年有余。如正月至五月浪游于无锡、杭州、会稽、天目山、黄山、齐云山、新安江等地，六月至明年正月，则往返于仪真、南京、扬州之间，几乎每至一地，无不赋诗作文，广交朋友，并以诗书相寄的方式和江盈科保持着密切的联系。五月，中郎自杭州返无锡，途经苏州时，江盈科与之会晤，索取其新作《解脱集》诗二卷付梓，并为之作《解脱集序》。六月，中郎侨寓仪真后，又寄来游记、尺牍二卷，盈科再作《解脱集序二》，与前二卷一起刊行。至此，中郎早期的三种著作，都是盈科作序，共有四篇。是年春夏，中郎曾与陶望龄、潘之恒、梅守箕等同游或相晤，并在陶宅发现徐渭诗集，遂推徐渭为有明第一诗人。秋有潘之恒、丘坦、袁中道（乡试落第后）在仪征或南京晤中郎。凡此间在仪真、南京、扬州等地所作诗文，后结集为《广陵集》。二十六年二月，中郎由扬州出发，进京候补，与宗道相聚；四月，任顺天府教授。七月，中道也从仪征护送宏道家眷抵京，即入国学肄业。是冬又有黄辉自蜀入京，与三袁兄弟聚首甚密。中郎重申在吴文学主张，袁宗道、黄辉诗受到中郎的影响。由此可见，此二年公安派的影响在不断扩大，袁宏道的东南之游，

① 详见拙文《江盈科论》，《文学评论》1998年第2期。

② 万历刻本《锦帆集》卷首所收《锦帆集序》，末署“万历丁酉嘉平月朔，桃源友弟江盈科进之撰。”万历丁酉为二十五年，嘉平月即十二月，但《锦帆集》卷四有《江进之》一书曰：“序文甚佳。锦帆若无西施当不名，若无中郎当不重；若无江文通之笔，则中郎又安得与西施千载为配，并垂不朽哉！”钱伯城先生定该书于二十五年初作于无锡，沈维藩《袁宏道年谱》“疑盈科所言丁酉当为丙申之误，序应作于去年（二十四年）十二月”。兹从沈说。

实际上具有传播公安派主张，拓展公安派领地的意义。当其在京补官之后，公安派的重心也开始向北京转移。而江盈科虽主要活动于作为公安派根据地的苏州一带，但其大名也随着袁宏道及其著作的走向，由吴中向东南各地再至北京并传。在理论上，袁、江等人继续发挥反拟古主张，并标举自然之趣。二十六年大计后，江盈科在吴中、真州一带待选，不久便发生了先报迁吏部主事、旋改大理寺正的事件[①]，他当时作《闻报改官》二首寄给袁宏道，宏道作《与江进之廷尉》一书，为北京"诗坛酒社添一素心友"而大快，劝其"闻报便当北发"，因为在朝宰官中有不少人"中时诗之毒"已久，"当与兄并力唤醒"。于是，又在仕与隐的矛盾中徘徊了很久的江盈科，终于在中郎的劝慰和激励下调整好心态，于万历二十七年正月从仪征出发，先向西行送家眷回桃源，然后北上。

二十七年至二十八年，公安派成员或趣味相近者云集北京，结葡萄社于崇国寺，论学赋诗，文事颇盛。一时社友，除进之与三袁兄弟外，著名者尚有黄辉、丘坦、谢肇淛、潘士藻、刘日升、吴用先、顾天埈、李腾芳、苏惟霖、王辂、方文僎、钟起凤、王衫等。二十七年初，中郎作《瓶史》，三月，升国子监助教。进之也于此后不久抵京，在大理寺正（正六品）任上仍以吏隐心态处之。此间，除参加葡萄社的活动和作诗以外，江盈科还写了一组政论文和数十篇寓言小品或议论小品，对现实政治和社会问题进行了思考；另外还上《法祖》、《宦寺》、《中兴》三疏，批评朝政，谏罢矿使税使。是冬，中郎辑《西方合论》。二十八年三月，宏道升礼部仪制司主事（正六品）。四月，宗道升右庶子（正五品）。江盈科《雪涛阁集》十四卷也于是时编成付梓，袁宏道为之作《雪涛阁集序》，再次申明反模拟剿袭主张，并对江盈科给予高度评价："余与进之游吴以来，每会必以诗文相励，务矫当代蹈袭之风。进之才高识远，信腕信口，皆成律度，其言今人之所不能言与其所不敢言者"。以致推为"一代才人"和"大家"。江集袁序的问世，实际已带有袁、江二公对北京"中时诗之毒"者"并力唤醒"的意义，如果再加上公安派其他成员的活动成果，那么，我们可以说，公安派在吴中地区创立以后，经东南向北方的拓展，至此已经获得了初步的成功。随后不久，在京的公安派成员骤减。七月，袁宏道差往河南；八月宏道和中道离京南下回公安；九月，袁宗道卒于京。十月，潘士藻卒。而江盈科也于是年冬奉命赴滇、黔恤刑。

由以上论述可知，自万历二十三年至二十八年，是公安派登坛树帜、革故鼎新、最富于生机的时期。袁宏道作为公安派主将的地位是毋庸置疑的；而作为配角的江盈科，在辅助袁宏道开宗立派过程中所起的积极作用，是公安派成员中其他任何人都不可替代、不可比拟的。如果我们把公安派副将的称号授予江盈科，他是可以当之无愧的。

---

① 参见拙文《江盈科生平著述考》，《中国文学研究》1997年第2期。

三、调整发展时期(万历二十九年至三十八年)

其时统治者加强了思想控制和专制统治,北京政治风波迭起:万历三十年三月,李贽被逮,自杀于狱中;三十一年十一月,妖书案起,达观被逮,株连甚众。这对公安派来说,是一个很大的打击:一方面李贽和达观在当时有"二大教主"之称[①],公安派成员多与之有思想上的联系,尤其是中郎兄弟曾几次向李贽问学;一方面首辅沈一贯得知中郎兄弟及黄辉、陶望龄等人在葡萄寺结社谈佛,早有不满,其憎黄辉尤切[②],因而先后逮李贽、达观入狱,实有杀鸡儆猴之意。随后黄辉被逐,在京同道友人也纷纷散去。袁宏道于二十八年八月离京南下,可能是早有预感而提前避祸。

从文学流派史的角度来看,公安派在这十年间仍处于发展之中,但由于受政治的影响,公安派的活动中心、活动方式、思想取向和艺术追求已有所转移或调整。

随着袁宏道离京回公安和江盈科赴云南、贵州,公安派的活动中心实际上已开始向南方(包括西南)转移。二十九年春夏,袁宏道建柳浪馆于城南,并以兄殁哀痛得病为由而上《告病疏》,随后隐居达五年多。柳浪馆既是他隐居学道、赋诗作文的场所,也是公安派友人往来联络的据点。当然,有兴致时,他也和友人一起去游览名山胜水,例如,三十二年九月,他与龙襄、龙膺等游桃花源时,还写过《望渌萝山,有怀江渌萝年兄》一诗,表达了对密友江盈科的怀念之情。但总的说来,袁宏道的思想已有所收敛,不再讲性灵同"闻见知识"的对立,论诗转而推崇杜甫、陶潜,求雅求淡,甚至对于自己以往诗文中"信腕直寄"之病,深致悔意[③],开始用心为诗文。

而江盈科则因为赴云南、贵州审谳冤狱,基本上没有受到朝中政治斗争的冲击,所以能够继续阐发公安派的文学主张和从事著述活动。三十年秋还朝后,升户部员外郎(从五品)。三十二年七月,擢四川提学副使(正四品)。他的《皇明十六种小传》四卷写成于云南,其同年友、云南佥事邓原岳为之作序。此外,《雪涛谈丛》、《谈言》、《谐史》、《雪涛诗评》、《闺秀诗评》等,也当作于云贵旅舍和回京以后。他晚年所作诗文,因未曾梓行已失传,但从笔者所辑的《雪涛诗文辑佚》二卷中[④],仍可看到他晚年所作诗文一百四十余篇,其中包括给王百谷、龙膺、曾退如、邓原岳等作家的诗书。万历三十三年秋,江盈科卒于四川官所,袁宏道作《哭江进之》诗十首并序,袁中道作《江进之传》,对江盈科的为人和文学创作给予了高度评价。

---

① 参见沈德符:《万历野获编》卷二十七。
② 参见《万历野获编》卷十《黄慎轩之逐》和卷二十《紫柏祸本》。
③ 参见《潇碧堂集》卷十五《黄平倩》、卷十一《叙曾太史集》。
④ 《雪涛诗文辑佚》二卷已收入笔者辑校的《江盈科集》,岳麓书社 1997 年版。

万历三十四年七月沈一贯致仕，袁宏道立即出山入京，补礼部主事。此后四年公安派活动中心都在北京，但袁宏道已自悔其早期诗作浅易，诗风转趋深厚蕴藉。三十五年十二月，改吏部主事；三十七年春，升吏部员外郎（从五品）；三十八年，升吏部郎中（正五品），是年九月卒。在他一生的最后几年，官运居然通达起来，这表明袁宏道为避祸而隐居数年之后，也把不羁性格做了修正。

显而易见，公安派在这十年间的战斗色彩和拓展精神已不如开宗立派时期，这固然与政治斗争的冲击和作家心态的调整有关，但也同如下因素相联系：其一，拟古剽窃之风已经有所扭转；其二，公安派的理论及其创作已经传播较广；其三，公安派的理论与创作也存在弊端，有矫枉之过，因而自身先做一些调整，不失为一种明智的举动；其四，社会上已开始对公安派的弊端进行批评。当公安派的活动中心向南方转移之后，江盈科实际独当一面，先在西南（云南、贵州）开拓领地，再在北京坚守阵营，最后在四川至死不辍。他的《雪涛诗评》是公安派著述中少见的诗论专著，其主调仍然是反对拟古剽窃，提倡抒写性情，强调个人独创，可见其晚年思想并无大的转变。

四、矫弊救衰时期(万历三十九年至天启年间)

袁宏道英年早逝后，文坛发生了新的变化：一方面随着公安派影响的扩大，学袁、江二公者蔚然成风，“于是狂瞽交扇，鄙俚公行”（钱谦益语），“打油定铰，遍满世界”（钟惺语），进入所谓的公安末流时代。一方面竟陵派乘时而起，“另立幽深孤峭之宗”，以矫公安派浅率俚俗之弊。袁中道于万历三十一年八月举顺天乡试后，虽仍数困锁院，至四十四年才进士及第，但在文坛上已日趋活跃，宏道逝世后，中道责无旁贷地接过大旗，成为公安派主将，试图以矫弊来救衰。首先，他继续阐发公安派的文学观，反对拟古剽窃，主张抒发性灵；其次能公正评价公安派的功绩与弊病，批评“今人好中郎之诗者，忘其疵”，只是取中郎“少时偶尔率易之语，效颦学步，其究为俚俗，为纤巧，为莽荡”[①]；再次是对竟陵派的僻涩之弊也给予了批评。尽管袁中道为救护公安派而付出了艰苦的努力，但其时文坛风气丕变，真正能响应光大者寥寥，至天启年间随着中道逝世，公安宗风遂坠。

既然袁中道在公安派后期居于盟主地位，那么钟惺在批评公安派时为什么不将宏道、中道并称而以“袁、江二公”并称呢？其原因大致有二：一是钟惺写《与王稚恭兄弟》一书时，文坛上是以袁宏道、江盈科作为公安派的领袖而并称，据陈广宏

---

① 袁中道：《中郎先生全集序》，《珂雪斋前集》卷十一。

兄《钟惺年谱》考订，该书大约作于万历三十六年，当时江盈科虽已去世，但其影响仍在袁中道之上。二是后来钟惺、谭元春与袁中道对袁宏道的评价在某些方面已比较接近，他们都认为《敝箧集》、《锦帆集》、《解脱集》等早期作品多浅率俚俗之病，而后中郎知悔，文风变为深厚蕴藉，例如谭元春《袁中郎先生续集序》就主要称赞中郎"妙于悔"，"今察公续稿，其文章中卓大而坚实者，又似为古今人俱下一悔脚也"。而袁中道不仅在《袁中郎先生全集序》、《中郎先生行状》等文中指出了中郎后来为学为文的转变，而且在给钱受之的信中说："弟转觉其冗滥，不欲流通，正思取一生诗文之精警者，合为一集"，实是对自己少年所作也有悔意。加之这时竟陵派已经登上坛坫，形成气候，钟、谭也不必再将袁宏道、袁中道并在一起来加以贬责了。

由上可知，在公安派的创立与发展过程中，江盈科实际上是作为这个革新派的副将而与主将袁宏道齐名，他的功绩与影响，仅次于袁宏道而在公安派其他成员之上（尽管袁中道在袁宏道逝世后曾作为公安派后期的主将而矫衰救弊，但江盈科在生前乃至死后一段时间内的影响都在袁中道之上）。至于钟惺之所以在《与王稚恭兄弟》一文中对雪涛诗大加贬责，则除了钟与江的审美趣味大相径庭之外，显然还带有宗派意气；但他以"袁、江二公"并称，却是对当时公安派领袖地位的一种客观反应。

第三编　近世文学演变撷英（下）

中国戏曲美学中的本色说[①]

本色是中国古典文艺理论中一个争论较多而又意蕴复杂的美学范畴。它导源于诗文理论而盛行于戏曲批评，在明代，尤其是明中叶以后成了曲论家普遍探讨的一个理论核心。据不完全统计，明后期有二十多位著名曲论家先后参加了这场本色之争，历时达一个世纪之久。由明入清，这场争论才基本平息，但清代曲论家仍以本色论曲，直至近现代的大曲论家吴梅还用了许多篇幅来探讨本色问题。

戏曲的本色理论，显然继承了我国古代传统的审美理想，同时又体现出它作为戏曲艺术的审美特征。随着时代的发展、社会思潮与文艺思潮的涤荡和人们对于艺术规律认识的深入，它的理论触角伸入了艺术创作和欣赏两大领域，涉及艺术内容和形式的各个层次，它的理论形态也逐步趋向于深广和完善。本文拟从分析明中叶以后曲论家的本色之争入手来进行纵横考察和综合研究，以期能对戏曲本色说的主要美学意蕴以及它对于戏曲规律探索的意义有所认识。由于本色是一个不断发展的美学范畴，要给它下一个能够包容历代众说纷纭的见解的定义是非常困难的。我们必须首先剔除一些芜杂的枝蔓进而去探讨它根本的美学意蕴。笔者认为，本色的主要审美要求是真实、自然、得体，真实是它的精魂所在，自然是它的理想境界，得体是它的基本要求，三者相互交融，难以分割，但为了行文的方便，下面还是分开论述。

一

所谓要求真实，就是要求作家按照生活的本来面貌来塑造艺术意境和形象，达

---

① 本文原载《中国文学研究》1985 年第 1 期。

到“情真、景真、事真、意真，澄至清，发至情”①的艺术真实，从而表现出作家的“真我面目”，即个性本色。

真实是艺术的骨髓，是艺术的生命。自从《礼记·乐记》提出“唯乐不可以为伪”以后，“文贵真”便成为中国文艺传统的审美要求，历代许多文论家都对文艺的真实性作了充分的阐述，认为“千古文章，传真不传伪”②，“真则精金美玉，伪则瓦砾粪土也”③。

既然自古以来文论家多“贵真斥伪”，而本色的精魂又在于真实，那么为什么在悠久的中国艺术批评史上，唯独明后期才有这一场声势浩大的本色之争呢？

我们知道，明中叶是中国封建社会一个具有重大意义的历史转折点。明前期程朱理学居于统治地位，与之相适应的科举制度禁锢着知识分子的思想，使他们只能在《四书》《五经》中咀酸嚼醋。文坛一片荒凉，长期为平庸芜弱、粉饰太平的台阁体所垄断。剧坛也是百年沉寂，在明太祖所推崇的“不关风化体，纵好也徒然”的《琵琶记》的影响下，出现的多为宣扬风教、歌颂升平的芜秽之作，尤其是自《五伦全备记》和《香囊记》出，舞台上便弥漫着一股头巾道学气，甚至有人“止熟读一部《四书》，便欲作曲”④，真是“陈腐臭烂，令人呕秽”⑤。致使明代前期，万马齐喑，几乎没有什么美学思潮可言。

随着生产力水平的不断提高和商品经济的迅速发展，资本主义生产关系的幼芽终于在明后期中国封建社会古老的大地上开始生长。这种历史发展的新信息，反映在意识形态上便是进步知识分子的思想解放和民主启蒙思潮的兴起。此后，不仅在哲学上出现了王阳明、罗钦顺、王廷相和泰州学派等分别从不同的角度对于程朱理学提出了不同程度的怀疑和批评，而且在文艺上也出现了李贽、焦竑、徐渭、汤显祖和袁宏道为代表的进步势力，对孔孟之道和程朱理学都给予了一定的批判。明中叶以后相继出现的各种文艺流派，尽管他们的艺术观点不同，有的甚至是保守落后的，但他们反程朱理学的倾向基本上是一致的。而提倡真实又是批判假道学的重要理论武器之一，从某种意义上说，明中叶以后的本色之争实际上也是这种反理学思潮的产物。

李贽针对假道学，提出了“绝假纯真”的“童心说”，他一针见血地指出：“《六经》《语》《孟》，乃道学之口实，假人之渊薮。”⑥而对为当统治者和道学家所轻视的戏剧

---

① 陈绎曾《诗谱》评《古诗十九首》语，引自陶宗仪《说郛》卷七十九下。
② 宋代郑樵语，引自袁枚《小仓山房文集》卷三十《答蕺园论诗书》。
③ 钱谦益：《复李叔则书》，《牧斋初学集》卷三十九。
④ 祁彪佳：《远山堂曲品》。
⑤ 徐复祚：《曲论》。
⑥ 李贽：《童心说》，《焚书》卷三。

小说极力推崇，以为“自当与天地相终始”[①]。他在评点戏曲小说时，崇尚本色真实，如对《琵琶记》《玉合记》等剧中一些脱离生活真实的地方，都给予了批评。徐渭也是倡真反伪，认为“今天下事鲜不伪者，而文为甚”[②]。所以他在《南词叙录》中贵本色而恶“时文”，锋芒直指与“时文”相表里的假道学；他在《西厢序》中“贱相色，贵本色”，主张艺术要按照生活的本来面貌来反映生活；他在《昆仑奴》第一折眉批中所说的本色，表面看似乎是提倡家常俗语，实际上是要求戏剧语言要合乎生活的真实，合乎剧中人物的身份。不仅如此，徐渭还要求艺术创作表现作家的“真我面目”，即创作个性，提倡“出于己之所自得，而不窃于人之所尝言者也”[③]。这与后来凌蒙初“自成一家言，谓之本色”[④]的主张是一致的。

在这场反理学的巨大浪潮中，伟大的文学家、戏剧家汤显祖更是砥柱中流，独树一帜，无论是在理论主张上还是创作实践上，都卓然超群。他针对宋明理学所宣扬的“存天理，灭人欲”的说教，勇敢地提出了一个同“理”直接对立的“情”的范畴。在汤显祖看来，文艺表现了感情的真实方为本色。如他在《焚香记总评》中说：“填词皆尚真色；”又评《紫梨花传》说：“抚事怆情，杂记中惟此为本色。何必搜冥斗艳，始足脍炙人口。”所以他自觉地“为情作使，劬于伎剧”[⑤]，先后创作出著名的《玉茗堂四梦》，尤其是《牡丹亭》一出，就突出地表现了汤显祖关于真实性问题的超越常人的见解。他在《牡丹亭记题词》这篇对于“情”的礼赞中，道出了艺术三昧——艺术创作不能“以理相格”，而允许根据“情之所必有”的规律进行艺术虚构，在概括生活真实的基础上达到艺术的真实。从“情之所必有”出发，汤显祖还进一步主张于梦中写实、幻中求真，并明确指出：“梦中之情，何必非真？”他的戏剧创作也都是“因情成梦，因梦成戏”[⑥]，这种主张实际上是强调在浪漫主义的艺术表现中仍然要求达到本质的真实。曲论家王骥德称汤显祖的这种主张和创作是“以虚而用实”，并且明确地说：“于本色一家，亦惟是奉常一人。”[⑦]

这里值得指出的是，在当时的诗文理论中也有类似的主张。如唐顺之认为诗文本色，“只是直写胸臆”，“使后人读之如真见其面目”[⑧]，因而要求作者“各自其本色而鸣之为言”，写出“真精神与千古不可磨灭之见”[⑨]。袁宏道认为“独抒性灵”就

① 李贽：《拜月》，《焚书》卷四。
② 徐渭：《赠成翁序》，《徐文长逸稿》卷十四。
③ 徐渭：《叶子肃诗序》，《徐文长文集》卷二十。
④ 凌蒙初：《谭曲杂札》。
⑤ 汤显祖：《续栖贤莲社求友文》，《汤显祖诗文集》卷三十六。
⑥ 汤显祖：《复甘义麓》，《汤显祖诗文集》卷四十七。
⑦ 王骥德：《曲律》卷四。
⑧ 唐顺之：《与洪方洲书》，《荆川集·文集》卷七。
⑨ 唐顺之：《答茅鹿门知县二》，《荆川集·文集》卷七。

是本色，诗歌只要是“从自己胸臆中流出”，“佳处自不必言，即疵处亦多本色独造语”①。唐顺之和袁宏道所说的本色虽非指生活的真实，而是指对道德修养的亲切体验(唐)，或主观“性灵”的真实(袁)，但仍可归纳在艺术对于思想感情的真实要求中(所谓情真意真)。

明中叶以后在戏曲、诗文诸艺术领域都主张本色真实，这绝不是一种偶然的巧合，而是当时反理学思潮在诸艺术领域所激起的波澜，这就使本色说具有了鲜明的时代性和强烈的战斗性。从美学的角度来考察，它的理论内涵也展示出一定的层次和深度。从文艺作品的构成来看，本色说首先强调内容的真实；作为文艺作品对于真善美的统一要求来说，本色说首先要求真，由真到美；就艺术与生活的关系而言，本色说首先强调艺术要反映生活的本来面貌，这就确立了戏曲创作的现实主义原则。同时在汤显祖关于梦中写实、幻中求真的主张中，本色说由对现象的真实(形似)的要求深入到对本质的真实(神似)的要求，从而把现实主义和浪漫主义结合起来了。

二

王国维在《宋元戏曲史》中指出，“古今之大文学，无不以自然胜”，而“元曲为中国最自然之文学”。所谓自然，实际是指一种相对于雕琢而言的审美要求，在我国美学史上，人们对于自然美的认识和理解，虽然晚于雕琢美，但它却是一种比雕琢美境界更高的美学范畴。钟嵘所谓“自然英旨”，李白所谓“清水出芙蓉，天然去雕饰”，苏轼所谓“文理自然，姿态横生”，即指此种美学境界而言。作为“一代之绝作”的元杂剧，在中国文学史上，从内容到形式乃至艺术风格，都是一个带有根本性质的转变：市井细民及其风习人情成了文学描写的一种主要对象，表演故事的代言体成了文学的主要体裁，生动的通俗语言冲击着典雅的文言。这就使元杂剧具有“写情则沁人心脾，写景则在人耳目，述事则如其口出”，能够使“雅人俗子，同闻而共见”的突出特征。这种突出的特征就使戏曲艺术必然表现出一种远雕琢而近自然的审美趋势。戏曲本色说关于自然的美学要求，也正是我国古代传统的审美理想在戏曲领域的渗透，同时又体现出它独特的理论风貌。它要求以“真实”为基础，以“得体”为条件，只有既“真实”又“得体”的艺术作品，才有可能真正达到这种境界。

既然崇尚本色自然的艺术美是我们民族的审美传统，而元杂剧又是中国最自然之文学，那么为什么元代和明前期的曲论家很少论及本色自然，而只有到了明中

① 袁宏道：《叙小修诗》，《袁宏道集笺校》，上海古籍出版社1981年版，第187页。

叶以后才开始本色之争呢？这除了前面探讨本色真实时所论及的社会思潮的原因以外，还与当时反对模拟假借、骈俪藻饰的形式主义文学思潮密切相关。它们同是明中叶以后民主启蒙思潮在文艺领域所激起的浪花。

明代文坛从反对"台阁体"的形式主义文风开始，曾先后掀起过声势浩大的复古主义运动（前后七子）和反复古主义运动（唐宋派、公安派和竟陵派等）。这两股巨大潮流不可避免会浸透到戏剧领域来。成、弘以来在剧坛上出现的以邱濬《五伦全备记》、邵灿《香囊记》、郑若庸《玉玦记》和梅鼎祚《玉合记》为代表的骈俪派，固然首先是染病于八股时文的骈偶形式，但也受到了复古主义运动中不良倾向的影响。这一派作者在形式上追求骈俪藻饰，模拟剽窃，雕琢堆垛，给剧坛带来严重灾难。徐渭在《南词叙录》中对此进行了尖锐批判："《香囊》乃宜兴老生员邵文明作，习《诗经》，专学杜诗，遂以二书语句匀入曲中，宾白亦是文语，又好用故事作对子，最为害事。……至于效颦《香囊》而作者，一味孜孜汲汲，无一句非前场语，无一处无故事，无复毛发宋元之旧。三吴俗子，以文为雅，翕然以教其奴婢，遂至盛行。南戏之厄，莫盛于今。"于是，与文坛反复古主义运动相呼应，明中叶以后的曲论家和剧作家为除弊救厄，复兴戏剧，在剧坛上展开了对骈俪派的猛烈批判，而提倡本色自然就是反对骈俪藻饰、雕琢堆垛的主要理论旗帜。他们或者是以"愈藻丽，愈远本色"[①]为标，来直接批和否定骈俪派的作品（如徐复祚、沈德符等）；或者还通过推崇元剧（包括北杂剧和南戏）的本色自然来贬斥当时骈俪藻饰、雕琢堆垛的形式主义文风（如李开先、臧晋叔、王骥德等）。与此同时，他们还在不同程度上对戏曲发展的方向和理想的戏曲风格做了有益的探索，戏曲本色说关于自然的美学要求也从对戏曲语言、声律的辨析深入到对戏曲思想感情的探讨，从而逐渐达到形式和内容的统一规范。

为了真正能够起衰救弊，复兴戏剧，一些一身而二任的戏剧家不仅在理论上提倡本色自然，而且在创作上付诸实践，企图以新的艺术风格去争夺和占领舞台阵地。李开先曾作《宝剑记》等剧，在内容上给剧坛带来清新空气，但因不谐音律而难于上演。徐渭的《四声猿》，以其进步的思想内容和独特的艺术表现，"将脂腻词场，作虚空粉碎"[②]，代表了明代杂剧的转变。尔后出现的吴江派首领沈璟和临川派始祖汤显祖，也都主张本色自然并力求付诸实践，但因二者对本色自然要求的侧重点不同而有成就高低之分。沈璟的本色说侧重形式，强调得体第一（他的得体说也有局限），主要是要求戏曲语言的俚俗平易和合律依腔。他编写的《属玉堂传奇》十七种也体现了这种主张，这对于追求骈俪堆垛和不懂音律的学究作家是一个有力的

---

① 徐复祚：《曲论》。
② 祁彪佳：《远山堂剧品》。

反击;但因其剧作的内容大多宣扬封建礼教,缺少真实性,所以成就不大。汤显祖则正如杜丽娘所唱的都样:"一生儿爱好是天然。"他的本色说侧重内容,强调真实第一,是创作动机("为情作使")、作品内容("意趣神色")和表现形式("丽词俊音")的统一。他的戏剧创作也以进步的思想倾向(反理法而主真情)和卓越的艺术观(现实主义和浪漫主义的结合)起衰弊于当时,挽狂澜于既倒。他的《玉茗堂四梦》一问世就不胫而走,拥护他的戏剧团体仅盛行于江西的"宜伶"就达千余人。他的《牡丹亭》不仅是明代而且是中国戏曲史上的杰作。所以陈继儒说:"独汤临川最称当行本色。"①

在我国美学发展史上,自然美和雕琢美虽有境界的高低之分,本是可以并存的。而雕琢一旦被骈俪派剧作家推向极端之后,它就不仅失去了美的意义,而且戕害了戏剧的生命。明后期的曲论家在通过对元代戏剧的反思和对明代戏剧的检讨之后而形成的这种对雕琢的排斥和对自然的追求的审美趋势,一方面具有除弊救厄、复兴戏剧的战斗意义和现实意义,一方面也表现出人们在审美认识上的飞跃。从李贽的"化工说",到汤显祖要求在"意趣神色"和"丽词俊音"的统一中达到"自然而然",乃至臧晋叔提出在"情词稳称"、"关目紧凑"和"音律谐叶"的基础上追求"不工而工",明确展示了戏曲的本色自然美是在"以真为美"、"以得体为美"的审美认识上的升华。它是一种既包括了"真"却又比"真"的境界更高的美,是一种既包括了"得体"却又比"得体"的境界更高的美。它除了要求内容的自然(真实)和形式的自然(得体)以外,更要求在内容与形式的和谐统一中呈示出一种"自然而然"的"天趣"。尤其是王骥德还通过对《玉合记》"益工修词,质几尽掩"的否定和对"《西厢》组艳,《琵琶》修质,其体固然"的肯定,有机地把"文"与"质"这对矛盾辩证地统一到本色自然的美学内涵之中,这就明确告诉人们,戏曲艺术虽排斥雕琢却并不等于不需要艺术加工,同时还有利于划分自然美同西方文艺思潮中的"自然主义"的区别。明中叶以后的曲论家和剧作家把自然美明确推到戏曲审美标准的首位,并力图在戏曲创作中实现这种美学境界,这不仅完善了戏曲本色说的审美理想,而且还丰富了我国传统美学中的"自然"理论。

三

我们最后来探讨本色说关于得体的美学要求。所谓得体,就是恰如其分,它最初是用于品评人物身份相称或行为处事恰如其分,后来运用在艺术批评中是指艺

① 陈继儒:《批点牡丹亭题词》,《汤显祖诗文集》附录,上海古籍出版社 1982 年版,第 1544 页。

术表现的恰如其分，要合乎某种艺术体制的本来特点或规律，方为得体。如宋代张邦基说："优词乐语，前辈以为文章余事，然鲜能得体。"[①]在中国艺术批评史上还有一个常和本色连用的美学范畴——"当行"，与得体的美学含蕴差不多，但对"当行"的理解，历来也众说纷纭。限于篇幅，本文不能对"当行说"的内涵与外延进行全面考察和研究，故在探讨本色说的基本要求时只使用得体的概念。

黄宗羲在《胡子藏院本序》中说："诗降而为词，词降而为曲。非曲易于词，词易于诗也。其间各有本色，假借不得。"意谓诗、词、曲各有其艺术特点和规律，只有合乎其艺术特点和规律的作品，才为本色得体。这是历来为人们所公认的基本原则。只是因对"体"的理解不同而有积极意义与消极意义之分，或者这两种意义都兼而有之。陈师道、李清照严守"诗庄词媚"的疆界，只承认正体为本色，而否定变体，因而对"退之以文为诗，子瞻以诗为词"给予批评和讥讽[②]。这就使本色得体的要求成了文艺创作发挥独创精神的桎梏。严羽为反对江西诗派的不良风气，而主张"妙悟"为本色，他认为"盛唐诗人能妙悟"，所以"当以盛唐诗为法"[③]。这种主张对后世一方面产生过消极影响，如李东阳提倡以唐为法，前后七子主张"诗必盛唐"，都承受到它的余风；但一方面也还有积极作用，如徐渭和王骥德的"本色说"就受到了严羽"妙悟说"的启发。臧晋叔为反对骈俪派而极力推崇元曲，并认为"行家之曲"最为得体。这对于批判明代剧坛的颓风弊习，具有积极意义；但他过于拘守元人矩矱，论曲尊元薄明，甚至对徐渭、汤显祖也以"其失也鄙"、"其失也疏"加以抹煞，那就过于苛刻而欠公允了[④]。

我国美学史上的这种现象很容易使人联想起贺拉斯的"得体说"。贺拉斯《诗艺》中所说的"得体"(decorum)主要是要求戏剧艺术的内部一致性，这是合乎戏剧艺术的规律的。但他据此还制定了一些"法则"，虽然这些"法则"大多是当时戏剧实践的总结，贺拉斯却有把它们定成死板规律的倾向，这对于后来西方戏剧的发展有时成了一种束缚。中国戏曲批评中的得体说与贺拉斯的得体说所发生的影响有一致处，即既有积极作用，也有消极作用，但其积极作用是主要的。贺拉斯得体说的美学要求是从古希腊罗马的戏剧实践中总结概括出来的，而后来的文艺复兴和古典主义运动都打着复兴古希腊罗马文化的旗一号，当时的戏剧理论和创作受到一些影响是难免的，但"在莎士比亚和卡尔德隆的杰作中得到蓬勃发展的活生生的

---

① 张邦基：《墨庄漫录》卷七。

② 陈师道《后山诗话》："退之以文为诗，子瞻以诗为词，如教坊雷大使舞，虽极天下之工，要非本色。"李清照《词论》认为词"别是一家"，而讥讽苏轼等人的词"皆句读不葺之诗"。

③ 严羽：《沧浪诗话·诗辩》。

④ 参见臧晋叔：《元曲选序二》，《元曲选》卷首。

戏剧，却并没有受到古典主义者争论的影响”[1]。而中国戏曲批评中的本色得体说是在北剧已经从繁荣走向衰落、南戏（包括传奇）兴起不久又误入歧途（骈俪派）的明中叶以后才提出和开展讨论的，它一方面是对以往戏剧实践的理论总结，但更主要的是表明为一种对于戏剧艺术特点和规律的进一步认识和探索，是从理论上为戏剧的发展开辟道路。所生争端，则多因曲论家对“体”的理解不同而起，由于各自的艺术识见有高低之分，他们赋予得体说的美学要求也有深浅之别。试分述之：

在本色得体的争论中，涉及最多的首先是戏剧语言问题。受传统诗论的影响，许多曲论家所激赏的仍是曲词的“俊雅”、“流丽”、“蕴藉有趣”[2]，所谓“珠圆玉润，咀之而味愈长”[3]。诚然，戏剧语言注意对诗意的追求，这是合乎中国戏曲的诗剧要求的，但仅从戏曲的文学性特征来论本色，其理论显然还是浮浅、片面的。从观众的欣赏水平着眼和出于对骈丽派的深恶痛绝，不少曲论家对戏剧语言倾向于主张质朴反对藻丽、主张平易反对用事、主张浅俗反对艰深。如徐渭在《南词叙录》中说：“夫曲本取于感发人心，歌之使奴、童、妇女皆喻，乃为得体。……吾意：与其文而晦，曷若俗而鄙之易晓也？”这是合乎戏剧艺术舞台性特征的要求的，但有人又走向另一种极端，似乎越浅俗越好，如沈璟标举“僻好本色”，却“直以浅言俚句，棚拽牵凑”[4]。尤其是在对《西厢记》、《琵琶记》的评价上，因为何良俊一反习惯看法，认为“《西厢》全带脂粉，《琵琶》专弄学问，其本色语少”[5]，从而引起一场争论。沈德符和凌蒙初等都声援何良俊。王世贞首唱反调，认为“北曲故当以《西厢》压卷”[6]，王骥德也不同意何良俊的观点，但持论标准与王世贞不同。王世贞所激赏的是《西厢》曲词的华美，而王骥德则是从戏剧艺术规律着眼，认为《西厢》与《琵琶》，二剧虽一艳一质，这是由它们的题材和风格的特点所决定的，实都最为本色得体。王骥德虽也主张“入众耳”，但他认为最得体的是“在浅深、浓淡、雅俗之间”。对于用事，一些通达的曲论家也并不一概反对，而是主张用事得体，如王骥德主张要“引得的确，用得恰好”[7]；凌蒙初认为“即有用者，亦其本色事”[8]。多数曲论家论本色仅指曲词，对于宾白，徐渭、祁彪佳在评剧时略有所及，王骥德则较为重视，对“定场白”、“对口白”和“作白之法”都提出了具体要求；至李渔对宾白就有了更详尽的论述。清代徐

---

① 〔美〕约翰·霍华德·劳逊：《戏剧与电影的剧作理论与技巧》（邵牧君、齐宙译），中国电影出版社 1979 年版。
② 何良俊：《曲论》。
③ 祁彪佳：《远山堂剧品》。
④ 凌蒙初：《谭曲杂札》。
⑤ 何良俊：《曲论》。
⑥ 王世贞：《曲藻》。
⑦ 王骥德：《曲律》卷三。
⑧ 凌蒙初：《谭曲杂札》。

大椿说,“若其体则全与诗词各别,取直而不取曲,取俚而不取文,取显而不取隐,……但直必有至味,俚必有实情,显必有深义,随听者之智愚高下,而各与其所能知,斯为至境。又必观其所演何事,如演朝廷文墨之辈,则词语仍不妨稍尽藻绘,乃不失口气,若演街巷村野之事,则铺述竟作方言可也。总之,因人而施,口吻极似,正所谓本色之至也”。(《乐府传声》)这是对戏剧本色语的最简练而最中肯綮的概括和总结。

其次是关于声律问题。要使戏曲被诸管弦,奏之场上,必须合律依腔,这是戏曲艺术音乐性特征的美学要求。明中叶以后的曲论家在本色得体的讨论中,因不满当时一些学究作家只重词藻不懂音律而产生的案头剧,大多都比较重视声律问题。如何良俊、魏良辅等,或有所论,或有所为,尤其是吴江派对于声律问题的探讨影响最大,沈汤之争也由此而起。沈璟说:“宁律协而词不工,读之不成句,而讴之始叶,是曲中之工巧。”[①]又说:“欲度新声休走样,名为乐府,须教合律依腔,宁使时人不鉴赏,无使人挠喉捩嗓。”[②]沈璟重视舞台演出,强调合律依腔,方为得体,这对戏曲艺术规律的探索是有贡献的,但他又走向了只重声韵格律而不顾曲意文辞的极端。汤显祖反对把声律作为戏曲的首要标准,认为“凡文以意趣神色为主,四者到时,或有丽词俊音可用,尔时能一一顾九宫四声否?”[③]他对沈璟等人乱改他的剧作大为不满,甚至说:“余意所至,不妨拗折天下人嗓子。”[④]因而吴江派成员大多扬沈抑汤,倒是吕天成的看法比较全面:“倘能守词隐先生之矩矱,而运以清远道人之才情,岂非合之双美者乎?”[⑤]茅暎在《题牡丹亭记》中也认为声律与词情“二者固合则并美,离则两伤”。

再次是关于情节结构、人物形象和戏剧动作等问题。对于这些问题,明、清的曲论家多注意得不够,最早从“戏”的角度来比较全面地认识戏曲艺术高度综合的特征的是王骥德,至李渔才予以充分的阐述。王骥德在谈到戏曲情节时曾提出“勿落套,勿不经”,强调在注意情节的新奇性的同时要注意情节的真实性。祁彪佳也说:“即说神说鬼,去本色愈远矣。”[⑥]这与后来李渔关于“凡说人情物理者,千古相传;凡涉荒唐怪异者,当日即朽”的观点是一致的,都是从真实的美学要求来论戏曲情节的得体与否。王骥德还认识到必须把戏曲音乐的声情与文学描写结合起来以表现人物感情和情节的变化,他说:“用宫调,须称事之悲欢苦乐,……以调合情,容

---

① 据吕天成:《曲品》。
② 沈璟:《词隐先生论曲》,载《博笑记》卷首。
③ 汤显祖:《答吕姜山》,《汤显祖诗文集》卷四十七。
④ 据王骥德:《曲律》卷四。
⑤ 吕天成:《曲品》。
⑥ 祁彪佳:《远山堂剧品》。

易感动得人，大雅与当行参间，可演可传，上之上也”；若“既非雅调，又非本色”，则“勿作可也”[①]。这就明确地把戏曲情节、人物的描写和戏曲的舞台性、文学性特征有机结合起来了。不仅如此，他还在《论引子》中涉及人物形象的塑造问题，提出“须以自己之肾肠，代他人之口吻”，“我设以身处其地，模写其似”，要求人物语言要合乎人物身份、性格及其所处的特定环境。金圣叹和李渔分别在《西厢记·读法》和《闲情偶寄》中非常重视人物性格的刻画，并且还涉及典型化的问题，尽管他们并未明确地把它列入本色这一美学范畴之内，实际上也是在王骥德上述认识基础上的演进和升华。此外，在本色得体的讨论中还涉及戏剧动作中的插科打诨，陈继儒说：“插科打诨，方是当行；嚼字咬文，终非本色。”[②]王骥德和李渔还对插科打诨提出了详细的审美要求。

通过以上对散见于众多曲论中吉光片羽的蒐集和爬梳，我们可以发现，戏曲本色得体说主要侧重于探索戏曲艺术的表现形式，明中叶以后曲论家在本色之争中赋予得体说的美学要求，实际在一定程度上展示了人们对戏曲艺术规律的认识和探索的过程。多数曲论家往往从考察诗、词、曲嬗递发展的历史特征出发，津津乐道于曲词意境的玩味，涉及的只是戏曲的文学性特征；与此同时，有部分曲论家则从唱的角度来认识戏曲的音乐特征，并通过强调“入众耳”的演出效果逐渐把戏曲的文学性和舞台性特征有机结合起来，还有少数曲论家更从“戏”的角度来全面认识戏曲艺术高度综合的特征，提出了“论曲，当看其全体力量如何”[③]的原则，进而在科、白、曲诸方面的概括要求中把戏曲的文学性、舞台性和戏剧性等特征融为一体。随着人们对戏曲艺术规律认识的不断深入，本色得体说的理论层次也逐步深入，其理论内涵也不断扩大。但应该指出的是，对于戏剧艺术规律的认识和概括，“荷拉斯理论的本质只包含在一个概念里，那就是得体”[④]；而中国戏曲的本色得体说，却只涉及中国戏曲理论中如上所述的几个重要方面。然而毋庸置疑，明中叶以后曲论家在本色之争中赋予得体说的美学要求，对于形成具有中国特色的戏剧理论体系有着重要的意义。

---

① 王骥德：《曲律》卷三。

② 陈继儒：《题徐文长点改昆仑奴杂剧》，《白石樵真稿》卷十九。

③ 据王骥德：《曲律》卷三。

④ 〔美〕约翰·霍华德·劳逊：《戏剧与电影的剧作理论与技巧》（邵牧君、齐宙译），中国电影出版社1979年版。

论戏曲在中国文学长河中的演进与贡献[①]

20世纪以来，中国古典戏曲与古典小说一样，由于受西方文学观念的影响而在中外学界颇受重视，故对戏曲形成和发展的历史及其著名作家作品已做过程度不同的研究，但有关戏曲的演进在中国文学发展史上的环链作用还缺乏深入的探讨。本文拟结合以往的研究成果，将戏曲这一后起的艺术样式置于中国文学发展的长河中来审视其演变，着重讨论它从传统诗词中吸取营养而在人物描写、尤其是心理描写等方面所取得的进展，进而考察它对于小说的影响。

一、"词变而为曲"的文学史意义

通常流行的观点是，戏剧是一种综合艺术，或者称为第七艺术，意谓戏剧"兼备了从第一到第六的各种艺术样态的一切要素"[②]。但第一位的要素仍然是"诗"，并且曾被西方古典美学家视为戏剧的本质，如亚里士多德的《诗学》、贺拉斯的《诗艺》、狄德罗的《论戏剧诗》等从题目就可以看出这一点，黑格尔也说："戏剧无论在内容上还是在形式上都要成为最完美的整体，所以应该看作诗乃至一般艺术的最高层。"[③]而中国戏曲自元杂剧起就形成了以曲为主体的特点，现存的《元刊杂剧三十种》的文本形态足可证明这一点，它们中有的根本就没有科白，有的虽有一些科白却非常简略。后世戏曲（如明清传奇）即使科白齐全，但仍然以曲为主成为定则。从元代的唤官身到明清的清唱以及时兴演折子戏，都可说明观众重视的不是故事

---

① 本文原载《文艺研究》2003年第4期。复旦大学中文系八十周年纪念论文集《卿云集续编》全文收录，上海古籍出版社2005年版。

② 河竹登志夫：《戏剧概论》（陈秋峰、杨国华译），中国戏剧出版社1983年版，第3页。

③ 黑格尔：《美学》第三卷下册，商务印书馆1979年版，第240页。

而是唱词。而曲和词一样都是诗的特殊形式，曲既可称为“词”，也可称为“词余”，还可与诗词同称为“乐府”，用以说明戏曲的本质是诗这一点更为有力。

王国维在《宋元戏曲史》中指出：“论真正之戏曲，不能不从元杂剧始也。”原因是元杂剧比前代戏剧已有两大进步：一是乐曲的进步并且形成了以曲为主的体式，二是由叙述体变为了代言体。这同时也意味着，作为戏曲本质的诗，它从以往的诗词演变为戏曲中的唱词——曲，至少要在这两个方面都实现其戏曲化的飞跃。

戏曲的本质既然是诗，无疑曾从历史悠久、积累深厚的古典诗歌中吸取过营养，但从戏曲发生学的角度来看，它并不是直接从句式整齐的古诗或律诗演变而来，而主要从诗的另一种形式——句式参差不齐的词演变而来。所以明人王世贞早就指出：“曲者，词之变。”[①]沈宠绥也说：“诗变而为词，词变而为曲。诗盛于唐，词盛于宋，曲盛于元之北。”[②]如果更准确地说，是由于词在雅化的过程中走向了衰落（以及出现了新的音乐而“词不能按”）才促进了曲的产生和成熟。当然，这里所说的曲，都包括散曲和元杂剧，而且从理论上说，词应是先演变为散曲，元杂剧才可能在散曲（尤其是套曲）取得的成就之上发展起来，但从现存的作品来看，散曲和元杂剧似乎都是在金末元初成熟的，故后人因难以确切地勾勒出由词至散曲再至元杂剧的演变过程而统称为“词变而为曲”。或者由于词与散曲在形式上非常接近，其演变形成的时间本来就不长，故能很快为杂剧所吸收并使之戏曲化。王国维在《宋元戏曲史》第八章《元杂剧之渊源》中就曲的形式进行分析时，曾对元曲所用过的335个曲牌（据《中原音韵》）做过考察，发现75个出自唐宋词，28个出自诸宫调，11个出自大曲，10个出自宋旧曲等。他以实证的方式证明了元曲受词的影响最大，其次是诸宫调和大曲，但这两种体式也曾受过词的影响。而所谓乐曲的进步，是指“每剧皆用四折，每折易一宫调，每调中之曲，必在十曲以上；其视大曲为自由，而较诸宫调为雄肆。且……皆字句不拘，可以增损”。故曲的写作比词更加自由，并且使语言更接近自然形态，真正称得上为“活文学”。

关于由叙述体而变为代言体，王国维考察的结果是，大曲都是叙述体，诸宫调是叙述体和代言体的结合，宋金杂剧因为没有文本而表示存疑，至于以前的韵文是否有代言体则未涉及。实际上，以代言体叙事抒情的方式，在古代韵文中早已有长期的探索和积累。如司马相如的《长门赋》，除开头四句外，全篇都是代陈皇后叙事抒情；魏晋六朝至唐代诗歌中的宫怨、闺思题材也多为男性诗人代女性立言，如曹

---

① 王世贞：《曲藻序》。
② 沈宠绥：《弦索辨讹》。

丕的《燕歌行》、李白的《长干行》、杜甫的《新婚别》等，都是代言体诗作。而词因为大多写爱情相思的题材，男性词人常以第一人称的口吻代女性抒情诉怨，故代言体的比例进一步增加，如韦庄的《浣溪沙》，欧阳修的《醉蓬莱》，柳永的《法曲第二》、《定风波》等都是。元杂剧代言体的形成固然应是吸收自汉魏至宋金韵文中长期积累的技巧所致，而剧曲中既有不少曲牌来源于词牌，词以代言体方式抒情叙事所作的探索更容易被曲所接受也是不言而喻的。

但词对于戏曲的影响除了上述两个方面以外，还有更为积极的意义，那就是经过“诗变而为词”的飞跃，词在心理描写和细节描写方面走向深入细腻并且将抒情与叙事密切结合的探索，对于戏曲在金末元初走向成熟起了重要的催化作用[①]，从而使元曲成为了“一代之文学”的光辉代表。或者换句话说，戏曲之所以在元代走向成熟并且取得了划时代的卓越成就，就在于元杂剧吸取了上述词的艺术成就而对人物的思想感情做了深入的、细腻的描写，具体地说，就是从词中的注重描写人物刹那间的心理活动转化为在剧中揭示人物长时间的心路历程，从词中的侧重于某个特定的角度来表现人物的思想感情转化为在剧中从人物的相互关系甚至于相互冲突中来表现人物的思想感情，从词中将叙事与抒情结合起来运用于某个局部的深细描写以创造意境转化为在剧中通过人物的连续性活动（内心活动和外部动作）来推动情节的发展以塑造人物形象。我们不妨将宋代柳永的《雨霖铃》和元代王实甫的《西厢记》（以下简称《王西厢》）第四本第三折略加比较：柳词描写一个秋天的傍晚在江边为恋人送行时的情境，叙事与抒情已融为一体，尤其从难分难舍的细节描写，到想象分别后的情形的心理活动（这种想象中的情境实际上也是一种虚构性的描写）都很细腻生动，但只能写一个片断而无法展开，更无法刻画出这一对恋人的形象；而《王西厢》第四本第三折也是描写恋人在长亭送别，却在吸收诸如柳词和金代董解元《西厢记诸宫调》（以下简称《董西厢》）成就的基础上已有了很大的发展，出场的人物有五个，莺莺被置于与老夫人、张生等人的相互关系乃至相互冲突中主唱了19支曲子，着重表现了她从早上伤秋送行到在长亭含泪把酒，从启程前怀忧嘱别到傍晚载愁迟归将近一天的感情历程。既使莺莺的形象内涵进一步丰富，又通过她的唱词描写了张生的神态和心理。

由此可见，元杂剧正是在继承和发展上述词的成就及其他艺术成就的基础上而形成了自己的特征：它以代言体的方式描写人物的活动及其思想感情，从文体性质上说，它属于虚构性的叙事文学；但因其主体为曲，具有诗的审美本质，重视人

---

① 参见章培恒等主编：《中国文学史（新著）》中卷，上海文艺出版社1998年版；此外，本文还吸取了章培恒师在授课和演讲时所作的相关阐述。

物的心理描写，故又有很强的抒情色彩[①]。剧作家不但为自己抒情，更重要的是要代剧中人物抒情，而通过为剧中人物抒情，也还是抒发了作者自己的某种情绪。当然，二者并不能完全等同。例如，《窦娥冤》中的窦娥在第一折出场时的唱词抒发的是一个受压抑未觉醒的寡妇的愁绪，并且后来还以“一马难将两鞍鞴”（第二折《隔尾》）作为理由拒绝嫁给张驴儿，这显然不等于关汉卿的感情，因为他在《望江亭》中还写了同样是寡妇的谭记儿，一出场就意识到自己的苦闷是由于“凤只鸾单”而引起，并且认为只有抛弃“三贞九烈”才可能消解这种苦闷（第一折《混江龙》），后来果然嫁了人，甚至不惜卖弄色相以保护自己的婚姻。但无论代窦娥还是代谭记儿抒情时，都抒发了作者的某种情绪，比如对窦娥的同情和对谭记儿的赞赏。这就是说，剧中人物固然是作者抒发思想感情的载体，但人物既置身于一定的环境中还必须有其自身的特点才真实可信，故作者代人物抒发思想感情应符合其自身的特点，这其实也就是虚构性的叙事文学的特点。所以更准确地说，戏曲是一种抒情色彩很浓的虚构性叙事文学形式，剧中人物和作者都主要是通过唱词来抒发思想感情，而剧中人物抒发思想感情的过程相对于全剧来说又是在叙事。

于是，元杂剧最早为中国戏曲确立了一个基本原则：即以描写为根本，而不以事实交代为根本，重视心理的描写和感情的抒发，至于情节的安排和冲突的处理则以有利于人物形象的描写为旨归。或者换句话说，中国古代的剧作家尤其是元代戏剧家对于情节和冲突并没有西方剧作家那样重视。戏剧冲突后面还将专门讨论，这里仅略谈一下情节。中国戏曲的基本情节有许多是因袭而来的，如《王西厢》的情节固然与唐代元稹的《莺莺传》有很大不同，其实是借用了《董西厢》的改造；郑光祖《倩女离魂》的情节从唐代陈玄祐的《离魂记》借来，而且是在《王西厢》已写了“长亭送别”之后，再写“折柳亭送别”，却能另辟蹊径，实有与前贤挑战的意味；还有他的《翰林风月》写白敏中和裴小蛮密约偷期，让红娘式的人物樊素为之撮合，“科目全类西厢”，却因为“填词迥别”（孟称舜评语）而同样为人们所赞赏。由此不难看出，曲词实是当时观众或读者衡量一部戏曲优劣的首要标准，无论情节是因袭的或者有漏洞，只要曲词优美（哪怕只有一折甚至几支曲子写得优美），就有可能受到激赏和推崇。

---

① 关于中国戏曲具有很强的抒情色彩，早已有前贤论及，如王国维就曾明确地说，元杂剧“写情则沁人心脾”；近些年来更有学者把抒情性视为戏曲的本质特征，参见傅谨：《中国戏剧艺术论》（山西教育出版社2000年版）第二章《中国戏剧的抒情本质》及第116页注①。

二、戏曲中心理描写的深入

所谓戏曲以描写为根本，归根到底是对于人物的描写。情节只是人物活动的历史，矛盾冲突的展开，也旨在进一步展开对人物的刻画。原则地说，戏曲刻画人物应包括写人物的语言和行动（含“科”在内），而人物的语言又有唱曲和说白之分，但元杂剧不重视科白，作者不写非重大情节交代的科白，而是由演员临时发挥。到了明代，说白已受到重视，但仍然处于次要地位，并且因受骈俪文风的影响，说白写得好的也不多。故主要通过唱曲来表现人物，是中国戏曲的一大特点。于是，在主要以诗化的曲词来刻画人物时，就有一个很明显的优势，即可以通过大量描写心理活动来抒发人物的感情，而在这种抒情的同时又兼具了叙事的功能。当然，现存元杂剧中纯为叙事而不描写人物心理的唱词也不乏其例，如关汉卿《单刀会》前两折正末分别扮演乔公、司马徽的唱词，仅仅充当关羽故事的叙事者而未展示主唱人物自己的内心活动，实是一种凑合的敷演，并不感人。因而我们可以说，戏曲在中国文学史上的重大进展，就是以描写人物形象为中心，并且通过大量的心理描写来深化对人物的刻画。例如，《赵氏孤儿》第一折中《油葫芦》、《醉中天》等曲刻画韩厥将军自杀前的内心斗争，第三折从《新水令》至《鸳鸯煞》的唱词表现公孙杵臼被拷打得近乎神智失常差一点泄密但随即又清醒镇定而撞阶自杀的心理起伏，《窦娥冤》第三折写窦娥赴法场时的所唱的《滚绣球》对天地产生怀疑和埋怨但临刑前又发下三桩誓愿时的内心愤怒和狂乱，《牡丹亭》第十出中杜丽娘游园前后的情灵摇荡，都可以称之为心理描写的典范之作，是以前中国文学中从未有过的创造。

如前所述，相对于词的心理描写而言，戏曲能从剧中人物的相互关系甚至于相互冲突中来表现主要人物长时间的心路历程。但元杂剧由于受一人主唱、一本四折的限制，每本戏一般只能着重深入一个主要人物的内心世界，并且在描写这个主要人物的心理流程时，又往往只能选取其人生历程中最有代表性的几个时段集中刻画，尤其重视当矛盾冲突达到高潮时的心理描写。例如，韩厥自杀前、公孙杵臼被拷打时和窦娥从赴法场至被斩首的过程中，他们各自所置身的矛盾冲突都达到了高潮，故人物的心理活动都描写得深入细腻，有感天地泣鬼神的力量，而矛盾冲突还没有达到高潮时的心理描写往往有所逊色。这种局限在《王西厢》中已开始有所突破，它以五本连演一个故事的方式，至少比较充分地刻画了莺莺、张生、红娘三人的心理变化，但在一本之中，人物的心理描写和感情交流仍然受到限制，如第一本由张生主唱，在佛殿与莺莺初次相见所唱四支曲子（第一折《元和令》《上马娇》《胜葫芦》《么篇》），就把他一见着迷的疯魔情态表现得很细致，而莺莺当时的内心如何却无法表现,直到第二本由莺莺主唱时才可表达她对张生的感情态度(如第一折《油葫芦》、《那吒令》、《鹊踏枝》),但那已是事后的怀念和愁思了。

最早完全突破上述局限的是受杂剧影响而在元末走向成熟的南戏,例如施惠的《拜月亭记》,在继承关汉卿杂剧《拜月亭》成就的基础上已有了新的发展和提高:杂剧只写了王瑞兰一人的心理活动,且她与蒋世隆自主成亲时的心理如何也不清楚;南戏不仅描写了王瑞兰、蒋世隆从逃难中相识相爱自主成亲到被拆散和最终团圆的心路历程,而且还描写了陀满兴福、蒋瑞莲和王镇夫妇的心理活动。高明的《琵琶记》描写赵五娘吃糠时的心理活动,既真实细腻,又生动感人,是以前的文学中未曾有过的,也是《张协状元》、《宦门子弟错立身》等早期南戏所望尘莫及的,这意味着南戏的进步是和吸收元杂剧心理描写方面的成就联系在一起的。而明代传奇则是继承元杂剧和元末南戏的传统而进一步走向完善的戏曲形式,其心理描写又有了新的进展,我们不妨拿关汉卿的《窦娥冤》和汤显祖的《牡丹亭》做个比较。

窦娥在第三折赴法场的唱词,既指责天地的不公,又发誓寄希望于天地,实是在无人可诉的境况下,她的心同天地的对话,是在她同天地——即整个环境(生活的环境和观念中的环境)的冲突中抒发怨恨和愤怒,因而能够感天动地。在矛盾冲突进入高潮时倾全力把主人公的心理活动描写得如此深入细腻和感动人,这正是关汉卿的所长,而前两折虽也有较细致的心理描写却缺乏感人的强度。例如,窦娥在第一折出场时的两支曲子,所倾吐的是她丧夫三年来所经受的寡居生活的痛苦。丈夫去世后,她"数年经受"的"满腹闲愁"显然不是因缺衣少食引起的,而是一种心灵上的孤苦无告。"锦烂漫花枝"和"剔团圞月色"之所以"催人泪""断人肠",正说明美好的景色仍能撩动她的本能的欲望,并非真正是心如止水,而她所受封建礼教的教育又极力压抑着她的青春的火焰,拒绝让这种要求进入明晰的意识层,故而导致难以名状的焦虑、烦躁,忘餐废寝,无休无止。关汉卿把这位因受压抑却未觉醒的二十岁寡妇的痛苦心理描写得如此细腻,是以前少见的,但只会引起观众和读者的同情而难以产生共鸣。第二折的《斗虾蟆》写窦娥针对蔡婆婆在张驴儿的父亲死后哭泣时所作的劝告,实是她此前批评婆婆招夫的一种继续,当然也揭示了她本人的心理活动和感情态度,或许能帮助她的婆婆度过心理危机,但因缺乏深度而并不感人。王国维曾称赏这支曲子,仅仅由于"此一曲直是宾白,令人忘其为曲"。

《牡丹亭》中的女主人公杜丽娘是一位生长于仕宦之家的少女,身份和经历虽不同于窦娥,但作为女性都受到了封建礼教的压抑是相同的。杜丽娘首次出场时只是因为白日睡眠就遭到了父亲的严厉训斥(第三出《训女》),并随即聘请私塾教师来加强对她的教育和管束。第二次出场在第七出《闺塾》,因这出戏主要写春香闹学,杜丽娘的心理描写尚未展开,但从春香和陈最良关于《关雎》一诗的调笑中,她悟出了“关了的雎鸠，尚然有洲渚之兴，可以人而不如鸟乎？”同时，还因春香在这天发现了院墙外的大花园，这就为第十出《惊梦》首次集中笔墨描写杜丽娘的心理活动做好了准备。前三曲是游花园前的心理描写，首曲《步步娇》所唱“袅晴丝，吹来闲庭院，摇漾春如线。”既是一种动态景色的描写，更是杜丽娘的心理受到强烈感染时的抒情，春天飘荡的游丝在风的作用下好像要纺成线的样子，象征着她心中的情丝在春光的感召下也在滋长，这种丝好像纺成线的感觉，实是一种期待的喜悦和激动，意味着爱情的本能欲望已经进入了她的意识层。这与窦娥恰好相反，窦娥是已经有性爱经历的女子，她本应知道“锦烂漫花枝”和“剔团圞月色”之所以“催人泪”“断人肠”，是因为“凤只鸾单”，但她抑制着这种本能的欲望不让它进入意识层，这正是窦娥的可悲之处。而杜丽娘正是在有了这种感觉的同时而第一次发现了自己的青春的美丽，并且为自己的美无人欣赏而感到遗憾：“可知我常一生儿爱好是天然，恰三春好处无人见！”（《醉扶归》）于是，在看到大花园的美丽景色后，她唱出了最著名的《皂罗袍》：“原来姹紫嫣红开遍，似这般都付与断井颓垣！”这是一种极不协调的对比，表面写自然美和周围环境的矛盾，实是基于其心理感受而明显具有象征意义。随后两句，“良辰美景奈何天，赏心乐事谁家院？”抒发了她作为那个时代的少女的感伤和不幸：纵有良辰美景，又有谁能欣赏，岂不辜负了苍天造化？赏心快乐之事，又有谁家可得，却不是枉费了似水流年？这一发自肺腑的感叹，倾吐了万斛愁绪，满腹哀怨。紧接着是描绘她想象中的壮阔绚丽景象，与眼前“断井颓垣”的荒凉，又一次形成鲜明对比，因此，她深惜自己这样的“锦屏人”以往辜负了如此美丽的“韶光”。第五曲《好姐姐》借花喻人，借鸟衬人，写得更为低回凄楚。第六曲《隔尾》紧接前曲的感伤，描写其陡然跌落的心境，只好在“枉然”哀叹中结束游园。回到闺房后的独白也是一种心理描写，表现出她的不满和埋怨，于是因悟情而成梦，因春梦而生情。而梦中的幽会过程，实际上也是心理描写的一种特殊方式。正是这个春梦使她真正觉醒了，其证据就是她在梦醒后不仅没有罪恶感，而且觉得她在梦中与一位陌生男子的野合“美满幽香不可言”（第十二出《寻梦》），于是意犹未尽，又去花园寻梦，这意味着她是在主动追求了。寻来寻去，杳无踪迹，她伤心地流出了眼泪，连唱《玉交枝》、《月上海棠》、《二犯幺令》、《江儿水》等曲，深情地抒发了她的失意和悲哀，以致发出了“花花草草由人恋，生生死死随人愿，便酸酸楚楚无人怨”的强烈呼号。此后从相思得病到为情而死的心理流程，也写得相当深入。不过，杜丽娘临死时的唱词，倒不如窦娥死前的唱词那样感天动地；但《牡丹亭》在矛盾尚未进入高潮时就有了对于人物的深入细腻的心理刻画，并且已有一种从全剧整体上追求深入细腻的心理描写的趋势，这是关剧所不能比拟的。故可以说，明代传奇的心理描写比元杂剧进一步走向深入。此后如明末孟称舜的《娇红记》、高濂的《玉簪记》和清初李渔的《风筝误》、洪昇的《长生殿》、孔尚任的《桃花扇》等为代表的优秀传奇作品，大致沿着这一总体趋势而演进，有的还能从某个方面弥补汤显祖剧作中的不足而使之完善。

由是可知，以关汉卿剧作为代表的元杂剧在心理描写方面所取得的成就是空前的，从某一个片断、某一个局部来说，以前的文学作品从来没有写出象窦娥死前那样强烈而感人的心理活动。随着这种心理描写的深入，以汤显祖剧作为代表的明清传奇又从表现人物在矛盾冲突处于高潮时的心理向各个阶段展开，从而变得更加深入和细致，使得人物思想感情的演变过程逐渐清晰地展示出来，人物形象也就越来越丰满。因而从整体上说，以前的文学作品也从来没有像《牡丹亭》那样深入细致地写出人物心理活动的全部历程。而无论是局部的片断的心理描写的深入，还是由此而扩展为总体(由高潮向非高潮部分展开)的心理描写的深入，都对戏曲艺术的发展和成就的提高有着决定性的意义。

三、戏曲中矛盾冲突的展开及其具体化

众所周知，中国未曾如西方那样形成过“没有冲突就没有戏剧”的观念或原则，并且的确有一些作品(尤其是元杂剧)的矛盾冲突没有展开，或不作正面描写，或存在种种缺陷。例如，《单刀会》一二折只是渲染气氛，主要人物在第三折才出场，关羽一眼就看出了鲁肃的阴谋，第四折从过江到赴会主要写关羽的精神世界，刚刚与鲁肃正面交锋就戛然而止。它的矛盾冲突显然没有展开，结构的安排更存在缺陷。《哭存孝》本来有强烈的戏剧冲突，但前二折主唱的人物不是李存孝而是邓夫人，悲剧主人公没有发言权，自然不可能把矛盾冲突充分展开，第三折正旦扮莽古歹(男性小番)主唱，向刘夫人报告李存孝被车裂的情状，唱词纯粹成了叙事的工具，结构上也显得散漫，直到第四折由邓夫人背着丈夫的骨灰痛哭号泣，才有深入细腻的心理描写①。还有白朴的《梧桐雨》、郑光祖的《王粲登楼》等无意于深入展开戏曲冲突，却以结构完整，曲词优美，历来被推为名篇。

然而，戏剧冲突安排得很紧凑、展开得比较充分的名作也不乏其例，如《窦娥冤》、《救风尘》、《墙头马上》、《王西厢》等，都完整地写出了冲突的发生、发展、高潮和结局。尤其描写窦娥心理活动最为强烈和深入的曲词正是在戏剧冲突推向高潮时才抒发的，这说明矛盾冲突的展开尤其是高潮的处理对于心理描写的深入和人

---

① 关于《单刀会》、《哭存孝》的成就和缺陷，详见章培恒等主编：《中国文学史(新著)》中卷，第570—574页。

物形象的塑造都有着重要的意义。换言之，在矛盾冲突中对人物思想感情的描写不断地展开，这既能使矛盾冲突本身不断地丰富，又能使人物形象不断地丰满。以崔张爱情的描写来说，《莺莺传》中老夫人是个可有可无的人，没有许婚、赖婚，也没有逼试，莺莺被抛弃后也没有强烈的反应，后来拒绝张生是因为双方都已成家。原因或许如陈寅恪所说，莺莺的出身可能卑微如妓，张生始乱终弃，在当时实在不算一回事，谈不上有冲突的展开。《董西厢》首先从根本上改变了这个故事，莺莺成了贵族小姐，老夫人成为对立面人物，构成了以崔张为一方和老夫人为一方的矛盾冲突。《王西厢》的戏剧冲突，正是沿着《董西厢》的这一矛盾而展开的。

当然，就元杂剧而言，由于受体制的限制，导致人物平等对话机制的缺失和长度的不够，大多数剧作的矛盾冲突的展开都不可能很充分。不过，如果把戏剧冲突进一步分为外部冲突和内部冲突，将有利于我们认识中国戏曲尤其是元杂剧矛盾冲突的处理。所谓外部冲突指人物与人物之间的冲突，内部冲突则是指人物自身思想感情上的内在的矛盾和斗争。元杂剧中不能充分展开的正是外部冲突，而主唱人物的内部冲突则有可能得以充分展开，故剧作家安排外部冲突往往是为了更好地展开内部冲突。这就导致外部冲突的顶点（尽管它是不充分的，也姑且称为顶点）既可以与内部冲突的高潮同步到达（如《窦娥冤》的冲突实是窦娥与整个社会环境的冲突，故在被杀时既使她和官府的外部冲突达到顶点，又使她既指责天地又发誓寄希望于天地的内部冲突达到高潮），也可以先后到达（如《梧桐雨》第三折马嵬杀妃是外部冲突的顶点，第四折才是主唱者内部冲突的高潮）。当然，先于内部高潮而到达的外部冲突的顶点，仍可能有内部冲突相伴随，只是不是高潮而已；后于外部冲突的顶点而到达的内部高潮，仍可能有外部冲突相伴随，只是不是顶点而已。例如，《汉宫秋》的外部冲突顶点是在第三折，但仍有较强烈的内部冲突相伴随，所以才能唱出著名的《梅花酒》、《收江南》、《鸳鸯煞》等曲；第四折是内部冲突的高潮，同样有外部冲突相伴随，包括汉元帝对雁叫的恼恨和终于杀了毛延寿。

如果考虑以《王西厢》和元末南戏、明清传奇为研究对象，我们或许还可以说，强烈的外部冲突必然会引起激烈的内部冲突，而激烈的内部冲突又会引发强烈的外部冲突。二者往往是交错结合、相辅相成的。当展开外部冲突时，往往会以较强的戏剧行动，加速场面的转换，推动情节的发展；当展开内部冲突时，往往会有深入细腻的心理描写，从而制约或延缓着戏剧情节的发展，实际是在为更强烈的戏剧行动蓄势。当二者交错结合融为一体时，戏剧情节就会有张有弛，有起有伏，变化多姿，令人应接不暇。其中《王西厢》虽然仍受一人主唱的限制，但因以五本连演一个故事，实已接近于南戏传奇的规模，所以初步表现出了上述特点。全剧不仅比较充分地描写了老夫人与莺莺、张生、红娘的矛盾以及莺莺、张生、红娘之间的矛盾(皆为外部冲突),而且较深入地展示了男女主人公尤其莺莺的内心矛盾(即内部冲突),因为张生是主动的一方,从一见钟情就想到了密约偷期,但作为相国小姐、受过礼教熏陶的莺莺要与他结合,曾经历了一个徘徊、动摇的漫长过程。到元末南戏发展成熟后,篇幅长短自由,人物个个可唱,上述戏曲冲突的特点就鲜明起来。如在杂剧《拜月亭》中,蒋世隆没有主唱权,不能显示其内心,所以写不出他的感情,同时也就削弱了他们同王镇的冲突。而南戏《拜月亭记》写王瑞兰、蒋世隆结合的过程,实即矛盾从展开到终结的过程,充分地展开了以瑞兰、世隆为一方和以王镇为另一方的冲突。明传奇比南戏的结构更庞大,如《牡丹亭》有五十五出,不仅矛盾可以充分展开,而且深刻地展示了情与理的冲突。这种冲突紧随着主人公的出场就开始了,并且构成与主人公冲突的对立面已不是某个具体的代表人物,而是整个浸透了封建礼教观念的社会环境。它不仅客观地表现为杜宝、杜母和陈最良对杜丽娘的管束与教训,而且象征地体现为那座深闺大院对她的禁锢与隔绝,甚至还包括她本人所受礼教熏染而形成的心理重负。因此,杜丽娘的心理描写也在冲突的不同阶段得以深入展开。柳梦梅的内心冲突虽不如杜丽娘那样强烈,但仍然有起伏。如丽娘还魂后,柳梦梅去向杜宝报信,本来不至于有问题,想不到却闯了一场大祸。在这一冲突中,柳梦梅与杜宝进一步生动起来,最后闹到皇帝那里,杜母也出来作证,杜丽娘甚至宣称宁肯不认父亲也不愿意离开柳梦梅。

四、戏曲的演进对于中国文学的贡献

戏曲的成熟和演进是中国文学史上极重要的环链,它不仅在继承传统诗词艺术成就的基础上,形成了自己独特的审美特征,卓立于世界戏剧之林,而且改变了古典文学的传统格局和走向,曾为中国文学的发展做出过巨大的贡献。

中国文学很早就确立了诗歌与散文并行的格局,并且形成了诗歌(包括后起的词)以抒情为主、散文(包括史传文学)以纪实为主的特征,其间虽也出现过虚构性的叙事诗、小说和说唱艺术等,但长期处于边缘状态,没有得到充分的发展,尤其对于人物形象的刻画还显得简略甚至粗糙。即使到了宋金对峙时期,诸如说唱艺术(含说话和诸宫调等)和标志着戏曲形成的宋金杂剧已相当活跃,但从现存文本来看,仅有《董西厢》堪称杰作,因而在整体上仍不足以与诗词、散文抗衡。直到金末元初,戏曲从悠久、深厚的古典文学母体中吸取营养而真正走向成熟之后,才实现了文学发展史上的一大转化——即从创作成就和总体影响而言,虚构性的叙事文学在元代首次成为中国文学的主流,这个主流的代表是元杂剧,此外还有受元杂剧影响而走向成熟的南戏如《拜月亭记》、《琵琶记》和元末明初写定的长篇小说《三国志通俗演义》、《水浒传》等；明清时代大量出现的传奇、杂剧和小说等，又继续保持和推进这种趋势，使虚构性叙事文学的发展更趋繁荣。而传统的诗词散文实际上自入元以后就已走向式微，即使元明清三代曾先后有许多文人仍奉诗文为正宗，并试图以复古来救衰，但终究无法再造往日的辉煌。

戏曲作为一种博采众长而后起的文学样式，在它走向成熟之后及其继续演进的过程中对于中国文学的贡献是多方面的，尤其是对于虚构性叙事文学的发展和繁荣曾立下过汗马功劳——这主要包括两个方面：戏曲本身的成就和它对于小说的影响。

戏曲本身的成就为其显而易见的贡献，以往学术界对若干著名作家作品乃至总体皆已做过颇多研究和高度评价，并且大多数前贤是从文学的视角来研究和评价戏曲的，本文限于篇幅略而不论。但这里有必要予以强调的是，正由于戏曲的本质是诗和它具有借叙事来抒情的特征，真正称得上雅俗共赏，故能获得上至王侯高官下至文人士子的青睐，这对于提高戏曲的地位和吸引一流作家参与戏曲创作，无疑具有重要的意义。而古典小说（尤其是白话小说）的生存环境则相对比较艰难，在近代以前几乎从来没有获得戏曲那样的礼遇。

关于戏曲与小说的关系，以往也曾引起过学术界的关注，但多是讨论小说对于戏曲的影响，而戏曲对于小说的影响或贡献，却隐而不彰，或认识不够深入。诚然，小说对于戏曲也有影响，例如唐传奇中的许多故事往往被借用为后世戏曲的基本情节，但这些作品对人物的刻画还比较简单，尤其是心理描写还很少，其影响主要表现为题材的传承。说话在宋代已有"四家"之说，以往人们根据一些被称为"宋话本"的文本而对宋代的白话小说做出过较高的评价，但据章培恒师考证①，现存的这些被认为是"宋话本"的文本实际上都不是宋代的作品，其中《京本通俗小说》是伪书，《清平山堂话本》中的所谓"宋人词话"和"三言"中被认为是宋说话的三篇作品都是元代甚至明代的作品，讲史类话本《五代史平话》、《大宋宣和遗事》和说经类话本《大唐三藏取经诗话》都是元刊本。因此元杂剧作为虚构性的叙事文学崛起和成熟之时，小说（尤其是白话小说）的水平还相当低，除了题材之外，几乎没有多少可资借鉴的东西。而戏曲在人物刻画、心理描写方面的深入和矛盾的展开及其具体化，却为后世小说的发展提供了可资借鉴的经验。或者我们可以反过来说，如果没有元杂剧在人物刻画等方面的进展和积累，文言小说要在唐宋传奇的基础上提升

---

① 详见章培恒：《关于现存的所谓"宋话本"》，《上海大学学报》1996 年第 1 期。

到《娇红记》的水平可能还需较长时期的探索①，而白话小说要从简略粗糙的宋元话本的基础上突然跃升至《三国志通俗演义》和《水浒传》两部巨著的水平几乎是难以想象的。最明显的例子是现存元杂剧中的三国戏（9 种）和水浒剧（6 种），其描写都远比元代话本中的相关内容深入细致，对元末明初写定的《三国志通俗演义》、《水浒传》有积极影响是不言而喻的。例如，现存的《三分事略》和《三国志平话》，分别刻于至元三十一年（1294）和至治年间（1321—1323），二者差别不大，都非常粗糙和简略。试举《三分事略》中关羽单刀赴会的情节为例，这段描叙仅 205 字（《三国志平话》与此完全一样，只是少一个“曰”字，改正了两个错字），故事的来龙去脉也没交代清楚，描写极为简单，写关羽的自思（心理活动）只有“贼将何意”四字。以此与关汉卿的《单刀会》相比，简直有霄壤之别。《三国志通俗演义》关于这一故事的描述已有三千余字，从情节安排到人物刻画都明显吸收了杂剧《单刀会》的部分创造成就。又如现存水浒剧中，只有康进之的《李逵负荆》被后来的《水浒传》第七十三回采纳，而康剧的心理描写颇为细腻，精神境界也比较丰富，似乎与《水浒传》中的那个粗鲁的李逵异趣，原因是当时李逵的形象尚未定型，作者可以有不同的描写。《水游传》既借鉴康剧的成就，又从全书中李逵形象的一致性出发而加以改造，更可看出戏曲以人物刻画为中心的追求对于小说的深层影响。当然，从《三国志通俗演义》到《水浒传》这样带有传奇色彩的小说，自觉从戏曲中借鉴而来的还主要是对于人物刻画的重视，至于进入人物内心的描写方面，二书尚有明显的差别。前者是故事与人物并重，而对于人物的描写大多尚有类型化的倾向，只有少数片断的描写开始进入人物的内心；后者的重心已转移到描写人物的命运，并开始重视人物内心活动的描写以展示人物性格上的特点，只是所进入的内心大多是英雄人物的内心，因而还不是一种真实的、深刻的心理描写。直到《金瓶梅词话》、《三言》、《二拍》、《儒林外史》、《红楼梦》等写实成分较强的杰作出现，从戏曲中借鉴而来的心理描写才逐渐走向深入细腻，甚至有的比戏曲中的心理描写更为真实和深刻。例如《红楼梦》第二十三回“《西厢记》妙词通戏语，《牡丹亭》艳曲警芳心”，就明显可以看到戏曲人物的心理描写对小说人物的心理描写的影响；而第三十二回写林黛玉“诉肺腑心迷活宝玉”，更是为众所共称的心理描写的经典性片断。

综上所述，戏曲作为后起的一种抒情色彩很浓的虚构性叙事文学样式，曾在中国文学发展史上起过极重要的环链作用是显而易见的。由于戏曲的本质是诗，它

---

① 关于《娇红记》的作者虽曾托名为宋梅洞或虞集等，但学术界一般认为其创作年代当在元末。它在人物刻画和心理描写方面不仅远较唐宋传奇细腻，而且为后来问世的《聊斋志异》所不及。参见［日］市成直子《试论〈娇红记〉在中国小说史上的地位》（《复旦学报》1995 年第 4 期）、章培恒等主编《中国文学史（新著）》中卷，第 720—727 页。

不仅在继承古典诗歌尤其是诗的另一种形式——句式参差不齐的词的成就及其他艺术成就的基础上，形成了以代言体的方式和诗化的曲词来描写人物的活动和思想感情的主要特征，从而给中国文学的发展带来了重大进展，那就是以描写人物形象为中心，并且通过大量的心理描写来深化对人物的刻画，而且在它走向成熟之后及其继续演进的过程中，还以其自身所取得的卓越成就及其对于中国小说所产生的深远影响，改变了中国文学的传统格局和走向，为虚构性叙事文学发展和繁荣做出过巨大的贡献。

论康海的杂剧创作[1]

一

康海是明代中叶著名的诗文作家和杂剧作家，有《对山集》、《沜东乐府》、《武功县志》和杂剧《中山狼》、《王兰卿》等作行世。

康海出生于一个世代书香仕宦家庭，自幼就受到了良好的家庭教育。弘治十五年得中状元，授翰林修撰，先后参与纂修宪宗、孝宗两朝实录以及历代通鉴纂要等，并充经筵讲官、会试同考官。康海出仕期间，正是宦官刘瑾专权之时。刘瑾慕康海才名，多次以同乡关系和高官厚禄来招诱他，康海每次都以谈笑而却之。正德二年，有一天刘瑾特地派亲信致意康海说："主上欲以汝为吏部侍郎。"康海对使者说："我服官才五阅岁矣，自来翰林未有五岁而升堂部者，请为我辞之。"翌年，李梦阳因代户部尚书韩文起草奏疏弹劾刘瑾事件而被逮捕入狱，罪拟斩首。李梦阳于狱中急出片纸向康海求援说："对山救我！"康海收信后说："吾何惜一官，不救李死？"于是立即与友人何瑭等商议，打算去见刘瑾以救梦阳。何瑭说："瑾好名负乘之徒，可诡言说之。"康海心领神会，遂往瑾府。刘瑾闻之大喜，即倒屣相迎，延康海于上座，又设盛宴招待。康海谈笑良久，皆格言典训，口若悬河而有章，刘瑾愈益敬重，说："人谓自来状元，举不如公，恨不获一见。今幸见之，又过于所闻。诚增光关中多矣！"康海笑道："海何足言！今关中自有三才，古今稀少。"刘瑾惊问："何也？"康海回答说："老先生之功业，张尚书之政事，李郎中之文章。"刘瑾说："李郎中非李梦阳耶？应杀无赦！"康海叹曰："应则应矣，杀之关中少一才矣。"过了几天，李梦阳便获赦而出狱[2]。

---

① 本文原载《中国文学研究》1989 年第 3 期。

② 参见钱谦益《列朝诗集小传》丙集《康修撰海》、马理《对山先生墓志铭》。

同年秋，康海因母亲病故而扶柩西归，途经顺德时遇盗而失财，有司即命捕盗，欲追其财以还康海，然财多耗失，所获无几。

正德五年，刘瑾事败被诛。忌恨者便以康海曾“谒瑾而援李”与“失财而复获”二事而诬为瑾党，削职为民。这对于操守高洁的康海来说，既是冤枉，也是耻辱。回到家乡后，他和王九思等好友，日日游山玩水，征歌选妓，一共过了三十年的所谓“放荡形骸”的生活。开始，他还对当权者抱有幻想，期待着不久平反昭雪。因此他在表面上还似乎很豁达、很超脱，甚至对人说：“玉石俱焚，自古有之。谨诛，天下之幸，吾一人何足惜！”[①]但他的内心里却无时无刻不是耿耿于怀，愤愤不平，并在同时不断地向友人昭示肝胆，抒泻怨愤。后来他终于深刻地认识到，他获罪罢官的根本原因是由于他的思想性格不容于世，忌恨者借刘瑾一案来打击他不过是找到了一个藉口而已。从此，他才真正下决心抛弃仕途，甘愿“披发啸歌至于终身而不敢悔”[②]。他一生从不趋附权贵，不文饰作伪，不隐忍苟活，“性喜嫉恶而不能加许，闻人之恶，辄大骂不已”[③]。这种性格虽然曾妨碍他成长为一位有作为的政治家，但却促使他成为了一名有个性的文学家与剧作家。

二

吴孟祺在《刻对山集后序》中说康海“主盟艺苑，领袖哲匠者，垂四十年”[④]。在出仕期间，康海主要是以诗文名世。钱谦益在《列朝诗集小传》丙集中说他“于诗文持论甚高，与李献吉（李梦阳字）兴起古学，排抑长沙（指李东阳），一时奉为标的”，对于扭转文坛时弊做出了卓越的贡献。因而时人把他与李梦阳、何景明、徐祯卿、边贡、王廷相、王九思并称为七才子。在他罢官回乡以后的三十年间，他继续从事文学艺术活动，不仅创作了大量诗文和散曲，而且还创作了《中山狼》和《王兰卿》杂剧二种，尤其是《中山狼》，无论思想内容、艺术表现，都堪称明代杂剧的杰作，为沉寂已久的明代剧坛带来了新的生机。

康海的《中山狼》杂剧是根据当时流行的一篇小说《中山狼传》而改编创作的。这篇小说后来被收入《东田文集》中，因而人们便认定是马中锡作，并且附会出一些故事来。如何良俊《四友斋丛说》卷十五载：“李空同（李梦阳号）与韩贯道草疏，极为切直。刘瑾切齿，必欲置之于死，赖康浒西（康海号）营救而脱。后浒西得罪，空

---

① 引自李开先：《对山康修撰传》，《李中麓闲居集》文卷十。
② 康海：《与彭济物》，嘉靖二十四年刻本《对山集》卷九。
③ 康海：《与彭济物》，嘉靖二十四年刻本《对山集》卷九。
④ 详见嘉靖二十四年刻本《对山集》卷首。

同议论稍过严刻,马中锡作《中山狼传》以诋之。”又因康海、王九思都作过中山狼杂剧,且《对山集》中有《读中山狼》一诗,人们更确信马、康、王之作均为讽刺梦阳无疑。如沈德符《万历野获编》卷二十五就明确地说:“康对山之《中山狼》则指李空同。”于是以讹传讹,李梦阳遂披奇冤于九泉。对此首先提出怀疑与驳斥的是清人钮琇,他在《觚賸》中指出:“《中山狼传》,为宋代谢良著。……夫对山之救献吉,原非望报于献吉也。献吉即有忮忌,何至若中山狼之甚乎?马东田或有感于献吉,书此相诮,遂以为撰之东田。”日本学者八木泽元与台湾曾永义据此加以考证,以为小说《中山狼传》应当是宋代谢良原作,马中锡不过作了一些修饰润色而已,并进而指出:“明代史乘笔记似乎未见有梦阳与对山关系恶化的记载,《对山集》中也看不到抱怨梦阳不救援的文字,何况梦阳之起用又在对山落职之后呢?因此把《中山狼》杂剧牵合到梦阳身上是没有痕迹可寻的。”①

康海创作《中山狼》虽并非讽刺李梦阳,但仍可能是有所为而作。他在《与彭济物》信中说他始仕时,颇为自负,“一时交与之士,反覆轻易不检,惟仆言是是。故漫论讥说,略无忌畏。日就月将,几踵奇祸,幸免杀身而归。而二三子又补砌所无以为真有,使仆含垢于有罪之籍,与不肖之人同被驱放。上辱两朝作养之恩,下累先人蠲介之业。生平微志,付之秽涂,情苦心局,不复自爱。”又李开先在《康王王唐四子补传》中说:康海“数次援人于死地,弗望报也,而获生者反造谤焉。因为《差差辞》及《中山狼传》,而后咎有所归矣。”由此可见,在康海遭祸之时,的确有些曾经追随过他或受过他援助的人忘恩负义。康海本是一个嫉恶如仇的人,对此必然会愤慨不已,他的《中山狼》也可能首先是有感于此而作。但康海毕竟是一个有政治眼光的剧作家,他的目光并没有停留在个人的恩怨上,而是投向广阔的社会现实生活。因此,《中山狼》实际上是一部以寓言形式来表现的社会讽刺剧。作者借剧中人物抒泻怨愤,批判现实,嬉笑怒骂,皆成文章。请看东郭先生在剧末唱的两支曲子:

【沽美酒】休道是这贪狼反面皮,俺只怕尽世里把心亏。少什么短箭难防暗里随,把恩情番(翻)成仇敌,只落得自伤悲。

【太平令】怪不得那私恩小惠,却教人便叫唱扬疾。若没有个天公算计,险些儿被幺么得意。俺只索含悲忍气,从今后见机,莫痴。呀!把这负心的中山狼做傍州例。(第四折)

① 曾永义:《明杂剧概论》,台北:学海出版社1979年版,第202页。

这岂不是康海在抒泻怨愤吗？不仅如此，他还在这两支曲子中间，借杖藜老人之口，把世上所有负恩的都大骂了一通：

……那世上负恩的好不多也！那负君的，受了朝廷大俸大禄，不干得一些儿事；使着他的奸邪贪佞，误国殃民，把铁桶般的江山，败坏不可收拾。那负亲的，受了爹娘抚养，不能报答。只道爹娘没些挣挫，便待折骨还父，割肉还母，才得亨通。又道爹娘亏他抬举，却不思身从何来。那负师的，大模大样，把个师父做陌路人相看。不思做蒙童时节，教你读书识字，那师父费他多少心来！那负朋友的，受他的周济，亏他的游扬。真是如胶似漆，刎颈之交。稍觉冷落，却便别处去趋炎赶热，把那穷交故友撇在脑后。那负亲戚的，傍他吃，靠他穿。贫穷与你资助，患难与你扶持。才竖得起脊梁，便颠番面皮，转眼无情。却又自怕穷、忧人富，划地的妒忌，暗里所算他。你看世上那些负恩的，却不个个是这中山狼么！（第四折）①

请看，他对社会现实的揭露是多么尖锐深刻，他对世上负恩者的责骂是多么的痛快淋漓！

《中山狼》作为一部杰出的讽刺寓言剧，它不仅以寓言的形式深刻地揭露和讽刺了当时社会现实中的一些污浊现象，进而提出"那世上负恩的尽多，何止这一个中山狼"的深刻主题；而且在艺术表现上也获得了令人满意的成功。尽管这种成功在一定程度上得益于小说《中山狼传》，但从戏剧艺术的角度来看它的艺术成就，仍然是值得称道的。

首先，作者通过紧张而激烈的戏剧冲突塑造了东郭先生和中山狼这两个生动的艺术形象。康海严守元人规矩，恰到好处地把全剧冲突的发生、发展、高潮和结局相应安排为四折。开场就写赵简子打猎射中中山狼，狼带箭而逃，路遇东郭先生而乞怜求救。狼先以报恩相许，继以兼爱之道相激，于是东郭先生救狼入袋。这里初步揭示出狼的狡猾伪善和东郭先生的胆小仁慈（第一折）。紧接着赵简子杀气腾腾地追来，向东郭先生索狼所向，先挥剑砍辕相胁，又下令搜袋相逼，东郭先生冒着生命危险，巧言周旋，终于救出了中山狼。这里写赵卿越是气势汹汹，就越表现出东郭先生救狼之难，施恩之重（第二折）。可是狼一脱险就忘恩负义，竟要吃掉东郭先生权作充饥，从而立即把冲突推向高潮。东郭先生责其负心，它竟以狼的逻辑来解释墨者之道，张牙舞爪地向他扑来。东郭先生只好一边躲避防范，一边以"问三

① 本文所引《中山狼》的道白与唱词，皆据沈泰《盛明杂剧二集》卷十九《东郭先生误救中山狼》。

老”来拖延时间，谁知那老杏、老牛竟正话反说，使他陷入了万分危急的境地(第三折)。最后幸遇杖藜老子才得诉奇冤。可是狼又极尽诽谤诬蔑之能事，竟说东郭先生救它是假，实际是想陷害它。这对于东郭先生的教训可谓深且痛矣，然而当杖藜老子设计把狼重置囊中要他出刀杀狼时，他却说：“虽然是他负俺，俺却不忍杀了他，”反认是自己“晦气”、“命运低”，主张把狼放掉。老丈拍掌大笑，给他讲了一通世道狼心的大道理，东郭先生才猛然省悟，杀狼而谢(第四折)。排场一层比一层紧张，冲突一次比一次激烈，从而深刻地揭示了中山狼凶残狡猾忘恩负义和东郭先生广施博爱、不分敌我、仁而至愚、迂腐至极的性格特征。相对于小说而言，杂剧中的这两个艺术形象要生动丰富得多。

其次，拟人化的艺术表现，增强了剧作的戏剧性和哲理性。在戏剧舞台上把动植物赋予人的思想性格来反映社会上活，这种表现手法虽远可溯源于汉代百戏中的《东海黄公》，近可举明初杨景言的《西游记》，但运用得最成功的当推康海。他给中山狼、老杏和老牛以人格化，让它们跟东郭先生展开冲突，同时又使它们各自具有动物或植物的特征。这在舞台上表演时会有一种特殊的风致。当它们作为狼、牛、杏出现在舞台上却和东郭先生作人语时，就立即会引起观众的兴趣，从而增加了故事的戏剧性。观众一方面会随之进入不断展开的戏剧情境，但又随时可以超出具体的戏剧情境，通过中山狼的负心行为和老杏、老牛的悲惨遭遇而推及于整个社会，从而去体会剧情中所蕴含的深刻哲理：狼的吃人本性是永远不会改变的。因此，对于狼一样的恶人，决不能仁慈怜悯。

再次，《中山狼》语言本色，音律和谐。这一点前人论之甚详，如沈泰在《盛明杂剧》中说：“此剧独揽澹宕，一洗绮靡，掩金元之长，而减关、郑之价矣！韵绝快绝！”祁彪佳《远山堂曲品》也说：“曲有浑灏之气，白多醒豁之语。”青木正儿《中国近世戏曲史》也以为“宾白无寸隙，曲辞语语本色，直摩元人之垒”。如第一折中《混江龙》、《醉中天》、《赚煞》等曲，或牢骚满腹，或恐惧胆小，或担惊受怕，既切东郭先生的个性，又雄浑自然，别具风味。又如第二折他和赵简子对话时，引经据典，侃侃而谈，说得合情合理、圆润周到，使赵卿不能不信。另外，康海本是一名出色的琵琶手，精通音律，他对自己的曲作，“自定黄钟而用之，然后宣以正乐，舞以六羽，使声容并作”，因而能使该剧音律和谐，使观众“无弗叹赏”①。

三

从《中山狼》杂剧中我们可以看到康海性格中嫉恶如仇的一面。但他之所以敢

① 马理：《对山先生墓志铭》，清康熙五十一年刻本《康对山先生集》附录。

于如此大骂那些负君的、负亲的、负师的、负友的、负亲戚的中山狼式的人物，是因为他自己具有“忠君孝亲，立身行己，死不以易”①的品德节操，他的《王兰卿》杂剧就展示了他性格中讲究操守气节的一面。

《王兰卿》写的是一个妓女从良守节的故事：盩厔县乐户王锦有一个十八岁的女儿王兰卿，与举人张于鹏相爱誓以终身。一年后张赴京会试，出为青州推官。王誓守贞节，为张母迎娶家中做于鹏妾。王侍奉公婆，孝顺勤谨。公公病死，于鹏奔丧回家，因感于仕途险恶，而致仕退隐，修整暖泉精舍，男耕女织，养家活口。六年后忽染重疾，临终前嘱兰卿改嫁，兰卿不从。有富家郎慕其姿色欲谋娶为妾，兰卿拟自尽以明志。于是安排酒食与大妇饮宴，乘间暗服信石（砒霜），仍为大妇把盏，旋毒发而死。凡于鹏旧友，敬兰卿贞烈，齐来祭奠，有王学士作一套《南吕·一枝花》散曲以吊兰卿，太白山真德洞天主人下凡与会，一边令人演唱此曲，一边招于鹏、兰卿化仙而去。

这个剧本是康海有感于正德间在盩厔县发生的一个真实故事而创作的。据梅鼎祚《青泥莲花记》卷六载：“关中歌儿王兰卿，侍暖泉张子。张子死，乃饮药死。渼陂王太史九思，闻而异之，为词传焉。”②又于同书卷七说：“尝记正德中陕西盩厔县一倡死节，康太史海亦为传奇。”由此可见，歌妓王兰卿守节自尽一事，在当时关中影响很大，康海与王九思都写作品来歌颂王兰卿，宣扬妓女贞烈，这在今天看来，的确已不值得称道。但在当时，这件事情的发生却有着深广的社会原因。

鲁迅在《我之节烈观》中指出：“由汉至唐也并没有鼓吹节烈。直到宋朝，那一班‘业儒’的才说出‘饿死事小，失节事大’的话，看见历史上‘重适’两个字，便大惊小怪起来。”“此后皇帝换了几家，守节思想倒反发达，皇帝要臣子尽忠，男人便愈要女人守节。”他所说的宋朝“业儒”，是指程朱等理学家，尤其是自元代开始把程朱理学作为官方哲学以后，妇女身上便又被套上了一串沉重的绞索。《元史·烈女传》就记载了赵美、李冬儿、惠高儿妻等烈妇死节的事。元末潘元绍的七个妾同时自杀，更是众所周知的惨案。有明一代之烈女，“其著于实录及郡邑志者，不下万余人”③。特别是明成祖颁赐徐皇后所编撰的《内训》和《古今烈女传》作为妇女的必读书之后，殉夫死节便成为妇女最高的理想和功业，皇帝嘉奖之，文人歌颂之，时人推许之，后人效慕之。妇女也不以为悲，反以为荣，甚至有的妓女也思慕从良做贞女节妇。如宣德七年，开封妓女刘盼春与周恭相爱，拒不接客，为假母所逼，遂决意自

① 康海：《与朱升之》，嘉靖二十四年刻本《对山集》卷九。
② 按：此指王九思《南吕·一枝花》散套，本剧末尾录引全篇。
③ 参见《明史·烈女传》。

尽。朱有燉便抓住这个题目,作了一本《香囊怨》,以为烟花妓女尚可为此等节烈伟事,那么,作为贤妇淑女坚贞守节,岂不天经地义?正德间王兰卿殉夫死节,稍后康王一作杂剧一作散曲加以表彰,都是这种社会风尚的产物。

如果说康海作《王兰卿》杂剧只是受时风影响而不能免俗,那既不是康海的为人,也不合乎事实。实际上,他是一个"宿寡行检"的人,极重操守气节,"宁死守而不易"[1],他不仅严以律己,而且严以待人。以至于在他的家中就出现过一名受过旌表的烈女。嘉靖八年五月二十二日,康海的长子康栗不幸病逝,栗妻杨氏即坚志守节,乃于栗死八日后暗服毒鼠药企图自杀,幸发现较早而得以投救。自此以后日夜派人伴守防范,但杨氏"志大不易",终于在同年十二月七日乘人不备吞服砒霜后又加服醋汤而自杀。康海对杨氏之死虽也悲痛不已,但对杨氏的节义却是极为赞赏的[2]。这与他在《王兰卿》杂剧中所表现的思想趋向是一致的,《王兰卿》杂剧与杨氏死节也必有联系。可惜,我们现在无法确定《王兰卿》一剧写于何年,如果写于嘉靖八年以后,则必受杨氏死节影响无疑。如果写于嘉靖八年以前,则杨氏之死很可能受到王兰卿殉节的影响。因为据康海说,杨氏生前知道许多古今贤女的故事。她对于当时震动关中的王兰卿事件必然知晓,甚至还看过《王兰卿》杂剧。那么毫无疑义,杨氏之死与康海宣扬妇女贞烈是有直接关联的。从主观上说,康海并不希望以儿媳的生命去换取皇帝的旌表,但在客观上说,他的确是杀死杨氏的帮凶之一。

了解了当时的社会风尚和康海的妇德观念,我们对于《王兰卿》杂剧的思想倾向已无须多说,它与朱有燉的《香囊怨》基本上是一脉相承的。即以王兰卿的形象格调和全剧的艺术表现而言,也在一定程度上受到了朱有燉妓女剧的影响。王兰卿作为一名歌妓,她的最大的志向和理想就是从良之后"做一个三从四德好人妻"。因此,当张母派人下财礼来迎娶她做于鹏妾时,她感到非常幸福:"往常时不能做耕牧渔樵妇,则今日趁意了鸳鸯凤鸾俦。万种闲愁一笔勾。敢是我福分至,神天佑,才把那不出闺门志酬,重做个良人胄。"丈夫在外做官,她心甘情愿守空房,侍公婆,丈夫死了,则誓志守节。有人逼嫁,便自杀以示清白。这与朱有燉笔下的刘盼春的形象格调大致相同,不过刘盼春还不如王兰卿幸运。王兰卿毕竟实现了从良的理想,并与张于鹏过了几年幸福的夫妻生活。而刘盼春尚未脱离妓院,周生也没有死,她就因假母逼嫁陆源而自杀殉节了。《王兰卿》杂剧第四折让真德洞主下凡,表彰兰卿贞烈,并于剧末超度张于鹏、王兰卿升天成仙。这与朱有燉《团圆梦》中让东岳神仙下凡超度钱锁儿和赵官保同登仙界也本一致。至于《王兰卿》的语言,虽然

① 康海:《与王子衡》,嘉靖二十四年刻本《对山集》卷九。
② 参见康海:《与王敬夫》,嘉靖二十四年刻本《对山集》卷九。

流利明畅，其中也不乏较为优美的曲辞与宾白，但已远不能与《中山狼》相比。因此，我们可以说，《王兰卿》实际上是一部失败的作品。

不过，《王兰卿》杂剧也有值得我们注意的地方，那就是康海在刻画张于鹏的形象时，还揭露和批判了明代社会的官场险恶，政治腐败，其中也包含了康海本人的一些生活体验。张于鹏进京应试不第，被选为青州推官，但没过多久，就因被同僚中伤而深感仕途险恶，遂起致仕隐居之意。他因父亲亡故而回家奔丧时对王兰卿说："我在青州时，专一奉公守法，不敢半星儿负了朝廷委任，争奈与人上气，便是于世难合。与其被人中伤，不如早早隐居求志，却不气长，所以动这念头。"可见于鹏也是一位讲究操守气节的正派官僚，他在饱尝仕途况味之后发出的这些深沉慨叹，我们在《对山集》中也可以读到。张于鹏接着还说："如今世上贪饕之徒，剥削民膏民脂，回得家来，盖偌大宅院，养偌众家口，重裀而卧，列鼎而食。"[①]这纯乎是康海本人愤世骂世的口吻了。

从以上论述可知，由嫉恶如仇与讲究节操两个方面才构成了康海的完整人格。虽然他的节操观念中有一些(如妇道观念)是迂腐落后的，我们仍然可以说康海的人格是高尚的。他的文学创作与杂剧创作也正如他的为人一样，尽管他写过杂剧《王兰卿》和诗歌《李节妇歌》、《聂孝妇歌》一类宣扬贞孝观念的作品，我们仍应肯定他在文学创作和戏剧创作上所取得的卓越成就。他的杂剧创作，不仅体现出他独具的个性与人格，而且渗透着他借复古以革新的文学主张。因此，他在严守元人杂剧体制的前提下，在剧中注入了自己对社会人生的深沉感慨与无尽怨愤。尤其是《中山狼》杂剧，康海是以一种批判战斗的精神和一种炉火纯青的笔墨来精心创造的。无论是思想内容还是艺术表现，都使它能够卓立于长期沉寂几近消亡的明中叶剧坛，从而给明代杂剧的创作带来了新的生机。

---

① 上引张于鹏两段道白，皆据民国涵芬楼藏板《孤本元明杂剧》所收《王兰卿贞烈传》第二折。

论王九思及其杂剧创作[①]

一

王九思是明中叶著名杂剧作家，著有杂剧《杜子美沽酒游春》、《中山狼院本》二种，流传至今。同时，他还是著名诗文作家和散曲作家，有诗文集《渼陂集》、《渼陂续集》和散曲集《碧山乐府》、《碧山续稿》和《碧山新稿》等著行世。

王九思出生于一个知识分子家庭。父亲王儒为成化七年(1451)举人，历任巴县、祥符县教谕和南阳府教授，达二十年。后因丁忧归里，不复出仕。在担任教官期间，他克立师道，诲诱有方，培养出不少人才。王儒对儿子的要求也非常严格，因此，作为长子的王九思从小就受到了良好的教育。他年少时警敏颖悟，十四五岁，随父任读书蜀中，夜以继日，勤恳自励，学问大进。应童试后，他的成绩本来每次都居前列，但其父怕他因此而骄傲，故抑末后，以成其学。

由于父母的严格管教和自己的刻苦努力，王九思终于学有所成。弘治二年(1489)，他参加陕西乡试中举，并受到督学马中锡的赏识，称许他"必作天下知名士"[②]。弘治九年(1496)进士及第，考选庶吉士，试题为《端阳赐扇诗》，他因答卷中有"谁剪巴江，天风吹落"之句极似李东阳体而膺列首选，得授翰林院检讨。不久，还先后充任廷试堂卷官和同考官。当时，李东阳既是台阁重臣，又是文坛领袖。他"倡为清新流丽之诗，软靡腐烂之文，士林罔不宗习其体"[③]，形成了一个茶陵诗派。王九思入京后也曾一度追随仿效，颇受李东阳赏识，并因此而知名。故时人语曰：

---

① 本文原载《中国文学研究》1988 年第 2 期，收入本书时略有修改。

② 李开先：《渼陂王检讨传》，《李中鹿闲居集》文卷十。

③ 同上。

"上有三老，下有三讨。"[①]及康海进京，与李梦阳"兴起古学，排抑长沙（指李东阳）"[②]，王九思才弃其学而从之，与康海、李梦阳"相与讲订考正，文非秦、汉不以人于目，诗非汉、魏不以出诸口，而唐诗间亦仿效之，唐文以下无取焉"[③]。所作诗文，也多请康、李修改。自此以后，他的文风大变，名声大震。时人把他与李梦阳、何景明、徐祯卿、边贡、康海、王廷相并称为七才子。同朝士大夫虽多倾服其才，但也难免有妒忌者对他侧目。尤其是李东阳对其叛己倒戈而深恶之。

弘治末年，王九思请告归省父母。不久，孝宗逝世，朝命催取入馆，纂修孝宗实录。武宗即位后谒孔庙，他曾充陪祀官。稍后又充经筵讲官。正德四年，进呈实录，受到皇帝的奖赏。是时，正值刘瑾乱政，凡在翰林者，除状元不动，其余都改调部属，以历练政务。王九思从纂修实录功而独得吏部，初为文选主事，不久迁考功员外郎，正德五年转文选郎中。当时侵夺吏部之权者，不止刘瑾一人，即使文书房宦寺，也多有请托，王九思一概拒而不听。剔滞拔淹，进贤退不肖，唯凭公论行之，仕路为之一清。京师又有"向为真翰林，今为真吏部"[④]之名。是年，"李西涯（李东阳号）荫子监生兆繁赴考科举，渼陂以众人遇之，不肯阿意置之首选"[⑤]，这又进一步触怒了李东阳。不久，刘谨事败被诛，诸翰林俱复旧职，李东阳唯独不饶九思。他一边明里倡言："既官至正郎，不必复可也；"[⑥]一边暗地对其心腹给事中李贯说："瑾党九思，恶得无劾！"[⑦]于是李贯串通言官并劾之："堂上堂下，一陕而三吏部，非瑾党何以得此？"[⑧]遂降谪寿州（今安徽寿县）同知。

正德五年冬，王九思至寿州任所后，虽以京官谪下寮，却不以吏事废文事。他一边佐理州政，受理词讼，赞画修城、治湖，关心百姓疾苦；一边与同官、多士校举业，讲古文，改建书斋，培育人才。一时间吏治清、文风盛矣。一年后因云南天变，朝议又起，言刘瑾余党去之未尽。新任兵科给事中王元凯又诬九思借调官污选法而劾之。当时，杨一清任吏部尚书，复本言九思已经处分，当以图后效。但李东阳执意不从，下报曰："着致仕去。"[⑨]因当时刘六、刘七兄弟聚众起义，路途多阻，至正德七年，王九思才潜行回到故乡。从此寄心于山水、词曲、诗文，直到嘉靖三十年逝世，他在家乡度过了整整四十年的闲散生活。

---

① 李开先：《渼陂王检讨传》，《李中鹿闲居集》文卷十。
② 钱谦益：《列朝诗集小传》丙集《王寿州九思》。
③ 李开先：《渼陂王检讨传》，《李中鹿闲居集》文卷十。
④ 同上。
⑤ 李开先：《康王王唐四子补传》，《李中鹿闲居集》文卷十。
⑥ 李开先：《渼陂王检讨传》，《李中鹿闲居集》文卷十。
⑦ 李开先：《康王王唐四子补传》，《李中鹿闲居集》文卷十。
⑧ 李开先：《渼陂王检讨传》，《李中鹿闲居集》文卷十。
⑨ 李开先：《康王王唐四子补传》，《李中鹿闲居集》文卷十。

王九思与康海同里同官，同为前七子之一，也同以瑾党受挫。康海已于正德五年罢官回武功，自王九思罢官回鄠县后，他们往来更加密切，“每相聚浒东、鄠、杜间，挟声伎酣饮，制乐造歌曲，自比俳优，以寄其怫郁”①。他俩都是曲坛能手，不仅同作杂剧散曲，互相唱和，而且同时演奏弹唱，其风致才情深为当时关中人所称道和仰慕。康海逝世后，王九思悲痛致病，不复制词，幸有晚辈李开先也与他友情深笃，实可称之忘年之交。因此，当他病愈后又多与李开先唱和。后来李开先在《渼陂王检讨传》中评说他“风流蕴藉，雅致安闲，礼节不拘羁而笑谈有音韵，坐而沉静如止水之无波，行则飘扬若轻云之出岫。……在庠序而能发身，在朝堂而能为臣，在史馆而能绝伦，在经筵而能格君，在吏部而能知人，在场屋而能取文，在州郡而能得民，在乡党而能睦邻，在家庭而能孝亲，在凶荒而能济贫，在祠庙而能事神，在馆舍而能待宾，所在皆宜，用之辄效”。虽难免有溢美之词，读之则足可想见其风采与才情。

二

王九思与康海，虽然早年都以诗文名世，同被称为七子之一，但他们罢官后主要以杂剧和散曲名世。特别是他们的杂剧，赫然振起沉寂近百年的明代剧坛，对杂剧艺术的发展有着起衰振弊、继往开来的重要意义。

王九思杂剧的代表作是《杜子美沽酒游春》，实际上是一部言志抒愤的有为之作。剧情大意为：安史之乱平定后，杜甫乘官闲无事，欲往曲江赏春，见宫殿萧条而感慨时事，追怀往昔，遂斥李林甫嫉贤妒能、奸邪乱政，叹自己有志难酬、失意蹭蹬。翌日，骑一蹇驴至曲江，欲以余钱买酒。因有富贵子弟卫大郎饮于楼上，卖酒贾婆趋炎附势，拒客于楼下。杜甫一气之下强行登楼。卫大郎久闻杜甫诗名，因与谈及李林甫诗，杜甫大骂李是奸邪之徒。二人发生争论。贾婆深恨杜甫，尽收其钱而不与之酒。杜甫只好去另一酒店，典当朝衣，买酒独饮。次日天晴，岑参寻见杜甫，特相邀同游渼陂。先登慈恩寺塔，感慨牢骚甚多。日后骑驴边行边谈，谈至田园间，遇农夫小饮甚惬。又前行游赏紫阁峰景色，不禁萌生栖隐山林之念。明日，复与岑参兄弟携一歌妓，泛舟渼陂，至钓鱼台。杜甫慕钓鱼之乐，益坚归隐之志。此时丞相房琯遣使令杜甫回朝，传圣旨升杜甫为翰林院学士，杜甫回答说：“我只要沽酒再游春，乘桴去过海。”于是辞官归隐。

此剧的创作情况，据康海《题紫阁山人子美游春传奇》末署“正德己卯秋七月八

① 张廷玉：《明史》卷二百八十六。

日”，表明最迟写成于正德十四年。过了几十年，王世贞、李开先等才明确指出该剧是专为讽刺李东阳而作，并因此使王九思永锢不用。王世贞在《艺苑卮言》中说：“敬夫有隽才，尤长于词曲，而傲睨多脱疏。人或谗之李文正（即李东阳），谓敬夫尝讥其诗。御史追论敬夫，褫其官。敬夫编《杜少陵游春》传奇剧骂。李闻之，益大恚。虽馆阁诸公，亦谓敬夫轻薄。遂不复用。”按李东阳于正德七年十二月致仕，正德十一年（1516）病逝，如果王世贞的记载可靠，那么该剧当作于正德七年（即王九思罢官回乡后当年），最迟也应作于正德十一年。又据李开先于嘉靖末年在王九思逝世以后所作的《渼陂王检讨传》记载：“嘉靖初年，将征之纂修实录。而同罢吏部者，摘取《游春记》中所具人姓名，毁于当路：‘李林甫固是指李西涯（即李东阳），而杨国忠得非杨石斋（即杨廷和），贾婆婆得非贾南坞（即贾咏）耶？’坐此竟已之。翁（指王九思）闻之，乃作小词自嘲，殊无尤人之意。”自此以后，这种说法流传甚广，如沈德符《万历野获编》卷二十五也说：“王渼陂之《杜甫游春》，则指李西涯及杨石斋、贾南坞三相。”事实并非完全如此。嘉靖初年，李东阳已死多年。至于说同时也讽刺杨廷和与贾咏，这显然是牵强附会。如果王九思真想借杨国忠讽刺杨廷和，那是可以写出许多刻毒的骂词的，可是他在剧中连杨国忠的名字都没有提到过。贾咏与九思为同榜进士，又同在史馆共事，但九思得志之时，贾咏却由翰林院编修黜为兵部主事，瑾诛才复官，至嘉靖三年八月才入阁为相，而当时杨廷和已经致仕半年。况且贾咏的为人与剧中贾婆那样的势利小人是毫无关涉的，王九思在创作该剧时也不可能料定贾咏将来会入阁为相而预设讥讽。

不过，论者以为王九思借李林甫讽刺李东阳倒是事出有因，并且在剧中也有迹可寻。刘瑾专权之时，也有意罗致同乡以扩大势力。但王九思个性高傲，为人疏脱不群，不仅不会趋附，而且当众翰林见瑾时，他竟“长揖不拜”①。甚至在进讲经筵时，还敢于“触忤刘瑾意”②。他在吏部为官时，坚持秉公办事，对于宦官的请托也敢于拒绝不听，不仅没有“污选法”之事，而且使仕路为之一清。刘瑾被诛后，李东阳出于个人恩怨，便以九思与刘瑾同乡而列为瑾党，给予贬谪、罢官的处分，未免打击过甚。九思心中自然不服，罢官回乡后，满腹怨愤无可发泄，于是便借诗文词曲一吐为快。如他有一首七言长诗《马嵬废庙》，就是专为讽刺李东阳而作。按刘瑾秉国时曾请建义勇武安王庙于其家乡陕西兴平县马嵬镇，其碑文为李东阳所撰。至瑾诛，李东阳立即寄书于兴平县官将碑捣碎。王九思罢官后骑马路过时尚见余痕，因写其诗以寄慨。诗中借一野叟的口气，先述建庙盛况，接着说：“更有文章颂功

① 李开先：《康王王唐四子补传》，载《李中鹿闲居集》文卷十。

② 同上。

德，穹碑大书为深刻。……寺人已作槛中囚，道路忽传邸报至。当日台臣尚秉钧，寄语县官碑可掊。”诗人闻之，顿生感叹与嘲讽：“赫赫台臣苟如此，诗人微细何嗟及。月明骑马陟前冈，仰天一笑秋空碧。”那么，《杜子美沽酒游春》是否也真为讽刺李东阳而作呢？应该说，九思还是比较谨慎的，剧中杜甫与岑参游渼陂等主要人物与事件，以及杜甫骂李林甫的主要内容，几乎都有据可考。不过，从第二折卫大郎与杜甫的对话中的确可以找到作者影射李东阳的证词。卫大郎说：“久闻先生高作，好便好，只是忒深奥些。我闻的先父尝说李林甫的诗最好，清新流丽，人人易晓，先生曾见来么？”杜甫一听勃然大怒：“你说那李林甫做什么。他是个奸邪之徒，专一嫉贤妒能，把朝廷的事都坏了。我试说与你听咱。【朝天子】他狠心似虎牢，潜身在凤阁。几曾去正纲纪，明天道。风流才子显文学，一个个走不出漫天套。暗里编排，人前谈笑，把英雄都送了。”按《全唐诗》虽然收了李林甫三首诗，但在当时李林甫是没有诗名的。卫大郎这里说的“清新流丽”，却正是李东阳诗歌的风格特征。而杜甫接着所说的“风流才子显文学，一个个走不出漫天套”等语，也显然是隐指李东阳对康海、王九思的处分。王九思在第一、二折中让杜甫一骂再骂，虽不能句句对号入座，却也是有意为之。不过，平心而论，无论就为官为人、学问才气而言，李东阳绝不是李林甫一类人。只因王、李积怨太深，九思正当盛年摒弃，难免也有些意气用事。

综观全剧，作者的创作意图和剧本的思想价值并不能仅仅归结于借杂剧骂人。据王九思自叙：“自归里舍，农事之暇，有所述作。间慕子美，拟为传奇（指《杜子美沽酒游春》），所以纾情畅志，终老而自乐之术也。不意亲朋指摘瑕颣，投诸馆阁，发怒起祸，幸以消沮。”[①]可见，“纾情畅志”才是作者的意图与剧本的主旨。即从第一、第二折而言，撇开杜甫的所有骂词不谈，我们仍可窥睹杜甫作为有志之士的忧患意识和作为贫寒诗人的风采情趣。请先看第一折中杜甫的如下道白与唱词：

(正末)小官自幼读书，要与朝廷出力，端的要致君尧舜上，再使风浴淳。……不幸天下有事，蹭蹬到今日，莫非是命也呵！

【仙吕·点绛唇】奋志乾坤，致君尧舜。闲评论，稷契何人，要与他相攀引。

【混江龙】想着我少年时分，读书万卷笔通神。那时节李邕识面，王翰为邻，两手要扶唐社稷，一心思画汉麒麟。谁承望天边黄阁隔千峰，不觉的镜中白雪盈双鬓。辜负了两朝帝主，空忧了万国黎民。

(正末)自家思量，年纪四旬有余，每日家随众趋朝，因人成事，上无益于

① 王九思：《答王德徵书》，《渼陂集》卷七。

朝廷,下无功于百姓。这的是衮职全无一字补,许身愧比双南金。平日的志气,几时能够遂心也呵!

曲白中间充溢着一种对于国家、人民的深切关注和忧虑,同时也流露出一种对于自己盛年蹭蹬、有志难酬的沉重慨叹与感伤。作者还在第三、四折中逐渐揭示了杜甫思想性格的发展过程。登上慈恩寺塔,他感慨万端:

【调笑令】我这里从容问苍穹,为着那平地里风波损了英雄,三三两两厮搬弄,管什么皂白青红,把一个商伯夷生扭做虞四凶。兀的不笑杀了懵懂,怨杀了天公。

【小桃红】汨罗铜雀黑朦胧,都落在邯郸梦。自古道聪明却贫穷,昏子迷做三公。棘针丛,怎宿丹山凤。因此上采芝心乐,钓台人去,甘心儿不听景阳钟。(第三折)

紧接着田间小饮的欢惬,与贾婆的冷遇形成鲜明的对比;紫阁峰的美景,浮舟渼陂的风情,钓鱼台的韵味,与社会世态的炎凉、官场政治的险恶,判若两个世界。因此,即使圣旨传他升官,他也要决意辞退了:

【离亭宴带歇拍煞】从今后青山止许巢由采,黄金休把相如买,摩挲了壮怀。想着俺骑马上平台,登楼吟皓月,倚剑观沧海,胸中星斗寒,眼底乾坤大。你看那薄夫匪才,谁是个庙堂臣,怎做得湖海士,羞惭杀文章伯。紫袍金阙中,骏马朝门外,让与他威风气概。我子(只)要沽酒再游春,乘桴去过海。(第四折)①

满腹牢骚怨愤,一泻而出,真够痛快淋漓!与其说是杜甫抒怀,毋宁说是九思言志。剧本的思想价值也主要在于作者通过描写杜甫游春时的所忆所见所感所言,不仅展示他有志难酬、失意蹭蹬时独特的精神面貌与丰富的内心世界,而且写出了他的思想性格的发展过程,从而塑造出一个嫉恶如仇、落拓不羁的知识分子形象。虽然剧末诗人思想的升华并不是一种积极的选择,但是这个形象实际上多为作者的自我写照,其中也包含了社会现实的某些内容,并在一定程度上批判了封建官场的黑暗和政治的腐败,因而具有普遍的意义。这个剧本严格遵循元杂剧的体例,不仅一本四折、一人主唱,而且对宫调、曲牌的选用顺次都严守不移。尤其是曲

① 本文所引《杜甫游春》的道白与唱词,皆据沈泰《盛明杂剧二集》卷十八《杜子美沽酒遊春》。

辞写得沉郁蕴藉，悲愤唏嘘，如怨如诉，于秀丽之中挟带着一种豪爽雄宕之气，直可追躅元人。故何良俊在《曲论》中评曰："虽金元人犹当北面。"王世贞在《艺苑卮言》中更谓"敬夫声价不在关汉卿、马东篱之下"。这都是仅就其曲辞而言之。实际上，王九思是以散曲的笔法来创作杂剧，曲辞固然写得优美，但他对于情节关目的安排和戏剧冲突的处理却远不及关汉卿、马致远等元剧作家。全剧情节本来非常简单，除第二折略有波澜以外，其他各折几乎没有正面写出直接的戏剧冲突。因而全剧情节呆板迟滞，虽然富有诗意，却缺少戏剧性。

三

王九思的《中山狼院本》，是一部只有一折的短杂剧[①]。它是受康海的影响而作。因康海的《中山狼》杂剧为一本四折，九思为避免雷同，便突破杂剧体例而别创一格，作为此剧与之唱和，并特题名为"院本"以示区别。以一折构成一本杂剧的创例，有的论者认为应是明初王生的《围棋闯局》[②]，它是以一折的规模来叙述张生逾墙偷看莺莺与红娘下围棋取乐的故事。不过，《围棋闯局》是王生为增补《西厢记》而作，并非独立的单折杂剧，至多只能视为短杂剧的萌芽。在九思之前，也再无此例。因此，《中山狼院本》实际上是明清短杂剧之祖。稍后经徐渭《四声猿》的拓展与弘扬，短杂剧便作为一种新的戏剧体裁如雨后春笋般地出现在明清剧坛上。

王九思在创作《中山狼院本》时，大致还是根据小说《中山狼传》来安排剧情。但因已有康海的《中山狼》杂剧擅美于前，加之作者又试图以一折的规模来敷演东郭先生误救中山狼的故事始末，这就不能不忍痛割爱，删详为略，以致对于有些本来生动丰富的情节场面也只能作粗线条的勾勒。如九思对东郭先生与赵简子周旋的一段描写，就远逊于康海剧作的戏剧性，甚至还比不上小说中的东郭先生当时所表现出来的那种巧言支吾、振振有词。又为尽量避免落入康海剧作的窠臼，九思还不惜把有的情节场面和人物身份做了改动。这些改动不仅没有增强故事的思想性

① 有的学者认为王九思《中山狼院本》的文体性质属于"院本"而非"杂剧"，诚然有一定道理；但陶宗仪《辍耕录》卷二十五早已明确指出："院本，杂剧，其实一也。"这个"其实一也"的本质，就是二者皆为代言体，都主要以歌舞和道白来表演故事。如果明代仅仅出现像王九思《中山狼院本》这样极少的短剧，我们说它保留了"金院本"的特征，而坚持要把这类院本与一本四折的元杂剧体制区分开来，或许还有一定意义；但自明中叶以后至有清一代大量出现包括单折剧本在内的短篇戏曲的背景下，我们要去甄别其何为院本、何为杂剧就相当困难了。例如，明嘉靖年间许潮创作的《太和记》所收 24 个（今存 17 个）单折短剧、清乾隆年间杨潮观创作的《吟风阁杂剧》所收 32 个单折短剧，它们究竟属于院本还是属于杂剧呢？

② 《围棋闯局》最早见于明弘治刻本《西厢记》附录，且同书还附有《八声甘州 · 咏西厢别调》套曲曰："晚进王生多议论，把《围棋》增。"于是明人将《围棋闯局》署为"晚进王生作"。今人张人和认为"晚进王生"乃是明初詹时雨的别署，《围棋闯局》即为詹时雨所作。不过，有的学者仍表存疑，主张定为明初无名氏作。

与戏剧性，相反还有所减损。如东郭先生尚未救狼时，赵简子就赶来追问威胁，他当然可以从容不迫、理直气壮地对付赵简子，既没有担什么风险，也谈不上有恩于狼。而赵简子刚走，中山狼并未着箭就跑来向东郭先生求救，似乎也不合情理。又如九思把杖藜老人改写成土地神所变，剧末又以“鬼夺剑杀狼”，这都有损于剧作的思想性。然而，该剧也有值得称道之处：

首先，它作为一部寓言讽刺剧，与康海的《中山狼》一样，也表现出作者对于社会上忘恩负义之徒的愤懑与批判。不过，康海在剧末虽然借杖藜老人之口把世上那些负君的、负亲的、负师的、负朋友的、负亲戚的中山狼式的人物骂了一通，却使人明显感到，它不是从情节和场面中流淌出来的，而是作者强加上去的，因而不免有说教之嫌。而九思在该剧中的表现方式却合情合理，天衣无缝。先请看东郭先生与中山狼的一段对话：

(生云)天！天！天！这个禽兽好生无礼！我救了他的性命，他到要吃我。这等忘恩背义，是何道理？(狼云)师父，你看世上的人，一个个穿衣戴帽。都说他是好人，他是君子。一旦受了人的厚恩，一切都忘了。遇到讨便宜处，就下手。又有那乱臣贼子，什么做不出来？我本是个禽兽，怎么责我忘恩背义。我比这些人如何？

中山狼为了反驳东郭先生责它忘恩背义，竟把世上的忘恩背义之人与乱臣贼子抬了出来为自己分辩开脱，真是绝妙之笔！中山狼的这段话是在特定情境中说出来的，合乎狼的性格与逻辑。而九思借狼之口来愤世骂世，似乎比康海更深一层。康海只说：“你看那世上忘恩的，却不个个是这中山狼么？”九思则认为，世上忘恩背义之徒与乱臣贼子比这中山狼更有过之而无不及。再请看从杀狼起至剧末的一段描写：

(小鬼夺剑杀狼，狼做叫科)(生云)狼也，你听着！(唱)

【七弟兄】你当初哄咱，靠咱得平安。得平安，忘了遭危难。背着身，弄出巧机关。几乎间险把先生馔！

【梅花酒】呀！我的恩似海宽，你昧了心肝。做的贪残，罪似丘山。不争你忒狡猾，到显的我愚顽。不识恶，不识奸。想当初相遇在路途间，误撞入鬼门关。伤害了我两三番，直攘到这其间。

【收江南】呀！这的是施恩容易报恩难，做时差错悔时难！你道那世人奸巧把心瞒，空安眉戴眼，他与那野狼肺腑一般般。

当中山狼在做临死前的号叫时，王九思借东郭先生数落狼的贪残、狡猾、忘恩背义来讽世骂世，从而造成一种较强的戏剧性与讽刺效果。这段描写仍然是剧本的有机组成部分，既切合特定的戏剧情境，又合乎人物性格的发展逻辑，毫无游离之感。

其次，它对于中山狼的性格、心理的刻画也有独到之处。当东郭先生把狼从书箱里放出来后，狼一再拜谢，又说了一段感恩戴德、没齿不忘的话才走。紧接着有一段绝妙的描写：

> （狼辞生走了做寻思科）（狼云）我从今早晨被赵王军马追赶，直缠了这一日。如今天色将晚，我肚里饥饿，没处寻些虫蚁来吃。甫能着那师父救出性命，若还饿死了，也是徒然。我见那师父是个慈悲的人，罢！罢！我还寻他去，有个商量。（狼做赶上相见科）（生云）你怎么又来了？（狼云）我有一句话儿要和师父商量。（生云）什么话？你说！（狼云）我从早晨到如今，饿了一日。肚里没的吃，故来投奔师父。（生云）你来投奔我，教我那里寻些物件与你吃？连我也受饿没的吃哩！（狼云）我有一条妙计，只得碍口不好说。（生云）什么妙计，只管说将来，大家商量处置！（狼云）计策虽是妙，只是不好说。师父！你试猜！（生云）我急且猜不着，你疾忙说了罢！（狼云）师父！师父！你救了我一场。把我若还饿死了，不如不救哩！（生云）你这等说，你要如何处置？（狼再作难科）（叩头云）师父！不如把你着我吃了罢！异日一总报恩。（狼做咬生科）①

中山狼本已辞谢而走，只因腹中饥饿，经过再三思考之后才决定吃掉东郭先生以疗饥。但他毕竟曾受恩于东郭先生，赶上来见面后又觉唐突，话难出口，于是就转弯抹角，委曲周旋，口中连称师父，几次欲言又止。犹豫许久之后，才一边叩头，一边说出了想吃掉东郭先生的妙计。与康海笔下的中山狼比较，它更具人的性格特征，不仅其性格内涵要丰富一些，而且还揭示出它的狼性与人性相互矛盾、相互冲突的心理变化。

再次，它的语言虽比不上康海《中山狼》杂剧的浑灏醒豁，澹宕优美，但它显得特别凝练简洁而又能见出人物个性，也不失为一个优点。全剧无论宾白与唱词，几乎没有生僻的词句，没有可删的闲话。曲调用北曲【双调·新水令】套，仅八支曲子，每曲都很短，情节主要靠宾白来推动，尤其是人物对话写得本色而有韵味，简练

---

① 本文所引《中山狼院本》的道白与唱词，皆据周贻白选注：《明人杂剧选》，人民文学出版社 1953 年版，第 261—268 页。

而有力度。

李开先晚年曾作组诗《六十子诗》，其中第三首评价王九思说："编戏今丽曲，善作古雄文。振鬣长鸣骥，能空万马群。"[①]又在《渼陂王检讨传》中说他"诗文苍古，而词曲则新奇，不止守元人之家法，而且得元人之心法矣。脍炙人口，洋溢入耳"[②]。在评价王九思诗文散曲创作的同时，充分肯定了他的杂剧创作成就。北杂剧发展至明初，尚有"十六子"能保留元剧余势。稍后朱权、朱有燉借杂剧弘宣教化，使杂剧走向了宫廷化、贵族化的道路。此后杂剧长期沉寂，几近消亡。至正德初年，康海与王九思仕途受挫、罢官归里后，将自己对社会人生的感慨与怨愤谱为杂剧，才起衰救危，使明代杂剧复有振兴之势。王九思的《杜子美沽酒游春》虽比不上康海的《中山狼》，但此二剧都严守元人矩矱，实际上是他们借复古以革新的文学主张在杂剧创作中的体现，并且的确给明代剧坛带来了新的生机，而王九思的《中山狼院本》在体例上敢于破旧创新，为后来短杂剧的发展起了"导夫先路"的作用。

---

① 李开先：《李中鹿闲居集》诗卷四。
② 李开先：《李中鹿闲居集》文卷十。

明代《中山狼》杂剧三题[①]

——兼与朱迎平先生商榷

关于明代《中山狼》杂剧的作者及其创作意图等问题，一直是古今曲论中的热门话题。经过几百年的争论，现在学术界有一点认识已经基本上趋于一致，那就是“康海《中山狼》杂剧并非为讥刺李梦阳而作”[②]。至于现存署名为康海的《中山狼》杂剧的著作权问题，虽然以前曾有人表示过“存疑”[③]，但并未提供任何证据。最近，朱迎平先生在《康海作〈中山狼〉杂剧斟疑》[④]一文中又将旧话重提，不仅列出一些疑点，对康海是否作过《中山狼》杂剧深表怀疑；而且还附带提及，“对于今人确认王九思所作之《中山狼院本》一折，也应作如是观”。这种“大胆怀疑”的精神固然可嘉，但他在“斟疑”中的一些论述是不够审慎的，因而他提出的所谓“疑点”也难以成立。笔者曾在教学之余对康海和王九思的杂剧创作进行过考察[⑤]，本文拟就如下三个问题进一步加以申论，以就教于大方之家和朱迎平先生。

一、康海作《中山狼》杂剧的力证

嘉靖十九年(1540)马理在《对山先生墓志铭》中说康海“屡为乐章，求律于太常氏，又自定黄钟而用之，然后宣以五音，舞以六羽，使声容并作，以祀先乐宾，观者无弗叹赏”[⑥]。嘉靖二十四年(1545)刘储秀在《刻对山先生集叙》中论述康海的诗文创

---

① 本文原载《中国文学研究》1991年第2期。

② 见蒋星煜：《康海〈中山狼〉杂剧并非为讥刺李梦阳而作》，《中国戏曲史钩沉》，中州书画社1982年版。

③ 参见董康《曲海总目提要》和青木正儿《中国近世戏曲史》。

④ 见于《文学遗产》1989年第6期。

⑤ 参见拙文《论王九思及其杂剧创作》和《论康海的杂剧创作》，分别载于《中国文学研究》1988年第2期、1989年第3期。

⑥ 详见清康熙间刻本《康对山先生集》附录。

作后还说:"其他乐府传奇,亦皆可录,然各有别乘,已传于世。"①可见康海精通声律并且创作过戏曲作品是毋庸置疑的。现存杂剧中有两种署名为康海著,一种是《中山狼》,最早见于崇祯二年(1629)由沈泰辑刊的《盛明杂剧》初集中,其次见于崇祯六年(1633)由孟称舜辑刊的《古今名剧合选·酹江集》中,二者都明确署为康海著;另一种是《王兰卿》,最早见于《脉望馆钞校本古今杂剧》(实为明人赵琦美于万历末年钞校)中,但未署作者姓名,至1939年商务印书馆以《孤本元明杂剧》刊行时才署为康海著。

可是,朱文却只确认至现代才署名的《王兰卿》为康海作,而对崇祯间就已署名康海的《中山狼》深表怀疑。其主要理由是,康海和王九思罢官归里后"俱以词曲名一时",但同时代人李开先、何良俊在有关著作中均只提及王九思作《游春记》和康海作《王兰卿》事,而关于康海作《中山狼》事,何、李均"绝无提及",一直迟至万历后期才首见于沈德符的《顾曲杂言》。朱文说:

> 总之,从正德以后的近百年间,尽管康海和王九思名震一时,……但其间绝无《中山狼》杂剧的任何踪影,也无康海作过《中山狼》的任何记载,更无康海作《中山狼》讽刺梦阳负恩的任何议论。……康、王并称当时,但《杜甫游春》一再为人议及,而《中山狼》却无人问津,世人岂能如此不公?这样一部刺世嫉邪的名家名作,在明代中叶近百年间产生的曲论、笔记中未留下任何踪迹,实在叫人不可思议。

真正叫人不可思议的是,朱迎平先生并未遍检从正德以后至万历三十四年以前近百年间的所有文献,为何便敢如此武断地作出上述结论?

笔者见闻不广,现只能暂举四例以证朱文有误,同时以此作为康海和王九思作《中山狼》杂剧的力证。

1. 清康熙间刻本《康对山先生集》卷十八收有康海《读中山狼传》诗一首,其诗曰:"平生爱物未筹量,那计当年救此狼。笑我救狼狼噬我,物情人意各无妨。"诗中所说的《中山狼传》究竟是指哪一篇作品已不可确知,但只有三种可能性:或是指当时较为流行的文言小说,或是指王九思的杂剧,或是指康海自己的杂剧。不过,从诗中的语气来看,康海似乎不是读自己的作品,而王九思的单折杂剧当作于康海的四折杂剧之后,因而指文言小说的可能性较大。即使如此,这首诗也仍可作为本文立论的一个旁证,康海读了这篇小说有如此深沉的感慨,也可说明他具有将《中

① 详见明嘉靖二十四年刻本《对山集》卷首。

山狼传》小说改编为杂剧的可能性。

2. 黄佐在《董大理传》中提及康海为救李梦阳而面谒刘瑾后接着写道："明日即赦出，其后献吉(李梦阳字)反嫉害德涵(康海字)，优伶至为《中山狼》杂剧以刺献吉，然德涵未尝仇献吉也。"①按董大理，名恬，字世良，上海人。弘治九年进士，与康海曾同朝为官，正德五年秋也被列为瑾党而罢黜，卒于嘉靖六年八月九日。黄佐在董大理死后不久为其子董宜阳所请而作此传。从这篇传记可以确知：在嘉靖初年，不仅已有优伶表演过《中山狼》杂剧，而且当时就已有人认为该剧的主旨在于讽刺李梦阳。可惜黄佐在该文中没有提及《中山狼》是康海所作还是王九思所作，也未指明那些表演过《中山狼》杂剧的优伶是康海(或王九思)的家妓，还是与康海(或王思九)有交往的城镇勾栏艺人。

3. 李开先虽然在《对山康修撰传》中仅仅提及康海作过《王兰卿传奇》，但他后来又在《康王王唐四子补传》中补叙康海还作过《中山狼传》。他说：

> (康海)数次援人于死地，弗望报也，而获生者反造谤焉，因为《差差辞》及《中山狼传》，而后咎有所归矣。尝病武功贸易之寂寥也，乃于城东神庙报赛，数日间，乐工集者千人，商贾集者千余人，四方宾客、男女长幼来观者数千人。对山乃约里中壮士数百人，戎装临之，时有大盗，欲行劫而不敢发，来者无不既醉且饱。②

按康海、王九思、王慎中、唐顺之逝世后，李开先"据平素所见，并刻行文集"，已先后为他们四人分别立传，但后来又陆续收到各家寄来的材料，便将前四传遗漏未记的事迹合起来作一《补传》，因为唐顺之至嘉靖三十九年才去世，则该《补传》当作于嘉靖四十年前后，此时距康海逝世已经二十年。李开先这里补叙的康海所作《中山狼传》显然是指杂剧而不是小说，其理由有二：第一，嘉靖二十三年(1544)由陆楫所辑刊的《古今说海》中所收文言小说《中山狼传》已署名为宋代谢良作，而当时文坛上也流传着马中锡作《中山狼传》小说以诋梦阳负恩于康海的议论，李开先当略有所知，况且就笔者视野所见古今尚无人提及康海是《中狼山传》小说的作者；第二，明人《蜗亭杂记》说："康德涵既罢免，以山水声伎自娱，间作乐府小令，使二清衣歌以侑觞，游于四方，停骖命酒，自歌其曲。尝生日邀名伎百人为百年会。"③何良俊

---

① 详见《明文海》卷四百二十四。
② 李开先：《康王王唐四子补传》，《李中麓闲居集》文卷十。
③ 引自焦循《剧说》卷三。

《四友斋丛说》卷十五也有关于康海罢官后“放于声乐”，“每燕必有妓乐”、“其抑郁之抱，寓之词曲”的记载，这都可作为康海曾召乐工千人于武功神庙举行报赛盛会的印证和补充，联系嘉靖初年黄佐所说“优伶至为《中山狼》杂剧”等语，加之李开先在《补传》中是把康海作《中山狼传》和举行神庙报赛盛会并在一起记叙，则康海所作《中山狼传》必为杂剧无疑，并且有可能在康海所主持的报赛盛会及其他活动中演出过。李开先作为康海的后学和好友，所写传记当是可信的。况且朱文既然主要是依据李开先的《对山康修撰传》作为康海作《王兰卿》杂剧的确证，那么，李开先的《补传》同样也可以作为康海作《中山狼》杂剧的确证。

4. 王世贞在《弇山堂别集》卷二十九中说：“《中山狼传》撰自马左都中锡，而杂剧则出王太史九思，以为讥献吉，理有之。”按《弇山堂别集》写成时间最迟也当在万历十八年以前，这是笔者目前所见最早关于王九思作《中山狼》杂剧讥刺李梦阳的记载。虽仅此一例，但凭它已足可否定朱文中所谓此剧在明清两代“绝无提及”之说①，同时也可以说明崇祯十三年张宗孟重刻《王渼陂全集》时收入的《中山狼院本》并非“突然出现”。

二、康海作《中山狼》杂剧的意图

早在明代嘉万年间，文坛上就已开始流传关于马中锡作《中山狼传》小说、康海和王九思各作《中山狼》杂剧以讥刺李梦阳负恩的议论，降至清代以至现代当代，人们继续以讹传讹，因而此说流播更广。但明清以来，也曾有人提出过异议，如嘉靖初年黄佐就曾明确指出：“德涵未尝仇献吉也。”清人钮琇不仅认为《中山狼传》小说为宋代谢良所著，而且还说：“夫对山之救献吉，原非望报于献吉也。献吉即有忮忌，何至若中山狼之甚乎？”②当代更有一些学者如赵景深、张中等撰文为李梦阳鸣冤抱不平，其中尤以蒋星煜《康海〈中山狼〉杂剧并非为讥刺李梦阳而作》一文考辨最为有力，但他并未进一步探讨康海作《中山狼》杂剧的意图何在。

笔者认为，康海创作《中山狼》杂剧虽并非为了讽刺李梦阳，但仍可能是有所为而作。他在《与彭济物》一信中说：

> 仆自幼支谩无状，性好是古而非今。始仕时，望见先皇帝（孝宗）宽仁大度，即自私拟，以为皋夔稷契之业可以复见于今，而狂放易言，略不修饰。至皇

---

① 清乾隆《鄠县志》卷四也载王九思著有《中山狼院本》。

② 引自蒋瑞藻：《小说考证》卷三。

帝(武宗)嗣位之后,又见其英毅果断,益喜益负,以为鄙志当究于此。一时交与之士,反覆轻易不检,惟仆言是是。故漫论讥说,略无忌畏。日就月将,几踵奇祸,幸免杀身而归。而二三者又补砌所无以为真有,使仆含垢于有罪者之籍,与不肖之人同被驱放。上辱两朝作养之恩,下累先人蠲介之业,生平微志,付之秽涂,情苦心局,不复自爱。……今仆之所忧者,在忽有犬马之疾,死丘壑之下,不得伸其宿心原悰耳,而区区官秩之事非所念虑也。①

这是康海罢官数年之后的心态。他不仅为自己的奇冤大枉不能昭雪和奇耻大辱不能洗清而深感痛苦,而且对于那些"补砌所无以为真有"的造谤者也深表愤慨。康海之所以被诬为瑾党而罢黜为民,表面上看来似乎是由于他曾有过"谒瑾而救李"和"失财而复获"的嫌疑,而实质上却是由于他的思想性格不容于世②。他不仅曾同李梦阳、王九思等一起倡导文学复古而有忤李东阳等台阁大臣,而且还因他"性喜嫉恶而不能加许,闻人之恶,辄大骂不已",以致得罪过不少同僚。正德五年秋,忌恨者借刘瑾一案来打击他,这不过是找到了一个极好的借口而已。尤其令康海气愤和痛恨的是,有些曾经追随过他或受过他救援的人也参与了造谤诬陷,落井下石,他的《中山狼》杂剧首先就是有感于此而作。最早明确指出这一点的也是李开先。他在《康王王唐四子补传》中说:康海"数次援人于死地,弗望报也,而获生者反造谤焉。因为《差差辞》及《中山狼传》,而后咎有所归矣"。

李开先这里所说的受援而造谤之人已难以考定,但从他的语气来看,造谤者似乎不止一人,那么,他们很可能就是康海自己所说的"补砌所无以为真有"的"二三者"。我们不妨再另举二条材料来作为李开先之说的佐证。马理在《对山先生墓志铭》中几次提到"忌者"对康海的诬陷,最后还说:康海"乃援人于死,人乃立身,摈而永遗"。李贽在《修撰康公》中也说:"海爱人之心长,而自好短。尝援人于死,而获生者数人,非望其报也,生者或顾谤其交瑾,忌者征焉,由是陷于网罗而不可解也。"③康海本是一个嫉恶如仇的人,对这些忘恩负义之人,必然会愤慨不已,因而作《中山狼》杂剧以刺之,这也是顺理成章的事情。况且剧末还有这样的曲词:"休道是这贪狼反面皮,俺只怕尽世里把心亏。少什么短箭难防暗里随,把恩情翻成仇

---

① 详见明嘉靖二十四年刻本《对山集》卷九。

② 参见马理《对山先生墓志铭》、张治道《翰林院修撰对山康先生状》、黄佐《董大理传》、李开先《对山康修撰传》等。王世贞曾对康海罢官的原因进行过考证,认为"康既以救李献吉与瑾密,而丁忧被盗,累有司赔补,为众所摘。李文正时有恨,不为之救故耳"。(《弇山堂别集》卷二十九《史乘考误》)蒋星煜先生引《明武宗正德实录》卷六十五一段记载以证康海人格低下,似未可信。明史专家黄云眉先生也论及此事。他认为"海虽跅弛不至此,殆编实录者有意诬之"(《明史考证》第七册)。

③ 《续藏书》卷二十六。

敌，只落得自伤悲。”正切合康海当时的心境与口吻。也正因为康海所讥刺的不是一个人，所以他才能把目光投向广阔的社会现实生活，把世上所有负恩之人，包括负君的、负亲的、负师的、负朋友的、负亲戚的，一概骂倒，从而使这部剧作成为了一部具有普遍意义的社会讽刺剧。

既然康海作《中山狼》杂剧所讥刺的并非一人而是数人，况且李梦阳并未对康海负恩造谤，那么，为什么后来会有康海作《中山狼》杂剧以诋梦阳的议论流传于世呢？其原因大致有三：

首先，康、李同是复古派领袖，早在弘治末至正德初就已知名于天下；稍后李梦阳因代户部尚书韩文起草奏疏弹劾刘瑾事件而入狱，又的确为康海“谒瑾而救”，这更是当时及后世人所津津乐道的话题；正德五年刘瑾败后，康海被诬为瑾党罢斥，而李梦阳得复故官后却不出力相救（或者李梦阳当时并无救助康海的能力，或者李虽曾出力相救但无济于事），因此，人们往往从道德上去权衡康、李关系，总觉得李梦阳有负于康海。

其次，康海罢官后三十年间主要在关中一带活动，常与友人“挟声伎酣饮，制乐造歌曲，自比徘优，以寄其怫郁”①。往来最密者是王九思，另外，还有李开先、张治道、马理等，康海的《中山狼》杂剧写成并上演后，也是从关中向外流传。在《中山狼》杂剧的流传过程中，无论是读者还是观众，都很自然会把康海与李梦阳的关系和东郭先生与中山狼的恩怨联系在一起，从而去揣测康海作《中山狼》杂剧的意图在于讥刺李梦阳，并且附会出一些故事来。至沈德符《野获编》则明确地肯定：“康对山之《中山狼》则指李空同。”于是以讹传讹，李梦阳遂被奇冤于九泉。

再次，李开先作为康海和王九思的好友与知音，对于康作《中山狼》和王作《游春记》的意图当是知晓的，但他写传行文时比较谨慎，嘉靖三十年王九思去世后，他作《渼陂王检讨传》，其中不仅明确指出王著有《游春记》，而且还说：“嘉靖初年，将征之纂修实录，而同罢吏部者，摘取《游春记》中所具人姓名，毁于当路：‘李林甫固是指李西涯（即李东阳），而杨国忠得非杨石斋（即杨廷和）、贾婆婆得非贾南坞（即贾咏）耶?’坐此竟已之。翁（指王九思）闻之，乃作小词自嘲，殊无尤人之意。”由于这时李东阳、杨廷和、贾咏都已去世，所以李开先无所顾忌，照录不遗。而康海于嘉靖十九年去世后，他作《对山康修撰传》，未曾提及《中山狼》，至嘉靖末作《康王王唐四子补传》，虽提到康海作《中山狼》及其创作意图，却不明言所刺数人为谁，这可能是由于负恩造谤者当时尚存于世，李开先不便直书其名。但至少可以肯定，李开先并不认为康海作《中山狼》是为了讥刺李梦阳，因为嘉靖八年李梦阳去世后，李开先

① 《明史》卷二百八十六。

曾作《李崆峒传》，其中仅提及康海"谒瑾而救李"之事，而无任何关于李对康负恩造谤的记载。由于后人读《闲居集》时，往往只注意到《对山康修撰传》和《渼陂王检讨传》，因而人们在议论王九思作《游春记》以刺李东阳的同时，也往往将关于康海作《中山狼》以诋梦阳的讹传与之相提并论，如此辗转相袭，几乎使谎言变成了真理。

当然，话得说回来，明清文坛上的这种辗转相袭的讹传，虽曾使李梦阳蒙冤受屈，但它对于《中山狼》杂剧的广泛流传，无疑曾起过重要的作用。

三、明代四种中山狼杂剧之间的联系

根据有关资料记载，明代除康海和王九思外，还有陈与郊和汪廷讷也写作过同题杂剧《中山狼》，并且直到明末这四种中山狼杂剧都还流传于世。遗憾的是其中有两种后来失传了，现存的两种分别署名为康海和王九思。朱文曾就《远山堂剧品》所提到的分别署名为康海、陈与郊、汪廷讷的三种中山狼杂剧提出过疑问："这三种《中山狼》杂剧之间，是否有某种联系呢?"

如果说康、陈、汪三作之间果真有什么联系的话，那么，首先是三者都依据同一题材改编创作，因而其内容与风格必然会有一定的联系；其次是陈、汪之作可能都受过康作的影响。但我们无论怎样去探讨三者之间的联系，也绝不可能把现存署名为康海的《中山狼》杂剧的著作权转归到陈与郊或汪廷讷名下。因为祁彪佳对康、陈、汪三作的特征说得非常清楚，相互之间决不会混淆难辨。

为便于我们比较分析，笔者特将《远山堂剧品》中关于三剧的记载列表如下：

署名	康海	陈与郊	汪廷讷
题目	中山狼	中山狼	中山救狼
曲调折数	北四折	南北五折	南北六折
品第	雅品	雅品	能品
评语	中山狼一事，而对山、禺阳、昌朝三演之，良由世上负心者多耳。曲有浑灏之气，白多醒豁之语，位置于元剧，在《硃砂担》、《乔踏碓》间。三剧中，以此为最。	借中山狼唾骂世人，说得透快，当为醒世一编，勿复作词曲观也。	中山狼，陈记之而简，康记之而畅，不必更问环翠之子墨矣。且若狼、若杏、若老牛，作人语尤可，以之唱曲，太觉不象。遇青黎丈人，寥寥数言，亦未发挥负心之态。

略观上表便可一目了然。且不说三剧的写作特色和成就高低，即以全剧折数而言，康四陈五汪六，是各不相同的；另外，康作全用北曲，而陈、汪二作都是南北合用，并

且汪作中扮演东郭先生、中山狼、老杏、老牛的角色都可唱曲。如果我们把现存署名为康海的四折北曲本《中山狼》的著作权转归到陈与郊或汪廷讷名下，显然与事实不符。至于现存署名为王九思的单折北曲本《中山狼院本》的著作权，更不可能与陈或汪易主。

也许有的论者还会进一步“大胆怀疑”：由于陈、汪二作都是创作于万历年间，而现在署名为康海的《中山狼》是见于崇祯年间刊刻的《盛明杂剧》和《古今名剧合选》中，祁彪佳的《远山堂剧品》也是写于崇祯年间，那么，祁彪佳当时所见到的三部中山狼杂剧的署名会不会在刊刻或传抄时就弄混了呢？笔者的回答是：不会！

首先，祁彪佳是著名藏书家祁承㸁的儿子，而祁承㸁和陈与郊、汪廷讷都是同时代人，且相距并不甚远（祁为浙江山阴人、陈为浙江海宁人、汪为安徽休宁人），陈、汪所作杂剧问世后，祁承㸁或即知晓并收藏。崇祯年间，祁彪佳居家整理藏书和写作《远山堂曲品剧品》时所见到的七百余种剧作，当主要是他们父子两代所收藏，以祁彪佳父子两代藏书家的识鉴能力，当不至于会将万历间陈、汪之作与正嘉间康海之作弄混。

其次，沈泰虽不是剧作家，但他与当时著名剧作家袁晋、徐翙都相交至深，堪称知音识曲之人。他的《盛明杂剧》编成后，不仅有沈乔、黄之城校阅，而且还有张元征、徐翙、程羽文、袁晋为之作序。另外，他所收署名为康海的《中山狼》剧本，眉批中还引用了眉公（陈继儒）的评语："读此剧真救世仙丹，使无义男子见之，不觉毛骨颤哉。"又《古今名剧合选》的编者孟称舜是晚明著名剧作家，他在《中山狼》剧本上还写有这样一段眉批："康对山与王渼陂同以声乐相尚。或谓王艳而整，康富而芜，彼此各有短长。又谓康所作莽具才气，然喜生造，喜堆积，喜多用老生语，不得与王并驱。然若此剧雅淡真切而微带风丽，视王《沽酒游春》曲，殆亦不肯居轻，吾谓微逊王者，正少其雄宕耳。"这说明沈泰和孟称舜把《中山狼》杂剧的著作权归于康海都是有所本的，即使祁彪佳父子识鉴有误，沈泰和孟称舜也绝不会把陈与郊或汪廷讷的剧作误署为康海著的。

再次，陈、汪二作与康作之间有着不同的时代特征。尽管陈、汪二作都已失传，但从《远山堂剧品》中仍可得知，陈作是南北五折，汪作是南北六折，不仅突破了一本四折甚至一人主唱的体例，而且是南北曲合用，这显然是自徐渭《女状元》开始采用南曲写杂剧，至晚明南杂剧已普遍盛行的时代产物。而康作却是严守元人杂剧体制，全剧一本四折，一人主唱，全用北曲，这与康海所倡导的文学复古主张是一致的。

总之，明代四种中山狼杂剧虽然是根据同一题材改编创作，但各自都有着不可混淆的特征。康、王二种中山狼杂剧在晚明流传并刊刻和陈、汪于万历年间创作中山狼杂剧，这并不是什么“偶然的巧合”，而是陈、汪在康、王二作的影响下有意进行的模拟创作。但陈、汪二作的确已经佚失了，现存二种中山狼杂剧分别署名为康海和王九思，是合乎情理和事实的。

最后，还有必要附带提及的是，明末清初李玉在《一捧雪》传奇第五出《豪宴》中还写了一场表演《中山狼》杂剧的戏中戏，它与明代四种中山狼杂剧之间是否有某种联系呢？剧中人严世蕃对莫怀古和汤勤说："有新演的《中山狼》几折，恐未精熟，见笑大方。"但女优表演该剧时似乎并未分折，曲用"北仙吕点绛唇"套，现存王九思《中山狼院本》用的是"北双调新水令"套，可见二者之间没有直接关涉。康海的《中山狼》虽也在第一折用"北仙吕点绛唇"套，但二者的曲白大异。笔者以为，李玉为讽刺汤勤负恩而安排的这出戏中戏，曾受到过明代某种中山狼杂剧的影响和启发是毋庸置疑的，但其曲白并未直接从康海的《中山狼》或者王九思的《中山狼院本》中引用，而可能是从陈与郊或汤廷讷的中山狼杂剧中摘引凑成，或者完全由李玉所自制。

汤显祖的哲学思考①

汤显祖生活于明代嘉靖、隆庆、万历三朝，这个时代，在政治上是一个动荡的时代，在哲学上是却是一个思考的时代。汤显祖不是一位哲学家，既没有系统的哲学论著，也未构成完整的哲学体系，但他却是一位极富于哲学思考兴趣的文学家、戏剧家。面对时代意识的巨大变异，汤显祖一生都在进行着哲学思考，并力图付诸他的政治实践和文学实践。他的戏曲创作不仅受到了他的哲学思想的指导，而且是他进行哲学思考的继续和深化。因此，考察汤显祖的哲学思考，对于认识"临川四梦"的立意主旨和艺术奥秘有着重要的意义。

在汤显祖的哲学思考中，关于本体论和认识论的探讨并不多，但他对于人性和人生意义的思考和探索却是终生不懈的。其中最引人注目的是关于"情"的理论，其主情的思想倾向实际上与中晚明人性解放的哲学思潮是一致的。不过，由于汤显祖个人的特殊经历和儒、佛、道思想给予他积极的和消极的影响，又使他对于"情"的思考和探索呈现出一种极为复杂甚至矛盾的状况。作为泰州学人罗汝芳的弟子，他的"情"就不能不与儒学之"性"发生联系，由"率性"而"主情"；又由于他早年受过仙道思想的影响，后来成为佛学大师达观的弟子，他的"情"又与佛道之"性"发生冲突，最终由"主情"到"澄情"。因此，我们可以说，汤显祖对于"情"的全部看法，是他的人性论和人生观的核心。但他对于"情"的理论阐释又是零星而不系统的，且多与他的"性"论并列论及，我们要探讨汤显祖的人性论和人生观的理论内涵，有必要从他对于性情关系、性情本质和经世出世等主要问题的思考中去寻绎其基本倾向。

---

① 本文原载《湖南师范大学学报》1987年第6期。

一、对性情关系的思考
——从"率性说"到"主情说"

宋明理学家虽然也大谈宇宙论、认识论，但宋明理学的体系核心是人性论。而性情关系问题，又正是宋明理学家在人性讨论中的根本问题之一。在由张载提出至朱熹集大成的"心统性情"的理论中，朱熹虽然把性与情同归于感知主体的"心"中，其主旨却是极力强调理性本体(性)对感性欲求(情)的主宰、统帅、管辖、支配作用，所谓"穷天理，灭人欲"，就是为了突出这一点。在由陆象山提出至王阳明大加发挥的"心即理"的理论中，"心"作为本体，虽然被抽象提升到超感性形体的先验高度，但它毕竟与血肉身躯相关联，实际上已趋向于理性与感性的合一(尽管王阳明也仍然主张"穷天理，去人欲")。这种趋向经过王学左派的演绎和发挥，相继提出"百姓日用即道"、"制欲非体仁"、"穿衣吃饭即是人伦物理"等命题，就发展到"认欲为理"，走向自然人性论：即认为人的自然情欲、需求、欲望就是人性，"天理即在人欲中"，"性在情中"。在对性情关系的认识上，他们就与朱熹有了根本差异：朱熹是合"性"言"情"，由"性"而"情"，主张"穷天理，灭人欲"；王学左派则是合"情"言"性"，由"情"而"性"，要求人性解放。

汤显祖的哲学思考与宋明理学的思辨结构是相似的。他在本体论上从客观唯心论走向主观唯心论，但在某些问题的阐述上又表现出唯物论的倾向。他的人性思想则明显受到了王学左派的影响(同时还受到了佛道思想的影响)，这就决定了他在对人性问题的思考过程中总是以真儒的面目出现来批判程朱理学，也决定了他的论证方法同样只能是借圣言经说来阐发己见。但汤显祖曾做过地方官的经历又使他颇能体察民情，因此，他不同于当时士子只谈"心性"、"良知"，而比较注重现实政治。在这一点上，汤显祖与东林党人倒是更为接近。那么，汤显祖对于性情关系这个根本问题又是怎样认识的呢？在回答这个问题之前，我们有必要先阐述一下他的性论和情论。

汤显祖关于"性"的理论可以概括为"率性说"，其理论内涵集中体现在他所谓"性乎天机"的命题中。道家和佛学都重视人的"天机"，二者对人的"嗜欲"与"天机"之关系的看法也基本一致，都认为嗜欲与天机是对立的。然而在王阳明和泰州学人那里，其看法却有不同。王阳明说："莫谓天机非嗜欲，须知万物是吾身。"[①]颜钧更由此引申，认为"人之好贪财色，皆自性生。其一时之所为，实天机之发，不可

---

① 《王文成公全集》卷二十《碧霞池夜坐》。

壅阏之”[①]，明确肯定“好贪财色”的“嗜欲”是发自“天机”，是不可压抑阻塞的。罗汝芳的看法稍温和一些，他一方面肯定“嗜欲”出自“天机”，一方面又主张从“志气”的优劣上对“嗜欲”加以区分：“问阳明先生‘莫谓天机非嗜欲，须知万物是吾身’其旨如何？罗子曰：‘万物皆是吾身，则嗜欲岂出天机外耶？’曰：‘如此作解，恐非所以立教。’曰：‘形色天性，孟子已先言之。今日学者，直须源头清洁。若其初，志气在心性上透彻安顿，则天机以发嗜欲，嗜欲莫非天机也；若志气少差，未免躯壳着脚，虽强从嗜欲以认天机，而天机莫非嗜欲矣。”[②]汤显祖提出“性乎天机”的命题，显然受了上述思想的启示和影响。而他在阐述这个命题时又多与《中庸》“天命之谓性，率性之谓道”的思想联系起来，这就使它的内涵包含有两个方面的层次：一方面汤显祖认为：“天机者，天性也；天性者，人心也。”[③]所谓“性乎天机”，也就是主张率人生之天性而行，从人心之所欲而生。一方面汤显祖的“率性说”又要求合乎“天命之性”。所谓“天命之性”，是与“中庸”、“仁”等范畴相通的。因此他说：“中庸者，天机也，仁也。去仁则其智不清，智不清则天机不神。”[④]认为率性必须知性，要知性必须先养气，即进行道德修养。在养气的方法上，他反对程朱的制欲主静，认为养气可动可静，“二者皆足以吐纳性情，通极天下之变”[⑤]。

汤显祖关于“情”的理论最引人瞩目，论者多概括为“主情说”，它既是汤显祖哲学思考的重要理论，又是他文艺活动的思想纲领。他所说的“情”，就是指人人生来具有或感物而发的情欲、需求和愿望，其中也包括了“爱情”和“宦情”等；而所谓“主情”，就是主张让人的情欲自然流露，让人的生活需求和愿望得到应有的满足。这是汤显祖人性论和人生观中最进步、最积极因素的浓缩和凝聚，它的理论内涵主要包括如下两个层次：一是认为人情是从主体的天性中自然流出和对客体的感受中直接产生，无论是圣人还是百姓，人人有情。汤显祖说：“人生而有情，思欢怒愁，感于幽微，流乎啸歌，形诸动摇。”[⑥]又说：“情乎物际”[⑦]，“情生于适”[⑧]。这就是说，人情都是从“心”中流出，但它的产生和表现形式又可分为“生性之情”和“感发之情”。所谓“生性之情”，就是天性的自然表现，人心的自然流露，更明确地说就是出自人的本能的生理要求和物质欲望。所谓“感发之情”，是指主体在与客体（包括自然与

---

① 引自王世贞：《弇州史料》后集卷三十五《嘉隆江湖大侠》。
② 《明儒学案·泰州学案》。
③ 汤显祖：《阴符经解》，《汤显祖诗文集》卷四十二。
④ 汤显祖：《太平山房集选序》，《汤显祖诗文集》卷三十。
⑤ 汤显祖：《朱懋忠制义叙》，《汤显祖诗文集》卷三十一。
⑥ 汤显祖：《宜黄县戏神清源师庙记》，《汤显祖诗文集》卷三十四。
⑦ 汤显祖：《答马仲良》，《汤显祖诗文集》卷四十九。
⑧ 汤显祖：《赴帅生梦作序》，《汤显祖诗文集》卷八。

社会、物质与意识)的接触中有所感受而产生的情,这种"情"虽仍导源于"生性之情",却已经被社会化了,因而它比"生性之情"更多地带有伦理的价值和审美的价值。由此出发,汤显祖对《尚书·大禹谟》中"人心惟危,道心惟微"等语,作了与程朱理学根本不同的解释。程朱认为,圣人就是"原于性命之正"的"道心"之人,是节情制欲的。汤显祖却指出:"道心之人,必具智骨;具智骨者,必有深情。"[①]明确肯定无论圣人与百姓、"道心"之人与"人心"之人,都是有情之人,那么整个现实世界就应是一个"有情之天下"。二是认为从主体的天性中自然流出和对客体的感受中直接产生的"情",经过理性的凝聚可以升华坚强的意志,可以转化为巨大的精神力量,从而给予主体和客体以极强的反作用。这种"情"不仅为现实世界中每个人所具有,而且每个人的行为和目的都是为情,"世总为情"[②]。汤显祖在《临川县古永安寺复寺田记》中说:"缘情起境,因情作境。"既指出了"情"生于境,又强调了"情"的能动作用,可以创造环境。他还在《牡丹亭记题词》中说:"情不知所起,一往而深,生者可以死,死可以生。生而不可与死,死而不可复生者,皆非情之至也。"他这里所说的"情不知所起",是指杜丽娘之情,不知是从她自身的天性中流出,还是在她对客体的感受中产生。在汤显祖看来,这种"至情"一旦产生,就可以转化为巨大的精神力量,正如吴梅所说"可以超生死忘物我而永无消灭"[③]。实际上汤显祖在这里已经把情提升到准本体高度,情已被看成是一种精神,它既产生于形体,又可以超越形体。作为现实世界的每个人都是为情而生,为情而死,人的行为和目的达到高度统一,都是"为情作使","为情转易"。杜丽娘是如此,汤显祖本人是如此,白居易和苏轼也是如此,整个现实世界,无论圣人百姓都是如此,是谓"世总为情"。

显而易见,汤显祖的人性思想从"率性说"发展到"主情说"是一个飞跃。但实际上他的"率性说"和"主情说"都是建立在他的"贵生说"的基石上的,在理论上沟通"率性说"与"主情说"之间的联系的也是其"贵生说"。所谓"贵生",就是对于现实人生的肯定,就是要求尊重人,爱护人的生命,重视人的基本生活和道德教养的需求。汤显祖在《贵生书院说》中引用《孝经》关于"天地之性人为贵"的命题加以阐发,认为在天地之性中人是最宝贵的,因此无论圣人百姓,都应懂得"人为贵"的道理,都应"知生"。他提出贵生应包括两个方面,即"自贵其生"和"贵天下之生"。怎样来达到贵生呢?首先是要爱护人的生命形体,满足人的欲望和需求。在汤显祖看来,"人生大患,莫急于有生而无食"[④]。作为老百姓来说,也要懂得"人为贵"的道

---

① 汤显祖:《睡庵文集序》,《汤显祖诗文集》卷二十九。
② 汤显祖:《耳伯麻姑游诗序》,《汤显祖诗文集》卷三十一。
③ 《中国戏曲概论》卷中,引自《吴梅戏曲论文集》,中国戏剧出版社1983年版,第159页。
④ 汤显祖:《蕲水朱康侯行义记》,《汤显祖诗文集》卷三十四。

理，不能随意轻生，要自爱其生，自贵其生。作为当权的“有位者”来说，则要把“知生”作为“大人之学”的出发点，要“知吾生与天下之生可贵”，“能为天地大生广生”，而不能“以物限之”，“以身坏之”。其次要推行“爱人”之道，进行道德教育，使人人具有“仁孝之心”。由此可见，汤显祖的“贵生说”实际包含了“生”与“性”两方面的内涵，他是合“生”而言“性”，由“生”而“性”。他在《贵生书院说》中谈到：“孟子恐人止以形色自视其身，乃言此形色即是天性，所宜宝而奉之。知此则思生生者谁？仁孝之人，事天如亲，事亲如天。”既肯定“形色即是天性”，又要求其中注入仁孝的内容。这与他的“率性说”既主张“性乎天机”，而又在“天机”中注入“中庸”、“仁”的内容是一致的。因此，尽管汤显祖在论“性”时也大谈知性养气的道理，却有一个度：“吾人集义勿害生，是率性而已。”[①]这与程朱理学强调用“性”来统治、禁锢、压制“情”是有根本区别的。始终把生的感性欲求放在首位，这是汤显祖人性思想的基调。也正因为有这个前提，汤显祖才从“率性说”大步走向了“主情说”。于是，他把目光从儒学典籍转向社会现实，用文学戏曲来代替谈性论道，从重视充满感性欲求的“生”发展为直接高扬作为感性欲求的“情”本身，并且把“情”提升到可以超形体的准本体高度，感性与理性合一，“情”与“性”相融，最终实现了由感性统治对程朱理性统治的替代。这样一来，汤显祖对性情关系的认识就非常明晰了，他和王学左派一些人的思想倾向一致，也是合“情”而言“性”，由“情”而“性”，甚至还认为“性”在“情”中，“情”即是“性”。因此，他认为戏剧就是道学，提出要“以人情之大窦，为名教之至乐”[②]，亦即以“情”为“性”。

据陈继儒《批点牡丹亭题词》记载，张位曾劝汤显祖去讲程朱理学，他回答说：“师讲性，某讲情。”汤显祖明确地把“情”与“性”相对立而提，的确表现出以“情”反“性”（或曰主情反理）的倾向。但实际上汤显祖反对的只是程朱理学和一切假道学离情而言性的性或“以理格情”的理，认为“离情而言性者，一家之私言也；合情而言性者，天下之公言也”[③]。因此，他在《答岳石帆》信中批判了“当今假道学之病”，又在《牡丹亭记题词》中批判了那些以理格情的形骸论者。有的论者由此出发，结合牡丹亭的剧情来拔高汤显祖，认为他是用情来批判否定整个封建伦理道德。实际上汤显祖并不反对真道学，他不仅常以真儒自命，而且还在徐闻、遂昌等地多次讲学，“时为陈说天性大义”[④]。他倡导主情说，只是反对和批判僵化的封建伦理道德教条对人性的禁锢和压制，而并非完全否定封建伦理道德。所以《牡丹亭》中杜丽

---

① 汤显祖：《明复说》，《汤显祖诗文集》卷三十七。
② 汤显祖：《宜黄县戏神清源师庙记》，《汤显祖诗文集》卷三十四。
③ 程允昌：《南九宫十三调曲谱序》，引自《牡丹亭研究资料考释》，上海古籍出版社 1987 年版。
④ 汤显祖：《答吴四明》，《汤显祖诗文集》卷四十五。

娘死而复生之后对柳梦梅说："鬼可虚情，人须实礼"，"待成亲少个官媒"。汤显祖的思想虽受过李贽的影响，但他对于封建伦理道德的理论批判，还没有李贽那样激进和尖锐。

二、对性情本质的思考

——从"性善论"到"性无善无恶情有之"

宋明理学讨论人性的终极目标是为了建构伦理学。因此，与性情关系问题紧密关联、相辅相成的性情本质问题也是宋明理学家争论不休的重要论题。概言之，主要有两种观点：一是认为性本善而情有善有恶（如朱熹），一是认为性无善无恶而情有善有恶（如王阳明）。

汤显祖首先是一个性善论者。尽管他在二十一岁为考举人所作八股文《策第三问》中，就初步流露出对"宋儒"的不满，但他早年的哲学思考却在一定程度上类似于朱熹客观唯心主义思辨结构。在本体论上，汤显祖不是以"理"而是以"道"作为世界的本源，认为"道者万物之奥"①，"视不可见，听不可闻，体物不可遗。"②显诸仁，藏诸用，无所不在。这就导致了他的人性论也是先验的。他说："天命之成为性，继之者善也。显诸仁，藏诸用。"③在他看来，这种从先天带来的善性体现于人的一切言语行事之中就会为仁为孝为忠为义。因此，知"天命之性"是"大人之学"的根本，而知性又"起于知天地之化育，知天则知性而立大本，知性则尽心而极经纶"④。那么，医治国家也必须"以性善为药物"⑤。从理论表述上看，汤显祖的先验人性论与朱熹的先验人性论并无多大区别，但朱熹还以气禀不同来解释人生来就有圣贤与愚不肖的差别，为封建等级制作辩护；而汤显祖则认为无论圣人百姓，人性先天相同，都是善的，所谓"天命之性"，不只为圣人所有，"愚夫愚妇亦皆有此，止特其限于率之而不知"⑥。

通过长期的理性思考和社会实践的探索，汤显祖对人的本质的认识后来有了发展和变化，并在晚年明确指出："性无善无恶，情有之。"⑦这种人性观在中国哲学

---

① 汤显祖：《答邹尔瞻》，《汤显祖诗文集》卷四十九。
② 汤显祖：《答陈古池》，《汤显祖诗文集》卷四十七。
③ 汤显祖：《明复说》，《汤显祖诗文集》卷三十七。
④ 同上。
⑤ 汤显祖：《赵子暝眩录序》，《汤显祖诗文集》卷三十。
⑥ 汤显祖：《明复说》，《汤显祖诗文集》卷三十七。
⑦ 汤显祖：《复甘义麓》，《汤显祖诗文集》卷四十七。

史上早已有人提出并曾遭到正宗儒学的批判。如告子主张“性无善无不善”[①]，就受了孟子的批判。胡宏也认为性无善恶，但有好恶，因而反对以善恶言性；朱熹则深以此论为非，并给予了批判和修正[②]。至于情有善有恶，宋明理学家则多无异议，即使在朱熹如此精致的人性二元论中，他把“情”与“人欲”也作了细微区别，认为“人欲”是恶的，“情”虽可走向“人欲”，但“情”本身是有善有恶的。汤显祖提出的“性无善无恶，情有之”的命题，可能在一定程度上受过上述思想的启发，但他更主要的是受了王阳明心学和佛学禅宗的影响。王门弟子曾把阳明哲学概括为四句话：“无善无恶心之体，有善有恶意之动；知善知恶是良知，为善去恶是格物。”[③]所谓“心之体”，性也；“意之动”，情也。在“无善无恶心之体”的命题中，一方面表现了王阳明要把“心”提升到超实在超伦理（“无善无恶”）的本体境界而与宇宙同一，一方面也透露出他与佛学禅宗的联系。正如顾宪成指出的：“佛学三藏十二部五千四百八十卷，一言以蔽之，曰无善无恶。”[④]晚明佛学大师达观在《法语》中说：“心无好恶，好恶由情。故情有爱憎。”即此意。汤显祖作为王门后学泰州学派的再传弟子和作为达观的佛门弟子，在对人的本质的思考中，受到王阳明和佛学思想的启发与影响，是不足为怪的。

然而汤显祖这种理论认识上的变化，首先是建立在他的社会实践的感性认识基础上的。为了医治晚明社会的痼疾和挽救朱明王朝的命运，汤显祖不仅在理论上开出了性善的药方，而且还在南京、徐闻和遂昌等地的一系列政治活动中把这种理论付诸实践。尤其是他在遂昌推行“神农之教”以“利于养”，实行“爱人”之道以利于生，甚至还在“除夕遣囚”度岁，元宵“纵囚观灯”，五年政绩卓著，“一时醇吏声为两浙冠”[⑤]。但统治者对此不仅视而不见，而且还派遣矿使来遂昌掠夺，使他最终只得到以一个“浮躁”罪名而罢职的结果。汤显祖的好友赵仲一也有类似的主张和经历。他从自己和赵仲一等人的仕宦经历中终于觉得“以性善为药物”也难以“医天下”，“而气势形格常以霸药见疑”[⑥]，并进而对他早年所信奉的“性善说”产生怀疑。他认识到：“世局纷呶，正坐人生有欲。”[⑦]人之善恶，不在先天之性，而在后天之欲。这就是导致汤显祖人性观点变化的根本动因。

---

① 参见《孟子·告子》。

② 按胡宏著有《知言》六卷，朱熹力诋其非，至作《胡子知言疑义》，与吕祖谦及宏门人张栻互相论辩。《胡子知言疑义》，见《晦庵集》卷七十三。

③ 《传习录》下。

④ 《顾端文公全集》卷首。

⑤ 邹迪光：《临川汤先生传》，引自《汤显祖全集》第三册附录。

⑥ 汤显祖：《赵子瞑眩录序》，《汤显祖诗文集》卷四十九。

⑦ 汤显祖：《答高景逸》，《汤显祖诗文集》卷四十七。

“性无善无恶情有之”这一命题的提出，既是汤显祖经过长期的哲学思考之后对自己早年“性善论”的扬弃，同时也是他对程朱先验人性论的否定。这与他在阐述其“主情说”时不再提“天命之性”的理论倾向一致，一起表明汤显祖后期的人性思想已在一定程度上抛弃了先验道德论，并且已包含有某些唯物主义因素。这个命题本身在理论上虽已谈不上有什么特殊贡献，但它却进一步丰富了汤显祖的人性思想，从而使他对于“情”的哲学思考和艺术思考具有更多的经验性和更少的先验性。这里有必要指出的是，汤显祖对人的本质的认识，虽然有从“性善论”至“性无善无恶情有之”的发展变化，但他褒善贬恶、扬善去恶的倾向却是始终鲜明、一以贯之的，并且一直指导着他的政治实践和艺术实践。因此他在“临川四梦”中都描写了善情和恶情，都表现了作者褒善贬恶、扬善去恶的思想倾向。

三、对经世出世的思考

——从“为情作使”到“澄情觉路”

上述汤显祖的“率性说”、“主情说”和作为二说基石的“贵生说”以及他对性情关系、性情本质的认识，既是他的人性思想的主要内容，也是他对人生意义思考的一个重要部分，是他以“真儒”面目出现一意于“经世”的理论探索。但在汤显祖对人生意义的思考中还有另一个重要部分，那就是由于仕途的颠簸和佛道思想的诱因导致他对现实人生的厌倦而欲避世忘世乃至出世。汤显祖晚年在《答真宁赵仲一》信中说：“劝兄无悔，但当加餐，一意经世出世之事。”虽是劝友之言，实为夫子自道，反映了他对人生意义的思考充满矛盾和困惑。这种矛盾和困惑在理论表述上又主要体现在“为情作使”和“澄情觉路”这一组矛盾的命题之中，而这种矛盾的命题实际上高度概括了汤显祖人生观的全部内容。

韩敬认为汤显祖的思想主要由儒佛构成：“要以源接盱江，驱百川而入海；席分紫柏，超三乘以安禅。”①汤显祖也多次提到他崇敬的思想家是罗汝芳、李贽和真可，但实际上汤显祖还受过道家和道教的影响。他的开蒙业师徐良傅和他的祖父汤懋昭都崇信道教，尤其是他的祖父还试图引导他游仙。我们从《红泉逸草》中某些诗作来看，青少年时期的汤显祖就已对道家和道教思想有较深的修养。在后来的人生经历中，汤显祖也或显或隐地受过道家或道教思想的影响。在出仕救世时，他从《老子》、《庄子》、《列子》和《阴符经》等道家典籍中颇有所得，尤其是他的《阴符经解》一文还提出了一些进步的思想。在人生失意时，他往往“以道治身”，高尚其志，

① 韩敬：《玉茗堂全集序》，《汤显祖诗文集》附录，上海古籍出版社 1982 年版，第 1522 页。

逃避现实。因此，道家避世忘世的处世态度和道教的超凡入仙思想也被作为一种精神慰藉和解脱的基因而深藏在汤显祖的人生观中。但他并不企望自己能入仙，甚至对有否仙人也怀有疑问，如他在《赵乾所梦遇仙记序》中就流露出他对仙道境界的失望。

汤显祖学佛晚于学道。他早年习儒学道的同时或许也能略知佛学，但他真正开始研究佛学应是万历四年夏(二十七岁)，在南京"谬繙经于长干故寺"。到万历七年，"忝升座于清凉胜墟"[①]，则表明他对佛学已有较深造诣。汤显祖学佛虽晚于学道，却用功甚深。尤其是他和达观的所谓"宿缘"，终于使他在万历十八年(四十一岁)初识达观于南京，"独受雨花记"[②]，成了不出家的佛门弟子。后来又与达观三度相逢，其佛理禅意日深，其师徒情谊也日笃。与此同时，汤显祖还和名僧德清有诗赠答酬唱，为祩宏的《戒杀文》作过序，与达观的弟子水月等也有交往。从其现存的《蜀大藏经叙》、《五灯会元序》、《妙智堂观音大士像赞》等文和《南柯记》一剧看，我们可以发现，汤显祖对于佛学的研究，虽于禅宗最力，同时也像祩宏、德清等一样关注净土宗。他晚年曾试图续结的栖贤莲社，其社主就是净土宗的初祖慧远。因此，佛学对汤显祖的影响也是多层次的。当他立足于现实人生进行哲学思考时，佛学的思想资料和思辨方式给他以启示和借鉴；在他仕途受挫、精神痛苦时，佛学的出世思想和净土乐园又给他以召唤和慰藉。

由儒佛道思想不同层次的汇合而构成的汤显祖的总体思想，决定了他在对人生意义的思考中"一意于经世出世"的矛盾和困惑，但儒家思想毕竟是汤显祖思想的主体部分，从而也决定了汤显祖人生观中占主导地位的是"为情作使"的一面。当他以"真儒"自命出仕经世时，他认为"人生美好何可量"[③]，对现实人生充满了热情和信心。只是在仕途受挫、人生失意时，他才到佛道境界中去寻求安慰和解脱。他的这种矛盾和困惑，在其青少年时期就产生了。少年时期因受祖父影响，曾在儒检和仙游之间有过彷徨；青年时期因四次春试落第，他在求仕之中也曾流露过归隐的心理。即使在南京为官的中年时期，"王术"与"高谢"的矛盾仍然潜伏在他的思想中(参见《三十七》一诗)，但他当时对现实人生是充满信心的，希望能有为于世。尽管后来为上疏而受到贬谪，他的理想还是没有动摇。直到经过几度拼搏，终于因对仕途政治愤懑失望而于万历二十六年弃官归隐后，他的避世忘世和厌世出世之想才逐步加深，他在"为情作使"与"澄情觉路"之间的矛盾和困惑也日益加剧。

---

① 汤显祖：《蜀大藏经叙》，《汤显祖诗文集》卷三十二。
② 汤显祖：《书瓢笠卷示沙弥修问三怀》，《汤显祖诗文集》卷十七。
③ 汤显祖：《前列朝大夫饬兵督学湖广少参兼佥宪澄源龙公墓志铭》，《汤显祖诗文集》卷四十。

在中国宗教史上，虽然有的佛道思想家对于人欲、人情的态度较为宽容，但从佛道的根本教义来说，是否定人欲、人情的。即以汤显祖的佛门师友达观而言，他虽曾说过"饥而食，寒而衣，此人之常情也"[①]，认为"饮食男女，声色货利，未始为障道。而所以障道者，特自身自心耳"[②]。但实际上这不过是达观诱儒入佛的一种权变之言，而他的根本思想还是要"以理折情"，"灭情复性"。有些论者对于达观在《皮孟鹿门子问答》一文中批判朱熹给予了过多的肯定，甚至还有人错误地认为达观也是"以情为武器来攻击反动的程朱理学"[③]。实际上达观批判朱熹，从客观方面来说，是受了王阳明心学的影响；从主观方面来说，则是因为"新安以情立言"才予以批判的。朱熹虽然提出过"存天理，灭人欲"，但达观认为朱熹还是"根于情而不根于理"，其灭情去欲还不彻底。在达观看来，"情有者理无"，非达到"理彻而情空"不可！而汤显祖的"主情说"却是主"情"反"理"的（指反程朱理学），他明确宣称自己是"为情作使"，这就与达观灭情复性的观点发生了矛盾。就在汤显祖弃官归隐的那年冬达观来访，直至明年正月，汤显祖与之同游参禅，又在一定程度上加深了厌世心理。他当时写诗说："厌逢人世懒生天，直为新参紫柏禅。……但得似师缘兴好，烟花游戏往来边。"[④]送走达观后，他的精神、心理常常陷入一种深重的困惑和痛苦之中，既感到"解到多情情尽处，月中无树影无波"[⑤]，又觉得"不应悲涕长如许，此事从知觉有情"[⑥]。此后，他一方面寄心于佛道境界中力图能够避世忘世，一方面致力于文艺活动（尤其是戏曲活动）仍坚持"为情作使"。后来达观写信给汤显祖，反复阐述"真心本妙，情生即痴"，"理明则情消，情消则性复"的佛理[⑦]，希望汤显祖能去其"痴心"，远情近性，澄情觉路。汤显祖回答说："情有者理必无，理有者情必无。真是一刀两断语。使我奉教以来，神气顿旺。谛视久之，并理亦无，世界身器，且奈之何。以达观而有痴人之疑，痁鬼之困，况在区区，大细都无别趣。……迩来情事，达师应怜我，白太傅、苏长公终是为情使耳。"[⑧]"情有者理必无，理有者情必无"，是达观来书中劝汤显祖灭情复性之语，汤显祖一方面惊叹达观把情理关系说得如此决断，一方面"谛视久之"终于认识到，如果按照佛理推论下去，就不仅"情"不存在，并且"理"也不应存在，那么整个物质世界和人类（"世界身器"）不全都要毁

① 《紫柏老人集》卷一《法语》。
② 《紫柏老人集》卷三《法语》。
③ 凌鹤：《关于临川四梦的改译》，《汤显祖研究论文集》，中国戏剧出版社 1984 年版。
④ 汤显祖：《达观来自从姑过西山》，《汤显祖诗文集》卷十四。
⑤ 汤显祖：《江中见月怀达公》，《汤显祖诗文集》卷十四。
⑥ 汤显祖：《离达老苦》，《汤显祖诗文集》卷十四。
⑦ 《紫柏老人集》卷二十三《与汤义仍》。
⑧ 汤显祖：《寄达观》，《汤显祖诗文集》卷四十五。

灭吗？所以他还是不能放弃"情事"，希望达观能够体谅。这就是汤显祖既厌倦现实人生而又不能忘情于现实人生、虽学佛逃禅却终究不能解脱的根本原因。他在《答王相如》信中说："秀才念佛，如秦皇海上求仙，是英雄末后偶兴耳。"又在《溪上落花诗题词》中说："世云学佛人作绮语业，当入无间狱。如此，喜二虞入地当在我先。"可见汤显祖虽为"学佛人"，也不过是"以佛治心"。所以他仍坚持"为情作使，劬于伎剧。为情转易，信于痃疟。时自悲悯，而力不能去"①。

但在后来，汤显祖对于宦情的确非常冷漠了。他在《寄卢贞常》信中说："世路之难行，宦情之难信，一至于此。……独为世道人心一侘憏耳。"万历三十年和三十一年，李贽和达观"二大教主"先后在北京罹难，给汤显祖以很大刺激，加之弃官后生计困难，世态炎凉，他感到"此时世道人情，大非昔比。做官人失势，出游亦难如意"②。他的心理矛盾和精神困惑便日益加剧，以致在逝世前两年萌生出世之想，打算在庐山开续栖贤莲社，并作《续栖贤莲社求友文》说："应须绝想人间，澄情觉路，非西方莲社莫吾与归矣。"所谓"澄情觉路"，就是要清洗尘情走成佛正觉之路。然此举未果，直至万历四十四年逝世，汤显祖终生未能出家为佛。

曾以"真儒"自命的汤显祖，竟长期寄心于佛道境界之中，徘徊于经世出世之间，这是一种非个人的而是历史和时代铸就的人生局限。在那个方生未死、新旧交替的历史时代，不仅汤显祖是这样，汤显祖所敬仰的罗汝芳和李贽也是这样。罗汝芳也曾"师事胡清虚，谈烧炼、采取、飞升；师僧玄觉，谈因果、单传、直指"③。李贽不仅写过《三教归儒说》，晚年还落发为僧。并且罗汝芳、李贽都和达观友善。这种现象一方面展示了自隋唐以来儒佛道三教并行和互补所形成的民族文化意识在中晚明士大夫知识分子心理深层的渗透和积淀；一方面正反映了那个只有资本主义萌芽的时代，人渴望自由、追求解放，却因封建势力的沉重负荷终究不能彻底自由和彻底解放的历史情状。

---

① 汤显祖：《续栖贤莲社求友文》，《汤显祖诗文集》卷三十六。

② 汤显祖：《答乐愚上人》，《汤显祖诗文集》卷四十九。

③ 《明儒学案·泰州学案》。

论“临川四梦”关于人的哲学思考[1]

汤显祖是明代一位极富于哲学思考兴趣的戏剧家。他的戏剧创作不仅受到其哲学思想的指导，而且是其进行哲学思考的继续和深化。他站在时代哲人的高度，充分发挥文学家的天才，匠心独运地把哲学的理性思维和艺术的感性表现融为一体，从而使“临川四梦”以一种独特的风格卓立于世，其思想境界和艺术境界都登上了时代的高峰，并对当时和后代的文学产生过深远的影响。

最早从哲理角度探讨“临川四梦”的立意主旨的，是与汤显祖同时代而稍后的王思任。他在《批点玉茗堂牡丹亭叙》中说：“其立言神指：《邯郸》，仙也；《南柯》，佛也；《紫钗》，侠也；《牡丹亭》，情也。”当代学者多囿于此说，因而只对《紫钗》之言侠和《牡丹亭》之言情给予肯定，对《邯郸》和《南柯》或予以否定，或曲为解说。为了说明形成这种差异的原因，论者多归结为作者于万历二十六年秋弃官归隐后受佛道思想影响所致，但这还不能从根本上解释“四梦”立意的异同。据夏写时考证，《紫钗记》当写定于万历二十三年[2]，而《牡丹亭》、《南柯记》、《邯郸记》则分别于万历二十六年、二十八年、二十九年写定。那么，仅就写定时间而言，四剧相隔只有六年，实可谓一气呵成。六年之间，思想当然可能发生变化，但从汤显祖的思想实际来看，他受佛道思想的影响由来已久，并且在他青年时代创作的第一部戏曲《紫箫记》（据徐朔方考证，约作于万历五年秋至七年秋）中，就写了霍王“游仙”和丞相杜黄裳“皈佛”。即使在《牡丹亭》中，佛道思想的影响也有迹可寻。由此可见，后“二梦”虽写了淳于棼皈佛和卢生游仙，却并不等于它们的立意主旨就是言佛言仙，更不能把淳于棼的皈佛和卢生的游仙简单地等同于作者的思想和行动。况且从汤显

---

① 本文原载《江西师范大学学报》1987 年第 3 期。《高等学校文科学报文摘》1987 年第 6 期摘要，中国人民大学书报资料中心《中国古代近代文学研究》1987 年第 11 期全文转载。

② 夏写时：《汤显祖〈紫钗记〉成年考》，载《学术月刊》1984 年第 1 期。

祖的现实行动来看，他终生未曾真正弃世出家；从他的理性思考来说，他虽曾长期寄心于佛道境界之中，徘徊于经世出世之间，但直到万历四十二年才真正有过弃世出家的打算，距他最后一部剧作《邯郸记》的完成已有十三年；从后“二梦”的内容表现而言，他借佛道之性所批判否定的也只是仕宦人生，而不是整个现实人生。

近年来，有的论者主张抛弃后“二梦”皈佛游仙的外壳，而肯定在二剧梦幻中所表现的对理想社会的憧憬和对黑暗现实的抨击的内核，认为后“二梦”不啻是明代社会的“官场现形记”，它们还和前“二梦”构成一个整体，作为一组社会问题剧，一起反映了明代社会的历史现实。这无疑是临川剧作研究的一大进步。但“临川四梦”的立意主旨并不仅仅在于对明代社会问题的揭露和批判，不然的话，我们仍然难以说明汤显祖为什么比明代时事剧作者伟大。笔者认为，“临川四梦”是中晚明人性解放哲学思潮和言情文学思潮的产物，它们作为一个艺术整体，都是从“人”出发来进行艺术构思，并且把“人”置于广阔的社会政治生活的背景中来对人性和人生意义进行哲学思考，从而使历史的光和影投射到人的生活命运之中和人的心理意识深层。尤其值得指出的是，汤显祖的卓越之处还在于他在艺术构思和创作中始终注意到了哲学思考和感性表现的双重职能。他一方面有意识地借用唐传奇和明话本中的题材和梦幻的框架来反映明代社会的现实，从而消融时间与空间的差别，打破人鬼仙佛的疆界，实现了从历史的审美观照到哲学的理性思辨的升华；一方面又驱使他的人物在完成对象性活动的过程中，创造了自己的历史和作为社会特定个体的自身。这样，“临川四梦”中的人物就不是超现实的人、纯理性的人、静止的人、抽象的人，而是现实中的人、感性的人、活动着的人、具体的人。我们可以把他们看成是汤显祖人生哲学、历史哲学和艺术哲学的形象表现，但他们又不是哲学思考中的概念、符号，其主要人物还是活生生的“这一个”。

汤显祖晚年曾明确表白他的戏曲创作意图是“为情作使”，那么，“临川四梦”都是言情之作几乎是无须论证的。而汤显祖对于“情”的全部看法，实际上是他的人性论和人生观的核心。正是从这种意义出发，我们认为“临川四梦”作为一个艺术整体，共同表现了汤显祖对人性和人生意义的哲学思考。“四梦”之所以在立意上呈现出不同的倾向，实际上不过是作者在对人性和人生意义的哲学思考时所选择的不同角度所致，而这个角度的选择又与他求仕、出仕和致仕的经历和感受密切相关。概括地说，前“二梦”侧重于表现作者对人性的思考，同时也展示了他对现实人生的思考；后“二梦”侧重于表现作者对人生意义的思考(更确切地说，是侧重于表现作者对仕宦人生的思考)，同时也展示了他对人性的思考。而在前“二梦”之间和后“二梦”之间，它们所展示的人性和人生又不是完全重合的，仍表出不同的层次。同时，也正因为这些不同的角度和不同的层次才共同构成了“四梦”这一不可分割的整体，反映了汤显祖运用戏剧艺术进行哲学思考的一贯性。尽管他的这种思考并未得出(实际上也不可能得出)正确而惬意的结论，然而在他思考和探索的过程中时时迸射出来的思想火花，却是光彩夺目的。如果我们把本来是一个艺术整体的“临川四梦”割裂开来，或对后“二梦”简单予以否定，或抛弃它的梦幻的外壳，九泉之下的汤显祖也许还会哀哀怨怨地唱他那“伤心拍遍无人会”的小诗呢。

汤显祖“为情作使”的创作意图，直接决定了“临川四梦”的戏剧冲突和思想倾向。从整体上来看，可以说“四梦”都是表现“为情”与“灭情”的冲突。但由于作者在前“二梦”中侧重于表现对人性的思考，因此它们所展示的是人性、人情的舒展与压抑的矛盾，并通过对人性、人情在冲突中的最终胜利，表达了作者对现实人生的肯定。如果作进一步的比较研究，我们还会发现，前“二梦”所言之情虽然都是指人性的要求，都主要表现为“爱情”，同时也包含了“才情”和“宦情”以及与之相关的世态人情，但构成冲突的对立面以及对冲突的处理却有所区别，并且也正是从这种区别中实现了作者创作思想上的飞跃。

《紫钗记》所表现的是霍小玉、李益执著的爱情追求与卢太尉对霍李爱情的破坏的冲突，或可称为“为情”与“弄权”的冲突。应该说，霍小玉和李益从相识相爱到乃至结合都是一往情深、自由顺利的。他们的爱情不仅没有受到礼教的束缚，而且还得到了鲍四娘、崔允明、韦夏卿和豪家的帮助。正当燕尔新婚，恰逢“圣驾洛阳开试”，李益一举即为状元郎，入仕也非常顺利。李益与卢太尉的矛盾直到第二十二出才开始构成，其起因是李益应试时未谒太尉府而被卢太尉计遣玉门关外为参军，从而造成了霍、李的分离。三年后卢太尉又借李益题诗而“计局收才”，并欲招他为婿。此后，卢太尉便利用权势来破坏霍、李爱情。他首先是诱劝李益“贵易妻”，“再结豪门，可为进身之路”。继而设谋离间，“延媒劝赘”。于是，霍、李爱情便因卢太尉弄权而受到阻碍和迫害。但霍、李对于爱情的追求却是矢志不移的，“情”的精神力量始终支撑着他们为反对权贵、争取幸福而斗争。霍小玉的轻财重情，李益的轻权重情，都表现出他们“为情”的执著和人性的觉醒。分离之后，双方对于爱情的思念和怨恨以及在听到谣传之后对于对方的责备，实际上是对权势者摧残人性的抗议和控诉。由于这种“至情”的能动作用，霍、李终于通过黄衫客的仗义之助和皇帝的圣旨裁决而得以团圆。

应该指出的是，《紫钗记》虽然与《紫箫记》相比已有很大进步，并已初步形成富于哲理思辨的艺术特色，但它仍然还是一部不太成功的作品。一方面表现在它的艺术构思还明显地带有《西厢记》加《琵琶记》的痕迹，并且其戏剧冲突多表现为带有偶然性的外部冲突，冲突的发展和解决都还带有人为强制的成分，这表明作者对人性的思考尚未深入；另一方面表现在它的哲学思考和艺术表现还没有融为一体，如作者从开场写至二十出还没有涉及戏剧冲突，而是肆笔于人性的自然发展、人情的自然流露，这固然已明显地带有哲理意味，但就戏剧性而言却嫌迟缓。哲理思辨与艺术表现的游离，在一定程度上损害了艺术的完整性。

同《紫钗记》相比，《牡丹亭》无论在艺术表现或哲学思考上都是一个明显的飞跃。这部剧作展示了深刻的“情”与“理”的冲突，这种冲突紧跟着主人公的出场就开始了，并且构成与主人公冲突的对立面已不是某个具体的代表人物，而是整个浸透了封建礼教观念的社会环境。它不仅客观地表现为杜宝、杜母和陈最良对杜丽娘的管束与教训，而且象征地体现为那座深闺大院对她的禁锢与隔绝，甚至还包括她本人所受礼教熏染而形成的心理重负。因此，作为杜丽娘这样一位深闺少女在追求人性解放和爱情自由的征途上所面临的斗争是非常严峻的，她不但要和那个“天理”无所不在的社会环境发生冲突，而且首先要在自身心理内部展开冲突，才能抛弃因袭的重负，实现人性的自我觉醒。这些相互交织着的冲突是一步步展开的。

陈最良讲授《诗经》首篇《关雎》，其意图本是要让杜丽娘知“后妃贤达”，然而这首古老的恋歌却深深地触动了杜丽娘敏感的心理，引起她对于人性的思考：“关了的雎鸠，尚然有洲渚之兴，可以人而不如鸟乎？”从而促进了她人性的自我觉醒和爱情的初步萌动。“游园”就是她自我觉醒后走向反抗封建礼教、追求人性解放的第一步。本来“一生儿爱好是天然”的杜丽娘，在《关雎》情歌的激烈摇荡和大自然春光的强烈诱惑下，终于不顾父母的管束和礼教的羁绊，走出冷寂的闺房，来到“姹紫嫣红开遍”的后花园。她“因春感情”，从后花园“良辰美景”的无人欣赏，联想到自己“年已及笄，不得早成婚配，诚为虚度青春”，陡然陷入“春情难遣”的感伤和幽怨。

杜丽娘的人性既然已经觉醒，那么她就要去追求人性的自由和解放；她的爱情既然已经萌生乃至难以排遣，那么她就要去寻找情人，去追求爱情和幸福。然而杜丽娘所生活的社会环境和她要走的恋爱道路却比霍小玉要严峻、艰难得多。她不仅不可能像霍小玉那样能在元宵观灯时与理想的情人邂逅，甚至在她那与外界隔绝的世界里想见到一个青年男子都不可能。她结识和了解男子的唯一机会就是《题红记》一类文学作品。这样，杜丽娘因悟情而成梦，因春梦而生情，就成为戏剧冲突的契机，并具有特别重要的意义。它不仅深刻地揭示了那个时代“天理”与“人欲”的尖锐对立，而且确定了杜丽娘追求爱情的目标和坚定了她为情而生死的意志。梦醒之后，杜丽娘仍然深深陶醉在那“美满幽香不可言”的幸福之中，以至不顾母亲的责备，勇敢而痴心地去“寻梦”，而且面对花园梅树，发出了“花花草草由人恋，生生死死随人愿，便酸酸楚楚无人怨”的呼号，实际上这既是汤显祖“性乎天机”思想的进一步发展和深化，也是那个时代人性解放思潮在一个少女心中所激发的强音。杜丽娘的这种“至情”产生以后，就转化为一种巨大的精神力量，它不仅反作用于主体使她为情而死，而且使鬼判官受到感化而允其还生，花神更为之护佑并帮助她找到了梦中的情人柳梦梅。如果说，杜丽娘生前与礼教的冲突还包含有父母和陈最良的管束与教训的话，那么，杜丽娘死后对爱情的追求以及她与柳梦梅的“幽媾”，则是以“情”的化身来与“理”的观念相冲突。然而杜丽娘并不满足于她和柳梦梅的这种人鬼结合，她在柳梦梅的帮助下终于起死回生。这一方面进一步表现了“情”的能动作用可以通人鬼，超生死；一方面还表现了杜丽娘对现实人生与人间幸福的肯定和向往。最后，作者把冲突的结局有意识地处理为生中状元和奉旨团圆，其主观意图也在于强调“情”终于战胜了“理”的深刻主题。

与前“二梦”相比，后“二梦”的戏剧冲突较为复杂。由于作者在后“二梦”中的立意是要表现对仕宦人生意义的思考，因此从全剧的总体构思来说，它们所展示的虽仍是“为情”与“灭情”的冲突，但这种冲突及其结局已和前“二梦”有了本质的不同。前“二梦”是表现“情”与权臣、礼教的冲突，“情”最终都归于胜利；后“二梦”则是表现“情”与佛道之性的冲突（《南柯记》表现“情”与佛性的冲突，《邯郸记》表现“情”与道性的冲突），“情”最终都归于幻灭。从局部构思来说，后“二梦”仍在一定程度上展示了人性、人情与权势者压抑人性、泯灭人情之间的冲突。这种“情”主要表现为仕宦之情，同时也包括了性爱之情以及与之相关的各种人情世态。其仕宦之情又可分为应世之情与权势欲，其性爱之情也可分为正当的爱情与放纵的色欲。作者在后“二梦”的局部冲突中也像前“二梦”一样，突出地表现了“情”的能动作用。但前“二梦”中的主人公依靠“情”的力量，在完成对象性活动的过程中，既创造了世界，也创造了自己；而后“二梦”中的主人公在实践对象性活动的过程中，虽也依靠“情”的力量（此指应世之情与正当的爱情），在创造世界的同时也创造了自己，却又听任“情”的泛滥（此指权势欲与放纵的色欲），在毁灭世界的同时又毁灭了自己。因此，作者在后“二梦”的局部冲突中仍然表现了对人性的思考，并且揭示了人性被腐蚀的历史。

由于淳于棼和卢生都是依靠妻子的帮助而进入仕途的，我们有必要先分析一下二剧的性爱之情。《南柯记》中的瑶芳公主和《邯郸记》中的崔氏，其本相虽一为蚁，一为驴，但作者已“绘梦境为真境”，瑶芳公主和崔氏等梦幻中人，事实上已赋予了现实人生的人性与人情。瑶芳公主和淳于棼的一拍即合，崔氏与卢生的“私了”成亲，固然纯粹是出于生理的欲望，但它合乎人性的自然要求，因而也是合理的。瑶芳公主和崔氏对自己的丈夫都是情深意长的。瑶芳公主因檀萝兵围惊伤以至身陨，崔氏为救卢生而携子午门叫冤以及尔后被贬为官婢遭受欺凌，都带有一定的悲剧色彩，仍会引起读者或观众的同情与怜悯。后“二梦”的性爱之情虽并不直接与权势者构成局部冲突，但它与“宦情”是紧密联系的。尤其是当淳于棼回朝拜相之后与琼英郡主、灵芝夫人、上真仙姑昼夜取乐，卢生受封拜相之后同二十四名女乐轮流采战，则已纯属于“色欲”，它与权势欲是一对孪生的恶瘤。后“二梦”对性爱之情的表现是大同小异的，但它们对仕宦之情的表现却有所区别，从而构成了二剧冲突的差异。

《南柯记》的“宦情”较多地表现为淳于棼的应世之情。淳于棼被选为驸马进入槐安国后，开始只是以驸马都尉臣的身份出入宫廷和护驾游猎，这时他与段功还不构成冲突。由于瑶芳公主的奏请，他被任命为南柯郡太守，开始了仕宦生涯。段功听到这个消息顿生嫉妒，但慑于公主的特权又不敢“执奏”，只是“心中暗忧”。这表明段功与淳于棼的矛盾已经产生，只是还没有直接展开冲突罢了。淳于棼拜为南柯太守后，“举荐贤才”，实行“惠政”，在任二十年，果然政绩卓著。整个南柯郡内，“苟完苟美”，“兴仁兴让”，以至父老、秀才、妇女、商人都为淳于棼的德政发出由衷的歌唱。这时的淳于棼无疑是一个济世爱民的循吏形象。随着淳于棼的威名日高，段功的嫉恨也日重，双方的矛盾也日深。因此，当“公主困围，堑江失事”，使淳于棼“威名少损”时，段功幸灾乐祸，乘机向蚁王奏请驸马回朝。淳于棼奉旨离开南柯郡时，南柯郡人纷纷卧辙挽留。《卧辙》中这种“官民感动去留难”的场面，既是淳于棼应世之情的高潮，也是汤显祖“因百姓所欲去留”思想的形象体现。淳于棼还朝拜为左相，位在段功之上，加之君王国母的宠爱和权门贵戚的趋附，竟使淳于棼忘乎所以，“出入无度”，他的应世之情逐渐转化为一种权势欲，并在同时还放纵色欲。这一方面激化了他与段功的矛盾，一方面又为他的政敌留下了把柄。于是，段功借星变向蚁王行谗，先把淳于棼软禁于私室之中，绝其朝请，最后干脆把他逐出槐安国。

《邯郸记》的“宦情”虽仍在一定程度上表现为卢生的应世之情，却又多与他的功名欲、权势欲交织在一起。卢生在入梦前向吕洞宾透露了他的人生理想：“大丈夫当建功树名，出将入相，列鼎而食，选声而听。使宗族茂盛而家用肥饶，然后可以言得意也。”其实这就是卢生“宦情”的全部内容，是应世之情与权势欲的混合。崔氏招赘卢生之后问起他的“功名之兴”，卢生深为科场弊端愤然不平。但当崔氏愿为他交结四门要津时，他又心安理得地凭借崔氏的裙带关系和金钱贿赂而夺元，并在曲江宴上“谈容高傲”，“盛气凌人”。权臣宇文融本来因卢生夺元而心怀嫉恨，加之曲江骄宴，双方的冲突就开始了。卢生被钦除翰林学士兼知制诰后，利用职权“偷写了夫人诰命一通”，虽“瞒过了圣上”，却为宇文融所识破。宇文融略施手段，就把卢生外遣为陕州知州，去凿石开河。卢生上任不久，竟然采用盐蒸醋煮之法开河三百里。于是号令百姓“一面催儹入关粮运，兼以招引四方商贾奇货，聚于此州”，显而易见，这对人民还是有利的，无疑可看作卢生应世之情的能动作用。但他又“一面奏知圣上，东游观览胜景”，目的在于取悦于皇帝，以图进身之阶。可见开河之功也交织着应世之情与权势欲。宇文融见卢生因功受赏，又奏请皇帝派卢生去抵御吐蕃的侵略。卢生受命后，开边一千里，其功也甚伟。但从他的“飞书奏捷”和勒名天山之举，我们可以看出他的这种卫国经世的功劳中仍然包含有功名欲、权势欲。卢生连奏两大功，得胜回朝，被封侯拜相，这进一步加剧了他与宇文融的矛盾。宇文融又心生毒计，诬奏卢生通番卖国，皇上命即刻拿卢生赴云阳斩首。幸有妻子去午门喊冤并求得中官之助，他才得以免死而改为远谪广南鬼门关。然而宇文融并不就此罢休，他一边行谗把崔氏没入官奴，一边还授意崔州司户伤害卢生性命。这不仅展示了卢生仕途的艰难，而且表现了宦海人情的险恶。此时作者和欣赏者的同情显然站在卢生一边。由于热龙莽之子来中国为卢生“辩雪其冤”和崔氏织锦回文感动圣上，才使宇文融伏诛，并“钦除卢生还朝，拜为当朝首相”。情节发展至此，卢生应世之情和宇文融弄权之术的冲突虽然结束了，但早已潜伏于卢生心中的权势欲便逐渐膨胀，加之“皇恩颁赐女乐二十四名”，又使他放纵色欲，这就与他本有的人性构成自我冲突。《极欲》一出和《生寤》前半出的情节，正生动地展示了卢生的人性被腐蚀、被吞没的过程。

通过对后“二梦”局部冲突的分析，我们可以进而领会二剧总体冲突的深意。毋庸讳言，汤显祖在后“二梦”中通过描写淳于棼和卢生由“梦”而“寤”的过程，的确表现了“情”的幻灭和人生如梦的思想。但作者在这里所言之“情”并不是现实世界的普遍人情，而仅指仕宦之情；他在这里所展示的人生也不是整个现实人生，而仅指仕宦人生。如果作进一步的考察，我们还会发现，汤显祖借佛道之性所否定的“情”主要指仕宦者的权势欲和放纵的色欲，而对于仕宦者的应世之情和正当的爱情仍持保留态度。不然的话，作者在《南柯记》中为什么不让淳于棼在《卧辙》一出中梦醒，而非要在写了《还朝》、《粲欲》、《生恣》之后才写《寻寤》呢？在《邯郸记》中为什么不让卢生在《勒功》或《备苦》中梦醒，而非要在写了《杂庆》、《极欲》、《友叹》之后才写《生寤》呢？很显然，汤显祖在后“二梦”中所表现的这种针对仕宦生涯而言的“人生如梦”思想，就不能说成“是一个垂暮老人对人生无常的感叹了”，而是一个深谙仕宦况味的过来人对于晚明政治腐败、封建官场无常的揭露和批判。但揭露和批判并不是作者的唯一目的，他还要通过它来表现对仕宦人生的哲学思考，或者说，他是在对仕宦人生进行哲学思考的过程中来对晚明政治、官场给以揭露和批判。在这种批判的思考或思考的批判中，作者一方面对淳于棼和卢生的应世之情给予同情，一方面又让淳于棼和卢生梦醒之后皈佛游仙，这在一定程度上透露出作者弃官归隐后在对仕宦生涯的反省中加深了对于经世出世问题的思考。

汤显祖在“临川四梦”中进行对于“人”的哲学思考时，把“人”置于广阔的社会政治生活背景中，描写了各种各样的人生，表现了人生的各种欲望，但又统归于情有善恶和褒善贬恶的尺度。这就使他的人性思想具有了伦理的价值和审美的价值。以往学术界对此也有所察见，但多认为前“二梦”是表现善情，歌颂善情，后“二梦”是表现恶情，批判恶情。笔者认为，“四梦”都描写了善情和恶情，都表现了作者褒善贬恶、扬善去恶的思想倾向。

前“二梦”不仅描写和歌颂了至真至善的人性美、人情美，而且揭露和批判了压抑与戕害人性美、人情美的“恶”。《紫钗记》的善情主要集中表现在霍小玉和黄衫客身上。汤显祖在《紫钗记题词》中指出：“霍小玉能作有情痴，黄衣客能作无名豪。余人微各有致。”正是由于霍小玉是“有情痴”，才感动了“无名豪”；而黄衫客的豪侠之助又高扬了霍小玉这种痴情的真善美。李益慑于卢太尉的威权，对于招赘卢府一事一直含糊其辞，不敢严词拒绝，在一定程度上显示出他的胆怯和软弱，但他始终不愿招赘卢府，并一直对霍小玉怀着挚爱和眷念，这种“情”仍然是真而善的。《紫钗记》的“恶情”集中体现在卢太尉身上，他对霍、李爱情的不断迫害和造谣离间，完全是出于一种权势欲。为扬善去恶，汤显祖借黄衫客的帮助让皇帝降旨，“削太尉之职，以申少府之气”。《牡丹亭》的善情主要体现为杜丽娘的至情和柳梦梅的深情。汤显祖在《牡丹亭记题词》中说：“天下女子有情，宁有如杜丽娘者乎！……情不知所起，一往而深。生者可以死，死可以生。生而不可与死，死而不可复生者，皆非情之至也。”显然，这种“至情”就是作者所倾心赞美的极善极美之情。《牡丹亭》的“恶”则表现在那个浸透了礼教观念的社会环境之中，在杜宝、杜母和陈最良身上固然有所表现，但他们并不是“恶”的化身，他们身上也有善的一面。尤其是作为清官和慈父的杜宝，他爱人民，更爱自己的女儿。他在主观上是从爱女儿的善良愿望出发，才延师教女儿知书识礼并令杜母对女儿严加管束，但他在客观上却充当了礼教杀人的助手，从而铸成了爱女身亡的悲剧。于是，这种道德的评价便具有了历史的深度，它赋予人物以复杂的内涵，又给予欣赏者以深沉的思考，从而使人物的悲剧性格上升到人生哲学和历史哲学的高度。

后“二梦”不仅揭露和批判了“恶情”，而且也在一定程度上描写和表现了“善情”。我们完全可以说，《南柯记》中的段功和《邯郸记》中的宇文融就是“恶”的化身，作者对他们是批判否定的，但对于淳于棼和卢生同段功、宇文融相比却是有区别的。作者不仅肯定淳于棼和卢生的应世之情与正当的爱情，而且有意识地揭示了他们的善情为恶情所吞噬的过程。淳于棼是由善情受到污染而转化为恶情的，因此作者对他的南柯政绩和爱民之情都给予了肯定和赞美；卢生则是从善情恶情相混杂到善情最终为恶情所吞没，作者对他开河三百里、开边一千里的功绩还是给予了肯定，对他蒙冤处死、被远谪，也给予了一定的同情。但当淳于棼和卢生发展到人性泯灭、恶情泛滥的时候，汤显祖就借契玄禅师的宝剑和吕洞宾等八仙的证盟对他们的恶情给予了彻底的批判和否定。由此可见，作者在“四梦”中对于“情”的伦理思考是越来越冷峻，对于恶情的批判是越来越深刻。

这里值得指出的是，按照佛道的教义是灭情复性，那么契玄禅师和八仙所否定的情也就无所谓善和恶了。从表面上看，的确如此。但有两点值得注意：首先，这实际上主要是汤显祖针对宦情险恶所作的一种评价；其次，文学作品的思想主要是通过整个形象体系表现出来的，远非作者在故事结局中作的解释所能概括。后“二梦”用的是旧的故事框架，我们尤不能对它的结局看得过于认真。汤显祖曾在《与宜伶罗章二》中说：“如今世事总难认真，而况戏乎！”后“二梦”结局中对情的全部否定，当然也反映了汤显祖对生活的一种认识，即他在对仕宦生涯失望之后确实受到过佛道思想的影响；但又包含有“戏”的成分，即尊重原有故事的结局。因此，我们不能把后“二梦”中契玄禅师的演法和吕洞宾等八仙的说法以及淳于棼、卢生梦醒之后所说的“诸色皆空”一类的醒世语完全等同于汤显祖的思想，更没有必要把汤显祖曾寄心于佛道境界之中、徘徊于经世出世之间的矛盾和困惑夸大为“热衷于宗教救世学说的探讨”[1]。

① 杨忠、张贤蓉：《厌逢人世懒生天——汤显祖晚年思想及“二梦”创作刍议》，《汤显祖研究论文集》，中国戏剧出版社1984年版，第418页。

论临川剧作艺术表现的独创性及其成因[①]

一、“情”的审美中心

比汤显祖晚生二百多年的黑格尔曾经指出：“情致是艺术的真正中心。”黑格尔所说的“情致”，是指“存在于人的自我中而充塞渗透到全部心情的那种基本的理性的内容”。这种“情致”并不完全是个人的，它是“一般世界情况”所形成的“普遍精神力量（理想）在艺术家个人性格中的体现”。稍后的别林斯基发挥了黑格尔的“情致说”，使“情致”具有了一个崭新的涵义，即革命的热情和理想。汤显祖的“主情说”和黑格尔、别林斯基的“情致说”有许多相似之处。在汤显祖对人性的理性思考中，“情”是一个抽象的哲学范畴，但“艺术并不容纳抽象的哲学思想，更不容纳理性的思想。它只容纳诗的思想，而这诗的思想——不是三段论法，不是教条，不是格言，而是活的激情，是热情”。作为戏剧大师汤显祖是深谙其艺术三昧的，他在“临川四梦”中所表现的“情”，当然也不是“抽象的哲学思想”，而是“诗的思想”，“是活的激情，是热情”。但“临川四梦”中的“情”又不只是文学作品中一般的情，而是深深浸透了汤显祖的人性思想的“情”，或也可称为“情感饱和的理念”。它包含了要求人性解放的热情和理想。因此，汤显祖的剧作便与其他许多文学作品不同，“情”是他全部剧作的审美中心。

汤显祖曾经在《董解元西厢题辞》中说：“《书》曰：诗言志，歌永言，声依永，律和声。志也者，情也。先民所谓发乎情，止乎礼义者是也。嗟乎，万物之情各有其志。董以董之情而索崔、张之情于花月徘徊之间，余亦以余之情而索董之情于笔墨烟波之际。董之发乎情也，铿金戛石，可以如抗而如坠。余之发乎情也，宴酣啸傲，可以以翱而以翔。”这里谈的是他对《董西厢》的认识，其实也是他对整个戏剧艺术

① 本文原载《中国文学研究》1987 年第 1 期。

的认识。联系他在《宜黄县戏神清源师庙记》中的有关论述,汤显祖已经明确认识到,只有把“情”作为艺术的审美中心,才能够沟通剧作者、艺术形象和欣赏者之间的联系。

首先,汤显祖自觉地把表现“情”作为戏剧创作的目的。这实际上是由他的“主情说”和现实人生观所决定的。他认为现实世界中的每个人都有情,并且每个人的行为和目的都是为情,“世总为情”,所以他曾明确地说自己的戏剧创作是“为情作使”、“为情转易”,“时自悲悯,而力不能去”。据说他在写《牡丹亭》时甚至因受“情”的感动,而“卧庭中薪上,掩袂痛哭”。汤显祖这种为情讴歌、为情痛苦的激情,在中国文学史上是罕见的。

其次,汤显祖在戏剧创作中自觉地把“情致”融会到具体的人物身上和人物的具体活动中,“而在具体的活动状态中的情致就是人物性格”①。因而王思任在《批点玉茗堂牡丹亭叙》中说:“情深一叙,读未三行,人已魂销肌栗。……其款置数人,笑者真笑,笑即有声;啼者真啼,啼即有泪;叹者真叹,叹即有气。杜丽娘之妖也,柳梦梅之痴也,老夫人之软也,杜安抚之古执也,陈最良之雾也,春香之贼牢也:无不从筋节窍髓,以探其七情生动之微也。”吴梅也说:“《牡丹亭》之杜丽娘,以一梦感情,生死不渝,亦已动人情致。而又写道院幽媾之凄艳,野店合昏之潦草,无一不出乎人情之外,却无一不合乎人情之中。”②

正因如此,汤显祖剧作中的“情致”就特别感人。同时代的娄江女子俞二娘“酷嗜《牡丹亭》传奇”,竟“断肠而死”;传说杭州女伶商小玲演《牡丹亭》时也伤心而死;林黛玉听了《牡丹亭》曲便“心动神摇”、“如醉如痴”,都是由于“情致”能感动人。对于“情致”的这种感染力,汤显祖还在理论上给予了阐述。他认为戏剧可以“使天下之人无故而喜,无故而悲。或语或嘿,或鼓或疲,或端冕而听,或侧弁而咍,或窥观而笑,或市涌而排。乃至贵倨弛傲,贫啬争施。鼓(瞽)者欲玩,聋者欲听,哑者欲叹,跛者欲起。无情者可使有情,无声者可使有声。寂可使喧,喧可使寂,饥可使饱,醉可使醒,行可以留,卧可以兴。鄙者欲艳,顽者欲灵”③。

戏剧艺术的真正实现是观众在观看舞台演出时自始至终以情感上的共鸣来参与创造。从汤显祖的有关书信和诗文看,“临川四梦”一问世就被宜伶等戏班被诸管弦,奏之场上,使之得以实现。在“临川四梦”的演出过程中,汤显祖进一步认识到,演员的表演对于戏剧的“情致”能否感动观众具有重要的意义。因此,汤显祖关

---

① 黑格尔:《美学》,商务印书馆 1982 年版,第 292 页。
② 《顾曲麈谈》第二章,《吴梅戏曲论文集》,中国戏剧出版社 1983 年版,第 57 页。
③ 汤显祖:《宜黄县戏神清源师庙记》,《汤显祖诗文集》卷三十四。

于"情"的审美中心说,还包括了他的表演理论。他要求演员:"一汝神,端而虚。择良师妙侣,博解其词而通领其意。动则观天地人鬼世器之变,静则思之。……为旦者常自作女想,为男者常欲如其人。其奏之也,抗之入青云,抑之如绝丝,圆好如珠环,不竭如清泉。微妙之极,乃至有闻而无声,目击而道存。使舞蹈者不知情之所自来,赏叹者不知神之所自止。"[①]他这里说的"意"、"情"、"神"。实际上是指作品中所具有的、通过演员所体现的和同时被观众所感受到的"情致"。因此,他对于沈璟等人乱改他的剧作大为不满,他说:"虽是增减一二字以便俗唱,却与我原做的意趣大不同了。"[②]所谓"意趣",亦即"情致"。

汤显祖如此重视他剧作中的"情致",原因在于,这种"情致"是"一般世界情况"所形成的"普遍精神力量(理想)"在他"个人性格中的体现",或者换句话说,是中晚明民主启蒙思潮所形成的要求人性解放的理想在他身上的体现,实际概括了他的人性论和现实人生观。这样,汤显祖把"情"作为戏剧艺术的审美中心,就不仅使他的戏剧创作和演出获得了成功,而且使他结合戏剧创作来思考人性和人生的意图得以实现,从而使文学真正地成为了"人学"。或者反过来说,正是为了在戏剧创作中进行对于人性和人生意义的思考,汤显祖才把"情"作为戏剧艺术的审美中心,从而使艺术哲学和人生哲学统一起来,把艺术的形象性和哲理的思辨性融为一体。

二、"梦"的艺术构思

由于汤显祖的《紫钗记》、《牡丹亭》、《南柯记》和《邯郸记》都描写了梦境,人们便把四部剧作合称为"临川四梦"或"玉茗堂四梦"。其实,把四剧合称为"四梦"也始于作者本人。汤显祖在《与钱简栖》信中说:"贞父内徵过家,兄须一诣西子湖头,便取'四梦'善本,歌以丽人,如醉玉茗堂中也。"同时代的王思任在《批点玉茗堂牡丹亭叙》中也提到:"若士自谓一生'四梦',得意处惟在《牡丹》。"那么,汤显祖的四部剧作都描写梦境(或者更确切地说,都选择有梦境描写的唐传奇和明话本进行改编创作),就绝不是一种偶然的巧合,而恰恰体现出作者艺术构思的独具匠心。汤显祖曾明确地把他的这种艺术构思阐述为"因情成梦,因梦成戏"[③]。这里有必要指出,"梦"的艺术构思,并不是汤显祖戏剧创作过程中艺术构思的全部,尤其是在前"二梦"中描写梦境的场面并不多,但"梦"的艺术构思确实是他全部艺术构想中最

---

① 汤显祖:《宜黄县戏神清源师庙记》,《汤显祖诗文集》卷三十四。
② 汤显祖:《与宜伶罗章二》,《汤显祖诗文集》卷四十九。
③ 汤显祖:《复甘义麓》,《汤显祖诗文集》卷四十七。

突出、也最值得我们重视的特点。

我们知道，艺术构思实际上是作者在艺术地反映社会人生过程中的一种能动表现，它包括对社会人生认识的深化和对社会人生反映的艺术化。因此，它对戏剧创作的成败起着决定性的作用。但“临川四梦”思想内容的深刻性和艺术表现的独创性都在一定程度上取决于“梦”的艺术构思。正是在这种意义上，汤显祖才特别指出其“因梦成戏”的突出特点。

那么，汤显祖为什么要在四部戏剧中采用“梦”的艺术构思呢？从创作规律来说，理所当然是为了首先实现他对社会人生认识的深化进而达到他对社会人生反映的艺术化。然而从他的创作个性来说，实际也是由他“为情作使”的创作意图和情为中心的美学思想所决定的。所以他说：“梦生于情”，“因情成梦”。在他的戏剧创作过程中，“情”首先是通过艺术构思而被融会到具体人物身上和人物的具体活动中，而这些人物又都是被置于广阔的社会背景中来展开活动。因此，汤显祖从“情”出发而进行的艺术构思，实际已包括了他对社会人生的认识。为了最自由地展开他对人性和人生意义的认识，为了最大限度地深化他对社会人生的认识，汤显祖选择了“梦”的艺术构思。这就有利于他充分地展开想象的翅膀，“精骛八极，心游万仞”，不为生活真实所限，不为“形骸之论”所拘，可以“观古今于须臾，抚四海于一瞬”，让现实和历史得以沟通，时间和空间消除差别，人蚁驴鸡都任其所使……总之，“梦”的艺术构思实际为他开辟了洞开人物心灵大门和表现自己哲学思考的途径。这样，从情到梦，从梦到戏，就不仅使“情”的能动作用得到充分展示，而且使他对社会人生反映的艺术化获得圆满成功。

由于作者在“临川四梦”中对于人性和人生意义思考的角度不同，他在四剧中对于“梦”的构思和表现也各有不同。出于对人性思考的创作意图，作者在《紫钗记》和《牡丹亭》中构置的二个梦都展示了人性的自然要求，都通过描写剧中主人公对爱情、幸福的强烈向往而表现了作者对人性的赞美和对现实人生的肯定。《紫钗记·晓窗圆梦》并没有直接描写梦境，而只是通过霍小玉梦醒后把梦境叙述出来。虽然着墨不多，但也真切地揭示了霍小玉在爱情受阻、相思成病后仍执著地追求幸福并渴望得到豪侠义助的心理。鲍四娘的圆梦，一方面是出于对霍小玉的安慰，一方面也表现了她愿有情人“重谐连理”的美好愿望。《紫钗记》之“梦”对于刻画霍小玉的心理和表现作者的思想是有一定意义的，但它对情节的发展并不直接产生影响，相对于全剧的艺术构思而言，“梦”只是一种点缀，它并不起决定性的作用。《牡丹亭·惊梦》实际表现了杜丽娘在《关雎》情歌的触发和大自然春光的感召下而产生的一种对于人性、爱情的顿悟。通过这个“梦”才把潜藏于杜丽娘心中的天性和至情升华为一种炽热的追求；也正因为这个梦境的美好，杜丽娘才在梦醒之后又去寻梦，继而为梦中之情而死，再为梦中之情而生。这样，杜丽娘的春梦，实际成为全剧主要故事的基因。它本身就是情节和人物性格发展的契机，并且通过它推动了故事情节的发展和促进了人物性格的成长。因此，《牡丹亭》之“梦”就比《紫钗记》之“梦”重要得多，它实际是全剧构想中不可缺少的关键。

出于对仕宦人生进行思考的创作意图，汤显祖在《南柯记》和《邯郸记》中不仅直接描写梦境，而且把梦境的描写作为全剧的主干。《南柯记》四十四出，从第十出《就征》至第四十二出《寻寤》，共有三十三出写梦；《邯郸记》三十出，从第四出《入梦》至第二十九出《生寤》，共有二十六出写梦。其他少数几出，也都是围绕“梦”而展开情节，或为入梦作铺垫，或为梦醒找归宿。作者在后“二梦”中通过“梦”的艺术构思，冷峻地展示和剖析了封建士子在仕宦生涯中人性的发展、变迁乃至被异化的过程，深刻地揭露和批判了封建政治的腐败、官场的险恶及其对于士子人性的戕害与腐蚀。淳于棼酒醉入梦，有二十年南柯之治的政绩和入朝拜相后腐化堕落的劣迹，梦醒时“余酒尚温”。卢生饥乏而梦，历六十年宦海生涯，“于中宠辱得丧生死之情甚具”[①]，梦醒后黄粱未熟，都只用须臾之久就展示了几十年宦海升沉的种种实相，这本身就带有着强烈的哲理意味。作者正是通过这种观几十年宦海升沉于须臾的构思来沉痛地告诫观众：在那个政治腐败的社会里，封建官场无常，仕宦人生如梦！但是，“第概云如梦，则醒复何存？”南柯之梦和邯郸之梦对于淳于棼与卢生来说虽具有深刻的认识意义，却毫无实践的意义了。那么，他们梦醒之后的归宿在何处呢？尽管作者对于淳于棼、卢生梦中的应世之情曾给予过肯定或赞美，但在那时他对封建官场政治确实已经失望、冷漠了。因而他没有让人性被异化了的淳于棼和卢生通过对儒教的忏悔来使人性复归，而是让他们向佛教道教忏悔来升入天界和仙界。这就是为许多论者深为慨叹的消极影响之所在。但这种消极影响并不直接产生于仕宦人生如梦的艺术构思，而是来自于作者对无路可走的封建士子的归宿处理。当然，这种归宿的处理，又是与他本人长期寄心于佛道境界之中、徘徊于经世出世之间的矛盾思想密切相关的。我们可以批评作者的消极思想，但却不能因此而否定“梦”的艺术构思。或者我们还可以说，后“二梦”的真正价值都蕴藏在“梦”的艺术构思之中。

从《紫钗记》只把梦境描写作为一种点缀，到《牡丹亭》把梦境描写作为全剧的关键，乃至《南柯记》和《邯郸记》把梦境描写作为全剧的主干，我们可以明显看到，汤显祖的戏剧创作在艺术构思上的飞跃，从而构成了他戏剧创作的个性特征。

---

① 汤显祖：《邯郸梦记题词》，《汤显祖诗文集》卷三十三。

三、“以虚而用实”的创作手法

与汤显祖同时代的曲论家王骥德曾在《曲律》中指出：“戏剧之道，出之贵实，而用之贵虚。《明珠》、《浣纱》、《红拂》、《玉合》，以实而用实者也；《还魂》、‘二梦’，以虚而用实者也。以实而用实也易，以虚而用实也难。”这段话有两点值得注意，一是王骥德明确认识到汤显祖后“二梦”的创作手法与众不同，是“以虚而用实”，并且指出这种创作手法难度大；二是王骥德已明显地看到了《紫钗记》的创作手法与后“三梦”有区别，但他又没有把《紫钗记》归于“以实而用实者”之列。对于王骥德这里所说的“实”和“虚”，虽然“可以从各个角度去理解”，但联系汤显祖的戏剧创作实际来看，笔者认为，“实”是指“情致”求实，“虚”是指艺术表现求虚，实际上汤显祖的这种创作手法也是由他“为情作使”的创作意图和情为中心的美学思想所决定的。所谓“以虚而用实”，就是通过主观臆造的虚幻境界、人物和情节来表现客观社会生活中现实人生的人性、人情，相对于“以实而用实者”而言，“以虚而用实”的创作手法虽然难度大一些，却有利于他更充分、更自由地运用戏剧艺术来进行对于人性和人生意义的哲学思考。

汤显祖的这种创作手法，首先表现在他是通过虚幻境界的描写来反映现实生活的真实。所谓虚幻境界的描写，主要是指梦境的描写。汤显祖在《牡丹亭记题词》中曾明确指出：“梦中之情，何必非真。”沈际飞《题邯郸梦》也说：“邯郸生忽而香水堂、曲江池，忽而陕州城、祁连山，忽而云阳市、鬼门道、翠华楼，极悲、极欢、极离、极合，无之非枕也。状头可夺，司户可笞，梦中之炎凉也。凿郏行谍，置牛起城，梦中之经济也。君臭丧元，诸番赐锦，梦中之治乱也。远窜以酬悉那，死谗以报宇文，梦中之轮回也。临川公能以笔毫墨渖，绘梦境为真境，绘驿使、番儿、织女辈之真境为卢生梦境，临川之笔梦花矣。”汤显祖“绘梦境为真境”，“绘真境为梦境”，这就使“梦”的艺术构思和“以虚而用实”的创作手法得到了统一。

临川剧作对虚幻境界的表现，除了梦境描写以外，还有幻境的描写，如《牡丹亭》中的地狱冥判、花神护佑、魂游梅庵、人鬼幽媾；《南柯记》中把蝼蚁社会幻化为人类社会，在淳于棼入梦之前就写了人蚁“情著”，梦醒之后又写了契玄弄法、众蚁生天；《邯郸记》也写了蓬莱仙境、八仙证盟。这种幻境的描写无疑是作为一种富于哲理的寓言化、象征化的文学表现手法来与梦境的描写相配合、相发明的。梦境和幻境融合在一起，共同完成了对社会人生认识的深化和对社会人生反映的艺术化。但由于立意主旨的不同，《牡丹亭》表现的是一种梦幻的现实性，借以批判封建礼教对人性的压抑，肯定现实人生。后“二梦”表现的则是一种现实的梦幻性，借以批判封建官场对人性的戕害与腐蚀，否定仕宦人生。笔者这里之所以要把梦境和幻境分开来谈，是由于梦境可以从心理学的角度作出科学的解释，它本身并不构成消极影响；而幻境则在一定程度上带有神秘主义色彩和宗教迷信的气息，它作为文学表现的一种特殊手法，一方面使临川剧作获得了思想艺术上的成功，一方面又使临川剧作挟带着一定的消极因素。

临川的"以虚而用实"的创作手法，还表现在人物和情节的安排上。吴梅曾总论"四梦"说："就表面言之，则'四梦'中主人，为杜女也，霍郡主也，卢生也，淳于棼也。即在深知文义者言之，亦不过曰《还魂》鬼也，《紫钗》侠也，《邯郸》仙也，《南柯》佛也。殊不知临川之意，以判官、黄衫客、吕翁、契玄为主人。所谓鬼、侠、仙、佛，是曲中之主，非作者意中之主。盖前四人为场中之傀儡，后四人则提掇线索者也。前四人为梦中之人，后四人为梦外之人也。既以鬼、侠、仙、佛为曲意，则主观之主人，即属于判官等，而杜女、霍郡主辈，仅为客观之主人而已。玉茗天才，所以超出寻常传奇家者，即在此处。"①吴梅认为临川是"以鬼、侠、仙、佛为曲意"，这显然是不合乎"四梦"原意的；但吴梅认为，胡判官、黄衫客、吕翁、契玄为主观之主人，杜丽娘、霍小玉、卢生、淳于梦为客观之主人，却对我们认识临川剧作的立意主旨和"以虚而用实"的创作手法有一定的启发意义。杜丽娘、霍小玉、卢生、淳于棼，是作品中的主人公，是作者从现实生活中概括出来的艺术典型，他们身上展示了现实人生的人性、人情及其发展、变化；而胡判官、黄衫客、吕翁、契玄则为作者主观臆造的人物，他们是一种思想、一种观念的体现者，作者借这四个"主观之主人"对于"客观之主人"的人性、人情的不同态度来表现他对于人性和人生意义的思考。胡判官有感于杜丽娘因梦而亡的"至情"，竟把她放出枉死城，以成全杜柳爱情；黄衫客有感于霍小玉的痴情和卢太尉对人性的戕害，而以豪侠的行为义助霍李团圆；而吕翁、契玄则为卢生、淳于棼痴迷于宦海的极欲而使其醒悟。至于"以虚而用实"的创作手法对于情节安排的影响，主要表现为通过主观臆造的人物影响或支配"客观的主人"行动，从而推动现实情节的发展，或在梦境描写中展开现实的情节，或在幻境描写中把虚幻的情节和现实的情节交织在一起，互为因果，互相作用。这种创作手法对于后"三梦"的情节安排，其影响极为明显。即使在《紫钗记》中，这种创作手法也已露端倪，它并不表现在霍小玉的晓梦中，而主要表现在对黄衫客这个人物及其伴随而来的情节的安排上。作为主观臆造的人物黄衫客以剑侠之豪来打抱不平，这本身只是一种理想，但作者通过黄衫客这个虚幻的人物及其情节推动了现实情节的发展。他一方面挟持李益与霍小玉团圆，一方面又"暗通宫掖"，通过皇帝降旨，打

① 《中国戏曲概论》卷中，《吴梅戏曲论文集》，中国戏剧出版社 1983 年版，第 159—160 页。

击权臣,嘉奖霍李。这实际上是汤显祖“人之大致,惟侠与儒”,只有侠和儒才能为“天下有意义之事”思想的形象体现。通观全剧,《紫钗记》的创作手法当属于“以实而用实者”,但作者对黄衫客及其情节的安排,实际已开后“三梦”“以虚而用实者”之端。这大概就是王骥德不把《紫钗记》明确列入“以实而用实者”之列的缘故吧!

如果借用西方的概念,我们也可以把“虚”解释为浪漫主义手法,把“实”解释为现实主义精神,“以虚而用实”就是用浪漫主义手法来表现现实主义精神。有的论者甚至把汤显祖的这种创作手法归之为浪漫主义和现实主义的结合,也不无道理。

四、“若有若无”的风格美

艺术“要皆以若有若无为美”①,这是汤显祖所认为并着力追求的最高艺术境界。在他的戏剧创作中,这种“若有若无”的风格美是通过“神情合至”的艺术境界来实现的。

对于临川剧作的艺术风格,王骥德曾在《曲律》中作过一些探讨。他从语言风格出发,认为临川剧作“婉丽妖冶,语动刺骨”;又从创作个性出发,认为“临川尚趣,直是横行,组织之工,几与天孙争巧”;还从对临川剧作的总体美感出发,认为“《还魂》二梦如新出小旦,妖冶风流,令人魂销肠断”。可见王骥德已经意识到:临川剧作之所以像美人一样刺骨动人,不止在“形”而在“神”。清代吴舒凫在《还魂记或问》中说:“其妙在神情之际。”此论可谓深中肯綮,正道出了临川剧作在艺术上的追求。汤显祖从“为情作使”的创作意图和情为中心的美学思想出发,不仅把带有强烈的时代色彩的主观情致熔铸在剧中人物的思想、性格和行动之中,而且还要求剧中人物形象有“生气”、有“灵性”、“有骀荡淫夷之思”,达到传情、入神即“神情合至”的艺术境界。他认为“情生诗歌而行于神”,“其诗之传者,神情合至,或一至焉。一无所至,而必曰传者,亦世所不许也”②。戏曲同诗歌一样,也必须达到“神情合至”的艺术境界才能广泛流传,历久弥新。汤显祖在《答吕姜山》信中说:“凡文以意趣神色为主,四者到时,或有丽词俊音可用。尔时能一一顾九宫四声否?”所谓“意趣神色”,“四者到时”,与“神情合至”同义。汤显祖还明确地说:“予谓文章之妙,不在步趋形似之间。自然灵气,恍惚而来,不思而至。怪怪奇奇,莫可名状。非物寻常得以合之。”③如果说,临川剧作中的“情”实际包含了作者对社会人生认识的内容,

---

① 汤显祖:《如兰一集序》,《汤显祖诗文集》卷三十一。
② 汤显祖:《耳伯麻姑游诗序》,《汤显祖诗文集》卷三十一。
③ 汤显祖:《合奇序》,《汤显祖诗文集》卷三十二。

那么,汤显祖进一步追求的"神",就是要求对社会人生的本质特征作一种具体的形象的把握。这种把握并非要脱离形象,而是不要受形的束缚,不拘泥于形迹,着重刻画和传导出创作对象内在的精神实质,从而达到"人神而证圣"的艺术效果。

正是在要求艺术达到"神情合至"的境界的基础上,汤显祖进一步提出艺术"要皆以若有若无为美"。显然,这种审美境界的提出在一定程度上受到了佛学禅宗思想的影响和启发。他在《如兰一集序》中说:"诗乎,机与禅言通,趣与游道合。禅在根尘之外,游在伶傥之中,要皆以若有若无为美。通乎此者,风雅之事可得而言。"禅学主张超越形迹,目的是为了使人领悟"根尘之外"的"真如之性",从而能够立地成佛。而艺术主张不拘形迹,目的是为了使人领悟笔墨之外的情趣或哲理。二者的目的不同,但在思维方式上却有相通之处。其实,汤显祖从禅学中领悟到的这种艺术境界,在宋代严羽的《沧浪诗话》中就有类似描述。严羽认为:"诗者,吟咏情性也。盛唐诗人惟在兴趣,羚羊挂角,无迹可求。故其妙处莹彻玲珑,不可凑泊,如空中之音,相中之色,水中之月,镜中之象,言有尽而意无穷。"汤显祖所追求的这种"若有若无"的美学境界,一方面既要求艺术不涉理路,不落言筌;一方面又要求在生动丰满的艺术形象中蕴藏丰富的多层次的哲理内涵,使欣赏者能伴随着剧中人物的悲欢离合而引起由表及里的深思、由此及彼的联想。这种审美境界,既给人以历史的真实感,又给人以艺术的空灵感;既给人以强烈的艺术感染,又给人以深刻的哲理启迪。

在临川剧作中,"若有若无"的风格美,产生于"神情合至"的艺术境界。而"神情合至"的艺术境界无疑又是通过作者关于"情"的审美中心、"梦"的艺术构思和"以虚而用实"的创作手法来实现的。我们知道,艺术风格是从作品内容和形式的统一中所表现出来的一种个性特征和美的风貌,艺术风格的形成是作家艺术创作成熟的标志。由于《紫钗记》的创作在艺术上还不大成熟,因此,"若有若无"这种个性特征还不太鲜明,仅在黄衫客这个形象的塑造上有所体现。黄衫客突然而来,骤然而去,成侠义之事,有回天之力,然而却隐姓埋名,神出鬼没。这个形象在现实生活中是有是无,就艺术真实而言是真还是不真,读者或观众通过思考自然会有各自的理解。《牡丹亭》是汤显祖的得意之作,是他戏剧创作成熟的标志,"若有若无"的风格美也于其中第一次得以最充分的展示。杜丽娘的春梦本是虚幻的,然而杜丽娘却把它当成真实境界去寻求;杜丽娘本来死了,我们却感到她活着;地狱冥判、花神护佑、魂游梅庵、人鬼结合,一切是那样的荒诞无稽,可是我们却觉得真实可信。无论是活着的杜丽娘、梦中的杜丽娘,还是鬼魂的杜丽娘,她身上所具有的人性美、人情美,却深深地感染我们,并引起我们透过这若有若无的情节、境界去进行对于人性和人生意义的深刻思考。后"二梦"在艺术表现上更加浑脱,淳于棼和卢生本来在梦中，却似乎真在宦海中升沉；淳于棼的南柯梦和卢生的邯郸梦本来醒了，却似乎仍在梦中。我们几乎无须去分辨哪是梦幻，哪是真实；哪是历史，哪是现实；哪是人蚁成亲，哪是驴鸡幻化；哪是人间生活，哪是天界仙境；就已经感受到那注入了无限情致和灵性的形象中仿佛蕴含着无穷的哲理。当你想去捕捉它、把握它的时候，却又令人“揽之不得，挹之不尽”，越思考，哲理越深刻，越咀嚼，意味越深长。这就是“若有若无”的梦花之笔。同时，也就因此而构成了临川剧作的突出特征，即哲学的理性思维与艺术的感性表现的统一，理性的冷峻与情感的热烈的统一，艺术家的主体性与艺术表现的客观性的统一，虚幻的传奇性与真实的历史感的统一。无论是思想境界还是艺术境界，“临川四梦”都登上了时代的高峰。

洪昇与《长生殿》叙论[①]

一、洪昇的生平和创作

洪昇(1645—1704),字昉思,号稗畦、稗村、南屏樵者,钱塘(今浙江杭州)人。他出身于仕宦世家,家中藏书极富。远祖在明朝累代为官,父亲洪起鲛也曾在清初出仕,外祖父黄机在康熙年间官至文华殿大学士兼吏部尚书。所以尽管洪昇诞生于明清易代的乱离之中,但他在童年、少年时代仍然受到良好的家庭教育,并先后师事陆繁弨、毛先舒等知名文人学者,十五岁"便能鸣笔为诗"。康熙三年(1664)七月初一洪昇二十岁生日那天,他与黄机的孙女黄兰次结婚,因兰次年龄仅比他小一天,诗友们便以《同生曲》为题唱和庆贺。七月七日之夜,蜜月中的洪昇同妻子一起赏月望星,曾写过一首《七夕》诗曰:"忆昔同衾未有期,逢秋愁说渡河时。从今闺阁长携手,翻笑双星惯别离。"蜜月一过,黄兰次随父归京,洪昇曾写《寄内》诗抒发他别离的痛苦:"一日怀百忧,踟蹰当告谁?"可见洪昇既真正体验过两心相爱的幸福,也品尝过夫妻别离后的相思和痛苦。这种生活经历,无疑有助于后来他在《长生殿》中描写李杨的生死爱情。

康熙七年(1668),二十四岁的洪昇抱着"身思济世非怀禄"的心理到北京入国子监当太学生,但因他为人疏狂不羁,凡"交游宴集,每白眼踞座,指古摘今"[②],这就构成了他的悲剧性格。所以,在长达二十年的求仕生涯中,他始终都未能敲开仕宦的大门。加之在此期间,国内爆发了长达八年之久的"三藩之乱",家内也变故

---

① 本文原题《长生殿》,系为马积高、黄钧主编的《中国古代文学史》而撰写的第八编第二章,分别载于湖南文艺出版社1992年版第三册、台湾万卷楼图书有限公司1998年版第四册、人民文学出版社2009年版第三册。收入本书时改今题,并略有修改。

② 徐麟:《长生殿序》,引自《洪昇集》,浙江古籍出版社1992年版,第742页。

迭起[①]，这更使他陷入了深深的痛苦之中，他曾写诗感叹说："国殇与家难，一夜百端忧。"[②]从此以后，他的生活也日益贫困。

康熙二十七年(1688)，洪昇的代表作《长生殿》问世，立即震动了整个清初剧坛，"一时朱门绮席、酒社歌楼，非此曲不奏，缠头为之增价"[③]。但同时也为京师邸第某些官僚"所恶"[④]，以至在次年八月竟然发生了轰动京师的"演《长生殿》之祸"[⑤]，不仅洪昇被革去国子监生籍，而且其他与会的官员、诸生中有近五十人也被革职除名。所以后来有人写诗感叹说："可怜一曲《长生殿》，断送功名到白头。"过了不久，洪昇回到浙江老家，更加穷愁潦倒。唯一使他深感欣慰的是，《长生殿》在得祸之后反而流传更广，江南的达官贵人也争相主持演出。康熙四十三年(1704)春夏，江南提督张云翼和江宁织造曹寅分别在驻所主持演出《长生殿》时，还先后特意邀请洪昇赴会共赏，一时传为盛事。但事后由江宁返归钱塘途中，洪昇因"酒后登舟"，不慎在乌镇堕水而死，终年六十岁。

洪昇是一位具有多方面才能的作家，其诗文词曲均达相当水平。他最早是以诗名世，黄机在《啸月楼集序》中说他"于古近体靡不精究，悲凉感慨之中，有冠冕堂皇之气"。袁枚在《随园诗话》中认为洪昇的"诗才在汤若士之上"。沈德潜《国朝诗别裁》评其诗"疏淡成家"。陆次云更推崇洪昇说："诗是君家事，君穷诗

---

① 所谓家内变故迭起，主要有三件事对洪昇打击甚大：一是"遭天伦之变"，无罪见斥，有家难归，使他"怫郁坎壈缠其身"。按此事详情已难确知，王永健《洪昇和长生殿》谓"昉思不得于后母，罹家难"，当是臆测之词；据章培恒考证：此事发生于康熙十年(1671)或稍前，"昉思实不得于生母而非不得于后母"，又据"昉思诗之涉及家难者"，进而认为"是实为父母所恶，不仅不得于母氏而已"(《洪昇年谱》，上海古籍出版社 1979 年版，第 118—122 页)。孟繁树依据王嗣槐《洪氏寿宴序》一文中"吾友洪武卫及其原配钱夫人"等语断定洪昇生母黄氏为侧室，进而认为洪昇的"家难"当是"不得于大母"(《洪昇及〈长生殿〉研究》，中国戏剧出版社 1985 年版，第 18—21 页)。二是爱女夭折，时在康熙十六年(1677)或稍前，《稗畦集》有《遥哭亡女四首》，伤恸之极，数岁后犹悲悼不置。三是其父洪起鲛(武卫)罹事谪戍，事始于康熙十四年(1675)被人诬告获罪，十八年被发配边疆，洪昇"徒跣号泣"，侍父北行，不久于途中传来赦令，无罪获释。凡研究洪昇者，必论及他的"家难"，但所指不一，或指"天伦之变"，或指其父被诬谪戍，或泛指洪家变故。笔者以为，洪昇诗中所说"家难"当仅指前者，但以上三事都对洪昇打击甚大，故以"家内变故迭起"以示区别。

② 洪昇：《一夜》，载《洪昇集》，浙江古籍出版社 1992 年版，第 265 页。

③ 徐麟：《长生殿序》，载《洪昇集》，浙江古籍出版社 1992 年版，第 742 页。

④ 参见毛奇龄：《长生殿院本序》，载《洪昇集》，浙江古籍出版社 1992 年版，第 745—746 页。

⑤ 关于演《长生殿》之祸，各书记载不一，叶德均和章培恒已先后做过详细考证，兹略述经过如下：当时京师有个"内聚班"，因为表演《长生殿》而名利大收。为了答谢作者，便于康熙二十八年(1689)八月在洪昇寓舍(一说在查楼，一说在生公园，一说在赵执信寓舍)专场演出《长生殿》，招待作者及其好友。但事过之后，被给事中黄六鸿参奏在孝懿皇后忌辰张乐为"大不敬"，紧接着康熙下旨，命刑部逮洪昇等入狱。结果洪昇被国子监除名，侍读学士朱典、赞善赵执信、台湾知府翁世庸、翰林院检讨李澄中等受到革职处分，监生查嗣琏、陈奕培也被开除。此案中，"凡士大夫及诸生除名者几五十人"。为什么会导致《长生殿》之祸呢？除了上述因国丧期间张乐违反禁忌所致之外，还有多种说法。例如有说是因黄六鸿与赵执信有积怨而乘机报复，有说是《长生殿》以写顺治帝、董鄂妃隐事而得祸。对此，章培恒已予以辩驳，并认为此案与当时的南北党争密切相关，颇有见地。因为从洪昇到看戏的人不仅都是汉人，而且他们多与南党(以徐乾学、高士奇为首)有联系，于是北党(以明珠为首)欲藉此兴狱，排除异己；加之《长生殿》的某些内容也为康熙及一些官僚"所恶"，故得祸。(参见《洪昇年谱》附录一《演"长生殿"之祸考》)

愈工。绝非凡近响，宛有古人风。”[1]今存诗集《啸月楼集》、《稗畦集》和《稗畦续集》，另有诗稿《幽忧草》和词集《啸月词》、《昉思词》已佚。但他的主要成就还是在戏曲方面。据杨友敬刻《天籁集》徐材跋称，洪昇一生创作戏剧四十余种，名目可考的有《长生殿》、《回文锦》、《回龙院》、《锦绣图》、《闹高唐》、《节孝坊》、《天涯泪》、《青衫湿》、《长虹桥》等九种和杂剧《四婵娟》一种，可惜现存的仅有《长生殿》和《四婵娟》[2]。

《四婵娟》由《咏雪》、《簪花》、《斗茗》、《画竹》四个单折短剧组成，从内容到形式都明显地受到了徐渭《四声猿》的影响。第一折写谢道韫和叔父谢安咏雪联吟的故事，第二折写卫茂漪向表弟王羲之传授书法技艺的故事，第三折写李清照和丈夫赵明诚斗茗评论古代夫妇的故事，第四折写管仲姬和丈夫赵子昂泛舟画竹的故事。洪昇借历史上四位才女的故事，表现了他对于妇女和爱情的进步思想，尤其是他把古往今来的夫妻分为“美满夫妻”、“恩爱夫妻”、“生死夫妻”和“离合夫妻”等四种类型，进而推赞赵明诚和李清照为“第一等”的“美满夫妻”，“堪称人世夫妻的榜样”，这和他在《长生殿》中描写李杨的生死爱情也有相通之处。

二、《长生殿》的创作过程

《长生殿》中所描写的唐明皇李隆基与杨玉环的悲剧故事，不仅在当时的许多笔记著作（如《明皇杂录》、《开元天宝遗事》、《酉阳杂俎》、《国史补》）和后世编修的历史著作（如新、旧《唐书》）中有所记载[3]，而且自中唐以来一直是文人创作中所乐于采用的一个热门题材，其中著名的作品有唐代白居易的《长恨歌》和陈鸿的《长恨

---

① 《澄江集·与友》。

② 洪昇所作戏曲，除现存《长生殿》（包括其创作过程中的《沉香亭》与《舞霓裳》）及《四婵娟》外，姚燮《今乐考证》载有传奇《回文锦》、《回龙记》、《闹高唐》、《长虹桥》、《节孝坊》及《传奇汇考》载有《锦绣图》。除《长虹桥》、《节孝坊》外，其余四种《曲海总目提要》中均有简略情节介绍，略可考知其本事。如《闹高唐》系以《水浒传》中“柴进失陷高唐州”一段为主要关目。洪昇在《自序》中说：“观柴进，则当思所以择交；观李逵，则当思所以惩忿；观蔺仁，则当思所以报恩；观宋江等，则当思所以反邪归正。观殷天锡，而知势力之不足倚；观高廉，而知妖术之不可恃；观高俅，而知权奸之误人国家；观罗真人、公孙胜，而知纷争扰攘之中未尝无遗世独立之人也。”（引自《曲海总目提要》卷二十三）又：《传奇汇考》著录之《锦绣图》，并无情节介绍。《曲海总目提要》虽介绍了情节，并云“一名《西川图》”，内容演刘备、诸葛亮取西川事。因川中山水佳丽，物产富饶，侔于锦绣，又以张松献图引发，故有此异名。惟不书作者姓名。今故宫博物院尚藏有《西川图》钞本，不知是否即《传奇汇考》所载洪昇之《锦绣图》。吴晓铃云：“《西川图》钞本……与此本所叙事同，疑即洪作，犹在人间。”此外，梁绍壬《两般秋雨盦随笔》云：“昉思先生传奇，尚有《天涯泪》、《四婵娟》、《青衫湿》三种，今其稿犹存于黄氏。”但《天涯泪》、《青衫湿》二种不知是传奇抑或杂剧。推测其内容似为杂剧。

③ 有关杨贵妃事迹的一些野史记载，大多持“女人祸水”、“女色误国”诸观点。这些记载又影响了新旧《唐书》及《资治通鉴》诸书。《新唐书·玄宗本纪赞》就评论说：“呜呼，女子祸于人者甚矣！自高祖至于中宗，数十年间再罹女祸，唐祚既绝而复续。中宗不免其身，韦氏遂以族灭。玄宗亲平其乱，可以鉴矣，而又败于女子！”

歌传》、宋代乐史的《杨太真外传》、元代王伯成《天宝遗事诸宫调》(今仅存残曲)和白朴的《梧桐雨》、明代吴世美的《惊鸿记》和屠隆的《彩毫记》等多种①。这些作品对李杨题材的处理大致可以分为两种不同的方式:一是把杨贵妃看作是倾国的"祸水",着重暴露宫廷中二人的荒淫生活,带有严重的历史偏见;一是在李杨身上寄托作者的爱情理想,着重表现他们生死不渝的"钗盒情缘",带有浓厚的悲剧气氛。显然,《长生殿》采用的是后一种处理方式,但洪昇从对李杨题材产生兴趣开始,到康熙二十七年写定《长生殿》为止,其间"经十余年",随着自己思想感情的变化,曾走过一段曲折的道路,直至"三易稿而始成"。

第一稿名为《沉香亭》,大约在康熙十二年(1673)或十四年(1675)作于杭州,剧中以李白得遇唐玄宗作《清平调》三章为主要关目。与屠隆《彩毫记》大致相类,不过是借李白来发抒自己怀才不遇的愤慨罢了。不久,因友人毛玉斯批评该剧"排场近熟",他在北京又改写第二稿,"去李白,入李泌辅肃宗中兴,更名《舞霓裳》",该剧"尽删太真秽事",大致是以历史剧的形式来总结历史教训,上演后曾被人称为"深得风人之旨"。但洪昇仍觉得意犹未尽,"后又念情之所钟,在帝王家罕有",决定再一次修改他的剧本,"专写钗盒情缘"。剧中主要依据白居易的《长恨歌》、陈鸿的《长恨歌传》来安排情节,同时兼采正史、野史及《梧桐雨》、《惊鸿记》等剧作中的有关描写来予以重构,终于在康熙二十七年(1688)写成长达五十出的鸿篇巨制,取名为《长生殿》②。

洪昇"三易其稿"的过程,实际上正反映他思想状况的逐渐变化以及他对李杨题材的认识不断深化的过程。开始他想借李白的遭遇来发抒个人身世沦落、遭际不幸的慨叹;继而把眼光投向国家兴亡、政治得失,但仍然在李泌身上寄托了自己建功立业的强烈愿望。直到第三稿,他才超出个人得失的范围,上升到哲学、历史的高度来对李杨题材进行研究和取舍。在创作过程中,他不仅继承和发展了历代以李杨故事为题材的文学作品(尤其是李杨戏)的成就,而且还吸收了毛玉斯、赵执

① 以李杨故事为题材的文学作品除上述诸作外,宋代有话本《杨贵妃私通安禄山》、《杨贵妃窃宁王玉笛》、《杨贵妃舞霓裳曲》、《唐明皇咽助情花》、《明皇爱花奴羯鼓》、《虢夫人自有美艳》、《永新娘最号唱歌》等(见《绿窗新话》);院本有《洗儿会》、《击梧桐》、《广寒宫》、《张与孟梦杨妃》、《夜半乐打明皇》、《梅妃》等(见《辍耕录》);戏文有《马践杨妃》等。元杂剧中有关汉卿《唐明皇启瘗哭香囊》、白朴《唐明皇游月宫》、庚天锡《杨太真霓裳怨》和《杨太真浴罢华清宫》、岳伯川《罗公远梦断杨妃》、李直夫《念奴教乐府》等。明代杂剧有:汪道昆《唐明皇七夕长生殿》、徐复祚《梧桐雨》、叶宪祖《鸳鸯寺冥勘陈玄礼》、程士廉《幸上苑帝妃游春》、王湘《梧桐雨》、傅一臣《钿盒奇姻》和无名氏《秋夜梧桐雨》、《明皇望长安》、《翠舞盘》;传奇有吾邱瑞《合钗记》、无名氏《沉香亭》。以上作品,除元杂剧中《哭香囊》及《梦断杨妃》留有部分残曲外,其余都已失传。此外,清初尚有一部《天宝曲史》,作者孙郁,定稿于康熙十年(1671),全剧28出,取材"俱遵正史"。今存钞本,已收入《古本戏曲丛刊》第三辑。

② 参见洪昇《长生殿·例言》、徐麟《长生殿序》,《洪昇集》,浙江古籍出版社1992年版,第564—565页,第742页。

信、徐麟、吴舒凫等许多朋友的意见，再加上作者具有卓越的艺术才能和严肃的创作态度，终于使《长生殿》在艺术表现上达到清代戏曲创作的最高水平，并使以往所有的李杨戏都相形见绌。所以梁廷枏在《曲话》中说："《长生殿》为千百年来曲中巨擘，以绝好题目，作绝大文章，学士才人，一齐俯首。自有此曲，毋论《惊鸿》、《彩毫》，空惭形秽，即白仁甫《秋夜梧桐雨》，亦不能稳占元人词坛一席矣。"

三、《长生殿》的思想内容

《长生殿》是以安史之乱前后的社会政治为背景来描写唐明皇李隆基和宠妃杨玉环的爱情悲剧。作者在第一出《传概》中开宗明义地宣称了自己的创作宗旨：

> 【满江红】今古情场，问谁个真心到底？但果有精诚不散，终成连理。万里何愁南共北，两心那论生和死。笑人间儿女怅缘悭，无情耳。　感金石，回天地。昭日月，垂青史。看臣忠子孝，总由情至。先圣不曾删郑卫，吾侪取义翻宫徵。借太真外传谱新词，情而已。

第五十出《重圆》的最后一曲【尾声】又以"旧《霓裳》，翻新弄，唱与知音心自懂，要使情留万古无穷"等语遥相呼应，总结全剧。这表明作者创作《长生殿》的主要意图是言情，他是把李杨情缘作为生死不渝的理想爱情来加以描写和歌颂的。但洪昇还在《长生殿自序》中说："然而乐极哀来，垂戒来世，意即寓焉。"这又表明作者在歌颂李杨生死情缘、同情他们的爱情悲剧的同时，还对李杨"逞侈心而穷人欲，祸败随之"，因而导致唐王朝由盛而衰的历史悲剧，表达了作者的劝惩思想。

从作品的实际表现来看，也与作者的创作意图完全相符。全剧共五十出，有李杨二人出场的戏计二十七出，除《献饭》一出外，都是以李杨为主角着重表现其爱情生活的。此外，还有十来出戏虽无李杨出场，但仍然主要是对李杨爱情进行侧面描写。而真正与李杨爱情无直接关系的戏只有十多出，主要写历史悲剧的萌生和发展，即安史之乱经过，实际也是作为李杨爱情发展变化的社会政治背景来描写的。洪昇的挚友吴舒凫评论说："大抵此剧以钗盒为经，盟言为纬，而借织女机梭以织成之。"又说："是剧虽传艳情，而其间本之温厚，不忘劝惩。"这也明确指出了《长生殿》的结构、内容是以言情为主，兼寓劝惩。所以在第三十八出《弹词》中，李龟年评论李隆基是"弛了朝纲，占了情场"，对李杨既有歌颂，又有批判。实际上这也是作者对《长生殿》主题思想的一种概括。

作者在《长生殿》中对李杨既歌颂又批判的态度，既有其矛盾的一面，也有其统一的一面①。因为作者歌颂肯定的只是"精诚不散"的至情，而批判否定的是"逞侈心而穷人欲"的昏庸。这二者正是人性中表现为善恶的两个方面，洪昇既歌颂前者又批判后者，实际与汤显祖既歌颂善情又批判恶情是一脉相承的，所以当梁清标称《长生殿》是"一部闹热《牡丹亭》"时，洪昇深表赞同，视为"知言"②。不过《长生殿》中所表现的"至情"，比起《牡丹亭》来已有所扩展，其表现形式也有所不同，因而此剧也独具特色。

《长生殿》把《牡丹亭》中所表现的那种生死爱情，从青年男女恋爱生活阶段带进已婚后的夫妻生活阶段，它继《西厢记》"愿普天下有情的都成了眷属"的口号之后，又进一步提出了天长地久的夫妻爱情理想。在爱情的国度，身为帝、妃的李隆基和杨玉环，也不过是一对特殊的夫妻。洪昇在一定程度上就是把他们当作一对夫妻来描写的。第二出"定情"时，李杨都唱出了"惟愿取恩情美满，地久天长"的心声。第二十二出李杨于七夕密誓时更明确地说："愿世世生生，共为夫妇，永不相离。"第四十四出作者还借牛郎织女之口表达了这样的心愿："愿教他人世上夫妻辈，都似我和伊，永远成双作对！"剧终李杨在月宫重圆，也是玉帝降旨："命居忉利天宫，永为夫妇。"很显然，作者在《长生殿》中描写李杨的生死爱情，目的正是为了教人世上的夫妻辈永远成双作对，并进而要求这种爱情必须真挚、忠诚、专一、平等，不受封建礼教的束缚，不受现实政治的牵缠。这是洪昇超越前人的地方之一，也是此剧思想价值的一个重要所在。

《长生殿》比以前描写李杨爱情题材的作品，更为详尽、深刻、细致、全面地描写了李杨二人爱情的成熟过程。它不单纯写了这种"帝王家罕有"的爱情本身的热烈程度，而且还突出地表现了这种爱情成长的广阔的历史背景。如宰相的专横误国，杨氏姊妹的奢侈淫荡，边将的跋扈，朝政的腐败和人民的灾难深重。通过这些描写，对安史之乱前的唐代社会作了比较真实的反映，从而得出"朱甍碧瓦，总是血膏

---

① 关于《长生殿》主题思想，学术界见仁见智，一直争论不休。但主要有以下三类意见：一、"爱情主题"说：认为主题是"歌颂李杨真挚爱情"，作者"歌颂了他们美丽而崇高的灵魂，歌颂了他们爱情的胜利"(周来祥、徐文斗《长生殿主题思想究竟是什么》，《文史哲》1952年第2期)。二、"爱国主题"("政治主题")说：否定爱情主题，认为"围绕这个恋情而产生的一切矛盾和斗争关系到千千万万的人民生活，这才是本书的主题"(陈友琴《读长生殿传奇》，载《光明日报》1954年9月21日)。另一种意见则认为："洪昇是假借天宝之乱的历史素材，寓故国之思于明皇、贵妃的浓情蜜意之中；由于眷恋故国，所以对降贼二臣刻意讽刺；对异族入主，极端憎恨。"(曾永义《洪昇及其长生殿》，载《中国古典戏剧论集》，台北1979年版)三、"双重主题"说：又分为"统一"说，即爱情与爱国是统一的，如认为作者"把儿女之情和对祖国之爱水乳交融地渗透在杨玉环形象的性格中，是勇敢的翻案，是大胆的创造"(郭晋稀《谈长生殿中杨玉华形象的塑造》，载《甘肃师大学报》1963年第1期)。"矛盾"说：认为既歌颂"真情"，又突出"爱情带给当时社会政治的坏影响"，"这就使作品的主题思想包含了很大的矛盾"(中国科学院文学研究所编《中国文学史》)。"主副"说，认为爱情与爱国主题并存，但有主有副，有的认为爱情为主，也有的认为兴亡之感、故国之思为主(分别见赵齐平《论长生殿主题思想》，《北京大学学报》1961年第4期，及王永健《洪昇和长生殿》，上海古籍出版社1982年版)。

② 《长生殿·例言》。

涂”的结论。爱情悲剧与历史悲剧的真实原因，也正在这里。但作品的主人公，即李杨二人，因而具有了两重意义：一方面他们是爱情的主角，是被讴歌的对象；另一方面，他们的社会地位使他们不能不成为种种罪恶的直接或间接的承担者，他们不能不为宫廷的倾轧、黎民的血泪负责。因此在剧本里，他们又不能不成为被批判、被谴责的对象。一方面是歌颂对象，一方面又是被谴责的对象，这一矛盾还不得不反映在人物性格上。因为忠实于爱情，杨贵妃被表现成一个温柔、纯洁的女子，唐明皇也最终被描写成一个多情男子。另一方面，由于需对政治后果负责，杨贵妃又成了一个利害泼辣、颇有手段的“娘娘”，唐明皇则被描写成一个荒淫昏聩的亡国之君。这种矛盾性格不仅经常被生硬地、不调和地集中在一个人的身上，而且人物这两方面的性格居然被当作某种因果关系，当作手段与目的而被联系在一起。譬如：当贵妃生日，明皇进荔枝为寿，并说：“朕因你爱吃此果，特敕地方飞驰进果。”爱情在这里显得多么真挚和热烈。可是此前一出《进果》中，就用控诉的笔锋写出了运送这种作为爱情标志的荔枝而造成踏毁禾稼、踹死人命的惨象。又如：杨妃猜忌梅妃，施行种种毒计，原其初衷，不过是为了赢得唐明皇的一颗心而已。这正如贵妃所说：“江采苹，江采苹，非是我容你不得；只恐我容了你，你就容不得我也。”也正由于杨妃的这些“情深妒亦真”的手段，唐明皇才由不专一到专一，由寻欢作乐到真诚相爱。通过这一连串手段与目的的矛盾描写，作者企图说明，他们在爱河里沉溺得愈深，给人民带来的痛苦、给国家造成的灾难就愈加严重。多情之极，同时也就是昏庸之极。

产生这种矛盾的原因，一方面是作家创作思想上的矛盾。因为作家经常被两种倾向所左右：在处理爱情题材时，他采纳了《长恨歌》和有关民间传说的作法，用浪漫的想象把爱情美化并加以颂扬。但当他面对“天宝之祸”的历史原因这一政治事件时，却又抱着清醒的面对现实的批判态度。另一方面，爱情悲剧与历史悲剧的矛盾，也有着某些现实的、社会的原因。在那个敌视任何爱情的社会里，特别是在那个只有淫乱，不容许爱情存在的皇宫内院之中，仅仅依靠诚挚的感情、单纯的追求，是不可能赢得爱情的。只有通过那种不顾后果、违反道德的手段，如唐明皇的荒废朝政、败坏国计民生，杨贵妃的忌妒争宠，才能够在尔虞我诈、淫乱不堪的环境中，排除万难，为爱情开辟道路。这也使得杨贵妃由开始企图巩固地位、征服明皇，到后来自己也被爱情所征服。但这些手段又必然动摇爱情的基础，导致爱情的覆灭。因此，李杨爱情愈成熟、愈炽烈，他们爱情的基础就愈动摇，愈接近崩溃。上卷最后一出《埋玉》使这两个方面同时达到顶峰，“弛了朝纲，占了情场”，对情场的完全占有，同时也就是对朝纲的彻底破坏，因此，爱情不得不被他们亲手种下的恶果所毁灭。但这一突然的悲剧事件的到来，却又使得爱情得到最后的净化。在面临军心哗变、存亡不保的紧急关头，真挚的、不可抑制的爱情在双方的心灵中终于显示了全部的力量。杨妃再三要求牺牲自己，以保明皇安全；而明皇则“宁可国破家亡，决不肯抛舍”贵妃。

但是，作者并没有认识到悲剧的真正原因，即爱情与时代、与社会的冲突，反而掉进了“人世情缘顷刻尽”的宿命论泥坑。在剧本下卷，作者抛弃了对现实清醒的批判态度，代之以两个爱情主角的自我忏悔。作者认为，“一悔能教万孽清”，既然杨玉环已经离开了人世，李隆基传位于太子之后也已脱离了政治舞台，那么，只要他们能够自我忏悔，就可以将以往的罪孽一笔勾销。从此他们就可以作为一对感情净化的理想情人精诚相爱，就可以不受封建政治的牵缠，超越生死仙凡的界限而终成连理，永远成双作对。因此，作者精心设计了一个幻想的天国来安慰这一双不幸的灵魂。并让前半部生活在现实社会中的这两个真实的人，迁居到这一虚无缥缈的境界。他们身上复杂的、矛盾的性格不见了，仅仅留下两个痴情的人，两个“噙住了一点真情不放”的近乎抽象的人。他们摆脱了帝王后妃后的一切约束，甚至超出了历史时代的局限。虽然前半部那种不统一、不谐和的感觉没有了，一切都被爱情的圣水所净化，所有的场面都弥漫着一层神秘之雾。后半部缺乏历史的、现实的基础，这主要不是由于采用了非人间的形式，而是因为复杂的性格被人为地简单化，而这种简单化是缺乏历史根据的。

最后，还有一点必须指出，《长生殿》所讴歌的“真情”、“至情”，除了作为“生死情缘”的爱情之外，还包含着“看臣忠子孝，总由情至”的忠孝之情。洪昇在这里把“情”的内涵推延到了政治和道德的领域，认为忠孝之情也可以“感金石，回天地，昭日月，垂青史”，意在借此来阐释国家的兴亡和政治的成败。这无疑是作者的思想感情中拌和着民族意识和亡国之痛的艺术反映。因而洪昇在《长生殿》中除了表现李杨爱情悲剧之外，还肆笔描写了《贿权》、《疑谶》、《权哄》、《合围》、《侦报》、《陷关》、《献饭》、《骂贼》、《剿寇》、《刺逆》、《收京》、《弹词》等十多出戏（当然这十多出戏也是作为李杨爱情悲剧的历史背景来描写的），一方面谴责了杨国忠、安禄山等奸相叛将给国家造成的深重灾难，一方面歌颂了郭子仪、雷海青等忠臣义士赴汤蹈火，为国效力。在作者看来，安史之乱之所以能够迅速平定，除了皇帝能知过悔改以外，还由于郭子仪、雷海青等忠臣义士秉有真情，所以能救君民于水火，挽狂澜于既倒，这样的人也就能垂名青史，流芳百世。而杨国忠、安禄山之流不过是一些宵小之徒，正因为他们私欲充塞，不忠不孝，只有恶情、矫情，所以称为乱臣贼子，遗臭万年。剧本通过这种鲜明的对照，自然会表现出一种憎恨民族敌人、怀念故国的爱国情思。例如在第二十八出《骂贼》中，作者把一个普通乐工雷海青描写成慷慨不屈、气节凛然的英雄，他大骂安禄山是“歹心肠、贼狗男”，历数他“称兵作乱”的种种罪行；他指责“那满朝文武，……一个个贪生怕死，背义忘恩，争去投降不迭。只图安乐一时，那顾骂名千古”；痛斥他们“平日价张着口将忠孝谈，到临危翻着脸把富贵贪。早一齐儿摇尾受新衔，把一个君亲仇敌当作恩人感”。最后不惜一死，以琵琶掷向安禄山，表现了下层人民的英雄气概和对作乱祸首的强烈憎恨。在第三十八出《弹词》中，作者借李龟年之口唱道：“唱不尽兴亡梦幻，弹不尽悲伤感叹，大古里凄凉满眼对江山。我只待拨繁弦传幽怨，翻别调写愁烦，慢慢的把天宝当年遗事弹。”深沉地抒发了易代之际广大民众的无限感慨。李龟年这位宫廷乐工沉沦为乞丐之后沿街卖唱，实际上是以历史见证人的身份来怀念故国，反思历史，总结教训，因而格外感动人心。例如【南吕・一枝花】一曲：

不提防余年值乱离，逼拶得岐路遭穷败。受奔波风尘颜面黑，叹衰残霜雪鬓须白。今日个流落天涯，只留得琵琶在。揣羞脸上长街，又过短街。那里是高渐离击筑悲歌，倒做了伍子胥吹箫也那乞丐。

这支曲子曾引起许多人的共鸣，甚至被人民广为传唱，并有“家家‘收拾起’，户户‘不提防’”的佳话。

四、《长生殿》的艺术成就

《长生殿》在艺术表现上不仅超越了以往所有的李杨戏，而且在戏曲史上赢得了“千百年来曲中巨擘”的美誉。它以多方面的艺术成就，把古典戏曲创作推上了一个新的高峰。

（一）题材处理的高度集中和典型化

《长生殿》对创作素材的处理达到了高度的典型化。洪昇总结了以往李杨戏和自己写作《沉香亭》、《舞霓裳》的经验教训，在对第三稿的主题思想进行深入开掘和提炼的过程中，也对李杨爱情故事进行了大胆的增删改造。面对芜杂的历史资料（包括正史、野史）和众多的文学作品（包括诗歌、小说、诸宫调、戏曲等），他从言情的主题出发，每每抱着一种借的态度。在《长生殿自序》中，他明白地说是“断章取义，借天宝遗事，缀成此剧”。因曲终难于奏雅，他又“稍借月宫足成之”。在第一出《传概》中，他也声称是“借太真外传谱新词，情而已”。这就使他能不受史家偏见的影响和前人观点的束缚，完全从表现主题的要求出发来对创作素材进行典型概括。例如，对杨玉环这个人物的处理，洪昇坚持“凡史家秽语，概削不书”的原则，彻底摒弃了诸如她进宫前曾为寿王妃和进宫后与安禄山私通之类的“污乱事”，把她写成一个忠贞专一的情痴，这样写不仅比以往的作品更合乎人物性格发展的逻辑，也比“史家”的记载更合乎艺术的真实。又如杨国忠这个人物，他的发迹和封相都远在安禄山居官、封王之后，安禄山“贿权”本是开元二十四年(736)李林甫执政时的事情，当时杨国忠根本没有在朝为官。而杨国忠与杨玉环原本是从祖兄妹，天宝四年(745)册封杨妃并封赠亲戚时，杨国忠并不在内，直至天宝十一年(752)他才成为右相。这些史事在《长生殿》中都被改写了，作者让杨国忠这个人物成为全剧各种关系、矛盾、冲突的连接点，不仅节省了人物，减少了头绪，而且对于揭示李杨爱情悲剧的原因和总结历史悲剧的教训都有着重要意义。

在以往的李杨戏中，我们往往还能看到张九龄、张守珪、李林甫、李白、杜甫、梅妃、李泌、太子李亨等历史人物登场，而洪昇在《长生殿》中却根据剧情的需要，对他们分别作了巧妙的艺术处理，或舍弃不提，或移花接木，或作幕后处理，或由他人叙述交待。省去这些可有可无的人物，更有利于高度集中笔墨突出主干。作者为了表现李杨的生死情缘和歌颂“精诚不散”的至情，还从民间传说中汲取素材，精心安排了牛郎、织女等重要人物和人鬼(仙)相恋等重要情节，从而把人间和冥府仙界连接起来，把历史和神话融汇起来，使之构成为一个有机的艺术整体。因此严格地说，《长生殿》并不是一部典型的历史剧，至多只能称作历史传说剧，或称历史故事和神话故事的结合。

(二) 人物性格的精心刻画

《长生殿》对人物形象(尤其是对李杨)的刻画，能充分表现他们丰富的性格。作者十分注意通过具有性格特征的戏剧冲突、情节和环境来描写人物，往往还能细致地描摹人物心理的变化，有层次地揭示人物性格的发展。李隆基和杨玉环是剧中刻画得最丰满、最成功的艺术形象。洪昇不仅精心刻画了李杨之间用情专与不专的冲突，而且深入展示了李杨自身性格中“钟情”与“穷欲”的矛盾，既写出了他们性格的复杂性，又写出了他们性格的发展过程。例如，由于李隆基勾搭虢国夫人，杨玉环与李发生冲突，结果杨被遣出宫，双方都愁苦不堪，觉得离不开对方。但因地位、身份和性格的不同，其表现方式也各不相同。杨妃先是由气而怨，由怨而恨，继而登高洒泪，献发寄情，极思复宠却又感到身不由己、回天乏术。李隆基则先是由愁而悔，由悔而恼，由恼而怒，继而一连打了两个进膳的内侍，极想召回杨妃却又碍于帝王之尊难于启口，最后还是高力士察言观色，揣透帝心，才连夜迎取杨妃回宫。作者这时如果不是首先把握了李杨的性格特征及其相互关系，是很难把这场冲突描写得如此细致入微、灵动生辉的。过了不久，杨玉环又因李隆基召幸梅妃而大闹翠华西阁，这一次李隆基不仅没有勇气再度遣送杨妃出宫，而且被她的“情深妒亦真”所打动，立即赔礼认错：“总朕错，总朕错，请莫恼，请莫恼！”通过两次大的冲突，李隆基终于从滥情走向钟情。洪昇所精心塑造的李隆基形象，既有多面性，又有发展性，超越了以往李杨戏中的同名人物。杨玉环从定情之夕就表示：“惟愿取情似坚金，钗不单分盒永完。”她对爱情的痴心追求的确是始终如一的。但作者仍然写出了她性格的丰富性和发展性。生前她既“痴情”又“穷欲”，她用她特有的方式，为自己的目标进行了斗争；死后她在悔责中清除了愆尤，使她追求的爱情不断得到净化和升华。从生前到死后，她的性格都有一定的发展性，并且这种性格的发展性也主要是通过细致的心理描写来展示的。例如在生死之际的《埋玉》一出，就真实地揭示了她的心理发展过程。她在仓卒之间随驾幸蜀，对形势的严重性认识不足，更不知大难即将临头。突然间听得六军喧哗，将杨国忠诛杀，还要拿她正法，她不由得惊惧啼哭，急忙向唐明皇寻求保护。后来意识到唐明皇不但不能保护她，连他自身也有危险，她终于克服了死的恐惧，主动请赐自尽，以保宗社，以报君恩。但在临死前还细细向高力士交待后事，表露出对钗盒情缘的无限留恋。这样，洪昇就把杨妃由不知死、不愿死到决心赴死却又依依不舍的过程写得合情合理，委婉动人，使这个形象更富有真实性和典型性。除了李杨之外，作者还用极精练的笔墨勾画出其他人物的鲜明性格，例如杨国忠的奸诈、安禄山的狡黠、郭子仪的忠直、雷海青的义烈以及郭从谨的练达、李龟年的持重等，都写得栩栩如生。

（三）情节和结构

《长生殿》的情节丰富，结构宏伟。全剧五十出，横断为上下两卷，纵分为爱情和政治两条线索。

上卷从《定情》到《埋玉》，着重描写李杨之间的两次大的冲突和一次生死离别，展示他们的爱情发展及走向爱情悲剧的历程；与此同时，又通过《贿权》到《惊变》，描写当时的社会政治背景，展示了唐王朝由盛而衰并导致历史悲剧的发生。两类场次，互相对照，交错发展，这不仅使剧本的情节发展条理分明，而且照顾到演出时排场的冷热相济、演员的劳逸相均，并在演出效果上起到了强烈对比、互相烘托的作用。由于李杨的特殊身份，他们的生活只能在宫廷，因此洪昇从内容出发，突破了传奇中生旦两个主角分为双线发展的传统格局，而是一边以李杨在宫廷的爱情生活为主线，一边以天宝政治危机为副线，使爱情与政治、爱情的发展与政治的危机保持着内在的统一和有机的联系，既推动剧情迅速发展，又不断深化主题。

下卷展示的是人间与冥界、天上的新场面，着重写了李杨爱情由阻隔到重圆的过程，同时也展示了唐代政治由乱到治的过程。由于杨妃离开了宫廷和人间而先后成了鬼和仙，所以下卷又基本上是生旦各领一线，对照发展，一方面铺写人间的政治形势和李隆基的追悔与相思，一方面表现作为鬼魂和仙子的杨玉环的悔过与思念。由于织女和道士的帮助，使生旦得以互通信息、互表深情，最后双线合并，生旦于天上团圆。正如王季烈所说，此剧“分配角色，布置剧情，务令离合悲欢，错综参伍，搬演者无劳逸不均之虑，观听者觉层出不穷之妙。自来传奇排场之胜，无过于此”①。

但此剧情节结构也并非十全十美，作者为了使上下卷比例匀称，在下卷尤其是杨玉环“尸解”为仙之后，就有一些场次显得拖沓，并有拼凑之嫌（如《仙忆》、《见月》、《驿备》等），导致结构过于庞大，“伶人苦于繁长难演，竟为伧辈妄加节改，关目都废”②。后来吴舒凫干脆将该剧缩改为二十八折，两日演完，洪昇本人也认可了这个缩改本。

（四）曲辞音律和语言风格

《长生殿》的曲辞与音律俱佳，文情与声情并茂。洪昇本人精通音律，又具备多方面的文学才能，因而《长生殿》的语言既当行，又本色，已臻于炉火纯青的境界。从音律角度看，全剧曲辞严守音律，“句精字研，罔不谐叶”，曲牌运用得体，并且通篇不重复，宫调的调配，曲调的选择都紧密配合剧情的变化，甚至能以不同的曲调风格来表现不同人物的性格心境，例如第十九出《絮阁》写李隆基召幸梅妃，被杨妃侦知后大闹翠阁，作者有意识地采用了南北合套来表现这场爱情风波。凡杨玉环所唱，均为北曲；而李隆基、高力士、永新诸人所唱，均为南曲，两种曲调风格的比较，构成了悲剧与喜剧的不同格调。一方面突出了杨妃幽怨感伤、“情深妒亦真”的性格特征，一方面揭示了李隆基等人在无可奈何的尴尬处境中只图息事宁人的心情。从文学角度看，作者善于吸取唐诗宋词元曲的语言艺术成就，创造性地写出了生动活泼而又充满诗意的戏剧语言，其特点是晓畅、清丽、精练、准确、形象、生动，富于性格化和动作性，妙语佳句随处可见。例如，第二十九出《闻铃》中李隆基唱道：

> 【武陵花】淅淅零零，一片凄然心暗惊。遥听隔山隔树，战合风雨高响低鸣。一点一滴又一声，一点一滴又一声，和愁人血泪交相迸。对这伤情处，转自忆荒茔。白杨萧瑟雨纵横，此际孤魂凄冷。鬼火光寒草间湿乱萤。只悔仓皇负了卿，负了卿！我独在人间委实的不愿生。语娉婷，相将早晚伴幽冥。一恸空山寂，铃声相应，阁道崚嶒，似我回肠恨怎平！

---

① 王季烈：《螾庐曲谈》。
② 《长生殿·例言》。

李隆基于风雨途中登临剑阁，听到山林中的雨声，和着檐前铃铎，随风而响，禁不住触景伤情，发出如此感伤的心声。作者运用情景交融的手法，把风声雨声铃声和人物的悲声融为一体，层次分明地揭示了他失去杨妃后悔恨交加、痛不欲生的复杂心理，句句明白如话，却又意境深远，流溢着诗意的感伤。又如第三十八出《弹词》中李龟年演唱的【六转】：

恰正好呕呕哑哑《霓裳》歌舞，不提防扑扑突突渔阳战鼓。刬地里出出律律纷纷攘攘奏边书，急得个上上下下都无措。早则是喧喧嗾嗾、惊惊遽遽、仓仓卒卒、挨挨拶拶出延秋西路，銮舆后携着个娇娇滴滴贵妃同去。又只见密密匝匝的兵，恶恶狠狠的语，闹闹炒炒、轰轰剨剨四下喳呼，生逼散恩恩爱爱、疼疼热热帝王夫妇。霎时间画就了这一幅惨惨凄凄绝代佳人绝命图。

这支曲子大量运用衬字和重迭的象声词或形容词，一口气追述了一场重大历史灾难的发展过程，把当时的气氛动态渲染得有声有色，活灵活现。曲辞悲凉慷慨，节奏顿挫铿锵，加之有动人的音乐感染力，不能不扣人心弦，催人泪下，真正做到了文情与声情的统一，“爱文者喜其词，知音者赏其律”[①]。所以三百年来，《长生殿》一直盛演不衰。

---

① 吴舒凫：《长生殿序》。

第四编　汉文学之古今中外演变探微

从出版传播看明代公安派的形成与影响[①]

东亚各国出版文化源远流长，相互影响，曾催生过辉煌的文化景观，留下了丰富的文化遗产。就文学领域而言，以往有些学者从古典文献学视角出发，在考察某位名家著述或某部名著的出版传承时，主要着眼于版本源流的梳理及其在文字校勘上的意义；有些学者从现代传播学视角出发，在考察某个时代的印刷出版时，主要着眼于技术的进步、商业的运作及其对于文学发展的意义，其中关于中国明清出版传播与白话小说兴盛的关系尤受重视[②]。实际上，印刷出版作为近世文学最重要、最广泛的传播方式，对于文学流派的形成乃至文学思潮的兴起，往往具有重要的促进作用，学术界对此尚未予以重视。本文拟汲取上述两种研究方法之长，把微观考证与宏观审视结合起来，以明代公安派主要成员的著作在不同时地的出版为中心，着重探讨出版传播对于一个重要文学流派形成的意义及其在不同时代的影响。

一

晚明公安派是一个由自觉组合的群体而发展成为文学流派的，其核心成员为袁宏道、江盈科、袁中道、袁宗道、陶望龄、黄辉等，他们生前除了以结社、聚会、唱和、寄赠等方式相互呼应以外，还曾有意识地运用出版方式来广泛传播其理论主张与诗文作品，从而扩大了该派的影响，并在一定程度上引导了晚明文学革新思潮。

从公安派的形成和发展过程来看，大致可以分为前、中、后三个时期，而且这三

---

① 本文原系2009年10月在韩国高丽大学举行的东亚出版文化国际学术研讨会演讲稿，后收入日本矶部彰教授主编《东亚出版文化研究・ほしづくよ》，日本株式会社ホクトコーポレーション2010年版。

② 例如，矶部彰教授主编《东アヅア出版文化研究——にわたずみ》（株式会社二玄社2004年版）一书中，就收有王三庆《明代书肆在小说市场上的经营手法和行销策略》、石昌渝《明代印刷业的发展与白话小说的繁荣》等文。

个时期的终点依次可以袁宗道、袁宏道、袁中道的逝世为界限。

首先有必要指出的是，上述作者早年在各自生活的环境中虽然也有结社唱和，但尚未形成文学革新的主张，甚至皆在一定程度上受过复古文风的浸染。其间可考的著作分别有袁宗道的《海蠡篇》、袁宏道的《金屑编》和袁中道的《老子解笺》，三书皆撰于万历十八年，翌年春袁宏道从公安前往麻城首次向李贽问学时，献上的见面礼即是《金屑编》，而伯修的《海蠡篇》和小修的《老子解笺》也可能一并携去代呈。据袁中道《吏部验封司郎中中郎先生行状》曰："时闻龙湖李子冥会教外之旨，走西陵质之。李子大相契合，赠以诗，中有云：'诵君《金屑》句，执鞭亦忻慕。早得从君言，不当有《老苦》。'盖龙湖以老年无朋，作书曰《老苦》故也。仍为之序以传。留三月余，殷殷不舍，送之武昌而别。"据作者《金屑编自叙》曰："因拈出古宿微言，作《金屑》七十二则。其间意兴到处，亦有纯写古词者，皆是百千诸佛教传之髓，不忍舍也。"所谓"古宿微言"，即历代公案，但每则之中皆有中郎所作的"颂古"或"评唱"——这才是该书的价值所在，实际表现了作者对诸家公案中蕴含的古圣意旨的体悟和发明，对于初学参禅者当有一定的启发意义。因而小修称其"洞见前辈机用，白雪田中，能分鹭鸟；红罗扇外，瞥见仙人。一一提唱，聊示鞭影"[①]。李贽读此书后，不仅在上引赠诗中以"执鞭亦忻慕"的评语表达了他的欣喜和倾慕，而且"仍为之序以传"。序曰："昔赵州少年出家，壮年悟道，八十岁犹有疑，一百二十岁乃禅蜕而去，其难也如此。今君二十学道，二十一证果，其视法华之龙女、华严之善才有何殊也？然君无师之智，不用金口指诀，则虽善才不敢比肩，而况赵州老子乎？因喜而书之。"其赞美之词溢于言表。但该书初刊本已佚，今存明末清响斋刻本，卷首仅有袁宏道《金屑编自叙》和袁中道《金屑编叙》，李贽序因收入袁中道《师友见闻语》中才得以保存。袁宗道所作《海蠡篇》，旨在"以禅诠儒，使知两家合一之旨"，李贽曾为之作过一篇跋，今见于袁中道《游居柿录》卷一："予读袁石浦《海蠡篇》已奇矣，兹复会石浦于龙湖之上，所见又别，更当奇也……"虽仅用一个"奇"字作评，却显然表明了他的赞赏和期许。但此书单行本已佚，其内容则可能皆已收入《白苏斋类集》卷十七至十九《说书类》。袁中道所著《老子解笺》是援佛禅以解读、笺注《老子》，当时尚未完成。其《师友见闻语》说："万历庚寅，……予解《老子》。后予以所解寄李卓吾，卓吾曰：'以识解笺古语自不难，要真参实悟耳。'遂弃之，今无稿矣。"万历二十年夏，小修在武昌拜访李贽期间突发大病，曾撰遗书说："吾所著《老子》未成，悠悠世上，想未有人能续成。"[②]可能因李贽对他的这本未成之作不是很欣赏，所

① 袁中道：《中郎先生行状》，《珂雪斋前集》卷十八。
② 袁中道：《病中纪事》。

以病愈后弃而未续。这三本小书虽以论学为主,但从中可以看出,三袁兄弟早年就有著书意识。此外,万历二十一年夏,三袁兄弟等至麻城向李贽问学时,小修当时做有记录,后来以《柞林纪谭》为书名刻印过。关于这个小册子的真实性,明末以来曾有人表示怀疑,如萧士玮《春浮园别录》"李卓吾"条曰:"近日伪书流传,如《龙湖闲话》、《柞林纪谭》诸刻,真可恨也。"实际上,它曾有几种版本行世。后人常见者为《李温陵外纪》卷二所录,卷端有禅月楼题词,称是其弟晓慧从武林携归;又其正文前还有一段小引:"柞林叟不知何许人,遍游天下,至于郢中,常提一篮,醉游市上,语多颠狂。庚寅春,止于村落野庙。伯修时以予告寓家,入村共访之。扣之,大奇人。再访之,遂不知所在。予髫齔次其语,以传于后。"事实上,只有这段小引是他人凭想象虚构的。据袁中道《游居柿录》卷十记载:"有人持伯修、中郎与予共龙湖论学书一册,名为《柞林纪谭》,乃予兄弟三人壬辰岁往晤龙湖,予潦草记之,已散佚不复存,不知是何人收得,率尔流布。"左冬岭认为此"壬辰"乃小修误记,实则为"癸巳"之年,并肯定其书可信[①],甚是。但他回避了小引中存在的诸多疑点,例如时间(庚寅春)、地点(公安)以及"柞林叟"的称呼等。而许多学者鉴于萧士玮早倡伪书之说和小引中存在着疑问,则干脆置之不提。但万历末年袁中道在徽州自刻的《柞林纪谭》,不仅没有禅月楼题词,而且正文前无小引,甚至文字上也略有差异,当是他依据万历四十三年所见单行本并予以审定后付梓的,自然可以确信无疑。

(一)公安派前期的著作出版

所谓前期,指万历二十三年(1595)春至二十八年(1600)冬,为开宗立派时期。后人虽以三袁籍里命名为"公安派",但实际上这个流派最初是在苏州由袁宏道与桃源人江盈科经过"商证"后而创立的。袁、江二人皆为万历二十年进士,当年八月江盈科赴吴任长洲县令(且连任两届),而袁宏道中进士后则因请假归里而未授官,至万历二十二年冬才补授吴县令。因两县衙门同在苏州城内,二人于政事之暇,时相往来唱和。据袁中道《江进之传》载:"是时予中兄中郎,为吴县令。……公与中郎游,若兄弟。行则并舆,食则比豆。迎谒行役,以清言消之,都忘其惫,若江文通、袁淑明云。……公好作诗,政事之暇,与中郎大有唱和。"而宏道本人则在《雪涛阁集序》中明确指出:"余与进之游吴以来,每会必以诗文相励,务矫当代蹈袭之风。"由于吴中是嘉万之际复古派的大本营,太仓人王世贞虽已于万历十八年逝世,但文坛还为拟古风气所笼罩,以致吴人常以是否"似唐"而对袁、江二人的诗文作品进行检点和指责。因此,他俩"每会必以诗文相励,务矫当代蹈袭之风",是有很强的针

---

① 左东岭:《李贽与晚明文学思潮》,天津人民出版社1997年版,第333页。

对性的。其间袁中道、陶望龄曾先后来吴，也具有声援和激励的意义。

在吴期间，袁、江二人曾有意识地主持或参与过一系列著作的出版。一是《袁小修诗集》，万历二十三年冬小修来吴，游居数月后，于翌年春回公安准备迎考，留下以往所作诗稿，由袁宏道刊行（原书已佚）。因小修当时尚为诸生，其作品的影响自然有限，但袁宏道的《叙小修诗》却是一篇纲领性文献，他在序中首次正式提出了"独抒性灵，不拘格套"、"代有升降，法不相沿"的理论主张，锋芒直指那些"文则必欲准于秦汉，诗则必欲准于盛唐，剿袭模拟，影响步趋，见人有一语不相肖者，则共指以为野狐外道"的复古派信徒。二是《白苏斋册子》，其缘起是袁宗道因仰慕白居易、苏轼的为人为文而以"白苏"名斋，袁宏道仕吴时"语及其事，吴中诸公相与被之声歌，侈之图绘，烂然成册"，江盈科为之作《白苏斋册子引》刻以行世，并在序文中提出"元神活泼说"，与宏道所主"性灵说"相呼应。三是袁宏道最早的三部诗文集在万历二十四年冬至二十五年夏连续出版，都是由江盈科作序并主持刊行："其《敝箧集》，为诸生、孝廉及初登第时作也；《锦帆集》，令吴门时作也；《解脱集》，以病改吴令游吴越诸山水时作也。"[①]其中江作《敝箧集叙》阐发中郎性灵说的内涵并有所补充，与《叙小修诗》、《白苏斋册子引》互相呼应，可称为公安派性灵说的三篇代表作。而《解脱集》则是当年春夏写作，江盈科五月先收到诗二卷，随即撰序付刻，六月又收到文二卷，再撰一序付刻，竣工后合为一集并二序印行（所以江盈科为其三书撰有四序），创造了当年最快的出版速度。四是万历二十五年春夏间袁宏道在陶望龄等人陪同下游览越、歙名胜近三月，不仅时相唱和，而且曾在陶宅居住十日，因得读徐文长集，激赏不已，遂推徐渭为有明第一诗人，此种新论实际上间接推动了后来《徐文长三集》的出版[②]。五是万历二十五年六月起，袁宏道寄家于仪征张忆梅宅，小修乡试落第后也至仪征往依之，随后二袁常与诗友漫游于仪征、南京、扬州之间（中郎在此三地所作诗，后结集为《广陵集》）。其间尤其值得注意的是潘之恒携其所作《涉江诗》二十卷请中郎删定，中郎从中选出四卷，并于二十六年正月为之作《涉江诗序》。稍后，中郎赴京，潘之恒似乎意犹未尽，于是先将中郎所选《涉江诗》四卷编为甲集，继而携带被删剩的诗作来到苏州，请江盈科等又选出二卷，编为乙集，江于五月为之作《涉江诗序》；接下来还请顾懋宏等再从删稿中选出一卷，编为丙集，最后合为《涉江诗选》七卷刊行于世。潘之恒早年曾从汪道昆结白榆社，后又师事王世贞，颇受复古派影响。二十一年秋在武昌结识小修后，又去

① 袁中道：《中郎先生全集序》，《珂雪斋前集》卷十一。

② 按：袁宏道于万历二十七年春又作《徐文长传》，对这次在陶宅读徐集的情景曾做过生动的描述。至万历二十八年春才有陶望龄与商维浚编校的《徐文长三集》刊行于世，陶作《刻徐文长三集序》和《徐文长传》。随着袁、陶等人的推许和公安派的兴起，本来名不出浙江的徐渭及其著作终于得以大行于天下。

麻城访问过李贽。后经小修介绍其徒方文僎赴吴协理中郎的私人事务，潘也开始与中郎“通书订盟”。二十五年春，宏道游歙时曾至潘家会晤，相与论诗唱和，潘从此倒戈入公安派中。因此，袁宏道、江盈科此次为潘选诗并撰序，实际上意味着公安派的影响在逐步扩大，东南文坛盛行已久的模拟剽窃之风已经有所扭转。此后不久，随着袁中郎进京补官，袁小修入国学肄业，黄辉由蜀返京，以及翌年江盈科调任大理寺正，公安派成员或趣味相近者云集北京，聚会结社，论学赋诗，继续推进文学革新运动，在京师引起强烈震动。其间袁中郎先后撰有《广庄》、《瓶史》、《西方合论》[①]和《瓶花斋集》，袁小修撰有《导庄》，尤其是江盈科的《雪涛阁集》十四卷也于万历二十八年夏编成付梓，袁宏道为之作《雪涛阁集序》，再次申明反模拟剿袭主张，并对江盈科给予高度评价，以致推为“一代才人”和“大家”。上述从吴中到北京所取得的一系列成果，标志着公安派在苏州创立以后，经东南向北方的拓展，已逐渐发展成为一个有全国性影响的文学流派。

（二）公安派中期的著作出版

所谓中期，指万历二十八年（1600）冬至三十八年（1610）秋，为调整发展时期。自万历二十八年十一月袁宗道病逝以后，由于受政治的影响，公安派的活动中心、活动方式、思想取向和艺术追求已有所转移或调整。但部分核心成员仍在联络和活动（如中郎与陶望龄、黄辉有书信联系，万历三十年黄辉还来公安与中郎、小修相晤，且为伯修志墓而去），并有相应成果出版，加之有新成员（如雷思霈、曾可前等）加盟，公安派仍在发展之中。相对而言，江盈科因于万历二十八年冬“奉命恤刑滇黔”，并未受到政治的冲击，仍一路赋诗作文，于翌年夏天在云南官舍撰成《皇明十六种小传》四卷付梓，同年友邓原岳为之撰《皇明十六传小序》曰：“吾友江进之雅以论著显，居常慕说古哲，缅缅不休，暇日则采国史中之奇事可为法戒者，大约仿《世说》之意，葺为《十六传》而梓之。”清代四库馆臣认为“是书采辑明代轶事”，“大抵委巷之谈”，实是一部颇具文学色彩的明人野史。万历三十年秋回京后迁户部员外郎，明年秋曾奉命主试四川，三十二年七月擢四川提学副使。他的《雪涛阁四小书》是继《雪涛阁集》刊行以来（包括出使滇黔和主试四川期间）陆续写成，是年十一月付梓时撰《自序》曰：“余性朴陋，于世间戏局一无所好。其官棘寺时，曹务简少，审谳既毕，他无所营，乃裒辑旧日所谭说者与其所闻知者及论诗之言、戏谑之语为四种，名曰《谈丛》，曰《闻纪》，曰《诗评》，曰《谐史》，汇于一处，括曰《雪涛阁四小书》。”

① 按：《西方合论》写成于万历二十七年十二月二十二日，卷首有《西方合论叙》署曰：“时万历庚子仲春之廿有三日也，袁宗道伯修甫书于白苏斋。”但当年是否付梓今已难知，现存最早版本为万历三十一年刻本。

其中《诗评》是公安派著述中少见的论诗专著，其主旨仍为提倡抒写性情，强调个人独创，反对模拟剽窃。而《谈丛》为小品文结集，《谐史》为笑话集，皆清新可读，趣味盎然。《四小书》刊行后，他又休养了一段时间，明年夏赴四川提学副使任，仅两个月即病逝于官舍。而袁宏道早在万历二十八年秋出使河南后就已与小修南归公安，翌年春夏建柳浪馆于城南，并以兄殁哀痛得病为由而上《告病疏》，实有提前避祸之意，于是在此隐居数年，直到首辅沈一贯致仕后，他才于万历三十四年八月返京补官。在隐居期间，尤其是李贽被逮遇害后，中郎的思想已有所收敛，论诗转而推崇杜甫、陶潜，求雅求淡，开始用心为诗文。但柳浪馆既是他学道作文的场所，也是公安派友人往来联络的据点，有时他也和友人一起去游览名山胜水。其间编撰或刊行的著作（凡重刊者不计）主要有《宗镜摄录》十二卷（1603）①、《德山麈谈》一卷（1604）②、《公安县志》三十卷（1604）③、《桃源咏》一卷（1605）、《潇碧堂集》二十卷（1606）、《觞政》一卷（1606）等，另外，此前在北京所作《瓶花斋集》十卷也刻于万历三十四年（1606）④。入京补礼部主事后，累迁至吏部郎中，其间撰有《墨畦》一卷（1607）、《破研斋集》三卷（1609）、《华嵩游草》一卷（1609）、《场屋后记》一卷（1609），另有未编稿三卷，后来收入《三袁先生集》才刊行于世。至于袁小修虽然科场失意，但却仍然可以自由往返于京鄂等地与师友会晤，如赴京迎伯修灵柩时曾与黄辉、李贽、刘东星等见面，万历三十一年北上参加顺天乡试时曾在通州凭吊李贽墓。是年举顺天乡试第三后，他在文坛日益活跃，不仅经常驾舟出游访友，逐日赋诗作文写日记，而且曾于万历三十七年五月在南京应邀出席秦淮水阁文士大会，从而得以结识钟惺，岁末抵京师又得以与钱谦益、韩敬、李流芳等结社修业。但在这一时期，他似乎只有《渔阳集》、《篔筜集》刊行于世，前者收录在密云入蹇达幕所为诗，后者收录在家乡公安所为诗。据《游居柿录》卷一记载："（万历三十六年十月）得李本宁先生书云：'近读《渔阳集》，不知《雁字诗》，便中幸写寄我。'《雁字诗》，乃予丙午春间作。因僧无际作得二首，予与中郎于橘乐亭前相角，共得诗十首。后龙朱陵（龙膺）见之，叹以为佳，亦和得十首；龙君超（龙襄）亦得十首，雷（思霈）、曾（可前）二太史各得二首。余诗刻之《篔筜集》中。"丙午乃万历三十四年，中郎与小修所作《雁字》诗，一方面意味着公安派诗风在这时的确发生了转变，作为咏物诗，已趋于含蓄，各

① 参见袁中道：《宗镜摄录序》，《珂雪斋前集》卷十一。

② 按：《德山麈谈》一卷为袁宏道拣选其醇者付之梓，全稿后来由张明教编为《珊瑚林》二卷刊行。

③ 按原书已佚，今仅存雷思霈撰《公安县志序》。

④ 按：《袁宏道笺校》卷四十三《苏潜夫》曰："近日刻《瓶花》、《潇碧》二集，几卖却柳湖庄。计月内可成帙，然不能寄远，以大费楮墨也。"又同书卷五十五《与黄平倩》曰："寄去集二种，《瓶花》是京师作，诗文俱有痕迹；《潇碧》乃山中数年所得，似觉胜之。……《觞政》一册附上，大可为酒场欢具也。"可见中郎三书为同时刻，且是自费。

诗字字句句无不描写雁的性情，但仍然抒发了作者的性灵；一方面表明二袁虽僻居公安，却仍为诗坛所关注，以致随着其《雁字》诗的广泛传播而一再被人仿效，曾在晚明产生深远的影响①。

（三）公安派后期的著作出版

所谓后期，指万历三十八年(1610)冬至天启六年(1626)秋，是以袁小修为主帅的矫弊救衰时期。袁宏道英年早逝以后，文坛虽已开始酝酿新的变化，各股势力都在争夺机遇和阵地，但已故公安派核心人物的著作仍在不断地出版传播，其影响不可低估。如万历三十八年秋，潘之恒曾把江盈科《雪涛阁集》卷十四所收五十二篇小品文抽出来，分为二卷，改题《雪涛小说》刻以单行；至万历四十年，他又把江氏《雪涛阁四小书》与单行本《雪涛小说》二卷一并收入《亘史钞》梓行于世。又如陶望龄卒于万历三十七年六月，其诗文集《歇庵集》初刻于万历三十九年，至天启年间又有《陶文简公集》刊行②。又如袁宗道的诗文本来不多，逝世十六年后(万历四十四年)才有姚士麟序刊的《白苏斋类集》二十二卷行世，由此也可反证伯修生前的影响有限，其《论文》上下篇等重要作品当年大概只在圈子内传阅过。而黄辉卒于万历四十年，《千顷堂书目》著录其有《贻春堂集》六卷、《铁庵集》八十卷、《平倩逸稿》三十六卷，但早已散佚，不知刻于何时，今存仅万历末刻本《黄太史怡春堂逸稿》二卷、天启五年刻本《黄太史怡春堂藏稿》五卷。当然，此间刊行最多的还是袁宏道的著作，且其中除袁中道于万历四十七年在徽州编刊的《袁中郎先生全集》二十三卷带有自家刊刻的性质外，其他多为书商所为。如袁无涯刊行的《袁中郎七种》[《敝箧集》二卷、《锦帆集》四卷(附《去吴七牍》)、《解脱集》四卷、《瓶花斋集》十卷、《广庄》一卷、《瓶史》一卷、《潇碧堂集》二十卷]，虽始刻于万历三十年，但至万历三十八年才告竣；又如何伟然编《梨云馆类定袁中郎全集》二十四卷，刊行于万历四十五年。尤其是周应麐校刻的《袁中郎十集》和无名氏编刊的《李卓吾选校袁石公文集》二十卷，皆为真赝并存之书。前书中有八种确为中郎所著，唯《狂言》二卷和《狂言别集》二卷为赝品。后书刻于万历四十三年，共计选书十七种，其中十三种十六卷确为中郎著作，而《鹤林集》、《馀冬集》、《狂言集》、《狂言别集》四种，以及书首《袁石公全集叙》、书末《自序》，则皆为伪作。其中《狂言集》和《狂言别集》，实是据十集本《狂言》

① 除了上引小修在《游居柿录》卷一所列举的例子，李维桢《大泌山房集》卷129有《雁字诗跋》、《李民部雁字诗题辞》，分别谓费国聘《雁字诗》12首、李元祉《雁字诗》34首，皆受中郎兄弟影响而作；又嘉定唐时升不仅自作《雁字诗》24首，而且在《三易集》卷九《释义雁字诗序》谓孙续寄给他《雁字诗》200首；又钱谦益《初学集》卷85有《题项君禹雁字诗》、《又题项孔彰雁字诗》，《有学集》卷八有《橘社吴不官以雁字诗见示凡十二章戏为属和亦如其数》，可见此种风气已从明末延至清初，这是二袁所料不及的。

② 据《千顷堂书目》卷二十五，陶望龄还著有《水天阁集》十卷，但原书已佚，不知刻于何时。

和《狂言别集》改头换面而成，书末《自序》也是抄自十集本《狂言自叙》，因而可定十集本必刊于万历三十九年至四十二年之间。这两种赝书的出现，表明袁中郎在当时的影响颇大，书商可以借他的名声来谋利。此外，还有《西方合论》于泰昌元年(1620)重刻过，其经费则由瞿纯仁临终前许愿刻经所施。

在这种背景下，袁小修面临的重要挑战，并不是复古派的反攻倒算，而是能否纠正公安派自身"近平、近俚、近俳"的弊端，以及如何应对竟陵派的乘势而起。首先，他从理论上把袁宏道当年倡导的"独抒性灵，不拘格套"调整为"本之以性灵，裁之以法律"①，并试图公正评价公安派的功绩与弊病。其次重视通过作品的传播来扩大影响，一方面自己勤奋写作，先后出版了《珂雪斋近集》十卷(1614)、《珂雪斋前集》二十四卷(1618)、《珂雪斋外集》十五卷(1618)、《新安集》一卷(1618)、《珂雪斋集选》二十四卷(1622)等诗文集；一方面对友人诗文的结集刊行也极为重视，包括呼吁丘坦、龙膺等著书入梓，以及为刘玄度刊刻诗文集等。此外，他曾试图将竟陵派团结在公安派的旗帜之下，如万历四十一年周楷以所作《雪花赋》乞序，小修为之作《花雪赋引》(收入《珂雪斋近集》卷六)曰："予兄中郎，操觚即不喜近代人诗，……而不幸逝矣。今世之所爱与世之所訾者，皆少年未定诗也。然予谬谓明兴如中郎诗，始妙有明人风趣。若近代名人，尚未得名诗，况唐诗乎！予与中郎意见相同，而未免修饰以避世訾，岂独才力不如，胆亦不如也。友人竟陵钟伯镜(敬)意与予合，其为诗清绮邃逸，每推中郎，人多窃訾之。自伯镜之好尚出，而推中郎者愈众。湘中周伯孔，意又与伯镜及予合。伯孔与伯镜为同调，皆有绝人之才，出尘之韵，故其胸中无一酬应俗语。予三人誓相与宗中郎之所长，而去其短，意诗道之张于楚乎！"但后来随着钟惺、谭元春所编《诗归》及其所作序问世，提出"另立幽深孤峭之宗"，以矫公安派浅率俚俗之弊，袁中道终于与之分道扬镳，他不仅大幅修改了《花雪赋引》，将其中涉及钟惺的内容全部删除(改定稿收入《珂雪斋前集》卷十)②，而且后来还对竟陵派的僻涩之弊给予了批评，并联合钱谦益"昌言击排"③。尽管袁小修为矫弊救衰付出了艰苦的努力，使公安派得以与竟陵派并存了一个时期，但其时文坛风气丕变，真正能响应光大者寥寥，至天启六年随着小修逝世，公安宗风遂坠。

---

① 袁中道：《秦京文集序》，见于《新安集》。

② 关于《花雪赋引》在两种版本中的异文，日本学者入矢义高在《从公安到竟陵》(京都大学人文科学研究院编《创立二十五周年纪念论文集》，昭和二十九年十月印行)一文的注解中曾予以指出，后来邬国平撰《从〈花雪赋引〉异文看袁中道与钟惺的分化趋势》一文(收入《竟陵派与明代文学批评》，上海古籍出版社2004年版)，又做了深入的阐释。

③ 钱谦益《列朝诗集小传》丁集《袁仪制中道》："小修又尝告余：'杜之《秋兴》，白之《长恨歌》，元之《连昌宫词》，皆千古绝调，文章之元气也。楚人何知，妄加评窜，吾与子当昌言击排，点出手眼，无令后生堕彼云雾。'"所谓"楚人"，即指钟惺、谭元春。

二

一个文学流派在后世能否继续产生影响，固然有多方面的原因，但其核心成员的著作能否被出版传播，则是最基本的前提。由于时局和学风、文风的变化，自明末至清末的二百八十余年间，公安派的影响逐渐缩小，甚至在相当长的时期内颇受批评，因而其著作的出版传播也不平衡。大致说来，明末清初尚有人重视，康雍乾嘉时期颇受冷落，道光以降稍有好转。此外，公安派及其著作曾在日本江户时代产生一定影响，却是清人所未料及的。

（一）明末清初公安派著作的出版传播与影响

自天启六年袁小修逝世至清顺治年间，公安派成员的著作除了万历、天启年间刊行者尚在流传外，主要通过两种出版方式来传承，因而仍然具有一定的影响。

首先，公安派成员的部分著作曾被重新出版（包括重编新刊和据原本重刻），或以集子的形式收入丛书中刊行过。其中以袁宏道的著作为多：一是崇祯二年(1629)武林佩兰居刊本《新刻钟伯敬增定袁中郎全集》四十卷，该书实为陆之选按体裁重编，所收诗文作品较全，因而流传甚广；二是《广庄》一卷、《觞政》一卷、《瓶史》一卷曾被收入陈继儒编《宝颜堂秘籍》、冯可宾编《广百川学海》、陈时编《说郛里》（崇祯十六年序刊）、李际期重定的《说郛续》（顺治三年刊刻）等丛书；三是《西方合论》十卷，先有顺治四年(1647)周之夔据泰昌元年刻本覆刻本，稍后又有释智旭评本，于顺治八年(1651)收入《净土十要》中刊行；四是《珊瑚林》二卷和《金屑编》一卷，今存明末刻本未署岁月，其刊行时间是在万历、天启之际，还是崇祯年间，尚有待考证①。另有陆云龙编辑的《袁中郎先生小品》二卷与《袁小修先生小品》二卷，被收入《翠娱阁评选十六名家小品》于崇祯六年刊行。此外，还有江盈科的《雪涛小说》、《雪涛谈丛》、《谈言》、《雪涛诗评》、《闺秀诗评》等集也曾在这时被收入《雪涛谐史》、《绿窗女史》、《皇明百家小说》、《说郛续》等丛书梓行②。

其次，公安派成员的部分诗文作品曾被选入一些总集（部分还加以评论），既在一定程度上扩大了传播的范围，也大致反映了公安派为当时文坛所关注和接受的

---

① 按：《珊瑚林》上卷署"古郢门人张五教编，钱唐后学冯贲校"，下卷署"古郢门人张五教编，钱唐后学冯怀校"，书首有陈继儒《珊瑚林序》，书末有无咎居士冯贲《珊瑚林跋》，但皆不署岁月；又《金屑编》一书也署"钱唐后学冯怀校"，且二书每页下书口皆标有"清响斋藏本"字样，当刻于同时无疑，其刊行时间在袁宏道逝世以后至崇祯年间。

② 详见笔者所撰《江盈科生平著述重考》，载《江盈科集（增订本）》附录，岳麓书社 2008 年版。

情状。例如,崇祯年间陆次云编纂的《明诗善鸣集》[①]录有袁宏道2首、袁中道1首,何乔远编纂的《皇明文征》录有袁宗道诗7首、袁宏道诗3首,彭贻孙选辑的《明诗钞》录有袁宗道2首、袁宏道21首、袁中道2首、陶望龄4首,贺复征编《文章辨体汇选》收录袁宏首文51首、袁中道文18首、陶望龄文22首、袁宗道文1首、黄辉文2首,其间最轻视公安派的是陈子龙等编《皇明诗选》(崇祯十六年刊行),仅选入袁宏道《古荆篇》一首;最受重视的是钱谦益编《列朝诗集》(顺治十二年刊行),不仅选录了袁宏道83首、袁中道88首、陶望龄50首、黄辉33首、袁宗道4首,而且对公安派的功过得失给予了较为公正的评判:"中郎之论出,王、李之云雾一扫,天下之文人才士始知疏瀹心灵,搜剔慧性,以荡涤摹拟涂泽之病,其功伟矣。机锋侧出,矫枉过正,于是狂鼓交扇,鄙俚公行,雅故灭裂,风华扫地。"但江盈科的《雪涛阁集》在这时就已少为人知,因而没有作品入选诸总集。

(二) 公安派作家及其著作在康雍乾嘉时期所受到的冷遇

清代康雍乾嘉时期对公安派颇多批评,他们的著作也甚受冷落,在长达一百六十年间竟无一部重刻过,仅有少量作品被选入一些诗文总集[②]。例如,黄宗羲编《明文海》选录袁宏道文20首、江盈科文7首,王夫之编《明诗评选》收录袁宏道15首、袁中道10首、黄辉2首,朱彝尊编《明诗综》录有袁宏道24首、袁中道5首、陶望龄4首、袁宗道2首、黄辉2首、江盈科1首,康熙四十八年张豫章等奉敕编《御制明诗》收录袁宏道44首、袁中道38首、陶望龄35首、袁宗道18首、黄辉15首。其中王夫之对袁宏道的批评倒是肯定多于否定[③],但认为"以俗淫而坏公安之风矩者,雷何思、江进之数子而已"(卷四),原因在于"曾退如、雷何思以疏放学中郎,何怪失之,况江进之之粗粝(卷八)?"所以其书不选江盈科、曾可前、雷思霈之诗。朱彝尊在《明诗综》中虽选江盈科《读张魏公传有感曲壮愍事》一首,并且赞赏此诗"露胆张目,洵诗家之南董也已",但总体评价不高:"进之与袁中郎同官吴下,其诗颇近公安

---

① 按:该书规模甚小,全书仅二卷。

② 此外,有清一代相关地方文献,包括方志、《楚风补》、《沅湘耆旧集》或某地文征等,也或多或少收有公安派作家的作品,本文限于篇幅,概不述及。

③ 如卷四评曰:"要以平情论之,北地天才自出公安下;六义之旨,亦堕一偏,不得如公安之大全。"又卷六评曰:"中郎之病,病不能谋篇,至于作句,固其所长,洒落出卸,如白鸥浴水,才一振羽,即丝毫不挂,李、何、王、李、钟、谭皆所不能也。谋篇天人合用,作句以用天为主。天既啬之,言拟议则熟烂不堪,言性灵则拙涩无状,即在中郎派中,如陶石篑、黄平倩皆堕此两种恶道,而阴窃阳叛之竟陵又可知也。中郎舍王、李而归白、苏,亦其兴会之偶然,不与开帐登坛、争名闻利养者志同趣合。……王、李笼罩天下,无一好手敢于立异。中郎以天姿迥出,不受其弹压,一时俗目骇所未见,遂推为廓清之主。实则中郎初非创获,往往得佳句,正与袁海叟、李怀麓、王伯谷相出入耳。钟、谭全不知中郎落处,亦谓中郎为创,遂谓彼可创我亦可创。创而为腐为尖为钝为贱,亦皆创也,而竟陵成矣。观中郎诗者知此,既不容惊以为异而辟之,亦无可推以为奇而宗之;舍其归于白、苏者,而取其与袁海叟、李怀麓、王伯谷相出入者,则中郎之自位见,而亦乌可不许之诗人哉?"

派，诗论亦以七子为非，特变而不成方者。中郎谓其矫枉之过，所谓笑他人之未工，忘已事之已拙，文人通病，大抵然矣。”其实他对公安派的真实看法是：“万历中，公安矫历下、娄东之弊，倡浅率之调以为浮想，造不根之句以为奇突，用助语之辞以为流转。”因此，他选袁宏道诗的原则是“尽汰其鄙俚之作，存其稍有用意者”。后来沈德潜于乾隆初编刊《明诗别裁集》也与朱氏意旨一脉相承，他认为公安派的兴起是“诗教衰”的表现，所以只选袁宏道与陶望龄各一首，并且明确批评“公安兄弟意矫王李之弊而入于俳谐”。

至乾隆中后期修《四库全书》时，公安派成员的著作虽被征入内府，但仅将江盈科的《皇明十六种小传》四卷、陶望龄的《解庄》十二卷、袁宏道的《觞政》一卷和《瓶花斋杂录》一卷[①]及《袁中郎集》四十卷存目，而袁宗道的《白苏斋集》、袁中道的《珂雪斋集》、陶望龄的《歇庵集》则曾被列入禁书，袁宏道著作中也因少量诗文“有偏谬语”而遭到抽毁。从上述列入存目诸书来看，唯《袁中郎集》为诗文集，四库馆臣为之所作提要实际上代表了当时官方对公安派的看法：

> 其诗文，所谓公安派也。盖明自三杨倡台阁之体，递相摹仿，日就庸肤。李梦阳、何景明起而变之，李攀龙、王世贞继而和之，前后七子遂以仿汉摹唐，转移一代之风气。迨其末流，渐成伪体，涂泽字句，钩棘篇章，万喙一音，陈因生厌。于是公安三袁又乘其弊而排抵之。……其诗文变板重为清巧，变粉饰为本色，天下耳目于是一新，又复靡然而从之。然七子犹根于学问，三袁则惟恃聪明，学七子者不过赝古，学三袁者乃至矜其小慧，破律而坏度，名为救七子之弊，而弊又甚焉。观于是集，亦足见文体迁流之故矣。

此外，馆臣在对他人著作的提要中，还多次将公安派与竟陵派一起批评，或斥其“纤佻”，或责其“诡隽”，如《甬东山人稿》提要曰：“万历以后，公安竟陵交煽伪体，幺弦侧调，无复正声。”因此，在修《四库全书》之前，郭其炳编《明诗百一钞》(乾隆三十四年序刊)尚选有袁宏道1首、陶望龄1首、江盈科1首，实皆是从《明诗综》中抄来；但至嘉庆年间汪端编《明三十家诗选》[②]，竟不选公安派作家一诗，显然曾自觉或不自觉地受过官方意识的影响。

---

① 按：《瓶花斋杂录》一卷今见于清曹溶编《学海类编》第89册，其内容包括《墨畦》九则、《德山麈谈》十二则以及《瓶花斋集》卷八之《畜促织》、《斗蚁》、《斗蛛》、《时尚》等条，当系书商拼凑而成。

② 按：《明三十家诗选》大约编成于嘉庆二十五年，今存道光二年刻本和同治十二年刻本，分为二集，初集选十三家，附录二十二人，续集选十七家，附录四十八人，全书实际选录了明代一百位诗人的作品。

（三）清代道光以降公安派著作的出版传播与影响

道光年间虽然仍为桐城派风习所笼罩，但内忧外患的严酷现实，逐渐引起了有识之士的思考，随着学界重视今文经学和文坛提倡"尊情"理论[①]，意味着这个时代已开始酝酿新的变化。被淹没已久的公安派著作，就是在这种背景下渐次受到关注的。本来公安袁氏后裔袁润在嘉庆三年中举后，曾谋划重梓袁中郎集，未果而卒。至道光九年(1829)，袁宪健才继承乃父遗志，重刻《梨云馆类定袁中郎集》二十四卷，士大夫贺熙龄、陆炯、熊士鹏[②]、袁铣、杨兆杏等皆为之撰序以示声援，如贺熙龄(时任湖北学政)序曰："当王、李焰炽之时，归震川亦昌言排之，而矫之以欧、曾之文，嗣是言文者首震川，而言诗者则宗公安。迄今震川之学传之者众，而公安之绪渐微，岂有幸不幸与，抑将有待而然与?"所谓"迄今震川之学传之者众"，即指桐城派盛行天下，而其对公安之绪的重续，似乎也有所期待；又麻城人袁铣(时任礼科给事中)序曰："昔中郎公之论文若诗也，必曰真，故读公之文若诗者，亦皆曰真。夫真可袭乎？曰：不可。公之真文真诗，实本其真性真情真才真识而出之。惟其一无所袭也，故无一不真。"像这一类评价，皆颇中肯綮。

袁宪健曾在《重刻先大夫中郎公诗文全集序略》中表示："此外各先人集，卷帙浩繁，重刊愿俟异日。"但他的这种心愿，后来只由袁照实现了一部分：先于同治八年(1869)重新校刻《梨云馆类定袁中郎全集》二十四卷，后又于光绪七年(1881)重新编刊《白苏斋类集》十八卷以行世。相对而言，袁照于校刻《袁中郎全集》之事用功更深，其所作《跋》对此做了详细的描述：

> 本朝隆、嘉年间，主持骚坛者专以提唱盛唐为宗旨，一时文人翕然从之，于是公集渐晦。讫道光时，先伯父菘圃公(引者按：即袁宪健)追念前人手泽，恐其久而失传也，爰取先祖南金公(引者按：即袁润)手授梨云馆旧本重梓于鄂。惜尔时未见谭友夏、袁无涯、周九真诸刻本，讹舛概未勘正。照自幼习举子业时即喜窃读此书，往往病焉，辄欲访求旧刻，重加校订，顾力有未暇。迨咸丰甲寅，避乱澧阳山中，始有事于公之遗书。偶从同邑姜茂才处见袁无涯刻本，继复于族弟日章处见谭友夏刻本。至同治乙丑入都，于琉璃厂书肆见一坊刻别

---

① 按：龚自珍在道光三年所作《长短言自序》中已明确提出"尊情"的理论主张，实际上他在此前还撰有《宥情》一文，与该文的主旨相通。

② 按：熊士鹏为竟陵人，嘉庆十年进士，曾于道光三年编刊《竟陵诗选》，其中第三、四卷分别选录钟惺、谭元春诗近百首，并在序言中称"钟、谭别开风气者，故最著"。六年后为袁宪健重刻本撰序时，虽肯定真诗，反对模拟，但于文末特意强调中郎之悔，明显受到了钟惺、谭元春的影响。

本，皆缘人事倥偬，不获细校。乙丑冬，宦游至吴，于苏城求得小修公《珂雪斋》初刻诗集一部，而于公之全书未获一见。迨丁卯春，奉札至宁，始于金陵书坊中购得周刻《十集》，较之何刻稍精，然视全集所收诗文，才及十之二三。间复从麻城刘氏《帝京景物略》、振卿何氏《名山胜概记》、秀水朱氏《明诗综》，并坊刻诸书，见其所录公之诗文足正梨云馆之误者，十才一二。他如赵吉士《寄园寄所寄》、易公申《名贤齿谱》、伍涵芬《读书读诗乐趣》、李敏达公《西湖志》诸书所节录足资参考者，亦不过寥寥数条，究不足藉以通校全书。至戊辰冬，盐巡使者庞省三先生示以所藏梨云馆集一部，而予弟小圃又以家藏旧板见寄，今春乃借观察藏本通校一过，并重检旧阅诸书，互相雠勘，计所改正约千余字，一一补刊完竣。此外尚有可疑数十字，苦无别本参校，不无余憾。然较之明刻梨云馆旧本，已稍觉完善矣。

可见早在咸丰四年(1854)，袁照就开始搜集袁宏道著作的各种版本，直至同治八年(1869)才将《梨云馆类定袁中郎全集》二十四卷校毕付梓，“计所改正约千余字”，并撰《袁石公遗事》七卷(依次为“著作”、“学术”、“高行”、“宦绩”、“游踪”、“异迹”、“杂记”各一卷)附于书末，历时十五年。如此执著、持久、认真地对待一部书的整理与出版，的确令古今学人感动。

袁宪健和袁照先后重刻的上述诸书，对于公安派著作的传承具有重要意义是不言而喻的，但由于僻处湖北乡野，加之未得名家推扬，难免流传未广，因此公安派在清代后期的影响仍然有限，只不过较之清中叶有所好转而已。例如，据李慈铭《越缦堂读书记》载：咸丰十一年(1861)九月初七日，“阅《袁中郎全集》，系明季浙中所刻，合诗文共为四十卷，不分《锦帆》、《解脱》等集名目。公安之派，笑齿已冷，皆谓轻佻纤俗之习，创自石公。今观其全诗，俚恶者固不免，如唐人‘小婢偷红纸，娇儿弄白髯’之类，迁流愈下，几同谐谑；然佳处亦自不乏，静细之思，幽隽之语，触目皆是。中郎一门风雅，出处可观，其得盛名，良非无故。后人固不可专学此种，而论诗宜平心审定，公是公非，自有千古，不可执其瑕颣，因噎废食，遂至埋没古人。”此时距袁宪健刊刻《梨云馆类定袁中郎集》仅三十二年，李慈铭读到的《袁中郎集》，并不是道光重刻本，而是崇祯二年武林佩兰居刊本，这属于事出偶然，还是意味着浙江人当时本来就难以看到袁宪健重刊本，尚难断定，但李慈铭对袁宏道的肯定多于批评，较之四库馆臣提要已明显有别。

（四）公安派著作在日本江户时代的出版传播与影响

公安派主要成员如三袁兄弟、江盈科、陶望龄、黄辉等人的著作，都曾在江户时代通过不同途径或多或少传入日本[1]，其中以袁宏道的著作最早受到关注，因而有少数几种先后在日本翻刻过（即所谓和刻本），曾产生一定影响。

在袁宏道的诸多著作中，首先受到日本人重视的应是《西方合论》十卷，明历元年（1655）十二月就有和刻本行世，其所据底本乃清代顺治四年（1647）秋周之夔序刻本，前后相隔仅八年。该书在日本僧侣中流传较广，影响深远，后来被收入《大正新修大藏经》中。

其次是《袁中郎全集》，其在日本受到关注是万治二年（1659）陈元赟（1587—1671）在名古屋结识深草元政（1623—1668）以后开始的[2]，从此二人因共赏袁中郎而相互唱和，合著《元元唱和集》，于宽文三年（1663）刊行，成为日本最早接受公安派影响的成果。其后，元政与元赟仍有诗文酬赠和书信往还，这些作品后来收入其《草山集》于延宝二年（1674）刊行。由于元政在宽文年间有"诗豪"之称[3]，随着《元元唱和集》二卷和《草山集》三十卷的广泛传播，以袁宏道为代表的公安派也逐渐为日本更多的汉诗文作家所知。为适应读者的需要，京都茨木多左卫门、梅村弥右卫门和小岛氏右卫门终于在元禄九年（1696）十月推出了和刻本《梨云馆类定袁中郎全集》二十四卷。该书底本为明万历四十五年（1617）何伟然编刊本，流传了八十年先在异国有了第一个重刻本，而在中国境内则是过了二百一十多年和二百五十多年才先后有公安袁氏后裔袁宪健、袁照的重刻本问世。

不过，稍后不久，随着日本古文辞派的兴起，在前后七子备受推崇之时，公安派也难免受到过批评，如荻生徂徕（1666—1728）就曾告诫弟子"如其宋元及明袁中

---

① 参见山根幸夫编：《增订日本现存明人文集目录》，汲古书院1978年版。其中三袁兄弟和陶望龄的主要著作基本上都曾在江户时代传入日本，并且至今保存完好；而江盈科的《雪涛阁集》十四卷（万历刻本）、黄辉的《黄太史怡春堂藏稿》七卷（天启刻本）在尊经阁皆有收藏，可以确认也是江户时代传入的。

② 按：日人原念斋《先哲丛谈》载："初，万治二年（1659），（陈元赟）于名古屋城中与僧元政始相识，契分尤厚，其生平所唱酬者，汇为《元元唱和集》，刊行于世。元政诗文慕袁中郎，此邦奉中郎，盖以元政为首，而政本因元赟知有中郎也。元政书曰：'数日前探市，得《袁中郎集》，乐府妙绝，不可复言，《广庄》诸篇识地高，《瓶史》风流，可见其人；又赤牍之中言佛法者，其见最正。余颇爱之，因足下之赐也。'"今存《元元唱和集》所收陈元赟《再会元政上人》诗序曰："万治己亥（1659），始与草山元政上人识面于伊玥川澄文子宅上。兹宽文元载（1661）复晤于文子宅，不胜久旱甘霖之喜，真故人之所谓'白头相见眼终青'之谓矣。"又查元政《草山集》卷三有《覆元赟书》曰："顷者得文总二子书，审足下动止，又謄近作数篇寄来，余喜而不寝。向与足下别而游于江左，有一沙弥俄感时疾，余不忍弃去，看养一月，疾愈与归。归而余亦病矣，日欲裁书，因循至今。数日之前探市，得《袁中郎集》，乐府妙绝，不可复言，《广庄》诸篇识地绝高，《瓶史》风流，可想见其人；又赤牍之中言佛法者，其见最正。余颇爱之。因足下之言，知有此书，今得之读之，实足下之赐也。"可证原念斋之说有据。一说陈元赟"来日时，携来明袁宏道之《袁中郎集》，传于僧元政，影响于日本诗文学者最多。元政在日本鼓吹性灵派之诗文，实基于此"（木宫泰彦《中日交通史》）。不知有何依据，或为误读原念斋"因足下之赐也"一句，再加以推测所致。陈元赟赴日时是否携有《袁中郎集》尚有待考证，但他此前无疑读过《袁中郎集》，因而才能在万治二年季秋与元政首次相会时向其推荐袁宏道诗，过了一段时间后，元政竟在书市购得《袁中郎集》，故覆书曰："因足下之言，知有此书，今得之读之，实足下之赐也。"

③ 参见江村绶：《日本诗史》卷三。

郎、徐文长、钟伯敬诸家,慎莫学其一语片言"[①];但后来批判古文辞派的呼声高涨时,山本北山(1752—1812)于诗文推崇袁宏道的清新性灵,反对模拟剽窃,公安派又受到了重视。如他在天明三年(1783)所撰《作诗志彀》中说:"大凡王、李之后,诸豪杰欲放胆张眼成家者,虽不胜枚举,然不能出中郎清新性灵之外超乎其上者,何也?清新性灵四字,乃诗道之命脉。若非模拟剽窃,必清新性灵;若非清新性灵,即模拟剽窃。故以于麟、中郎二人可分诗道之一大鸿沟。其余数子之碌碌,徒宋襄、徐偃之霸。今本邦之诗人,受于麟、南郭之毒不啻一日,故开口便不堪陈烂腐臭。苟欲矫此弊,当为中郎之所为。为中郎之所为,非模拟剽窃中郎之诗,而为中郎之不模拟剽袭也。"和刻本《袁中郎先生尺牍》二卷就是在这种背景下由宫川德、鸟居吉人删校刊行的(1781)。

再次是《瓶史》,不仅在日本一再翻刻,传播甚广,而且还对日本的插花艺术产生过深远影响。该著篇幅甚短,在明末清初曾有多种版本(包括丛书本、别集本)流传,但它最初是作为《袁中郎全集》中的一卷而传入日本并引起关注的,如元政在《覆元赟书》中谈到读《袁中郎集》的心得时,就已指出"《瓶史》风流,可想见其人"[②]。但直到元禄九年(1696)以后,随着和刻本《梨云馆类定袁中郎全集》的传播才广为人知。尤其自井上金峨(1732—1784)至山本北山(1752—1812)等人持续掀起反古文辞派的浪潮时,不仅袁宏道的文学主张和诗文作品颇受推崇,而且其《瓶史》也受到了前所未有的重视。著名花道家望月义想(1722—1804)就是在这种文化氛围中从爱读《袁中郎全集》发展到醉心于《瓶史》,并运用《瓶史》的理论而创立了独具特色的插花艺术风格——人称"袁中郎流"或"宏道流"。天明元年(1781),望月义想曾将《瓶史》加以校订后重刻单行,并撰《瓶史序》曰:"予因有花癖,会获此史,始知花林之有《春秋》,乃又得知无人而不可为,无处而不可娱,不贪不争,居之无祸,只在瓶花,遂从事于斯。……我但私此一篇,欲与诸同好者共焉,乃别举绣梓,惟希人之易玩而已。"可见他与"诸同好者"这时已把《瓶史》作为插花艺术的理论来学习并付诸实践。受望月义想影响,其弟子也对《瓶史》做过深入钻研,如原溪崖、山和井撰有《瓶史述要》一书,望月义想为之撰序曰:"余虽不才,亦好玩此技,作花隐已有经年,然余性愚且有僻,不得彼君子所玩之术,只是一头好读宏道之《瓶史》。至于插花,亦专以《瓶史》为准,渐学其风,自然与世之君子之风不同。从余游者将余之插花称之为宏道流,余也晓之,任其称。"他的高足桐谷鸟习稍后又撰有《瓶史国字解》四卷,刊行于文化六年(1809)七月,其书以日语来注释《瓶史》,旨在有助于日本

---

① 引自《徂徕集》卷十九《译文筌蹄题言十则》。据徂徕门人山县周南《学馆功令》一文说:"昔者我徂徕先生年方四十,始修古文辞。"其四十岁为永宝二年(1705),而《译文筌蹄》一书写成于正德元年(1711),可见徂徕在研读前后七子著作的同时,也可能读过袁宏道等人的诗文集。

② [日]深草元政:《覆元赟书》,《草山集》卷三。

读者更好地理解原文。当然，这种对于《瓶史》的重视以及“宏道流”的盛行，并未随着江户时代的结束而中止。例如，兵库大村纯道于明治十四年一月还重刻过《瓶史》，而作为日本插花艺术一支的“宏道流”至今尚有影响。

三

近百年来，公安派著作的出版传播虽仍有冷热之分，但由于其“独抒性灵，不拘格套”的理论和创作，与现代社会追求个性解放的精神和审美趣味是相通的，因而出版社和报刊杂志曾适应时代和读者的要求，及时推出原著整理本和研究论著（含论文），先后为现代和当代兴起的公安派热潮推波助澜。

公安派作家是伴随着《明诗纪事》的出版而告别清王朝、走进新时代的①，该书庚签不仅选录了袁宏道 19 首、袁中道 10 首、江盈科 4 首、袁宗道 2 首、陶望龄 5 首、黄辉 11 首，而且汇辑了明清人的评论，编者还为每位作家分别撰写了按语，但由于陈田当时并未广泛搜集各家别集，而主要是依据明清人编纂的总集或地方文献来选录作品和汇辑评语，因而并无多少新意。稍后，曾毅的《中国文学史》（1915 年初版）和谢无量的《中国大文学史》（1918 年初版）已列专章或专节介绍“公安派与竟陵派”，这在形式上固然可以看作现代学术已开始关注淹没已久的两个流派，但其论述基本上还是依据清代人的看法综合而成，因而在“五四”时期并未引起重视，甚至到了二十年代末古文家刘声木等还在批评公安竟陵为“亡国之音”②。

公安派的革命性质和现代意义，是周作人在 1928 年首先发现的，然后他一边研究和思考，一边发表文章③和演讲来加以阐释，其基本观点认为：明末公安派倡导的文学革新运动，是现代新文学运动的来源；而清代盛行的八股文和桐城派，则是新文学运动的原因。但直到 1932 年北平人文书店将他在辅仁大学的演讲稿《中国新文学的源流》和他指导门徒沈启无编辑的《近代散文抄》配套出版以后④，才产

---

① 按：陈田辑撰的《明诗纪事》原计划分为十签，从 1899 年开始刻甲签，至 1911 年方刻辛签，壬癸两签实未付梓，因而该书实际上到了民国时代才成套发行。

② 参见周作人：《重刊袁中郎集序》，载《苦茶随笔》，河北教育出版社 2002 年版。

③ 参见《杂拌儿跋》（1928 年 5 月 16 日）、《燕知草跋》（1928 年 11 月 22 日）、《冰雪小品选序》（1930 年 9 月 21 日）、《枣和桥的序》（1931 年 7 月 5 日）、《苦茶随笔小引》（1931 年 11 月 9 日）等文。

④ 1932 年 3 至 4 月间，周作人应沈兼士之约到辅仁大学作了题为《中国的新文学运动》的演讲，学生邓恭三根据自己所作笔记加以整理，请周作人审定并加撰《小引》后，由北平人文书店于当年 9 月改名《中国新文学的源流》出版。书末附有“沈启无选辑《近代散文抄》目录”16 页，目录后又有平白所加的按语：“沈先生所编《近代散文抄》，原名《冰雪小品选》，大抵以明季公安、竟陵两派为中心，自万历以至清之乾隆，‘文学革命’散文方面之新文学，搜罗几备矣。周先生演讲集，提示吾人以精澈之理论，而沈先生《散文抄》，则供给吾人以可贵之材料，不可不兼读也。因附录沈书篇目于此。沈先生并嘱编者为记数语焉。”《近代散文抄》分上下册，分别于 1932 年 9 月和 12 月由北平人文书店出版，二册书后皆印有《中国新文学的源流》的介绍。从两书互为广告宣传看，出版社确有配套出版的意图。

生深远的反响。其后最积极呼应周作人“源流说”并加以发扬光大的，是原“语丝派”成员林语堂。自1932年秋至1936年夏秋之际，林语堂在上海先后担任《论语》、《人间世》、《宇宙风》三个杂志的主编和撰稿人，“提倡复兴性灵派的文章和创造一种较活泼较个人化的散文笔调”。由于这几个杂志持续畅销，书坊中明清小品的行情也随之看涨，尤其是袁中郎的文集，不仅“上海书坊间索求者颇不乏人”，而且北京、广州等地的读者也纷纷写信来求购。于是，林语堂计划编刊《性灵丛书》（后改名《有不为斋丛书》），其中第一部就是由刘大杰标点、林语堂校订的《袁中郎全集》。不料该书于1934年秋由时代图书公司刊行后，竟成为抢手货，一年中就“有五种翻印版本，总数在五万以上”。于是，除了部分报刊辟专栏发表相关文章（包括研究公安派的论文和受其影响而写作的小品文）以外，上海的小品文杂志竟一时纷起，以至1934年被称为“杂志年”。而当时上海的出版界也积极配合，一方面继《近代散文抄》后又陆续推出了一批小品文选集，如刘大杰编《明人小品集》（上海北新书局，1934）、施蛰存编《晚明二十家小品》（上海光明书局，1935）、阿英编《晚明十六家小品》（上海光明书局，1935）、王英编《晚明小品文总集选》（南强书局，1935）、笑我编《晚明小品》（上海仿古书局，1936）、朱剑心编《晚明小品文选》（商务印书馆，1937）等，这些书都选录了公安三袁的散文，但仅有个别选本收录了江盈科、陶望龄的作品；一方面开始大量翻印古书，尤其是《中国文学珍本丛书》和《国学珍本文库》中翻印的明末清初珍本，“于中国文献上，有特别贡献，于《人间世》所提倡明朝小品，给以阐扬的实证，兼以专搜禁书珍本，又非普通无宗旨之翻印古书可比”[①]。其间推出的公安派著作有袁宗道的《白苏斋类集》二十二卷，袁中道的《珂雪斋诗集》七卷《文集》十四卷、《珂雪斋近集》四卷、《袁小修日记》（即《游居柿录》）十三卷，江盈科的《雪涛小书》二卷、《雪涛小说》一卷[②]等。

当然，在以林语堂为代表的“论语派”呼应周作人的“源流说”而大力推崇公安派和提倡幽默闲适小品之时，也曾遭受过各种批评，其中尤以鲁迅、阿英为代表的左翼作家与之分歧较大，双方展开了长达四年之久的论争。其实质是左翼作家主张文学要为现实政治服务，认为在国难当头时写幽默闲适小品是“走到了危机”，因而提倡写有如“匕首”、“投枪”一类的小品文（实即杂文），但他们又不能明确否定以袁宏道为首的公安派，于是一方面既创办了《太白》、《芒种》等杂志以提倡杂文和科学小品而与之对抗，一方面也试图对公安派与晚明小品做出不同的阐释。例如，鲁

---

① 林语堂：《记翻印古书》，《宇宙风》第7期（1935年12月16日）。

② 按：《雪涛小说》收入《世界文库》第九册，由上海生活书店出版，是根据清初《说郛续》本排印，仅录14篇作品。

迅着重从“关心世道”、“佩服方巾气”的角度评价袁中郎，而认为林语堂等人描述的袁中郎已“画歪了脸孔”，甚至抓住刘大杰在《袁中郎全集》中的标点错误予以嘲讽；阿英则对公安派与晚明小品做了一定的研究，不仅选编了《晚明十六家小品》，还发表了一系列关于公安派的文章，如在《袁中郎与政治》一文中说：“中郎是可学的，在政治上，应该学他大无畏的反抗黑暗，反抗暴力，反对官僚主义的精神。在文学上，应该学他反对因袭，反对模拟，主张创造的力量，以及基于这力量而产生的新的文体。”这明显可以看出作者有把文学和文学研究当成政治宣传工具的意图，尤其是提出“要批判的学习中郎，要发展的去学习中郎，不能无条件的接受中郎”，实际成为后来继承古典文化遗产的原则。但这种历时甚久的论争，曾引起各界（包括学术界、教育界、出版界、文艺界）更多人士的关注和参与，从而形成第一次公安派热潮，不仅促进了有关公安派的学术研究，而且把现代小品文的创作也推向了高潮①。

由于 1936 年下半年林语堂赴美和鲁迅逝世，有关公安派与小品文的论争也逐渐消歇，尤其是稍后抗战的爆发，标志着第一次公安派热潮的全面终结。此后四十余年间，要求文学为现实政治服务的主张实际上成为了中国知识界的主旋律，公安派也长期被边缘化，不仅出版界没有刊行过他们的一部著作，而且相关的论文也寥若晨星，只是在教科书（包括文学史和作品选）中尚可看到公安三袁的模糊身影。

公安派第二次受到重视始于 20 世纪 80 年代，随后跨越世纪持续成为热潮，至今尚在发展之中。在第二次浪潮初起阶段，资深教授任访秋和学者型出版家钱伯城实际上充当了导航人的角色。任氏在 30 年代初念大学时就因受周作人影响而撰写并发表过七篇研究袁中郎的论文，1935 至 1936 年在北京大学研究院继续深造期间所撰论文仍为《袁中郎研究》②，进入新时期以后，他先后发表的论文《关于袁中郎和他倡导的文学革新运动》（《文学遗产》1980 年第 2 期）和专著《袁中郎研究》（上海古籍出版社，1983）、《中国新文学的渊源》（河南人民出版社，1986），基本上都是在 30 年代成果的基础上修改、扩充或重写而成，因此第二次浪潮的开始，实际上是第一次浪潮中断了四十余年后的继续。钱氏整理、由上海古籍出版社出版的《袁宏道集笺校》（1981）、《白苏斋类稿》（1989）、《珂雪斋集》（1989），则初步奠定了新时期公安派研究的文献基础和在相当长的时期内仍然以三袁为中心的学术格局，三书的重新出版在继承第一次浪潮成果的基础上又有了一定的发展，其中尤以《袁宏道集笺校》颇多创新，整理者不仅广泛搜集多种版本进行校勘，而且“据各种方志、文集、史籍、笔记等书，搜索勾稽，凡集中诗文有关朋辈交游、时事背景、专门制度、

① 参见拙文《论公安派在现代文坛的多重回响》，《复旦学报》2006 年第 6 期。
② 参见任访秋：《中国新文学渊源·自序》，河南人民出版社 1986 年版。

经历地理等，均为加笺”，历时五年才完成，其学术含量远在刘大杰标点本之上。与此同时，出版界还推出了一大批有关公安派与晚明小品文的选本，包括重刊旧选本（含明清人选本和现代人选本），初刊新选本，甚至有小品文鉴赏辞典，上海书店还据中央书店 1936 年版纸型重印过袁中道的《珂雪斋近集》（1982）等；学术界对公安派一直保持重视，不仅发表的论文和专著呈逐渐增多之势，而且曾于 1987 年 5 月中旬在湖北公安县举行过公安派文学研讨会，与会论文编成《晚明文学革新派公安三袁研究》一书，由华中师大出版社出版，尤其是部分高校和研究机构的学者还结合专门人才的培养，指导硕士生、博士生撰写过一些有关公安派研究的学位论文；文坛也曾持续兴起文化散文、随笔小品热，虽未见有周作人、林语堂那样的名家来明确倡导，但其抒写性灵、不拘格套的精神与公安派相通是不言而喻的。

第二次公安派热潮发展到 90 年代中后期曾出现新的变化，其标志是 1994 年湖北人民出版社推出了李健章的《〈袁宏道集笺校〉志疑》和 1997 年岳麓书社出版了黄仁生整理的《江盈科集》，前者是针对钱伯城整理本《袁宏道集笺校》中的若干疏漏和错误进行质疑，后者不仅从文献资料上突破了公安派研究长期以三袁为中心的格局，而且在书首的长篇前言中系统论述了江盈科的文学思想与诗文创作及其参与创立公安派的过程，首次明确提出：“在公安派的创立与发展时期，江盈科实际上是作为这个流派的副将而与主将袁宏道齐名，他的功绩与影响，仅次于袁宏道，而在公安派其他成员之上。”二书的出版分别从不同的方向拓展和深化了公安派研究，稍后如孟祥荣整理的《袁宗道集笺校》（湖北人民出版社，2003），黄仁生整理的《雪涛小说（外四种）》（上海古籍出版社，2000）和《江盈科集（增订本）》（岳麓书社，2008），何宗美撰写的《袁宏道诗文系年考订》（上海古籍出版社，2007）等著作，正是沿着上述两个方向开掘而取得的基础性成果。与此同时，受这些基础性成果的影响，学术界又相继取得了一系列视野较以往开阔的新成果。如周群《袁宏道评传》（南京大学出版社，1999）、孟祥荣《真趣与性灵——三袁与公安派研究》（中国文联出版社，2000）、钟林斌《公安派研究》（辽宁大学出版社，2002）、李圣华《晚明诗歌研究》（人民文学出版社，2002）、熊礼汇《明清散文流派论》（武汉大学出版社，2003）、徐艳《晚明小品文体研究》（江西教育出版社，2004）等专著，以及首都师范大学宋俊玲的博士学位论文《公安派研究》（2004）、苏州大学姚丽丽的硕士学位论文《江盈科研究》（2007）等，皆已把江盈科作为公安派的重要成员加以审视。尤其是章培恒主编的《中国文学史新著》（复旦大学出版社、上海文艺出版总社，2007）将江盈科作为公安派的重要作家予以论述，明确指出“除袁宏道外，当时对扩大公安派影响起作用最大的首推江盈科”，并公正评价了江氏诗文的特点与功过。这是江盈科第一次作为公安派的代表作家被写入中国文学通史，且其篇幅略多于袁小修而远多于袁伯修，标志着其在文学史上的地位被淹没了几百年后终于得以恢复和确认。

与此同时，北京出版社、齐鲁书社、上海古籍出版社先后影印出版的《四库禁毁书丛刊》、《四库存目丛书》、《续修四库全书》等大型丛书也收录了不少公安派作家的著作，如袁宏道的《袁中郎全集》四十卷（明崇祯二年武林佩兰居刻本）、《潇碧堂集》二十卷《瓶花斋集》十卷《解脱集》四卷《锦帆集》四卷《去吴七牍》一卷（明万历间袁叔度书种堂刻本）、《觞政》一卷（明万历三十八年刻本）、《珊瑚林》二卷《金屑编》一卷（明末清响斋刻本），袁中道的《珂雪斋近集》十卷附《楚狂之歌》一卷《小袁幼稿》一卷《近游草》一卷（明万历书林唐振吾刻本）、《珂雪斋前集》二十四卷《外集》十五卷（明万历四十六年刻本），袁宗道的《白苏斋类集》二十二卷（明万历刻本），陶望龄的《歇庵集》二十卷《附录》三卷（明万历间乔时敏、王应遴刻本）、《解庄》十二卷（明天启元年茅兆河刻本）、《陶文简公集》十三卷（明天启七年陶履中刻本），江盈科的《皇明十六种小传》四卷（明万历二十九年刻本）等，使一批深藏紧锁在各地图书馆的善本书得以广泛传播，这不仅有助于各地研究者直接查阅和展开研究，而且为进一步整理出版公安派作家的全集提供了辑录和校勘的方便。基于这一背景和学术界的迫切需求，加之笔者在日本访查汉籍时曾发现一批有关袁宏道、袁中道、江盈科的新资料，因而拟重新整理《袁中郎全集笺证》、《袁小修全集笺校》、《江盈科全集笺校》，或可为推动公安派研究进一步走向深入而提供新的材料和话题。

此外，还有两个问题与本文题旨有关：一是公安派主要作家的著作在近世也曾传入朝鲜，并对朝鲜后期的汉文学产生过影响；二是近几十年公安派在台湾、香港和日本、韩国、欧美学术界也颇受重视，因而有关公安派著作在海外的传播、出版和影响，也是值得关注的重要课题。但限于条件，笔者对这方面资讯了解甚少，尚无法描述其基本线索，故暂付阙如，希望能获得国内外学术同仁的声援和支持。

论公安派在现代文坛的多重回响[①]

众所周知，现代文坛精英在引进西方文学观念而发起文学革命和建设新文学的进程中，也曾与中国古代文学传统展开过多种形式的对话。其中与公安派的对话稍迟，却由此而引发过历时几年的论争，成为中国文学古今演变史上颇为典型的个案。20 世纪 80 年代以来，随着公安派和现代小品文再次受到关注，几十年以前的这桩公案也相应进入了有些学者的视野，但大多集中在是非功过的评说，却又不能不受主流话语的制约，因而所作的阐释或评判难免存在着简单化的倾向。

本文拟从中国文学古今演变的视角，重新考察和阐释公安派的文学主张与创作在现代文坛所产生的多重回响。认为现代文坛精英对于公安派的发现和接受，在古代文学向现代文学演变的进程中有其必然性；他们围绕公安派的相关问题而引发的一系列论争，在一定程度上已经发展为流派主张之争，从而使中国文学的古今演变呈现为多元方式。因而即使这场论争中的各方难免有偏激或不足，但无论对于现代新文学的发展，还是对于公安派的研究，都曾产生过深远的影响。

一

公安三袁早在“五四”以前就以诗人的身份走进了现代知识界的视野，例如，陈田辑撰的《明诗纪事》庚签（1909 年刊刻）卷五不仅选录了三袁兄弟的 31 首诗，而且汇辑了明清人的评论，陈田还为三人分别撰写了按语；曾毅的《中国文学史》（1915 年初版）和谢无量的《中国大文学史》（1918 年初版）已列有专章或专节来介绍“公安派与竟陵派”。胡适曾于 1916 年 9 月从曾毅《中国文学史》第四编第四十

---

① 本文原载《复旦学报》2006 年第 6 期。中国人民大学书报资料中心《中国古代近代文学研究》2007 年第 4 期全文转载。

六章中读到袁宏道的《西湖》、《偶见白发》二诗，虽以“皆可喜”而“亟称之”[①]，但由于曾氏并未读过三袁的诗文集，其所作介绍都是依据清人的评语综合而成，上述二诗也是作为“戏谑嘲笑，间杂俚语”的例证而从朱彝尊的《静志居诗话》中抄来的，因而未能引起胡适的特别注意，可惜这位新文学运动的先驱者与公安派主将的邂逅，仅仅相视一笑，就擦身而过了。此后即使在“五四”新文学运动的高潮中和退潮后，学术界对于公安派的认识也大致如此，甚至桐城派古文家刘声木等人到了20世纪20年代末还在批评公安竟陵为“亡国之音”[②]。直到1932年9月，周作人为沈启无撰《近代散文抄新序》时，才就此直接提出批评：“中国讲本国的文学批评或文学史的，向来不大看重或者简直抹杀明季公安、竟陵两派文章，偶尔提及，也总根据日本和清朝的那种官话加以轻蔑的批语，文章统系仿佛是七子之后便由归、唐转交桐城派的样子，这个看法我想是颇有错误的。他们不知道公安、竟陵是那时的一种新文学运动，这不但使他们对于民国初年的文学革命不能了解其意义，便是清初新旧文学废兴也就有些事情不容易明瞭了。”

公安派的革命性质和现代意义，是周作人在1928年首先发现的。其机缘始于“五四”落潮后的反思过程中，他开始把目光从西方文学转向中国古典文学，一边阅读、讲授乃至指导门徒整理明人文集[③]，一边撰文探讨现代新文学与明末文学的关系[④]，以至萌生编一部“小品散文选”的设想，所涉作家拟“由板桥冬心溯而上之这班明朝文人再上连东坡山谷等”。这个设想至1928年春已调整为编《明人小品文选》[⑤]，并曾委托江绍原在杭州代购《明文隽》（袁宏道编）、《白苏斋类集》（袁宗道

---

① 胡适：《王阳明之白话诗》，《胡适学术文集》，中华书局1998年版。

② 周作人：《重刊袁中郎集序》，《苦茶随笔》，河北教育出版社2002年版。

③ 如张岱的《陶庵梦忆》是由俞平伯整理的，但据俞平伯《重刊陶庵梦忆跋》曰：“此书校读得燕大沈君启无之助，更得岂明师为作序，两君皆好读《梦忆》者。”

④ 如《地方与文艺》（1923年3月）曰：明末“那些文人多无意的向着现代语这方向进行，只是不幸被清代的古学潮流压倒了”（《谈龙集》）。又与俞平伯书（1926年5月5日）曰：“我常常说现今的散文小品并非五四以后的新出产品，实在是‘古已有之’，不过现今重新发达起来罢了。”（《周作人书信集》）又《陶庵梦忆序》（1926年11月5日）曰：“我常这样想，现代的散文在新文学中受外国的影响最少，这与其说是文学革命的还不如说是文艺复兴的产物，虽然在文学发达的程途上复兴与革命是同一样的进展。在理学与古文没有全盛的时候，抒情的散文也已得到相当的长发，不过在学士大夫眼中自然也不很看得起。我们读明清有些名士派的文章，觉得与现代文的情趣几乎一致，思想上固然难免有若干距离，但如明人所表示的对于礼法的反动则又很有现代的气息了。”（《苦雨斋序跋文》）

⑤ 1928年3月2日周作人致江绍原信曰：“承询及关于小品出板的意见，查不佞对于此事本所赞成，故现在如实行，在本席自然愿投一票也。近来，我对于玄同、平伯、凤举（引者按：张凤举，字定璜）诸君都曾劝进，……近颇想读明人小品文，并选一册，作为自己教书之用，唯所要之文集大抵不易得，故进行颇迟迟也。”（张挺、江小蕙：《周作人早年佚简笺注》，四川文艺出版社1992年版）按周作人拟编《明人小品文选》的计划，后由沈启无具体实施，到当年冬即已有初选目录，题名《冰雪小品选》，并拟请周作人撰序。1928年11月25日，俞平伯致周作人书曰：“前接沈扬君（引者按：字启无）来信言将编《冰雪小品》，索序于您，并问有何意见否？兹将原目附奉。此序似非先生莫属也。”（孙郁、黄乔生主编：《致周作人》，河南大学出版社2004年版）

著)、《珂雪斋集》(袁中道著)、《隐秀轩集》(钟惺著)等书[①]。大概在此前后不久,他系统地研读了公安、竟陵二派的文集[②],并于这年5月16日首次在《杂拌儿跋》中明确指出:明代"文学上颇有革新的气象,公安派的人能够无视古文的正统,以抒情的态度作一切的文章,虽然后代批评家贬斥它为浅率空疏,实际却是真实的个性的表现,其价值在竟陵派之上。……现代的文学——现在只就散文说——与明代的有些相像,正是不足怪的。"这段话不久就被朱自清在《背影》一书的自序中引用[③],虽然他认为"现代散文所受的直接的影响,还是外国的影响",但也承认"明朝那些名士派的文章,在旧来的散文学里,确是最与现代散文相近的"。

早在十年前以撰写《人的文学》而著称的周作人,在经历过白色恐怖之后,又面临"左翼文学"的压抑之际,其思想虽然有过起伏变化,但坚持个人主义、自由主义一直是他的基本立场,尤其在重视张扬真实的个性,反对因袭和束缚等方面,与公安派精神相通。所以,此后三年间,他仍在继续就公安派与新文学的关系等问题进行思考,并先后在《燕知草跋》(1928年11月22日)、《冰雪小品选序》(1930年9月21日)、《枣和桥的序》(1931年7月5日)、《苦茶随笔小引》(1931年11月9日)等文中加以阐发。但这些新观点仍主要为他的学生们所接受[④],在社会上尚未引起关注,因此,沈启无编的《冰雪小品选》于1930年完成后,即使有周作人撰序和俞平伯作跋,最终还是被出版社退了回来。直到1932年北平人文书店将周作人在辅仁大学的演讲稿《中国新文学的源流》和沈启无在《冰雪小品选》的基础上修改而成的《近代散文抄》配套出版[⑤]以后,才产生惊久不息的反响。

在总共五讲、大约三万字的演讲稿中,周作人把思考了几年的想法加以梳理整合,以"言志"(又称"即兴的文学")与"载道"(又称"赋得的文学")两种潮流的消长,构建了他的文学史体系。但自先秦至明中叶的文学变迁,都只是作为背景而"略一提及",重点从明末以公安派为代表的"新文学运动"讲起,再以"八股文"与"桐城古

---

① 周作人1928年3月27日、6月20日致江绍原信,载《周作人早年佚简笺注》,四川文艺出版社1992年版。

② 按:周作人常去北京厂甸访书,袁宏道和谭元春的文集当在此前已购得。

③ 该序写于1928年7月31日,最早见于上海开明书店1928年10月初版的《背影》卷首。

④ 例如,任维焜(即任访秋)就是受了周作人的影响而对公安派产生兴趣,并于1931年5月在《师大国学丛刊》第1卷2期发表了《袁中郎师友考》一文。

⑤ 1932年3至4月间,周作人应沈兼士之约到辅仁大学作了题为《中国的新文学运动》的演讲,学生邓恭三根据自己所作笔记加以整理,请周作人审定并加撰《小引》后,由北平人文书店于当年9月改名《中国新文学的源流》出版。书末附有"沈启无选辑《近代散文抄》目录"16页,目录后又有平白所加的按语:"沈先生所编《近代散文抄》,原名《冰雪小品选》,大抵以明季公安、竟陵两派为中心,自万历以至清之乾隆,'文学革命'散文方面之新文学,蒐罗几备矣。周先生演讲集,提示吾人以精澈之理论,而沈先生《散文抄》,则供给吾人以可贵之材料,不可不兼读也。因附录沈书篇目于此。沈先生并嘱编者为记数语焉。"《近代散文抄》分上下册,分别于1932年9月和12月由北平人文书店出版,两册书后皆印有《中国新文学的源流》的介绍。从两书互为广告宣传看,出版社确有配套出版的意图。

文”两讲来揭述“清代文学的反动”，最后探讨“又怎样对这反动起了反动而产生了最近这次的文学革命运动”。他是站在现代新文学的立场上，以寻根溯源的方式来着重阐述晚明至现代文学运动的演进史，其思路为：“明末的文学，是现在这次文学运动的来源；而清代的文学，则是这次文学运动的原因。”由此不难看出，公安派与现代新文学的关系，是周作人这一思路的真正起点和亮点。他就这个论题所发表的意见，几乎全部都是新的，其中最值得本文关注的有如下四点：

一是肯定公安派对于前后七子“复古的风气，揭了反叛的旗帜”，并引述袁宏道的《叙小修诗》、《雪涛阁集序》和袁宗道的《论文》上下篇等，高度评价了他们反对复古模仿，主张因时而变，提倡“独抒性灵，不拘格套”和“信腕信口，皆成律度”的理论；至于他们的创作，“作一句总括的批评，便是：‘清新流丽’。他们的诗也都巧妙而易懂。他们不在文章里面摆架子，不讲治国平天下的大道理，只要看过前后七子的假古董，就可很容易看出他们的好处来”。

二是指出“以袁中郎为代表的公安派，其在文学上的努力，直继续至清朝的康熙时代”。其承传的代表作家包括竟陵派的钟惺、谭元春、倪元璐、刘侗等，融合公安竟陵之长的张岱等，以及金圣叹、李渔、郑燮、金农、袁枚等人。

三是认为公安派的主张与胡适差不多，“而他们对于中国文学变迁的看法，较诸现代谈文学的人或者还要更清楚一点”。“胡适之的所谓‘八不主义’，也即是公安派的所谓‘独抒性灵，不拘格套’和‘信腕信口，皆成律度’的主张的复活。所以，今次的文学运动，和明末的一次，其根本方向是相同的。其差异点无非因为中间隔了几百年的时光，以前公安派的思想是儒家思想道家思想加外来的佛教思想三者的混合物，而现在的思想则又于此三者之外，更加多一种新近输入的科学思想罢了”。

四是发现“明末和现今两次文学运动的趋向”和“许多作品也都很类似。胡适之、冰心和徐志摩的作品很像公安派的，清新透明而味道不甚深厚”；“和竟陵派相似的是俞平伯和废名两人，他们的作品有时很难懂”，“不像透明的水晶球，要看懂必须废些功夫才行。然而更奇怪的是俞平伯和废名并不读竟陵派的书籍，他们的相似完全是无意中的巧合”。

上述第一点在当时属新见，到如今已成为常识，无须赘评。这里有必要补充的是，周作人并没有把公安派说得十全十美，而是还指出了他们“后来的流弊”——“所作的文章都过于空疏浮滑，清楚而不深厚”。第二点所列与公安派精神相通的作家，在沈启无的《近代散文抄》中已介绍了一部分，稍后小品文走俏时也成为知识界关注的对象。在后来的论争中，上述两点很少受到质疑，不过有所拓展或补充罢了。第三、四点分别从理论和创作两方面论证公安派文学是现代新文学的来源，实际上是基于其“假定”的理念，到本土文学传统中为已经发生了的新文学运动而寻找一个“根”，并且相信“只要着力培养，自然会长出新芽来”[①]。因而后来赞同声援者不少，质疑批评者也不少。例如，1934 年 12 月陶明志（即赵景深）编的《周作人论》一书，共收 36 篇文章，有 30 篇肯定，6 篇批评；其中论及《中国新文学的源流》的 6 篇，肯定与批评的各 3 篇，这里只介绍三篇批评文章，分别为中书君（即钱钟书）的评《中国新文学的源流》（《新月》第 4 卷第 4 期，1932 年 11 月 1 日）、许杰的《周作人论》（《文学》第 3 卷第 1 号，1934 年 7 月 1 日）、陈子展的《不要再上知堂老人的当》（《新语林》第 2 期，1934 年 7 月 20 日）。中书君认为周作人溯源到公安竟陵派，不过是因为他们的革命“没有成功”而“旷世相感”；而所谓“载道”和“言志”，“在传统的文学批评上，原是并行不背的，无所谓两‘派’”；至于称公安派持论比胡适圆满得多，则“是一种立异恐怖”。许杰侧重于从方法论上批评周作人不懂历史演进的辩证法，堕入了机械的循环论。陈子展则推测周作人“把公安竟陵抬出来”的动机，“是他做了这次新文学运动的元勋还不够，再想独霸文坛”，“争得新文学的正统”。但他们都没有料到，胡适后来却基本上接受了周作人的看法。

胡适在“五四”运动初期以提倡“文学进化论”和“白话文学正宗论”而著称，稍后撰写过《五十年来中国之文学》、《国语文学史》和《白话文学史》，实也带有为新文学寻根溯源的意图。但周作人对其所持直线进化的白话文学史观提出了批评，认为“中国文学始终是两种互相反对的力量（引者按：即‘言志’与‘载道’）起伏着，过去如此，将来也总如此”。继而将公安派与胡适进行了比较分析。1935 年 9 月，《中国新文学大系》中的《建设理论集》编成后，胡适在《导言》中回顾 1917 年撰著《文学改良刍议》、《历史的文学观念》的思路时补充说：“这种思想固然是达尔文以来进化论的影响，但中国文人也曾有很明白的主张文学随时代而变迁的。最早倡此说的是明朝晚期公安袁氏三弟兄。清朝乾隆时代的诗人袁枚、赵翼也都有这种见解，大概都颇受了三袁的思想的影响。我当时不曾读过袁中郎弟兄的集子，但很爱读《随园集》中讨论诗的变迁的文章。”这就是说，他当年在论述“文学随时代而变迁的”理论时，实已从袁枚那儿间接继承了公安派的观点，这等于在一定程度上支持了周作人的立论。当然，由于胡适所持的进化文学史观是以白话正宗为前提的，所以仍然认为“拿《水浒传》、《金瓶梅》来比当时的正统文学，当然不但何、李的假古董不值得一笑，就是公安竟陵也都成了扭扭捏捏的小家数了！”换言之，他只是追认公安派的理论为“来源”之一，其创作则因受文言所累，仍只能算“小家数”。

---

① 周作人于 1945 年 7 月 27 日在《关于近代散文》一文中回忆说：“大概在这三数年内，资料逐渐收集，意见亦由假定而渐确实，后来因沈兼士先生招赴辅仁大学讲演，便约略说一过，也别无什么新鲜意思，只是看出所谓新文学在中国的土里原有他的根，只要着力培养，自然会长出新芽来，大家的努力决不白费，这是民国二十一年的事。”（《知堂乙酉文编》）

现在回过头来再看周作人的论述，可见古今“相似”是他寻根溯源的表征，但其实质却明显有别：一类是今人与古人对话以后的“相似”，这往往成为一种有意识的继承或借鉴(但不是模仿)。一类是今人未与古人对话时即已存在“相似”，如“胡适之、冰心和徐志摩的作品很像公安派的”，俞平伯、废名的作品“和竟陵派相似”，但他们此前并没有读过公安派或竟陵派的书，所以这类“相似完全是无意中的巧合”；而有意寻根溯源的今人，实际上是在寻找与自己(或包括自己在内的群体乃至这个时代的潮流)相似的古人，故也可归入这一类。那么，显而易见，这两类古今“相似”，正体现为中国文学古今演变的两种不同的方式。前者因为有古今心灵“对话”的纪录或凭据可供参考，有利于寻绎出演变的轨迹，其所得结论比较容易获得认同。后者或是以间接、潜伏的途径渗透，或是由于时代、环境、个性相似而使得今人与古人精神相通或风格相近，虽由于不易寻绎其演变的轨迹，其所得的结论也难于获得认同，但今人一旦寻找到的最“相似”的古人并产生共鸣，实际上就已开始向前者转化。因此，作为新文学运动的先驱者、西方文学的引进者和现代散文大师，周作人的这种寻根溯源仍然意味深长，它不只是一种出自“假定”的学术论证，而且兼具为尚在发展中的新文学引导方向的意义。

就这样，通过这个演讲稿中并不严密的理论框架，周作人从一个崭新的角度勾勒出公安派的现代版形象，虽然简略而写意，却既令人遐想，也招人疑思，于是想与他们对话的人便多了起来。

二

最先呼应周作人的“源流说”并加以发扬光大的，是原“语丝派”成员林语堂。自1932年秋至1936年夏秋之际赴美前，他在上海先后担任《论语》[①]、《人间世》[②]、《宇宙风》[③]三个杂志的主编和撰稿人，曾掀起一场“提倡复兴性灵派的文章和创造一种较活泼较个人化的散文笔调”的“文学运动”[④]，既使公安派成为了热门话题，又把现代小品文的创作推向了高潮。

---

① 按：《论语》半月刊第1—26期由林语堂主编，陶亢德、徐订任编辑。自第27期起改由陶亢德主编，但林语堂仍为该杂志主要撰稿人。该杂志出至1937年8月第117期停刊，1946年12月复刊，邵洵美主编，至1949年5月终刊，前后共出177期。

② 《人间世》半月刊于1934年4月5日创刊，林语堂任主编，陶亢德、徐订任编辑。直至1935年12月20日，出版第42期后停刊。

③ 《宇宙风》1935年9月16日创刊，林语堂任主编，陶亢德、徐订任编辑。前50期为半月刊，从第51期起改为旬刊，抗日战争期间曾迁往广州、桂林、重庆等地出版，直至1947年8月停刊于上海，共出152期。

④ 林语堂：《生活的艺术》第十二章第四节，《林语堂名著全集》第21卷，东北师范大学出版社1994年版。

几乎就在北平刊行《中国新文学的源流》的同时，上海推出了《论语》杂志的创刊号(1932年9月16日)。这个杂志虽然面向大众文化市场，但宣称政治上持中间立场和"不拿别人的钱，不说他人的话"的独立品格，在一定程度上还保留了《语丝》的遗绪。也许因早在八年前就提倡以"幽默"[①]来改变"板面孔"训话式文风的壮志未酬，林语堂上任伊始就确定《论语》以提倡幽默为主要目标。稍后不久，原"语丝派"主将的新著在沪上市，他读后颇有神志豁然之感，于是撰《新旧文学》一文说：

……近读岂明先生《近代文学之源流》(北平人文书店出版)，把现代散文溯源于明末之公安竟陵派(同书店有沈启无的《近代散文抄》，专选此派文字，可以参考)，而将郑板桥、李笠翁、金圣叹、金农、袁枚归入一派系，认为现代散文之祖宗，不觉大喜。此数人作品之共通点，在于发挥性灵二字，与现代文学之注重个人之观感相同，其文字皆清新可喜，其思想皆超然独特，且类多主张不模仿古人，所说是自己的话，所表是自己的意，至此散文已是'言志的'、'抒情的'，所以以现代散文为继性灵派之遗绪，是恰当不过的话。由于性灵之培养，乃有豪放之议论，独到之见解，流利之文笔，绮丽的文思，故能在纪晓岚宣告死刑之旧文学，觅出一条生路。于此尤有一点值得注意，就是我们一看这些人的作品，大半都含有幽默意味。如张谑庵、金圣叹、郑板桥、袁子才，都是很明显的例子。其实这些人都不是有意幽默，乃因其有求其在我的思想，自然有不袭陈见的文章，袁伯修所谓'有一派学问，则酝出一种意见；有一种意见，则创出一般言语'。人若拿定念头，不去模拟古人，时久月渐，自会有他的学问言语。(《论语》第7期，1932年12月16日)

实际上，这段话除了把书名写错以外，内容也根据他的理解或需要而做了发挥。周作人演讲的题目本来是"中国的新文学运动"，出版时才改名为《中国新文学的源流》，全书着重阐述"明末的新文学运动"和"民国以来的这次新文学运动"的源流关系，其中甚至连"明末散文"、"现代散文"这样的话题都未曾单独提及。但上面的表述，显然是根据近几年周作人所作序跋[②]和演讲稿的精髓综合而成，只不过在阐述

---

① 林语堂《征译散文并提倡幽默》、《幽默杂话》，先后发表于《晨报副刊》1924年5月23日、6月9日。

② 除上节所引序跋以外，还有《燕知草跋》(1928年11月22日)曰："中国新散文的源流我看是公安派与英国的小品文两者所合成。"尤其是《苦茶随笔小引》(1931年11月9日)曰："降至明季公安竟陵两派的文章也很引动我的注意，三袁虽自称上承白苏，其实乃是独立的基业，中国文学史上言志派的革命至此才算初次成功，民国以来的新文学只是光复旧物的二次革命，在这一点上公安派以及竟陵派(可以算是改组派罢?)运动是很有意思的，而其本身的文学亦复有他的好处，如公安之三袁，伯修、中郎、小修，竟陵之谭友夏、刘同人、王季重，以及集大成的张宗子，我觉得都有很好的作品，值得研究和诵读。"这成为林语堂的直接依据。

“性灵说”时已初步融入了他以往所接受的西方表现主义美学观[①]和幽默理论而已。

在此之前，林语堂偶尔也使用过“性灵”这个术语[②]，但真正与公安三袁展开对话，则是在 1932 年冬读了《中国新文学的源流》之后，并与之结下不解之缘。对此，他后来有明确的表述，如《论语》第 40 期（1934 年 5 月 1 日）发表的《语录体举例》说：“周作人先生提倡公安，吾从而和之，盖此种文字，不仅有现存风格足为模范，且能标举性灵，甚有实质，不如白话文学招牌之空泛。”这年 8 月还作《四十自叙诗》说：“近来识得袁宏道，喜从中来乱狂呼，宛似山中遇高士，把其袂兮携其裾。又似吉茨读荷马，五老峰上见鄱湖。从此境界又一新，行文把笔更自如。”[③]

尽管林语堂最初只是从沈启无编的《近代散文抄》中读到过几十篇公安、竟陵派的作品，但却从中“发现了最丰富、最精彩的文学理论，最能见到文学创作的中心问题。又证之以西方表现派文评，真如异曲同工，不觉惊喜。大凡此派主性灵，就是西方歌德以下近代文学普通立场；性灵派之排斥学古，正也如西方浪漫文学之反对新古典主义；性灵派以个人性灵为立场，也如一切近代文学之个人主义。其中如三袁弟兄之排斥仿古文辞，与胡适之文学革命所言，正如出一辙”。循着这种思路，他进一步说：“性灵就是自我。代表此派议论最畅快的，见于袁宗道的《论文》上下二篇，……比陈独秀的革命文学论更能抓住文学的中心问题而做新文学的指南针。”因而既从正面强调：“性灵派文学，主‘真’字。发抒性灵，斯得其真，得其真，斯如源泉滚滚，不舍昼夜，莫能遏之。国事之大，喜薄西山怒之微，皆可著之纸墨，句句真切，句句可诵。不故作奇语，而语无不奇，不必其必传，而不得不传。”又从反面指出：“言性灵之文人必排古，因为学古不但可不必，实亦不可能。言性灵之文人，亦必排斥格套，因已寻到文学之命脉，意之所之，自成佳境，决不会为格套定律所拘束。”甚至认识到“提倡幽默，必先提倡解脱性灵，盖欲由性灵之解脱，由道理之参透，而求得幽默也”。理由是“思想真自由，则不苟同，不苟同，国中岂能无幽默家乎？思想真自由，文章必放异彩，放异彩，又岂能无幽默乎？”这样一来，“性灵说”既因赋予了西方表现主义内涵而更具现代意义，又将幽默理论给统摄起来了，所以他断言：“性灵二字，不仅为近代散文之命脉，抑且足矫目前文人空疏浮泛雷同木陋之弊。吾知此二字将启现代散文之绪，得之则生，不得则死。”[④]

随后，林语堂大量搜集和研读明末清初性灵派作家的文集，不仅撰写了《论幽

---

① 参见林语堂：《〈新的文评〉序言》、《旧文法之推翻与新文法之建造》二文，原编入《大荒集》，今已收入《林语堂名著全集》第 13 卷，东北师范大学出版社 1994 年版。

② 林语堂：《〈新的文评〉序言》（1929 年 10 月 4 日作），《林语堂名著全集》第 13 卷，东北师范大学出版社 1994 年版。

③ 林语堂：《四十自叙诗序》，《论语》第 49 期（1934 年 9 月 16 日）。

④ 详见《论文》上下篇，先后发表于《论语》第 15 期（1933 年 4 月 16 日）和第 28 期（1933 年 11 月 1 日）。

默》、《论性灵》等一系列重要论文，继续阐释幽默理论和性灵说，而且还以提倡语录体、闲适笔调来与性灵说相呼应。他在《论语》第26期（1933年10月1日）发表的《论语录体之用》中说："吾恶白话之文（引者按：即所谓'白话四六'），而喜文言之白，故提倡语录体。……盖语录体简练可如文言，质朴可如白话，有白话之爽利，而无白话之噜苏。"于是，他推崇"袁中郎尺牍极好，且可做语录体模范文"，"盖中郎既敢于文言中放入俚语，进而提倡复能性灵文字。此种文体，句句实话，字字真声，三百年后读其文，犹觉其个性赫然活跃于纸上"。（《语录体举例》）他甚至说："语录体甚宜做文言的'闲谈体'（familiar style），如用'汝'字便是闲谈体。"（《答周劭论语录体写法》）这种"闲谈体"，也即所谓"闲适笔调"。它本是西洋散文中"小品文笔调"的一种中文译名，也有人称为"娓语笔调"、"个人笔调"、"言情笔调"等，与林语堂所说"闲适笔调"同义。但他认为："在提倡小品文笔调时，不应专谈西洋散文，也须寻出中国祖宗来，此文体才会生根。"所以非常赞同周作人的散文源流论，认为"周作人谈《中国新文学的源流》一书推崇公安竟陵，以为现代散文直继公安之遗绪。此是个中人语，不容不知此中关系者瞎辩"[①]。甚至进一步说："袁中郎之旷达自喜，萧散自在，也正是小品文之本色。在公安派举出'信腕信口，皆成法度'八字，及主'文贵见真'、'文贵己出'、'反对模仿'诸说，已在文学理论上建起现代散文之基础。"[②]

在林语堂等人不断撰文标举性灵派作家作品的同时，他们主办的杂志持续畅销，书坊中明清小品的行情也随之看涨。尤其是袁中郎的文集，不仅"上海书坊间索求者颇不乏人，一来即售出也"[③]，而且北京、广州等地的读者也写信来求购。于是，林语堂计划编刊《性灵丛书》（后改名《有不为斋丛书》），其中第一部就是由刘大杰标点、林语堂校订的《袁中郎全集》。不料该书于1934年秋刊行后，竟成为抢手货，一年中就"有五种翻印版本，总数在五万以上"[④]。于是，上海的小品文杂志一时纷起，以至1934年被称为"杂志年"[⑤]；上海的出版界也开始大量翻印古书，尤其是《中国文学珍本丛书》和《国学珍本文库》中翻印的明末清初珍本，"于中国文献上，有特别贡献，于《人间世》所提倡明朝小品，给以阐扬的实证，兼以专搜禁书珍本，又非普通无宗旨之翻印古书可比"[⑥]。其中推出的公安竟陵派主要作家的著作有：袁

---

① 林语堂：《小品文之遗绪》，《人间世》第22期（1935年2月20日）。

② 林语堂：《再谈小品文之遗绪》，《人间世》第24期（1935年3月20日）。

③ 林语堂：《关于〈袁中郎全集〉复黄柯书》，《论语》第34期（1934年2月1日）。

④ 林语堂：《烟屑（一）》，《宇宙风》第1期（1935年9月16日）。

⑤ 许钦《关于小品文》曰："一九三四年的杂志年，所有的杂志，除掉少数的几种，所刊无非是小品文；其实可以说是小品文年。如今这种趋势，正在进展不已，小品文似乎着实要盛行下去。"（《小品文和漫画》，上海生活书店1935年版）

⑥ 林语堂：《记翻印古书》，《宇宙风》第7期（1935年12月16日）。

宗道的《白苏斋类集》二十二卷，袁中道《珂雪斋诗集》七卷《文集》十四卷、《珂雪斋近集》四卷、《袁小修日记》（即《游居柿录》）十三卷，江盈科的《雪涛小书》二卷，钟惺的《钟伯敬合集》（即《隐秀轩集》），谭元春的《谭友夏合集》二十三卷等。陈子展曾撰文描述过当时文坛上的风气：

> 书架上不摆部把公安竟陵派的东西，书架好像就没有面子；文章里不说到公安竟陵，不抄点明人尺牍，文章好像就不够精彩；嘴巴边不吐出袁中郎、金圣叹的名字，不读点小品散文之类，嘴巴好像无法吐属风流。（《不要再上知堂老人的当》，《新语林》第 2 期，1934 年 7 月 20 日）

这在 1934 年 7 月以前或许还有点儿夸张，但随后因公安三袁和竟陵钟谭的文集陆续翻印发行，就真的蔚然成风了。

陈子展认为“这一风气是从知堂老人开头的”，倒是说得不错；但知识界读了公安派的文集后，并不都像陈子展那样觉得“上当”失望，恰好相反，由于受到周作人的启发，学术界有关公安派的研究成果正在逐渐增多。除了上述林语堂的若干论文以外，1933 年有任维焜的《袁中郎评传》（《师大月刊》），1934 年有郁达夫的《重印袁中郎全集序》和阿英的《袁中郎与政治》（二文皆载于《人间世》第 7 期）、刘夔的《关于公安小品文之一夕话》（《人间世》第 8 期）、刘大杰的《袁中郎的诗文观》（《人间世》第 13 期）、周作人的《重刊袁中郎集序》（《大公报》文艺副刊，1934 年 11 月 17 日）等，1935 年有张汝钊的《袁中郎的佛学思想》（《人间世》第 20 期）、陈子展的《公安竟陵与小品文》（上海生活书店 1935 年版《小品文与漫画》）、周木斋的《读袁中郎集》（《文学》第 4 卷第 4 期）等，其中郁达夫、阿英、刘大杰、张汝钊、周作人的论文都曾作为《袁中郎全集》序言刊载，因而流传更广。至 1935 年 11 月，上海“今知社”编刊《袁中郎》一书，将上列成果全部收入，再摘录周作人《中国新文学的源流》第二节的内容置于书首，改以《明末的新文学运动》为题作为“代序”，实际上大致囊括了 1932—1935 四年间研究公安派的代表作①。这些文章凡论及袁宏道或公安派本身的理论与创作，都有据可考，而非信口开河，但细细品味其所持观点的背后，则不难看出，一部分是声援周作人的，一部分则是质疑周作人的，甚至周作人的序文也暗藏着辩驳的机锋。

1936 年夏秋之际，林语堂应赛珍珠的邀请而赴美写作。最初一段时期，他继

---

① 按该书还有刘大杰《袁中郎遗事》、樊锁《发现袁中郎手迹的经过》、沈思《袁中郎与王百谷》三文未列入。

续为《论语》、《宇宙风》等杂志撰稿，并在1937年出版的《生活的艺术》一书中说："我在中国曾提倡复兴性灵派的文章和创造一种较活泼较个人化的散文笔调；在我这个文学运动中，我曾为了事实上的需要，写了一些文章，以发表我对于一般文学的见解，尤其是对于写作艺术的见解。"林语堂把"提倡复兴性灵派的文章"看作是一场"文学运动"，这是一个值得继续研究的命题。他在"这个文学运动中"最重要的文学见解，就是以性灵说为基石而建构了小品文创作的理论体系。这个体系与他的写作和主办《论语》、《人间世》、《宇宙风》的宗旨是互为因果的，只不过三个刊物之间各有侧重而已，实际上都主要以发表"独抒性灵，不拘格套"的小品文而深受全国读者的喜爱。由于这三个杂志的编辑和核心作者是同一支队伍，故而以林语堂为首形成了一个颇具规模的"论语派"[①]，不仅开创了现代散文创作的生动局面，而且推动了公安派与晚明小品的研究。

从中国文学古今演变的角度来看，"论语派"的兴起显然是公安派在现代文坛所产生的最为广泛而深远的回响。林语堂作为这个流派的主将，是受到周作人的启示才与公安派展开对话的，在随后"提倡复兴性灵派"的"文学运动"中，他不仅继承和借鉴了公安派最具有超前意识的精神成果，而且用西方文艺理论重加阐释，既从理论上发展了性灵说，又以此为指导而把现代小品文的创作推向了高潮。这无疑是中国文学演变进程中的一种最为典型、最富于成效的方式，如果当时有人说，公安派领导的文学革新运动是林语堂提倡小品文运动的来源，不仅"论语派"文人都会坦然认可，即使左翼作家也应无异议吧！

三

既然公安派是由于周作人的推崇和林语堂的倡导而受到重视并成为热点的，那么，当知识界批评《中国新文学的源流》或"论语派"的时候，公安派也难免会受到牵连，但这仍然是一种现代回响，在中国文学古今演变史上同样值得关注和深思。

在林语堂提倡小品文的运动中，主要受到了以鲁迅为首的左翼作家的批评，其间固然与周作人存在某种联系，但直接的交锋主要在"论语派"和左翼作家之间进行。鉴于对周作人演讲稿的批评已在第一节做过介绍，这里着重讨论以鲁、林为首的两派论争中与公安派相关的话题。

本来林语堂自1925年冬在北京与鲁迅相识后，曾有过密切的交往，但自1929年8月28日因在酒席上发生冲突，便断绝了联系，直到1932年底两人才恢复往

---

① 参见吕若涵：《"论语派"论》，上海三联书店2002年版。

来。随后,《论语》从第 8 期(1933 年 1 月 1 日)开始刊登鲁迅的文章。鲁、林两派论争始于 1933 年 3 月,直至 1936 年秋林语堂赴美、鲁迅逝世前夕为止,长达三年半。除了日记以外,鲁迅曾撰文三十余篇批评林语堂等人。前一年半两人尚有交往,因而批评还比较客气。自 1934 年 9 月起,两人断绝了来往,不仅批评文章大多为冷嘲热讽,甚至骂林语堂为"西崽相",而且论争也在升级。在鲁迅的支持下,左翼作家先后于 1934 年 9 月 20 日、1935 年 3 月 5 日创办《太白》、《芒种》两个半月刊杂志对抗林语堂,几乎每期都刊有明批暗讽林语堂的文章,尤其是重刊《袁中郎全集》中的标点错误,成为鲁迅、曹聚仁等左翼作家一再嘲讽的话题,至 1935 年 3 月,上海生活书店出版了"太白一卷纪念特辑"《小品文与漫画》,其中凡论小品文的有相当多的篇章是针对林语堂与周作人的。林语堂也始终不倒旗枪,先后发表《做文与做人》(《论语》第 57 期)、《我不敢游杭》(《论语》第 64 期)、《今文八弊》(《人间世》第 27、28、29 期)等重要文章驳斥,甚至在赴美途中还撰《临别赠言》[①]予以反击。

那么,两派争论的缘起、焦点以及实际成效、意义如何呢?兹择其要者阐述如下:

首先,针对《论语》以提倡幽默为主要目标,鲁迅于 1933 年 3 月 2 日撰《从讽刺到幽默》、《从幽默到正经》二文[②],指出国难当头"实在是难以幽默的时候",不是幽默"改变样子"(或倾于对社会的讽刺,或堕入传统的"说笑话"和"讨便宜"),就是"幽默"归天,让"正经"统一了全中国;至 8 月下旬,连撰《"论语一年"》、《小品文的危机》二文[③],明确表示反对林语堂提倡的幽默小品文,认为那只是"小摆设",已经"走到了危机",提出"生存的小品文,必须是匕首,是投枪,能和读者一同杀出一条生存的血路的东西"。但林语堂却一方面结合公安派的性灵说来反思中西幽默理论,重撰了《论幽默》上下篇[④]作为对鲁迅的回应,认为幽默是一种人生观,"只有在性灵派文人的著作中,不时可发见很幽默的议论文",因而"提倡幽默,必先提倡解脱性灵";一方面经过精细筹备,于 1934 年 4 月 5 日创办了"专为登载小品文"的《人间世》半月刊,宣称"以自我为中心,以闲适为格调","宇宙之大,苍蝇之微,皆可取材"。但因创刊号发表了周作人《五十秩自寿诗》二首及沈尹默、刘半农、林语堂的和诗,立即引来新一轮猛烈攻击。林语堂连续撰《周作人诗读法》(《申报·自由谈》,1934 年 4 月 26 日)、《方巾气研究》(《申报·自由谈》,4 月 28 日,4 月 30 日,5 月 3 日)、《论小品文笔调》(《人间世》第 6 期)、《论玩物不能丧志》(《人间世》第 7

---

① 按:该文写于 1936 年 8 月 14 日赴美途经日本横滨的轮船上,发表于《宇宙风》第 25 期,1936 年 9 月 16 日。

② 鲁迅:《鲁迅全集》第五卷,人民文学出版社 1981 年版,第 42—43 页,第 44—45 页。

③ 鲁迅:《鲁迅全集》第四卷,人民文学出版社 1981 年版,第 567—573 页,第 574—577 页。

④ 《论幽默》上下篇先后发表于《论语》第 33 期(1934 年 1 月 16 日)、第 35 期(1934 年 2 月 16 日)。

期)等文回应。在此期间,鲁迅曾发表《小品文的生机》、《一思而行》二文[①],指出"世态是这么的纠纷,可见虽是小品,也正有待于分析和攻战的了,这或者倒是《人间世》的一线生机罢";"小品文大约在将来也还可以存在于文坛,只是以闲适为主,却稍嫌不够"。这是针对林语堂那些反批评文章的笔调[②]已经既不幽默也不闲适而发出的感慨,意谓若用"攻战"的笔调,就会为《人间世》带来"一线生机",其立场还是与"匕首投枪"说一致。以上这些论争,实际上涉及两个方面:一是文学与政治的关系问题,当时的政治就是救亡,所以左翼作家以"载道派"自居,要求文学为救亡服务,而"论语派"宣称"不反革命",当然也不反对救亡,但"不想杀身以成仁",旨在保持文学的独立性,因而双方发生冲突是不可避免的;二是关于散文小品体式笔调之争,鲁迅所说"到五四运动的时候,才又来了一个展开,散文小品的成功,几乎在小说戏曲和诗歌之上"(《小品文的危机》),与林语堂所说"十四年来中国现代文学唯一之成功,小品文之成功也"(《〈人间世〉发刊词》),表面看来似乎差别不大,实质上鲁迅是强调以像"匕首投枪"那样可用于"挣扎与战斗"的杂文为正宗,而林语堂则强调以"言情笔调"的"美文"为正宗[③],所以左翼刊物《太白》、《芒种》以提倡杂文和科学小品来与《人间世》相对抗,"太白一卷纪念特辑"《小品文与漫画》一书中大多推崇杂文小品而贬抑闲适小品[④]。

其次,在鲁迅的三十余篇批评文章中,虽多次提到袁中郎的名字,但他从来没有认认真真地评论过袁中郎或公安派,唯有两篇值得一提。一是《骂杀与捧杀》曰:"就是袁中郎这一班明末作家,在文学史上是自有他们的价值和地位的。"[⑤]但到底其"价值和地位"如何,没有往下说。二是《"招贴即扯"》,倒可以约略看出其思路。他认为当时"最流行的袁中郎"被描绘成"一个小品文的老师,'方巾气'的死敌"是"画歪了脸孔";提出"倘要论袁中郎,当看他趋向之大体,趋向苟正,不妨恕其讲空话,作小品文,因为他还有更重要的一方面在",于是,他举了一个例子来论证:"中郎正是一个关心世道,佩服'方巾气'人物的人,赞《金瓶梅》,作小品文,并不是他的

---

① 鲁迅:《鲁迅全集》第五卷,人民文学出版社 1981 年版,第 463—465 页,第 473—475 页。

② 如《周作人诗读法》:"近日有人登龙未就,在《十日谈》、《矛盾》月刊、《中华日报》及《自由谈》化名投稿,系统的攻击《人间世》,如野狐谈佛,癞鳖谈仙。……今世癞鳖,欲使洁身自好者负亡国之罪。"

③ 按:林语堂将现代散文分为说理与言情二派,关于二者的特点,其《小品文之遗绪》有精彩的比较分析。

④ 如唐弢《小品文拉杂谈》:"我的所谓小品文,其实就是现在一般人浑称的杂文。自从《人间世》创刊以后,主编者以为小品文当以自我为中心,闲适为格调,于是违反这二个条例的短文章,仿佛都变成弃婴,被摒绝于小品圈外了。这时候就有人另起炉灶,用杂文这一个名目,来网罗所有的短文,而把小品文三字,完全送给以闲适为格调的东西了。"傅东华《为小品文祝福》:"去年一年里,曾为着这'小品文'的问题化费了不少的笔墨。后来又起了'杂文'问题,看起来似乎跟小品文不相干,其实这两个问题有着密切的联系。唯其不懂得小品文只是杂文中的一个特别类型,又不懂得杂文在文学范围中占有一个部门的合法性。这才一面承认小品文是文学,一面却坚执否认杂文是文学。"

⑤ 鲁迅:《鲁迅全集》第五卷,人民文学出版社 1981 年版,第 585—586 页。

全部。”[①]其实，这都是针对林语堂《方巾气研究》中关于“方巾道学气是幽默之魔敌，……假如中国人如作一篇‘吃莲花的’，便有人责问，你写这些有何关于世道人心”一段话而说的，意在纠正“论语派”解读和推崇袁中郎过程中的片面性。左翼作家徐懋庸当时也认为：“袁中郎的小品原是写得好的，但他并非小品文的专家，他还有别的作品，在他的小品文的作法和他的别的作品的作法是一贯的。”[②]例如，在袁中郎的散文中，像疏、策、论、墓石铭一类应用文体以及像《广庄》、《西方合论》等专著，都不是小品文；即以小品文而论，也不全是闲适格调，林语堂多次推崇过的那篇批判拟古派“粪里嚼查，顺口接屁”的尺牍[③]，就与鲁迅的杂文风格相似，颇具“匕首投枪”的品性。鲁迅提出“倘要论袁中郎，当看他趋向之大体”，这当然是一种卓见；他重视袁中郎“关心世道”的一面，在大家都谈“性灵”时，也堪称别具慧眼。遗憾的是他太惜墨如金，究竟“趋向之大体”如何，“关心世道”的内涵如何，皆语焉不详。不过，当时同是左联领导、并且对鲁迅极为推崇的阿英在这方面的成果，倒是与鲁迅的思路相去不远，正好可以聊补这种遗憾。

自 1933 年 10 月至 1935 年 2 月，阿英曾发表《袁中郎做官》、《袁中郎与政治》、《袁中郎尺牍序》、《二修尺牍》、《江进之的笑话》等文，是最早对公安派核心人物分别进行研究的系列成果[④]，尤其是他首次指出“江盈科（进之）是公安派文学运动中的主要人物之一”[⑤]，堪称一大发现。但影响最大并明显带有论争色彩的当推《袁中郎与政治》，该文最初发表于《人间世》第 7 期（1934 年 7 月 5 日），稍后作为《袁中郎全集》的序言刊行，至 1935 年 11 月又由今知社编入《袁中郎》一书。其开篇一段导言，与鲁迅的口气颇有几分相像：

> 世人竞说袁中郎，世人竞学袁中郎，可是所说的中郎，究竟能有几分像？所学的中郎，究竟还是姓袁不？愚小子曰，除掉很少数的而外，大都是拧着了中郎的皮肉耳，与中郎的肺腑骨骼何干？这样的恭维中郎，正是杀害了中郎。就是那骂中郎的，又何曾在中郎身上用过一点功夫，问一问青红皂白，只是糊里糊涂，乱舞刀枪，迎头瞎打，把一个死后之身，弄得遍体青肿。这种不白之冤，中郎死而有知，真不知要向何处伸诉！

---

① 鲁迅：《鲁迅全集》第六卷，人民文学出版社 1981 年版，第 227—228 页。

② 徐懋庸：《大处入手》，《小品文与漫画》，上海生活书店 1935 年版。

③ 袁宏道：《张幼于》，《袁宏道集笺校》，上海古籍出版社 1981 年版，第 501—504 页。

④ 本来阿英还有《读狂言》一文于 1933 年 9 月 1 至 2 日在《申报·自由谈》连载，文中虽大谈袁中郎如何如何，但他所依据的《狂言》是赝书，故不列入，而以 1933 年 10 月 1、2、3、4、5 日在《申报·自由谈》连载的《袁中郎做官》一文为始。

⑤ 阿英：《江进之的笑话》，《论语》第 58 期（1935 年 2 月 1 日）。

> 中郎的这一顿冤枉，主要的是吃在现世的一班借他作掩护的人身上。他们没有正面黑暗的勇气，没有反抗暴力的精神，于是拖出一个死中郎，来作自己的盾牌，说中郎生在黑暗的时代，也是离开动乱的社会，走向隐的山林，以表示自己的逃避，正是袁中郎一流人物，是高尚的诗人风度，是乱世保身之道。其实，袁中郎尸骨虽寒，遗集宛在，他一生之中，何曾像这一班人，把"时事"忘却来？

从这段描述，我们还可想见当时捧杀和骂杀袁中郎的情形，但其重点还是针对"论语派"的。于是在正文中大量援引诗文，分析和阐发袁中郎自"诸生"时代至逝世前夕关心政治和为政济世的心路历程，其间即使由于"时局严重"、"杀机到处潜伏"而有过苦恼、失望、动摇，乃至退隐归乡，但终究因不能"遗世"而再度出山，"与恶劣的政治环境作战"。这正是鲁迅所说的"关心世道"的一面。正文之后，还有一段像政治口号的结语："中郎是可学的，在政治上，应该学他大无畏的反抗黑暗，反抗暴力，反对官僚主义的精神。在文学上，应该学他反对因袭，反对模拟，主张创造的力量，以及基于这力量而产生的新的文体。"这明显可以看出作者有把文学和文学研究当成政治宣传工具的意图，尤其是提出"要批判的学习中郎，要发展的去学习中郎，不能无条件的接受中郎"，实际成为后来继承古典文化遗产的原则。

当然左翼作家的认识并不完全一致，如王淑明说："我们这样的时代，既不是明清之际，所以不需要公安竟陵那样的小品。"[①]甚至在阿英上文发表之前，曾有人化名"教书匠"发表过谩骂"公安竟陵是文妖"的文章[②]，当然这位"教书匠"并不一定是左翼作家。

现在我们还是回到原来的话题，来谈谈这场论争的实际成效和意义吧。鲁迅在 1934 年 8 月 13 日《致曹聚仁》一信中说：

> 语堂是我的老朋友，我应以朋友待之，当《人间世》还未出世，《论语》已很无聊时，曾经竭了我的诚意，写一封信，劝他放弃这玩意儿。我并不主张他去革命，拼死，只劝他译些英国文学名作，以他的英文程度，不但译本于今有用，在将来恐怕也有用的。他回我的信是说，这些事等他老了再说。[③]

从这封信可知，鲁迅是从心底认为林语堂主办《论语》提倡幽默小品没有意义，因而

---

① 王淑明：《我们需要怎样的小品文》，《小品文与漫画》，上海生活书店 1935 年版。
② 教书匠：《公安竟陵是文妖》，《晨报》1934 年 4 月 30 日。
③ 鲁迅：《鲁迅全集》第十二卷，人民文学出版社 1981 年版。

劝他放弃，然后去译些英国文学作品；而林语堂则坚信这是一件比翻译英国文学更有意义的事，因而要趁精力充沛时做有创造性的事业，翻译不妨"等他老了再说"。那么，鲁迅在此前和此后的批评，对于林语堂来说，就从反面成为一种鞭策和动力，逼着他一方面继续思考以修正和完善其小品文理论，一方面继续提高写作和办刊质量以凝聚人气；加之与鲁迅这样的一流权威发生文字之争，对于林语堂本人和"论语派"的杂志而言，实在是最好的广告①。而林语堂继《论语》之后又先后创办《人间世》、《宇宙风》以及出版《论语文选》、《袁中郎尺牍全稿》、《袁中郎全集》等书，并不断撰文回应，在以鲁迅为首的左翼作家看来，这是一种挑战，因而他们一边撰文批评"论语派"，一边也仿效林语堂创办小品文杂志以提倡杂文小品和科学小品。这样看来，虽然论争双方最终未能达成共识或和解，但都曾为现代小品文(含杂文和幽默闲适小品)的繁荣做出过贡献是毋庸置疑的。

与此同时，两派都有作家或学者与公安派持续进行对话，只是在接受过程中从各自的主张出发而有所侧重罢了。在"论语派"强调接受公安派性灵说和小品文的同时，左翼主流作家强调公安派作家的"趋向之大体"，主张接受其"关心世道"的一面，尤其是阿英不仅在《袁中郎与政治》中勾勒了袁中郎不忘"时事"的心理轨迹，从而弥补了"论语派"所描绘的袁中郎形象之不足，而且对袁伯修、袁小修、江进之加以考察，实际拓展了公安派研究的领域。因而从中国文学古今演变的角度来看，左翼主流作家所作的上述探讨同样具有重要意义，他们所提出的"要批判的学习中郎，要发展的去学习中郎"的原则，实际上也是古代文学向现代文学演变的一种重要方式。

四

以上重点论述的1932—1936五年间，正是公安派在现代文坛产生强烈回响的时期，它作为理论序曲奏响了将近一年，"论语派"才与之发生共鸣，然后在引发论争的同时，把现代小品文的创作推向了高潮。此后由于抗战爆发，就只有余波荡漾了。本文限于篇幅，后面的余响姑且略而不谈，这里拟综述正处于小品文高潮顶点而问世的两部书的观点，作为不是结论的结语。

首先是阿英的《现代十六家小品》，实际完成于1934年12月，翌年由上海光明

---

① 按：这里不妨插入一个旁证，1934年7月25日，上海微风文艺社通过了一项"声讨鲁迅、林语堂"的"决议案"，竟拟"呈请党政机关严厉制裁鲁迅及林语堂两文妖"。这个微风文艺社，实是由国民党上海市党部的御用文人组成的一个团体，可见当时林语堂已与鲁迅齐名，而国民党并不喜欢他。

书局刊行。他先在《周作人小品文序》中说:“周作人的小品文,鲁迅的杂感文,在新文学中,可说是散文小品里的两种不同趋向的代表。简略的说,就是前一种代表了田园诗人,后一种代表了艰苦的斗士。……但周作人代表的倾向,显然是落后的。”又在《鲁迅小品文序》中特别指出:《小品文的危机》“是在小品文运动上最重要、最有价值、最有意义的一篇,因为在一九三三年的后半年,小品文确实是走向一个危机,这论文的发表,给予了很大的挽救”。最后在《林语堂小品文序》中说:“在一个社会的变革期内,由于黑暗的现实的压迫,文学家大概有三种路可走。一种是‘打硬仗主义’,……鲁迅可算是这一派的代表。……二是‘逃避主义’,……这一派可以‘草木虫鱼’时代的周作人作代表。……第三种,就是‘幽默主义’了,这些作家,打硬仗既没有这样的勇敢,实行逃避又心所不甘,讽刺未免露骨,说无意思的笑话会感到无聊,其结果,就走向了‘幽默’一途,此种文学的流行,也可说是‘不得已而为之’。……在‘幽默文学’运动之中,林语堂是一个代表者,……我感到中国幽默文学,现在是在一个歧路上。”这些从左翼立场出发而作的评述,明显带有论战色彩,但林语堂毕竟已立于十六家之林了。

其次是《中国新文学大系》中的《散文一集》和《散文二集》,1935 年 8 月由上海良友图书印刷公司出版。《散文一集》由周作人编选,值得本文关注的是他写的《导言》。面对以往的许多批评和当前尚在进行的论争,他竟然当了一回“文抄公”,把他以往一些文章如《美文》、《近代散文抄序》、《与俞平伯书》、《陶庵梦忆序》、《杂拌儿跋》、《燕知草跋》、《杂拌儿之二序》、《草木虫鱼小引》中的观点,和《中国新文学的源流》的部分论述,按逻辑时序摘抄后略加点评连缀成文,但某些地方还是做了调整或补充。例如,“我这言志载道的分派本是一时便宜的说法,但是因为诗言志与文以载道的话,仿佛诗文混杂,又志与道的界限也有欠明了之处,容易引起缠夹。我曾追加地说明说:‘言他人之志即是载道,载自己的道亦是言志。’这里所说即兴与赋得,虽然说得较为游戏的,却很能分清这两者的特质。重复地说,新散文里这即兴的分子是很重要的,在这一点上他与前一期的新文学运动即公安派全然相同,不过这相同者由于趋势之偶合,并不由于模拟或影响。”这表明他仍然坚持原来的观点,只对“容易引起缠夹”之处略加补充说明而已。再回过头去看他的《重刊袁中郎集序》,开篇就说:“林语堂先生创议重印《袁中郎全集》,刘大杰先生担任编订,我觉得这是很有意义的事。公安派在明季是一种新文学运动,反抗当时复古赝古的文学潮流,这是确实无疑的事实,我们只须看后来古文家对于这派如何的深恶痛绝,历明、清两朝至于民国现在还是咒骂不止,可以知道他们加于正统派文学的打击是如何的深而且大了。”正文的重心明里是批判古文家刘声木等人贬斥公安竟陵派为“亡国之音”,而实际上是针对一切要求文人(包括他本人和所有推崇公安派的作家学者)负亡国之责的人，这与他在《导言》中有意重申其围绕公安派与现代散文所提出的主张一致，都明显具有反击的意义。

《散文二集》由郁达夫编选，鲁迅排第一，选 24 篇；周作人排第二，选 57 篇；林语堂排第四，选 5 篇。本来郁达夫也曾一度加入过“左联”，与鲁迅关系密切，但同时与周作人、林语堂也交情不薄，并且对公安竟陵派颇有好感，这从他的《清新的小品文字》[①]一文可以看出，他说：“周作人先生，以为近代清新的文体，肇始于明公安竟陵的两派，诚为卓见。可惜清朝馆阁诸公，门户之见太深，自清初以迄近代，排斥公安竟陵诗体，不遗余力，卒至连这两派的奇文，都随诗而淹没了。”他还曾应林语堂之约，撰《重印袁中郎全集序》[②]，再次提到“公安一派在文学上的革命功绩和历史，已有周作人先生提倡在先”，并赞赏“林、刘两氏翻印《袁中道全集》的成功”。所以他在《导言》中将鲁迅、周作人总是放在一起比较，而不加轩轾，真可谓煞费苦心。而对于林语堂则多次声援，当他谈到“自五四以来，现代的散文是因个性的解放而滋长了”的时候，首先引胡适关于“散文方面最可注意的发展，乃是周作人等提倡的小品散文”的评论，接着就说，“也想起了近来由林语堂先生等所提出的所谓个人文体 Personal Style 那一个的名词”；在谈到现代散文的范围的扩大时，又说：“当《人间世》发刊的时候，发刊词里曾有过‘宇宙之大，苍蝇之微，无不可谈’的一句话；后来许多攻击《人间世》的人，每每引这一句话来挖苦《人间世》编者的林语堂先生，说：‘只见苍蝇，不见宇宙’。其实林先生的这一句话，并不曾说错。”最后在林语堂评介中说：“《剪拂集》时代的真诚勇猛，的是书生本色；至于近来的耽溺风雅，提倡性灵，亦是时势使然，或可视为消极的反抗，有意的孤行。”甚至充满期待地说：“林语堂今年四十，且让我们刮目来看他的后文罢！”可见郁达夫对林语堂本人及其提倡的性灵派文学是持肯定态度的，与上引阿英的评价大异其趣。

周作人曾在《冰雪小品选序》中说：“小品文是文学发达的极致，它的兴盛必须在王纲解纽的时代。”所谓“王纲解纽的时代”，其实质是强调人性解放，思想自由。明代万历年间正是一个要求人性解放的时代，公安派提出“独抒性灵，不拘格套”的精神实质，就是要追求人性解放和个性自由，那么，这也注定了它在后世能够产生回响的时代必须是人性解放的时代。因此，现代文坛凡推崇公安派性灵说的作家，从周作人及其门生，到以林语堂为首的“论语派”，以及后来创办《文饭小品》予以声援的施蛰存、康嗣群等，几乎都是一些个人主义者或自由主义者，他们自身渴望人性解放和个性自由，在与公安派对话时，便能从心灵深处产生共鸣，因而他们在标

① 《现代学生》第 3 卷第 1 期(1933 年 10 月)。
② 《人间世》第 7 期(1934 年 7 月 5 日)。

举公安派、提倡性灵文学时，实际发出的是自己内心渴求的声音，旨在张扬自己的个性。关于这一点，林语堂在借用克罗齐表现主义美学理论来阐释公安派的性灵说时，已作过明确的表述。而鲁迅、阿英等左翼作家从关心世道、经邦济时的视角去解读公安派作家的内心世界，并且指明在政治上应学什么，虽然也可以产生共鸣，但毕竟只是其思想的表层，并且从政治的视角无法阐明他们在文学理论与创作方面的独创性，加之在事功方面他们也并无什么惊天地、泣鬼神的表现，因而能够接受和学到的东西还是有限的，既然如此，何不干脆去找一个更典型的古代政治家来学呢？即使要找文学家，杜甫或辛弃疾在这方面可圈可点的作品也比袁宏道突出啊！或许正因为如此，鲁迅和阿英等对袁宏道的肯定和接受是有限度的。因此，从中国文学古今演变的视角来看，在现代作家与公安派对话时，由人性层面的碰撞而产生的回响，显然比政治层面的感应之声要深远得多。

四百年来对江盈科的接受与批评①

江盈科(1553—1605),字进之,号渌萝,明湖广桃源县人。万历二十年进士,授长洲县令,历大理寺正、户部员外郎,卒于四川提学副使任上。著有《雪涛阁集》、《雪涛阁四小书》、《皇明十六种小传》等。一生以文学名世,为公安派代表作家和创始人之一。

关于江盈科的文学思想与创作成就,及其参与创立公安派的过程和地位,笔者曾在《江盈科集》初版《前言》中做过详细论述;最近,根据新发现的材料和原有文献,又撰《江盈科生平著述重考》一文,对其生平事迹和著述版本存佚情形做了较以往更为深入的探讨。鉴于二文皆已收入 2008 年版《江盈科集》(增订本)附录中,本文拟着重考察从晚明到当代有关江盈科的接受与批评。

江盈科生前就成了一个有争议的人物。袁宏道在《雪涛阁集序》中首次对他的文学成就给予了高度评价:"进之才高识远,信腕信口,皆成律度,其言今人之所不能言与其所不敢言者。……进之文超逸爽朗,言切而旨远,其为一代才人无论。诗穷新极变,物无遁情。"但其中也透露出时人的批评——即江诗中"或有一二语近平、近俚、近俳"。然后为之辩护说:"此进之矫枉之作,以为不如是,不足矫浮泛之敝,而阔时人之目故也。"并引古代近平、近俚、近俳之作亦传于世的例证,肯定"进之诗,其为大家无疑矣"。稍后,钟惺在《与王稚恭兄弟》中则明确诋斥江盈科:"其诗定是恶道,不堪再读,从此传响逐臭,方当误人不已。"其实质是否定以"袁、江二公"为代表的公安派诗风:"国朝诗无真初、盛者,而有真中、晚,真中、晚实胜假初、盛,然不可多得。若今日要学江令一派诗,便是假中、晚,假宋、元,假陈公甫、庄孔旸耳。学袁、江二公,与学济南诸君子何异?恐学袁、江二公,其弊反有甚于学济南

① 本文系为《江盈科集(增订本)》(岳麓书社 2008 年版)所撰"前言",同年稍作修改后以现题发表于《书屋》2008 年第 12 期。

诸君子也。眼见今日牛鬼蛇神，打油定铰，遍满世界，何待异日？”[①]虽近乎以骂詈代批评，但这从反面确认了江盈科在公安派创立时期就与袁宏道齐名并称，是仅次于袁宏道的代表作家。

江盈科逝世后，他在文学上的功过得失曾进一步得以确认。袁宏道《哭江进之》仍以“进之才俊逸爽朗、务为新切”而肯定其为“大家”，并以“江阔无澄浪，林深有赘枝”的诗句形象地比拟其功过，但已明确指出那些“为薄俗所检点者”——即近平、近俚、近俳——属“矫枉之过”，并且承认自己有与进之同样的病症。袁中道《江进之传》对其总体评价是：“诗多信心为之，或伤率意，至其佳处，清新绝伦。文尤圆妙。”并认为“进之诗可爱可惊之语甚多，中有近于俚语者，无损也。稍为汰之，精光出矣”。钱希言《明四川提学佥事进之江公墓志铭》则谓其早年也受过复古文风的影响，曾“欲以古文辞倔起沅湘间，落笔数千言，烂熳淋漓，若云出岫，泉下峡，学子长（司马迁）、孟坚（班固），而出入柳州（柳宗元）、端明（苏轼）间。诗则俊逸清新，靡所不有，虽当侘傺无聊中，不为楚人劲激之调。少耽右丞（王维）、龙标（王昌龄），后乃醉心长庆公（白居易），尝为余诵下第经洞庭湖之句，旷韵泠然，乃知诗有别才，自昔已具，岂缘宦拙而始工耶？……其他笺牍奏记题赞诸文，尤工翦裁，翠色欲滴，无烦授吏，对答如流。大抵公为诗若文，往往自辟堂奥，弗袭步趋，虽思若不经，而语多秀出。彼夫腹乏五车，目无二酉，辄诋巫峡之笔，妄讥云梦之词，以为公浅之乎成言也者，是乌足与谈千秋哉？”可见江盈科与三袁一样，早年也受过七子派复古文风的影响，后来才“自辟堂奥，弗袭步趋”，但文中也透露出当时有人诋讥江诗乃“浅之乎成言也者”。

由是可知，江盈科生前和逝世不久后的争议主要集中于他的诗歌，而对其散文的评价，则基本上一致肯定。因此，在明末清初，进之散文和杂著尚受重视。例如，潘之恒于万历三十八年曾将《雪涛阁集》卷十四所录52篇“小说”（实即小品文）抽出来，改题为《雪涛小说》刻以单行，并认为其“为国尽瘁”、“为人尽力”、“为天下敦厚道”的事迹和用心“备具于此”[②]。至万历四十年，他又重刻《雪涛阁四小书》和《雪涛小说》收入丛书《亘史钞》以行世，并视《四小书》为“安石碎金”，认为“进之之谈说，猥拾鄙俗咳唾馀沥，安於卑论浅见，村竖皆为解颐”，是“姑为玩世之言，如方朔诙谐乎金马门，坡仙放浪於西湖泉石之间，众人固且易而骇之矣”，故“人人喜为诵述”[③]。而俞恩烨则称《四小书》乃“进之以宦游之馀，为笔札之寄，遇风云则示恬憺，

① 《隐秀轩集》卷二十八。
② 潘之恒：《雪涛小说序》，《江盈科集（增订本）》，第921页。
③ 潘之恒：《四小书序》，《江盈科集（增订本）》，第578页。

述符纪则进讽规，考著作则征闻见，杂诙谐则动废兴，而要以理之所钟情泄之，情之所积文通之，非仅仅齐谐稗官者比”。认为其将“千秋不磨”，“政以中多情至之语”[①]。且《雪涛阁四小书》和《雪涛小说》的部分内容在明末清初曾被选入《雪涛谐史》、《绿窗女史》、《皇明百家小说》、《说郛续》等书，传播较广。此外，清初黄宗羲编《明文授读》、《明文海》皆选录了江盈科的散文。但江盈科的诗，钱谦益编《列朝诗集》竟不选其诗，不提其人；王夫之撰《明诗评选》也不选江诗，却先在卷四称“以俗淫而坏公安之风矩者，雷何思、江进之数子而已”，又在卷八批评“江进之之粗粝”。朱彝尊编《明诗综》仅选江盈科七绝《读张魏公传有感曲壮愍事》一首，他虽赞此诗“露胆张目，洵诗家之南董也已”，但总体评价不高：“进之与袁中郎同官吴下，其诗颇近公安派，诗论亦以七子为非，特变而不成方者。中郎谓其矫枉之过，所谓笑他人之未工，忘己事之已拙，文人通病，大抵然矣。”

此后二百年间，除偶尔有人引述《雪涛诗评》的片言只语以外[②]，江盈科竟近于销声匿迹，不仅文集无人翻刻，除地方文献外，连姓名、著作都极少有人提及。这固然与公安派在清代颇受冷遇的大背景密切相关，但毕竟还有不少人把袁宏道作为批评的靶子，《袁中郎先生全集》在道光、同治年间还重刊过，而江盈科则完全失去了与袁宏道并称的资格，甚至长期淹没不为人知。直到20世纪初陈田撰《明诗纪事》，才选录江盈科《书思》、《昆山舟中睡起》、《栈道》、《读张魏公传有感曲端》四首，另引袁宏道、朱彝尊评语三条，而陈田仅评曰：“进之才不及中郎，而近俚、近俳正复相似。今录其明畅之作。”前二句实是将钟惺和袁宏道的话去头掐尾拼合而成，后一句等于没说，因为雪涛诗歌几乎都明畅而不晦涩。我怀疑陈田根本就没有读过《雪涛阁集》，其所选四诗当是从他书中转录而来[③]。

20世纪以来，公安派先后两次受到知识界的重视乃至形成热潮，曾对现当代文学创作与学术研究产生过积极影响，但人们关注的重点往往是三袁兄弟，而对于江盈科的认识与研究则相对滞后。第一次热潮形成于20世纪30年代，笔者曾撰《论公安派在现代文坛的多重回响》(《复旦学报》2006年第6期)一文，已就公安派在现代被发现乃至对于当时文坛和学界产生多重回响的过程和意义重新予以考察

① 俞恩烨：《雪涛阁四小书叙》，《江盈科集(增订本)》，第579页。

② 实际上在康熙年间，仇占鳌撰《杜诗详注》中就已引用江盈科对杜甫诗歌的评语，朱彝尊编《明诗综》中已引述过江盈科对李梦阳、何景明、谢榛、宗臣等人的评价，其后如乾隆十五年编定的《御选唐宋诗醇》、乾隆二十四年王琦撰《李太白集注》等，也曾引用过江盈科的评语。

③ 按：陈田所选江盈科四诗，《昆山舟中睡起》见于《雪涛阁集》卷三，且文字相同；又《读张魏公传有感曲端》，亦见于《雪涛阁集》卷五，但题作“张浚”，且文字有异；而《书思》、《栈道》二诗为晚年之作，见于地方文献中。笔者曾就各地方文献中所收江盈科作品加以比较，发现陈田所选四诗很可能都是以《沅湘耆旧集》卷二十一为依据，该书收录江盈科诗四十五首，这四首诗从题目到正文的文字完全一致。

和阐释，认为周作人及其门生、以林语堂为代表的“论语派”、以鲁迅和阿英为代表的左翼作家这三大群体对公安派的解读与接受虽有差异，甚至引发过历时几年的论争，但对于现代新文学的发展和公安派的研究，都曾产生过深远的影响。当时关注的焦点是袁中郎，袁伯修和袁小修也相应受到了重视，而江盈科的登场却较为迟缓。早在上世纪20年代末，周作人就开始研究公安派，但仅搜集和研究三袁兄弟的文集，因此，稍后他的《中国新文学源流》和在他的指导下由沈启无选编的《近代散文钞》，皆未将江盈科纳入视野。在刘大杰标点、林语堂校订的《袁中郎全集》由时代图书公司于1934年出版后，袁宗道的《白苏斋类集》二十二卷，袁中道《珂雪斋诗集》七卷《文集》十四卷、《珂雪斋近集》四卷、《袁小修日记》(即《游居柿录》)十三卷，也相继排印发行。但直到1936年，江盈科才有《雪涛小说》和《雪涛小书》(残本)排印出版[①]。尤其是后书整理者章衣萍于1935年10月12日撰《雪涛小书前记》时还不知作者为谁，只是觉得“其评诗文、说笑话皆有精彩，思想行动，大概是袁中郎、冯梦龙一流人物”。稍后于12月4日撰《序二》，才从友人处获知作者为江进之。章氏所说的这位友人实即阿英，他从1933年开始，撰写了《袁中郎做官》、《袁中郎与政治》、《袁中郎尺牍序》、《二修尺牍》、《江进之的笑话》、《雪涛小书》等一系列关于公安派的文章。其中《江进之的笑话》(《论语》第58期，1935年2月1日)虽仅简略介绍五则笑话的内容，但已明确指出江盈科“是公安派文学运动中的主要人物之一”，堪称一大发现。又其《雪涛小书》一文[②]认为“四种之中，当以《诗评》为最佳”，“进之对于诗的理解，全般的从里面可以看得出来”，并引述《用今》、《求真》等篇后说：“这都是说明进之在文学主张上完全属于公安体系的证据。”此外，该文还提及他在1934年就已向某藏书家借读《雪涛阁集》全书，并选抄一小册。这些选抄的作品，稍后收入他编校的《晚明小品文库》，于1936年7月由上海大江书店出版。该书共选录二十家小品，分为四辑，每辑五家，其中江盈科编入第一辑，录有江进之文41篇和袁中道撰《江进之传》。这是现代出版的多种晚明小品文选集中唯一将江盈科列为一家的选本，但包括阿英在内，整个现代学界没有发表一篇研究江盈科的正规论文。

公安派第二次受到重视始于20世纪80年代，随后跨越世纪持续成为热潮，但有相当长一个时期仍以三袁为中心，这在一定程度上与当时仅有钱伯城整理的《袁

---

① 按：《雪涛小说》收入《世界文库》第九册，由上海生活书店出版，是根据清初《说郛续》本排印，仅录14篇作品；又《雪涛小书》残本(仅存《诗评·闺秀诗评》、《谐史》)收入《国学珍本文库》第一集，由中央书店出版。另外，1926年上海扫叶山房石印本《五朝小说大观·皇明百家小说》中，录有江盈科《雪涛谈丛》，共11篇作品，但当时尚无人重视公安派，更未把江盈科与公安派相联系。

② 从阿英所叙“襟霞阁将刊冰华生《雪涛小书》残本，惟不详冰华生姓氏”等语来看，其《雪涛小书》一文当作于1935年冬，但后来是以《明人笔记小话》之十，载于《中国俗文学研究》，中国联合出版公司1944年版。

宏道集笺校》(1981年版)、《白苏斋类集》(1989年版)、《珂雪斋集》(1989年版)由上海古籍出版社出版有关,而江盈科还是只有一些笑话、寓言①和他为袁宏道文集所作的四篇序言(见于《袁宏道集笺校》附录)为人所知。例如,任访秋《袁中郎研究》(上海古籍出版社1983年版)就只是把江盈科视为"附和中郎的作者"之一予以简介,吴承学也因未读《雪涛阁集》而在《晚明小品研究》(江苏古籍出版社1998年版)中视江盈科为"公安派的友声"。

实际上,海峡两岸在1988年就已分别取得了扎扎实实研究江盈科的学术成果——林美秀的《江进之诗学理论与实践》(高雄师范学院国文研究所硕士论文,1988年5月)和夏咸淳的《论公安派重要成员江盈科》(《文学研究丛刊》第5辑,1988年12月)。林文约八万字,首次系统地阐释了江盈科诗学理论的构成与内涵,并在全面考察《雪涛阁集》所录诗歌的基础上辨析体制与风格,进而通过细致比验,论证其创作实践与诗学理论皆能得其条贯。夏文约15 000字,从公安派重要成员的角度,综合论述了江盈科的生平、思想(含文学思想)和文学成就(侧重于散文和寓言),并且明确指出:"研究公安派如果仅仅限于三袁,而不了解其他成员,特别是像江盈科这样的重要作家,那么这种研究就是不完全的,缺乏全面概括的基础。"二文在某些方面可以互补,本应由此推动江盈科的研究,进而改变公安派研究的格局,但由于林文并未正式发表,而刊载夏文的《文学研究丛刊》也流布不广,故皆少有人知,影响甚微。

江盈科的整体形象真正为知识界所广泛知晓和接受,是从1997年笔者辑校的《江盈科集》由岳麓书社出版以后开始的。该书不仅把《雪涛阁集》、《雪涛诗文辑佚》、《雪涛谈丛》、《谈言》、《雪涛诗评》、《闺秀诗评》、《谐史》、《皇明十六种小传》等首次合为一集梓行,而且卷首破例收入笔者所撰长篇论文《江阔无澄浪,林深有坠枝——论江盈科与公安派》以代"前言",系统论述了江盈科的文学思想与诗文创作及其参与创立公安派的过程,首次明确提出:"在公安派的创立与发展时期,江盈科实际上是作为这个流派的副将而与主将袁宏道齐名,他的功绩与影响,仅次于袁宏道,而在公安派其他成员之上。就其文学思想与诗文创作而言,大致与袁宏道倾向相近而又独具特色,的确可称为公安派的大家,从而可证当时文坛上以'袁江二公'并称是名副其实的。"此外,卷首还有著名学者章培恒师和陈蒲清教授所赐二序,分别从不同角度肯定了江盈科的价值和意义。章序明确指出:"在公安派兴起以后,虽然'三袁'并称,但严格说来,宗道是叨了弟弟宏道的光。至于袁中道,在袁宏道

① 参见王利器辑录《历代笑话集》(上海古籍出版社1981年版)、陈蒲清著《中国古代寓言史》(湖南教育出版社1983年初版及1996年增订本)等。

与江盈科在苏州张扬‘性灵’时，他在文坛上还是初露头角的新人。他之成为名家，是在公安派已进入后期之时，特别是袁宏道去世以后。所以，在公安派形成之初，与袁宏道一起打开局面，使寂然无人的‘空谷’成为‘轮蹄之所’的，乃是江盈科。钟惺在《与王稚恭兄弟》中以‘袁、江’并称，正反映了当时的实际情况。所以，要深入研究公安派，绝不能只盯住袁宏道而撇掉江盈科。”陈序既肯定“公安派的创立，公安派文学理论的完善，公安派创作领域的拓展，这三个方面都有江氏的独特贡献”，“是其他人所不能替代的”。又指出“江氏有两点超过袁氏兄弟。第一，袁氏小品直抒性灵，个性突出，但涉及国计民生者较少；江氏诗文中则大多为关心国计民生之作，发论精警，具有大家风范。”“第二，袁氏虽推崇通俗文学，但无创作实践；江氏则力求理论与创作结合，在寓言和笑话创作上成绩突出。”这些精彩的见解，既是对于笔者整理《江盈科集》的奖掖和声援，也是对于学界同仁研究江盈科与公安派的引导。加之当年和稍后，笔者还发表了《江盈科生平著述考》(《中国文学研究》1997年第2期)、《论公安派副将江盈科的文学思想》(《湖南师范大学学报》1997年3期)、《江盈科论》(《文学评论》1998年第2期)、《论江盈科参与创立公安派的过程及其地位》(《复旦学报》1998年第5期)等论文和《雪涛小说(外四种)》一书(上海古籍出版社，2000年版)，进一步扩大了江盈科的知名度。因此，近十一年来，不仅江盈科受到了知识界前所未有的重视，而且由此拓展了公安派研究的视野，并相继取得了一系列新的成果。其中既有一批研究公安派而兼论江盈科或专论江盈科的单篇论文(含学位论文，如首都师范大学2004届宋俊玲的博士学位论文《公安派研究》、苏州大学2007届姚丽丽的硕士学位论文《江盈科研究》等)，也有周群《袁宏道评传》(南京大学出版社1999年版)、孟祥荣《真趣与性灵——三袁与公安派研究》(中国文联出版社2000年版)、钟林斌《公安派研究》(辽宁大学出版社2002年版)、李圣华《晚明诗歌研究》(人民文学出版社2002年版)、熊礼汇《明清散文流派论》(武汉大学出版社2003年版)、徐艳《晚明小品文体研究》(江西教育出版社2004年版)等专著，皆已把江盈科作为公安派的重要成员加以审视，尤其是章培恒师主编的《中国文学史新著》(复旦大学出版社、上海文艺出版总社2007年版)已将江盈科作为公安派的重要作家予以论述，明确指出“除袁宏道外，当时对扩大公安派影响起作用最大的首推江盈科”，并公正评价了江氏诗文的特点与功过。这是江盈科第一次作为公安派的代表作家被写入中国文学通史，且其篇幅略多于袁小修而远多于袁伯修，标志着其在文学史上的地位被淹没了几百年后终于得以恢复和确认。

最后有必要加以说明的是，本文原为岳麓书社2008年版《江盈科集》(增订本)而作，而该书又是应《湖湘文库》编委会之约而增订而成，其内容实是将初版《江盈科集》和《雪涛小说(外四种)》二书合并而去其重复者，又增入新发现的雪涛诗文和有关江盈科生平著述的资料若干篇，但都依据原刻本并参照《湖湘文库》的体例重新编校而成。

此外，为方便研究者，书末还附有一些参考资料，包括江盈科生平资料及其著作序跋，还有笔者所撰《江盈科生平著述重考》一文，较1997年版的附录皆有所增益。

论中日汉籍的古今交流[①]

一

中日文化交流历史悠久,其媒体主要是人员的交流和书籍的传播,并且曾对两国的文化发展产生过深远影响。与日本文化对中国文化的影响相比较,在近代以前,中国文化对日本文化的影响显然要大得多,这已是不争的历史事实。但如果要进一步探究以往发生这种影响的历史进程,汉籍东传日本所发生的作用,从整体上说,实际上还要大于两国人员交流所产生的效应。

诚然,一提起中日文化交流,无论是中国人还是日本人都很容易首先想到日本"遣唐使"[②]和渡海赴日的唐人充当桥梁的时期,他们在两国间的频繁往返,的确曾为汉文化在日本的传播直接发挥过巨大作用,并且在同时也促进了汉籍的大量东传。日本现存最早的目录学著作《日本国见在书目录》(藤原佐世编撰),著录全日本收藏的典籍达 1 500 余部,共 17 000 多卷,其中虽有少量日籍,但绝大多数都是汉籍。该书一般认为编成于宇多天皇宽平年间(889—897),相当于唐昭宗前期,由此大致可见唐亡之前汉籍传入日本的规模。这个时期,或许还可以说,人员的交流和书籍的传播对汉文化在日本的影响是相辅相成、势均力敌的。

此后的七个世纪,有官方背景的人员交流明显受到了限制。例如唐末五代和两宋期间,日中之间虽或多或少也有使节互访,但相对于日唐关系而言,已称不上正常。到了元代,则由于忽必烈两次派兵进攻日本,从而导致日中长期绝交。至明代已有所好转,两国官方曾一度互派使节并建立过勘合贸易,只是自明初就有倭寇

① 本文原载《风起云扬——首届南京大学域外汉籍研究国际学术研讨会论文集》,中华书局 2009 年版。

② 按:日本"遣唐使"始于公元 630 年,止于 894 年,共派遣 19 次,而实际到达的只有 13 次,每次使团人数不一,少则二百多人,多达六百多人。

骚扰东南沿海一带,至中叶愈演愈烈,曾使明朝官民非常头痛。不过,自 10 至 16 世纪,中日之间由于有商船往来,长期成为僧侣互访的海上通道,使汉籍(含佛籍)仍得以源源不断地东渡扶桑,从而促进了汉文化在日本的广泛传播,先后出现了佛教文化和五山汉文学的繁荣。

而明末至清同治前期即日本江户时代(1603—1867),则由于德川幕府一方面在政治外交上推行锁国政策,禁止日本人出国,致使两国之间长期没有外交关系和官方往来;一方面又在学术与教育上提倡以儒教为中心,并在长崎设立了唯一的通商口岸,允许中国船和荷兰船进入那里进行商品交易,同时也通过这些商船输入书籍和情报。因而在德川幕府执政的二百多年间,除了明清易代之际有朱之瑜、陈元赟等流亡日本以及后来沈燮庵等随商船偷渡日本的中国学者(含僧侣)传播汉文化以外,日本人主要是通过输入的汉籍与翻刻的汉籍来了解和学习中国的文化学术,其学习的场所主要为官学(包括幕府和各藩办的学校)与私塾,并且这些官学与私塾一般都设有储存图书的文库,因而不仅导致日藏汉籍愈益丰富,而且由此促使汉文化在日本广为普及,江户时代的汉学(儒学)和汉文学(诗文小说)都曾出现过空前繁荣的局面。毋庸置疑,此间二百多年,中日之间曾由于种种原因而基本上中止了两国间人员的交流(仅有为数不多的中国文化人和僧侣以不同的方式进入日本),这不能不说是一种历史的遗憾,但正因为其间仍有汉籍的传播,却又最大限度地弥补了这种遗憾,从而使中日文化交流实质上仍在继续发展而并未中断。

从理论上说,日本历代输入的汉籍(姑且撇开从朝鲜输入的朝刻汉籍不计)在中国都应有同版书保存传世,但由于历次战乱以及其他种种原因,使中国大量的书籍焚毁失传,而其中却有相当数量的书目在日本尚保存有原刻本或翻刻本,加上历代渡日华人(含僧侣)和日本汉学家(含学问僧)校注汉籍(含佛籍)乃至研究汉学(含佛学)的成果也逐渐为中国学界所重视,从而形成中日文化交流的另一有趣的景观——日藏汉籍及其汉学成果西传中国。这一堪称为回流的源头,可以追溯到北宋初期。据《宋史·日本传》记载:"雍熙元年(984),日本国僧奝然与其徒五六人浮海而至,献铜器十余事,并本国《职员令》、《王年代纪》各一卷。……其国多有中国典籍,奝然之来,复得《孝经》一卷、越王《孝经新义》第十五一卷,皆金缕红罗褾,水晶为轴。《孝经》即郑氏注者。越王者,乃唐太宗子越王贞;《新义》者,记室参军任希古等撰也。奝然复求诣五台,许之,令所过续食。又求印本《大藏经》,诏亦给之。"此次奝然访华在中日文化交流史上具有多方面的意义,例如带来日籍二种,带去印本《大藏经》(此书被认为是宋刻本东传日本之始,对日本佛教文化的影响不言而喻)等,而尤其值得关注的是,他还将日本收藏而中国已佚的郑玄注《孝经》和越王贞、任希古等撰《孝经新义》二书献给了宋太宗。又公元 995 年(宋太宗至道元年、日一条天皇长德元年)，杭州奉先寺沙门源清曾把他自己所著《法华珠示指》二卷、《龙女成佛义》一卷、《十六观经记》二卷和同门僧鸿羽所著《佛国庄严论》一卷、门徒庆照所注《心印铭》一卷，送到日本京都比睿山延历寺，用以交换宋朝已失传的佛籍，日本天台座主觉庆于是抄写了智者大师的《仁王般若经疏》、《弥勒成佛经疏》、《小弥陀经疏并决疑》、《金光明经玄义》和荆溪的《华严骨目》等书回赠给他。

此后历南宋至元明，皆有日人所抄所刊乃至所注所著的佛学著作传入中国，其间甚至有日僧携佛籍到中国请刊工写刻，然后把雕版运回日本印行，如景定三年(1262)，日本京都建仁寺禅忍就曾携带其师兰溪道隆所著《大觉禅师语录》入宋，先至临安府上天竺请佛光法师法照撰序，然后委托净慈的虚堂智愚校勘，由绍兴府南明孙源同剡川石嵇于景定五年(1264)刻竣[①]。与此同时，许多日本僧人在修禅的同时，也致力于汉诗文的学习和创作，从而促进了五山文学的兴盛，他们的诗文集也不断传入中国，实也可称为再生汉籍的回流。例如，著名的五山文学家义堂周信的《空华集》由入元僧携至中国后，嘉兴天宁寺的楚石梵琦曾赞叹其“疑是中华人”手笔；入明僧绝海中津善作汉诗文，曾向中天竺的季潭等大师问道，甚至面谒过明太祖(且互有诗作赠答)，在中国生活了将近十二年后回国，历住甲斐的惠林寺、阿波的宝冠寺、京都的等持寺和相国寺，其遗稿《蕉坚集》于永乐年间传入中国后，僧录司左善世道衍曾为之作序，称其“得诗之体裁”，“虽晋唐休彻之辈亦弗能过也”，杭州中天竺的如兰也为之作跋，赞其“虽我中洲之士老于文学者不是过也，且无日东语言习气，而深得全室(季潭宗泐)之所传也”。

即使在禁止日人出国的江户时代，仍有汉籍和再生汉籍向中国回流。如1732年，幕府将军德川宗吉就曾下令将山井鼎、荻生北溪校订的《七经孟子考文补遗》一书通过商船带回中国；后来日本汉学家太宰春台(1680—1747)校订的《古文孝经孔氏传》一卷也传入中国，为鲍廷博收入《知不足斋丛书》，刊行于乾隆四十一年(1776)。至江户后期，有些船头或商人已经认识到保存于日本的中国佚书的价值，因而开始有意将它们(后来称为“佚存书”)带回中国以获取利润，对此，日本学者福井保曾撰《佚存书之输出》一文予以介绍。与此同时，日本学者的汉学著作也不断输入中国，并逐渐为清代学者所关注，如江户中期著名汉学家荻生徂徕(1666—1728)所著《论语征》、《大学解》、《中庸解》最迟在1809年(日本文化六年、清嘉庆十四年)已传入中国，还有他的代表作《辨道》、《辨名》二书何时传入中国虽不详，但在

---

① 按：兰溪道隆原为南宋蜀僧，1246年航海至日本，历住常乐、建长、建仁、禅兴、寿福等寺，1278年卒于日本。其《大觉禅师语录》为渡日后所著，禅忍携入临安请中国刊工写刻，虽旨在舶回日本印行，实已兼具将当代渡日宋僧的佛学著作回传中国的意义。

道光十六年(1836),钱泳已将二书收入《海外新书》并为之撰《序》及《日本国徂徕先生小传》而刊行于世,而且在此前后有些中国学者所撰著作中,已开始征引或评述徂徕的观点。但直到日本明治年间开放国门以后,这一回流的趋势才逐渐与中国学术的走向相联系,从而兴起日藏汉籍及其汉学成果西归的潮流。

二

自明治维新开始以后,日本政治和文化皆进入转型期(稍后表述为"脱亚入欧"),曾被江户幕府尊奉为官学的"儒学"的地位迅速为"洋学"所取代,与之相联系的汉籍也一度身价大减。尽管原幕府和各藩的藏书在废藩置县的过程中曾分别由政府有关方面接管,但由于新的管理机构和体制经历了不短的时间才建立起来,加之其间曾先后发生过讨伐幕府和平定士族叛乱的内战,历代积储的汉籍在此期间难免会有所损失。尤其是面对西学东渐,不少私家收藏的汉籍一度呈无序流动之势,即使被贱卖到书市后也散失颇多,其中也有流入中国的,如据杨守敬《日本访书志缘起》说:"日本维新之际,颇欲废汉学,故家旧藏,几于论斤估值,尔时贩鬻于我土者,不下数千万卷。犹忆前数年,有蔡姓者载书一船,道出宜昌,友人饶季音得南宋板《吕氏读诗记》一部。据云宋元椠甚多,意必有秘笈孤本错杂于其中,未知流落得所否?"而当时任职于广东的藏书家方功惠也曾在光绪初年购买到诸如尾张菊地氏、知止堂、曼殊院、佐伯文库的旧藏。但当内战结束、局势稳定之后,日本一方面在新设立的部分大学中仍然保留了"汉学",与"国学"、"洋学"并存;一方面同中国建立了外交关系,不仅互派使节,而且中日学者之间也有了直接交往,尤其是戊戌变法以后中国开始向日本派遣留学生[①];从而使中日之间人员的交流和书籍的交流又恢复到如日唐时期一样相辅相成、势均力敌,不过其性质已逐渐发生转变,这个时期日本文化对中国文化的影响明显占了上风。从清末到日军大举侵华前夕,中国学者主动到日本访求和引进汉籍及汉学成果的热潮就是在这种历史文化背景下形成的;而日本现存汉籍的分布格局也基本上是这一时期经过重新调整后才得以确立,其所存汉籍的总量相对于江户末年来说已有所减少,但与此同时乃至侵华战争期间和战后仍在以不同的方式摄入汉籍。

为了行文的方便,这里有必要先对近代日藏汉籍的重新调整以及由此形成的分布格局略加介绍。严绍璗先生曾将日藏汉籍特藏(即善本)按其储存机构区分为皇家、公家、大学、私家、宗教组织等五种性质,明治以来的布局调整简单地说主要

① 其后每年中国派遣赴日留学的人数不断增加,如1899年为二百人,到1906年就达八千人。

以如下方式进行：

1. 皇家和公家藏书主要由政府予以行政处置。例如，原幕府官学昌平坂学问所的藏书于明治元年四月由大总督府接管，后来又经大学校、大学管理，明治四年七月才改由新设立的文部省管辖；次年文部省在汤岛（昌平坂学问所旧址）建书籍馆，原昌平坂学问所（以及和学讲谈所、医学馆、开成学校）的藏书被收储入馆。但仅过两年，该书籍馆就被废止，全部藏书迁往浅草，改称浅草文库，成为内务省所辖的博物馆的一个机构；至明治十四年浅草文库又被关闭，其藏书后经内务省转入内阁文库。而原幕府官库"红叶山文库"的藏书在明治初年也曾历经大学、太史局等机构管辖，明治六年由太政大臣接管，十七年(1884)定名为"太政官文库"，并汇集各官厅之旧藏，实际成为了日本政府的中央图书馆；明年(1885)废太政官而始创内阁制度，"太政官文库"也更名为"内阁文库"。就这样经过十多年的流转，原幕府官库和官学等机构的大部分藏书才终于汇集一库，成为近代以来全日本储存汉籍最丰富的文库之一。从此之后，内阁文库（馆址曾先后设在赤坂离宫、和田仓门内、大手门内）相对稳定，二战结束后曾作为"国立国会图书馆"的一个支部而运营，直至1971年才并入新设立的"国立公文书馆"（馆址在千代田区北之丸公园），但仍然保留了"内阁文库长"的职称，故人们仍然称之为"内阁文库"。不过，到2002年3月底，这职称也被取消，内阁文库完全成为了国立公文书馆的一个组成部分。至于历史悠久的皇家藏书机构，古代曾有"图书寮"、"内史局"等名称，至江户时代改由掌宫内机密事务的"藏人"管辖。明治初年皇宫从京都迁往东京以后，因从幕府官库红叶山文库接收了大批贵重书，加上天皇家、宫家、公卿家的藏书，便重新设立了"图书寮"，于1884年归入宫内省管辖。其藏书虽名义上为天皇私人所有，实际上内阁仍可进行行政处置，如1891年就曾将内阁文库中二万余册"天下无双"的珍本汉籍调入宫内省，作为"秘阁本"保存。尤其自大正(1912—1925)以来，皇宫藏书也逐渐有限制地对外开放，实际成为一座特殊性质的公共图书馆。二战结束后，宫内省改为宫内厅，所辖图书寮与诸陵寮（管理皇家陵墓）合并，更名"书陵部"，通称"宫内厅书陵部"，沿用至今。读者只要事先预约得到许可，不论身份高下，皆可入宫查阅"御藏"。当然，新建立的公家藏书机构也可以接受私人献纳或从书市购置的方式来增加汉籍的储量，有的甚至还获得过日军侵朝侵华期间所劫夺的汉籍。另外，上文提到的"国立国会图书馆"，则完全是近代以来的产物，它的前身一般认为是明治八年文部省在汤岛创立的东京书籍馆。明治十年，东京书籍馆移交东京府管辖，更名东京府书籍馆；三年后复归文部省管辖，改称东京图书馆——日本的图书馆之称，即始于此。明治十八年搬至上野公园内，至明治三十年易名帝国图书馆，实即国立图书馆（通称上野图书馆）。明治三十九年移到现在的地址（指上野图书馆，今为国会图书馆分馆),直至1947年才废止“帝国”之称,于明年正式建立“国立国会图书馆”。其馆址曾设于赤坂离宫,1961年迁入永田町新馆,运营至今;而旧上野图书馆仍作为它的分馆继续开放。从东京书籍馆到帝国图书馆,其藏书主要以接受国内呈缴、献纳和购置的图书等为主体,并在后来成为国会图书馆藏书的基础。国会图书馆现藏汉籍虽达二十多万册,但其中可称为稀见善本的比例不高,远不能与内阁文库相比。

2. 私家和宗教组织的藏书则以捐赠、献纳或交易的方式流转。相对而言,宗教寺庙的藏书进入近代以后的流转要小一些,且许多寺庙究竟藏有多少汉籍,至今仍然秘而不宣;至于一些以宗教命名的图书馆,往往和该宗教的大学有联系(如佛教大学图书馆),其中成立较晚的天理图书馆则与天理大学、天理市皆有联系。私家藏书在近代文化转型期的变迁最大,其中大多数或献纳给国立和公立图书馆,或捐赠给大学及其他机构,或卖给书商及公私藏书机构等,只有少数私人文库保持原有规模(甚至有所发展)继续运营至今,其中最典型的是尊经阁文库。该文库的图书收藏始于加贺藩第三代藩主前田利常(称“小松藏书”),至第五代藩主前田纲纪(1635—1724),凡和、汉、韩籍皆大量收集(称“尊经阁藏书”),遂成规模。经其子孙代代相传,至明治初废藩时,原藏典籍虽有所流失,但后来前田利为侯爵又以购买和受赠的方式增加了不少典籍,并正式称为“尊经阁文库”。原址在东京本乡邸,大正十五年(1926,即昭和元年)迁往驹场邸(今称驹场公园),并且从这年起设立财团法人管理,运营至今。其法人名称初为“育德财团”,中改“侯爵前田家育德财团”,昭和二十四年(1950)再改为“前田育德会”。因为该文库自江户以来相对稳定,故现存和汉典籍不仅丰富,而且贵重者不少,其中被认定为“国宝重要文化财”的22种,“普通重要文化财”的69种。此外,近代以来还有一些新建立的私人性质的文库特别值得注意。如静嘉堂文库,就是明治二十五年(1892)左右由三菱会社第二代社长岩崎弥之助(1851—1908)所创立,原建于东京骏河台东红梅町的自邸旁,其藏书的主要来源是收购日中私家藏书,同时也在书市上购买,其中最令中国学界震惊的是委托岛田翰从归安陆树藩兄弟手中将乃父陆心源(1834—1894)的旧藏四万三千余册全部购下,于1907年夏舶载以归。次年三月,弥之助去世,其子小弥太(1879—1945,三菱会社第四代社长)继承父志,进一步扩充文库,并且于大正十三年(1924)将文库迁往弥之助的“纳谷堂”之侧(位于东京世田谷区冈本)。1940年小弥太将文库交三菱财团管理,获法人资格。战后从1948年起曾作为国立国会图书馆的一个支部开放,直至1970年才归还给三菱财团,运营至今。又东洋文库也为三菱会社出资创建,其最初是三菱第三代社长岩崎久弥于1917年从中华民国总统府顾问莫里逊(1862—1920,英国人)手中购进二万四千册图书和一千多幅地图画卷等，在其别墅中存放了七年之后，才于1924年正式建立东洋文库，并获得法人资格。此后又陆续摄入大量图书，现藏总量已超过85万册。其来源主要是收购或接受馈赠的日本私家藏书，也有一批是战后到世界各藏书机构依据原书拍摄复制的文献资料。与静嘉堂文库一样，东洋文库在战后也从1948年起作为国立国会图书馆的一个支部运营，后来大概因为经济等原因，竟然没有归还给三菱财团。

3. 大学是明治年间才建立起来的新机构，其汉籍虽也有来自于行政调配的，但大多或从书市购买，或收购私家藏书，或接受私人捐赠——日本近代以来形成一个优良的传统，学者退休或逝世以后，其藏书一般赠送给大学图书馆或研究所，而接受单位往往会将其全部藏书单列为“××文库”而集中保存，如早稻田大学中央图书馆设有若干单列的文库都属于这种性质，其中“风陵文库”(泽田瑞穗教授遗书)以明代以来的通俗文学资料为主体，如宝卷、俗曲、南曲、弹词、鼓词、影卷、剧本、善书等数以千计，已引起中国学者的重视；又东京大学东洋文化研究所现存命名为“双红堂文库”的汉籍，则是法政大学教授长泽规矩也(1902—1984)生前赠送的，其藏书以荟萃明清戏曲(含散曲)小说而知名，凡五百六十余种，三千一百五十余册。

三

自近代日中建立外交关系以后，中国学者赴日访书正是在上述日本汉籍流转调整过程中或新的分布格局基本形成之后进行的。1877年黄遵宪随首任公使何如璋横渡东海，出任驻日使馆参赞四年多，后著《日本国志》四十卷，旨在借日本明治维新的历史给清廷作镜子，但其中也著录了他亲眼见过的许多日藏汉籍和汉学著作。1880年夏，杨守敬(1839—1915)应何如璋之邀赴日本使馆任随员，才开始有意识地访求日本汉籍，“于其书肆颇得旧本，旋交其国医员森立之，见所著《经籍访古志》，遂按录索之。”次年身兼版本学家和藏书家的黎庶昌接替何如璋任公使，因“议刻《古逸丛书》，嘱守敬极力搜访。而藏在其好古家者，不可以金币得，属有天幸守敬，所携古金石文字，乃多日本所未见者，彼此交易，于是其国著录之书，麕集于箧中。每得一书，即略为考其原委，别纸记之，久之，得廿余册，拟归后与同人才相考证，为之提要。”杨守敬在日四年，公务之外做成三件大事：一是协助黎庶昌编校《古逸丛书》刊行于东京，凡26种、200卷，其中除《日本国见在书目录》一卷为日人藤原佐世撰，其他皆为中国佚存书或稀见本。二是购得三万余卷珍稀秘籍舶载西归，“虽无秦火不焚之籍，实有奝然未献之书”，曾先后在湖北黄州筑邻苏园和在武昌建观海楼以储，杨氏去世以后，观海楼藏书皆由政府收购，一部分拨交给上海松坡图书馆，一部分储存在北京集灵囿，1926年将储于集灵囿的那一部分转入北平故宫博物院，总数尚有一万五千多册，后来迁至台北故宫博物院。据吴哲夫先生《故宫藏书鸟瞰》[①]一文披露：这批图书依版本区分，有宋刊本13种，元刊本56种，明刊本358种，清刊本450种，钞本24种，日本刊本330种，日本钞本407种，韩国刊本28种，共计1666种。三是将在日期间的部分访书笔记进行整理，撰成《日本访书志》十六卷，录珍本古籍240种，虽"以精力衰颓、襄助无人"，致使其所购之"惊人秘籍尚多未录出"，但它作为中国人撰写的第一部关于日藏善本汉籍的目录版本学专著而甚受学界推崇。

此后随着中日学者之间的交流增多，不仅中国学者可以在日本访书做学问，而且日本学者也曾将他们收藏的汉籍（包括日本人用汉文书写的"准汉籍"）和汉学研究的成果带往中国。在日本各文库汉籍目录中，几乎都将日本人、朝鲜人用汉文书写的著作视为汉籍著录，所谓"准汉籍"，只是为与中国人写作的汉文著作相区分时的措词而已。其中影响最大的是1882年日本岸田国华（1833—1905）将其汇集的江户以来日本人创作的汉诗文集一百七十种寄送至吴中，约请俞樾（1821—1907）编选日本汉诗。岸田氏此举固然首先是一种商业行为，旨在赢利赚钱；但也含有对江户时期汉文学兴盛的怀念，欲请中国权威对其先贤的诗作进行公正取舍评判后选定一个范本，以供当时仍对汉诗有雅兴的日本人学习，颇有起衰救弊之意。俞樾用了近半年时间编成《东瀛诗选》四十卷《补遗》四卷，选诗五千多首，于1883年刊行于东京。其最值得重视的是俞樾为每位诗人撰写了小传，既记其出处和学问源流，也略评其诗，类似钱谦益的《列朝诗集小传》，视野开阔而颇富学术含量，因而该书在东京出版后，传入中国的也不少。如果说，岸田氏将大批"准汉籍"输入中国和俞樾编辑的《东瀛诗选》在东京刊行后又西传中国，是一种更深刻意义上的汉籍回流，那么，这一事件与其说是日中文化交流的一个成功范例，还不如说是汉学领域的一次国际间的成功合作与交流。

进入20世纪以后，中国留学生和学者居留日本期间利用或购买汉籍都已成寻常之事，甚至盛宣怀于1908年8至11月在日本考察实业并医治自己的肺病时，也曾购得一批汉籍回国。其后影响较大的首推董康（1867—1947），他自1926年冬至1936年秋曾四次东渡日本，"凡遇旧椠孤本，记其版式，存其题识"，写成日记体著作《书舶庸谈》，著录经见善本汉籍120余种，同时还颇留意搜访小说戏曲，这显然与当时重视通俗文学研究的学术思潮相联系。胡适为其书初版四卷本（记1926年12月30至1927年5月1日首次赴日访书始末）作序时，特别提到这一点："关于小说戏曲的访求和记载，董先生的书也有重要贡献。如内阁所藏小说中，有《封神演

① 详见台北《故宫文物月刊》第4卷第7期（1986年10月出版），第42—51页。

义》,是明刻本,编者为许仲琳。此书作者的姓名,在中国久无可考,赖有此本可供考证。又如《岳武穆演义》,本子最多,最难考证;《内阁目》有明余应鳌编的八卷本,有明熊大木编的十卷本;又有十一卷的嘉靖三十一年本,前八编为熊大木编,后集三卷为李春芳编。北京朱希祖先生藏有明刻本,编者为理学名儒邹元标,也和今本大不相同。若合此诸本,将来定可以看出此书演变的线索了。又《英烈传》也有种种不同的本子。内阁所藏也有三种明刻本,都可供比较的研究。"此后他还分别于1933年11月至1934年1月、1935年4至5月、1936年8至9月三次赴日,继续这一嘉惠学林的事业,至1939年合前书编为《书舶庸谈》九卷刊行于世。继踵董康首次赴日访书且值得关注的,还有出版家张元济(1928年冬赴日三个月,为弥补《四部丛刊》之不足而广求善本,携归后以《辑印古书》出版)、藏书家傅增湘(1929年秋访日一月,查阅善本汉籍170余种,著《藏园东游别录》四卷)、学者孙楷第(1931年赴日专访中国小说,著《日本东京所见小说书目》六卷,为其所见110部小说作了提要)等。尤其是王古鲁至二战期间尚在日本寻访小说,国内失传已久的崇祯元年尚友堂刊《拍案惊奇》(即"初刻拍案惊奇")四十卷足本,就是他于1941年在日光山轮王寺慈眼堂发现的;此外,他还将从内阁文库和尊经阁文库拍摄的两部《古今小说》残本合为一部完整的善本,交商务印书馆出版;甚至还依据内阁文库藏崇祯五年刻本《二刻拍案惊奇》亲自手抄一部携归,并加上标点和注释,交上海古典文学出版社刊行,1980年章培恒师从内阁文库拍摄该书全本,稍后加以校勘整理交上海古籍出版社出版时,还保留了王古鲁所作的注释,附录了王古鲁所撰《本书的介绍》等文,并在《校点说明》中称扬王氏说:"这是一件十分值得感谢的工作。"

继清末民初之后,再一次兴起关注汉籍东传的热潮,是1972年中日实现邦交正常化、尤其是中国实行改革开放以后。国外以日本大庭修教授的研究成果最为突出,其所著《江户时代における中国文化受容の研究》(1984)首次就江户时代的汉籍输入及其对日本文化的影响做了开创性的系统研究,曾在国际学术界引起强烈反响,1997年中华书局以《江户时代日中秘话》为书名出版了该书中译简易读本,1998年杭州大学出版社以《江户时代中国典籍流播日本之研究》出版了该著中文全译本。国内以严绍璗教授的研究成果最为突出,他从1974年出访日本起就开始研究中日文化交流的相关课题,先后出版了诸如《日本的中国学家》(1981)、《中日古代文学关系史稿》(1987)、《日本中国学史》第一卷(1991)等相关著作;同时还就汉籍东传进行了系统的调查和研究,已出版的著作有《汉籍在日本的流布研究》(1992)和《日本藏宋人文集善本钩沉》(1996)——前著以中国古典文献学在域外异质文化背景下的延伸为视角,首次系统地论述了汉籍东传日本的历史进程和日本现存汉籍特藏的分布概况;后著首次对日本现存宋人文集的善本(宋元明刻本和写本)进行了全面清理,包括别集、总集、笔记、诗文评、词曲和宋人所编的丛书,各书著录"正题"(含书名、卷数、著者、版本及现今储存处所),部分典籍后列有"按语"或"附录",虽"原则上不再作考订辨析",却为研究者提供了可资于考证的珍贵材料。另有规模更大的《日藏汉籍善本书录》(全三册)已于2007年由中华书局出版。由此可见,与清末民初学者赴日进行随意性或选择性访书不同,严先生试图对日本汉籍进行具有总体性意义的学术调查、追踪和评估。此外,原杭州大学日本文化研究所的王勇先生等也曾就中日汉籍交流进行过有计划的研究,其成果已出版的有《中国典籍在日本的流传与影响》(论文集)、《中日汉籍交流史论》(论文集)、《中日"书籍之路"研究》(论文集)、《中国馆藏和刻本汉籍书目》、《中国馆藏日人撰汉文书目》等。与此同时,随着国家古籍整理规划的制订和实施,尤其是诸如《全宋诗》、《全宋文》、《全元文》、《全明诗》等一系列重点项目的启动,包括日本在内的域外汉籍也逐渐呈有序回流之势,如北京大学古文献所、四川大学古籍所、北京师大古籍所、中山大学古籍所、复旦大学古籍所都已根据项目研究的需要而从海外引进了相当数量的珍本古籍。其中颇具规模效应并已产生学术影响的日藏汉籍引进工程,首推北京大学安平秋教授主持的《日本宫内厅书陵部藏宋元版汉籍》,已复制引进日本宫内厅书陵部所藏宋元版汉籍144种,并从中选取《初学记》、《方舆胜览》、《花果卉木全芳备祖》、《中州集》、《诗童子问》、《论语注疏》、《正法眼藏》、《氏族大全》、《史记》、《东坡集》、《禅宗颂古联珠通集》、《集韵》、《吕氏家塾读书记》、《寒山诗集》等14种和《诗缉》、《春秋胡氏传纂疏》、《联灯会要》、《西翁近稿》、《村西集》、《崔舍人玉堂类稿》、《三苏先生文粹》等7种,分别编为《日本宫内厅书陵部藏宋元版汉籍影印丛书》第一辑、第二辑,由线装书局于2002年和2003年出版。其次是中山大学黄仕忠教授主持的《日本所藏稀见中国戏曲文献》,已从日本内阁文库、东京大学东洋文化研究所、京都大学文学部、天理大学、大谷大学、东北大学、山口大学等机构复制引进中国古代戏曲珍本60余种,并已于2006年由广西师范大学出版社影印出版了《日本所藏稀见中国戏曲文献丛刊》第一辑(18册),多为明刻本或清抄本,其中半数属天下孤本。

但日本作为国外收藏汉籍的第一大宝库,在文学类典籍中,以往前贤关注并进行过访查和引进的,主要是戏曲、小说和宋人文集,而对于日藏元明文集尚未进行系统的清理和考察。2000年10月至2001年9月,笔者在早稻田大学任访问研究员的一年期间,曾就日本现藏元明文集进行过系统调查,先后在上举八家藏书机构中阅读了大量稀见元明秘籍,回国后又结合国内现存文献资料加以考证和研究,已撰成《日本现藏稀见元明文集考证与提要》一书,于2004年由岳麓书社出版。无论是访书还是拙著的撰写,入选的首要标准是"稀见",而不论其是否为善本。其所谓

“稀见”的含义，实际上是就中国大陆而言：一是指中国已佚（含刻本抄本）而天壤间仅见于日本的孤本元明文集；二是包括日本人或朝鲜人刊刻、抄写的元明文集而原书在中国已不传于世者；三是除了日本以外，虽然还可在其他国家或中国台湾见到，但大陆学者既不清楚也无法利用的元明文集（含刻本、抄本、写真本）。但包括这些元明文集在内的所有稀见中国典籍何时能以复制的方式回归故土，尚有待各界的共同努力。

海外现存集部汉籍与中国文学研究[1]

——以日本现存汉籍为中心

一、引　言

从现代学科设置的视角来看，在具有悠久传统的四部分类[2]文献中，经部与史部仅包含少量可以归入文学的著作[3]，而子部则因采录小说家类著述而使文学作品所占比例有所提高，唯有集部堪称古典文学的渊薮，其中汇集的总集类、别集类、诗文评类、词曲类著述[4]，虽非全为文学著作，但实已囊括源远流长的历代诗赋、散文和后来兴起的词、曲（包括戏曲和散曲）等文体之创作与批评。因此，在现代学术体系形成之前所产生的汉籍中，集部文献将成为中国文学研究领域最重要的研究对象是毋庸置疑的。

在历史进入现代以来，为适应学术发展的新趋势，学术界借鉴西方学术体系而在图书馆系统普遍采用了新的图书分类法，但这种新的分类法并不适用于古代文

---

① 本文原为出席中国人民大学国学院于2010年10月中旬主办的“国学前沿问题暨庆祝冯其庸先生执教六十周年学术研讨会”而作，曾刊载于《社会科学》2011年第4期，后收入中国人民大学国学院主编的《国学的传承与创新——冯其庸先生从事教育与科研六十周年庆贺学术文集》，上海古籍出版社2013年版。

② 按：四部分类法，始于西晋荀勖撰《晋中经簿》，称甲乙丙丁四部，但将子部排在史部之前。至东晋李充撰《晋元帝书目》，重分四部，以五经为甲部，史记为乙部，诸子为丙部，诗赋为丁部，而经史子集之次始定。唐初编纂《隋书・经籍志》时，采李充分类法，而将四部径称为经史子集，部下分类，凡四十类。其后随着时代的发展和文献的不断增加，四部分类法在沿用的过程中也有所调整，至清代编纂《四库全书总目》而趋于成熟和完善，在经史子集四部的总体框架下，分为四十四类，且在有些类下增析了三极类目。后来张之洞的《书目问答》和上海古籍出版社出版的《中国古籍善本书目》等书，虽采用经、史、子、集、丛书五部分类体系，实是从原来的子部中将杂家类杂编之属抽出来，别立为“丛书部”，而丛书部的排列往往仍以经、史、子、集为次序。

③ 经部有《诗经》自不必说；史部则稍微复杂一些，除了史传文学（如正史中的《史记》、杂史中的《吴越春秋》等著作中一些文学性较强的人物传记），还有一些收入地理类的杂记、游记（如《徐霞客游记》）等著述中也有不少篇章可视为文学作品。

④ 《隋书・经籍志》在集部列有楚辞、别集、总集三类，《四库全书总目》在集部列有楚辞、别集、总集、诗文评、词曲五类，因楚辞类著作甚少，且也可列入总集类或诗文评类，本文从略。

献的分类,因而四部分类法仍然在传统学术领域内继续使用。这样新旧两种文献分类法并存的格局,一方面意味着四部分类法所赖以建立的文献生产的历史已经或正在走向终结,且不说经部滋生的土壤不复存在,即使现代以来创作的诗词散文,似乎也不宜再归入集部(尽管就某一部现当代创作的诗文集而言,仍可称为总集或别集);一方面昭示着浩如烟海的历代四部文献的整理与研究亟待加强,因为这项特大工程既具有抢救文化遗产的意义,也可为新时代的文化建设提供经验与教训。

众所周知,四部分类法作为一个目录学的理论框架,主要运用于编制图书目录和编纂大型丛书,其目的既为便于文献资料的保存和查找,也通过分门别类来考察学术源流,进而推进相关的学术研究。这种理论与实践在古代文献不断生产和传播的漫长时代,曾取得过丰硕的成果。如就综合性目录的编制和大型丛书的编纂而言,我们不妨举清代的《千顷堂书目》和《四库全书》为例,前者是黄虞稷根据自家的藏书而编制的一份书目,按经、史、子、集四部五十一类排列,总共收录明人著作15 408种,附载宋、辽、金、元著作2 420种,凡17 828种,稍后编修的《明史·艺文志》就是以此为基础扩充而成;后者为官修巨制,是根据内府藏书和从全国采进的图书,按经、史、子、集誊录入库3 461种,另将6 973种存目,而与此同时编成的《四库全书总目》则是一部具有重要学术价值的解题目录,总共著录历代著作10 254种;而且无论《千顷堂书目》,还是《四库全书》或《四库全书总目》,其中所收集部著作都占有相当大的比例(《千顷堂书目》著录集部书7 371种,占总数的42%;《四库全书总目》著录集部书3 092种,占总数的30%)。至于集部著作的编刊,则无论别集和总集,皆不可胜数,其中尤以宋代李昉等编《文苑英华》(1 000卷)、明代胡震亨编《唐音统签》(1 033卷)、清代黄宗羲等编《明文海》(482卷)、曹寅等编《全唐诗》(900卷)、董浩等编《全唐文》(1 000卷)、严可均编《全上古三代秦汉三国六朝文》(746卷)等总集规模较大,影响深远。

从常理来说,现代以来由于四部文献不再生产但将永久传播,学术界本应怀着虔敬之心,对这宗巨大而珍贵的文化遗产进行全面的搜集、整理和研究,但在近百年间,由于受时风的影响而对古典文献的认识悬殊,各个时期所取得的成果颇不平衡。如关于综合性大型丛书的编刊,现代具有一定规模的仅有《四部丛刊》(收书477种)、《四部备要》(收书336种)和《丛书集成》①,近二十年间则以影印出版方式

① 按:王云五主编的《丛书集成》,汇集宋代至清代丛书100部,含子目6 000余种,删其重复后约4 000种,计划分装为4 000册,从1935年开始由商务印书馆印行,但在推出3 467册(收书3 067种)后因抗战爆发而中止。后来中华书局将已出部分于1985年重印,另将未出的533册(收书1 015种)补齐,合称《初编》。

推出了“四库系列丛书”，包括《四库全书存目丛书》收录 4 508 种(其中集部 1 435 种)、《四库禁毁书丛刊》收录 924 种(其中集部 569 种)、《四库未收书辑刊》收录 1 328 种(其中集部 513 种)、《续修四库全书》收录 5 213 种(其中集部 1 378 种[①])，皆为鸿篇巨制，如果将这四种书汇总统计，集部所占比例达 33%，已明显高于《四库全书》[②]。又如关于集部一些颇有影响的总集类图书，1911 至 1949 近四十年间尚有陈田编《明诗纪事》，陈衍编《辽诗纪事》、《金诗纪事》、《元诗纪事》、《近代诗钞》，徐世昌编《晚晴簃诗汇》，吴闿生编《晚清四十家诗钞》，陈诗编《皖雅初集》，胡朴安编《南社丛选》，丁福保编《汉魏六朝名家集初刻》、《全汉三国晋南北朝诗》，朱孝臧编《彊村丛书》，吴昌绶编《影刊宋金元明本词》，唐圭璋编《词话丛编》、《全宋词》，赵尊岳编《明词汇刊》，陈乃乾编《清名家词》，王季烈编《孤本元明杂剧》，刘世珩编《暖红室汇刻传奇》，吴梅编《奢摩他室曲丛》，郑振铎编《清人杂剧》等书出版；建国后第一个三十年间，则仅有陈述编《全辽文》，唐圭璋编《全金元词》，叶恭绰编《全清词钞》，郑振铎等编《古本戏曲丛刊》，中国戏曲研究院编《中国古典戏曲论著集成》，隋树森编《元曲选外编》、《全元散曲》等书出版，另有逯钦立编《先秦汉魏晋南北朝诗》定稿于 1964 年，但至 1983 年才刊行；近三十余年间编刊的同类书则明显增多，如张璋等编《全唐五代词》，吴文治等编《宋诗话全编》、《辽金元诗话全编》、《明诗话全编》，薛兆瑞等编《全金诗》，王季思等编《全元戏曲》，饶宗颐等编《全明词》，谢伯阳编《全明散曲》，凌景埏等编《全清散曲》，郭绍虞等编《清诗话续编》，王水照等编《历代文话》，俞为民等编《历代曲话汇编》，而周绍良等编《全唐文新编》(22 册)，傅玄宗等编《全宋诗》(72 册)，曾枣庄等编《全宋文》(366 册)，李修生等编《全元文》(60 册)，钱仲联等编《清诗纪事》(22 册)，南开大学古籍所编《清文海》(105 册)，中国人民大学和北说大学合编《清代诗文集汇编》(800 册)等书，则皆具有一定规模。

综观近百年来中国整理和研究古典文献的历史，现当代学者在方法与思路上固然或多或少地继承发扬了古代学者的优良传统，但由于时代变迁的种种原因，在实际进程中，既有愧对祖宗的失误和教训，也有超越古人的创获和经验。前者不仅表现在历次战争与“文革”动乱曾造成不少古籍的损毁、流失以及整理、研究工作的停滞，而且即使在和平时期，也由于观念的变化，曾导致不少人对于古籍整理与研究持冷漠乃至轻视的态度，甚至有些图书管理机构已经丧失为读者服务的诚意，而是想方设法利用古籍向读者漫天要价。后者主要表现在两个方面：一是随着科学

① 《续修四库全书》虽然按经、史、子、集编排，但其集部已收入 33 种小说。

② 除“四库系列丛书”以外，书目文献出版社出版的《北京图书馆古籍珍本丛刊》也具有一定规模，全套 120 册，收书 462 种，按经史子集编排。

技术的进步，图书馆、出版社和学术机构已经将计算机、互联网、数码摄影等相关技术运用于古籍的管理、检索、复制、出版和研究，上述规模巨大的“四库系列丛书”和《清代诗文集汇编》等皆因采取影印出版方式，不仅从搜集资料到编辑刊行的速度大大加快，而且可以真实地保存原书面貌，尤其是现在的研究者可以利用电子版的《四库全书》、《续修四库全书》等书，弹指间就能检索到所需要的篇章，这是古人所无法比拟的；二是在社会开放的背景下，有中国参与的国际学术交流曾先后两度得以持续进行①，具有国际眼光的学者已从海外现存的大量汉籍中发现、引进了一批稀见的文献资料，对于当时的古籍整理、出版和研究工作产生过积极作用，甚至在一定程度上引导过某些领域或专题研究中的学术潮流。不过，就中国文学领域而言，由于受西方文学观念的影响，20 世纪初至 1937 年间的先驱者们在海外搜集中国古籍时，首先重视的是子部的小说，其次是集部的词曲，而对于存量巨大的诗文集则因为涉嫌“妖魔”而关注者稀；改革开放以来，小说虽然仍受重视，但自安平秋等编《古本小说集成》②出版以后，可供搜寻补充的空间已经不大，因而海外现存以诗文集为主体的大量集部汉籍也逐渐引起了有识之士的关注，他们结合各自承担的项目在一定范围内对相关文献展开了调查、搜集、整理和研究的工作，并且已经取得了可喜的成就③。这种“别求古籍于异邦”的思路，虽然清末已有杨守敬、黎庶昌等人做过尝试，但直到经过现代一批先驱者和新时期以来诸多后继者的反复实践，才真正在学术研究中发挥重要作用。

今天，中国人民大学国学院邀集同行专家讨论集部文献与中国文学研究，其论题本来也应包括海外集部汉籍在内，兹事虽体大，却是一个具有战略眼光、真正有可能推动和拓展中国文学研究的重要学术思路。但如果要将这一问题引向深入，中外学者在重点关注中国古代编刊而现在尚保存于海外的集部典籍时，还有必要探讨这些著作在海外传播的过程和影响。因此，本文所说的海外汉籍实际包括如下品种：一是由中国传入的汉文刻本和汉文抄本（其作者大多为中国人），二是由邻国传入的汉文刻本和汉文抄本（其作者既有中国人，也有邻国人；其版本既有中国刻本和中国抄本，也有邻国刻本和邻国抄本），三是在受容国刊刻或抄写的汉文典籍（其作者既有本国人，也有中国人或邻国人）。此外，在研究过程中，一方面有

---

① 在 1937 至 1978 年之间，中国大陆学者很少有机会参与国际学术交流，但台湾和港澳学者在 20 世纪 50 至 70 年代仍可参与国际学术交流。本文所谓两度是就大陆学者而言，分别指抗战爆发以前和改革开放以来。

② 该书已出版五辑，凡 693 册，收书 428 种。另外，还有一批颇多淫秽描写的作品，已全部编入第六辑中，尚未出版。

③ 参见拙文《论中日汉籍的古今交流》，收入《风起云扬——首届南京大学域外汉籍研究国际学术研讨会论文集》，中华书局 2009 年版。

必要参考这些汉籍文本在传播过程中的背景资料及相关的研究成果(包括受容国学者用本国文字撰写的相关著作),一方面还可能需要利用中外现存与之相关的各种文献资料和研究成果。因此,"海外现存集部汉籍与中国文学研究"实际上是一项浩大的系统工程,必须由中外学术界、出版界、图书管理机构密切配合,通力合作,并且经过长期努力奋斗,才能真正赋予环球汉籍以蓬勃的生命力,进而促使各相关学科或相关专题的研究取得突破式的发展。

鉴于海外现存汉籍数量巨大,分布甚广,作为个体研究者来说,可以出访的国别、时间和能够经眼的汉籍毕竟有限,如果停留在笼统地讨论海外现存集部汉籍的调查、整理与研究,一般难以走向深入,也难以得其要领。而日本作为中国以外收藏汉籍的第一大宝库,其现存汉籍的品种之丰富,数量之巨大,版本之精善,皆令世界学人瞩目。因而本文拟以笔者关注过的日本现存集部汉集(尤其是颇多经眼过的明代诗文集)为中心,就其与中国文学研究相关的几个问题提出来加以讨论,并以此向各位前辈和同行请教。

二、关于海外现存集部汉籍的调查与考证

凡有意调查、整理和研究海外汉籍的学者,首先应对中国现存古籍的状况有所了解。目前可以利用的权威著作是1978年开始调查至1996年才出齐的《中国古籍善本书目》(全九册),全书按经、史、子、集、丛书五部排列,著录国内781个单位收藏的善本书6万多种(其中集部约23 000种,编为三册),凡13万余部,已为传统学科各领域的学者提供了巨大的方便。笔者在日本、韩国搜寻汉籍时,一直将该书集部的相关部分带在身边,以便随时核查版本信息,进而确认所访机构藏本的文献价值。但该书仍不尽如人意,撇开有些学者指出的甄别善本的标准不一和少数著录失误不谈,主要的缺陷有三:一是不收普通古籍,二是未收台港澳古籍,三是没有关注国外现存的中国古籍。好在从1992年开始启动的更大规模的工程——《中国古籍总目》的调查、编纂工作已经于2009年6月完成,并且稍后不久就印出了其中的"丛书部"二册和"史部"八册,只是"经部"、"子部"、"集部"还在印制过程中,估计在不长的时间内即可见到全璧。据"丛书部"和"史部"卷首所载编纂委员会《前言》介绍,《中国古籍总目》著录了中国大陆及港澳台地区主要图书馆及部分海外图书馆收藏的中国汉文古籍书目,其总数约20万种,但没有提及各部书目的数量。又关于大陆以外的汉籍,《前言》作了如下说明:"现存中国古籍的总目录,理应反映全球收藏的中国古籍信息,限于人力物力,此项工作目前尚处于起步阶段。《中国古籍总目》已利用知见的港澳台地区及日本、韩国、北美、西欧等地图书馆古籍收藏

目录，采录大陆图书馆未见著录的古籍品种，并为稀见品种增补了海外收藏机构名称。”从中不难看出，该书正是为了适应全球汉籍整理和研究的需要才采取了这种“起步阶段”的编纂方式，但要真正“反映全球收藏的中国古籍信息”，尚有待于中外学者（尤其是青年才俊）长期进行经眼式的调查，并就相关问题进行考证。

清代王盛鸣关于“目录之学，学中第一紧要事，必从此问涂，方能得其门而入”一段名言，学术界早已耳熟能详，上举二部关于中国古籍目录的巨制理应成为从事国际汉籍研究的入门向导，但在近代以来兴起的国际汉学影响下，各国学者在对部分国家现存汉籍进行考察、整理、研究过程中所形成的方法和成果（包括研究论著和各类汉籍目录），也同样值得重视。相对于欧美汉学而言，日本近代汉学家更注重利用收藏丰富的汉文资料，在传统学科领域的若干具体问题上做深入细致的研究，并与中国学术界保持着联系，互相影响。例如，澁江全善、森立之等编《经籍访古志》（1885 年初版）、岛田翰撰《古文旧书考》（1905 年初版，后更名《汉籍善本考》）二部名著，后来又分别于 1915 和 1916 年在中国出版，在日中学术界都曾产生过深远的影响。其后，日本汉学界一直都很重视目录学或书志学的研究，例如，内藤湖南的《支那目录学》就是 1926 年在京都大学的讲稿，后由学生神田喜一郎整理出版，而《神田喜一郎全集》中的《中国における印刷术の起源について》等显然是受了老师的影响而作，内藤的另一位学生仓石武四郎到了晚年也撰有《目录学》一书[①]。而对汉籍研究卓有成就的长泽规矩也 1926 年进入东京大学大学院后，所拟定的研究题目就是《支那文学的书志学研究》。1933 年日本《书志学》杂志创刊后，他成为主要作者之一，曾发表许多关于书志的论文。他一生的研究领域以汉文学[②]和文献学为主，其书志学著作甚多，大致可以分为三类：一是论述类的，主要有《和汉书の印刷とその历史》（1952）、《书志学序说》（1960）、《版本の鉴定》（1960）、《和汉古书分类法》（1962）、《日本书志学史》（1963）、《汉籍整理法》（1974）等；二是目录编制类的，主要有《静庵汉籍解题长编》（1970）、《和刻本汉籍分类目录》（1976）与《和刻本汉籍分类目录补正》（1980）、《图书学参考图录》（1973—1977）、《未刊诸文库古书分类目录》（1977—1987）；另外，他还主持或参与了日本几十家图书机构藏书目录或善本目录的编制工作，例如，《足利学校秘本书目》（1933）、《图书寮宋本书影》（1936）、《内阁文库汉籍分类目录》（1956）、《日光山慈眼堂书库现存汉籍分类目录》（1961）、《日本书目大成》（1979，与阿部隆一合编）等；三是从 1972 年起连续出

① 近些年来，则以清水茂撰《中国目录学》（1991）传播甚广。

② 长泽在汉文学领域的研究成果也甚丰，著作有《支那文艺史概论》（1951）、《支那文学概论》（1951）、《汉文学概说》（1952）等；另外，还参与《日本汉文学史》一书的补订工作（该书为冈田正之原著，1929 年由共立社初版；1954 年由吉川弘文馆出版时，署名为冈田正之著，山岸德平、长泽规矩也补）。

版了汉籍整理类著作十余种，如《和刻本汉籍随笔集》(1972—1978)、《和刻本汉诗集成》(1974—1979)、《和刻本汉籍文集》(1977—1979)等①。

关于日本全国性的大型书目，则当以《国书总目录》和《古典籍综合目录》为代表。前者由过善之助主编，全书正文八卷(另有索引一卷)，收录从上古至庆应三年(1867)之间日本人撰著、翻译、编纂、注释的各类书目50万部，由岩波书店于1963—1976年初版，1989—1991年又推出补订版。后者由国文学研究资料馆编，实可视为前者的续编，是根据《国书总目录》初版以后各藏书机构的书目汇编而成，编纂原则也与前书一致，收录43 000余部，1990年由岩波书店出版。这二种书目虽然兼收日文、汉文、英文书籍，但汉文古籍占有相当大的比重，因而也成为研究日本国学(包括日本汉文学)的入门向导。近年来，国文学研究资料馆又将《国书总目录》和《古典籍综合目录》二书的内容合编为数据库《日本古典籍综合目录》，另外还增入了这两种目录出版以后的调查内容，读者可以随时上网在线查阅②。

关于日本现存中国诗文集的书目，则以吉田寅、棚田直彦编《日本现存宋人文集目录》(1972)，山根幸夫等编《日本现存元人文集目录》(1970)、《增订日本现存明人文集目录》(1978)(以上三书皆由东京汲古书院出版)，西村元照编《日本现存清人文集目录》(1972，京都大学东洋史研究会)，颇为研究中国文学的各国学者所重视。不过，这些书实际上都是根据各图书机构的目录汇总编纂而成，因为没有对原书进行普查和考证，其中难免会存在错误和遗漏。2000至2001年笔者在早稻田大学任访问学者时，山根先生曾赠送《日本现存元人文集目录》和《增订日本现存明人文集目录》各一册，为当时调查元明文集提供了很大的方便，但经过追踪考察后，发现这类目录也存在一定的缺陷和遗漏。例如，《增订日本现存明人文集目录》虽以收录线装古籍书目为主，却收录了诸如《四库全书珍本文库》、《四部丛刊》、《清代禁毁书丛刊》、《中华文史丛书》、《中国史学丛书》、《中国文学珍本丛书》、《明季史料集珍》、《明人文集丛刊》、《明代艺术家集汇刊》、《明代艺术家集汇刊续编》、《明代论著丛刊》、《历代画家诗文集》等现代、当代出版的丛书中的文集，如果按照这个体例，近二十年中国影印出版的大型丛书已有多种，这些书在日本的某些图书馆也可以找到，其中可以补入的明人文集当数以百计。又如，《增订日本现存明人文集目录》根据东京大学东洋文化研究所藏书目录，收录了曾熙丙《贻谷堂诗》一卷和范国录《十山楼稿》一卷，这二卷实际上分别出自《福州曾氏十二世诗略》、《通州范氏十

① 参见李庆：《日本汉学史》，上海外语教育出版社2002—2004年版。
② 另外，日本学者还编有《日本所藏中文古籍数据库》，读者也可以上网检索日本国内各藏书机构现存汉籍。

二世诗略》二书，但未注明是何时版本。我跟踪访查，方知分别为曾克耑、范当世编，皆为当代排印本，于1966年8月在香港出版，甚至连出版社的名称也没有，所录皆为其历代祖宗之诗，但未注明出处。如果按照这个体例，则凡日本从中国采购的现代当代整理出版的明人文集，皆应列入这个目录。又如，《增订日本现存明人文集目录》根据《改订内阁文库汉籍目录》(1971)，收录了江户钞本《梦观集》六卷和明初刻本《覆瓿集》二十四卷《拾遗》二卷，分别著录为元释大奎和明朱同撰，实皆照抄原目录之误，应分别为释守仁和刘基撰。此外，山根先生当时所依据的主要是宫内厅书陵部、国立国会图书馆、内阁文库、静嘉堂文库、尊经阁文库、东洋文库、蓬左文库、东京大学东洋文化研究所、京都大学人文科学研究所、京都大学文学部等十大机构的藏书目录，其他大学图书馆和文库甚至一些寺庙的藏书皆未涉及，难免有遗漏，即以这十家机构而言，近三十余年又可能整理发现或采购了新的线装古籍，例如，国会图书馆现藏有苏惟霖的《两淮集》五卷，《增订日本现存明人文集目录》未予收录，是山根先生当时抄漏了，还是国会图书馆后来新增的，尚有待考证。由此可见，即使由著名学者山根幸夫先生编纂、在学术界长期享有盛誉的《增订日本现存明人文集目录》，由于时过境迁，也有待重新增补和完善。

以上所述皆为日本学者的在汉籍领域的研究状况，限于篇幅，其成果也难以一一列举。这里有必要特别介绍一下中国学者严绍璗在该领域的坚韧毅力和卓越成就，从1985年开始，他曾三十度进出日本，追踪这个狭长岛国上现存汉籍善本书的踪迹，历二十年而不辍，其成果主要体现在《日藏汉籍善本书录》(中华书局，2007)中[①]，全书以十六开本装为三大册，凡三百余万字，按经、史、子、集排列，著录历代传入日本而至今尚存的汉籍善本书一万余种，其数量之多，超过以往任何一部同类著作，且其中部分书目“正题”之下以“附录”方式记录了该书相关的信息，对有的读者可能颇有参考价值。但从该书大多数书目不记行款版式可知，作者对这些书并未经眼，仍是从藏书机构的目录转抄而来，因而读者使用时应小心谨慎，如果原目录记载有误，则难免会以讹传讹。例如，上文提到的江户抄本《梦观集》六卷和明初刻本《覆瓿集》二十四卷《拾遗》二卷，《改订内阁文库汉籍目录》分别误署为元释大奎

---

① 按严绍璗所撰与日本相关的著作还有《日本的中国学家》(中国社会科学出版社1980年版)、《中日古代文学关系史稿》(湖南文艺出版社1987年版)、《中国文学在日本》(与王晓平合撰，花城出版社1990年版)、《日本中国学史》第一卷(江西人民出版社1991年版)、《汉籍在日本的流布研究》(江苏古籍出版社1992年版)、《中国文化在日本》(新华出版社1994年版)、《中国与东北亚文化交流志》(与刘渤合著，上海人民出版社1999年版)、《日本藏汉籍珍本追踪纪实》(上海古籍出版社2005年版)等，这里仅举其在该领域的代表作。另有《日本藏宋人文集善本钩沉》(杭州大学出版社1996年版)一书，他曾自称是《日藏汉籍善本书录》的阶段性成果，其内容大多已收入后书之中，但后书不收丛书，前书中因有《宋人编丛书》(第285—320页)而仍有存在的价值。

和明朱同撰，我在《日本现藏稀见元明文集考证与提要》中曾做过详细考证，已分别改正为释守仁和刘基撰。严书著录二者时虽然加了“按语”或“附录”，但因未查阅原书仍然因袭了原目录的错误。当然，偶尔有疏误并不影响这部大著的价值，我这里举以为例，只是为了说明，在依据目录追踪海外现存汉籍时，不仅应调查过目，而且有必要查阅内容，进行相关的考证。

在日本汉籍研究持续进行并不断推出新成果的背景下，学术界也开始关注韩国、越南的现存汉籍。例如，1968 年大韩民国国会图书馆推出了《韩国古书综合目录》，1982 年汉城大学出版了《奎章阁图书中国本综合目录》，1991 年台湾文史哲出版社印行了朴现圭编《台湾公藏韩国古书籍联合目录》等；又如，1984 年河内汉喃研究院与法国远东学院合作编写《越南汉喃遗产目录》，著录两院现存汉喃著作 5 000 余种，1993 年由越南社会科学出版社出版。尤其是进入 21 世纪以来，随着世界一体化进程的提速和国际学术交流的常态化，有关加强环球汉籍暨汉文化整体研究的呼声持续高涨，相应的基本文献资料和学术成果也相继推出。如刘春银、王小盾、陈义主编《越南汉喃文献目录提要》(上下册)，刘春银、林庆彰、陈义主编《越南汉喃文献目录提要补遗》(上下册)，先后于 2002 和 2004 年在台湾出版，张伯伟编《朝鲜时代书目丛刊》(九册，收录书目类著作 26 种)于 2004 年由中华书局出版，全寅初编《韩国所藏中国古籍总目》(全六册)于 2005 年由韩国学古房出版。但到目前为止，还没有《日本现存汉籍总目》、《日本现存中国古籍总目》或《日本现存中国集部古籍总目》一类的著作问世。如果今后有学者打算编纂这类书，我建议把时间限定在现代以前，即只收录线装古籍刻本或抄本。为保证信息的准确性，这项工程最好能建立在逐一普查的基础上。与此同时，如果有学者能对各书的作者、版式、序跋、题记、藏书印和基本内容进行纪录、考证和提要，进而写出诸如《日本现存汉籍叙录》、《日本现存中国古籍叙录》或《日本现存中国集部古籍叙录》一类著作[①]与之配套出版，则功莫大焉。

三、关于中国集部古籍在海外的传播与影响

从文学研究的视角来看，我们对于海外现存中国集部古籍的认识，不应只停在它的文献价值甚至文物价值上，而更应重视这些文学典籍在海外(尤其是亚洲邻

---

① 此前出版的这类著作，以祝尚书撰《宋人别集叙录》(中华书局 1999 年版)、《宋人总集叙录》(中华书局 2004 年版)用力甚勤，不仅著录一代文集的现存状况，而且考叙其版本源流，是集部文献研究领域颇值得重视的一种范式，如能运用于海外现存集部汉籍的研究，则将推动世界汉籍与汉文学的研究。

国)传播过程中所发生的影响和意义。以往学术界在该领域所取得的成果,主要有三个方面与此相关:

首先是关于中外文学交流(关系)的研究。从宏观整体上展开论述的,有严绍璗《中日古代文学关系史稿》(湖南文艺出版社,1987)、王晓平《近代中日文学交流史稿》(湖南文艺出版社,1987)、李岩《中韩文学关系史论》(社会科学出版社,2003)、周发祥主编《中外文学交流史》(湖南教育出版社,1999)、孟昭毅《东方文学交流史》(天津人民出版社,2001)等,其中或多或少地涉及到中国集部古籍在国外的传播与影响;就某一文类进行中观论述的,如有关诗话东传研究的成果就可圈可点,专著有许世旭《韩中诗话渊源考》(黎明文化事业公司,1979)、赵钟业《中日韩诗话比较研究》(学海出版社,1984)、全英兰《韩国诗话中有关杜甫及其作品之研究》(文史哲出版社,1990)等,其中尤以张伯伟《清代诗话东传略论稿》(中华书局,2007)围绕清诗话在朝鲜半岛、日本的传播与影响进行的考证和论述,堪称这类(中国集部典籍在海外的传播与影响)研究的新范式。至于就某位作家及其作品进行专题研究的,则不胜枚举,如李立信《杜诗流传韩国考》(文史哲出版社,1991)等。

其次是关于中外汉籍交流的研究。如日本大庭脩的《江户时代における中国文化受容の研究》(1984),首次就江户时代的汉籍输入及其对日本文化的影响做了开创性的系统研究,曾在国际学术界引起强烈反响,1997年中华书局以《江户时代日中秘话》为书名出版了该书中译简易读本,1998年杭州大学出版社以《江户时代中国典籍流播日本之研究》为题出版了该著中文全译本。中国学者如严绍璗著有《汉籍在日本的流布研究》(江苏古籍出版社,1992)、《日本藏汉籍珍本追踪纪实》(上海古籍出版社,2005)等;王勇主编有《中国典籍在日本的流传与影响》(论文集)、《中日汉籍交流史论》(论文集)、《中日“书籍之路”研究》(论文集)、《中国馆藏和刻本汉籍书目》、《中国馆藏日人撰汉文书目》等。另有刘玉珺《越南汉喃古籍的文献学研究》(中华书局,2007),其中也论及中越书籍的交流。

再次是关于世界汉学史的研究。较早的著作是关于日本汉学的研究,如牧野谦次郎《日本汉学史》(世界堂,1928)、水田纪久等《日本汉学》(1968)、严绍璗《日本中国学史》第一卷(江西人民出版社,1991)、李庆《日本汉学史》(上海外语教育出版社,2002—2006)等。随后关于世界汉学史的写作似有升温的势头,相继有何寅《国外汉学史》(上海外语教育出版社,2006)、熊文华《英国汉学史》(学苑出版社,2007)、李明滨《俄罗斯汉学史》(大象出版社,2008)、张西平《欧洲早期汉学史》(中华书局,2009)、许光华《法国汉学史》(学苑出版社,2009)、刘顺利《朝鲜半岛汉学史》(学苑出版社,2009)等陆续推出,各书中都或多或少论及海外汉文学的研究。

这些成果都非常重要,但除了少数几种著作(如关于诗话、杜诗的考论)以外,大多还属于宏观层面的粗线条论述，其中规模最大的是李庆的《日本汉学史》，全书五卷，所论固然具体而微，但他是从1867年开始说起的，实为“日本近代以来的汉学史”。如果要将中国集部古籍在海外(尤其是亚洲邻国)的传播与影响这一课题深入下去，有必要进行中观的甚至微观的具体研究。笔者这里仍拟以明人文集在日本的传播与影响为例，来谈谈自己的一些思考。原因除了曾就此论题做过初步考察，相对比较熟悉以外，更重要的是因为明代诗文对日本汉诗文的影响有其特殊的意义。众所周知，唐宋诗文东传到日本以后，就已开始了日本汉诗文创作的历史，甚至五山汉诗文也比较兴盛，但唯有明代诗文传播到日本后，竟促使江户汉诗文出现过空前绝后的繁荣，尤其是其间曾先后形成了两个与明代诗文相对应的流派，这在世界文学史上都是极为少见的现象。

本来明代复古派和公安派的著作较早就相继传入了日本，如林罗山、那波活所就曾提及或称扬过李攀龙和王世贞等人的著作或主张，永田善斋、柳川震泽皆论及明代嘉隆七才子，而深草元政(1623—1668)与陈元赟(1587—1671)于万治、宽文年间就因共赏袁中郎而相互唱和，曾合著《元元唱和集》，于宽文三年(1663)刊行，成为日本最早接受公安派影响的成果。由于元政在当时有“诗豪”之称[①]，随着《元元唱和集》二卷和他的别集《草山集》三十卷的广泛传播，以袁宏道为代表的公安派也逐渐为日本更多的汉诗文作家所知。为适应读者的需要，京都茨木多左卫门、梅村弥右卫门和小岛市右卫门终于在元禄九年(1696)十月推出了和刻本《梨云馆类定袁中郎全集》二十四卷。

但从永宝二年(1705，康熙四十四年)开始，年届四十的儒学者荻生徂徕(1666—1728)明确打出了倡导古文辞的旗号，文风随之一变。前后七子的文集从此风行日本，尤其是李攀龙、王世贞极受推崇，徂徕曾亲自编撰《四大家隽》、《沧溟七绝三百首解》、《弇州七绝解》，其高弟服部南郭用日文注解托名李攀龙编的《唐诗选》，皆成为文士们学习汉诗文的入门书。徂徕五十岁时曾说：“予倡古文辞于关以东者十年，海内喁然向风，豪杰之士往往裹粮以至者，西薄大海之滨。”[②]从徂徕四十岁标举古文辞至六十三岁逝世的二十多年间，入门弟子达百余人，其中太宰春台、服部南郭、安藤东野、山县周南、平野金华、高野南亭、宇佐美潜水、山井昆仑等最为著名，时称“萱园八子”；加之这些弟子又收徒授学，古文辞于是风靡天下。故俞樾称：“东国之诗，至徂徕而一变。盖徂徕提倡古学，而服部南郭又从而张之，于是家有沧溟之集，人抱弇州之书，愈唱愈高，洋洋乎盈耳矣。”

① 参见江村绶：《日本诗史》卷三。
② 《徂徕集》卷十一《赠于季子序》。

在这种背景下，公安派也难免会受到批评，如荻生徂徕就曾告诫弟子“如其宋元及明袁中郎、徐文长、钟伯敬诸家，慎莫学其一语片言”[①]。但后来批判古文辞派的呼声高涨时，山本北山(1752—1812)于诗文推崇袁宏道的清新性灵，反对模拟剽窃，公安派又受到了重视。如他在天明三年(1783)所撰《作诗志彀》中说：“大凡王、李之后，诸豪杰欲放胆张眼成家者，虽不胜枚举，然不能出中郎清新性灵之外超乎其上者，何也？清新性灵四字，乃诗道之命脉。若非模拟剽窃，必清新性灵；若非清新性灵，即模拟剽窃。故以于麟、中郎二人可分诗道之一大鸿沟。其余数子之碌碌，徒宋襄、徐偃之霸。今本邦之诗人，受于麟、南郭之毒不啻一日，故开口便不堪陈烂腐臭。苟欲矫此弊，当为中郎之所为。为中郎之所为，非模拟剽窃中郎之诗，而为中郎之不模拟剽袭也。”和刻本《袁中郎先生尺牍》二卷就是在这种背景下由宫川德、鸟居吉人删校刊行的(1781)。

此外，还有必要特地介绍一下袁宏道的《瓶史》，它不仅在日本一再翻刻，传播甚广，而且还对日本的插花艺术产生过深远影响。该著最初是作为《袁中郎全集》中的一卷而传入日本并引起关注的，如元政在《覆元赟书》中谈到读《袁中郎全集》的心得时，就已指出“《瓶史》风流，可想见其人”[②]。但直到元禄九年(1696)以后，随着和刻本《梨云馆类定袁中郎全集》的传播才广为人知。尤其自井上金峨(1732—1784)至山本北山等人持续掀起反古文辞派的浪潮时，不仅袁宏道的文学主张和诗文作品颇受推崇，而且其《瓶史》也受到了前所未有的重视。著名花道家望月义想(1722—1804)就是在这种文化氛围中从爱读《袁中郎全集》发展到醉心于《瓶史》，并运用《瓶史》的理论而创立了独具特色的插花艺术风格——人称“袁中郎流”或“宏道流”。天明元年(1781)，望月义想曾将《瓶史》加以校订后重刻单行，并撰《瓶史序》曰：“予因有花癖，会获此史，始知花林之有《春秋》，乃又得知无人而不可为，无处而不可娱，不贪不争，居之无祸，只在瓶花，遂从事于斯。……我但私此一篇，欲与诸同好者共焉，乃别举绣梓，惟希人之易玩而已。”可见他与“诸同好者”这时已把《瓶史》作为插花艺术的理论来学习并付诸实践。受望月义想影响，其弟子也对《瓶史》做过深入钻研，如原溪崖、山和井撰有《瓶史述要》一书，望月义想为之撰序曰：“余虽不才，亦好玩此技，作花隐已有经年，然余性愚且有僻，不得彼君子所玩之术，只是一头好读宏道之《瓶史》。至于插花，亦专以《瓶史》为准，渐学其风，自然与世之君子之风不同。从余游者将余之插花称之为宏道流，余也晓之，任其称。”他的

---

① 引自《徂徕集》卷十九《译文筌蹄题言十则》。据徂徕门人山县周南《学馆功令》一文说：“昔者我徂徕先生年方四十，始修古文辞。”其四十岁为永宝二年(1705)，而《译文筌蹄》一书写成于正德元年(1711)，可见徂徕在研读前后七子著作的同时，也可能读过袁宏道等人的诗文集。

② 深草元政：《草山集》卷三。

高足桐谷鸟习稍后又撰有《瓶史国字解》四卷，刊行于文化六年(1809)七月，其书以日语来注释《瓶史》，旨在有助于日本读者更好地理解原文。当然，这种对于《瓶史》的重视以及“宏道流”的盛行，并未随着江户时代的结束而中止。例如，兵库大村纯道于明治十四年一月还重刻过《瓶史》，而作为日本插花艺术一支的“宏道流”至今尚有影响。

由上述个案可知，我们研究中国集部典籍在海外(尤其是亚洲邻国)的传播与影响，不仅要关注某些重要文集从传入到翻刻、注解、研究的过程，而且更应重视受容国作家主动仿效而写作的汉诗文——这才是真正深入骨髓的影响。

四、关于海外现存集部汉籍的整理与研究

近代以来，西方汉学虽然在国际上影响颇大，但就对中国以外现存集部汉籍的整理与研究而言，日本无疑是一座重镇，其学风与成果皆令世人瞩目。

早在江户时期，汉学家江村绶(1713—1788)就曾撰有《日本诗选》、《日本诗史》等，市河宽斋(1749—1820)既编有《日本诗纪》(收录日本古代 420 位诗人的 3 800 多首汉诗)，又辑成《全唐诗逸》(补辑了《全唐诗》失收的 72 首诗和 279 个残句，后来传入中国，被收入《知不足斋丛书》第三十集)，这种编集诗选与撰写诗史同时进行、整理日本古籍与中国古籍并重的学术格局，在明治维新以后似乎并未发生大的改变。随着末松谦澄《支那古文学略史》(1882)，儿岛献吉郎《支那古文学》(1891)、《文学小史》(1894)、《支那大文学史・古代篇》(1909)和《支那文学史纲》(1912)，藤田丰八《支那文学史》(1895—1897)，古城贞吉《支那文学史》(1897)，大町桂月等《支那文学大纲》(1897—1900)，笹川种郎《支那文学史》(1898)，中根淑《支那文学史要》(1900)，久保天随《支那文学史》(1903)，高濑武次郎《支那文学史》(1907)等著相继出版，中国学者受其影响，在 20 世纪初也开始采用近代学术方式撰写文学史。例如，曾毅于 1915 年初版的《中国文学史》颇有影响，实是以儿岛献吉郎《支那文学史纲》为蓝本而改编的。

也恰好就在世界上第一部“中国文学史”(末松谦澄《支那古文学略史》)出版的当年(1882)，陈曼寿在日旅次中编成了《日本同人诗选》(收录 62 人的 599 首诗)[①]，而俞樾应岸田国华之请，也于这年开始编纂《东瀛诗选》(明年一月编成，收录江户时代 548 人的 5 297 首诗)，并摘编《东瀛诗纪》，这可看作近代中国学人参与整理日

① 参见蔡毅：《陈曼寿与〈日本同人诗选〉——第一部中国人编辑的日本汉诗集》，原载《中国诗学》第 5 辑(南京大学出版社 1997 年版)，后收入他的论文集《日本汉诗论稿》(中华书局 2007 年版)。

本汉诗的开始。随后日本学者也整理出版了大量的集部汉籍，如池田四郎次郎编《日本诗话丛书》10册(东京文会堂书店，1920—1922)，吉川弘文馆出版的《日本随笔大成》105册(正编、续编、别卷，1923年开始出版)，高木市之助等编《日本古典文学大系》102册(岩波书店，1957—1978)、相良亨编《近世儒家文集集成》16卷(ぺりかん社，1985—2000)，富士川英郎、松下忠、佐野正巳合编的《词华集·日本汉诗》全十一卷(1983—1984)、《诗集·日本汉诗》全二十卷(1985—1990)、《纪行·日本汉诗》全十一卷(1991—1984，三书皆由东京汲古书院出版)，日野龙夫等编《江户诗人选集》十卷(岩波书店，1990—1993)，佐竹昭広等编《新日本古典文学大系》106册(岩波书店，1989—2005)，中野三敏等编《新日本古典文学大系·明治编》32册(岩波书店，2001—2010)等，皆具有一定规模。与此进程同步，相关的研究工作也持续展开，其中以《日本汉文学史》为书名的著作就有芳贺矢一(1928)、冈田正之(1929年初版，1954年改订版)、冈井慎悟(1934)、猪口笃志(1984)等分别在不同时期撰写的若干种，其他书名略异，但仍然属于这个系列的有安井小太郎《日本汉文学史稿》(附于其《日本儒学史》之后，1939)，菅谷军次郎《日本汉诗史》(1941)、户田浩晓《日本汉文学通史》(1957)、神田喜一郎《日本の汉文学》(1959)和《日本填词史话》(1965—1967)、川口久雄《平安朝日本汉文学史の研究》(1959—1961)和《平安朝の汉文学》(1981)、绪方惟精《日本汉文学史讲义》(1961)、市川本太郎《日本汉文学史概说》(1969)、猪口笃志《日本汉诗》(1972)和《日本汉诗鉴赏辞典》(1980)、金原理《平安朝汉诗文の研究》(1981)、中村真一郎《江户汉诗》(1985)、近藤春雄《日本汉文学大事典》(1985)、山岸德平《近世汉文学史》(1987)、水田纪久《近世日本汉文学史论考》(1987)、内野熊一郎《日本汉文学研究》(1991)、三甫叶《明治汉文学史》(1998)等。另外，中日邦交正常化以后，中国有些学者也参与了日本汉诗文的研究，成果有肖瑞峰《日本汉诗发展史》第一卷(吉林大学出版社，1992)、马歌东《日本汉诗溯源比较研究》(中国社会科学出版社，2004)、蔡毅《日本汉诗论稿》(中华书局，2007)、吴雨平《橘与枳：日本汉诗的文体学研究》(中国社会科学出版社，2008)等。

日本学者在中国文学典籍的整理方面主要以三种方式展开，首先是为便于日本初学者学习而提供的翻译文本，如国民文库刊行会《国译汉文大成》(正编40册，续编48册)、明治书院《新释汉文大系》(120册，1960—约2012)、集英社《全释汉文大系》(33册，1973—1980)、东洋文化办会《全译中国文学大系》(104册)等，这从日本学者的角度看，也是对于中国文学古籍的一种整理和出版，但若换一个角度，则可看作是中国文学古籍在海外传播的一种方式。其次是为学术界提供的研究文本，如朝日新闻社《新订中国古典选》21册(1965—1969)、田中谦二编《中国古典文学大系》60卷(平凡社，1967—1975)等具有一定规模。再次是选注本，如吉川幸次郎、小川环树等编《中国诗人选集》一集、二集，20 世纪 50 至 60 年代由岩波书店持续出版，在日本汉学界影响深远，其所选中国历代诗人的作品用汉文，选编者的注释和评述用日文，甚至有些关于中国诗歌研究的专著（日本学者用日文撰写的）也收入这套丛书中，因而出自名家之手的《中国诗人选集》实际上已是整理与研究的结合体，在当时具有引导潮流的意义。

尽管从文献资料的整理与解读入手，一直是日本汉学的传统，但在中国文学领域，日本学者的论述性成果与影响，明显大于他们在文献整理方面的实际作为。首先是宏观论述，上述开风气之先的一批中国文学史著作推出后，这个传统一直在延续，如盐谷温《支那文学概论讲话》(1919)、青木正儿《支那文学概说》(1935 年东京弘文堂初版，1938 上海开明书店以《中国文学概说》为书名出中文译本)、长泽规矩也《支那文学概观》(1951)、仓石武四郎《中国文学史》(1956)、铃木修次等编《文学史》(1968，后来的中文译本更名为《中国文学史》)、狩野直喜《支那文学史》(1970)、吉川幸次郎《中国文学史》(1974，1987 年出版中文译本)、内田泉之助《中国文学史》(1956)、白川静《中国の古代文学》(1976)、前野直彬《中国文学史》(1975，侧重于资料)和《中国文学序说》(1982)、高桥和巳《中国文学论》(《高桥和巳全集》第 15—16 卷，1977—1980)、岩城秀夫《中国文学概论》(1995)等，可看作各个时期的代表作；其次是断代文学史、分体文学史、文学批评史的写作，如铃木虎雄《赋史大要》(1936)，纲祐次《中国中世文学研究》(1960)，吉川幸次郎《中国散文论》(1949)、《宋诗概说》(1962)、《元明诗概说》(1963)、《中国诗史》(1967)，森野繁夫《六朝诗の研究》(1976)，林田慎之助《中国中世文学评论史》(1979)，船津富彦《中国诗话の研究》(1976)、《唐宋文学论》(1986)、《明清文学论》(1993)，桥本循《中国文学思想管见》(1982)，兴膳宏《中国の文学理论》(1988)，目加田诚《中国の文艺思想》(1991)，青山宏《唐宋词研究》(1991)，松浦友久《中国诗歌原论》(1986，中文译本改题《中国诗歌原理》)，福井佳夫《六朝美文学序说》(1998)等，这些代表作不仅是日本相关专业学生的必读书，而且已有不少被介绍到中国，对中国古代文学相关领域的研究也产生过一定的影响。再次就是大量的专题研究、作家作品研究之类的著作，不胜枚举。

日本汉文学领域能在 20 世纪相当长的时期内保持文献整理与理论研究兼顾、中国文学与日本汉文学并重的格局，与一些领头人功底深厚、视野广阔密切相关。例如，吉川幸次郎本是文学史家，却自称“我是文献者”，他的成果不仅涉及中国文学诸领域，而且撰有《仁斋、徂徕、宣长》(1975)一书，对江户儒学也有深入研究。长泽规矩也一生以目录学名世，却既有多部研究中国文学的著作，也有多部研究日本汉文学的著作，并参与了大量古籍的整理工作。

韩国的汉学起步虽晚，但颇有后来居上之势。近几十年不仅在汉文学研究方面颇有建树，而且在集部汉籍的搜集、整理方面成果突出。如韩国民族文化推进会编纂的大型丛书《韩国文集丛刊》，皆精选底本，并施以标点，1990—2005 年出版正编 350 册(另附解题 7 册、索引 8 册)，收录公元 9 世纪至 19 世纪朝鲜人用汉文写作的著作 663 种，其续编拟出 150 册，收录汉籍 600 余种，也在陆续刊行之中，预计 2012 年全部告竣；景仁文化社 1999 年影印出版了《韩国历代文集丛书》，总共 3 000 册，堪称目前较为完备的朝鲜集部汉籍集成；东国大学校出版部出版了林基中编《燕行录全集》100 册，收录 500 余种从 1200 至 1800 年之间的燕行记录①。

上面主要就日本和韩国现存集部汉籍的整理与研究做了一些考察，那么，作为中国的学者，应如何参与海外集部汉籍的整理与研究，才有利于推动中国文学研究呢？一般说来，如果获得了出国交流的机会，不同的学者会根据各自以往关注的领域或正在进行的项目而采取不同的方针。

这里首先仍以我关注过的日本现存明人文集为例。我以前因一直关注公安派的研究，1997 年就整理出版了《江盈科集》，因此在早稻田大学访学时，就格外关注日本现存公安派作家的相关资料，不仅查阅了公安派主要作家的所有文集，而且不放过与之有密切交往的作家的文集。例如，我在内阁文库查阅钱希言的《松枢十九山》(明万历刻本)时，就从中发现了江盈科所撰《钱简栖先生集序》一篇和致钱希言的书信两篇以及钱希言为江盈科撰写的《明四川提学佥事进之江公墓志铭》，这些珍贵的资料我已收入了 2008 年版《江盈科集》(增订本)中。另外，在东京各文库遍查了公安三袁兄弟的所有文集之后，我新发现了袁中郎、袁小修各十万字的原文，是钱伯城先生整理的《袁宏道集笺校》、《珂雪斋集》所未收入的，因此，我回国后决定重新整理《袁中郎全集笺证》和《袁小修全集笺校》，曾得到全国高校古委会的支持。这是就个人研究需要而利用日本现存明人文集的个案，属于小打小闹的一类。但上次到日本访学，我的主要任务是奉章培恒先生之命，为《全明诗》、《全明文》的编纂而对日本现存明人文集进行普查，并结合中国已有的明人文集，重点考察那些稀见的明人文集。我当时确定的所谓“稀见”的含义，实际上是就中国大陆而言：一是指中国已佚(含刻本抄本)而天壤间仅见于日本的孤本明集；二是包括日本人或朝鲜人刊刻、抄写的明集而原书在中国已不传于世者；三是除了日本以外，虽然还可在其他国家或中国台湾见到，但大陆学者既不清楚也无法利用的明集(含刻本、抄本、写真本)。因为山根幸夫先生同时赠予他编的《日本现存元人文集目录》和《增订日本现存明人文集目录》二书，加之我多年来也一直关注元代文学，在充分

① 附带说一句，受其影响，复旦大学文史研究院和越南汉喃研究院也合编了《越南汉文燕行文献集成》，收录相关文献 79 种，已于 2010 年 5 月由复旦大学出版社影印出版，凡 25 册。

利用早稻田大学中央图书馆所藏日本各文库汉籍目录进行普查，并通过与《中国古籍善本书目》比较后，发现日本现藏元人文集并不太多，其中却有一些稀世珍本，因而我决定对日本现藏稀见元明文集进行逐一查阅和考证。那是永远值得回忆的一年，我长期往返于内阁文库、宫内厅书陵部、东洋文库、东京大学东洋文化研究所、静嘉堂文库、国立国会图书馆、尊经阁文库和早稻田大学中央图书馆等八家藏书机构之间，每次翻阅的基本上都是珍贵的善本书，白天只准许用铅笔做笔记，晚上和周末再输入电脑，回国以后仍继续进行考证和撰写提要，最后以《日本现藏稀见元明文集考证与提要》为书名于2004年由岳麓书社出版。这是结合个人兴趣和集体项目利用日本现存元明文集为古籍整理做准备而进行研究的个案，其视野与规模较前者已大为扩展。

今天，中国人民大学为庆祝国学院成立五周年而主办国际学术会议，把“集部与中国文学”作为学术前沿问题来展开讨论，筹备方显然是站在学科建设的高度来对集部文献加以审视，并由此重新认识它对于中国文学研究的意义。一般说来，如果仅仅从个人研究出发，国内收藏的集部文献大致也能满足各自的研究需要，即使知道有一个尚存海外的孤本不能利用，“暂付阙如”也无可厚非。但目前政治上追求和平、经济上谋求互利多赢、学术教育领域提倡交流协作的国际环境，为我们提供了重新认识、了解海外现存汉籍的大好机遇。因为这是一个务虚的学术讨论会，首先是要敢想，至于能否实施，则将由决策者在适当的时候做适当的抉择。所以，笔者最后还不揣冒昧地提三点建议或者设想：

1. 早在20世纪30年代，郑振铎曾在上海生活书店主编出版《世界文库》，这是一个很宏伟、很有吸引力的出版构想，但实际上推出的只是一些世界名著选读，且由于种种原因出了几十册就中止了。过了七十多年以后的今天，国际环境已远远好于郑振铎的时代，我认为重续旧梦的时机正在临近，但必须有中国的权威学术机构和有话语权的学者出面，联合中日韩等国相关的学术机构，组织有志于汉籍研究的学者，合作编纂出版《世界汉籍总目》和《世界汉籍文库》，既为抢救文化遗产以造福于子孙后代，也为振兴汉文化整体研究而导夫先路。这一工作当然可以先从各国分头做起，待进行到一定程度，合起来就构成了《世界汉籍总目》和《世界汉籍文库》。

2. 把近期需要与长远目标结合起来。上述思路固然带有理想的成分，可能需要经过长期甚至几代人的努力才有可能实现，因而近期宜一方面对海外现存汉籍进行调查、考证、编目乃至撰写提要，一方面根据中国学术建设的需要，继续以影印方式出版海外现存稀见中国古籍（尤其是集部古籍），而对于别集的整理，则应尽可能收齐全球范围内的相关古籍，否则，宁可暂时搁置。

3. 既然亚洲各国现存汉籍如此丰富，欧美各国收藏的汉籍也不少，如果要对世界汉籍和汉文化整体进行研究，必须要后继有人。因而在国际之间加强合作，共同培养从事汉籍整理和汉文化研究的研究生，既是必要的，也是可行的。这种培养方式不仅有利于提高研究生的外语水平，而且可以充分利用抵达国家现存的汉籍进行学术研究。如果能在这个专业领域建立起一种交流机制，则可望提高本专业研究生的整体素质，继而有利于将来在世界汉籍和汉文化整体研究领域开展国际合作。

（作者附记：本文在写作和修改过程中，日本九州大学博士研究生奥野新太郎曾代为核查或补充日本学者的相关成果，特致谢忱！）

后　叙

自 1977 年冬参加高考并于翌年春进入大学以来，我先后主要在湖南师范大学、复旦大学学习与工作。收入本书的论文，实际上与两校（尤其是导师）的学风相联系。

青年时代在风景优美的岳麓山下、湘江河畔度过，就学业而言，受马积高先生影响最深。1982 年 1 月本科毕业，我以学士学位论文《唐宋题画诗简论》获得时任中文系主任马积高先生赏识而留校任教，虽然指定的研究方向是元明清文学，但最初的一年半却是安排我们几位青年教师进修先秦两汉典籍，从"四书""五经"到先秦诸子散文、历史散文，从楚辞到汉赋，从《说文解字》到《史记》、《汉书》，皆逐一阅读，初步打下了一点从事古典学术研究的功底。随后师从马先生攻读元明清文学方向的硕士学位，他在授课和个别指导时反复强调要"纵横打通"，即要求在纵向上打通文学发展的前后联系，在横向上打通文史哲的界域。他的代表作《赋史》（1987）、《宋明理学与文学》（1989）、《清代学术思想的变迁与文学》（1996）、《荀学源流》（2000）等专著以及由他领衔主编的《中国古代文学史》（1992）[①]，都在一定程度上体现了其试图"纵横打通"的治学门径。我在硕士生阶段的学年论文《中国戏曲美学中的本色说》和学位论文《论汤显祖及其剧作中对人性和人生意义的哲学思考》就是受这种学术思路的影响而作。

1991 年 9 月至 1992 年 7 月，我在北京师范大学做访问学者。李修生教授、许嘉璐教授、刘乃和教授在给我们授课时，都曾提到老校长陈垣先生所倡"竭泽而渔"的治学方法——这是就文史考证或个案研究方面如何对待材料而言。我铭记在

---

① 马积高师的著作，除了上列诸种以外，还有《关汉卿的生平和作品》（1958）、《历代辞赋研究史料概述》（2001）以及创作集《风雨楼晚年诗钞》（2007），又曾参编《湘绮楼诗文集》（2008）、主编《历代辞赋总汇》（2013）。

心，当时就在李修生师的指导下选定杨维祯为个案而尝试进行体验。后来方知，杨氏著述宏富，刻本抄本众多，且相互关系错综复杂，不花费多年功夫是难以竭此“大泽”的。因此，这将近一年间，我仅在这个“大泽”边捉了几条小鱼，围绕杨维祯写了四篇文章[①]就暂时中断了这项研究。

1994 年 9 月，我进入复旦大学跟随章培恒教授攻读博士学位。在章师的指导下，三年间我实际上只做了两个个案研究：一是重拾在北京师范大学初步涉猎的课题，把它扩展为《杨维祯与元末明初文学思潮》，并作为博士学位论文来完成；二是整理《江盈科集》（岳麓书社 1997 年 4 月初版），并撰写了四万多字的长篇论文作为该书的“前言”。虽皆与“竭泽而渔”的要求尚有欠缺，但结合当时的文学思潮来分别论述杨维祯、江盈科的贡献及其在文学史上的意义，则明显受到了章师在理论阐释方面的影响。

众所周知，章培恒先生是一位兼擅实证研究与理论阐释的文学史家，在这两方面都卓有建树[②]。尤其是到了晚年，他倡导以古今演变为视角和方法对中国文学进行贯通研究，创建中国文学古今演变学科并亲自授课和指导该学科的研究生，这既是他独具特色的贡献，也是他作为文学史家能够独树一帜的重要原因之一。关于打通古今文学的思路，尽管章先生在 1999 年初发表的两篇文章[③]中才做出明确的表述，但实际上已经运用于《中国文学史新著》的写作中。正是基于这种贯通古今的思路与信念，章先生原本打算在《中国文学史新著》全三册出版[④]后，继续撰写一部《二十世纪中国文学史》。然而天有不测风云，章先生不久被检测出身患癌症，他以极大的毅力，一边与病魔抗争，一边继续从事教学和研究。自 2001 年 9 月起，他开始招收中国文学古今演变研究方向的硕士研究生，2003 年 9 月开始招收中国文学古今演变研究方向的博士研究生（皆列为中国古代文学专业的一个方向），同时设置“中国文学古今演变”为必修课，并由他亲自讲授。2005 年经国家学位办批准，复旦大学将中国文学古今演变自主设置为与中国古代文学、中国现代文学平行

---

① 其中《论杨维祯的散曲理论与实践》、《铁崖赋考论》两篇已收入本书，另两篇为《新发现杨维祯散曲二十八首》（《文献》1993 年第 1 期）、《铁崖赋篇目及其版本源流考》（《文献》1994 年第 1 期）。

② 关于章培恒师的论著和学术成就，我曾撰写《独树一帜的文学史家——章培恒先生学术研究述评》（《文学评论》2004 年第 1 期）一文，已做了详细的介绍，兹不赘述。

③ 分别指《关于中国文学史的宏观与微观研究》（《复旦学报》1999 年第 1 期）、《不应存在的鸿沟——中国文学研究中的一个问题》（《文汇报》1999 年 2 月 6 日）。

④ 按《中国文学史新著》（全三册）本来在 1998 年已经全部完成，但章先生为了能与其构想中的《二十世纪中国文学史》相衔接，他把第三册的稿子暂时搁置下来，想继续斟酌预留若干空间与伏笔，以便将来二书既可分而各自独立，又可合而构成一部具有完整意义且自成体系的《中国文学通史》。这就是为何 1998 年 12 月上海文艺出版总社推出的《中国文学史新著》只有前二册之故。后来由于身体状况，章先生调整了计划，《中国文学史新著》（全三册）又延后几年，才由复旦大学出版社、上海文艺出版总社于 2007 年 9 月联合出版。

的二级学科，章先生要我与他一起合作指导了一名中国文学古今演变专业的硕士生，这位同学最终以学位论文《论林语堂对性灵文学传统的弘扬》而获得答辩委员会的好评。2007 年春，章先生病情恶化，不得不住进了医院，他指示要我接替他讲授“中国文学古今演变”这门课。我当时虽以能为章师分忧而深感欣慰，但因学员的期望值甚高，又感到压力很大。这年自春至夏，我几乎停止了所有的课题研究和其他工作，集中全部精力，每周以六天半的时间备课（包括大量读书、写讲义、制作 PPT），才够讲半天（3 学时），就这样周复一周地忙碌了一个学期，从上古文学一直讲到现当代文学，初步勾勒出一门全新课程的讲义框架。其后每年在与学员（皆为硕士生与博士生）的互动中不断调整和修改，逐渐丰富和加强，经过八年的努力，大致形成了一部《中国文学古今演变通论》的纲要式草稿。

近几年来，我虽然主要指导唐宋文学、元明清文学这两个方向的硕士生和博士生，但每当新同学入校后，我都会把马积高先生倡导的“纵横打通”、陈垣先生倡导的“竭泽而渔”和章培恒先生倡导的“古今演变”这十二个字转赠给他们，建议他们根据各自所选课题的需要而采取合适的研究方法。尽管因专业方向不同，他们所选的课程有异，但无一例外都会跟随我研修“中国文学古今演变”这门课，且因受到启发而颇见成效。试以博士生为例，2014 年毕业的李茜茜在选修这门课时所写的两篇讨论稿——《范蠡与西施爱情模式的古今演变》、《由梦之心理系统探究中国小说怪诞性的古今演变》，都已整理成论文发表；2012 级的涂谢权在课堂讨论中的发言稿《论莫言〈四十一炮〉中的传统文化因子》，后来经过整理也得以发表；尤其是已获博士学位两年多的孙杰，不仅在选修这门课时所撰三篇作业都曾整理成论文发表，而且他作为唐宋文学方向的学生，其博士学位论文《竹枝词发展史》是从唐代一直写到近现代，在一定程度上受益于古今演变的思路，最终成为第一部系统研究竹枝词发展演变的专史，具有填补学术空白的意义，因而获得了 2013 年度上海市学术著作出版资助，被列为省部级科研成果，并于 2014 年 8 月由上海人民出版社出版。

收入本书的第一篇文章是我对于“中国文学古今演变”所作的学理思考，其基本观点在我第一次讲这门课时就已提出，后来在几所大学做演讲时又有所调整，2009 年公开发表后，曾产生较大反响。我认为目前提倡加强中国文学古今演变的研究，固然具有填平古今鸿沟的现实意义，但其理论依据实为中国古代文学批评中的“通变说”。当中国文学发展到一定阶段，形成了公认的经典范式以后，后世许多批评家都曾站在各自的时代，就古与今、源与流、因与革、复古与创新等问题进行过思考。换言之，在古代文学领域内，实际上早已探讨过古今演变的若干问题。1917 年新文学运动以来的最大不同是，在将外国文学引入中国的过程中，中国文学也逐渐汇入了世界文学的大海洋。因此,“中国文学古今演变”作为一个学科的研究对象,固然可以覆盖中国自古至今的文学,但并不是古代文学与现当代文学的简单相加,而是着重强调以一种古今联系的视角和方法,对中国文学作整体性的观照和贯通性的研究。为使这种观照和研究具有可操作性,我觉得首先有必要就中国文学的发展史进行分期,然后提出最基本的三种研究方法,即溯源探流式(水经研究)、溯源式(DNA 检测)、探流式(影响研究)。至于研究队伍,除了中国文学古今演变专业的学人本应致力于斯以外,无论是从事古代文学任何一个方向研究的学人,还是从事现代文学、当代文学研究的学人,只要树立了古今联系的观念,适当拓展相应的学科知识,都可以参与中国文学古今演变的研究。

基于以上认识,我将涉及中国文学发展演变的阐释性论文结集出版,一是藉此纪念马积高师逝世十三周年、章培恒师逝世三周年;二是以此向同行师友请教,希望大家能够关心、声援甚至参与中国文学古今演变的研究;三是为了给选修“中国文学古今演变”课的学员们提供一部临时教材(准确地说,是教学参考书)。收入本书的四十篇文章,最早的发表于 1982 年,最晚的发表于 2013 年,基本上纪录了我在理论阐释方面的学术历程。尽管在当代学术界明确倡导进行中国文学古今演变研究不过是近十几年来的事,但马积高先生主张要“纵横打通”的思路中,其“纵向打通”实与“古今演变”有相通之处,因而把以前受马师影响而作的这类文章列入“古今演变”的“刍议”也未尝不可。当然,书中也破例收有几篇并非直接讨论文学演变,而是论述文学家的哲学思想或政治态度等,这显然是受马师“横向打通”思路的影响而作,且与讨论该作家文学思想与创作的演变相联系。书中部分论文的材料、思路和观点,已或多或少采入了我讲授“中国文学古今演变”课的讲义,其中尤其《论戏曲在中国文学长河中的演进与贡献》、《论公安派在现代文坛的多重回响》本是奉章先生之命而作,且在写作过程中受到过他的指导,我曾以前者在复旦举办的全国中青年学者研讨班、日本的早稻田大学、韩国的庆北大学做过演讲,后者则在第三届“中国文学古今演变研究”国际学术研讨会上宣读过,因而二文的基本观点几乎全部采入了我的讲义,只是略有调整而已。另外,像《绪论》、《中国古代文论中的“通变说”》、《论唐传奇在中国文学史上的演进与贡献》等文,则是根据我的讲义整理而成。

由于本书的编辑出版,实与讲授“中国文学古今演演变”这门研究生学位课程密切相关,因而值本书出版之际,首先要感谢复旦大学研究生院院长钟扬教授,培养办主任廖文武教授、副主任先梦涵博士,专家组成员朱立元教授、傅杰教授,承蒙诸位的大力支持,使我主持申报的“中国文学古今演变”课程连续两年都获准纳入

“FIST”项目[1]，为扩大本课程的影响提供了契机与条件。

其次，要感谢华东师范大学谭帆教授，北京大学廖可斌教授，复旦大学陈思和教授（以上 2013 年）以及首都师范大学左东岭教授，复旦大学黄霖教授、栾梅健教授、徐艳教授（以上 2014 年）的热情支持，在实施 FIST 项目的过程中，他们按照教学计划而发表的精彩演讲，提升了本课程的品位和学员的积极性，也使我本人深受启发，受教良多。

此外，还要感谢涂谢权博士为本书的编辑付出的辛劳，包括统一体例，校改错讹，以及将发表较早的部分论文逐篇录入电脑。

黄仁生

叙于甲午孟秋

① 所谓“FIST(Fudan Intensive Summer Teaching)项目”，是复旦大学研究生院于 2013 年推出的一项“新政”，具体内容为“集中授课、夏季为主、聘请名师、对外开放、计算学分”，旨在推进本校研究生课程教学内容的更新、教学方法及手段的改进，不断提高教学水平；具体工作是由研究生院培养办负责实施的，包括组织专家对申报的课程进行评审与遴选。

图书在版编目(CIP)数据

中国文学古今演变刍议 / 黄仁生著. —上海：东方出版中心，2014.9
ISBN 978-7-5473-0700-7

Ⅰ.①中… Ⅱ.①黄… Ⅲ.①中国文学—文学史—文集 Ⅳ.①I209-53

中国版本图书馆 CIP 数据核字(2014)第 180829 号

中国文学古今演变刍议

出版发行：东方出版中心
地　　址：上海市仙霞路 345 号
电　　话：62417400
邮政编码：200336
经　　销：全国新华书店
印　　刷：昆山亭林印刷有限责任公司
开　　本：710×1020 毫米　1/16
字　　数：595 千
印　　张：32.5
版　　次：2014 年 9 月第 1 版第 1 次印刷
ISBN 978-7-5473-0700-7
定　　价：55.00 元

东方出版中心邮购部　电话：62069798